半莲池

BAN
LIAN
CHI

上

花清晨——著

江苏凤凰文艺出版社

JIANGSU PHOENIX LITERATURE AND
ART PUBLISHING, LTD

图书在版编目（ＣＩＰ）数据

半莲池：全2册／花清晨著. -- 南京：江苏凤凰
文艺出版社，2018.10
ISBN 978-7-5594-2791-5

Ⅰ. ①半… Ⅱ. ①花… Ⅲ. ①长篇小说－中国－当代
Ⅳ. ①I247.5

中国版本图书馆CIP数据核字(2018)第194157号

书　　　名	半莲池
作　　　者	花清晨
选 题 策 划	北京记忆坊文化
责 任 编 辑	姚　丽
特 约 策 划	暖　暖
特 约 编 辑	诗　杰　绪　花
营 销 统 筹	杨　迎
责 任 监 制	刘　巍　江伟明
封 面 设 计	80零·小贾
封 面 绘 图	唐　卡
版 式 设 计	段文婷
出 版 发 行	江苏凤凰文艺出版社
出版社地址	南京市中央路165号，邮编：210009
出版社网址	http://www.jswenyi.com
印　　　刷	北京中科印刷有限公司
开　　　本	670毫米×970毫米　1/16
字　　　数	664千字
印　　　张	34
版　　　次	2018年10月第1版，2018年10月第1次印刷
标 准 书 号	ISBN 978-7-5594-2791-5
定　　　价	69.80元（全二册）

影视版权抢订热线　　010-57194853
江苏凤凰文艺版图书凡印刷、装订错误可随时向承印厂调换

目录 CONTENTS

第一章　素友　001

第二章　狐真　024

第三章　波岸　082

第四章　沉瀣（一）　121

第五章　初见　140

第六章　沉瀣（二）　149

第七章　执着　181

第八章　沉瀣（三）　192

第九章　共生　205

第一章

素友

残缺的青石砖一直延绵向破旧不堪的小巷深处。夏日的雨后，路面长满了青苔，十分滑，一路上有不少人摔倒。

一身污脏破旧衣衫的阿怜坐在断成两半的青石板上，手中扇着前几日从富人家后门的弃物堆里捡回来的芭蕉扇，两眼不停地张望着巷口。

素娘怎么还不来？每逢初一、十五，素娘一定会带着热腾腾的饭菜在这里等着她。她来了已经差不多快一个时辰了，却还没有见着素娘的人影。

阿怜有些焦虑，手中的芭蕉扇越扇越热。她开始担心素娘出了什么事。收了扇，她打算去素娘家一探究竟。这时，巷口远远地走来一位身形婀娜的妇人，灿烂的笑容立即爬满了她脏兮兮的小脸。

她挥着手，一路迎过去，高声叫着："素娘。"

素娘见到她，吟吟一笑，袅袅走来，裙摆处藤蔓的暗纹在阳光的照耀下若隐若现。

"我以为你不来了呢？我以为你出了事呢？正想着去茶楼找你呢。"阿怜激动地说了很多。

她眨巴着黝黑的眼眸，望着眼前美艳动人的素娘。在阿怜的眼中，素娘除了是这世上最美的人，也是这世上心地最好的人。若不是素娘，她早就在寒冷的冬夜饥寒交迫而死，而不是安然地活到今日。她觉得素娘就是位仙女，不，是菩萨。

阿怜有个好听的名字叫作顾影怜，也是素娘给起的。她不知道自己的父母是谁，姓什么，一直带着她乞讨的老爷子在她三四岁的时候就去了，也没能给她起个像样的名字。自她记事以来别人都管她叫阿黄，可能是她长得面黄肌瘦，也可能是老爷子姓黄吧。素娘说阿黄是狗儿的名字，女孩子家怎么能取个狗名，于是就给她起了一个好听的名字，叫顾影怜。

"伫立望故乡，顾影凄自怜。"她并不懂这句诗是什么意思，但是从那天开始她就有了自己的名字，顾影怜。

素娘摸了摸她污脏的头发，道："怎么会不来呢？今日有事耽搁罢了。"

这世上，也只有素娘不会嫌弃她是个小乞丐，不会嫌弃她污脏的头发和褴褛的衣衫。

"素娘……"阿怜看到素娘右眼处的红印，虽然已经淡去，但根据以往的经历，差不多也能猜出发生了什么事，"你家老爷又打你了？什么时候打你的？"

素娘苦涩地笑了笑，什么也没有说，收回衣袖，打开食盒，取出新做的点心。纤细的腕骨，细白的手背，随着衣袖的拂动，已经在慢慢变淡的血红印看上去依旧很瘆人。

阿怜一把捉住素娘的手，轻轻地掀起她的衣袖，一道道触目惊心的血痕呈现在眼前。阿怜愤慨地说："你家老爷又喝酒了吗？为何他每次喝完酒，总是喜欢打你？像你这样好的娘子上哪儿去找啊？他简直一点儿人性都没有！"

素娘是京城最有名的德盛茶楼徐老爷的填房。徐老爷喜欢做善事，每逢初一和十五派米给城里穷苦的人，全京城的人只道他是个大善人，都道素娘是嫁了个好夫家，可谁都不知道，这徐老爷每次喝完酒或者做完善事便喜欢虐待和折磨素娘，每一次都会将素娘打得遍体鳞伤。

机缘巧合，阿怜认识了好心的素娘，才知道素娘过的根本就是非人的日子。素娘年轻貌美，自打她嫁给徐老爷做填房，茶楼里新来了不少客人，全都是冲着素娘去的。年过半百的徐老爷疑心病重，总是阴暗地认为素娘不守妇道，与茶客有染，所以才会每次喝完酒或者做完善事毒打素娘。最严重的一次，已有五个月身孕的素娘被徐老爷一脚从楼梯上踹了下来，孩子没了。全京城的人只道素娘自己失足从楼梯上摔下来，将孩子摔没了。

有好几次，阿怜想将这件事宣扬到整个京城的人都知道——徐老爷根本不是什么大善人，而是喜欢家暴的伪君子，但都被素娘阻止。所谓家丑不外扬。

素娘拍了拍她的手，拉下衣袖，用筷子夹了一块豆沙糕给她："我已经习惯了。先吃点心吧。"

这无人的后巷是阿怜与素娘的秘密之地。

以前素娘做了饭菜拿给她吃，被别的乞丐瞧见，便会被一抢而空。她眼睁睁地看着那些美食在别人的口中咀嚼，自己依然是饥肠辘辘。后来，被素娘撞见一次，素娘便约了她在这个无人的后巷里，偷偷将食物给她吃。也只有这一刻，她可以跟素娘说一些话，比如这几日城里发生了什么有趣的事，谁家的老爷婆了第几房小妾，谁家的公婆大打出手吵上公堂，谁家的儿子抢了爹娘的钱财……

"素娘，你真好，要不是你，我早就饿死了。"她是一个乞儿，一生下来就没有爹娘的乞儿。

素娘声音放轻柔了，道："没有我，也许还会有别人呢。"

阿怜吞下豆沙糕，道："素娘，你走吧，离开京城，离开德盛茶楼吧。不然，你早晚会被徐老爷打死的。"

素娘苦涩地笑了笑，然后摇了摇头，说："没用的。我跑过，最后还被抓回来了。"被抓回来的后果更惨，她在床上躺了足足半个月。

阿怜看着素娘哀伤的眼眸，一时间也没有言语。

素娘突然问道："小怜，你知道城西新开了一家花坊吗？"

阿怜睁大了眼睛，微愕道："你说的是那个一个月前新开的，门头有块像金子一样闪闪发光的牌匾，全城有钱人家的大房小妾都喜欢抱团去的那个神神秘秘的花坊？好像叫什么……叫什么半莲池？"中间那个字她不认识，还是同为小乞丐的二狗子告诉她的，说是跟她的名字一样念"怜"。

"对，对，叫半莲池。就是这家。"素娘哀怨的眼眸突然闪着希望的光彩，声音变得激动起来，"你知道怎么走吗？"

阿怜点了点头，道："当然知道！哎哟，最近真是奇了怪了，不想知道这什么花坊的事，都有人不停地在你耳边叨咕。昨个晌午我还听二狗子跟我说，城北米庄柳家的小妾去谢恩，说什么在花坊买了花之后回去，便有了身孕；还有前面那条街满贯银庄魏家的大房也去谢恩，说什么买完花之后，几房小妾全被老爷赶出家门，重获魏老爷欢心；还有那谁家的儿子一直榜上无名，就连花钱捐个官都无人肯收银子，也是因为在半莲池买完花后，前些天说是去了衙门当师爷。你说这家花店邪不邪？究竟是卖花呢，还是狐大仙庙呢？"

也正因为这些神奇的事一传十，十传百，才有很多人去这家花店，阿怜也是抱着试一试的态度跟二狗子两人从城东到城西跑了很远的路才找到那家花坊，希望买了花，以后再也不用当乞丐。谁知，那家卖花的人狗眼看人低，见他们是乞丐，便将他们给轰了出来。

所以她又一次认清事实，只有有钱人才能有愿望，穷人有的只能是奢望。

素娘听了阿怜的话后，柔媚的眼眸更加晶亮。

阿怜忽然反应过来，激动地拉住素娘的手，道："素娘，如果那家花坊真的像坊间传言一样那么神，你就有希望离开德盛茶楼，再也不用受罪了。"

素娘点了点头。

"素娘，我带你去。"阿怜一下子跳了起来，顾不上吃点心，拉着素娘便往巷口跑去。

阿怜拉着素娘的手，一路快步奔走。

从城东到城西的半莲池花坊，三四里路。这短短的三四里路，对平日里为口热饭热菜走街串巷惯了的阿怜来说，毫不费力，但对身子娇柔，足下三寸金莲的素娘来说，差不多要了她半条命。

二人穿过一条后巷，总算是到了地方。

阿怜指着街对面的"半莲池"说道："素娘，到了，就是这里。看，这招牌上的金漆是不是要把人的眼都闪瞎了？"

素娘望着那一块金字招牌，手下意识地紧紧攥着衣角，细眉深锁。

若说"半莲池"相较城中的那些花坊有何区别，除了门前无花，门内幽暗之外，便是门头上悬着的金字匾额。匾额上"半莲池"三个字刚劲有力，潇洒脱俗间却隐隐暗藏着一种逼人的气势。

在阿怜看来，若不是上次在门外闻到一股子特别的香气，怎么看都不觉得这里是家花坊。花坊不是该开在人头攒动的闹市吗？谁会将一家花坊开在这么偏远的地方呢？可偏偏这里就是邪门得紧，这么远的地方都能吸引许多客人前来买花。

门前立着一个十来岁的小童，正在派发今天买花的号牌。自打上次她跟二狗子连门都没进便被轰出人群之后，两人就在这里蹲了一天。这里每天只派三十个号牌，号牌派完，就要等到明日起早。听过买花需要凭号牌的吗？没有！怕是全京城也只有这一家吧。就连城中回春堂的名医张也没有像这间花坊的主人这般紧俏。她怎么看都觉得这里与那些江湖术士专门讹人钱财的地方更像一些。

她瞄了一眼排队的人，又瞄着小童手上发着的号牌，眼见号牌只剩下三四个，她便又拉了拉素娘，道："糟糕！号牌要发完了。"

若是今日拿不到这号牌，意味着明日一早还要来跑一趟。素娘不是每日都可以出来这么远的。

阿怜想都没想，松开素娘的手，一个箭步冲过去，赶在小童将手中最后的号牌递给一位腰身圆滚的妇人前，将那块号牌扑在了手中。号牌虽是抢到，但力道太大，她一个跟跄冲倒在了地面，摔了个狗吃屎。

腰身圆滚的妇人发出一声尖叫："啊！你这个作死的小叫花子，居然敢抢老娘的号牌？！还给我！"

阿怜早已练就一副跌倒立即爬起的好身手，妇人肥硕的脚尖还没踩着她的衣摆，她便已经跳回素娘的身边，做了一个大大的鬼脸。

花坊的小童一见是阿怜，扬着下巴，一副盛气凌人的模样，势利地说道："你这泼孩，前几日已被我赶出人群，不想今日你竟公然抢号牌？快将号牌交出来，否则别怪我不客气！"

阿怜挺直了胸膛站在小童面前，回瞪他，毫不示弱地道："哈？！小爷是泼孩？那你是什么东西？明明年纪跟小爷我差不多大，居然好意思叫小爷我泼孩？号牌是小爷我抢的又怎样？你们这里凭号牌购花，又没有说不可以抢号牌？小爷凭什么还给你？"

小童将一块牌子举在她的面前，指着上面的四个字，一个字一个字地说道："不认识上面的字吗？按序拿牌。按序的意思就是不可以抢。号牌拿出来。"

阿怜一下子憋红了脸。这个小童上一次已经羞辱过她和二狗子穷，这一次又羞辱她不识字。她一个乞丐怎么可能识字？！她将号牌收在身后，连退了几步，说："小爷我才不管什么按序拿牌，小爷我抢到了就是抢到了，号牌现在在小爷我手里，小爷我就是有资格买花！"

肥胖的妇人骂道："你这下贱的货，快把号牌还给老娘，不然老娘抽死你！"说着，这位妇人冲过来就要打阿怜。

素娘连忙用身体护住阿怜，妇人的一巴掌结结实实打在了她的脸上。素娘白皙的脸颊上立即现出五道粗粗的指印。

顿时，阿怜像一只发怒的小狮子一样，彻底地暴发了。她猛地跳起来就往妇人身上撞。妇人身形肥胖，行动笨拙，哪经得起这一撞，一屁股坐在了地上。

阿怜不解气，冲着她身上吐了好几口口水。若不是素娘拉住她，她还要将自己的臭鞋踹上那胖妇人的脸上。

胖妇人口中骂着，爬了好几次都没有爬起身，在小童的搀扶下才好容易爬起来。身上的衣衫脏乱不说，梳好的发髻早已乱成一团。她不停地尖叫着，发出杀猪般的嘶叫声："杀人啦！杀人啦！小叫花子杀人啦！"

原本拿不到号牌的人都渐渐散去，又因阿怜突然出来抢号牌，迅速聚了回来看热闹。从一开始的窃窃私语，到后来往素娘身上指指点点。

小童忍无可忍，将身后的另一块牌子拿了出来，举在阿怜的眼前，厉声道："上一次，我已经跟你说过，我们半莲池的规矩是：乞丐与狗不得入内！"

阿怜看着木牌上的几个字，咬着牙，心里的一团火猛地一下子燃烧起来。

本来她不识这几个字，但是上一次被羞辱之后，二狗子教过她。这一次若不是为了素娘，她才不会再来这里受一次羞辱。

她将号牌塞进素娘的手中，然后转身用力地推向小童手中的木牌。

小童被她推得重心不稳，连连向后退去。

她一把扯着小童的衣襟，骂道："乞丐与狗不得入内？乞丐跟你们有仇吗？乞丐杀了你们全家吗？你那狗眼看人低的师父，定下这种狗屁规矩，他不是上辈子是个乞丐，就是下辈子一定做乞丐！"

"你胆敢侮辱我师父！"小童的脾气也上来了，反手扯住阿怜的破衣衫。

两个小孩在一瞬间打成了一团。

素娘紧握着手中的号牌，几欲伸手拉开两个孩子，反被两人推倒在地。她跌坐在地上无力地哭喊起来："阿怜，别打了，我今天不买花了，我不买了。号牌还给他们便是。"

阿怜根本听不见素娘的哭声，她一拳将小童打倒在地，骑在他的身上，揪着他的领襟破口大骂："你们这些狗眼看人低的东西！我师父连给我们乞丐提鞋都不配！不就是个卖花的，傲气什么？！这辈子卖花，上辈子、上上辈子、下辈子、下下辈子，他就沦为乞丐！你也跟着做小乞丐！"

她举起拳头就要往小童的脸上揍去，眼看她的小拳头就要落下，她的手腕被人紧紧地拽住。

"放手！"她回头，当看清拦住她的人，一瞬间愣住了。

眼前的男子也许是阿怜长这么大见到过最好看的男子，就连媚香楼头牌最美最妖娆的媚姬姑娘到了他的面前，怕也是逊色不少。俊美的容面就像是经手艺最高超的师傅精雕细琢过一般，剑眉星目，鼻梁挺直，精致的容貌让人丝毫感觉不到阴柔之态，削薄紧抿的唇形极为优美，因俯身而垂于身前的发尾，丝丝交错却并不凌乱。

白衣胜雪，衣袂飘飘，谪仙一样的男子……

在阿怜有限的学问里，也只有"谪仙"二字。

小童见着，激动地哭喊道："师父，师父救救徒儿……"

阿怜惊愕地看着身后的男人，下巴险些掉地。

师父？

这样一个美得不似在人间的男子，他竟是半莲池的主人？也是就她口中诅咒着上辈子和下辈子都是乞丐的人？没见到真人，她敢这样说，可是当人站在她的面前，她觉得这是永远不可能发生的事。确切地说，他是她活了十三年见到过的最好看的男人。虽然她做了十三年没有性别之分的乞丐，却是头一次，那隐藏在胸腔内的少女之心开始萌动。

她就这样傻傻地一直盯着他看，早已忘了打架的事。

忽然，手腕处一阵收紧的力量让她疼痛得叫了起来："哎哟，轻点，轻点，要断了，要断了。"她顾不得被她骑在身下的势利眼小童，跟随着那份疼痛，一点一点慢慢起身。

半莲池的主人毫无怜香惜玉之心，虽然她的外表和衣衫丝毫看不出女子的影子，但她的内心和内在是十足的女孩子家。

他手臂一扬，将她整个人扔出几米开外。她一屁股跌坐在地上，不停地哀号："哎哟……"

素娘见着，连忙上前扶她："阿怜，你没事吧？"

小童迅速地爬起身，抹着眼泪缩在了美男身后："师父，这个小叫花子刚才不仅抢了别人的号牌，想插队，还不由分说地打我，呜呜呜……"

阿怜揉着屁股，扯着嘴角骂道："放你的狗臭屁！小爷我是抢了号牌，但是你先举个牌子侮辱小爷我。谁是狗来着？难道乞丐就不是人吗？就你有爹娘生，小爷我就没爹娘生吗？"

小童被骂得向师父的身后缩了缩身体。

美若仙人的师父忽然走向阿怜，手一伸，语气冰冷地道："拿来。"

他冷如寒冰的双眸，不怒自威，叫人看了没来由地身体一阵发寒。这种迫人的气势，让她下意识地看了一眼半莲池的招牌。她瞪着眼前手指修长骨节分明十分好看的手装死："什……什么拿来？"

素娘明白过来，刚要将手中的号牌交出，阿怜连忙拦住，抢了回来，低声说："素娘，等下一次，你还不知道要等到什么时候……哎哟……"她的话还没有说完，完全没弄明白怎么回事，只觉得虎口之处一震，一阵痛麻，号牌掉落在地。她刚想去捡，但号牌根本就不在地上。只是眨眼的工夫，号牌就消失了。

她惊愕地抬眸，方才向她伸出的手中已然捏着一块号牌。她看着他的身影就像一道白光，眨眼的瞬间便立在了半莲池的门口。

在场的任何一个人，没有人知道号牌是怎样回到他手中的。前来排队的人更加相信这位神秘的半莲池主人有通天的本领。

先前那位胖妇人，一见号牌被取回，立即扭着胖墩的身子挨上前，娇羞地问道："玄先生，奴家今日是不是有幸能买到一朵花啊？"

玄遥连眼皮都没抬，只是将手中的号牌扔给小童，言语冷淡地吩咐："这个作废。"

"遵命，师父。"小童将胖妇人与师父隔开，"对不起这位夫人，您没有拿到号牌，明日请早。请拿到号牌的客人们在厅堂等候。"

客人陆续走进厅堂等待，只有胖妇人接受不了现实，难以置信地尖叫，脸上的肥肉跟着不停地抖抽："什么？！不！不！那号牌明明就是我的。"

玄遥冷冷地瞪了她一眼，她便突然像是受宠若惊一般，抹干了眼泪，转身就走，口中不停地念叨着：“我明日再来，我明日再来。”

阿怜眼见着玄遥就快要走进花坊，她迅速地从地上爬起，冲过去挡在他的身前：“你不能作废！不管那个号牌是不是我抢来的，但是我的确拿到了。你们就不能作废！”

“让开。”玄遥面无表情地吐了两个字。

“除非你卖花给我朋友。”阿怜张开手，挡住门。

“让开。”玄遥的声音更冷。这样冰寒的声音似乎在告诉世人同样的话不允许重复三遍。

阿怜纠结地皱起眉头，哀求地说道：“玄先生，之前是我不对，就当是再给我们一个机会吧。”她没有什么能报答素娘的，既然这个姓玄的美男卖出的花能帮人完成心愿，那她就是豁出去了也要帮素娘买到花。

同样的话，玄遥的确没有说第三遍，而是直接伸手又一挥，再一次将阿怜打了出去。

阿怜只感觉脸上一阵阴风扫来，甚至他的衣袖不曾沾她的脸，她的人已经被挥出几米开外。若说第一次她被扔出去，是她失神，那这一次绝不是偶然，她确信这个玄先生一定有本事可以帮助素娘。

她想再冲过去，但素娘一把拉住她，叫她别再说了。

素娘不想买什么花了，今日之事，已经害得阿怜遍体鳞伤，她不想阿怜再继续为她受伤。

阿怜却不甘心地说：“让我朋友买一朵花，你们又没有什么损失。”

小童见着，插嘴道：“喂，小泼孩，都跟你说了，我们半莲池不欢迎乞丐。你要是真心想帮你朋友，就让你朋友明日一早自己来取号牌。你朋友若是诚心想买花，又怎么怕排不上队呢？”

小童的话一下子又惹毛了阿怜，她瞪着眼看着门内的玄遥，她无法接受这样一个俊逸若仙的男人没有一颗慈悲之心，如同那些势利之人一般瞧不起穷苦的乞丐。她爬起身，再一次冲到门前，冲着玄遥的背影大声地骂道：“你为何这般憎恶乞丐？像你这样能帮助世人的人不是该有一颗慈悲为怀的心吗？”

慈悲为怀的心？玄遥对这句嗤之以鼻，他从出生到现在从来就不是个心慈手软的人。

得不到回应，阿怜继续叫喊着：“难道你以前当过乞丐，被乞丐羞辱过，所以才这样憎恶乞丐？你若是做过乞丐，就更应该知道我们这样的人活在世上有多艰辛，而不是看不起我们。”

“你你你……简直是找死！”小童的声音都开始颤抖。乞丐是师父最忌讳的人群，他也不明白师父为何最讨厌乞丐，自从他记事开始，每跟师父到一个地方，师父对乞丐都避而远之，神情之中流露出一种厌恶。这小子这样明目张胆地骂师父，铁定死定了。

果不其然，玄遥定在门外没有进门，他的周身隐隐约约开始笼罩着一团强势的怒气。

阿怜继续说："看来被我说中了！难怪这么瞧不起人！像你这样，拥有一颗这样阴暗的内心，就算你的花能帮人消病除灾，那也只是暂时的。一颗阴暗腐烂的心永远不可能真正救得了人。"

素娘突然有一种不祥的预感，伸手将阿怜拉在了身后。下一刻，玄遥便已经立在了她们的面前，表情阴冷地看着阿怜。

素娘颤着声音，道："小孩子不懂事，还请……玄先生……你大人有大量。我们……今日就不买花了，改日再来。"

素娘强拉着阿怜，转身离开。

玄遥凝神看了素娘的背影许久，这个女人内心的怨念极强，如此强烈的怨念却一直被压抑着没有释放。这正是他要的。

"去，把方才的号牌给她。"

小童突然听到师父改变主意，一阵惊愕，很快反应过来，便追上前拉住了素娘："这位夫人请留步，这是你的号牌，请去厅堂等候。"

素娘惊住。

阿怜拉住素娘的手，开心地叫道："太好了！太好了！"

一直愁眉不展的素娘终于露出了笑容。

小童将二人迎进半莲池，指着店堂角落的位置叫两人不要随便离开，便去招呼其他客人。

阿怜和素娘缩在角落，好奇地看着周围的一切。

"半莲池"与阿怜想象中的并不太一样。不大的店堂，北面靠墙的位置竖着一排药柜，药柜的前方是截高高的柜台；东面摆放着一对红木雕花太师椅，太师椅的上方悬挂着一幅画，画中画满了莲叶与荷花，与"半莲池"的名字倒是相得益彰；进门的右侧，也就是屋子的南面，端正地摆放着一排大红酸枝雕花云石面圆凳供客人坐，圆凳上坐着几位先前拿到号牌的客人；左侧的墙面两道门，每道门都垂着竹帘，叫人看不清门内的真实。店堂内飘散的那股子不知名的花香便是从这两道门内散发出。

除了飘散的花香外，屋子里根本见不到一朵花，这样的格局，让阿怜再一次觉得这里一点都不像是花坊，反倒是像一个没有大夫的医馆，而这些买花的客人更像是病入膏肓乱投医的病人。

一个时辰过去了，店堂内买花的客人只剩下阿怜、素娘和一位穿着显贵的中年妇人。贵妇人一直闭着双眼，双手交叠地放在膝上，端正地坐着，口中一直在喃喃地不知念着什么。

阿怜观察这位妇人许久，从她进来开始，她就没见这位妇人睁开眼换过姿势。真是好定力！

先前与阿怜打架的小童，时不时从竹帘内进出，每进出一次便会看向阿怜，愤愤地瞪她一眼。

阿怜以眼还眼，不停地翻着白眼，既然不能近身相搏，这眼神大战她才不会输。

又坐了一会儿，小童叫着贵妇人的号牌。当贵妇人的身影隐没在竹帘后，阿怜便挨近素娘，悄悄地附在素娘的耳边道："素娘，那两道竹帘内，怎么只见人进，不见人出来，你说那个玄先生会不会是妖怪？"

从走进这里，她看见第一个进去的人就一直很好奇，为何走了这么多的人，不停地有人进去，却始终不见一个人从原路返回。她内心生出一种恐怖的感觉：那个谪仙的玄先生是个吃人不吐骨头的妖怪。

素娘轻声回道："不会，每日进出这里的人这么多，若是不停地有人少，城里的官兵早就来查封了。这里或许还有其他的门，客人们也许买完花就从其他门走了。"

阿怜噘着嘴，突然看到小童掀开竹帘从中走出来，她有些激动地跳起身。

小童扫了她一眼，转向素娘，道："徐夫人，轮着您去花室选花，请您随我来。"

阿怜想要跟着一起去，小童立即伸手拦住她道："我家师父同意让你进半莲池，已经算是开恩了。就算徐夫人是你朋友，你也只能在这里等。客人选花的时候旁人不可打扰，这是我们半莲池的规矩。"

规矩规矩！这世上许多的狗屁规矩全都是有钱人定出来圈着穷人的，永远只对穷人起效。

要不是看在素娘的面子上，她铁定又要跳起来跟这个小童理论一番。

素娘拍了拍阿怜的手，叫她安心，挑完了花很快就来接她。

素娘的身影消失在竹帘后，阿怜突然有些坐立不安。不知为何，隐隐约约，她总是有种不祥的预感。她来回走动着，不停地张望着竹帘，从圆凳到太师椅，几乎每张椅凳她全坐了个遍，可就是不见小童出现。她本以为挑一朵花很简单，可是从前面的客人看来，这位神秘的玄先生似乎还要替买花人排忧解难答疑一番。

门外的阳光慢慢斜移，门框的影子正投下来，已是晌午。

她在这圆凳上坐了这么久，终于坐不住了，先前心中那不好的预感也越来越强烈，她觉得素娘应该是出了什么事。她不想再理会这里的什么狗屁规矩，反正这里现在没有人拦着她。她要去找素娘！

她跳过去，正想要掀起素娘走进的那道竹帘，岂料竹帘突然被掀开，里面走出一个人，她猛地一下子被撞得往后连退几步，身体晃了几下始终没有站稳，一屁股跌坐在了地上。

玄遥从门中走出，见着跌坐在地上的阿怜，轻描淡写地瞥了一眼，走向柜台内，仿佛方才的一切与他无关。

"素娘呢？"阿怜从地上爬起来，一脸焦急地追问他。

玄遥仿佛没听见一样，拉开抽屉，将一袋白花花的银子随手倒在了抽屉里。

阿怜瞪着那些白花花的银子，她长这么大从来没见过这么多银子，差点闪瞎她的狗眼。

这时，小童不知从哪儿冒出来站在了阿怜的身后，惊奇地叫道："咦？你怎么还没走？徐夫人走了快半个时辰了。"

"什么？半个时辰？"素娘进去之后，她在这里待了差不多一个时辰，却没有一个人告诉她素娘已经离开。

什么鬼地方？！

她捏紧了拳头转身就走，还未踏出半莲池的大门，便听到身后传来一个淡漠的声音："奎河，用艾草烧些水，把这里每一张椅凳都擦洗一遍。"

"是，师父。"奎河是小童的名字。

阿怜气愤地回头，瞪着正走出柜台的玄遥。即便是长相再逸尘绝美，气息若仙，但是拥有一个黑心的人，怎么可能是帮助人实现愿望的善人，根本就是个来自十八层地狱的恶鬼。

自始至终，玄遥都没有看她一眼，径自走回竹帘内。

奎河瞪着眼，气道："都怪你！非要把这里的凳子全坐一遍，只坐一张你会死吗？你这个又脏又臭的小叫花子，还不快走？！"

"你！"眼下不是怄气的时候，她得要找到素娘，将素娘安全地带回家。

她咬着牙，转身冲出门。

离开了半莲池，她便一路狂奔，跑到德盛茶楼时已是一天中太阳最毒辣的时候。她直接瘫坐在茶楼对面的一口井旁。隔壁豆腐店的老妪正在费力地打着水，借着帮忙打水的机会，她提了一桶水上来，将头整个埋进了井水中，冰凉了好一会儿，才又瘫在了井旁。

浑身湿漉漉的，冰凉的井水却依旧降不了心中的焦热。一路上都不见素娘的踪影，她又不敢进茶楼，只能缩在这里不停地张望着，期望能见着素娘。

喘息和等待着，终于，就在太阳快要落山的时候，她看见素娘远远地向茶楼走来。

她激动地迎上前，轻轻喊了一声："素娘……"

素娘的手中捧着一朵黑色的莲花，见着她，便将手中的花伸在她的面前，盈盈笑着："阿怜，你看，这朵粉色的莲花好看吗？"

她盯着素娘手中黑色的莲花，与其说这是一朵墨莲，倒不如说这是她以前在山里挖过的像莲花的黑木耳，但是为何素娘会说它是粉色的莲花？这明明就是一朵墨莲啊。

她有些不确定地问："素娘，这就是你买的花吗？"那一句"这花明明是黑色的"哽在她的喉间忽然说不出口。

昏黄的阳光下，墨莲竟然黑得发亮，阳光照在整朵花上，穿过花瓣折射出一道道黑金色的光。

阿怜以为自己眼花，眨了眨眼，但花瓣上折射出的黑金色光是确确实实存在的。这不是她采过的那些个黑木耳。没有黑木耳会发光，还长得这么漂亮，感觉好邪门。

"嗯，是不是很漂亮？我一眼就喜欢上了。"素娘将墨莲放进她的手中。

墨莲落在阿怜掌心的刹那，她的掌心像是被什么东西烫了一下，她惊慌地连忙缩回手。

那一道道光仿佛是一团团火焰。

好烫！

"呀！你怎么感觉像摸到了刺猬。"素娘还好接住了墨莲，没有让它掉在地上，小心翼翼地捧在手心。

阿怜紧紧握着手心，说："素娘，你进了那竹帘之后，都做了些什么？为何你走了都不叫我？"

"哦，玄先生带我进了花室，里面有很多很多的花，走着走着，就走了很远。玄先生说，来买花的人从不走回头路，若是走回头路，就表示意愿不坚定，愿望就不会实现。奎河还说会转告你，让你先回来，所以我便没有回头找你。"素娘一边说着，一边欣赏着手中的墨莲。

阿怜在心中冷嗤，那个臭奎河根本就没有告诉她，害她白白等了一个多时辰。不过现在看着素娘安好，她也就放心了。但是这朵花，太邪门了。

"素娘，这朵花你还是……""扔了吧"三个字还没有说出口，素娘便打断她的话："时候不早了，今日出来这么久，这太阳都快要下山了，我得回去了。"

阿怜立即说："你赶紧回去吧，再晚怕是徐老爷又要发怒了。"

素娘点了点头，小心翼翼地捧着墨莲走进茶楼。

翌日晌午，阳光刺得四处像是着了火一般。

阿怜从她宝贝的破竹席上坐起身，半眯着眼，半扇着破芭蕉扇。

这作死的天，是要热死人吗？

她刚伸了一个大大的懒腰，突然肩头被人用力地拍了一巴掌："阿怜，出大事了。"

"二狗子，你不这么用力地拍我，你会死吗？"她揉了揉被打得很痛的肩膀，人人都道她是个汉子，可是她的内里实实在在是个美娇娘呀，早晚有一天要被拍成肉饼。

"死死死！整天咒我死，我要是哪天像德盛茶庄的徐老爷一样死了，你就哭吧。"

"你说什么？！"阿怜一下子惊住了。

"唉，就是来跟你说这个事的。今儿辰时，徐老爷一脚从楼梯上踩空摔下来摔死了，茶楼那么一大票客人都眼睁睁地看着他脑袋开花，流了好多血。"二狗子一边比画着，一边做着作呕的表情。

死了……

徐老爷死了……

阿怜呆呆地望着前方。

素娘不是想要离开吗？为何徐老爷会死？难道这才是素娘真正的愿望吗？难道半莲池能让人的愿望实现是真的……

阿怜猛地一下子跳起来，拔腿就往德盛茶楼跑去。

果不其然，德盛茶楼今日歇业，里里外外围了好些人，都在议论着今日辰时发生的事。

她在人群中转悠着，得到的消息跟二狗子说得一模一样。她深锁着眉心，心里担心着素娘，不知素娘现在情况如何。徐老爷一死，徐家的人又会怎么样对待素娘。

她跑到徐府，徐府门头挂起了白色灯笼，进进出出许多人。她没法进去，只能守在门外，就这样，她在徐府门外守了三天三夜，直到徐老爷出殡下葬，她依旧没见着素娘。

到了第五日，她不知是饿得头晕眼花，还是被太阳晒得头晕眼花。她只感觉皮肤灼热，浑身乏力，胸闷难受，恶心想吐。若不是二狗子及时发现她病了，硬是将她从徐府附近拖走，她怕是没见着素娘便直接去阎王殿报到了。

被二狗子拖回栖身的地方，她便开始发热，陷入昏迷。二狗子用从市集偷来的银子，替她抓了药，喂她喝下，她总算是保住了一条小命。

这日傍晚，她躺在破席上有气无力地啃着二狗子辛苦找来的半块馒头，突然听见二狗子一路喊着向她跑来，气喘吁吁地道："阿怜，看谁来了？"

塞进口中的馒头只咽了一半，她远远地看着一个装扮艳丽的贵妇人向她袅袅走来。

这不是多日不见，她一心挂念的素娘，还会是谁。

"听说你担心我，一直守在徐府外，病倒了。你怎么这么傻？这么多年我都熬过来了，怎么可能会出事呢？"素娘纤纤玉指顺了顺她又脏又乱的发丝，突然想到什么，将手中一个锦布包裹打开，"瞧，我给你做了一身新衣。"

这是第一次素娘送给阿怜衣衫，也是阿怜长这么大以来穿着最好看的一身衣衫。她摸着崭新的麻布衣衫，心中感动万分，但注意力全然不在这身新衣衫上，而是紧紧地盯着眼前看来有些陌生的素娘。

她诧异地盯着素娘看，徐老爷刚去世三日，还在服丧期的素娘竟然身着了一袭桃粉色艳丽的衣裙，腰间系着一条翠色绣珠丝带，婀娜的身段尽显，盈盈细腰不堪一握。裙身绣着各式各样玫粉色的媚姬花，裙摆的银线云枝暗纹随着她的身体摆动，在阳光下若隐若现。乌黑如泉的长发只以一支玉簪轻轻绾起，几缕青丝落在颈间，映得肌肤更胜白雪。再看那张看一眼就让人很难忘记的娇颜，粉面朱唇，眼波含春，丝丝妩媚，勾魂摄魄。

对男女之情开始有些懵懂的二狗子正露着痴迷的眼神望着素娘，整个人仿佛三魂被勾走了七魄。

从第一眼认识素娘开始，素娘永远都是一袭素净的衣裳，就像她的名字一样。阿怜从未见过素娘这样妖娆妩媚的妆容，绝美，但她更喜欢原来那个不施一点儿胭脂水粉的素娘。

素娘的头一低，阿怜瞧见那朵妖冶的墨莲，正插在她的鬓后。

阿怜眨了眨眼，她看见墨莲上升起一团黑气，慢慢地上升，从素娘的下颌一直蔓延至她的鼻翼，她的眼睛，她的眉心……

素娘脸上浮着一种难以言表的笑容，这种笑容是从心里散开，那种雀跃的神情让她整个人看上去，有种说不出的兴奋。素娘原本长得就很美很美，但是这样的笑容是阿怜从来没有见过的。素娘笑起来美艳若花，配上今日这样妖冶的妆容，举手投足中，将女性的妩媚妖娆尽现无疑。

以前那个纯良朴素的素娘不见了，眼下的素娘有些陌生。

她盯着她头上的那朵墨莲，哑着嗓音道："素娘，这朵莲花……还在啊？"

过了这么些天，寻常的花儿，在这样闷热的天气里，早该枯萎凋落，但这朵诡异的墨莲不但没有枯萎凋落，反而生命力越来越旺盛，整朵花黑得发亮。

素娘抚了抚发髻上的那朵墨莲，盈盈一笑："很适合我是不是？"

阿怜想说不适合，本能地想让素娘扔了那朵花，但话语卡在喉间怎么也说不出来。

素娘像往常一样打开装满了食物的食盒，阿怜根本无心吃食，但不想素娘难过，便狼吞虎咽地吃了起来。

"我有个妹妹，如果还在的话，应该也是你这般年纪……"素娘摸了摸她的头。

阿怜第一次听素娘说起她的家人。素娘又聊了一会儿才离开。

直到素娘的倩影消失在巷口，阿怜才转向一旁正拼命往嘴里塞着桂花糕的二狗子，道："二狗子，你看见素娘头上那朵黑色的莲花吗？"

"嗯……"二狗子点了点头，嘴巴塞得满满的。

"你有没有看见那花冒黑气？"

"嗯……"

"你也看见啦？"

"噎死爷了。"二狗子总算吞下桂花糕，一头雾水地望着阿怜，"黑色的莲花？冒黑气？我怎么听不懂？你说的是素娘头上那朵粉红的莲花吗？哪有什么黑色的莲花啊？那明明是粉红的好吗？你这几天饿傻了吗？那花明明是粉红色的。还冒黑气，真是……"

阿怜一下子惊住："粉红色？"

"对啊。这世上怎么可能有莲花是黑色的？长得像莲花的黑木耳我倒是见了不少。"二狗子又从食盒里挑了一块蝴蝶酥，狼吞虎咽。

阿怜陷入沉思。

难道这几日她真的饿昏了头？不对！她陪着素娘去买花的那天，她看到的花就是黑色的。为何只有她能看见那朵花是黑色的？为何素娘和二狗子都看不出来那朵花根本就不是什么粉红色？

阴霾的天空淅淅沥沥地下了一整天的小雨。

奎河撑着纸伞拼命地跑才能跟上师父："师父，你能慢一点吗？你的腿比奎河长，奎河已经很费劲儿地跟着你了。"

"左前方。"玄遥的脚步忽然微顿。

奎河差一点撞在师父身上，幸好及时刹住脚，顺着看过去，雨幕中左前方一道黑影和一道白影正急速地向前飘移着。他摸了摸脑袋，感慨："这黑白无常也太敬业了吧，这大下雨天的不在阴曹地府待着，居然还跑出来做事。"

"你见过死人分晴天和雨天的吗？"玄遥望着前方与之擦肩而过的黑白无常使者，薄唇抿了抿。阴曹地府办事的效率依旧还是这么高，容不得人等上一时半刻。

二鬼行色匆匆，忽然白无常疾驰的身影一顿，转身向后方望了望，很快又向前继续飘移。

"还好师父设了结界，这二鬼捕捉不到我们。"奎河一脸崇拜地望着自家师父，他长大了一定要成为师父这样霸气兼帅气的男人。忽然想起什么，他又叫道，"我今晨在市集上见到那位徐夫人，整个人变了一个人，打扮得花枝招展的，实在很难相信这样漂亮的一位美人就要香消玉殒了。"

"这是她自己选择的。"玄遥冷淡地道。他的墨莲既出，那便是一定要赶在黑白无常之前，将素娘收了。

"走了。"他往反方向步去，速度极快。

只是眨眼的工夫，奎河发现师父已然飘离数丈外，连忙屏息急驰追上前。

自从一个月前素娘给阿怜送了一身新衣之后，从此便没有在约定的小巷里出现过。

徐府和德盛茶楼的附近，时不时能见着阿怜徘徊的身影。再见素娘，那花枝招展、体态妖娆的美妇人已经不是阿怜认识的素娘了。每每当阿怜想上前与素娘招呼，但无形之中拉开的身份距离与那陌生的笑容，总让阿怜望而却步。

二狗子劝过她很多次，以前徐老爷还在的时候，素娘只当她是个随意倾倒的泔水桶。如今徐老爷不在了，精神与身体都不用再受折磨，哪还需要她这个又脏又臭的泔水桶。这吃人不吐骨头的黑暗世道，他们当乞丐的什么样的人没有见过？见过哪个有钱人与乞丐当朋友的？更何况素娘在嫁与徐老爷之前本就是青楼女子，常言道婊子无情，戏子无义。

阿怜很生气二狗子这么说素娘，但是内心又不得不承认二狗子的话有几分道理，依旧坚持每日傍晚时分去徐府守望一会儿。

"好好要你的饭吧！你再这样下去，就算不饿死，也要被雨淋死。你要是再病了，我可不能再帮你弄着药了。"这一天傍晚，二狗子又一次忍无可忍地将阿怜从徐府的门前拖离。

下了一整天的小雨，灰蒙的天色，路上即便还有着三三两两的行人，也是举着伞急走。

忽然，徐府的大门敞开，从中飞出一道人影，正巧摔在阿怜的跟前，吓了她和二狗子一大跳。她定睛一看，这被从徐府扔出来的是个赤裸着上身的男人，脸与身上被打得青一块紫一块。

惊魂未定，徐府大门内又冲出几个家丁，人手一根粗长的棍杖，对着地上的男人又是一顿暴打。

　　紧接着，衣着光鲜、长相儒雅的徐老爷之子徐光耀，扯着一个披头散发、衣衫不整的女人从大门内走出。

　　阿怜盯着那个女人一看，竟是素娘。她刚想上前，却被二狗子拦住："你疯了吗？"

　　徐光耀一把将素娘推到地上，对着家丁咬牙切齿地道："把这对奸夫淫妇给我押去衙门。"

　　阿怜推开二狗子的手，不顾一切地冲上去扶素娘："素娘。"

　　衣衫不整的素娘一见是她，嘴角弯出一抹凄美的笑容，道："还以为雨天你不会在这儿呢，傻孩子。"

　　阿怜听见这一声"傻孩子"，豆大的眼泪随即涌了出来，哭道："素娘，这是怎么回事？"

　　"小杂种，闪远一点，不然连你一块儿送进衙门。"徐光耀一脚踹开阿怜，伸手便用力地揪住素娘披散的头发，怒道，"你这淫妇，在府上做出苟且之事，败坏我徐家门风，居然外面还勾搭着小叫花子？！难怪我爹后来后悔娶你进家门，原来早知道会有今日。你这个不要脸的淫妇！我要亲眼看着你游街，浸猪笼，以慰我爹在天之灵！"说完，"啪"的一声，一巴掌便甩上了素娘白皙的脸庞，五个指印立显出来。

　　二狗子连忙将阿怜拉开，拦在身后，不许她多管闲事。

　　素娘捂着被打得红肿的脸，忽然间放声笑了起来，笑了好一阵才停下，杏眸一转，怒瞪着徐光耀，骂道："徐光耀，你枉为男人，你根本就是个让人唾弃的懦夫！想我名满京城的花魁柳素娘是瞎了眼，当年才会信你，想着将终身托付于你这个懦夫，你根本就嫌弃我柳素娘乃青楼女子出身！你不敢向你爹提出娶我为妻，却用迷药将我灌倒亲手送至你爹的床上，你简直就是个衣冠禽兽！我嫁给你爹做填房之日，便已对你这禽兽死了心，一心想着好好侍奉你爹，却不想你爹心慈面善，其实也是个十足的衣冠禽兽。你爹知晓你我过往，舍不得责怪你这宝贝儿子，却日夜拿我撒气，轻则骂，重则打得遍体鳞伤，冤枉我与人苟且，冤枉我未出世的孩儿是野种。我那未出世的苦命孩儿就那样没了。世人都道你徐家做尽善事，却无人知晓你父子二人背后丑恶的真面目：卑鄙、无耻、虚伪、龌龊……"

　　"你这个贱人，给我闭嘴！"徐光耀一张俊脸变得扭曲起来，甩手便又给了素娘一记耳光。

　　阿怜瞪大了眼望着素娘，她知道素娘被徐老爷虐待的事，却不想素娘与徐少爷竟然还有这么一段惨痛的过往，也正是这一段过往才令素娘痛不欲生。

素娘吐了一口血，继续讽笑着道："徐光耀，你尽管打吧，有种你就打死我！你以为我柳素娘怕死吗？我柳素娘苟延残喘至今，宁可糟践自己跟一个下人厮混做出此等下贱之事，也不愿暗地里委身于你这个禽兽，便是故意要败坏你徐家门风，要你徐家名声丧尽！哈哈哈……"

"你这个淫妇！给我闭嘴闭嘴闭嘴！闭嘴！"徐光耀被骂得无地自容，一手揪住素娘的头发，一手不停地抽着她耳光子。

"素娘！素娘！素娘！"阿怜急得直哭，虚弱的身体却敌不过二狗子的力道，被强行拖到一边。

鲜血从素娘的口中流了出来，她不停地笑着，目光像刀一样的犀利："禽兽！再告诉你一件事，你爹是我杀的，我只后悔没有机会连你也一起杀了。"

徐光耀听到素娘亲口承认杀了他爹，双目变得赤红，跳起身从一名家丁手中夺过棍杖，举起便往素娘身上狠狠打去。

"素娘！"阿怜眼睁睁地看着素娘被徐光耀杖笞，却怎么也挣脱不了二狗子的手臂。

素娘被打得皮开肉绽，鲜血不停地从口中流出，口中依旧不忘骂着徐光耀："徐光耀，你这个禽兽！你这个畜生！老天有眼，收了你爹，早晚也一定会收了你……我柳素娘即便魂飞魄散也要诅咒你不得好死……诅咒你们徐家断子绝孙……诅咒你和你爹下十八层地狱，永世不得超生……"

徐光耀打累了，住了手，扔了手中的棍杖，望着趴在地上曾经喜欢过的美艳女人此时已奄奄一息，心里一阵酸涩直向上涌。他赤红着眼，指着先前被扔出去的下人，道："把这对狗男女给我押到官府去。"

阿怜终于挣开二狗子的手臂，刚冲向奄奄一息的素娘，便被徐府的下人一脚踹在地上。

徐府的下人拖着素娘和奸夫往衙门去。

"素娘！素娘！素娘……"阿怜爬起身不停地哭喊着，一路跟着。

灰蒙蒙的天空忽然涌起浓墨般的黑云，雷鸣巨响，淅沥的小雨瞬时变成了瓢泼大雨。

徐家的下人一边拖着两个半死不活的人，一边埋怨着在这样一个鬼天气干着这份苦差。

走着走着，雨幕之中，他们看见正前方立着一位年轻人和一个小孩，一大一小正撑着油纸伞。在这样一个暴雨的天气，连成线的雨水落在油纸伞上，二人身上的衣服却是干干净净，半点沾着雨水的印迹都没有。

邪了。

徐家的下人一个个疑惑着，忽然只见空中的雨水连成一片，像是海浪一样冲着他们横卷过来。他们吓得扔下素娘，拔腿就往回跑，生怕自己被淹没在这一片海浪之中。

阿怜一路追着，突然看见徐家的下人扔下素娘，像是发了疯一样地往回跑。她连忙跑过去，扶起奄奄一息的素娘，将她抱在怀里。

雨水不停地落在素娘苍白的脸上，她满脸的鲜血被雨水冲刷了之后，又不停地往外冒。

阿怜捧着她的脸，害怕地痛哭了起来："素娘，你醒醒！你醒醒！你不要死，你不要死，求求你不要离开我……素娘……"

素娘虚弱地睁开眼，嘴角淡淡地勾了一抹笑容，这个世上还有一个人能为她的死而伤心，即便是死，也足矣。她艰难地抬起手，抚上阿怜的眼角，道："阿怜，别哭……这都是素娘的命……答应我，你一定要好好地活着……好好活着……"

"呜呜呜……素娘，你不会死的，你不会死的……我不要你死。"阿怜紧紧地抓着素娘的手痛声哭泣。

素娘仿佛听不到阿怜的哭声，突然将手抽回，伸手拔下插在发髻间始终不曾掉落的墨莲，转首看向雨幕之中，口中喃喃地说了三个字："他来了……"

阿怜停止哭泣，微愕地看向素娘手中的墨莲。这会儿一阵黑气又从她的额前、眼中、鼻下飘出，慢慢地聚向墨莲，不，应该是说被墨莲慢慢地吸进去。原先看着黑得发亮的墨莲，这会儿看来，就像是吸满了鲜血似的，黑红的花瓣像是随时能挤出鲜血来。

不远之处，她看到雨幕下站着一大一小两个人。

她讶异，半莲池的老板和小童怎么会出现在这里？忽然，怀中的素娘一沉，再回首，素娘在她的怀中永远地睡去。

她瞪大了眼，眼泪再一次溃堤而出，喉咙里发出凄惨地哀号："素娘！"

玄遥举着伞缓缓走到跟前，冷漠地看着她抱着素娘的尸体痛哭失声。

奎河蹲下身，从素娘的手中取下那朵墨莲，交到他的手中。他瞥了眼墨莲，十分满意，重新丢回奎河的手中，转身离开。

奎河跟在师父身后，走了几步，又折回头，在阿怜的脚下扔下十两银子，说："好好葬了她吧。"

阿怜仇视地看了一眼银子，再看消失在雨幕中的男子。

是他，害死了素娘。

若不是他那朵妖莲，素娘不会走到今日这样的地步。

是他，是他害死了素娘！

阿怜拿起地上的银子方想扔了，却被二狗子劫下："你疯啦？！这是白花花的银子！"

阿怜一边哭着，一边说："我当然知道这是银子，但是你知不知道，就是刚才那个人害死素娘的，是他害死素娘的。他是个妖怪！他是个妖怪，他不是人，就是因为他卖给素娘一朵墨莲，素娘才会性格大变，才会落至如此下场。是他害死素娘的，我要替素娘报仇。"

"阿怜，我知道素娘的死对你打击很大，但是素娘怎么死的，你我都看见了。半莲池的老板他只是经过，他连根手指头都没有碰到素娘啊。花是素娘临死前取下来的，明眼人都能看出来，她是想把花还给半莲池的老板啊。"二狗子一脸纠结，他不明白为何阿怜坚持说那朵莲花是黑色的，明明就是粉色的嘛。是不是眼睛出了什么毛病？半莲池的老板看上去多无害啊，相貌丰神俊朗，怎么会是个妖怪？是神仙还差不多呢。他伸手摸了摸她的额头，冰凉的雨水顺着她的发丝一滴一滴滑落，完全没有发热的迹象。这傻瓜不会是中邪了吧？

"你不知道……你不知道……你不知道……"她口中一直喃喃地念着，"我要给素娘报仇，我要给她报仇，我一定要给她报仇……"

"哎哟，你真是疯了。徐府是什么人家？就凭我们俩叫花子去告官？简直是找死！除了我们俩，那群家丁有谁敢说自己瞧见徐光耀亲手打死素娘的？你真是疯了。"

"我不管我不管我不管……呜呜呜……素娘……"她抱着素娘的尸体痛哭。

"你别再哭了，眼下最重要的事是把素娘葬了。你忍心看着她的尸体暴露在外？这雨下这么大，你忍心她不明不白地死了，尸身还要被雨淋？听话！乖！"二狗子不停地劝着，半拖半拽地才拉动阿怜。

阿怜一边哭着，一边跟随二狗子抬着素娘的尸体找到城中的棺材铺。她替素娘擦干净身体，替她梳了个简单的发髻，穿上殓衣。

虽说万般不情愿用那锭银子，但是她不忍看着素娘的尸身暴露荒野。她伏在素娘的坟头哭了有半个时辰，差点昏厥过去。

对她来说，素娘不单只是一个有事没事施舍东西给她吃的好心人。那种彼此交心、吐露心声的感觉更像是家姐或是母亲的感觉。她打从出生没有见过爹娘，这十二年来，让她挂心依靠的人也只有素娘。

天热得发狂。屋顶上的青瓦在烈日的照射下，反射着阵阵强光，就连灰蒙破旧的白色墙壁突然也泛起刺目的光来。街边的柳枝儿蔫蔫地垂挂着，街头几乎见不到什么人影。

阿怜低垂着头，双拳紧握，强忍着身体的不适，咬着牙跪在半莲池门前的正前方，地上的影子几乎与她的人重叠。

一大清早排队的人，早已进屋散去，只留她一人还跪在半莲池的门前。

三天前开始，她便从卯时三刻一直跪到差不多近午时，除了第一日被那个妖男拒绝，她便再也没有见过他，每天都因为体力不支晕倒在地而被二狗子拖走。今日，她不顾二狗子的反对，迷倒了二狗子，强行拖着病体爬到了半莲池的门前。今日是第三日了，若是就这么舍弃，她就别想为素娘报仇。不论跪多久，哪怕就是跪死在这里，她的魂魄也一定要进入这半莲池。

她要为素娘报仇！

她要那个妖男收她为徒！

一定要！

一定会！

她舔了舔干涩的嘴唇，牙咬得更紧了。

蝉似乎就在她的耳边一直嘶叫着，不知多久，她的身体突然一抽，一阵头晕目眩，两眼开始向上翻，双手撑在滚烫的地面强忍着不让自己虚弱的身体倒下。

"师父，今日已是第三日了，那个小乞丐在门前已经跪了几个时辰了，看他的样子好像快要不行了。"奎河趴在窗前张望着，"呀呀呀，真的快要不行了，都开始翻白眼了……"

无论奎河说什么，半躺在紫檀木贵妃榻上的玄遥，就像是听不见一般，手捧着一册书卷入神地翻看着。

三日前，玄遥甚至连拒绝的话都未曾开口说过，只是露出一个冷嗤不屑的神情，衣袖轻拂，便将阿怜扫出半莲池的大门，此后阿怜便一直跪在门前不起。

奎河虽说之前与阿怜打了一架，但凭这三日看到阿怜拜师的决心也不得不开始佩服。昨日傍晚一场暴雨之后，阿怜因体力不支被另一个小叫花子拖走之时，他忽然觉得松了口气。谁知今日天还没亮这小叫花子又来门前跪着，这会儿眼看就要不行了，他的朋友却还没出现，奎河有些着急。

他回头望了望沉默看书的师父，忍不住说："师父，你真不打算再收徒弟吗？他再这样跪下去就要去阎王爷那儿报到了。再说前阵子咱们才收了素娘的魂魄，这阎罗殿当差的没找上咱们这儿来索魂，但要是闹上一出不该死的人死了，便是给了阎罗殿那些个臭鬼闹事的借口。"

玄遥静静地看着书，没有应声。

奎河皱了皱眉头，知道自己问了也是白问，说什么也是白说，只好撇撇嘴回过头继续观察着窗外。

蓦地，玄遥双目凝神，抬眸看着奎河烦躁的背影，清冷地道："没有闻到黑白无常身上那股子腐臭的气息前，就说明他不会死。他爱跪就让他跪，想死就让他去死。"

终于听到师父的声音，奎河兴奋地回过头。师父静默了一个上午终于肯搭理他了，可是在听到师父冰冷异常的话语之后，他的嘴角不禁抽了抽。若不是师父从小将他养大，他一定觉得师父是他见过的这世上最冰冷无情的人，简直比冰山上坚硬的冰块还要冰。

玄遥又进入沉默，视线落回手中的书籍之上。

奎河一时无聊，突然想到什么，便跑去墙角小叶紫檀的柜子里一阵翻找，不一会儿摸出一面古旧的铜镜。他举着镜子对跪在外面的阿怜一番照射，然后翻看镜子，只见镜中雾蒙蒙的一片，什么也没有，也看不清。他不敢相信自己的眼睛，于是将镜子对着自己，不一会儿镜中清晰地浮现出一个襁褓中的男婴咧着嘴不停地对着一面墙傻笑。他迅速地将镜子又一次对着阿怜一番照射，镜子里出现的景象与第一次一模一样。

他瞪圆了眼睛，结巴着声音叫道："师……师父，有……什么人或什么妖怪是天机镜照……照不出的吗？"

玄遥眉峰轻挑，斜睨着看了奎河一眼。

奎河咽了咽口水，道："师父，我不是故意拿天机镜出来玩的，只是好奇那个小乞丐明明半死不活的，却见不到黑白无常的鬼影。我想照照他前世是个什么东西，谁知……"他将镜子再一次照向阿怜，然后将浮着一团白雾的镜子举给玄遥看，"师父，你看，什么都没有，只有一团白雾，这种怪事我还是第一次见到。"

玄遥看向镜子，镜中的确如奎河所说雾蒙蒙的一片，他下意识地蹙眉。

天机镜乃上古神器，知晓古今，能看天地人三界所有的前世今生来世。然而，在照完外面那个小乞丐之后，天机镜却是雾蒙蒙的一片。

除非……乃非三界之物。

他放下书卷，走向窗前。透过窗棂，他看到死命撑着的阿怜，薄唇抿成了一条直线。

非三界之物……明明就是个渺小可悲的人类，却被天机镜照出非三界之物。莫说奎河第一次见，就连玄遥也是第一次见。

"师父，师父，你说这小乞丐究竟是个什么东西？"奎河凑了过来。

玄遥没有回答奎河，一言不发地走出半莲池，立在阿怜的面前。

阿怜虚弱得几乎是趴在了地上，忽然听到脚步声，她迷离的双眼猛然又睁开来，直到前方投来一片阴影，她才使出全身的力气，抬起头看向好容易等到的人。

她向前爬了两步，直到伏在玄遥的脚上，才虚弱无力地道："求玄先生收我为徒……若是玄先生不肯答应……阿怜便跪死在半莲池的门前……"她咬着牙，伸手想要抱住玄遥的靴子，就在她以为伸手可及时，那双黑色金线绣纹长靴又偏离了个方向。

她又道："玄先生，求求您，收我为徒吧。我不想这一生这么荒度，我不想再做乞丐，我不想每日没有温饱，被世人所看不起。我知道您法术高强，乃世外高人。是我有眼无珠，辱骂您，我知错了。我没有银子，只有这一条贱命。玄先生，我求求您，请收我为徒吧。您若不肯，我便不走，我会一直跪在这里直到您答应为止，哪怕就是跪死在这里。玄先生，我求求您，请收我为徒。"她对着地面猛地磕起头来。

玄遥盯着阿怜沉默不语。这小乞丐的身上凝聚着一股极强的怨念，他根本就不是来拜师的，而是想为那个素娘报仇，就如当日买花的素娘一样。这股子极强的怨念正是他所要的。小小年纪居然有这般深沉的心思，或许，他应该像收了素娘的怨魂一样收了这小乞丐的。但有两点让他困惑，寻常人根本看不出他的墨莲，而这个小乞丐却可以；其二，能看三界生物的天机镜中出现的一团白雾，不知究竟所谓何意。

玄遥转身走回半莲池。

阿怜见他离开，心中凉了半截，莫非她真的要命丧这里而无法替素娘报仇了吗？

她赤红着眼，拼尽最后一股力气，爬起身向玄遥的背影撞去。

她的身体根本无法触及玄遥半分，离着好远便被一道隐形的屏障猛地撞出了数米开外。她跌落在地，吐了一口鲜血，瞪着双眼看着半莲池内的玄遥，再也没力气撑住，翻了个白眼一下子晕了过去。

"奎河，把他拖进来。"玄遥回眸看了一眼躺在地上昏死过去的阿怜，不仅是为了那股怨念，或许这个非三界之物以后有用得到的地方。他倒要看看，这个小乞丐究竟有什么样的能耐能为那个素娘报仇。

奎河张大着嘴巴，前后不过四分之一炷香的时间，师父的态度竟然发生了这么大的扭转。

"是的，师父。"合上嘴巴，奎河立即跑过去，连拖带拽地将阿怜拖进了半莲池。

第二章

狐真

又是一年梅雨时节。

傍晚迎风飘来的细雨，如烟如雾，看不见摸不着，猝不及防便沾湿了大片
衣衫。街边的小贩一边念叨着这发霉的天气，一边收拾摊子。三四岁的孩童无
视母亲的叫喊，肆意踩着晃动的青石板，听着石板发出的咯吱声响，咯咯的笑
声不绝，很快尖叫着被母亲拎回家。路过的行人越来越少，偶尔三两个神色匆
匆，步履不停，生怕淋多了这梅雨染了什么晦气。就连伏在状元楼门前的大黄
狗，也显得很没有精神……

与这片景象格格不入的，唯有沿着青石板路从西面来的一个人。

玄遥撑着一柄油纸伞，缓缓而行，衣袂翩翩，丝毫不见湿润。

他抬眸望着河对岸的碧瓦飞甍，在烟雨蒙蒙之中显得格外沉静寂寥。待到
天色暗沉之后，那里将是另一番灯红酒绿热闹繁华的景象。

再过三日便是十五。每月的这一日，他企图醉生梦死，忘却前尘往事，然
而从未如愿……

"这位年轻人，请留步。"陌生的声音从身后传来。

玄遥微微顿住脚步，就在要转身之际，一个拿着算命幌子的道人从他身侧

走过，拦下了他前面撑着伞迎面而来的一位年轻人和他的随从。

年轻人一袭青衣，衣袂翩然，眉清目秀却不失器宇轩昂，面对突如其来的招呼，有些错愕："你叫我？"

"这位年轻人，我看你印堂发黑，目光无神，唇裂舌焦，元神涣散，不出三日，必有血光之灾。"道人说着普天下道人都会说的话。

玄遥听了，弯唇淡笑。

这时，空气里飘来的再不是似雾气般的绵绵细雨，而是真正的雨滴，不大，却在这梅雨季节令人发寒。

年轻人微微蹙眉，唇角微抬，却佯装惊慌失色，追问："道长，此话怎讲？你说的都是真的吗？那要该怎么破解？"

"要破解，贫道得去府上作个法。"

"作法？可要银两？"

"要消灾的话破些财是免不了的。"道人一脸认真。

"哦，我明白了，用钱就可以消灾，是不是？"

"可以这么说，但也不完全是。"道人含含糊糊，盘算着要开价多少合适。

年轻人忽地笑了起来，睇了一眼随从。

随从立即上前，厉声对道人说："老道，我看你印堂发黑，目光无神，唇裂舌焦，无神涣散，不出三日，必有血光之灾。"

道人一听是之前自己说过的话，陡然惊恐："什么……什么意思？！"

"把钱交出来，不然我弄死你！"说着，那随从一把揪起道人的衣襟，扬起右拳准备吓他。

"你……你们……你们要干什么？"道人瞪大了眼，难以置信地看了看随从又看了看年轻人，莫不是今日算错，遇上真正的劫匪？

年轻人道："知道怕了？像你这种招摇撞骗的人我见得多了，若今日不给你一点儿教训，还不知道要坑害多少人。"

随从揪着道人的衣襟陡然收紧，道人呼吸顿时困难起来："贫……贫道……好心好意要帮你，你不领情……也罢，却反而……你……你……呃……"

道人十分气愤，本就呼吸不畅，加上受这一刺激，一口气堵在胸口半晌说不上话，脸色涨得通红，看上去十分难受。若是随从再多用一分力，怕是他要昏厥过去。

年轻人见状，觉得这道人受教训得也差不多，便挥了挥手。

随从得到示意即刻松了手。道人立即贪婪地呼吸着新鲜的空气。

年轻人道："老道，看在你年纪也不轻，今日暂且作罢，若是下次再让我碰上，我定会将你扭送官府。"

道人愤然，冷哼一声："哼！你不听贫道所言，吃苦必在眼前。府上必有妖孽！你就等着被那妖怪吸食而亡吧。"

年轻人脸色陡然一沉。

道人转身就走，不想走了没几步便撞上了一直立在一旁无聊看好戏的玄遥。

玄遥生性冷漠，不近人情，从不是个喜欢过问他人闲事的人，对于这种街边掐架的事，他通常视而不见，更别提他会做什么好人上前劝架，即便喝醉酒，他也不会。然而能让他驻足的理由，只有一个，那道人说得没错，那位非富则贵的年轻人的确印堂发黑，身沾妖气。

道人原本手中握着的伞，在刚才的惊吓之中早已掉落在地，被风卷向一旁，身上的道袍也被细雨全部淋湿，显得十分狼狈。

玄遥略抬了抬伞沿，冲着道人微微扬唇，淡淡一笑。

道人方想道歉，仔细看了一眼玄遥便吓得直接往后退了数步，口中喃喃地不停念叨："不可能，不可能，不可能……"道人顾不得捡起丢掉的伞，任凭风将它卷进河中，惊慌失措地匆忙离开。

年轻人眼见道人奇怪的举动，十分疑惑，不由得看向玄遥。

河边的柳絮被风吹得四处飞舞飘散，轻轻漾漾。玄遥墨黑的发丝随风飞扬，衣袂飘飘，却不沾一片轻叶。清冷的气质令人不由得注目。

年轻人下意识对比自己和随从身上的衣衫，同样手中撑着伞，可衣衫下摆已被雨打湿，脚下的黑靴也早已沾满了泥水。反观玄遥，这雨像是被隔离在他的伞之外，无从侵犯，一双黑靴干净得就像新买的一样，上面的金线暗纹清晰可见，哪有半点儿泥浆的影子？年轻人暗暗心念，经商多年，从未遇见过像面前这人一般……谪仙的人。

年轻人冲着玄遥微微双手作揖："在下姓庄，单名一个昶字。这是家仆，庄海。抱歉，方才若不是在下故意恐吓那位招摇撞骗的老道，也不至于冲撞了兄台。"

玄遥淡淡地道："无妨。"

庄昶看向玄遥的衣摆，方才还是干净一片，这会儿再看却是溅了一片泥水，左脚的黑靴上被踩了一个污脏的脚印。

庄昶连忙赔礼："庄某不才，家中经营丝绸生意，若是兄台不嫌弃，可随庄某前去换一身衣衫。"

玄遥直接回绝："不必了。"

"弄脏了兄台的衣衫，这怎么好意思？"庄昶追问，"敢问兄台尊姓大名？家住何处？"

玄遥望了一眼对岸，淡淡地道："你有这等闲工夫，不如自己回去换一身干净的衣衫。"

庄昶脸色顿时变得煞白，掩在衣袖中的右手下意识握紧成拳。

庄海想替主人讨公道却被庄昶一把拦住。庄昶神情恢复自然，微笑着又重复了一遍刚才的问题："敢问兄台尊姓大名？家住何处？"

"玄遥。城西半莲池。"

这一次让人意外，玄遥回答了。但是，他说完便转身离开，留下目瞪口呆的主仆二人。

"玄遥……半莲池……"庄昶喃喃地念着。

庄海忽然惊叫："半……半莲池？好熟的名字啊！半莲池，半莲池，半莲池……啊，我想起来了，就是那个传说中有求必应的算命占卜馆。"

庄昶道："难怪怎么看他，举手投足之间都有一股道骨仙风的气度。"

"不过，他怎么看都不像是一个寻常人啊，哪有人下雨天一点都不沾湿衣衫的？怎么看都很邪乎。刚才那个江湖道士一看见他就吓得连滚带爬，好似撞见鬼似的。而且他一语就说中你昨夜的去向……"话说了一半，庄海就意识到自己说错话，连忙捂住嘴，不敢再往下说。

庄昶沉默，眉头打成了一个结。

河对岸迎面又吹迎来一阵风，空气中，飘散着一股子淡淡的脂粉味。这股子青楼女子最钟爱的脂粉味却是从庄昶身上传来的，不仔细闻，根本闻不到。

子时刚过，便是十五，玄遥准时出现在了媚香楼。

正在门前迎客的几个鸨姐一见是玄遥，连忙丢下其他客人迎向他。

"玄公子，您来啦？好准时哟。"

"今日媚姬姑娘有客人，让良辰伺候你吧。"

"美景也要伺候玄公子嘛。"

"芊芊也要。"

"让开。"玄遥面无表情，薄唇轻吐的声音不带一丝感情，冰冷得仿佛瞬间能将空气凝结成冰。

与此同时，几位姑娘一致惊呼，随即松开了被震麻的手，乖乖地给玄遥让开了一条道。

玄遥走进媚香楼，一双双期望已久的惊喜眼神全部望过来，可是在看到良辰美景等几位姑娘难看的脸色之后，又一个个黯淡下去，将心思重新放回身边客人的身上。

所有人都知道，每月十五，玄遥的目标永远都只有媚香楼的头牌媚姬一人，眼中完全容不下第二个人。

玄遥踏上二楼，走至媚姬的厢房前。

媚姬的丫鬟守在屋外，一见着玄遥来了，神色异常慌张，想进屋禀告媚姬姑娘，可不知怎的，双脚灌了铅似的沉重无比，怎么也挪不动位置，想要开口叫唤，却发现出不了声。

玄遥走过小丫头的面前，无视她紧张激动的表情，伸手直接推开屋门。

坐在屋子正中圆桌前的男人受惊地抬眸看向来人，不禁怔然。

"玄……玄先生？"庄昶吃惊不小，万万没有想到竟会在这烟花之地看到玄遥。

玄遥右手轻抬，手指微动，身后的门砰地一下紧紧关上。

庄昶以为自己眼花，他甚至根本没有看清玄遥怎么关的门。

玄遥扫了一眼庄昶，神情平静，一点也不意外，转头看向媚姬冷冷地道："我记得我跟你说过，十五这一天，你只能招呼我一个人。"

媚姬冷笑一声："只招呼你一人？我有答应你吗？媚香楼是你开的吗？"

玄遥平静地道："条件是我跟金万花谈好的。"

媚姬不屑地说："谈好的？谈好的又怎么样？我们金妈妈要的不过是银子，只要她收足了银子，本姑娘爱接哪位客就接哪位客。你管得着吗？"

听着二人的对话，庄昶顿时感觉自己像是忽然横插进来的外人，难免尴尬。他起身，向玄遥拱手作揖，道："庄某不知媚姬姑娘与玄先生有约在先。"

"我跟他没有约。"媚姬将他按坐在位置上，端起酒壶，给庄昶倒满了酒。

庄昶端起酒敬向玄遥，道："既然媚姬姑娘与玄兄并无约定，庄某便也无须谦让。若因此而令玄兄烦扰，庄某先自罚一杯。"说完便一口仰尽。

玄遥看着庄昶，一脸平静地道："方才我在楼下，看到一名紫裳女子，发髻间插了一支白玉孔雀簪，或许此时已经上楼。"

庄昶的手忽然一颤，脸色十分难看，紧握着酒盅的右手背上，青筋尽现。

媚姬是何等的冰雪聪明，只眇了一眼庄昶，从他僵硬的神情立即就读懂玄遥话中的意思。她暗咬着牙，几乎抓狂地瞪着玄遥，纵使银两再多，纵使眼前这个男人长得再出尘绝色，她也决计不想再伺候他。因为他，根本就是个变态。

玄遥轻撩衣摆，在圆桌前坐下，神态自若地给自己倒了一杯酒。

酒刚倒满，就见房门由外推开。不用回头，他也知晓来者何人。

媚姬凝望着门外的陌生女子，不由得怔住。紫衣罗裳，明眸动人，明明是少妇的年纪和装扮，但精致的鹅蛋脸上嵌着的一对幽眸，墨黑晶亮，让她看起来如同豆蔻年华的少女一般，灵动逼人。乌黑的青丝轻绾成髻，髻上插着一支白玉孔雀簪，在烛火的映衬下，那白玉孔雀簪亮得耀眼。好一个绝色佳人！

"你是哪家的小娘子？我们这媚香楼可不是你这样的人能来的地方？"媚姬

轻撩了一下发丝，故意依着庄昶，身上的衣裳也因此下拉，露出雪白的香肩。

然而，庄夫人的眼中只有庄昶，她径直走向庄昶，仿佛屋内的玄遥和媚姬都只是摆设。

"谁让你来这种地方的？"庄昶很难堪，声音压得极低，看得出他在强忍着怒气。

"你不回家，我只好来寻你。已经过了子时，是十五了。"庄夫人的声音虽纤柔动听，但冰冷得感觉不到一丝对庄昶的温情。

十五，应该一家人团聚的日子。

庄昶沉默不语，将媚姬倒的一杯酒一饮而尽，道："我今夜留宿这里。"

庄夫人晶亮的眼眸陡然暗沉下去。

"你们这些蠢货，连个人都拦不住！我还留你们有屁用！都给我滚一边去！"金万花的人未到，但严苛尖锐的声音已经传到楼上。

青楼有青楼的规矩，打开门做生意，迎的是四面八方来客，自然不能让客人的家眷进来闹事。纵然那小娘子的相貌出尘绝世，丝毫不逊色她们媚香楼的头牌媚姬，让她心痒痒地想拉她堕入红尘，但是为了她这几十年的招牌，怎么也不能乱了规矩。

金万花捏着绢丝帕直冲进屋内，却看见玄遥端坐在面前，冲着她似笑非笑。金万花脸部肌肉不由得颤动，覆盖在上面的脂粉跟着抖三抖。

不只是玄遥，还有最近常来光顾的庄公子，以及他那前来闹事的小娘子……今夜全凑在一起了，乱成一锅粥，传出去，她这纵横江湖的老脸得往哪里搁哦？

"哟……玄公子，你这可真是准时啊。都怪今日我身体欠安，所以招待不周。"金万花冲着门外的良辰美景直挤眼睛。

"玄公子，良辰伺候您可好？"

"美景保证一定会将您伺候得舒舒服服的。"

良辰和美景两人的手刚要搭上玄遥的肩头，便被一股力量震得两手发麻。

"出去！"玄遥的声音清清冷冷，让人不寒而栗。

良辰美景吓得立即退出门。金万花不得不打圆场，她知道玄遥有多难搞，刚想从庄昶身上下功夫，看看是否能劝他离开去别的姑娘那里，谁知玄遥对她下了逐客令。

"你，也出去。"玄遥冷道。

金万花嘴角抽搐，面部肌肉僵硬，气不打一处来地瞪了一眼媚姬，媚姬一副无所谓的样子。无奈之下，金万花只得看着这一屋子奇怪的客人，退了出去。

顿时，偌大的屋子内又回到先前的寂静。

庄夫人一把夺下庄昶面前的酒杯。

庄昶怒道："你闹够了没有？！我只想安安静静地喝个酒，你也要管吗？你信不信我休了你？！"

庄夫人沉默了。

立在一旁看了许久戏的媚姬突然有些同情庄夫人。能让一个男人在妓院里对着自己的妻子亲口说出这样的狠话，可见这庄夫人得有多不招自家男人喜欢。或许媚姬想得简单，换个思路，也许庄昶明明深爱着妻子却故意说着违心的话，可是即便是违心的，这样绝情的话也足以令一个女人伤心欲绝，难以忍受。究竟是什么原因要让他放弃这样一个如花似玉的娘子？她搞不懂，男女之间，及时行乐的事情为何这么复杂？不过她也佩服庄夫人的勇气，并不是所有女人都有勇气上妓院寻自家男人。

庄夫人又道："回家吧。"

庄昶冷道："我说过的话不想再说第二遍。"

气氛再一次凝结。庄夫人双拳紧紧地握着，指甲似要掐进掌心的肉里。

窗外传来一只猫的惨叫，只是叫了两声，猫的声音远离而去。

紧接着，媚姬的两只手突然抬起捂住耳朵，痛苦地呻吟："什么声音？啊！好痛……"媚姬头痛欲裂，惨叫一声，身体直撞在梳妆台上，将上面的首饰摆件全撞翻在地。

附近的猫叫狗叫声开始此起彼伏，凄惨无比，甚至早已归巢的倦鸟也扑腾着从窝里再次飞出来，有的直接撞在窗棂上，掉在窗沿痛苦地挣扎呻吟着。

庄昶紧攥着酒盅的手松开，终于也承受不住那尖锐刺耳的声音，用手掩住耳朵。"啪"的一声，手中的酒盅碎落在地。

桌上的盘子、酒盅、酒壶开始微微震动，摆放在高台上的烛台应声倒下，烛火触碰到纱帘，火苗顺势向上吐着焰舌。

庄昶神情万分痛苦，望着妻子的黑眸里充满了恐惧和失望。他浑身开始抽搐，重心一个不稳就跌坐在地上。

这时，玄遥忽然放下酒盅。那酒盅就像是蕴藏了巨大的力量一般，将摇晃的桌子即刻镇住，桌面在一瞬间恢复平静。刚刚攀上幔头的火舌，一点一点退了下去，直到完全熄灭。

尖锐刺耳，令人头痛欲裂的声音消失了。庄昶和媚姬两人因剧痛而满头大汗，相对二人的狼狈，玄遥和庄夫人显得十分从容淡定。

庄夫人将视线转移到玄遥的身上，来来回回看了他许久。方才是这个男人破坏了她的念力吧。从进入这个屋子开始，她将全部的注意力放在庄昶的身上，丝毫没理会屋里还有其他人，以至于完全没有料到屋里还有这样一个人存在。她看不出来他是何方神圣，在他的身上，她也嗅不到一丝仙或者妖的气息。能在瞬间破坏她念力的人绝非寻常之人。不过她要感谢他，否则，她会控制不住杀了庄昶和那个叫媚姬的青楼女子。

玄遥抬眸看了她一眼，那清澈的眼神却让她瑟缩了一下。不知为何，只是一眼就让她感到莫名的恐惧。她下意识握紧了双拳，复松开，翩然转身离去，一如她来时一样，悄无声息。

媚姬不停地按着刺痛的太阳穴，被方才莫名其妙的声音刺痛，令她极不舒服，直接瘫坐在贵妃榻上。她喘息着："发生了什么事？方才是什么声音？"

没有人回答她。

庄昶费力地爬起身，坐回桌前，一脸狼狈。他颤抖着手往自己的杯里倒满了酒，又颤着手将酒送入口中。手背被摔碎的酒盅划破了，鲜血如注，但是他丝毫感受不到疼痛。一杯又一杯，入口的酒辛辣无比，刺激着他的感官，酒的侵蚀也逐渐令他紧张的精神放松。

他看向玄遥，苦涩地道："我来这里买醉，是真的希望自己彻底地醉了，因为只有醉了，我才能忘记所有不想记起的事。"

玄遥的神情微滞，思绪一下子飘远。庄昶的一句话，宛如一根针轻轻扎进了他的心底。每月十五，他会到这里，也不过是想醉一场，可是人间的酒从未让他真正地醉过。他的嘴角微扬，看了一眼媚姬，道："五年了，每个月的十五，媚姬姑娘看见我便要作呕，今夜多一个人，无妨。"

媚姬无力地翻了个白眼，心道：以为终于可以摆脱玄遥这个病得不轻的家伙，谁想又来了一个躲老婆的疯子？她也不知道是上辈子烧的什么香，今世撞了这么个大运。比起两个莫名其妙的男人，让她感到恐慌的是那个美艳的庄夫人……

记不起从什么时候开始，或许是从记事的时候就有。

每月十五，阿怜都会前往报恩寺上香，风雨无阻。即便跪在佛祖像前求了很多年，还是做乞丐做了很多年，她依然无怨无悔。每当闻着寺庙中熟悉的香火味，她整个人会变得平静许多。素娘离开整整五年了，她始终没有忘记。如今，她唯一能做的，只有每月十五在佛祖面前，替素娘祷告，期待素娘能够早日投胎，投个好人家，不要再像这一世这般命苦。

今日是十五，一早她便丢下手中的活，坐上马车，一路往南。

梅雨季节一过，酷暑即来。炎炎烈日当空，刺目而毒辣的光线让人头晕目眩。道路两旁的树木郁郁葱葱，阳光穿叶而过，只投下星星点点的光点，让这一路上香的客人稍稍感受到点儿凉意。

阿怜下了车，沿着蜿蜒的青石小道向上，不一会儿便浑身是汗。她用衣袖不停地擦着汗，口中嘟囔着："见鬼的天气，一场雨一场热，再热下去，全京城的人都要变成人肉叉烧包。"

她顺着山路台阶走了没两步，一阵微风吹来，夹着一股子怪味，她下意识地揪起鼻子："嗯……"什么怪味道？有点臊臭！

她拧着眉头又登上几级台阶，那股子臊臭的怪味越来越近。

正前方不远处，一位身着桃粉色织锦长裙的年轻小娘子，髻上插着一支白玉孔雀簪。她单手撑着鬓角，双眸垂闭，微蹙的眉心透露出些许不舒服。一个穿着绿衫的小丫鬟正用帕子替她轻拭着额头上的密密细汗，随后又不停地替她扇着扇子。

阿怜忍不住嗅了又嗅，那股子怪味，似乎就是从这小娘子的身上传来。

蓦地，年轻小娘子睁开双眼，一双清澈晶莹的明眸闪着耀眼的光亮。她站起身来，织锦的长裙瞬间飘散开来，裙摆处的媚姬花娇艳欲滴，栩栩如生，银丝线勾勒的祥云暗纹随着裙摆的飘动在阳光下若隐若现。

小娘子莲步轻移，犹如轻风拂柳般婀娜多姿。

阿怜一下子看痴了，心里忍不住惊叹：面若桃花，肤若凝脂，皓齿明眸……世间竟然有如此出尘绝色的美人儿！再美好的词语也不足以赞美她，只可惜了，身上带着这么一股子怪味。这美人儿瞅着好像有点眼熟呢。

阿怜忽然低头瞅着自己身上的青衫布衣，又伸手摸了摸还算光滑的脸蛋，两眼望着前面的美人儿，心底没由来地自惭形秽。同样是女人，差别咋就这么大呢？罢罢罢，她这辈子也没想过再当什么女人。做男人，安全。

小娘子走了没两步，身体一软，"咚"的一声便摔倒在地。身旁的丫鬟急叫唤："夫人！夫人！夫人你醒醒！夫人你醒醒啊！"

阿怜离得最近，虽然说尝尽了人情冷暖，可终究还是挡不住体内那股子善良的热血。她快步跑过去，小娘子身上的怪味扑鼻而来，冲得她头晕目眩，差点没摔倒。她硬生生憋住气，刚想伸手扶起这位小娘子，谁知小娘子的衣裙里突然冒出一只白色毛茸茸的东西，吓了她一跳。

那白色毛茸茸的东西趴在小娘子的脸上，用爪子拼命地挠着小娘子，似乎想要唤醒她。

阿怜定睛一看，嗬！这白色毛茸茸的东西不是别的，竟然是一只不可多见的白狐。而这小娘子身上的怪味正是这小东西的味道。

阿怜弯下身刚想扶起小娘子，那白狐忽然回头冲着她龇出尖牙，发出恐吓的声音。这小家伙是在怕她伤害它家主人吗？

"放心，我不会伤害你家主人，我是想帮你们。"阿怜莞尔。

那只白狐像是听懂了她的话似的，乖乖地退至一旁。

阿怜和小丫鬟合力将小娘子拖到一旁阴凉处的石头上坐下，指尖无意中触及这位小娘子的脸颊，便被她滚烫的肌肤烫得缩回了手。

好烫！

阿怜问小丫鬟说："你家夫人这样烫，怕是中暑了。"

小丫鬟听闻伸手摸向主人的额头，当下哭哭啼啼："奴婢也不知，先前来的路上还好好的，突然就这样了。"

阿怜挑眉，道："有铜钱吗？"

"有有有。"小丫头从荷包里摸出一把铜钱。

阿怜拿了一枚，道："扶稳你家夫人，将她的衣领褪下一点。"

小丫头一听，一阵迟疑。小白狐也开始冲着她龇牙瞪眼。

阿怜解释道："我是要救你家夫人，晚了就来不及了。"

小丫头扶稳了小娘子，连忙将小娘子的领襟向下扒了扒。

阿怜将随身携带的薄荷油取出抹在小娘子的颈后，捏着铜钱拼命地刮着小娘子的后颈，没多久后颈便出了痧子。痧子越刮越大，不一会儿小娘子的后颈又红又黑的一大片。

"瞧这热毒！"阿怜又用拇指按着小娘子的人中，又命小丫鬟用力地掐着小娘子的虎口。好一会儿，小娘子终于苏醒过来，睁开双眼，直直地盯着阿怜。

小丫鬟抹着眼泪说："夫人，你终于醒啦？吓死小翠了！"

小白狐也欢快地在小娘子的脚边跑动。

阿怜将提神醒脑的薄荷油塞在小娘子的手中，道："这个给你！可能天气太热，这里又到处是香，憋着气很正常。"

小翠道："是这位公子救了夫人呢。"

"多谢公子相救。小翠……"小娘子虚弱地浅浅应道，声音婉转动听，冲着小丫鬟使了一个眼色，小翠立即从荷包里掏出一些碎银，塞在阿怜的手中。

阿怜觉得小娘子很有眼缘，十几年的乞丐生涯早就养成了一副市侩的性子，但今日这手中的碎银忽然变得有些烫手。她将碎银又还给小翠，道："夫人客气了。举手之劳，何足挂齿。"

小娘子客气道："那便多谢公子。敢问公子尊姓大名？"

"呃……"这个问题一下子问倒了阿怜，当年素娘只给她取名"阿怜"，可她并不知姓什么，"伫立望故乡，顾影凄自怜。顾影怜。夫人唤我'阿怜'便成。"

当年认识素娘的时候，她还不识字，素娘教过她"顾影怜"三个字怎么写，可是她写得很丑。待在半莲池五年的时间，玄遥虽然将她当作奴仆使唤，但是奎河学习的时候，玄遥也命着她一起学，如今"顾影怜"三个字她写得很端正，也算没有辜负素娘的一片苦心。玄遥没少教她识字，她虽没有学富五车，七七八八倒也学了不少，这样想来，玄遥对她也不算太坏。

"顾影怜，好名字。"

"恕阿怜冒犯，敢问夫人如何称呼？"

"夫家姓庄，府上做丝绸营生。"

"可是城南的云暇绸庄？"

庄夫人惊讶："正是。"

原来是云暇绸庄的夫人啊，难怪瞧着这么眼熟。虽然她不做乞丐多年，可是这京城内大大小小，谁家有个什么事她还是知晓的。五六年前，那时候她还是个小乞丐，庄夫人还是庄少夫人，娘家姓苏，闺名婉心。云暇绸庄的庄老爷患重病去世，她依稀记得那场葬礼盛大而隆重，庄家连续七日每日施斋，那段时日她和二狗子可是顿顿饱餐。早闻庄少爷庄昶与庄少夫人苏婉心那是郎才女貌，璧人一对。二人的婚礼也是轰动一时，只可惜婚后鲜少有人见庄少夫人苏婉心出门走动，听说少夫人身子骨薄弱，鲜少出门。庄老爷去世第三日，庄少夫人苏婉心顶着身体不适亲自施斋，有幸得见。当年只是惊鸿一瞥，令阿怜印象深刻，如今想来，恍如昨日。

"时日已久，当年庄老爷仙逝，庄府施斋七日，阿怜曾受过府上恩惠。"阿怜作揖一拜，"还请受阿怜一拜。"

苏婉心微微惊愕，原来还有这番渊源。

"这小东西挺有意思的。"阿怜顺手弹了弹小白狐毛茸茸的脑袋，立即引来小白狐的反抗。

"它叫雪团，是我与我夫君五年前在集市买下的，当时它身受重伤，我见它可怜，便买下了，放在身边一养便是这么多年。"苏婉心虚弱地说道。

阿怜道："夫人若是不舒服，还是别勉强自己，早些回去歇息吧。心中有佛，处处是佛。佛祖一定不会怪罪于你。"

苏婉心凝眸望着不远处的佛殿，近在咫尺却无缘，神情之中难掩淡淡的忧伤、失落和不甘。

阿怜忍不住心中好奇，便道："看夫人似有难言之隐。"

苏婉心看了阿怜一眼沉默未语，倒是小翠嘴快："我家夫人想求子……"

"小翠！"苏婉心瞪了小翠一眼，小翠噤声，乖乖地低下头。

小翠一句"夫人想求子"，令阿怜想起两个月前闹得沸沸扬扬的庄昶纳妾一事。夫妻二人本是一对璧人，却因为苏婉心身子孱弱无法为庄家开枝散叶，令庄老夫人嫌弃，逼着庄昶纳妾。庄昶一直不同意纳妾，可也不知怎的，两个月前突然就迎娶了二夫人郑妙姝进门。眼尖的人瞧见，二夫人郑妙姝进门的时候，已有数月身孕，约莫再过个两三月这二夫人郑妙姝便要临盆。

更何况求子不应该是去观音庙求观音大士吗？阿怜当然不会这么说，很委婉地道："夫人还这么年轻，早晚都会有孩子的，不急于这一时。"

苏婉心听了，眉心微蹙，唇角略带苦涩。

这时，一个尖锐而张扬的女声传来："哟，这不是咱家心姐姐吗？怎的不舒服了？"

阿怜回首，一个衣着华丽、妆容却十分艳俗、大腹便便的少妇登上台阶，身旁两三个小丫鬟前呼后拥着她。

想来眼前这位大腹便便的少妇便是那郑妙姝。

郑妙姝摇着纨扇慢慢走来，轻笑一声："心姐姐身子不好，就该在家休息，这大热天的跑这么远来，可是受罪了。叫妹妹妹看了心疼。"

苏婉心刚刚恢复的气色一时间又变得煞白。

雪团忽地跳过去，冲着郑妙姝张开了嘴，龇起牙。

"走开！你这小畜生，早晚扒了你的皮做成围脖。"郑妙姝伸脚狠狠踢了雪团一脚。

雪团"嗷"的一声，连翻了几个跟头，撞在一旁的石阶上，呜咽一声，嘴角顿时渗出一丝血迹。

"雪团！"苏婉心惊叫起身，将雪团抱了起来，雪团紧闭着眼，痛苦地呻吟着。苏婉心的眼泪顿时滚落出来，想指责郑妙姝，可惜只说了一个"你"字便气得说不出话来，捂着心口直喘气。

"夫人！"小翠也气极，仍是咬着牙说，"二夫人，请息怒。"

郑妙姝甩手便给了小翠一巴掌："什么时候轮着你这个贱婢说话了？"

就在郑妙姝还要责难小翠时，阿怜实在是忍无可忍，伸手抓住郑妙姝的手臂道："这位夫人，此乃佛门净地，你这手跟脚使这么大力，也不怕崴着动了胎气？"

郑妙姝用力地抽回手臂，凝神看向阿怜，上下扫视一番，好个俊俏的公子哥，眉宇间英气逼人。她冷嗤一声："你是何人？在这里多管闲事？"

阿怜不甘示弱地回道："我不过是路过的香客，见夫人仗着腹中胎儿甚是欺人，看不惯罢了。"

郑妙姝突然以扇捂着唇笑了起来："哟，我说姐姐你这每月初一十五前来佛祖跟前上香，一去就是大半日，敢情这是借着上香的借口会小情郎啊。"

"郑妙姝，你………欺人太甚……"苏婉心拳头紧握，说不了几个字便气喘不停。

阿怜没有发怒，看着郑妙姝冷道："这位夫人没多少时日便要临盆，我劝你嘴上还是得积点儿阴德。"

"你？！"郑妙姝脸色难看，双手下意识抚摸着肚子。

阿怜懒得理她，对小翠说道："小翠，快扶你家夫人回去吧，找个大夫好好瞧瞧。”

小翠连忙扶起快要晕厥的苏婉心。

郑妙姝冷笑一声，冲着苏婉心再次挑衅，道：“姐姐，你嫁进庄家这么多年无己出，看了大大小小不少名医，如今求神拜佛也没什么用，不下蛋的鸡，就是不下蛋。看你这么辛苦，我不妨告诉你一个法子吧。据说城西有一家算命占卜馆叫半莲池，只要去那里许个愿，买些花回来，就能心想事成。与其你每日这副病歪歪的模样，不如去那里试一试，说不定就成了。别说我整天与你怄气，没有帮你哈。”

郑妙姝冷嘲热讽地说完，一边摇着扇子一边向山顶报恩寺走去。

苏婉心双眉紧蹙，黑眸一沉。

小翠惊道：“夫人，这半莲池的名号我听过，听说灵得很。”

“半莲池……”苏婉心喃喃念道。

“夫人，你平常足不出户，有好些事并不知。小翠闲暇时和府里府外的人闲聊过，听说这半莲池灵得很。”

阿怜轻咳两声，道：“据我所知，这半莲池好像在三年前就不怎么做生意了……”

玄遥有何等本事，阿怜当然知道。什么升官发财，娶妻纳妾，只要是付得起银子，他又看得顺眼的客人，几乎都有求必应。自打她进了半莲池后没多久，玄遥突然对金钱失去了兴趣，完全凭自己的性情做事，今日若是心情好，他就开门做生意，今日若是心情不好，他便一个人也不见。就这样，每日眼巴巴守在门外的客人还是很多。直到三年前过了端午之后的某日，玄遥忽然决定不再见客，直接断了银两收入。阿怜每天盘着账本，感觉那白花花的银子流得跟长江水似的，再加上玄遥每个月十五必去一次媚香楼，她不禁怀疑总有一天半莲池要撑不住。就连擎苍也跟着担心，万一哪一天半莲池彻底完蛋了，他就得滚回市口继续当乞丐。可就是怪得很，半莲池从来不缺银子，不知是玄遥之前赚的黑心钱太多，还是那银子会长腿自动跑进半莲池。

小翠急道：“不做生意了？那是关门了？可是我前几日还听人说起这半莲池的主人很有本事很有能耐。”

苏婉心让阿怜莫名想到素娘，素娘的事在她心中成了一个结。只要一想到素娘，她便会自责，若不是当初她拉着素娘去半莲池见玄遥，素娘也不会落得那个下场，也许还好好地活着。进了半莲池后，她便想尽一切办法阻止客人去半莲池，然而每次都事与愿违，相信玄遥本事的人多如牛毛，劝也劝不住，即使三年过去了，这半莲池的名号依旧响当当，仍不断有人打听半莲池何时开门。好在除了素娘的事之外，这五年来玄遥也没有再作什么孽，虽然她一直抓不着玄遥的把柄，但她决计是不会再做这样的事第二回。

"其实，这半莲池也没有小翠姑娘说得那么玄乎，就是一个普通算命占卜的破宅子罢了，曾经还卖过花，去那儿买花的人跟来这里烧香拜佛一样，都只是求个心安吧。若是真的那么灵验，这报恩寺的香火又怎么会这么旺盛呢？"

"说得也是……"苏婉心摸着雪团的毛发，眼神发怔。

"夫人。你怎么了？"

"哦，我没事，回去吧。多谢阿怜小兄弟。"苏婉心在小翠的搀扶下，抱着雪团与阿怜告别。

阿怜望着她渐行渐远的身影，感叹上苍造化弄人。

阿怜爬上山顶，终于到了佛殿跟前。她走进佛殿，跪拜在佛祖的面前，双手合十，向佛祖祈求，保佑素娘在九泉之下莫要再受痛苦，早日投胎，重新做人，若是投到好人家，勿忘给她托梦。她在心底不停地叹着气，忽然睁开眼看着佛祖，心中问道：我若祈求玄遥不得好死，佛祖你会答应我吗？

金光闪闪的佛祖紧闭着双唇，微弯的弧度似是在发笑。佛祖普度众生，怎么会答应她这样一个歹毒的心愿。她在蒲团上重重地磕了三个响头，这才起身离开。

回程路途中，阿怜想起前两日奎河离开京城去外埠办事时，临行前嬉皮笑脸跟她说："阿怜，我想吃红烧肉，三天后你记得去菜市买菜的时候，多买一点儿肉回来啊。"算算时间，奎河差不多今日就要回来了。于是她又转去菜市，跟肉铺的老板一番讨价还价，称了四只猪肘、一斤排骨和两斤梅条肉。

回到半莲池，里外都静悄悄的，听不到奎河咋呼的声音。她进了厨房准备炖猪肘，只见擎苍急冲进屋叫唤："阿怜！阿怜！你终于回来了！快跟我走！"

擎苍是玄遥给二狗子起的名字，意喻他会是个顶天立地的好男儿。二狗子总算不再被人叫狗的名字，这件事也唯一让阿怜觉得玄遥不是那么邪恶的人。

她懒懒地回应："又什么事这么急啊？"

擎苍这么急着找她准没好事。

"哎哟，玄先生被扣在媚香楼了，媚香楼的老鸨到处派人找你，让你去媚香楼……"

"结账？"阿怜一听到媚香楼三个字就忍不住翻了个白眼。

"对！"擎苍拉着阿怜就跑。

呸！她每逢十五去报恩寺上香，玄遥就会去媚香楼喝花酒，好似两人之间莫名形成了一种不成文的约定。媚香楼！媚香楼！这天下的男人果真就没有一个好东西。本以为他算是个冰清玉洁不食人间烟火的人，其实根本就是个色字当头的色鬼。说来也怪，那样谪仙般的一个人，平日里看见女人几乎目不斜视，但每个月十五非得上一次媚香楼去捧一个叫媚姬姑娘的场，而且每一次都会花很多很多的银子。

她用力甩开擎苍的手。

"我差点忘了你还没拿银子，快去，多拿一些。"擎苍又推着她去柜台取银子。

"这个不要脸的上媚香楼又没带够银子？"阿怜抚额。她也不知道造了什么孽，五年来，十根手指加十个脚趾都计算不过来她去媚香楼付账的次数。每次出媚香楼，附近往来的嫖客们都以一种"哟，你也来嫖啦""哟，我刚嫖过""哦，我还没有嫖呢""正好一起嫖"的眼神看着她。

"哎哟，不是没带够，是根本就没有带银子。媚香楼那种吃人不吐骨头的地方就是个无底洞，拉泡屎都要收银子的，再多的银子也填不满。"

"拉屎都要收银子？这你也知道？你是不是也跟着他们一起堕落了？"

"当然没有！怎么可能有？绝对没有！"擎苍眼神闪烁不定，"快走，快走，再不走，玄先生要被人扒光衣服给扔出来了。"擎苍急得恨不能插上翅膀飞过去。

阿怜拒绝："他被扒光了扔在大街上，关我屁事？！我巴不得他被人扒光了扔出门！看他以后还有脸再去嫖。"

擎苍忍不住数落她："你看你又来了？你说你累不累？每次说狠话，每次都还是要去付银子救人。再说了，若不是玄先生，这五年来你能锦衣玉食吗？能有间屋子给你遮风挡雨吗？能有张床睡得这么舒坦吗？你别总是心心念念着素娘的死，那根本就不关玄先生的事。况且都过去五年了，你能不能别这样？你这样叫狼心狗肺！白眼狼！"

阿怜冷哼一声，紧抿着嘴唇，一言不发。

五年前，她昏倒在半莲池门前，以为自己就这么挂了，再也醒不过来，没法替素娘报仇，谁料到奎河竟然将半死不活的她拖进了半莲池。等她睁开眼来，已是三日后。她见玄遥神情清冷地立在床边，庆幸自己终于进了半莲池。她顾不得身体还很虚弱，立即从床上跳下去，"扑通"一声跪在了玄遥的面前，道："请玄先生收我为徒。"

五年了，她依旧清楚地记得玄遥当时的表情。他面无表情地盯着她看了足足有半盏茶的工夫，声音极奇冷淡："我知道你进半莲池的目的，是想要杀了我替素娘报仇。"

她一听，心有些慌，强作镇定地说："玄先生，你误会了。我想进半莲池，是因为知道玄先生你法力无边，想跟你学本事，我不想一辈子都当一个被人嫌弃的乞丐。"

"跟我学本事？"玄遥冷嗤，"我之所以让奎河拖你进半莲池，是想看看你到底有什么本事，要怎么样杀了我。"

"玄先生，你真的误会了，我是真的想拜你为师，我……"

玄遥几乎不给她辩解的机会："我不会收你为徒，若你想在半莲池待着，也可以，半莲池正缺一个打扫的下人。"

"下人？"她咬紧了牙，连连磕头，"我愿意！我愿意！"

"如果哪一天不想做了，直接走就可以了，不需要知会任何人。"他清清冷冷地说完，便拂袖离开屋子。

"谢谢玄先生！谢谢玄先生！"待玄遥走远，她跪在地上，陷入沉思。在市井里摸爬滚打的她，早已懂得将自己的心思藏得很好。在半莲池外那样拼死跪了三天三夜，却依旧瞒不过他的眼睛。做徒弟，还是做下人，她根本不在乎，只要能留在半莲池，接近他就好。

奎河端着一碗药进来，生气地将药放在桌上，说："喏，你的药。明儿你自己熬药。哼！还以为你是真心诚意要拜师父为师，原来是想报仇！我劝你别痴心妄想了，这世上能伤害我师父的人、鬼、神、妖，通通不存在！哼！"

她冲着奎河的背影做了个鬼脸，心中嘀咕：什么叫这世上能伤害那个妖男的人鬼神妖通通不存在，那妖男再牛，能牛过佛祖吗？吹牛的吧。

她就这样在半莲池待了下来，一待就是五年。

如同奎河所说，这五年来她想尽方法想要伤害玄遥，可是每次一有动作，还没等她近身，走到几米开外就被弹得老远，头晕眼花。他的周身就像是有一道隐形的屏障。有时候，她明明看着离玄遥很近，但是走近了之后，忽地又离了很远。直到半年后，她与奎河混熟了之后，才知道原来那是玄遥对她设的结界。难怪她一直近不了玄遥的身。那也是她第一次正式通过奎河的口中，得知他非寻常人。后来她改变了策略，一心研究厨艺，终于烧得一手好菜，不但一下子收服了奎河这个吃货，也让玄遥撤了对她的结界。她终于可以近他的身了，于是她开始尝试在饭菜里下毒毒死他，可是每次饭菜端到他的面前，他只是眈了一眼饭菜，便一脸平静地让她把饭菜端走倒掉，重做。一次、两次、三次……她终于明白，不论多少次，他只需看一眼，就会知道饭菜里有没有毒。再回味奎河那句"这世上能伤害我师父的人、鬼、神、妖，通通不存在"，她内心便五味杂陈。她一介凡人，连玄遥是人是鬼是神还是妖，都弄不清，要怎样才能杀了他报仇？

每当触及玄遥一副冰冷不屑的神情，似在说：你还有什么能耐？她便气得恨不得将半莲池拆了。她发现她伤害不了玄遥，十分沮丧，有几次甚至想过离开，可是她又想，她就这么离开了，就一点儿机会都没有了。不管他是人是鬼是神是妖，只要留在半莲池，她总有机会。坚定了这样的想法，她就在半莲池乖乖地待着，慢慢从一个合格的厨师兼打杂小工到管家，掌握了整个半莲池的银两。她甚至还想过将半莲池的银子全部卷走，让玄遥变成穷光蛋，可是事实证明，她有多幼稚，玄遥从来就不在乎银子是多是少，因为他从来就没有缺过银子。她一心想要复仇的念头就这样被消磨得一点点殆尽，甚至慢慢喜欢上这种安定的生活，有时候，她害怕自己哪一天就忘了素娘，忘了报仇。

她回过神，忽然用力拧住擎苍的耳朵，吼道："我就是白眼狼，怎样？！你是嫌我在半莲池做牛做马做得还不够累是吧？没事净给我找事是吧？谁说我还想着报仇了？明明就是你自己不想再当乞丐，每天赖在这里骗吃骗喝，还赖在我头上了？你小子要是敢在玄先生面前说这些话，看我不剥了你的皮！"

"嗷嗷嗷！痛！你怎么越来越跟个娘们儿似的？只有娘们儿才喜欢这样拧人。"擎苍不停地哀号。

"你再多说一个字，我就拧掉你的耳朵做晚餐。快说！那个不要脸的家伙这次在媚香楼又砸了多少银子？"

"五百两。"

"五百两？！他真当他是神啊，银子会自己长腿跑进半莲池啊。败家子！早晚这里要被他败空掉！"

"就算败空，那也是他赚的银子……"

"闭嘴！"

擎苍被阿怜凶狠的眼神一瞪，吓得立即闭嘴噤声。

阿怜捂着胸口，强撑到柜台内，从抽屉里拿出一沓银票，颤抖地数了五张。

"多拿几张吧。搞不好我回来的这阵子，他又败了……"擎苍话没说完，直接抬起手自抽嘴巴。

阿怜跟着擎苍到媚香楼的时候，天色已经完全暗沉下来。

一盏盏大红的灯笼，将隐匿在黑夜之中的高檐低墙照得通明。一个个身着暴露裙裳的鸨姐卖力地挥舞着脂粉味浓重的绢帕，招呼着门口往来的客人。

一位身材略胖的姑娘一见阿怜，便迎上前，用厚实的胸脯磨蹭着阿怜的手臂，嗲声嗲气地道："哟，顾公子，又来带你师父走啦？什么时候你也来玩玩哎？含香一定将您伺候得服服帖帖。"

手臂下那温软的触感，阿怜已经习惯，只当是两个将冷不冷的馒头。然而，擎苍盯着含香高耸的胸脯两眼发直，就差没喷鼻血了。阿怜伸手在他脑袋上拍了一巴掌，擎苍才收回眼神，假装一本正经看向别处。

阿怜对含香笑道："香姐姐，我这毛都还没长齐呢，怕到时候伺候不好姐姐，叫姐姐难受了。"

含香听了哈哈大笑："你这小没良心的，最会耍滑头。还是我们苍苍最好了。"含香改紧紧挽着擎苍。

苍苍……阿怜只觉得浑身的鸡皮疙瘩快要掉一地。而擎苍却特别享受。

阿怜强行将含香拉开，道："我的好姐姐，啥也别说了，改天我给你带追香阁的胭脂。你赶紧去帮我将万花妈妈找来，去媚姬房里算账。"

"得，还是你嘴甜。"含香领着阿怜上了二楼，"喏，咱们媚香楼头牌的房间，你熟门熟路，我就不过去了。我给你找妈妈去。"

阿怜点点头，和擎苍快步走到媚姬的房前。擎苍伸手礼貌地敲了敲，阿怜一把推开他，道："敲什么？省了那一套。敢来嫖妓，还怕被人看见光屁股吗？"说完，她伸脚就将房门踹开。

屋里一片寂静，坐在窗前无比郁闷抄着佛经的媚姬忽然被这踹门的声音惊住，手中的笔都被吓掉在裙子上。

媚姬看着自己的裙子，上好丝线织成的面料就这么沾着一大块墨迹，顿时气不打一处来，啐道："我说你们半莲池的人，是不是一个个都脑子不正常？一个个进门前都不喜欢敲门，敲一下门会死吗？"

阿怜就当没听见似的，看到房正中的桌前趴着两个男人，玄遥这败家子自是不用说，而另一个趴在桌上早已醉得不省人事的男子，衣袖遮挡着脸，看不见相貌。

"这货是谁？难道他的酒钱也要算在我们半莲池的头上？"阿怜叉着腰。

擎苍道："我哪知道？我这不也才进这里，之前一直都在到处寻你呢。"

阿怜嘲讽："啧啧，嫖妓也能嫖出嫖友来。真是神了！"

玄遥右手撑着额际，闭着双眸，脸颊微微泛着酒气侵蚀后的红，听到熟悉的声音，一双狭长的凤眸微微睁开，慵懒地看向阿怜，薄唇轻勾，笑道："你来了……"

"嗯，来给你送银子！"阿怜冷哼一声，抬眸之际恰巧对上玄遥含笑的双眸。

这一笑，让阿怜的心陡然一拧。虽说之前也出现过她前来付银子的状况，但是玄遥都是清醒的状态，绝不是像眼下三分清醒七分醉，甚至对着她肆无忌惮地媚笑。

这是她自进了半莲池之后，第一次看到玄遥对着她笑，不，应该说是第一次看到玄遥笑。玄遥居然会笑？这五年来，她一直以为玄遥是个没有七情六欲的冷血动物，不，准确地说应该是个冷血妖怪。

阿怜回过神，立即走上前，伸手在他的肩头碰了碰，道："喂，你还好吗？能走吗？"

玄遥摇了摇头，托着腮望着她继续勾唇傻傻地媚笑。

阿怜忽然感到胸腔内的某物"咚"地一下直跳向嗓子眼,很快又落回心房,"怦怦"跳个不停。这是怎么了她?她为何在看到玄遥的笑容之后突然变得全身僵硬?

她惊慌地看向媚姬,问道:"媚姬姑娘,你到底给他喝了什么东西啊,让他变成这种痴不痴呆不呆的样子?"

媚姬冷哼一声:"我能给他喝什么?我要是真能有本事给他喝什么,我第一个就给他灌迷魂汤。你们见过有男人来妓院不嫖妓的吗?"

"没有。"擎苍头摇得跟拨浪鼓似的。

阿怜白了他一眼,安静地等待下文。

"好吧,我今日也不嫌丢人,说出来也不怕你们笑话。"媚姬指着玄遥咬牙切齿地道,"告诉你们,有!就是他!五年了,这男人一次都没有上过我的床。无论我是穿着衣裳还是脱光了,怎么样勾引,甚至下药,他就跟柳下惠一样无动于衷。我真是搞不懂,既然来妓院不是寻欢作乐,那还干吗要来?"

媚姬忽然将桌案上抄的厚厚一沓纸负气扔了过来:"看见没有,这就是我每个月十五干的事。"

阿怜盯了一眼那一沓纸,纸上写得密密麻麻,一列列小字娟秀细致,细细读来竟然是《般若波罗蜜多心经》……

噗——

阿怜难以置信地看了一眼玄遥,每月十五,这货居然不是来找女人睡觉,而是来折腾人的啊?让一个在风月场所摸爬滚打的窑姐儿抄《般若波罗蜜多心经》,哈!哈!哈!这简直是寺后有个洞——妙(庙)透了。这般非人的摧残,也难怪媚姬姑娘一副咬牙切齿恨不能撕了玄遥的愤恨模样,这要是传出去,她这媚香楼的花魁也不用做了。

阿怜不禁开始同情媚姬姑娘。

"我是上辈子造了什么孽,才遇到他这样一个变态?整个媚香楼的人都当我媚姬如天之福,每月十五不仅有银子收,还能跟全京城每个女人都想一亲芳泽的男人同床共枕。我呸!要不是为了我辛苦这么多年得来的地位,我真该让全京城的女人都知道,这厮根本就是废物!废物!白瞎了这副皮囊!"

"噗!"擎苍终于忍不住喷笑出来,双肩抖个不停。

阿怜很想笑,但生生忍住:"媚姬姑娘,您息怒,息怒,有话好好说。"

媚姬继续骂道:"息怒?我他大爷的没法忍了!简直有病!每月十五跑来找我,砸我大把的银子,只为一件事,就是让我抄佛经。他这么虔诚,这么深爱佛祖,干吗不自己抄?干吗要我抄?我上辈子是掘他家祖坟了还是怎么的?这辈子要这样来受折磨?眼前倒好,一个有病也就算了,还给我弄两个有病的。这姓庄的，跟自己大老婆怄气，又不想看见小老婆，天天就指着喝闷酒，我碰他一下就跟我用钢针扎他似的。"

姓庄？大老婆小老婆？怎么这么熟悉？阿怜好奇地看了眼趴在桌上的男人。

"哎哟喂，喝酒不会去酒楼喝，跑我们媚香楼？一个个都有病！你赶紧付银子，付完银子赶紧把你师父弄走。老娘要好好清静清静！"

阿怜听了嘴角直抽搐，看着醉醺醺傻笑的玄遥本能地条件反射："他不是我师父。"

"他不是我师父"这一句话她说了五年了，但是京城里的人就像耳朵聋了似的，任凭她说千百遍，始终咬定她是他的徒弟。

媚姬忽地冷嗤一声："你也真是奇怪，这京城里多少人巴不得成为他的徒弟留在半莲池呢。"

"这京城不也有一大把的姑娘想上他的床吗？"阿怜笑了笑。

媚姬一副同道中人同情的眼神看她："也是……通常不能的男人都会有很多怪癖，也是难为你了。"

"哎哟喂，我的小阿怜哦，可把你盼来了哟。"金妈妈忽然如一阵风似的卷来，看到阿怜后的眯眯笑眼顿时放出黄金般的光彩，眼角的皱纹一层层堆叠起来，跟卡了金粉似的，"账我都算好啦。一共是六百六十两。"

阿怜一听，惊道："怎么这么多？"

"哎哟喂，你看看这屋子，昨晚被他们闹的，看见那纱帘没有，都烧到顶了，若不是咱们媚姬姑娘还清醒着，我这媚香楼都要给你家师父烧啦。你家师父说了，昨夜庄公子的账都记在他的头上。我都给打了个折，凑了个整数，六百六，多吉利的数字。"

"哈，吉利！你要是一分钱不收，那才叫吉利。"阿怜心里骂着脏话。

"哎哟喂，瞧你说的，我要是一分钱不收，那叫关门大吉。你们忍心吗？"金妈妈以小手绢捂着艳红的嘴唇呵呵呵，然后伸手轻抚了一下阿怜的肩头。

阿怜顿时觉得浑身的鸡皮疙瘩掉了一地，赶紧付了银子，指使擎苍扶起玄遥。

也不知怎的，玄遥甩开擎苍的手，径直向阿怜走过去，将手搭在阿怜的肩上，将整个人的重量倚在阿怜的身上。若不是阿怜撑着一些，怕是两个人都要倒在地上。

擎苍想要帮忙，玄遥却不停地挥手让他走开。擎苍只好放弃："我还是先去找辆马车吧。玄先生你搞定哈，注意楼梯。"

"喂，他这么重我怎么搬得动？"阿怜不干。

"你行的！你可以的！我看好你！"擎苍说完一溜烟跑了。

"这个死二狗……"

阿怜扶着玄遥一路跌跌撞撞，好不容易走到楼梯，玄遥一个重心不稳直接撞得阿怜向扶栏倒去。玄遥将整个人压在了阿怜的身上，两个人倒在栏杆的扶手上，摇摇欲坠。若不是阿怜眼明手快，一只脚勾着木柱，一只手勾着栏杆，两个人一定会掉下去砸在下面舞台上。但也因为这样两人呈现出一种奇怪又暧昧的姿势。

"哎哎哎，你压死我了！能清醒点吗？看着路！"阿怜并没有意识到两人姿势的问题，伸手要去推玄遥，可是他压在她的身上一动不动，鼻子里喷出来的热气直撩着她的皮肤，痒痒的。

玄遥俯在她的耳边轻轻道："青莲，我快要撑不下去了……"

"你要撑不下去了？我才叫快要撑不下去呢。"阿怜啐道。

"青……青……莲……"

阿怜以为他叫的是自己，可是听仔细了，发现他叫的好像是"青莲"。青莲？那是哪路神仙？这个名字还是第一次从玄遥的口中听到。她的脑海里没由地浮现出一个画面，就是半莲池挂在正厅堂中央的一幅莲图。啊！这男人来青楼不嫖女人，难不成是恋物癖？！

纵使金妈妈混迹青楼多年，可是当看着这师徒二人在众人面前摆着活春宫的造型，也忍不住浑身打了个激灵。

跟在金妈妈身后的良辰美景二人掩着唇直笑："哎哟喂，看来咱们的媚姬妹妹昨夜没有伺候好玄公子呀。"

媚姬白了一眼，"哐"的一声将门合上。

阿怜回过神脸一热，冲着金妈妈叫道："金妈妈，我说您老能别站在那儿看戏了吗？过来拉我们一把，不然我就撒手掉下去，砸你场子啦。"

良辰美景将玄遥往后拉了拉，可也奇怪，玄遥虽然喝醉了，却只认阿怜一人，一只手顺势也将她捞回来站好，继续任由自己整个人的重量压在她的身上。

良辰美景一边笑着，一边帮忙扶着玄遥下了楼梯。

出了媚香楼的大门，擎苍正好叫了一辆马车过来。

好容易将玄遥弄进马车，一路颠簸着回半莲池，阿怜本以为将他弄上床就完事，可是这男人就像是个八爪鱼一样，抓着她的衣袖不放。她甚至用牙咬他的手，都没能让骨节分明修长的五根手指松开。

擎苍看着玄遥手背上两排深深的牙印，不忍地道："你别咬了，他醉成这样，你这是趁机虐待啊……"

阿怜得闲的一只手操起床上的竹枕就砸向擎苍："闭嘴！"

"得了，我走人。"

擎苍走了之后，偌大的屋子里只剩下阿怜和玄遥两个人。阿怜的衣袖被紧紧地攥着，哪里也去不了，无奈只好坐在床沿盯着他。

玄遥双眸紧闭，微弱的烛光下，隐隐约约可见他的睫毛长而卷翘，像两柄打开的小扇子。阿怜仔细地端详着他的睡颜，他可真是她见过的最好看的男人。

忽地，玄遥一个侧身，从他的怀里掉出来两样东西。阿怜定睛一看，是两块雕刻精美的方形坠牌，一块上面雕着一朵莲花，一块上面雕着一朵梅花，两朵花栩栩如生，色泽艳丽，下方还各有一个"令"字。

阿怜好奇地抓过来看看那究竟是什么东西，手指刚碰到那块莲花令牌，它便开始散发出淡淡的红光。阿怜将它拿在手心里，它的光芒越来越亮，也越来越热。再摸那块梅花令牌，也同样地开始发光，只是白色的光较那红色的光看起来弱了些。

正当阿怜奇怪呢，玄遥一声呓语令她惊住，吓得她将两块玉牌丢向床头角落。两块玉牌顿时没了光芒。

"青莲……青莲……回来……"这一声声呓语叫唤得揪心、脆弱而深情。一行清泪顺着玄遥的眼角渗了出来。

看到这眼泪，阿怜吃惊不小。这世上竟然还有能让这冷血家伙如此脆弱的女人？难不成这家伙被那个叫"青莲"的女人抛弃了？若是这样，那还真是大快人心。可这高兴的劲头还没有过，她发现自己的心口像是突然被针扎了一下，隐隐刺痛。这感觉特别讨厌！

蓦地，她脑中闪过一个念头，随即从怀里摸出一把匕首。这把匕首是她从一个南疆的客人手里买来的，刀鞘和刀柄做得都十分精致，刀柄上还嵌着红蓝相间的宝石。她之所以买下它，是因为小巧，易携带。她想着某一天能亲手宰了玄遥，得要有个武器，这柄南疆的小刀再合适不过。

管他叫谁，管他是被女人抛弃还是喜欢上青楼消遣，关她什么事？她待在半莲池的目的就是为了某一日能手刃这个冷血的坏家伙，而眼下正是一个良机。

"姓玄的，我今日为素娘报了仇，他日你下了黄泉要寻仇，尽管冲着我来就好了。"

她用牙咬着刀鞘，迅速拔出小刀横抵在玄遥的脖子上，方要使力，便看见玄遥忽然睁开眼，一双墨黑的眼眸直盯着她，吓得她手中的匕首微微颤了颤。

"终于找着机会要下手了吗？"玄遥忽地握住她抓着匕首的手。

他是酒醒了吗？怎么这么快？！

阿怜见他清醒，杀机败漏，心难免慌了。她想弄死这妖人，花了五年时间还没有得逞，这妖人要是想弄死她，那可是一眨眼工夫。

"杀吧。我已经累了……这里才是正确的位置。"他抓着她的手，将匕首对着他胸口心脏的位置。

阿怜又是一惊，五年来，她所认识的玄遥绝不是这样一个脆弱、轻易透露心声的人。但是从他眼角流出的眼泪和疲惫是那样地真实。不知为何，她望着他深沉的双眼，脑子里一片空白，握着匕首的手微微发颤。她也不知道自己怎么了……

"怎么？不敢下手？"玄遥静静地看着她。

她即刻清醒过来，赔笑道："天哪！玄先生，你怎么会认为我要杀你？你是多好的人啦，简直比那西天的如来佛祖还要慈悲，要不是有你，我早死在街头啦。"

"是吗？"玄遥冷笑一声。

她用小刀将他抓着的袖口用力割下来，也终于摆脱了他的控制范围，迅速地跳了开来。

"玄先生，你喝多了，我准备去给你打盆热水帮你擦擦，谁知你一直紧紧地抓着我的袖子不放手。"她晃着袖子上割下来的布，"你看！我实在没有办法，才想了这么个法子。我正犹豫着要不要割袖子的时候，刚好你醒了。玄先生，你也知道，我做乞丐做了那么多年，成天衣不蔽体，好容易能穿上这么好看这么贵的衣衫，怎么舍得割啊？这可是全京城最贵的臻绣坊出品啊。瞧瞧，这给割的……哎哟喂，真是疼得我的肝我的肾都在痛啊。明天我一定去找绣娘给我缝上。"

她一边说着一边往后退，心念若是玄遥起了杀心，这样她逃的概率应该会大一些吧。

而实际上就是隔了八条街那么远，玄遥若想弄死她，她也绝不可能多呼一口气。

两个人互相瞪着眼，忽然奎河的声音打破了这诡异的僵持气氛。

"阿怜，你挥着匕首想干吗呢？你是不是又想害师父了？"奎河直接冲进来将阿怜手中的匕首夺下。

此时此刻，阿怜一点也不介意奎河的举动，反而一听到他的声音，简直犹如听见佛音，顿时松了一口气。

"哦，奎河，你终于回来了！我实在是想死你啦！"她扑过去，狠狠地拥抱了一下奎河，"我怎么可能想害你师父？那可是我的金主呀。"口中这么说着，她心里却想着身后的玄遥应该放下戒备之心了吧。

"那你在干吗呢？等一下！你手中抓的是什么？我×！你好好的怎么把袖子给割了？"奎河看着在他看来一副媚态横生睡眼惺忪的师父，脑洞一下大开，"天哪！你跟师父……断……断袖？"

果不其然，玄遥皱着眉头下了逐客令："奎河，有什么事明日再说，回来了就先去休息吧。阿怜你也出去吧，我想一个人静静。"

意识到自己说了不该说的话，奎河立即捂住嘴。

阿怜立马拽着奎河出门。一出门阿怜便道："你刚才说我跟你师父，断……断什么？"

奎河含糊地说："没有啊，我刚才什么都没说啊，没说什么断啊。你听错了吧。"

"不说是吧？不说，今晚没有猪肘吃哦。"

"汉代汉哀帝刘欣和董贤的故事你听过没有？"

"我去你大爷的！你才断袖呢！"

"你又骂脏话！要是让师父听见，看不要我拿夜香桶的刷子刷你的嘴。"

"放你的臭狗屁！你敢！"阿怜伸手用力拎着奎河的耳朵。记得刚来半莲池的时候，她总是忍不住飙脏话，玄遥听见后便罚她漱口，可是她怎么也改不了这坏毛病，谁知玄遥竟然命奎河用刷夜香桶的刷子刷她的嘴巴……要不是她跑得快，以奎河这死小子当年对她的态度，铁定刷了她的牙。一想到当年满大街被追着跑的情景，她便牙根痒痒，这么恶毒的惩罚方式也只有玄遥这黑心肠的妖男能想得出来。

"哎哟！你这一招跟谁学的？痛死了！我错啦！好兄弟！我给你带了桂花糕。"

"不早说。"

两个人的对话清晰地传到玄遥的耳朵里，玄遥揉了揉还在隐隐作痛的太阳穴。比起这两个人的胡说八道，更令他难受的是那个能让人醉上七天七夜的仙人醉，如今也只能让他半梦半醒三个时辰……也许某一天，仙人醉也没法让他醉了。

奎河揽着阿怜的肩头，一路向厨房走去。阿怜跟奎河说了媚香楼里发生的事，奎河惊叹道："你说我师父喝醉了？然后你把他弄回来的？"

"显然！"

"难怪我还没有进屋子就闻到了一股子仙人醉的味道。师父好好的怎么会喝仙人醉？"奎河难以置信地喃喃自语。记忆中，奎河也只见师父喝过三次仙人醉，每一次喝完总是山崩地裂，天气异常，轻则抽打各路运气不好自动送上门自认倒霉的小妖，重则能将六界搅个天翻地覆，若是刚巧遇上什么不顺眼挡路的神仙那必定是得挖出来晾晒。关键这酒醒了之后还有后劲。记得师父上次喝完了这酒后，已然闹完一轮，酒醒后刚巧路过某地，觉得此处风景宜人很适合睡觉，于是便在那处的凉亭顶上睡着了。偏巧当地的山神和土地公两位小仙在不远处下棋，争吵中惊醒了睡梦中师父他老人家，他伸手便将二仙捉下扒光了衣服，挂在他睡觉的凉亭八角上三天三夜，这让各路路过的小仙小妖们在围观时内心是又惊又怕……生怕哪天一个不小心，就惹怒了这位阴晴不定随心所欲不受约束又喜怒无常的圣仙。所以，这一次师父喝醉了莫不是干出什么事来，才令阿怜割了袖子吧。

奎河细思极恐，小心翼翼地问："老弟，师父他没把你怎么样吧？"

阿怜顿时紧张起来，一想到玄遥那些举动，耳根子都开始发热，口中却道："没有啊！你师父都喝醉了，能怎么样？"

奎河心中念道：哎哟喂，就是因为喝醉了才很可怕好吗？

阿怜伸手摸了摸耳朵，岔开话题："'仙人醉'听上去好像不是一般的酒吧。我知道玄先生千杯不醉的。"

"嗯，是一种比较烈的酒。那个酒喝完至少得醉上三天三夜，我记得我十岁那年偷喝过一口，然后醉了半个月才醒。"

"半个月？这么厉害？"这要是换作以前她当乞丐的时候喝完睡上半个月，估计所有人都当她死了吧。

"那是当然，当年太上老……"奎河倏地收口。

"嗯？太上老什么？太上老君？"阿怜挑眉。

"哎，就是小时候听大人们说，这酒是因为太上老君喝完了三天三夜，所以叫仙人醉。"奎河只好换个方式说，事实上太上老君也的确因为喝了这酒醉了三天三夜。

"哦，这么厉害的酒啊。真能吹！还太上老君喝过的酒，你咋不说如来佛祖喝过？"

"……打个比方吗，就是告诉你这酒厉害！"

"厉害个屁！我看你师父最多也只醉了几个时辰。"

"别说几个时辰，半个时辰就可以了……"奎河的话阿怜无法明白。

阿怜试探道："对了，你师父……是不是曾经有个相好的叫什么青莲？如果我没有听错应该是叫青莲吧。"

谁知奎河忽然伸手捂住她的嘴，一脸紧张。

"嗯嗯嗯……"她只能用眼神命令奎河快松手，再不松手，她要被闷死了。

"我松手。你以后可千万别在师父面前提这个名字。"

阿怜十分好奇，道："为何？如果不能提，那为何厅前正中还挂着一幅莲花图？"

"哎哟，你别问了！"

阿怜嬉皮笑脸："是不是他被这个叫'青莲'的女人给甩了？所以每个月十五才会去媚香楼发泄，借酒消愁？难道那媚姬姑娘就是青莲？好像不对，听媚姬姑娘的口气，好像跟你师父以前没什么关系啊。哦，我知道了，一定是媚姬姑娘长得像那位青莲姑娘，所以才会遭到你师父变态摧残。"

面对阿怜各种猜想，奎河一脸无语，不知道说什么是好："唉，都不是！"

"是不是好兄弟？是好兄弟的就透露一点嘛。"

"你怎么跟一个女人一样喜欢八卦？"

"你都知道了你当然不好奇，哼！不说拉倒！我要烧饭了，别妨碍我做事。滚开！"阿怜举着菜刀，猛地一下子砍向猪肘。

奎河知道阿怜从小在市井当乞丐习惯了八卦，打听各种小道消息，让她憋着好奇心也是难为她，最关键的是她若心情不好，这菜烧出来的水准也会相差十万八千里。想他这几日在东海天天吃海鲜，吃得都快吐啦，每天都在怀念阿怜烧的红烧猪肘。

"其实究竟怎么回事我也不是太清楚，反正从我记事开始，师父每个月十五借酒消愁都是为了那个女人。"

"哎哟喂，你不说，我也看得出来，又不是眼瞎！"阿怜又一菜刀将猪肘劈成两半。

"那个女人好像是……死了。"

死了……

阿怜停止砍猪肘，惊诧地看向奎河："死了？"

"嗯。"不只是死了这么简单，应该说有可能是魂飞魄散。他只知道师父这么多年来一直在找寻这个女人的下落，可是找了上千年，依然没有找到，这天地六界无非这么大，以师父的本事，若不是那个女人早已魂飞魄散，怎么可能找了这么多年还找不到？"反正你记着以后莫要在师父面前提起这个名字就行了，这是他的禁忌。"

阿怜的胸口之处莫名被刺痛了一下，没想到那个冷血的妖男真有爱过人。

"哎，你赶紧先去洗一洗，浑身臭死了。待会儿开饭。"

奎河闻了闻衣服："哪儿啊？"

"你鼻瘸！"

奎河摇头直笑，"鼻瘸"这词也只有阿怜想得出来，手有问题叫手瘸，眼睛有问题叫眼瘸。

奎河这一回来，半莲池一下子热闹了许多，不停地跟阿怜说着这次出门一路见着的情形，说得阿怜有些眼馋，也想有机会能四处走走。

翌日一早，奎河便向玄遥汇报此次赴东海之宴的情形。

"这是东海龙王让徒儿带回来的回礼。"奎河将一颗有碗口大小的东海夜明珠摆放在茶几上。

玄遥拨弄着茶水上浮着的茶末，扫了一眼那颗东海夜明珠，道："我不去赴他的寿宴，他可有什么微词？"

"那倒没有。不过，我在东海龙宫遇到了不少……上面的人，他们追问我师父您何时回去？毕竟您这在人间也待了有近千年，上面的位子还等着师父……"奎河见师父眉峰微挑，也就没再往下说。

玄遥放下茶盅冷笑一声："等我回去？我若回去，那现任天君还能睡得着吗？他整个天庭的上仙们能睡得着吗？嚇！当初不知道是谁合力把我从上面扔下来的。等我回去？真是我活了这么久，在这天上地下六界内听到最可笑的笑话！"

"其实人间挺好的，有好吃的好喝的好玩的，比上面精彩多了。"奎河眨巴着眼，心念：也是，师父若是回去了，那上面铁定要乱成一团，与其六界天地大乱，师父还是待在人间比较安全。所以那上面的南天门，对师父来说，隔的可不是地上的人类，而是保着上面那些上仙。

"人间是这天地六界之中最干净单纯的地方，而那上面则是这天地六界之中最肮脏最虚伪的地方。"玄遥的目光变冷，那些久远的记忆即使过了千万年经历了各种劫难，他也不会轻易忘记，而今这般活着，只因他愧对了那个人。

这时，门外一个清脆的声音传来，打断了师徒二人的对话。

"奎河！你昨日换下的臭鞋子臭袜子又到处乱放，跟你说了多少遍了，就是记不住！你是想上天吗？"说着说着，阿怜便从后院怒气冲冲地进了屋。

"哎哟！你怎么整天跟个女人似的，有点男人的样子好吗？男人臭袜子乱放很正常的嘛，你这样整天换洗，是不是有病啊？"奎河见阿怜扛着个鸡毛掸子就发毛。

"女人怎么了？没有你娘，你哪儿来的呀？石头缝里蹦出来的吗？把你的臭袜子给我收好了！"阿怜将两只长长的筒袜扔在奎河的身上，挥舞着鸡毛掸子开始打扫屋子，"滚开！别挡着！"

玄遥抬眸眨了一眼阿怜，不以为意地又垂下眼帘继续喝茶。此番奎河下界历劫已有十八载，虽说十八年前他及时赶去冥界地府替他打翻了那碗什么劳什子讨人厌的孟婆汤，但是那汤的热气仍是熏着奎河的眼，致使这孩子这一世的辨识能力有些问题，遇到一些厉害的鬼怪可能会无法辨识出。可是阿怜这个小丫头明明就是个女的，他也搞不懂奎河怎么就看不出来？不过这小丫头似乎刻意在隐瞒自己是个女的，十分乐意别人当她是个男人。他也就懒得戳穿。

阿怜突然瞥见桌子上摆放的一颗夜明珠，她从未见过这么漂亮的东西，又大又圆又润，看上去很好吃的样子："这是什么东西？是什么动物的蛋吗？怎么这么大这么圆？"

玄遥一口茶刚抿下，差点喷出来。他望着阿怜天真好奇的模样，不禁唇角轻勾。自从他挖掘了阿怜的厨艺技能之后，她看见什么都本能地认为是菜品。

奎河嘲笑道："土包子！这是东海夜明珠！还动物的蛋？"

"东海夜明珠？！"阿怜捂着嘴惊叹，"这就是传说中晚上可以用来当灯使的夜明珠吗？啊！那咱们这以后可以省不少灯油钱了。"

"噗——"玄遥终是没忍住将茶水喷了出来。

"出息！"奎河嗤道。

玄遥忽地开口："送给你吧！"

"送我？"阿怜无比惊讶。

奎河也吃惊不小，这颗东海夜明珠虽然没有师父在上面宫中的那四颗大，但是这颗碗口大的夜明珠也算六界中的极品了。师父就这样转手送给了阿怜，看来师父终于当阿怜是自家人了。

"嗯，喜欢就拿去吧，搁我这儿也没什么用。"玄遥起身。

"那我就不客气了。多谢！"阿怜厚脸皮地捧起那颗夜明珠，用手捂在怀里蒙着看了又看，果真会发光，这以后晚上再不用点灯，不怕烧着头发了，真好！她心里真是乐开了花。

奎河撇了撇嘴，道："你倒好，一句省不少灯油钱，师父就将这夜明珠赏给你。而我这千里迢迢背回来的人，什么也没有。要知道我可是费了不少力气的。"

"你背回来的啊？哎哟，真是好辛苦！你以为你师父凭什么好端端地送我这个？前日他醉倒在媚香楼，是我费了九牛二虎之力才把他弄回来的。我将他弄回来跟你背这颗珠子，孰轻孰重啊？"阿怜翻了个大白眼，她才不信玄遥有那好心呢。

"你真是把师父的一片好心当驴肝肺！"

"好啦好啦，晚上给你和你师父做好吃的。"阿怜捧着夜明珠欢欢喜喜地回了自己的房间，将那颗夜明珠放在床头，从此以后晚上就再也不用点灯了。

玄遥站在窗前，望着她一蹦一跳的身影，不禁莞尔。这丫头虽然心眼多了一些，鬼点子多了一些，但绝对有颗七窍玲珑心。五年的时光，如家人般的生活，令她和奎河十分亲近，宛如兄妹一样，不知她心中的怨念可有消散？他看着窗外垂下的绿柳，他没想到，这一待，居然在京城又待了整整五年，上一次待在这里，是待了多久，已是记不清了……

自从得了那颗夜明珠之后，阿怜整个人变得更加勤快，每日会将屋子打扫得干干净净，尤其是玄遥的寝室。虽然嘴上一直说那是玄遥为了感谢她才送的夜明珠，可她也不是不懂世故的人。

这日，她仔细地打扫完屋子便提着篮子去市集采购，寻思着晚上要做什么菜是好。好容易挑了一篮子新鲜的蔬菜水果，正准备往回走，忽地听到前方巷口传来一个女子尖锐刺耳的叫骂声："给我仔细找，一定要找到那个小畜生！"

接着一团毛茸茸的东西从巷子里蹿出来，刚好撞在她的腿上。阿怜定睛一看，那团毛茸茸的东西竟是小白狐雪团。

"咦？雪团！你怎么会在这儿？"阿怜弯下身子抱起雪团，发现它的腿受了重伤，白色的皮毛上染了好大一片血，嘴角也沾了好些血，"哎？你怎么受伤了？"

这时，几个身着青灰色长衫魁梧结实的家丁也跟着陆续追出了巷口，他们有的拿着叉子，有的拿着棍子，还有的拿着网兜……一个个凶神恶煞。

"看！小畜生在那儿！"

"快追！"

"你们给我把那个小畜生抓回来！"

雪团窝在阿怜的怀中瑟瑟发抖。

其中一家丁识得阿怜，便拦着其他兄弟不敢前行。几个人一听是半莲池的人便都不敢前行。眼前这位瘦小的年轻人可是城西半莲池老板的徒弟。半莲池的老板是谁啊？那可是活神仙呀。若是因为这小畜生得罪了那位活神仙，那可是要倒大霉的。

"你们几个停在那儿干吗？！一群废物，连个畜生也跑不过！"尖锐的女声再一次传来，跟着一个黄裳小丫头大喘着气出现。

阿怜识得这黄裳小丫头，上次在报恩寺见过，正是庄家二少夫人郑妙姝的贴身婢女春莺。

春莺见雪团被阿怜抱在怀里，便对身后的几个家丁厉声道："你们几个还杵在那儿干什么？给我把那小畜生抓回来！夫人已经说了，要扒了那个小畜生的皮做围脖过冬。今日要是抓不到那个小畜生，你们几个就等着被扒皮吧！"

阿怜一听原来是那郑妙姝要扒雪团的皮，双眉紧蹙，冷冷地道："这庄家二夫人郑妙姝下个月便要生产，她命你们这些狗奴才对一只狐狸赶尽杀绝，也是不怕给你家那即将出生的小主子平添孽障。"

春莺听到阿怜骂自己是狗奴才，气极，怒怼："你这小白脸，不过是仗着救过苏婉心罢了。你以为你是谁啊？我们庄家的家事，轮着你一个外人来多管闲事？！"

"不好意思，我这人平日里就是喜欢路见不平，多管闲事。今日这闲事我还就是管定了。郑妙姝若是想要扒了这只小狐狸的皮，那便让她亲自上城西半莲池来讨要。"阿怜霸气地说完，抱着雪团便要走。

春莺平日里仗着有郑妙姝撑腰蛮横无理惯了，一听阿怜报出了半莲池的名号，不免心惊，但是以郑妙姝那脾气，若是她今日不将那小畜生带回去扒皮抽筋，那等着被扒皮抽筋的就是她。

"你给我站住！"春莺白眼一翻嘲讽道，"我当是谁呢？原来是当年趴在我们庄府后巷专门捡狗食吃的乞丐啊！"

"你还真是跟你家主子一个德行！嘴贱，欠收拾！"阿怜抱着雪团气得牙痒痒的。

春莺嘲笑道："我还怕你不成？你以为你进了半莲池就高人一等了吗？就算你进了半莲池，也永远改变不了你曾经跟狗一样趴在地上吃食的过去。"

阿怜拍了一下雪团，让它赶紧跑，怒瞪着春莺道："你有种再说一次！"

"像你这种人，就该继续当乞丐，如今连带着半莲池都跟着掉价，变成了乞丐收容所。"春莺嚣张地说道。

阿怜毫不犹豫地将手中的菜篮子直接砸在春莺的脸上。

春莺吃痛，惨叫一声，捂着脸便对身后的家丁怒道："你们几个给我好好地教训这个小乞丐！"

家丁们领了命，只好硬着头改抓阿怜。阿怜也不是呆子，扔完了菜篮子拔腿就跑。

玄遥每月有固定的几日，习惯晌午时分从城内最繁华的西街走到东街，再从东街走回西街。无论艳阳高照，还是雨雪纷飞，他都会花一定的时间来回走一趟。旁人只当这位道骨仙风俊逸非凡的半莲池老板闲情散步，也只有他心中明白，他在找寻着什么，等着什么。

玄遥微微拧眉，忽然顿住脚步。阻挠他前行的倒不是阿怜与人吵架的声音，而是突然蹿出来一个白茸茸的东西撞在他的脚边。

他低下头，看着被撞得差点爬不起身的小东西，是只小小的白狐。

那只白狐一见着他，便浑身瑟缩，伏着身子频频往后退去。退了没几步，那白狐又回头看着后面追上来的凶神恶煞的家丁，便也不敢再往后退去。这前有法力无边的玄遥，后有要它命的人类，它进也不是退也不是。心一横，它便向前一跳，紧紧地抱住玄遥的小腿，死就死一把，与其被一群愚蠢的凡人弄死，它宁可命丧在玄遥的手中。

玄遥盯着这小白狐，从这小白狐的身上他看到了一片血相：那日与他在媚香楼饮酒的庄昶，与病中的夫人开始争吵，夫人经不起刺激，口吐鲜血而亡。接着一名挺着肚子的孕妇惊恐地瞪着双眼，看见了什么恐怖的事，尖叫着想要爬出门，却始终是慢了一步，被外力扔了出去，摔死在石头上……

阿怜一边逃跑，一边频频回头操起路边摊上的东西不断砸向那些个家丁，也顾不得看着路，就这么硬生生撞上前面的人。

玄遥这走得好好的，被一人一狐相继撞来，淡淡的思绪也被打乱了。

"对不起啊！对不起啊！"阿怜连忙跟着道歉，抬眸一瞧，竟是玄遥，她立即挺直了胸膛不跑了，有玄遥在，她便有了底气。她指着身后那些追赶她的家丁对玄遥道，"师父，他们几个仗着人多欺负徒儿，看不起咱们半莲池。"

"师父？"玄遥一双凤眸微眯。这小丫头五年来当面叫他玄先生，背后叫他妖男，这会儿叫他师父，不知又在整什么幺蛾子。

那些个家丁一见着玄遥，便个个顿住，不敢上前。

"死乞丐！待会儿连你的皮一起扒了！"春莺擦干净了脸上的脏东西，气势汹汹地追上来，在见到玄遥的那一刹那，也失了神，忘了要做什么。

这天下间竟有这般出尘绝色的男子。

身后一名家丁推了推她，询问："春莺姐，那小畜生和小乞丐还抓不抓？"

春莺回头恶瞪了那家丁一眼，低声怒斥："你眼瞎吗？没瞧见玄先生站在那儿吗？"

春莺回过头，便一改之前飞扬跋扈的嚣张气焰，十分礼貌地向玄遥欠了欠身，轻声软语地道："小女名唤春莺，乃是云暇绸庄少夫人身边的贴身婢女。奉我家主子之命，正在捉一只顽皮的小狐狸。不知玄先生可曾瞧见一只全身皮毛通白的小狐狸？"

所有人都看见那白狐正扒在玄遥的腿上，可这春莺偏要搔首弄姿地多此一问。

"哎哟，有些贱人呢，就是喜欢脱裤子放屁。"阿怜故意嚷嚷，然后还捏着鼻子憋着嗓子学春莺娇滴滴地说话，"不知玄先生可曾瞧见一只全身皮毛通白的小狐狸呢。哎哟喂！你是想证明你眼瞎还是咱玄先生眼瞎？大伙说是不是啊？"

阿怜这一说，不只引得几位庄府的家奴憋着笑，也让围观的一些吃瓜群众捧腹大笑。

玄遥瞅着她那泼皮无赖的样子，眼底也不禁多了一丝笑意。

春莺脸都绿了，十分难堪，可是又不好当着玄遥的面发作。忽地，她又娇笑一声，佯装发现了什么，叫了起来："呀！雪团！原来你躲在玄先生的跟前。真调皮！来，快过来，跟我回去。"

阿怜立即挡住春莺，说："要想带走雪团，除非让你们大夫人亲自来！"她又对玄遥说，"你不能让他把雪团带走，他们家那个心狠手辣的二夫人郑妙姝，是要扒了雪团的皮做围脖。"

"那跟我有关系吗？"玄遥语气冷淡地回应，潜台词：反正又不是扒我的皮。

阿怜难以置信地道："你怎么能这样？"

春莺笑了起来，道："还是玄先生明事理。来来来，雪团跟我回去。乖！"

雪团瑟瑟发抖，两只前爪紧紧地扒着玄遥的小腿不松手，一双乌溜溜的大眼近似哀求地看着玄遥：千万别把它交出去。

阿怜急了，便道："师父，你可知道方才这个女人怎的羞辱我，羞辱我半莲池？她知道我以前是个乞丐，便说因为我连累了半莲池，让整个半莲池都跟着掉价，说咱们半莲池就是一个乞丐窝，你和奎河也都是乞丐，你是老乞丐，奎河是小乞丐。"

春莺脸色煞白，惊叫："我什么时候说玄先生是乞丐了？！"

阿怜振振有词："怎么没有？！你就是有！你还说我们都活该趴在你们庄府后巷里像狗一样舔食着剩饭剩菜。"

春莺气得浑身发抖，骂道："你这个臭乞丐可别想诬赖我！"

阿怜道："啧啧啧！听听，张口闭口就是臭乞丐，还想抵赖？"

春莺看着玄遥，欲哭无泪。这小乞丐可真是牙尖嘴利！

玄遥一言不发，忽地弯下身子抱起这雪团，这让庄府的家仆们不敢动作，一个个以眼神询问春莺到底是抓还是不抓？

春莺尴尬地笑着道："玄先生，您这般……叫我们这些当下人的好为难啊。今日若是不将这小畜……小顽皮捉回去，我家主子要是怪罪下来，我们这些做下人的也不好交代。"

"方才是你说我们半莲池的人都是乞丐吗？都该像狗一样趴在你家后巷口舔食剩饭剩菜？"玄遥扬了扬眉，目光犀利地瞟向春莺。

"我没有！我真的没有！那都不是我说的。我只骂了他，可真的没有骂玄先生您啊。"春莺看到玄遥的眸子忽然变冷，不由得发毛。

"他是我半莲池的人，你骂他就等同于骂我。既然你这么喜欢逞口舌，那便让你叫唤个够吧。"玄遥衣袖轻轻一挥。

春莺瞪着眼睛，想要解释，可是一开口，便"汪汪汪"地叫了起来。

"汪汪汪……汪汪汪……"

阿怜忍不住拍腿大笑："哈哈哈！哈哈哈！这下子谁像狗来着？哈哈哈……你这叫作自作孽，不可活！敢得罪我们半莲池？早晚遭报应！哼！"

雪团窝在玄遥的怀里，也"呜呜呜"地叫了起来，那声音犹如婴孩啼哭，这有人给它出气，别提有多解气。

"汪汪汪……汪汪汪……"春莺不停"汪汪"叫着，周围的人一个个对着她指指点点，笑弯了腰。她实在没脸，只好用衣袖遮着脸跑走了。

家丁们一见她跑了，也一个个灰溜溜地拎着工具跑走了。

"真是解气！"阿怜拍了拍手，笑看着玄遥，"多亏玄先生你来了，不然那丫头还不知道怎的损我们半莲池？"

玄遥冷嗤一声："你方才叫我什么？"

阿怜抠着鼻子，转着眼珠，装死。要不是为了教训那个春莺，她才不会叫这妖男一声"师父"。她看着他抱着雪团，立即伸手抱过它，道："啊，这小白狐受伤挺重的，我带它先去看大夫。"

说完，她抱着雪团就想溜，玄遥及时唤住了她："等一下！"

"玄先生，请问还有什么吩咐？"阿怜挤了一个大大的微笑看向玄遥。

玄遥面无表情地盯着她道："你把一篮子的菜都砸了那个春莺，今晚你打算让我和奎河吃什么？"

天哪！她居然把一篮子菜的事都忘了。

玄遥又问："还有一路被你乱砸的商贩，你打算怎么赔偿？"

阿怜呆住，下一刻便道："你放心，那被我砸过的摊子，我会去找那庄家的少爷赔偿。"

"那菜钱就从你的月钱里扣吧。"

"……"阿怜翻了个白眼，心念：半莲池有多少银子，你知道个屁咧！

"半莲池有多少银子我很清楚，想打歪主意你就算了，不然，你这辈子都得留在我半莲池里干活，到死也别想离开。"玄遥漫不经心地说完，继续散步。

阿怜心惊，这货难不成有读心术？她冲着他的背影吐着舌头做鬼脸。

她抱着雪团，摸着它顺滑的皮毛，说："别怕！有我在，绝不会让那郑妙妹扒了你的皮。不过，你被伤成这样，你家夫人不知道吗？"阿怜暗念：该不会是那苏婉心出了什么意外吧？

小狐狸忽地眼睛一亮，立即"呜呜呜"地叫起来。

阿怜皱着眉头，道："你在说什么呢？我听不懂啊。"

雪团黝黑的双眸顿时黯了下去，没了力气，索性趴在阿怜怀里一动不动。跟一个语言不通的人类交流，简直是对牛弹琴。

阿怜又道："你先别沮丧，虽然我听不懂你的话，但是我也知道你能被人伤了，定是你家夫人有事。你今日先随我回半莲池，我得先帮你把这伤养好。明日我便找个借口去你们府上瞧瞧，看看那恶毒的郑妙妹把你家夫人怎样了，行不？"

雪团一听，立即点了点头。

"嗬！你这小家伙居然能听懂我在说什么。真灵！哎？不过你是公的还是母的啊？"阿怜忽然好奇雪团的性别，于是将它抱高了。

雪团一听立即夹紧了两条后腿。

这下意识的动作惹得阿怜哈哈大笑："哈哈哈，好了，我不看，我不看！你这小东西真是逗，通人性，你家主子将你养得可真好。"

雪团斜了她一眼，心念她的废话真多，再不帮它包扎，它的腿都要废了。

阿怜抱着雪团去了医馆，结果被大夫轰了出来。那大夫说："你是故意来找碴儿的吧？没看见我这屋子里全都是人？你让我怎么给你这畜生搭脉？"

在满屋子病人凶残的注视下，阿怜嘴角抽搐，只好抱着雪团回到半莲池。

奎河见阿怜抱了一只小白狐回来，惊讶道："等等！你这是从哪儿弄来的小白狐？"

阿怜随口道："大街上捡的呀。"虽是玩笑话，也确实算是大街上捡回来的。

奎河挠着脑袋，说："不可能！这种稀有的白狐你怎么可能在大街上随便捡到？"

这明明就是只修行尚浅的九尾狐，尾巴都还没有长齐呢。尊贵的九尾狐怎么可能让人在街上随便捡着？真是笑死人了。这要是传出去，那他们整个九尾狐一族都不用在仙界混了。

阿怜反驳道："有什么不可能？你师父也见着了。"

"师父也见着了？"

"它叫雪团，是庄府庄昶的夫人苏婉心养的白狐，今日被庄昶的小妾郑妙妹身边的丫鬟追着满街跑，说是要扒了它的皮给郑妙妹做围脖。我看不惯就出手相救了呗。"

"它被伤得挺重的。"奎河盯着雪团看了又看，这只九尾白狐修行尚浅，也就长了三条尾巴出来。他们九尾狐一族，每修千年才能得一尾，九尾若是都生齐得要九千年。虽然只有三尾，这也修了三千年，实在是想不通一只修行了三千年的九尾白狐怎么就能被一个人类随便收养了？眼下竟然还被人伤了，像只废物一样窝在阿怜的怀里？看来他要重新审视下这九尾狐一族的能力，好像也没有那么厉害，或许这只是九尾狐族中比较蠢的那一只。

你才蠢呢！雪团盯着奎河，眼珠子骨碌碌地直转，然后"一脸你不懂"的样子冲着奎河翻了个白眼。

奎河在心里诧异，哎哟，这小东西居然还敢对他翻白眼？

阿怜忽然道："那啥？你会给动物治病吗？"

奎河骄傲地说："当然会了，这都是小事儿一桩。以前我和师父在山里住的时候，我经常会给一些受伤的动物包扎伤口。"

那时候，总是有些受伤的动物莫名其妙地出现在他们住的木屋门口，师父总是嫌麻烦，懒得给这些动物治伤，就让他赶紧把这些受伤的小动物弄走，说是看着心烦。他看着这些动物受了伤，于心不忍，所以每次都是他替小动物们包扎好再放回去。久而久之，屋里的伤药越来越多，他有时候不禁怀疑，那些受伤的小动物是不是都是师父给弄回来的。

"我去了城中的医馆，那大夫说他只会看人，不会医动物，把我给轰了出来。虽然我以前给狗包扎过伤口，但是那狗后来也瘸了。雪团长得这么好看，我若下手，万一弄瘸了……就不好。"

雪团不由得打了个寒战，"呜呜呜"地叫了起来。

阿怜说："你看，这小东西很通人性。可我就是听不懂它在说什么。"

"看它那眼神就知道它是在嫌弃你，不要你帮它包扎，怕你把它弄瘸了吧。"奎河翻了个白眼。

"你够了，快给我闭嘴！"

"得，你去我屋里找个药，在柜子的第二层，有个叫'接骨生肌灵玉膏'的你给我拿来。然后再去烧点儿热水，拿些棉花纱布来，哦，别忘了还有酒。"奎河吩咐完了，拿着剪刀准备给雪团剪毛，"对不住你了，虽然待会儿有点丑，但是保腿要紧。"

雪团"呜呜"地叫两声，表示没有问题。

阿怜跑进奎河的屋子，照着他说的，打开柜子，里面果真放了许多灵丹妙药。她很快便找到那瓶"接骨生肌灵玉膏"，正准备关上柜门，忽地瞧见一个药盒与其他药瓶长得不同，这是一个方方正正非常精致的镂金药盒，上面还写着"九转紫金丹"几个字，打开一看，里面放着一颗黑漆漆的药丸，与其他药丸似乎并没有什么不一样。

之前她无意中好像看到玄遥将这个药交给奎河，让他好好保管，说什么可以恢复一切身体病痛伤处，还可以增进什么修为。修为是什么东西？应该是个好东西吧，毕竟看装这药的药盒就与其他普通的药瓶不同。待会儿把这个喂给雪团吃了，让它快点好起来。

于是她顺手将这颗药丸也拿着，从其他药瓶里倒了一颗放进药盒里，模样长得都差不多，奎河应该不会发现的。

奎河虽然人长得有些五大三粗，可是这包扎伤口的技术真是没话说，雪团的伤口被处理得相当完美，应该用不了多久就能恢复。

阿怜抱着雪团进了自己的屋子，本想找个地方好好安置它，可是看了半天，只有自己的床最柔软舒适，于是将它放在自己的床上，然后从怀里摸出那颗九转紫金丹，说："来，吃了这颗药，对你的伤有好处。"

小白狐拧紧眉头，拒绝吃药，一个将狗腿都能包扎瘸的人简直丧心病狂，总觉得她不太靠谱，不知道从哪儿弄来的什么莫名其妙的药丸，她知不知道乱吃药是能吃死人的？就算它是九尾狐族，乱吃药，也是会倒大霉的。它拒绝吃药。

"哎呀，你怎么跟小孩一样？就一颗药丸，又不是一碗汤药，不苦的，口水一咽就下去了。我以前生病想吃药，都还得靠人去给我偷呢。你啊，要知道珍惜眼前药啊。"阿怜以为雪团怕药苦不肯张嘴，于是捏着它的两腮强行掰开了它的嘴，将九转紫金丹给塞了进去。

小白狐被强迫吞完了药，连连咳嗽，两只眼睛瞪着阿怜，气不打一处来。睡一觉起来，它一定要离开这里，太可怕了，尤其是眼前这个小丫头。

阿怜爱怜地拍了拍它的脑袋，道："好好休息，明天我去庄府打听一下，看看你家夫人什么情况。你今夜好好睡一觉。别着急了哈。"

小白狐听话地闭上了眼，休养生息，它的确也累了，今日被春莺和家丁追赶了几条街令它元气大伤。

到了夜里，正在休眠的小白狐突然睁开了双眼，一双黑色的眼珠忽地变成赤红。它感觉自己浑身燥热，有一股真气不受控制地窜向全身各处，先前的疲惫已然消失，它腿脚上的伤也不知在何时已经愈合。

先前它幻化成婉心的模样去媚香楼，本想着让庄昶跟他回去，但它失了察觉，没有发现玄遥这样一个厉害的人物在场。它虽然不知玄遥的真实身份，但凭玄遥轻而易举就伤了它，它便知道他的厉害。它身为九尾狐一族，仅需修行一百年便可以幻化成人形，但幻化成人的时间极短，有时连一炷香都不到。只有在修行九千年九尾全部生出后，他们一族才可以随意幻化成人，不受时间限制。如今它修行了三千年才得三尾，修为尚浅，所以那夜它在被玄遥伤了之后便快速逃离。但自那夜之后，它几番想再幻化成人形，都以失败告终。若不是那夜玄遥伤了它，它也不至于会被春莺打伤。

那个叫阿怜的小丫头也不知喂它吃了什么药，令它全身越来越燥热，体内似要烧了起来，尾根之处剧烈地疼痛。这与它修行生出三尾时的灼烧感一模一样，不，那灼烧感更甚，它感觉它的整个身体都快烧了起来，尤其是那尾部连同下半身子，都快不是自己的。就在它痛得快要撑不住，以为自己快要死之时，它眼睁睁看着自己的三尾一下子裂变成了四尾。

金光之下，它再次幻化成人，让它又惊又喜。原来那小丫头偷偷喂他的药竟然是令它修为大增的灵药。

东海夜明珠散着温润的光芒，让这偌大的屋子变得暖而温馨。

他得回去，得看看那个丧心病狂的郑妙姝又折腾出什么幺蛾子。庄昶那个废物，口中声声说只爱着婉心，然而为求一子，只因郑妙姝身怀六甲，便任凭郑妙姝各种伤害婉心。他不能眼睁睁地看着婉心被那郑妙姝折磨至死。他毓垣欠婉心一条命。

他回头看着床上熟睡的阿怜，向她深深鞠了一躬："多谢阿怜姑娘救命之恩，毓垣来日再报。"

说完，他便幻化成一道光消失在半莲池。

夜深，皎洁的月亮高悬在夜空之中，将大地照得清晰明亮。月光洒在院落的水池里，池面星星点点，微风吹来，池面波动，银光闪耀，如同铺满了宝石一般。

玄遥坐在树下的石凳上，手中捏着阿怜晚上做的糕点，慢慢送入口中，甜而不腻，清香爽口。为了感谢他今日救了那只九尾白狐，她还真是费尽了心思。其实他并不是一个爱吃甜食的人，但阿怜只要心情好，就会做上一些给他和奎河品尝，久而久之，胃口竟也被养刁了，外面那些茶楼的点心，已经入不了他的口。

奎河乖乖地跪在一旁，不敢吭气，从师父回来，他在这儿跪了差不多有一个时辰了。

玄遥咽下糕点，轻啜了一口茶才开口向奎河问话，声音低沉："你可知你今日好心帮忙，却是平白送了那小狐狸一千年的修为？"

奎河连忙重重磕了三个响头，道："都怪徒儿一时疏忽，才让阿怜误拿了九转紫金丹。"

这九转紫金丹乃太上老君炼制并赠予师父的，凡人吃了不仅能治百病，还能容颜永驻，长生不老，这修仙的人或动物吃了可增一千年的修为。

师父修为极高并不需要这丹药。前阵子恰逢东海龙王大寿，师父托他将这丹药转赠予东海龙王，那东海龙王见着可是高兴坏了。没料着这种好东西会白白便宜了那九尾狐。

玄遥叹了口气道："我上次在媚香楼里伤了他，就是因为他修为尚浅，不懂得控制自己的情绪，差点杀了庄昶和媚姬。对一个正在修行的九尾狐族来说，杀凡人乃是大忌，可不会像上面的那些上仙，犯个错被打下凡，经历什么几世轮回的劫那么简单，有可能这辈子他都别再想修炼成上仙，最糟的还可能会魂飞魄散。所以我才将他打回原形，让他好好修行。可他今日吃了这九转紫金丹，得了这千年的修为，这番回去，必定是要闯下大祸。也不知道他们九尾狐族到底是怎么生出这么个莽撞的后辈来？"

"师父，这件事情全怪徒儿，是徒儿看管不当，请您责罚徒儿吧。"奎河再一次伏首认错。

"这事若真怨起来，得怨我自己。怨我收留了那个闯祸精，若不是今日她信口雌黄，我也懒得理这事。也不知道我跟她到底结了什么孽缘，几番不得安生。"玄遥看着眼前的桂花糕，脑子里浮现阿怜那张娇俏的脸，眉心深蹙。五年了，至今他也没得见这丫头有什么异于常人的地方，三天两头惹是生非，与人口角，还留着以前做乞丐时市井泼皮无赖的模样。他一度以为那上古神器天机镜一定是存于这世上的时间太久了，不灵光了。

"师父，请您莫要怪阿怜，阿怜一定是无心的，他一定只是想那只小狐狸早点好起来。要责罚您还是责罚徒儿吧，是徒儿没将那九转紫金丹收好。"

"你对那小子，倒也真心实意。罢了，也许就是那狐狸该受的劫。你且起来吧。"玄遥挥了挥手。

奎河又连磕了三个响头，这才敢起身，忽地又问玄遥："师父，那便任由那狐狸闯祸吗？那郑妙姝纵使作恶多端，但罪不至死。"

玄遥淡淡地道："这要死的可不只是郑妙姝一人，还有她腹中的胎儿以及那庄昶。"

奎河惊道："不是只有那苏婉心要死吗？怎的庄昶也将性命不保？"

"苏婉心要死那是天命，命里逃不过，但是白日里，那狐狸撞在我面前，我却在他身上看到因他而死的人多了三个。"玄遥先是微微蹙起眉头，可不一会儿又自嘲起来，"倒是万没想到这多死的三个，竟是因我玄遥这儿丢了颗九转紫金丹。"

"师父，真的没有其他法子了吗？"

"不急，那小狐狸还会来求我的，到时候自有办法。"

夜空之下，毓垣高高地立在庄府墙院之上，除了后院一间屋子里的灯还亮着以外，整个庄府一片黑暗，四处幽静。

亮灯的方向他不用查探，便知道是谁的屋子。这几年来，他在这庄府生活，每一个角落闭着眼都再熟悉不过，尤其是那冷清的后院，一砖一瓦，一草一木，他比住在这里的每个人都要熟悉。

一个旋身，犹若轻烟，他便来到那间屋子门前。

隐隐的烛光从窗户的缝隙里泄出来，屋内时不时传来女人的咳嗽声音。前些日子庄昶出远门办货，庄昶前脚出门，后脚小翠便被那郑妙姝遣走，如今这冷清的后院里，也只剩下她一人。自打那日从报恩寺回来之后，她便一病不起。白日里他被春莺追赶，要被扒皮抽筋，她已经气到吐血，到了夜里，这病似乎看起来更加重了。

毓垣眉头紧蹙，伸手刚想推开门，忽地又顿住，落在半空中一阵迟疑。思忖片刻，他轻轻一个旋身，化作庄昶的模样，这才抬手轻敲门扉。

"是谁？"那咳嗽声一下子忍住，但很快便又继续，"咳咳咳——"

"是我。婉心。"他轻声回应。

"进来吧，门没锁。"听声音，她是期盼的。

毓垣推开屋门进去，苏婉心已经披了件衣服下床，脸上挂着欣喜的笑容，道："你不是出远门了吗？怎么这么快就回来了？"

"哦，提前回来了，过来看看你。"他在圆桌前缓缓坐下。

"我给你倒杯水。咳咳咳……"苏婉心拿起茶壶和茶盅刚准备要给他倒杯水，便被他起身拦住。

"我不渴。你赶紧先上床休息吧。"

苏婉心的柔荑被他的大掌轻轻握住，身体没来由地一僵。苏婉心不动声色地慢慢抽回手，扯了一抹笑容，道："我不累，咳咳咳……"她用帕子轻掩住口，生怕病气传染了他。

望着空落落僵在半空中的手掌心，毓垣心底一阵失落，那里方才冰凉柔软的触感是那么真实。来之时一肚子话想与她说，可眼下与她面对面坐着，却不知该说什么。

气氛也在一时间凝结，只有时不时苏婉心压抑轻咳的声音。

过了好一会儿，苏婉心才打破这份僵局，轻轻地道："你不如早些回前屋去休息吧。别待在我这屋里，怕会把病传染给你。咳咳咳……"

"没事，我看着你睡，等你睡着了我再走。"

苏婉心眉头微微蹙起，手不停地拉扯着披在身上的轻薄衣裳，双臂相抱。不一会儿手又不停地摩挲着手臂，甚至有些微颤。

毓垣注意到，紧张地道："你很冷？冷的话上床去。"

这盛夏的天气，即使到了夜里，依然会有些闷热，怎么可能会冷？苏婉心错开视线，低着头说："你回去休息吧。咳咳咳……"

"不，我陪你。"

"不用！"苏婉心的声音陡然提高，变得尖锐起来。

"婉心？"毓垣忍不住伸手握住她的手，这才察觉她浑身都在发抖，"你……在怕我？"

苏婉心强行将手收回，道："既然公子已经察觉，婉心便也不再隐瞒，实话实说。我并不是在怕你。不知公子何以与我家夫君相貌如此相似，这深夜孤男寡女的共处一室，尤为不妥。公子，还是请回吧。咳咳咳……"

"你知道我不是庄昶？"他垂下手，神情难过，"婉心，我没有恶意，只是想你开心一些。因为只有见到他，你才会开心一些。"

苏婉心转过身背对着他，顿了许久，才道："你可是……雪团吗？"

他虽没有应声，但也算是以沉默回应了婉心。

苏婉心回转头，一双幽眸温柔地看着他，浅浅笑道："你是雪团吧。"

"你知道？"

"嗯，最开始的时候，我并不知，只是觉得你很奇怪。不，应该说是你变成的'庄昶'很奇怪，每次只聊上几句，便匆匆离开，然后变成雪团再跑过来。久而久之，我便察觉，夜深人静的时候，只要'庄昶'一出现，雪团便会消失，'庄昶'一旦走了，雪团也就回来了。"

他没有办法幻化人形太久，所以到了差不多时辰，他必须得走。他不想吓着婉心。

苏婉心捏着帕子一阵轻咳，道："我与庄昶少年夫妻，我怎能不清楚他的脾性，旁人又怎能轻易模仿得来？我知道你是为了我好。我也知道你不止一次变成他的模样来讨我欢心。最初以为是庄昶的时候，我是真的很开心，但是后来发现并不是他，我也害怕过。可是你从来都没有恶意，所以后来我也就不怕了，对你心存感激。其实庄昶他待我不差，如今隔着他母亲、郑妙妹以及她肚子里的孩子，他只能疏远我，冷淡我，他是在用他的方式保护我吧。若不这样，按他母亲的意思，他得要按七出之条将我休了。我若这身子骨争气，便也不会落至今日这般田地，说来要怪，就怪我福薄命浅。咳咳咳……"

"这并不是你的错。不能生孩子不是什么大不了的事。"他是不明白人类为何这般重视子嗣，在他们九尾狐一族，以女为尊，只要两个人真心相爱相守，有没有子嗣，又有什么关系。

"你不明白。不孝有三，无后为大。咳咳咳……你这样做是为了报答我当初救你一命吗？"

"是。"他在心里却道，开始只是想报恩，而到了后来便不是……

当初因为贪玩跑下山，不小心中了猎人的陷阱，而被人抓去市集贩卖，若不是遇到苏婉心，他怕早已成为某个富人肩上的狐皮围脖。

被苏婉心收养之后，他本想着找个机会把恩情报了，再顺道在人间玩一玩，可谁知这一待，他便离不了这个温柔善良的女子。从她的身上，他看到了人间生为女子的无奈，也见识到了人间所谓的爱情在礼教面前都脆弱得不堪一击。从最初对苏婉心的同情与怜惜，到后来不知不觉中由怜生爱。只是他作为一只尚在修行中的九尾族一员，与她一个平凡的人类是不会有结果的。所以，他本只是想着以雪团的模样，陪伴着她直至她生命的最后一天。

"可否让我看看你本来的模样？咳咳咳……"

毓垣表情微微一怔，很快反应过来，翩然旋身，变回自己本来的模样。

苏婉心定睛一看，原来是个翩翩如雪的少年郎，眉清目秀，唇红齿白。这让她不禁想到当年嫁给庄昶的时候，庄昶也是这般面如冠玉的年纪。

她轻咳两声，浅浅笑道："我一直以为雪团是只母狐狸，原来不是……你这模样，生得可真好。"

他们九尾狐一族，在生出九尾之前，是可以随意选择性别。族人以女为尊，最终选择幻化成妖娆女子的为多数。所以，在遇到苏婉心之前，它幻化的人形大多也都是女孩子的模样。只是后来发觉自己爱上了苏婉心，便毅然选择幻化成男儿。

"你可有名字？"

"毓垣。以毓草木的毓，垣墙的垣。"

"毓垣？好听的名字。我却叫你雪团叫了那么多年。咳咳咳……"苏婉心淡淡地笑了起来。

"你叫我什么都可以。"名字本就是个称谓。婉心每次抱着它，摸着它的皮毛，叫着它雪团，偶有亲昵地亲吻它脑袋的时候，是它最幸福的时候。

"白日里，春莺要捉你扒皮抽筋，我这破身子骨无法护你，只能将你放走，却不想，你又回来了。咳咳咳……"

因为他不舍她。

苏婉心又道："回来做什么呢？我这破身子骨不知能撑多久。你该去哪里，便去哪里，不必守着我。你既然能轻易幻化成人，定是在修行吧？陪我这劳什子病人，会阻碍你修行的。"她曾听人说过，这有灵性的动物修行极为艰辛，一旦修行途中遭遇什么变故，必将万劫不复。她不能害了这孩子，这孩子看模样，还很年轻。

自他爱上她的那一刻起，他便知这是他的劫。

毓垣道："你不会死的。我会想办法找医治你病的方法。会有法子医你的，届时，只要你的病好起来，想生几个孩子都没有问题。"

他本想着半莲池的小丫头阿怜，既然毫不吝啬地喂了他一颗十分珍贵的九转紫金丹，半莲池内一定还有其他宝贵的丹药，他去跟玄遥求来。可是那日离开半莲池前，不想听见玄遥和奎河的对话，原来他吃的药也是阿怜偷的。回去半莲池求玄遥，是行不通的。不过，他知道在峨眉山有一种灵芝仙草可以治百病，只要他去取了这仙草回来，就能治好婉心的病。

苏婉心望着毓垣一脸认真的模样，脸上浮现出淡淡的凄苦笑容。

"罢了。时候不早了，你也歇息去吧。我既已知你身份，你也不便再留在我这屋子里过夜了。"

"你好好休息。"毓垣恭敬地作了个揖，便退了出去。

翌日一早，阿怜醒来，发现雪团并不在床上，便四处叫唤，找遍了整个半莲池也不见雪团的踪迹。

玄遥正在院子里悠闲地吃着早茶，她劈头便问他："瞧见我那小狐狸雪团了吗？"

一大清早，玄遥听着她到处叫唤的声音本就有些烦了，这会儿还胆敢向他询问那狐狸的去处？他的太阳穴都忍不住开始跳动。昨日她胆大包天偷了他的九转紫金丹喂给了那狐狸，殊不知闯了个大祸，今日见着他一点儿愧疚之意都没有，这丫头可真是脸皮厚得紧。

"你付银两让我看着它了吗？"他冷冷地回道。

"哎！瞧你这话说的。你对小动物咋就这么没爱心？"喊，阿怜背着他悄悄做了个鬼脸。没瞧见就没瞧见呗，至于这么说话吗？搞得她好像欠了他多少银子似的，好歹她在这半莲池里做牛做马也有五年了，没有功劳也有苦劳。昨天不就是劳驾他救了雪团吗，又不费他一点儿力气。真是搞不懂！这样一个要人情味没有人情味，要温柔没有温柔，要情趣毫无情趣的男人，怎么会有女人喜欢他？这全京城的女人其实都眼瞎了吧？还是那个叫青莲的女子有慧眼，一言不合就甩了他。

"雪团呀！你在哪儿呀？快点出来呀！雪团！雪团！"阿怜知道玄遥烦她，所以故意扯着嗓子在他面前大声叫唤。

玄遥嘴角微微抽搐，正想着是不是要封了这丫头的嘴，这时，奎河走过来说："你那只小狐狸昨夜就已经跑回去了。"

"哎？"阿怜不可思议地看着奎河，"它伤还没好呢，说好了我今天抱它回去的。真是的！昨夜你看着它跑回去，也不跟我说声。"

奎河真是哑巴吃黄连，有苦说不出。这小子昨日坑他坑得要死，偷偷顺走了九转紫金丹喂那只小狐狸，害他被师父责罚。他不但不怪他，还替他求情。今日倒好，他反倒怪起他没看好那只小狐狸。他真是一口气要呕死……唉，这臭小子，他一定是哪一世欠了他。

"哎，算了算了，我自己去庄府看看。"她有些不放心。昨日雪团被伤成那样，苏婉心那个病美人估计也好不到哪里去。

老天有时候真的不长眼。

如今她是男儿身的模样，这样直接进庄府找苏婉心，定会遭人口舌。嗯……她得想个法子混进庄府。

她一边琢磨着，一边挎着篮子上市集，找到了包打听擎苍。

擎苍一听她要混进庄府，便道："呀，那还不简单，每日辰时，他家负责膳食的管事都会去市集挑选，然后让车夫送回去，你扮成送菜的不就行了吗。"

"你是猪吗？那一车子菜，我一个手无缚鸡之力的……美少年怎么推得动？"她差点说漏嘴。

"什么！你还是不是男人啊？那一车子菜算个屁啊。来三车老子也推得动啊。"擎苍一脸嫌弃地看着她。

"能推动三车菜很了不起吗？老子还能烧三锅菜呢！"阿怜挺直胸膛，手掌拍得"啪啪"响。

擎苍伸手将她的脑袋按下去，道："你看看你，明明以前有吃的我都分你一半，你咋就跟个豆芽发不出来似的，长得硬是比我矮一个半头？"

"去去去！你才跟个发不出来的豆芽似的！"阿怜毫不客气地拍开擎苍的手，"说正经的，谁负责送菜？"

"你认识的，城南的王癞头。"

阿怜两眼骨碌碌转，有了主意。

擎苍带着阿怜找到王癞头，王癞头正要去庄府送菜。阿怜用银子说服了送菜的王癞头，假扮成他的女儿一同混进庄府。她又花了些碎银，从一个阿婆的手中买了一身她女儿洗得发白的粗布衣衫。长了十八年，从未穿过女装的她，第一次将女装穿上身，差点不会走路了。

擎苍瞧见她换了女装的模样，两只眼睛都亮了，惊道："哎哟，阿怜，没想到你穿起女孩子的衣衫挺不错，我差点以为你就是女孩子呢。"

阿怜白了他一眼，给了他一个智障的眼神。这货跟奎河一样！她本就是女的，好吗？

王癞头拉着菜，阿怜跟在他身后，一边低着头一边帮忙推着车子。到了庄府后门，膳房的李管事出来清点货物，瞧见阿怜，便问："王癞头，这女子是谁啊？"

王癞头回道："回李管事，这是小女。"

李管事瞄了瞄阿怜，道："怎么从来没见过啊？我以为你就一个儿子呢。"

王癞头道："哎哟，赔钱货，平日里就留在家里干活。今日我这是手扭了筋了，所以才让她过来帮我。还不快见过李管事，不懂规矩。"

阿怜低着头翻了个白眼，在心里嘀咕：居然说女人是赔钱货？！要没女人，你们这些孙子还不知从哪儿来呢？

阿怜欠了欠身，低着头叫了一声："小女阿怜见过李管事。"

李管事"嗯"了一声，嘱咐王癞头快点将菜搬进去。阿怜跟着王癞头一捆捆菜往院里搬。搬了没两捆，她冲着王癞头使了个眼色，王癞头点了点头，她便捂着肚子叫唤起来："哎哟……"

李管事一见，便问："你怎么了？"

"李管事，我肚子有点不舒服。请问茅厕在哪儿？"阿怜苦着脸说。

李管事皱着眉看向阿怜，道："事真多。出门左拐。"

"谢谢，李管事，谢谢！"阿怜道谢完连忙捂着肚子奔出门。

出了门，她正要掏出王癞头给画的庄府的地图，这时，刚巧有两个小丫鬟相携走来，一边晒着衣裳，一边小声聊着天。

阿怜本想低着头直接走开，忽然听到二人提到了大少夫人，这耳朵便也尖了起来，于是缩着身子躲在门后偷听起来。

"昨夜的事听说了吗？"

"听说了一点点，不是太详尽。好像听说大少夫人房里藏了个男人，这是真的吗？"

"是真的。这昨夜里巡夜的阿保刚好巡至后院，瞧见大少夫人房间灯亮着，还有说话的声音，他以为是大少爷回来了，可是一想不对，大少爷这一趟出远门没那么快回来，至少得后天，于是就走近了看，这一看不得了，那屋子里竟然有个陌生的年轻男人。"

"怎么会有个年轻的男人？这人是怎么溜进咱们府上的呀？"

阿怜一听，眉心打了个结，这哪儿来的男人啊？苏婉心怎么看也不像是那种偷汉子的人呀？就那身子板还偷汉子？莫不是那郑妙姝故意找个男人来栽赃的？

"谁知道呢？阿保就跑去告诉了老夫人，老夫人一听从床上气得跳起来，当下便命人一起去大少夫人房里捉奸，孰料，等他们去的时候，那男人已经不在了。老夫人让大少夫人从实招来，大少夫人抵死不承认，可那桌上刚巧就摆了两个茶盅。"

"如果只是大少夫人一人喝茶，哪需要两个茶盅。"

"就是呀。老夫人二话没说便让人将大少夫人关进祠堂里连夜审问，但是大少夫人就是抵死不承认。据说老夫人请了家法伺候。"

阿怜一听，心跟着拎了起来，另一个小丫头接着便说出了她的想法。

"天啦，那大少夫人的身子骨都那样了，还家法伺候？"

"我听老夫人身边的丫鬟说，怕是挨不过这两日了……"

"唉，这大少夫人也着实可怜。自打那妙夫人进门，她就没啥好日子过。唉，只因她不能生……"

"嘘，你小声点。小心隔墙有耳。如今那妙夫人临盆在即，正得老夫人的宠。"

小丫鬟连连抽了自己两个耳光。两个人晒完了衣裳，左看看右看看，快步离开。

人一离开，阿怜便从门后钻出来。她凝眉，得先找着那个祠堂，看看苏婉心到底怎么样了，于是摸出王癞头画的地图，很快找着那祠堂。

祠堂门口并无人把守，只是门上闩着一把做工精致的大铜锁。阿怜四处看了看，没人，这才小心翼翼地走过去，推了下门，门露出了一道缝。透过门缝，可以看见祠堂地上倒着个人影，应该就是苏婉心。

她拔下头上的银簪，以前做乞丐的时候，没少跟着擎苍一起偷鸡摸狗，所以这开锁的技巧，学了不少。果然她在锁孔里捣弄了几下，那锁便开了。

阿怜轻轻推开门走进祠堂，看见倒在地上的苏婉心，她的手掌心已经被打得一片血肉模糊，后背和腿上的衣裳都有不同程度的破损，可以看得出来这下手的人真是狠。看着苏婉心被这样对待，阿怜气愤不已。她小声地叫唤着："庄夫人，醒醒。庄夫人，庄夫人，你醒醒。"

她叫了好久，那地上的人才稍稍动了动，微微睁开眼看向她，有些愕然："你是……"

阿怜道："我是顾影怜啊，在大报恩寺我们俩见过的。"

苏婉心一脸难以置信，虚弱地道："你……是个女孩子？"

阿怜连连点头。

阿怜扶起苏婉心，让她依在自己的身前。苏婉心连连咳嗽，一口鲜血从嘴里喷出来。阿怜也顾不得脏，用衣袖给她擦干血。她终于平复了，道："你怎么会在这里？"

"昨天，郑妙姝的丫头春莺追着雪团到处跑，要扒了那雪团的皮，刚巧被我撞见，我便救了雪团。雪团的腿受伤很重，我带它回去包伤口，它好像很担心你，本想着今天送它回来，顺便看看你，可是今儿一早它就不见了。我想它是不是回来了，所以就过来看。谁知道，刚摸进来就听到两个小丫头说你被关起来了。"

"原来是你救了雪团啊。谢谢你，阿怜。你已经帮了我们两次。咳咳咳……"苏婉心又是一阵急咳，"雪团昨夜的确回来了……咳咳咳……"

"哦，回来就好。它回来了我就放心了。"

苏婉心苦笑着道："不过，我让它走了，这里已经不适合它再待下去了。它应该回它原来的地方去了，以后都不会再回来了。咳咳咳……"与其让雪团看着她死去，倒不如让它早些回家。

"难怪我今日摸着你们大半个庄府都没见到它。"阿怜想了想又道，"庄夫人，我带你出去吧。你这身子这样待下去，一定会出事的。"

苏婉心摆了摆手，道："不用了，我知道我大限将近，没用的。我只想等着庄昶回来看他最后一眼，别无他念。谢谢你，阿怜。你走吧，不用管我。咳咳咳……"

这一次苏婉心咳得更加厉害了，口中不停地吐着血。阿怜急红了眼，说："你等等我，我家中有不少好药，我去给你拿过来。我去去就来，很快就回来。"

"真的不必了……咳咳咳……"

祠堂没有可以躺的地方，虽是七月的天气，但这地上还是很寒凉。阿怜瞅着前方三个蒲团，伸手将蒲团拿过来给苏婉心垫着。

"我一会儿就回来。"说完，她便离开了祠堂。

出了祠堂，她沿着原路跑回后门，刚好王癞头也卸完了菜，来不及跟王癞头打招呼，她便匆匆离开。

出了庄家后门，她一路向半莲池的方向奔跑。奎河柜子里那么多灵丹妙药，应该能有帮助苏婉心的药。

阿怜也不知自己为何心中如此难过，苏婉心的处境，让她莫名想到了素娘，当初的素娘究竟是多么绝望，才会变成后来的疯狂。

阿怜跑着跑着，就在拐弯之时，一辆马车疾驰而来。那匹马像是发了狂似的到处乱窜，撞得周围的好些摊子全毁了，一路上尖叫哀号声不断。阿怜想要避让已经来不及，就这么直直地被急驰而来的马撞飞了出去，砸在路边一个面摊上。

面摊上有个年轻人正在吃着面条，她这一砸，刚好砸在桌子上，将这年轻人的一碗面也结结实实地震飞了出去。而她两眼一闭，就这么晕了过去。

年轻人手中捏着筷子，想捞面吃时，面没了，却夹住了一个姑娘的腰带。他看着筷子夹住的粗布腰带，再看看面前突然飞出来的姑娘，足足愣了半晌，才用筷子戳了戳那姑娘的小脸。

"哎！醒醒！"

他这一戳，阿怜没有反应，桌子有了反应，"哗啦"一声，碎成了几片。还好他眼明手快，扔了手中的筷子，接住了昏迷的阿怜。

面摊的老板一见自己的面摊毁了，跪在地上号啕大哭。

年轻人扬了扬眉，一手抱着阿怜，一手摸出一锭银子，丢给这面摊老板。

面摊老板捧着手中白花花的银子，连连向这年轻人磕了几个响头。

年轻人就这么抱着阿怜离开了。

到了晚膳时分，奎河见阿怜没有回来，急得团团转，在门口不停地张望着："这死小子一天跑哪儿去了？也不知道回来烧饭！想饿死我们吗？！"

玄遥握着手中的书卷，眉尾轻挑，淡淡地道："你很饿吗？"

"不是很饿。"奎河还是没忍住，"但是阿怜出去一天了，都不见人影，师父你不担心吗？"

玄遥翻了一页书，抬眸看向奎河，道："我并不关心她去哪儿，我只关心什么时候有饭吃。"

奎河忽然灵机一动，道："师父啊，你书拿倒了。"

"有吗？"玄遥下意识看了一眼手中的书，明明是正的，待反应过来，奎河已经跑出了门。

"师父，我去找擎苍问问看。顺便给您带些饭菜回来。"奎河乐着跑出了门。

玄遥放下书卷，道："等等我，好久没出去吃外面的饭菜，今天换换口味吧。"

奎河暗暗笑着。师父就是死鸭子嘴硬，其实也是很担心阿怜的。

玄遥瞪了他一眼，这小子跟阿怜在一起久了，连他都敢耍，皮紧得狠。

阿怜迷迷蒙蒙之中一阵猛烈的咳嗽，胳膊、腰、腿……都好痛，像散了架似的。她缓缓睁开双眼，映入眼帘的却是一方白色的纱帐，还有身上盖着的蓝色碎花棉被……这是哪儿？她怎么会躺在床上？这床一点也不像是她自己的那张床呀。

"醒了？"身侧忽然传来一个慵懒好听的男声，吓了她一跳，她一下子从迷糊之中清醒过来。

她偏过头看向床外侧，一个眉眼极美的陌生男人正半撑着身体躺在她的身旁，手中还拿着一把羽扇悠闲地扇着。

她吓得立即坐了起来，手拉住被子紧紧地遮着胸口，道："你是谁啊？我怎么会在这里？这是什么鬼地方？"

"这里是悦来客栈。你受了伤，摔晕了。"

"我警告你，不管你是谁，你要是敢动我一根汗毛，我一定会打爆你的头。"阿怜说完，不忘挥舞着她的小拳头冲着他扮狠。

美男合了扇子，用扇子轻轻拨开她的拳头，道："你怎么就跟其他女人不一样呢？但凡是个女人见着我，都会先盯着我看上许久，直到我召唤她们清醒过来，她们才会红晕满面，羞涩无比，欲拒还迎地同我说话。"

阿怜仔细瞅了瞅眼前这个陌生的美男，一袭白衣胜雪，玉冠束发，斜飞入鬓的剑眉之下是双狭长的黑眸，眼尾流长向上微挑，多情似水，媚态万千。他微薄的唇角轻勾，只是淡淡一笑，配着他那双勾魂摄魄的双眼，仿佛只需一眼，就要将人吸进去似的。

她以为这天下间，就属玄遥长得出尘绝色，没想到竟然还有能跟玄遥不相上下，甚至比女人长得还要美的男人。的确如这男人所说，只要是个女人看见他这般相貌，怕都会失了神。可是她是谁？她是阿怜，她可是在半莲池看了五年的玄遥好吗？原本以为长得好看的男人心肠也会好，可是看看玄遥……哎哟算了吧，他的美貌与他的蛇蝎心肠真是契合得天衣无缝。所以她对长得好看的男人从来就没有什么好感。眼前这个狐媚的男人，相貌与玄遥不相上下，说话的口气也是极度自恋自大自负。

她毫不客气地嘲他："你有病吧？有病得赶紧去看大夫。"

"咳——"美男嘴角抽搐，头一遭被女人嫌弃，这很伤他的自尊。他坐直了身体，一双媚眼微勾，"你爹娘就是这样教你同你的恩人说话的吗？"

"不好意思，天生地养，没爹没娘。"想骂她爹娘可没那么容易。

美男嘴角微微抽搐："你可知今日是我救了你？"

"你救了我？"阿怜微微蹙眉，她记得她从庄府出来之后一路急跑着要赶回半莲池，然后跑着跑着拐弯的时候，遇到一匹疯了的马，然后"砰"地一下……她便记不得了，醒来之后就看到这个妖艳的男人。

"你被那匹发癫的马撞飞了，不仅将我正在吃的面条砸飞了，还将人家面摊老板的桌子砸碎了，是我替你付的银子赔了钱，然后带你到客栈休息，给你找了大夫看伤。说起来，你这不仅欠了我一个人情，还欠了不少银子。"美男一字一句详细地说给阿怜听。

阿怜嘴角微抽，原来她被那马儿撞晕了之后发生了这么多事。她盯着他看了又看，虽然他的眼睛会迷惑人，可是好像也不是在说假话。

"你救我归救我，那干吗要跟我躺在一起，你不能坐边上去吗？那边明明有两把椅子，几个凳子。"

他"扑哧"一声笑了起来，道："躺着当然要比坐着舒服，我既然能躺着干吗要坐着？"

邪了！第一次听人有这么个歪理。但是他的笑容真的很好看很迷人。阿怜轻咳几声又道："女孩子名节很重要，我这要是传出去了，以后还要不要嫁人？"

"那就不嫁呗，要是万一嫁错了人，这可是苦的一辈子。女人嫁人，犹如第二次投胎。"

阿怜差点一口老血喷出来，这妖艳的男人长得比她美也就算了，居然比她还能说。这世上竟然还有劝人不要嫁人的……

"对了，你叫什么名字？我叫颜轩。"

阿怜从床头里侧慢慢挪向外侧床尾，找准时机终于跳下了床，不再被眼前这个妖媚的男人困着。她理了理身上的衣服，然后快速捞起自己的鞋子，来不及穿上，便道："多谢颜公子的大恩大德，我眼下还有急事，稍后再过来还你银两。"说完，便要夺门而出。

他勾着唇角，懒懒地道："哎？我都已经说了我的名字，你怎么能不说你的名字？你不说名字可不许走哦。"

阿怜才不理会他，拉开门便往外跑，三步并作两步下了楼梯，就在她以为自己冲出了客栈的大门，正要雀跃之时，谁知那一脚又迈进了原来的那个屋子。她抬眸看见依旧靠床头无比风骚的颜轩时，以为是自己的错觉，她转身又拉开门往外跑，可来回试了好几次，每次冲出客栈大门终归还是回到这间屋子。

颜轩摇着扇子，唇角轻勾，眸中含笑望着她："你的名字？"

阿怜全身像是被什么定住，丝毫不能动弹，冷着脸道："你不是人！"

"啊！瞧你这话说的，怎的像是在骂人？"颜轩缓缓起身走近她，扇子收起，挑着她的下颌，将脸凑近她，沙哑着嗓音媚惑她，"告诉我，你叫什么名字？"

又想迷惑她？阿怜冲着他翻了个白眼。

"你不说？不说，那就一直待在这里面吧。反正也嫁不了人，不如和我一起共度余生。我可保不准哪天不会无聊地扒了你的衣衫啊。"颜轩的扇子顺着她的下颌来到她平坦的胸前，一番戏谑，"不过，这里有点小啊。"说着，那扇子还像个棒槌似的在她的胸前敲了敲，他不禁又挑了挑唇。

"关你屁事！你……够了！别再敲了！"

颜华收回扇子，将脸凑近她，一双妖媚的眼睛凝视着她，道："说吧，你的名字？"

阿怜差点被这个男人的眼睛迷住了，还好脑子有一丝清醒。这个妖精一样的男人不是个普通的凡人，跟玄遥一样会妖术，她再这么犟下去，也讨不着好处，于是便道："我说了名字，你就放我走嘛？我真的有急事。"

他点了点头，认真地道："只要你说，我就放你走。"

"顾影怜。伫立望故乡，顾影凄自怜。"

"顾影怜？"

"对！现在能放我走了吗？我真的有急事。"

"等一下。"

"你说话不算话！"

"再回答我几个问题，我就放你走。这个人你见过吗？"颜轩修长的手指在空中一招，手中多了一卷画。他将画在阿怜的面前打开，画中是一位十五六岁娇俏玲珑的少女，美得不可方物，仔细看与眼前的妖精有点相似。同样是女孩子家，画中的那才叫女的，而阿怜觉得自己是不男不女。

"你女儿？"阿怜挑眉揶揄。

"我看起来很老吗？"颜轩摸着自己的下巴。虽然小七是他的晚辈，但他还是十分在意自己的年纪与相貌。

阿怜冷嗤一声："你妖术这么厉害，一定修炼了不少年吧？这种通常不用猜就知道是年纪一大把的老妖怪。没见过！"

颜轩不禁又笑了起来，他堂堂尊贵的九尾狐被人骂作是年纪一大把的老妖怪，那这天下间可也没几个敢称是仙了。再说了，有几个妖怪长得有他如此貌美如花？真是没有慧眼！

"那这个呢？"他的手又一挥，另一张画像出现在阿怜的面前，画中是一个眉清目秀，长相十分俊俏，年纪约莫十五六岁的少年，仔细看也与眼前的妖精有点相像。这漂亮的少年要是穿上女装，怕是比她还要像女孩子家啊。

"你儿子？"

"你怎么不问是不是我孙子？"他的笑声十分爽朗。

"没见过。"

"也没见过？"他眉心微拧。明明她身上有小七特有的气味，她怎么会没有见过？

小七偷偷离家差不多已有五个时辰，这五个时辰已让整个青丘乱成一团。族里德高望重的长老在很久之前就算到，近日小七会遇大劫，所以小七修行生出三尾之后便禁止他离开青丘，然而他那贪玩的性子就是收不住，又偷偷跑了出去，这一次竟五个时辰不归。此次出山，他便是要赶在小七遇劫之前将他带回去。

他一路追寻小七的气息到了人间，这人间差不多也过了有五年。阿怜一砸在他的面前，他便从她的身上闻到了小七的气息，所以他才会将她带到客栈照应。但是她说没有见过小七，看她的神情又不似在撒谎。这就奇怪了！

阿怜道："你以为我会跟你一样骗人吗？都问完了，我可以走了吗？"

"等一下。"

"你到底想干吗？"阿怜急了。她也不知自己睡了几个时辰，那苏婉心也不知怎么样了。

"这只狐狸你见过没有？"又一幅画出现在阿怜的面前，画中是一只浑身皮毛通透雪白的小狐狸。

"雪团？！"阿怜定睛一看，画中这双漂亮黝黑的大眼睛不就是雪团的吗？

"雪团？这只小白狐你见过？"

"见过。昨日我还救了它，它被人一路追打，我便将它抢下带回家疗伤，本想着今日将它送还它的主人，可是它昨夜里就跑回去了。"

"那它眼下在哪儿？它主人又是谁？"

"它主人就是城中云暇绸庄的庄夫人，她说它昨夜便走了，应该是回老家去了。我今日去庄府的时候，也的确没有看见雪团。至于雪团的老家在哪儿我就不知道了，也许是某个深山老林吧。"

"回老家了？"颜轩掐指算了算，难不成小七真的回去了？他在这京城里找了大半日，小七的气息很弱。阿怜说的庄府他也去过，那里虽然也有小七的气息，但他确定他去的时候小七已经不在了。后来除了在阿怜的身上闻到一丝小七的气息以外，整个京城其余地方皆很干净，或许小七是真的走了，并不在京城。于是他又笑了笑，道，"小怜，你可以走了，多谢你帮忙。至于银子的事嘛，先欠着，等下次再见的时候，再还我也不迟。"

小怜？听着妖艳贱男这么甜腻地叫着她的名字，她浑身的鸡皮疙瘩都要起来了。谁要下次再见他？有病咧！

"我真的可以走了？这次你没有骗我？"

"真的。不骗你。"颜轩一脸认真地点了点头。

阿怜毫不犹豫拔腿就往外跑。

颜轩看着她疯狂逃走的背影，开怀地大笑起来。他真是越来越喜欢她了，不被他迷魂术迷住的凡人从未出现过，她可是第一个。有意思！

既然小七不在这城里，他还是先回去再说。他撤了结界，化作一道金光，消失在客栈内。

阿怜跑出客栈，一如她所料，天色已经黑透。

没想到她这一睡，竟从清晨睡到了深夜，还跟那个妖艳贱男鬼扯了那么久，这都到了宵禁的时候。她说好了要给苏婉心拿药，结果失言，也不知她怎么样了？

她一路往半莲池的方向狂奔，跑着跑着前方忽地出现两个黑影，她定睛一看，正是玄遥和奎河。

奎河一见着她，便道："死小子，你上哪儿去了？可把我们都急坏了！"

玄遥冷不防来了一句："是你急。"

奎河无语。

"咦？你这穿的是什么衣衫？你怎么突然扮成一个姑娘家？"奎河盯着阿怜上上下下看了又看。

"哎哟，说来话长，我今日遇着个疯子。他将我困在悦来客栈，不得脱身。"阿怜将自己被马车撞飞砸了颜轩的面条说了出来。

奎河看向玄遥，道："师父，那个悦来客栈……不就是你说的那个结界？"

玄遥微微锁眉。先前，他与奎河在醉仙楼吃晚膳，奎河四处打听阿怜的下落，都没人瞧见。擎苍说帮着她跟王癞头进了庄府就再没看见过她。王癞头说她早上什么话也没说，丢下他突然就跑走了，再也没找过他。

他与奎河两个人找了一个晚上，京城说大不大，说小也不小，可就是寻不着阿怜。整个京城若说有什么异常，也便只有悦来客栈。但悦来客栈被人布下结界，玄遥感受到的是一股修为极高极纯正的仙气。一些仙者习惯性途经一个地方会布下结界，便是不想外界打扰。他本以为是哪位上仙经过此地，并没有太在意。但找遍了整个京城都没找着阿怜，他和奎河顺着这条街走过来，也便是想看一看这悦来客栈到底是怎么回事，却不想正是这位布了结界的困了阿怜一整日。

奎河惊道："就因为你砸了他一碗面条，那疯子困你到现在？"这天下间竟然还有跟师父一样能媲美变态的人吗？

阿怜道："鬼知道？我都快饿死了。"她没有说颜轩不是寻常人，免得奎河担心，反正那个妖物也走了。

奎河担心地又问："那个疯子没对你怎么样吧？"。

阿怜道："我除了要饿死了其余也没什么事。"

玄遥不冷不淡地道："看她这生龙活虎的模样，她没把人家马撞飞，真是那匹马的幸运。"

阿怜冲着玄遥翻了个白眼，就知道这人狗嘴里吐不出象牙来。

"我这儿还有醉仙楼的半只烧鸡。"奎河从怀里摸出一个油纸包。

"奎河，就知道你对我最好。明日我一定烧一顿好吃的给你吃。"阿怜冲着奎河甜甜地笑着，接过烧鸡便狼吞虎咽地啃起来。

这甜美的笑容看在玄遥眼里，很是刺眼，不禁冷嗤一声。

奎河高兴地道："太好了！哎哟，你不知道，那醉仙楼的菜跟你做的真是不能比。师父每道菜最多尝一口，就不动筷子了。"

"真的吗？"阿怜下意识瞄了一眼玄遥。

玄遥淡扫了一眼奎河，道："你废话很多吗。没事就赶紧回去烧水，我困了。"

奎河小声地在阿怜耳边道："师父就是死鸭子嘴硬，担心了你一晚上，亲自出来寻你。"

阿怜一边啃着烧鸡一边斜眼看向玄遥，并不太相信："算了吧。我看他就是饿了，要吃饭，才出来的。你看他这一吃饱了，困了，要睡了，就要回去了。"

"都说了师父今晚没怎么吃，你就是不信。"奎河揽着阿怜，不由自主地又瞄向她身上的女装，"不过你穿女装还挺像那么回事，要不是我知道你是个男的，还真以为你是个女的。真好看！"

"咳咳咳……"阿怜差点被口中的鸡肉呛着，真怕他那句"真好看"后面会再跟一句"没事多穿穿哈"。奎河平日里看起来一副聪明伶俐的模样，怎么就看不出来她是个女的呢？真是要命！罢罢罢！她以后还要顶着男装过日子。今日穿了这女装，害她差点都不会走路，还是男装舒服。要是让奎河知道她是女孩子，估计以后也不会与她这般亲近了吧，更别说这样勾肩搭背。

回到半莲池，阿怜跟着奎河进了他的屋子。

奎河不解，道："你不睡觉跟着我干吗？"

"没事。我就是无聊来看看，看你这屋子挺乱的，想帮你收拾一下。"她替奎河将乱丢的长衫挂好，佯装四处收拾，然后摸到柜子边，"昨天我看你这柜子里也挺乱的，药跟衣服都混在一起，我帮你收拾收拾。"

她趁机拉开柜子，可柜门一打开，那一柜子的药全都没了，只剩下乱糟糟的衣服。难道奎河发现她偷了那颗九转紫金丹？

奎河知道她的那点儿心思，也不揭穿，佯装打着哈欠赶她走："明早再来帮我收拾，找了你一晚上，我也困了，我要睡觉。"

阿怜被赶了出来，眼巴巴望着那合上的门，有些丧气。

她郁闷地想着该如何是好，经过院子的时候，忽然被前方的一道人影吓了一大跳。定睛一看，竟是玄遥。

玄遥又一个人像缕幽魂一样坐在树下的石凳上，不知所以然。

"你大半夜的不睡觉想吓死人啊？"有好几次，她都瞧见他一个人三更半夜不睡觉坐在这石凳上。这货绝对不正常！

"没看见我正在赏月吗？"玄遥放了一块桂花糕入嘴，今晚醉仙楼的菜实在是太难吃了，他现在很饿。

这离八月十五还有一个月呢，赏个屁月？今夜的月亮最多圆了些，也没见着多好看。

"是谁方才说困了，要回来睡觉的？"

"我现在不想睡，想赏月不行吗？"

"行行行，当然行了。你老人家就是想上天也没有人敢管你啊。"阿怜只顾念叨，也没留意脚下的石板，脚尖陷入缝隙中一下子被卡住，忽地这么一绊，整个人呈狗吃屎的状态正好摔在玄遥的脚下。

一日两摔，阿怜也觉着自己是倒了八辈子的霉。早上那一摔，她摔晕了，当时并无多大的感觉，可现下这一摔，她不仅感到刚吃下的半只烧鸡要摔出去，这五脏六腑都要跟着摔出去。

玄遥见她这模样，唇角微勾，道："你这晚安礼行得有点大。是打算半夜拜师吗？"

阿怜歪着脑袋，斜着眼看他，柔美的月光照映着他的侧脸，深邃的眼窝，挺直的鼻梁，坚毅的下颌……这俊美非凡的一张脸，比起白日里关着她的那个变态神经病颜轩，似乎更加让人着迷。纵然她觉得他很可恶，可偏偏她还是觉得他更好看一些。

咦？她这是在想什么呢？她赶紧甩了甩头，她这是摔晕了头了吧？玄遥比颜轩那可是变态了不知多少倍呢。

她忍不住嘲讽道："呵！我如今留在这里给你打工，是看在你给钱的分儿上。像奎河那样伺候你，叫你师父，还不收银子的，那是傻。想我做你徒弟，免费的苦力，哎哟，我劝你省省吧。我有病了才会做你徒弟。"

阿怜嘲讽完想爬起身，伸手撑地，却不想一下子抓住了玄遥的脚背。

玄遥的脚背被她忽然这么一抓，整个后背都僵了起来，全身起了毛。

什么东西？又暖又软。她忍不住摸了又摸。

玄遥被她摸得早已浑身不自在，太阳穴都在微微跳动，声音都有些颤动："拿开你的脏手！"

借着月光，阿怜这才瞧见原来她抓住的是玄遥的脚，立即拿开手，撑在地上起来。

"你以为我喜欢摸你的脚？你以为你这是媚香楼姑娘的白嫩小脚？我没嫌弃你脚臭你倒嫌弃我手脏，我每天就是用这双脏手给你做饭做菜，你还吃得一脸很乐意呢。哼！"她伸手拼命地在玄遥脸前拍着手掌，生怕这货有脚气。

玄遥冷嗤一声："放眼整个京城，有你这样整天跟东家叫嚣的恶仆人吗？"

阿怜不以为意，道："谁知道呢？就我这手艺，可不是我自吹的，都可以去皇宫的御膳房给皇帝皇后做菜吃。我要是出门吃喝着找份工，全京城的饭馆都会排着队求我呢。你啊，就知足吧。"

玄遥怪笑一声，讽刺道："就你这聒噪的性子，还想着去皇宫给皇帝皇后做饭做菜？恐怕进去没一两个时辰，就给人家弄死了。"

"懒得理你！"阿怜翻了个白眼，转身走人。

"站住！"玄遥将石桌上的点心推开，"这点心是昨日的，放的时间太久，不好吃。我饿了，你现在就去给我弄吃的。"他也不知自己怎的，大半夜跟她在这里计较这么久，也许真的是太饿了。

这货一定是故意的！这大半夜的居然让她生火做饭做菜，有没有搞错？阿怜很生气，忽然想到什么便得意地转过身来，道："你求我呀！你求我我就做给你吃呀！"

玄遥二话不说，衣袖一挥，石桌上摆着满满一盘银子，在皎洁的月光下，闪闪发着诱人的银光。

"你喜欢的。"

阿怜望着满满一盘白花花的银子，两眼发直，生怕是假的，拿起一个用力咬了咬，是真银！可正乐着，她忽地又推开银子，道："我不要银子，我想要一颗九转紫金丹。"雪团吃了这个药之后就跑去找苏婉心，伤也好了，说明这药管用。

玄遥盯着她看了半响，淡淡地道："你昨日偷了我一颗九转紫金丹喂了那只狐狸，我还没找你算账。今夜还敢跟我提那九转紫金丹？"

阿怜软了脚气，道："对，是我偷拿了药喂了雪团，是我的错。可是上次你随手就送我一颗那么珍贵的东海夜明珠，我知道那颗珠子是无价之宝。我想着反正你宝贝那么多，一颗九转紫金丹你都交给奎河那么放着，对你来说也不是什么稀奇的宝贝，所以我就顺手拿了。我现在只是想再要一颗救苏婉心而已，她真的很可怜。"

"你还真很随性，顺手拿了？你以为那颗丹药是这地上的泥巴，随便挖一勺就能搓成的吗？"玄遥也是服气她的理由，他宝贝是很多，他交给奎河随意那么放着，不代表那东西不珍贵，可以任由她这么到处用，"那苏婉心你不必费心救她，今日你被困在悦来客栈的时候，她已经去了。"

"你说什么？！"阿怜不敢相信自己所听到的。

"她已经死了，你拿什么救她都没用。这是她的命。"玄遥捏了捏有些痛的太阳穴，他怎么会有这等闲工夫跟她解释这么多？"赶紧去做饭，我饿了。"

"你骗人！你怎么知道她死了？你去过庄府了吗？"阿怜还是不相信。

他玄遥说一个人死了，还需要到那人跟前去确认吗？笑话！

"我有没有骗你，你等到天亮，等到擎苍来告诉你，她是不是死了！"

这时奎河拉开门，从屋子里走出来道："阿怜，师父没必要骗你。苏婉心会死都是命定的事儿。"奎河本想早些歇息，可是师父跟阿怜两个人在院子里这么大声说话，生怕别人不知道一样，他实在是听不下去了。师父也是的，为了吃点儿东西，真是能折腾。这以后师父要是没了阿怜可怎么办哟？

阿怜深深蹙眉，是的，按她了解的玄遥，根本无须骗她。

"赶紧去做饭。"玄遥觉得自己快要饿疯了。一看到这丫头就特别饿，一饿他就很烦躁，浑身每个汗毛孔都烦躁。

阿怜回道："我现在没心情。"

"你敢再说一句你没心情！"玄遥倏地站了起来，居高临下地看着阿怜，冷飕飕的气息笼罩着他的全身，他脸上不爽的黑气已经表明，只要这丫头敢说一个不字，他就送她去见苏婉心，"快去烧菜，我饿了！"

阿怜气得转身，进了厨房开始洗菜生火烧饭烧菜，砧板上切菜的声音半夜听起来有点瘆人。

半个时辰后，热腾腾的饭菜上了桌。玄遥满意地开动筷子。

奎河也屁颠颠地围了过来，拿了碗筷，一同吃了起来，可才刚叉了一筷子青菜，他忍不住一口吐在了碗里。咸透了心好吗！再舀一勺鱼汤，他以为被刚才的青菜咸得失去了胃觉，他又尝了尝，不是他的胃觉有问题，是这鱼汤根本就没有放盐。他刚要问阿怜，谁知一抬头就看见师父将青菜放在鱼汤里涮了涮，两样菜都吃得津津有味。

奎河嘴角抽搐，眼前这个……一定是个假师父吧……

玄遥安安静静地吃完了饭菜，放下筷子，擦了擦嘴。

阿怜伸出手，说："你答应给我的那盘银子呢？"

玄遥盯着她看了半晌，道："你不是推开了吗？是你不要。"

"可我给你做了饭菜呀。"

"这做的饭菜能吃吗？"

"不能吃你不也都吃完了吗？"

"我吃完了不代表要给银子。"比起不讲理，玄遥敢称第二，这六界就没有人敢称第一。他起身准备回房中休息，临走之前又淡淡地道了一句，"明天别到处瞎晃，耽误了做饭时间。"

阿怜不可思议地望着他消失的身影，觉得这货真的越来越不正常了。她与奎河对望了一眼："他是被人下蛊了吗？"

奎河摸着下巴，也是一脸不解。

这夜，阿怜辗转反侧睡不着，满脑子里都是玄遥的话。苏婉心真的死了吗？虽然苏婉心那副模样看着撑不了多久，可是她万万没有料到她被困了几个时辰，苏婉心就去了。早知道她就不要回来拿什么药，直接背着苏婉心回来就好了。

翌日一早，如玄遥所说，擎苍急吼吼的叫唤声从半莲池门外传来："阿怜！阿怜！阿怜！"

阿怜一听到擎苍的声音，便将抹布随手一扔，提着气问道："什么事？"

其实她本打算一早就去庄家探个究竟，谁知玄遥醒得比她还早，一早上起来就盯着她好好弄早膳，那霸道的眼神像是在说：敢出去闲逛，耽误老子吃饭，老子就打断你的狗腿！

擎苍大端着气，额头上冒着豆大的汗珠，道："先给我一杯茶，渴死我了。"

阿怜瞥了一眼玄遥，从他的眼皮底下拿过茶壶，递给擎苍，道："懒得给你找茶盅，你就就着喝吧。"

玄遥目光森冷地盯着那茶壶的去向。

擎苍捧着茶壶刚准备灌上一口，一不小心瞅到一旁端坐在太师椅上的玄遥，被玄遥森冷的目光吓得立马合上了嘴，脑门上的汗珠落得更急了。他急着赔笑，将茶壶又恭敬地端回玄遥的面前放好，这才退回来跟阿怜说："你昨日到底跑去哪儿了？"

阿怜不耐烦地吼道："你能不能快点说重点？老子不要听你说废话，快跟我说庄府是不是出了事？"

"咦？你怎么知道庄府出了事？"

"别废话！快点说！"阿怜就差没操菜刀逼问了。

擎苍挠着脑袋，道："昨日庄夫人苏婉心因病去了，庄府今日一早就挂上了白灯笼。"

阿怜凝眉，看了一眼玄遥，果然如他昨夜所说。这五年来，她都不知道玄遥和奎河到底是什么人，本以为玄遥只是会些妖法，如今他对一个人的生死比谁都能提前预知，这又让她不由得多看了他几眼。而玄遥根本懒得看她，兀自喝着茶。

擎苍问道："你昨日跑去庄府到底做什么去了？然后又莫名其妙地失踪？你可知道大家都找你找疯了？"

阿怜白了他一眼，道："跟你说，你又不懂。"

"怎么不懂？因为你昨儿个去找苏婉心，我便多留了一个心眼儿。庄府的人对外界说这苏婉心是因病去世，可我打听到苏婉心是自杀死的。"擎苍虽然现在在一家酒坊做学徒，可这街头打听各种八卦的本事一点都没有减弱。

这回阿怜惊诧了："自杀？不是病死？！"既然不是病死，苏婉心为何要自杀呢？她昨日明明亲口听苏婉心说要等到庄昶回来的。

"那我哪知道？我又不是苏婉心。"

"那庄家大少爷庄昶昨日可回来了？"

"咦？你怎么连庄家大少爷昨日回来也知道？阿怜你这是跟在玄先生身后待久了，也变得神了呀！"

阿怜懒得理他，兀自想着这到底怎么回事？庄昶一回来，苏婉心铁定就能从祠堂里出来了，最多也就是身子骨更弱一些，可为何还会自杀？

擎苍看了玄遥一眼，玄遥向他睇了一眼，桌上不知何时多出来一个茶盅，像是为他准备的。他不确定地问："给我的？"

玄遥轻点了点头。

"谢谢玄先生！谢谢！"擎苍厚着脸皮为自己倒了一杯茶，这大热天跑过来，说了这么一大堆，口干舌燥。玄先生的茶可真是好茶，一杯下肚，神清气爽，气不喘，胸也不闷，腿脚也不麻了。

"我去庄府看看，一会儿就回来。"阿怜这话是对玄遥说的。

玄遥斜睨她一眼，硬生生地道："午时前必须回来。"潜台词就是老子我要吃饭，敢耽误我吃饭打断你的狗腿。

阿怜瞪着他，在心里啐道：吃饭吃饭，一天到晚就知道吃吃吃，上辈子饿死鬼投胎的吗？

"等等我。"擎苍放下茶盅，与玄遥告别，追着阿怜出了门。

阿怜和擎苍两个人到了庄府门前，果然瞧见庄府大门上悬挂着两盏刺目的白灯笼。一群看热闹的围了里三层外三层，议论纷纷。

"大少夫人心地善良有个屁用，可惜不能生啊。这不活生生给那个二少夫人气死了嘛。"

"是啊是啊，这女人啊还是得要能生孩子，不能生孩子这就是要夫家绝后啊。不会下蛋的母鸡，那还叫母鸡吗？"

"能生也不顶用，不仅要能生，还得要生儿子。不然下场还是跟这大少夫人一样。"

阿怜不禁在心里叹气，女人活在这世上，似乎除了可以生孩子以外就没什么作用了。所以，她情愿这样，也不愿换成女装。

阿怜走到庄府门前，被庄府看门的下人拦住。

阿怜板着脸道："我代玄先生前来看看你家少爷，你这也要拦吗？"

两位下人换了眼色，一个进去禀报，一个留守。不一会儿那个进去禀报的下人出来，恭敬地请阿怜进去。

阿怜顺利地进入庄府，除了门口那两盏白色的灯笼之外，庄府院内一点儿办丧事的气氛都没有。

擎苍奇怪地问："他们家大少夫人好歹也是明媒正娶的大家闺秀，如今去了，这府上怎的就跟没事似的？"

阿怜低声道："郑妙妹没几日就要临盆，庄老夫人宝贝她肚子里的孩子，怎么可能让丧事冲了喜事。能让在大门口挂两盏白灯笼，多半也是庄昶要求的。"这也是昨日进庄府时，听李管事说的，庄老夫人很看重郑妙妹肚子里的孩子，万不能出一点儿岔子。

那个下人引着阿怜和擎苍到了后院一个不起眼的偏厅里，一进门，一口木质一般看着极奇寒酸的棺木直直地摆在厅中央，除了挂着一对挽联，其他什么也没有。

庄昶一脸颓丧地坐在棺材旁边，盯着棺材里的人，目光无神，面容十分憔悴，下颌尽是黑黑的胡楂，再也不是那个看似风流倜傥的庄家大少爷。

他木讷地看了一眼阿怜，声音哽咽着道："上次令玄先生破费，我一直没能去府上拜谢，今日还劳烦玄先生派你前来吊唁，实在是无颜面。"

"庄公子客气了。令夫人也曾于我有恩，今日前来吊唁也是应该。"阿怜走近棺材。昨日她看到苏婉心身上被打破的衣裳已经换下，她双眼紧闭，额头上有一大块皮被撞破，伤口已经处理过，血迹早已干涸变黑。她的面色依旧如昨，就仿佛只是睡着了一般。

庄昶悲痛不已，看在阿怜的眼中，阿怜并不可怜他，人死之前不珍惜，人死之后这般守着又有何用。不过一个孩子，令曾经恩爱的少年夫妻变成如今这般地步。

阿怜拉着擎苍给苏婉心烧了纸钱，两人又在棺材前跪下郑重地磕了三个头。当年两人饿得快要半死，多亏了苏婉心的一碗粥。这恩情无以为报，如今也只能磕三个头还了。

对于这夫妻二人之间的事，阿怜作为一个外人，不便多事，磕完三个头匆匆告别了便离开。

第三章

被岸

　　苏婉心将要在次日下葬，这天天还没亮，天空便渐渐沥沥下起了雨，像是给苏婉心送行。渐渐地，雨越下越大，敲打在窗棂上"啪啪"作响，到了辰时这天一点儿变亮的迹象都没有。

　　街上几乎没有什么行人，庄府也似乎没什么动静。

　　一个身穿紫衣的少妇，发髻间插了一支白玉孔雀簪，步伐僵硬地踩着青石板路，鞋子没进积水里也丝毫不在意。她站定在半莲池的门前，抬眸望着门头上的金字招牌，停顿片刻，抬脚踏入门槛。

　　奎河伸个懒腰，有气无力地挥舞着手中的鸡毛掸子，一个转身眼前忽然出现一位紫衣美人，激动得手中的鸡毛掸子差点打到美人。

　　奎河连声道歉，紫衣美人倒也不介意。

　　"请问玄先生可在？"这紫衣美人的声音婉转动听，如空谷幽兰，酥软入心。

　　奎河的心一下子活了起来，问："不知这位夫人找我家师父有何事？"

　　紫衣美人有些犹疑。

　　奎河便道："我叫奎河，是玄先生的徒弟。我家师父这会儿……还在休息，不便打扰，夫人有什么事可同我先说。"

"这样……"美人凝眉，然后又道，"听闻玄先生乃世外高人，有法子能替人排忧解难，不知可否向尊师买朵可排忧解难的花？"

奎河一听来买花，便开始仔细打量这位美人，隔了好半晌，才一脸严肃地道："夫人可听说向我师父求心愿，必要心诚，如有半点儿虚假之话，不仅不能如愿，轻则家散人亡，重则下十八层地狱永世不得超生？"

半莲池早在三年前就不对外做生意，偶尔也会有些客人慕名而来，不过这也得看玄遥的心情，后来玄遥懒得费神，便全权交给了奎河，也就是说奎河觉得客人顺眼，那就接这一单，若是奎河看那客人不顺眼，那便直接轰走。然而有阿怜这捣蛋鬼在，能让奎河看顺眼的人几乎没有。

明明阿怜刚来的时候，两个人如死敌，然而也不知何时自己养成了这护短的个性，只要阿怜嫌弃那人，或者故意使坏让他看客人不顺眼，他便也不揽生意。所以这三年来，卖出去的花还真没几朵。阿怜在背后搅事的这些事，师父也自是都知道，却也从没有揭穿过，或许，五年，师父也如他一般，对阿怜有了亲情吧。

美人听闻若有犹疑，但很快又点了点头，道："听过。"

奎河盯着这美人又道："那我便再重复一句，夫人此番前来，可是当真想好了？"

"想清楚了。"

"好！"奎河刚要说"请随我来"，这时，阿怜无精打采从后院走了进来："奎河，你屋子都打扫完了吗？打扫完了帮我去劈些柴火啊，没有柴火了……"

阿怜的话还没说完，便看到屋子正中的苏婉心，惊吓得整个人清醒过来，结巴着叫了声："庄……庄夫人？"

苏婉心见到阿怜眉心微蹙，淡淡应了一声："阿怜，别来无恙。"

阿怜心中发毛，心念：这苏婉心应该今日下葬，怎的突然好端端出现在半莲池？坏了！莫不是苏婉心心有怨恨含冤而死，这诈尸后上门来找玄遥帮忙向庄府的人寻仇吧？都说了七月半前后，有些寻不着家的鬼魂容易变成孤魂野鬼啊。

"你们认识？"奎河一脸吃惊。

阿怜将奎河拉向一边小声道："这位就是云暇绸庄的庄夫人苏婉心，今日要下葬的那个啊！"

"什么？"奎河定睛看向苏婉心。虽然他知道庄家的那点儿破事，但他并没有见过苏婉心，并不知道苏婉心长什么样。

"奎河，你说她是鬼吗？"

"她不是。"眼前这个女人，奎河从她的身上完全看不到一丝鬼气。他被孟婆汤的热气熏伤了眼，寻常的小妖还是分辨得出的，但是这女人的身上他也感受不到一丝妖气。这女人到底是个什么东西？

他本能地挡在阿怜的身前，指着苏婉心道："你究竟是何方妖孽？胆敢来我半莲池撒野，信不信我将你打回原形？"

苏婉心看着二人，目光坦然，道："你且放心，我并不是什么妖孽，不会伤害你们，今日前来是诚心求玄先生帮忙。"

听到奎河说这苏婉心不是鬼，阿怜顿时放心了许多，也敢正视她。眼前这双乌黑幽亮的眸子让阿怜觉得有几分熟悉。她不仅觉得这个苏婉心熟悉，而且真的没有什么恶意，于是拉下奎河的手，道："奎河，先别激动。"她又对苏婉心道，"庄夫人，你听我说啊，玄先生真的没有想象中那么神啦？这雨下这么大，你赶紧还是先回去吧。"

不管这苏婉心是什么东西，这能突然跑来向玄遥求事的，都不是什么好事。素娘就是个活生生的例子。

"你不用再说了，玄先生有多少能耐我自是知晓。我既来求他，必是下定了决心。"

阿怜无言以对。眼前的苏婉心神情坚定，有死无二，与之前被郑妙姝说得无力招架，那般软弱无能完全不一样。不知是因为人死了之后与生前有所不同还是怎么的，那种感觉……她说不上来。

"有客？"透过竹帘，厢房里一个慵懒的声音传来。

"师父，是云暇绸庄的苏婉心前来请愿。"奎河刻意加重了"苏婉心"三个字。

玄遥撩开竹帘走出来，瞧见一身紫衣的苏婉心，眉毛一动，眉峰轻扬，道："早前在媚香楼没要了你的命，你就应该烧香拜佛。看来那日你受的教训还不够，今日还有胆量找上门？"

奎河又看了一眼苏婉心，他正奇怪这女人究竟是个什么东西，原来是那个平白吃了九转紫金丹的九尾小狐狸。

阿怜糊涂了，且不说苏婉心这样的大家闺秀，不会去媚香楼那种烟花之地，就凭她那副身子骨，也鲜少出门，怎么会在媚香楼得罪了玄遥？完了！她处处针对玄遥，几番刺杀未果，以玄遥那睚眦必报的个性，这苏婉心就是自寻死路。

忽地，苏婉心"扑通"一下，跪在了地上，道："请玄先生救婉心一命！"

阿怜被苏婉心这一举动弄蒙了，死去的人要求救自己一命，也是奇闻。

"人命由天，各安天命，都是命中注定的事。要求，你就去求天唄。"玄遥在太师椅上坐下，悠然地喝着奎河奉上来的茶。

阿怜伸手去扶苏婉心，道："庄夫人，你有什么话起来再说吧。虽是七月的天气，可这地上还是很凉。"阿怜伸手摸到苏婉心时，感受到她的体温是热的，与老一辈说的鬼都是凉的，不一样。难不成苏婉心又还了魂？可是她怎么看也不对，昨日苏婉心的头上还有伤，今日就已经痊愈？

苏婉心却毫不介意，随手挥开阿怜。阿怜被这股力道一挥，直接坐在了地上。阿怜坐在地上犯蒙，这人死了之后再活过来力道可真大。

奎河连忙走过去扶起阿怜，厉声对苏婉心道："我家师父不想做你的生意，你却这样对待我半莲池的人？信不信我轰你出去！"

虽说阿怜与奎河初识时两人又打又骂，甚至阿怜进了半莲池后终日找玄遥的碴儿，时不时还会坑害玄遥一下，但是日子久了，奎河也当阿怜是自家人，极其护短。我家的人再不是，我可以怼他弄他，可外人怎的也不行。

"奎河，我没事。"阿怜站起身，定定地望着苏婉心。

苏婉心丝毫不在意，向前跪走了几步，跪拜在玄遥的跟前，道："只要玄先生愿救婉心一命，任何事但求玄先生开口。"

玄遥抚着茶面的细沫，冷嗤一声："你今日有胆来求我，就应该知道我从来不平白救人命，也不平白帮人。而且你就是把命给我，也还不够！奎河，送客！"

"请吧！"奎河做了请的手势。

"玄先生……"苏婉心跪在地上，不肯起身，可话还没有说完，玄遥已经不耐烦，长袖一挥，苏婉心便凭空消失在屋子内。

奎河早已见怪不怪了，师父这一挥，不知将这只九尾狐狸挥向何处，这九尾狐狸想要找回来的路，怕是得吃一些苦头了。

阿怜目瞪口呆地望着眼前的一切，虽说她知道玄遥非寻常人这么简单，可是这五年来也没有这么明目张胆地怎么样，更何况是今日这样，直接在她面前将人弄没有了……方才他说了他从来不平白救人命，也不平白帮人，那么这是在说他从来没有帮过素娘，那朵墨莲根本就是向素娘索命之物？

阿怜一步一步走近玄遥，玄遥停下喝茶的动作，抬眸看向她。

阿怜颤着声质问玄遥，道："你终于承认你从来没有帮过素娘了？所以你卖她那朵什么狗屁的墨莲，根本就是有心要取她性命，对不对？！"

玄遥挑了挑眉，淡淡地轻啜了一口茶，勾唇讽道："你在我这小小的半莲池内隐忍了整整五年，直到今日才说出来，也是不容易啊。"

阿怜一巴掌将他手中的茶打翻，怒道："素娘是你害死的对不对？！"

"阿怜！"奎河上前一把拉住她，"你怎么可以这样对师父？事情根本就不是你想的那样，何况事情已经过去五年了！"

"事情不是我想的那样，那是怎样？你告诉我！你告诉我素娘不是因为他卖了那朵妖花之后才死的！"阿怜瞪着奎河，"五年？对你们来说是五年过去了，对我来说不是。我顾影怜从小无父无母，做乞丐十多年，我尝尽世态炎凉人情冷暖，就像春莺说的一样，我终日里趴在有钱人家的后巷像只狗一样，每天都在等着他们倒出来的残渣剩食。这世上只有素娘一个人，从不嫌弃我这个小乞丐，她会给我吃的给我穿的，她待我不是亲人却更似亲人。我若是因为这五年的好日子而将她忘了，我顾影怜便是猪狗不如！"心头的酸涩一下子涌了上来，泪水在阿怜的眼眶里打着旋儿，倔强地不肯落下。

奎河激动道："一切都是素娘自食其果！"

"自食其果？素娘心地善良，温柔体贴，是老天对她不公，让她遇上徐家那对又渣又毒的父子。她害过谁？！一个活生生的人就这样没了，怎么叫自食其果？！"

"若不是我师父，你口中那个'心地善良'的素娘得要下十八层地狱遭受极刑之苦，她得感谢我师父才对。"

"感谢他？被杀的人还要感谢杀他的人？这是什么道理？谁知道十八层地狱是什么？这个世上有没有阴曹地府谁知道？那些满天飞的纸钱烧给谁看，还不都是活人做给活人看！"

"打死素娘的人是徐光耀，不是我师父。徐光耀也因为杀人而获罪斩首。这些都是事实。阿怜……"

"他是你师父，你当然包庇他。没有他给素娘那朵花，素娘不会变成那样。"她指着玄遥质问，"我只想问清楚，素娘是不是你杀的？"

奎河还要说话，玄遥伸出手制止他，黝黑如墨的双眸凝视着阿怜，不疾不徐地道："我杀的？不知当年是谁像个泼皮无赖一样，硬是从我客人的手中抢走了牌号，占了位置？若硬说素娘因我的花而死，那罪魁祸首便是你，你不拉着她来我半莲池，她就不会求我。别跟我说什么念恩，你这么为她打抱不平，其实是心里有愧吧？"

玄遥的反驳让阿怜沉寂了，无言以对。她双手紧握，浑身都在发抖，手指似要掐进掌心的肉里。玄遥的话句句戳进她的心里，刺得她很痛。是啊！当年若不是她听信了市井传言，也不会拉着素娘前来买花。归根结底，素娘的死都是她一手造成的，都是她的错！她还可笑地想替素娘报仇，难道不是想要弥补自己当初的过错罢了？藏在心里压抑了多年的情绪终于抑制不住地爆发出来，难过的泪水一下子全都涌了上来，泪流不止。

玄遥接着又讽道："就算人是我杀的，你又能拿我怎样？杀了我吗？我给了你五年的时间，你连一根汗毛都伤不了我。那日我酒醉，我将匕首放在你手中，可你都没有胆量刺向我。你以为你以后还有像上次一样拿着刀对着我的机会吗？"

奎河不敢相信地看了看师父，又看了看阿怜，原来那日两人不是在玩断袖啊，是阿怜真的想杀师父啊。

阿怜的双眼被泪水浸得模糊，她瞪着玄遥那张绝色面容，美与丑，善与恶只在一线间，这瞬间她仿佛看到了一颗没有心的恶鬼。她能拿玄遥怎么办？她什么也不能。她作为一个平凡无奇的人，根本没有能力杀死这个妖男。就如他说的那样，她待在他的身边整整五年了，她依旧伤不了他一根汗毛。

突然，她近似疯狂地笑了起来，道："玄遥，活该你得不到你喜欢的人！就算你每月十五再去媚香楼买醉，再念着那个叫青莲的人的名字，她也不会再回来找你。我要是她，宁愿死，也不想再看到你这个满身邪恶的老妖怪！"

她虽然杀不了他，但她知道他的痛处，他可以让她痛，她也知道如何让他痛。

"阿怜！"奎河惊叫出声。

"你说什么？！你再说一次！"玄遥从太师椅上慢慢起身，走近阿怜的跟前，居高临下冷冷地看着她，一双幽眸此刻犹如寒冰。

阿怜看到玄遥变了脸，别提有多痛快，含着泪光的眼睛里满是痛快的笑意："我说我要是那个叫青莲的女人，宁愿死，也不想再看到你这个满身邪恶的老妖怪！"

周遭的温度骤然之间变得冰寒刺骨，空气也慢慢开始冰冻起来。玄遥周身的地面、桌面、墙上……全部爬满了冰霜。

阿怜伸手捂着胸口，顿时感觉到呼吸困难，那里仿佛有一只无形的手，要将她的心挖出来似的。

奎河已经多年没有见过师父这般，即使师父那可怕的起床气，他也只见过上上次酒醒后的那一次，但那次师父只是将两位小仙扒光了衣衫而已，并没有将两位小仙怎么样。这阿怜看着就是一个普通的凡人，就算是天机镜照出她非三界之物，但也绝对无法承受师父的怒气，再这样下去阿怜会死的。

奎河连忙挡在阿怜的身前护住她，急道："师父，阿怜一定不是这个意思，她一定是糊涂了。请师父息怒啊！"

"走开。"玄遥的声音极奇平静，听不出任何情绪波动。但那不断向外一点一点扩张的冰霜，预示着他内心的愤怒已然达到了极点。

阿怜双手抱紧了身体，开始承受不住这冰寒，双腿一软便倒在了地上，但是她口中依旧不依不饶："我要是青莲……宁死也不要再看见你，像你这种……无情无心又冷血……的妖怪，就活该……一个人孤老至死！你活该……"

"你该死！"

"师父请……"奎河还未来得及说出"息怒"二字，已被玄遥的长袖一卷，扔出了半莲池的大门外。

外面的世界同半莲池内一样，冰霜在一点点扩张蔓延。相信要不了多久，这冰霜便会随着师父的怒气一点一点将整个京城封盖住，届时将无一活物。

半莲池内，阿怜还在倔强地刺激师父："你有种今日就杀了我！"

"你以为我不敢吗？"玄遥的手中忽然多出了三支短冰箭，只要半分的力气，这三支短冰箭随时都可以要了阿怜的性命。

眼看着那三支冰箭射向阿怜，阿怜本能地用手臂挡住，突然，那三支冰箭停下，像是被什么东西挡住。冰冷的空气不知在何时忽地生出三朵莲花，一下子挡住那三支冰箭。慢慢地，莲花盛开，将那三支冰箭团团包住，继而吞噬。刹那间，四周破冰而裂的声音随即而来，那爬满了墙面地面的冰霜碎成了冰屑，一点一点消融在空中。

玄遥脸色大变，伸出手想要抓住那三朵莲花，然而明明握在手心，却什么都没有。三朵洁白晶莹的莲花和他发出的冰箭全部消失了。这时，"啪"的一声，一个东西掉落在地，掉在阿怜的脚边，散发着刺目耀眼的红光。

阿怜望着那块玉牌，正是上次她看到从玄遥怀中掉出来的那块莲花令牌。

玄遥看到那块玉牌，一下子失了神。明明莲花令他一直收在怀里，为何会突然出现在这里？

他弯腰捡起那块莲花令牌，爱怜地摸了又摸，口中喃喃呓语："青莲，是你吗？"

阿怜看着他，先前他眼眸中蕴含着一种要杀了她的阴冷冰寒，在看到那个莲花令牌时已然消失，变成了痴情的追悔。阿怜也不禁有些疑惑，方才千钧一发之际，她以为她就要死在那三支冰箭下，却突然冒出来三朵雪白的莲花吞噬了那三支冰箭。她看向四周，屋子与往常一样，毫无异常，哪有那四处攀爬的冰霜，空气更是又湿又热，之前那种只是在冬日里才能感觉到的冰寒彻骨像是做了一场梦。

她看向他手中的莲花令牌，难不成是那个东西救了她？难不成她嚷嚷的那个死了的青莲还活着？

"青莲！青莲！你别走！青莲，你在哪儿？青莲——"他忽然疯了似的狂喊，然而回应他的也只是满屋子的寂静。他不甘心，又像阵风一样消失在半莲池内。远远地，都能清楚地听见他撕心裂肺痴情的叫喊声。

奎河跑进屋来，本以为阿怜被师父杀了，看到阿怜还活着，不免松了口气。他上前连忙扶起阿怜："阿怜，你没事吧？"

阿怜甩开他的手，一脸忧伤地道："去找你的师父吧，别管我。"

奎河叹了口气道："阿怜，你总有一天会明白师父的苦心。他是个好人，不是什么妖怪。"

"好人？你没看到他方才要杀我的样子吗？"

"素娘的死真的与师父无关，她的死就像是苏婉心的死一样，是天命所定。师父他受过很多苦，你都难以想象，刚才你那样说太伤他了。"

玄遥失魂落魄地从门外走进来，口中喃喃地念着什么。他痴痴地望着手中的莲花令牌，夺目的红光越来越淡，直至消失，宛若一块普通的玉坠。他五指紧扣，将莲花令牌紧紧地握在手心里好久，才收入怀里。

倏地，他目光森冷地扫着阿怜，道："你很有胆子，我活了这么多年，这天上地下六界之中胆敢挑衅我玄遥的就没有几个。今日我不杀你，是看在莲花令主人的面上。你既认为我是杀人如麻的妖怪，那我便让你看看你口中那个心地善良的素娘的真面目，让你看看什么才叫作杀人如麻。"

玄遥手掌轻挥，一朵散发着金光的墨莲出现在他的手中，如同素娘最后死前头上戴的那朵墨莲一样。他拎起阿怜的衣襟，抬手便将那朵墨莲打入阿怜的印堂之中。

顿时，阿怜感到头痛欲裂，她双手紧紧抱着头，坚持了好一会儿，终于头不再疼痛。当她再睁开眼，自己已不在半莲池内，而是身在媚香楼里，四处都是正在招揽生意穿着暴露的窑姐儿。不，这里不是媚香楼，这里的窑姐儿都很陌生，就连鸨母也不是金万花。忽地，她在人群中看到了一个熟悉的身影，是素娘。素娘浓妆艳抹，衣着极其暴露，笑容妖媚地挽着一个男人，像极了她戴上那朵墨莲后的模样。

阿怜叫着素娘的名字，素娘却像根本听不见她似的。她追过去，却发现根本无法触及素娘，眼前的幻象一幕一幕随着素娘的一颦一笑变换着。不论是与客人各种调笑的素娘，是将为其散尽家财的客人冷漠无情赶出门的素娘，还是一心要跟着徐光耀从良从此荣华富贵的素娘，对阿怜来说都是极其陌生的。

眼前的画面再次变换，这一次浮现在阿怜眼前的是一个陌生的大宅院，亭台楼榭，回廊曲折蜿蜒，山水花石交相辉映。素娘一袭华贵的衣裳，从下人的手中接过一碗补汤。打发了下人，她端着那碗补汤进了屋子，从怀中摸了一包白色的粉末倒进那碗补汤里。素娘的纤指捏着勺子将那药在汤中搅匀，无色无味，然后送给了徐老爷服下……一日复一日，素娘每次在将药倒进汤里时，始终是一脸平静，看不出任何情绪，像是戴了一张面具。

直到一天，一个大夫模样的人与素娘攀谈，阿怜才顿悟原来素娘手中那包药是无色无味不易察觉的毒药。大夫要将素娘下毒的事禀报徐老爷，素娘忽地脱了衣裳紧紧抱住了那个大夫。大夫两眼发直地盯着素娘美好的胴体，当素娘握着他的手抚在自己的酥胸上时，他俨然忘了自己要做什么。当那个大夫被美艳的素娘迷得情难自禁时，她却拔下发间的簪子直刺向大夫的颈间。

阿怜不敢相信自己看到的一切，她想要冲过去阻止这一切，可她什么也做不了，她和素娘之间仿佛隔着一道屏障，一道时间与空间的屏障。她只能眼睁睁地看着殷红的鲜血从那个大夫的颈间汩汩直往外冒出，素娘像是疯了似的挥舞着手中的簪子，直到那个大夫惊恐瞪大的双眼再也闭不上，双手抓着她赤裸的身子无力地松开垂下……她赤裸的身体沾满了鲜血，那一滴滴鲜血溅在她雪白如凝脂的肌肤上像是一朵朵开在通往地狱之路上的彼岸花。

徐老爷发现的时候，她哭得梨花带雨，跪在徐老爷的面前说这个大夫垂涎她已久，每次来府中看病都会借机非礼她，这次好容易寻着机会，居然想强要了她。她抵死不从，为了保住名节，才不得已错手杀了他。徐老爷虽然信了她，为她处理了那个大夫，但是猜疑的棍棒也依旧不忘虐打在她的身上，一次比一次狠。

阿怜看着素娘带着满身的伤痕拎着食盒穿过街巷，找到身为乞丐的她，将食物送给她，用那抓着簪子刺死人的纤纤玉手，像姐姐一样怜爱地抚摸着她的头，与她说着话。等回到府中，素娘继续行尸走肉般地生活。从那次杀了人之后，但凡有下人怀疑或者在背后说她半点儿闲言碎语，她便会毫不犹豫下手将那人弄死。每一次死人都像一场意外，而每死一个人，素娘都会带着好吃的食物来看阿怜，用那双沾满了鲜血的双手爱怜地摸着阿怜的脸蛋、头发……

未久，徐老爷的眼睛终于出现了问题，找了许多大夫都束手无策，几乎一致的说辞都是徐老爷的年纪大了，眼睛坏了属常事。再后来，阿怜看着自己带着素娘跑去了半莲池，素娘戴上那朵墨莲，彻底回到了青楼时的模样。很快，徐老爷因为失明，从楼梯上摔下来死了。阿怜看到徐老爷摔下来时，他的身后藏着一只手，一只带着翡翠玉镯涂满红色丹蔻的纤纤玉手，正是那只手不着痕迹地用力一推，将徐老爷推下了楼。徐老爷一路从楼梯上滚下来，头栽在地上，血流不止。素娘又一次扑在徐老爷的面前，不，这一次是徐老爷的尸体前，哭得撕心裂肺。

徐老爷死后，徐光耀想要和素娘重修旧好，素娘却肆意在府中与下人行苟且之事，糟蹋自己。最后激得徐光耀将她乱棍打死。这跟五年前阿怜在大雨中亲眼看到素娘被活活打死的场景无二。

自始至终，徐光耀从未护过素娘一次，为了父亲能将庞大的家业尽早交到自己的手上，而将素娘送给了好色却年事已高的父亲。阿怜眼见着被徐光耀抛弃成为徐老爷填房的素娘，每日追悔自己的错误选择，而由爱到心生怨恨，那双温婉柔情的眼眸变得冰冷而残酷，终是踏上了一条不归路。

阿怜无比痛苦地看着眼前的一切，整个人就像是要被撕裂了一般。她不相信眼前看到的是事实，她不相信她所认识的那个温柔善良的素娘，为了宣泄心中的怨恨与屈辱而杀人如麻，她更不能接受这世上唯一对她好的素娘却是因为杀了人心存内疚才对她好，而不是因为可怜她怜悯她。

玄遥伸手从她的印堂前取出那朵墨莲，冰冷地道："这就是你要的真相！一个在你看来温柔善良的人，实则却是双手沾满鲜血罪无可恕之人。纵然她被徐光耀欺骗，饱受徐老爷各种摧残虐待，却不该任意残害他人性命。天道自有轮回。她在人间做的这番恶，待她死后必定要下十八层地狱遭受极刑之苦，永世不得超生。她之所以会来求我，不是她想逃离徐家，而是因为她夜不能寐，每天晚上只要一闭上眼就会在梦中看到那些被她害死的人来向她寻仇，也会梦见她的孩子在无尽深渊里哭泣与挣扎，不能投胎。无论我给不给她那朵莲花，她在那日终究都会难逃一死。她与我交易，是她良心未泯，是不想自己的满身罪孽加之在她未能转世的孩儿身上，换她孩儿一条生路。任何人都不会因为从我这里得到莲花，而改变他原本自我内心的善与恶。"

阿怜蜷缩着身体倒在地上，泪流满面，手捂着心口悲痛万分地呜咽着："这些都是假的……全部都是假的……我不相信……"

玄遥冷笑着道："假的？就为了让你信我，我要费这么大劲儿编造这些虚假的幻象来欺骗你？你以为我很闲吗？整日吃饱了撑的要么哄你开心要么让你伤心，你以为你是谁？我本不想管庄昶那一家子事，但你故意激怒我，几番挑战我的忍耐度，那我便让你亲眼看看，什么叫作自食其果，今日我便接了这单生意。"

玄遥长袖一挥，先前消失的苏婉心忽地跌落在屋子正中。她满身冰霜，发丝眉毛都挂着白霜，嘴唇发紫，浑身不停地打着哆嗦，仿佛从什么极寒之地刚受了刑被生生拉了回来。

阿怜见苏婉心这般，顾不得自己，一下子扑在苏婉心的面前，怒瞪着玄遥，道："你又想干什么？！我辱骂你，与庄夫人何干？"

玄遥不理她，便问阿怜身后的苏婉心："你方才求我救苏婉心是吗？"

"是！求玄先生救苏婉心一命。"苏婉心颤着身子跪爬向玄遥。

玄遥冷笑一声，拍着桌子怒道："九尾狐狸，你好大的胆子！因为苏婉心的死，你心生怨恨祸及庄昶一家。你可知你已犯下弥天大罪！你现下却要我救苏婉心，那庄昶、郑妙姝和她腹中胎儿的命，你打算怎么办？"

九尾狐狸……阿怜瞪大着一双泪眼看向苏婉心。

奎河对她道："就是你抱回来的那只小白狐。"

"雪团？她是雪团？"阿怜难以置信，又问奎河，"那庄昶、郑妙姝与雪团有何干系？"

"因为苏婉心的死，他迁怒于庄昶和郑妙姝，杀了他们。"奎河淡淡地回道。

"什么时候的事？"

"应该是昨夜。"奎河有一点不明白，这九尾狐狸既然已经离开，怎的又突然折回杀了庄昶和郑妙姝？

苏婉心十分抱歉地看了一眼阿怜，双眉微蹙，道："我不是庄夫人苏婉心，我叫毓垣，也就是你救的那只小白狐雪团。我知道你三番五次拦着我是为我好，但当日若不是苏婉心，我也早已命丧黄泉，所以这个恩我一定要还。"

他说完起身，轻轻旋身，变成了一个翩翩美少年。

阿怜见他的模样，瞪大了双眼，怎么会是那天困了她一整天的妖男给她看的画中的少年？

毓垣很后悔那一夜离开婉心身边去峨眉山寻找仙草。一日来回，等他找着仙草回来，却只看到苏婉心冰冷的尸体躺在棺材里，甚至连个像样的灵堂都没有。他本以为婉心是病死，但在看到婉心额头上的伤痕后明白，苏婉心这不是病死，而是含冤而去。

那个虚伪懦弱的男人庄昶一看到他，便难过痛苦地认定他是那个奸夫。他万万没想到苏婉心是因为庄昶信了她背地里偷男人的流言，所以才绝了活下去的信念。

他怒不可遏，幻化作婉心的模样，伸出手便掐住庄昶的脖子，让他好好看清楚，究竟是谁背叛了谁？

庄昶瞪大着眼，直到死都一直在不停地问他同一个问题：他到底是谁？而郑妙姝和庄母就在此时闯了进来，瞧见他的模样，以为是婉心还魂。庄母那个恶老婆子直接吓晕了过去，而郑妙姝害怕地跌坐在地上想要逃走。他无法控制住心中怨怒，如何能放过这个女人？若不是这个恶毒的女人，婉心也不会变成这般。他伸手将她抓过来按在婉心的棺材前，让她跪着给婉心磕头，直至磕到脑浆爆裂，血肉模糊，断了气，他方才将她的尸体扔出了灵堂。

杀了庄昶和郑妙姝，他对着棺材里的苏婉心痛哭不止，过了许久才清醒过来。自知身为九尾狐族，他这是犯了大忌，必遭天谴，但他的脑子里想的不是自己而是婉心，如今唯一能救她的只有半莲池的玄遥。

毓垣再一次跪拜在玄遥面前道："晚辈青丘九尾狐族毓垣，见过玄先生。请玄先生救苏婉心一命。"

玄遥唇角微挑，冷笑道："我从来不轻易救人，若要我出手，必是一命换一命。如今连同苏婉心在内，共是四条人命，你要准备怎么做交易？"

"我九尾狐族，一尾便是一命，我已生出四尾，愿付四尾换四条人命。"毓垣俯首跪地，向玄遥行了大礼。

玄遥冷嗤一声："四尾换四条人命？你想得倒好。你哪儿来的四尾？你前日生出的第四尾，是因为她偷了我的九转紫金丹给你吃下。你能多出这一千年的修为生出第四尾，都是拜我的九转紫金丹所赐。"

玄遥又看向阿怜，道："你可知多死的三人是因你而起？若不是你偷了九转紫金丹擅自喂给他吃，他也便只是一只被我打回原形的白狐，没那个能耐杀得了庄昶和郑妙姝。你不杀伯仁，伯仁却因你而死。"

阿怜不敢相信，身体一软一下子跌坐在地上。她本意只是想雪团的伤快些好，却不想，平白为雪团增添了一千年的修为，害死了庄昶和郑妙姝。我不杀伯仁，伯仁却因为我而死……为何素娘是因为她，雪团也是因为她……

毓垣伏地，道："这件事与阿怜无关，她只是好心想帮我。只要玄先生愿意救婉心，让我做什么都可以。"

翩翩美少年伏地泣不成声。

"选择好，便没有回头路可走！"玄遥起身，宽袖轻挥，半空中便浮出四朵晶莹雪白的莲花，隐隐闪着金光，他对奎河道，"奎河，你且去一趟庄府，将这四朵莲花分别放在庄昶、苏婉心和郑妙姝的身上。只要有这四朵莲花在，可保他们的尸身暂且不腐。这只小狐狸留在半莲池也交给你看着。等我回来，我再收他的四条尾巴。"

"遵命。"奎河小心翼翼地收下四朵莲花。

毓垣变回了原形，全身通白的毛皮，尾部扬着四条又长又蓬的尾巴。

阿怜跌坐在地上，失魂落魄。

玄遥眈了她一眼，道："你，跟我去冥界，把庄昶和郑妙姝的魂魄一起带回来，赎罪。"

阿怜惊愕地望着他："冥界？"

奎河解释道："就是人间常说的阴曹地府，每个凡人经历生死都要在那里进行轮回。"

"怕了吗？牙尖嘴利的时候也没见着你这么胆小。"玄遥嘲讽。

其实从人间到冥界往返，无须多久他便可以很快回来，但若不让这丫头看看什么叫作地狱，她当他整日闲得慌，没事编故事骗她呢。这小狐狸造的孽，她有不可推卸的责任。除这个原因之外，已近千年毫无反应的莲花令因她而觉醒，他相信这绝不是偶然。五年来，他没在她身上看到有什么奇特的地方，也许上天让她出现在他的面前，便是要让她带着他找到青莲。一想到青莲，他的胸口便犹如针扎般刺痛。

阿怜抹了抹脸上的泪水，大声道："事情既是因我而起，我便不会怕，不会推脱！"

"很好。"玄遥翻手，掌心之中又多了朵墨莲，他举手便要将手中的墨莲打进阿怜的体内。

阿怜举手抗拒，道："你这是又要将谁的记忆塞给我？我不要！"方才素娘的那段往事，令她痛苦不堪，她再也不要接受任何人的记忆。

"这不是要给你看谁的记忆。你以为以你这凡人的躯体想要进入冥界是件很轻易的事吗？没有我这朵莲花为你护体，你不仅肉身保不住，还会魂飞魄散。"

"既然是要保住我的躯体，那为何你方才给奎河的莲花是白色的，而给我的却是墨莲？"她讨厌这个莲花的颜色！

"你以为是出门游玩吗？还要挑个顺眼的颜色？"玄遥说着，便将手中的墨莲打入阿怜的体内，接着他的食指与中指相并，犹若锋利的一把刀直滑向阿怜的双眼。

"这又是干什么？！"阿怜惨叫一声，复睁开眼时，眼前的景象与平时无异，只是她看着奎河抱着雪团去了后院屋子。明明还在半莲池内，可是她再也触不到奎河，奎河也听不见她的声音。

"走了。"玄遥面无表情地道。

身体极轻，阿怜甚至感觉不到双脚在动，但是已然跟着玄遥飘出了半莲池的大门。

阿怜好奇地看向玄遥，道："我现在是鬼吗？"

玄遥淡淡地道："你要愿意叫自己是鬼没有人会反对。快点走，时间不多。"

"为何我没有肉身？"苏婉心、庄昶和郑妙姝三人的魂魄去了冥界，但是他们的肉身可都好好躺在庄府呢？为何她没有？玄遥没有，她可以理解为他不是人，但是为何她也没有？

"我怎么知道？"玄遥这句说的是大实话。若不是天机镜照出来，他也看不出来她与凡人有什么不同。

阿怜尽量以自己最快的速度跟着玄遥，但是始终都离着玄遥好大一截距离。眼下只是一缕魂，她感觉不到丝毫累，只是追不上玄遥的内心感到十分焦虑。渐渐地，玄遥不再催她，步伐也放慢了。她终于不用焦急地追赶他了。

"为何你能随意进入冥界？"

"因为这天上地下，没有我去不了的地方。"

"哎哟，把自己说得那么神做甚？直接说你不是人不就完了嘛。"

玄遥嘴角微抽。这丫头越来越放肆，总是拐着弯骂他。

阿怜好奇地看着周围的一切，她不知道现在所处的地方是不是冥界。周围的一切和人间的京城一模一样，只是这里是一个没有颜色的世界，一切看上去都是灰色的。

"这里就是冥界了吗？怎么什么颜色都没有？"

"不算是，这是人间存在于冥界的形态，人在死后走完人间最后的地方到了黄泉路才能算是进入冥界。"玄遥面无表情地解释，忽地脑子里闪过一丝念头，他感觉自己就像是一个向导，正领着一个凡人前往冥界一日游。这感觉让他很不爽。

不知走了多久，忽然眼前的颜色全变了，不再是那种介于黑白之间的灰色，而是全变成了无尽的黑色，只有远方幽幽传来一丝亮光，指引着所有即将进入冥界的鬼魂前行。

这种无尽黑暗中只透着一丝光亮的阴森之气，让阿怜感到莫名的恐惧。眼下的她应该是没有任何感觉才对，但是她就是心底一阵阵发怵，甚至感觉全身的汗毛都竖了起来。她双臂环抱，下意识搓了搓手臂。

"你干吗？很冷吗？"玄遥眈了她一眼，表情透着莫名其妙。

"没什么，就是觉得黑得不习惯，眼睛不舒服。"阿怜放开手，挺直了胸膛，佯装无所畏惧。

玄遥嘲讽一笑："是吗？那天从悦来客栈跑出来，我看你跑得欢得很，一点也没跑错方向。"

阿怜无力地翻了个白眼。那天她要是不跑快点，万一再被那个叫颜轩的疯子抓回去怎么办？再说了，宵禁时间能不跑快点吗？是想找死吗？！

忽然之间，阿怜看到四面八方聚过来很多奇形怪状的鬼魂，不只有人形，还有各种各样的动物形状。有些鬼魂在人间许是死状很惨，这到了冥界都没有改变死时的模样，什么断首断臂，什么腰斩车裂，什么剖腹抽肠……各种形态都有，就看着乱七八糟散成一团的各部位肢体在地上快速爬行……这都是什么鬼？！

阿怜越看越害怕，咬紧了牙根，忽地一下子抓住玄遥的衣袖。

玄遥一脸狐疑地看着她。

阿怜深吸了一口气，佯装坚强地道："太黑了，我看不见路了……"

隔着衣袖，玄遥都能感到她内心的恐惧，于是讽道："你不是不相信人死了之后的事吗？这才是黄泉路，离冥府酆都城的大门还有很长的路，到下十八层地狱更远着呢。"

阿怜撇撇嘴，忽地，有团黑色的阴影向她靠来。她定睛一看，那鬼魂的头正挂在肩上，眼角口中都流着血，死状极其恐怖，吓得她放声尖叫，紧紧抱住玄遥的胳膊，不敢睁眼。

"啊——啊——不要过来！不要过来！冤有头债有主！"

玄遥眉骨微动，眉峰微挑，扫了一眼那个孤魂野鬼，森冷地道："不想魂飞魄散，就给我滚远一点。"

那个鬼魂感受到玄遥的杀气之后，头倏地一下回到原来的位置，一张原本很恐怖的脸变得更加扭曲恐怖了。它不过是远远地看着这个小姑娘不停打着哆嗦，心想这个小姑娘一定是新来的，吓吓她很好玩的嘛。谁知道这小姑娘身边有这么个可怕的大人物。简直了！差点把它吓得尿了。它腿软地抖了两下，幻化成一缕黑烟，消失得无影无踪。

接二连三，所有经过玄遥和阿怜身边或是隔着老远就感受到玄遥恐怖力量的鬼魂，都自觉离得远远的，把这通往冥界唯一的一条路尽可能留给二人，绝不挡道。

阿怜再睁开眼，方才周围一群黑压压的各类奇形怪状的鬼魂全都消失得无影无踪，前方畅通无阻。方才那些都是她的幻觉吗？

"可以松手了吗？"玄遥面无表情地道，他极其不喜欢人碰他。若不是看在她平日里烧菜的手艺不错，换成其他人，他早就一巴掌将她打出去，扔进忘川河里了。

阿怜连忙松了手，玄遥刚走了没两步，她又忍不住拉住他袖子的一角："我眼睛之前被你伤着了，我现在识路不清，我怕我在这里走几步就摔倒，耽误时间。"

玄遥回首淡淡地看了她一眼，害怕就害怕，理由真多！他也懒得跟她僵持，便由着她去了。

就这样，阿怜一路拉着玄遥的衣袖，胆怯地跟着。

不知行了多远，黑暗之中忽地又出现了一片红，红得像火，红得刺目。以前跟黄老爷子乞讨的时候，阿怜曾在墓地的周围看见过这种花，黄老爷子告诉她这种红得像火一样娇艳的花叫作彼岸花，是生在阴间的花，如果出现在阳间，那便是要给去向阴间的人指路。

像这样大片面积的彼岸花，阿怜是第一次见，忘记了害怕，忍不住赞叹："这就是彼岸花吧，开得好漂亮！"

漂亮？玄遥斜睨了一眼阿怜，头一次听到有人说这花长得漂亮。他不禁抬眸扫过眼前这一片火红的花海，比起即将渡过的忘川河，这花的确算是这黄泉路上最漂亮的风景与色彩。

"我以前听人说，彼岸花曾是天界的两位仙子，因为偷偷相恋，私订终身，触犯了天规，所以被罚守在冥界的忘川河岸做了一朵花。这种花开一千年，落一千年，有花不见叶，叶生不见花，生生世世，花叶永不相见。好可怜啊……"阿怜仔细地看着眼前的彼岸花，那红艳的颜色，像极了情人分离伤心过度而流下的血泪。

玄遥冷嗤一声："你这是从哪儿听到或看到的低俗手抄本？"

彼岸花忽地花身摇摆起来，发出"沙沙"的声音，像是在委屈地低泣。

阿怜不可置信地看着玄遥，道："你这个人真的爱过人吗？就算这是个传说，那也是个动人心扉的爱情传说。你都不会感动，你确定你真的爱过那个叫青莲的人吗？"

阿怜脚下的彼岸花摇动着花朵，像是在点头。

"你看你看，这花都点头了。"

玄遥捏紧了拳头，目光森冷地凝视着阿怜好久好久，方松开拳头，一脸平静地道："爱一个人，并不需要被什么所谓的传说感动。"说完，他瞪了一眼彼岸花快步向前方走去。

彼岸花耷拉着脑袋，一动不动。

阿怜望着他的背影，不禁想起奎河说过的话：他受过很多苦，你都难以想象……

他受过什么苦？跟她又有什么关系？一定是这不讨喜的性子惹人厌，被人怼了吧。

穿过彼岸花海，再往前走了一点点远，便到了一个渡口，那里立着一块巨大的石碑，上面刻着血红色两个大字"忘川"。

阿怜望着眼前这条河，河水浑黄之中带着血色，这就是传说中的忘川河了吧。

"听说过了忘川河就到了冥界……"

玄遥轻应了一声："忘川河就是将阳间和阴间隔开的河界，过了忘川河就彻底进入冥界了。"

阿怜跟着玄遥踏上渡口的码头，远远地，一条小船正从河对岸慢悠悠地划过来。码头上聚集了许多鬼魂，每个鬼魂看到那条船驶过来，便一个个争先恐后挤向岸边想要登上那条船。有的鬼魂在推搡之中不慎掉进浑黄的河水里，水花溅起，只听到那鬼魂落入河水中发出惨叫声后，便消失得无影无踪。

听说这河水里尽是一些不能投胎的孤魂野鬼、毒蛇怪虫，长年受饿，它们会想尽一切办法将岸上或是渡河的鬼魂拉进水中。只要有鬼魂不小心掉入忘川河水里，很快就会被它们蜂拥而上残忍撕食。为防止那些要投胎的鬼魂成为这些孤魂野鬼毒蛇怪虫的食物，所以这忘川河上设了摆渡人，只有乘坐这船，才能到达彼岸，进入冥府。

阿怜好奇地想要看看方才落入河水中的那缕鬼魂，刚走近了河岸，一阵阴风吹过来，腥气扑面，令人作呕。阿怜一阵反胃，捂着口鼻回头趴在那块忘川石上就开始干呕起来。

为何人死后必须要经历这么恶心这么残酷的地方，才能得以轮回？

玄遥冷眼望着她，经历过此番冥界之行，她回去之后就不会再大放厥词了。

小船终于靠岸，所有等候的鬼魂即使再推挤，可谁也无法上得了那船，因为摆渡人在船上设了结界，只有根据名录念到名字的才能登上船，而剩下的只得再等。有的鬼魂等着等着，就等成了孤魂野鬼。

阿怜终于好过了一些。玄遥领着她走近码头，那摆渡人一见玄遥，面色略怔，很快回过神，将先前登上船的鬼魂全部赶下了船："这船暂不能渡你们，你们都给我下去，等下一船。"

那些被驱赶的鬼魂一个个痛哭哀号，不肯下船。

摆渡人举起手中黑漆漆的竹篙，对着他们厉道："下不下去？！不下去，就别怪我不客气将你们通通打下忘川河！"

鬼魂们一个个害怕得瑟瑟发抖，哭丧着脸跳回岸上，看到玄遥之后，又一个个吓得缩在一边，不敢直视。

阿怜跟着玄遥踏上船，心存疑惑。这里所有的鬼魂好像都很怕玄遥，不只是鬼魂怕，更奇怪的是那个摆渡人一见着他，就将这已经上了船的鬼魂全部赶下了船。她盯着玄遥的背影看了又看，万分好奇，他究竟是什么人呢？

摆渡人忽地单膝跪地，对玄遥恭敬地道："摆渡人重炎见过北……"

重炎的话没说完，便被玄遥打断："不用称呼我那个名号，也不必行那么麻烦的礼数，起来吧。可以同她一样叫我一声玄先生。"

"玄先生……重炎叩谢玄先生。"重炎好奇地看了看阿怜，小心翼翼地对玄遥道，"北……玄……玄先生，此女不该来此地。"

"我若不是带着她，来冥界又何须渡你这忘川？"玄遥在船头坐下，眈了一眼岸上那些惴惴不安却又翘首期盼的鬼魂，"让之前上了船的那些阴魂都上来吧，我不是替上面来视察的。"

重炎微微一怔，回过神立即对岸上的鬼魂喊道："之前报到名字上过船的都上来吧。"

挤在岸边垂头丧气的鬼魂们一听，都开心极了，一个个有序排队又重新登上了船。但上了船之后，他们全部心惊胆战地挤在船尾。阿怜站在船的正中，那些鬼魂没有一个敢越过她，往船头站。

阿怜往前挪一步，那些鬼魂才敢往前走一步。她又向玄遥的位置挪了一步，鬼魂们又集体向前挪了一步。她不禁笑了起来，于是往玄遥坐的船头走去，立在他的身旁。鬼魂们顿时松了一大口气，如获大赦，迅速分散站开来。

重炎站立在船头对阿怜道："姑娘请坐好了，待会儿行船时，不论看到什么，切莫伸手或是往河下看。"

阿怜道："多谢。"

重炎没再说话，默默地撑着船离开岸边。

阿怜与玄遥面对面坐着，听重炎的话不敢看向河水里。

船速平缓，但迎风扑来的河水散发着浓重的腥臭味，让阿怜再次作呕想吐。船上其他鬼魂有的同她一样，各种眩晕呕吐不适应。

阿怜半眯着眼，看了一眼玄遥，他似乎什么症状都没有，一点儿事都没有。

船不知行了多远，有个鬼魂受不了这一路行船飘来的腥臭味，头晕目眩，身体晃荡两下，忽地身体一歪，"扑通"一声掉下了船。

河水里迅速围过来一群面目可憎的孤魂野鬼，接着又来了密密麻麻黑乎乎的一团不知什么东西的怪虫，以及各种吐着芯子龇着毒牙的水蛇。孤魂野鬼们有的张开大嘴一口咬向那个鬼魂，有的伸着利爪撕裂开他的肢体，为了争夺方才掉下河的鬼魂它们激烈地争斗着，搅得忘川河水更加腥臭不堪。不一会儿，那个鬼魂便被它们吃个干净。

船上其他鬼魂吓得一个个向船中央靠紧，一个紧抓着另一个，瑟瑟发抖，生怕自己同那个鬼魂一样。船缓缓前行，可是有的鬼魂还是抵不住那令人作呕的腥臭味，晃着晃着就晃翻下了船……

阿怜终于承受不住，趴在船舷上开始干呕。她的衣袖挂在了船舷外，一只带着腥臭形如枯槁的鬼爪伸上来，意图想要抓着她的衣袖将她拖下去。可指尖才触及阿怜的衣袖，忽地一道精光闪过，它的那只尖爪被削飞了出去。它惊恐地看着削断它利爪的玄遥，凄惨地叫着坠入河中，然后被其他同类吞噬。

阿怜抬眸，玄遥不知何时站在她的面前，手中持着一把泛着冷冽寒光的长剑。

玄遥手中的长剑划空而过直扫水面，剑光闪烁，河水飞溅，围在船边的几个孤魂野鬼瞬间被斩得支离破碎，化作一团团黑气彻底消失在空中。那些怪虫毒蛇也被斩得支离破碎，忘川河面浮满虫尸蛇尸。换作寻常，同类早就围过来将它们吞噬，但是玄遥的气息让它们不敢再靠近。

玄遥对着河水中的厉鬼道："不想魂飞魄散的都给我滚远一点，再敢打这船上任何一个人的主意，我让你们连喝忘川河臭水的机会都没有。都给我滚！"

最后一声滚，让那些黑压压不断向船底围过来的孤魂野鬼，一个个尖叫着缩回了水中。

水面终于平静下来，不再有任何波澜，仿佛先前的事都没发生过。

玄遥索性布了结界，让河水的腥臭味没法飘入船内。

不只阿怜，整船的鬼魂们都舒服了许多，一个个互相拥抱着，感激涕零，感谢今日这船上来了个大人物，他们才能安全到达冥府啊。

重炎虽然一脸平静地看着眼前发生的一切，但也忍不住多瞅了玄遥几眼，时隔千年，他似乎变了一个人。重炎又忍不住看了看阿怜，这个凡人女子为何会随他进入冥界？看模样，平凡无奇。

小船摇摇晃晃，没过多久，终于到了彼岸。玄遥率先上了岸。阿怜对方才河中那些食魂的孤魂野鬼心有余悸，站在船上愣了有半晌不敢轻易踏上岸，生怕掉下这忘川河水里再也回不了人间。

正当犹豫之际，玄遥不知何时伸出手，他的手中像是生出一条无形的绳索将她卷上了岸。

两个人面对面，离得很近，阿怜一时之间晃了神。

玄遥冷道："发什么愣？"

阿怜回过神，心"扑通""扑通"跳得很快。

船上的鬼魂们一个个争先恐后地上了岸，然后齐齐向玄遥跪拜："多谢大人！多谢大人！"

玄遥挥了衣袖，那些鬼魂相继离开。

玄遥回首看了一眼船上的重炎，忽然道："我记得你在这忘川河上撑船撑了有两千年，可曾后悔？"

重炎紧握着手中的竹篙，道："不后悔。只要每日能看着两岸的彼岸花开，哪怕生生世世都在这忘川河做摆渡人，也不后悔。"

"你若是后悔了，就去跟十殿阎罗说一声。"玄遥点点头，回转身对阿怜道，"走吧。"

重炎掉转头，撑着小船离开河岸，往来时的路去。

阿怜看着渐行渐远的小船，不禁好奇地问玄遥："你方才说那个撑船的……叫什么重炎的，好像是个很有故事的人啊。"

玄遥微微皱眉看着她："你想问什么？"

"他真的在这个臭水河上撑船撑了两千年？"

玄遥扬眉，道："是，怎样？"

"他撑船都撑了两千年，那你……今年有多大？"阿怜终于问出了一直以来她想问的问题。五年，她从一个干瘪的小乞丐长大成人，就连她觉得也非寻常人的奎河，也是跟她一样慢慢在长大。可是玄遥，五年前的他与现在的他，一模一样，岁月好像就没有在他的脸上留下任何痕迹。这难道就是传说中的长生不老之术？

"记不太清楚了。"

"这怎么会记不清楚呢？你都能记清楚摆渡人撑船撑了两千年呢。"

"那又怎样？"玄遥转身向前步去。

明摆着就算老子记得也不想告诉你。

阿怜嘟了嘟嘴，道："哎，方才谢谢你救了我。"

玄遥顿住脚步，回眸看了她一眼，淡淡地道："我只是不想找到庄昶和郑妙姝的魂魄之后，回到人间，还要费心再去找一个厨子。"

阿怜呕血，她果然是想太多了，这货绝对不是出于好心救她，而是为了吃。她以后会时刻记住自己是个厨子！是个厨子！是个厨子！

跟在玄遥身后，不知走了多远，眼前忽地出现一级级阶梯直伸向半空中。微弱的光线中，隐约瞧见前方两座大山夹道形成一座天然的山门，山门内漆黑一片，阶梯两边夹道种着参天大树。走近了，那山门的正中又赫然写着"鬼门关"三个大字。每个字都像是渗满了血似的，让人不免担忧在过这个石门时，这三个字是不是会滴下血来。

忽地，山门内一阵阴风吹过来，只听"扑腾腾"的声音震天，两边的参天大树枝丫顿时颤动摇摆，黑压压的一群乌鸦相继四处乱飞，密密麻麻，将原本就黑的天空压得更加密实。

阿怜这才留意到原来这两旁的树上栖息着这么多的鬼鸦，个头要比她在人间看到的大了许多。

忽地，一只鬼鸦俯身冲下来，张着尖长的嘴似要吃了她。她本能地拉着玄遥缩在了他的身后。

一道寒光闪过，那只鬼鸦顿时被劈成了两半。

玄遥提着剑叹了口气，他有些后悔带着她走这条黄泉路。真是个大麻烦！他本想这黄泉能吓唬吓唬她，眼下好了，吓是吓着了，可也胆大把他当盾牌了，他这一路倒是成了护着她的护卫。他这是搬石头砸自己的脚。

他屏神念了咒语，提着她的衣领，直接到了酆都城城门口。

阿怜一睁开眼，眼前不是刚才那个吓人的鬼门关，前方黑暗中终于亮了起来，远远望过去有一道城门。

她狐疑地看了一眼玄遥，道："你是不是故意的？"明明不用走那么多冤枉路，非得拉着我渡什么忘川河和鬼门关。

玄遥白了她一眼，懒得理她。

到了城门下，门口几个士兵模样的冥界小鬼把守着，城门头上刻着的又是血红的三个大字"酆都城"。

渡过忘川河的那些鬼魂一个个排着队有序地进入酆都城门内，逐渐消失。

守门的小鬼们一见着玄遥，立即单膝下跪，还没开口说话便被玄遥出声制止："都免了那些狗屁礼数，叫崔判官带着生死簿到第六殿的枉死城候着。"

"是，遵旨！"其中一个小鬼战战兢兢地离开，那撒腿就跑的速度就像一阵风一样。

望着眼前跪着的两排小鬼士兵，一个个又惊又颤，想交流又不敢开口，只能相互眼神左看右瞟打着哑语，阿怜满腹疑惑地跟着玄遥进了酆都城的大门。

她频频回头看那些小鬼，那些小鬼也一脸好奇地看着她。她没看着前方的路，谁知玄遥忽然顿住，她一不小心撞了上去，撞得她直捂着脸哀号。

玄遥看着她，道："你这不是眼睛不好了吧？"

阿怜摸着鼻子，嘟囔着："你……干什么走路走得好好的突然停下来？"

"明明是你走路不留神。"

"哼！"阿怜瞪了玄遥一眼，想说什么，想想又挥了挥手，"算了。"

玄遥看着她一副欲言又止的模样，道："有什么话想问，你就问吧。"

阿怜迫不及待地问道："你是传说中的阎王爷吗？"

玄遥冷哼一声："你说这话可是要折煞这冥界地府的十殿阎罗王。"

"啊！阎罗王有这么多个？那你不是阎罗王是什么？难道是天上的神仙？天上的神仙也不是个个都能随便进入冥界四处呼喝的吧？那你是太上老君？感觉也不太像啊……"阿怜脑子里勾勒出她所知道的神仙名号，最牛的就属太上老君了，可是他怎么也不像是年画上的太上老君啊，人家白头发白眉毛白胡子，而这货这么年轻貌美，"难道你是天君？"

玄遥忽地翻脸："闭嘴！"

阿怜忽然发现玄遥的脸比那小鬼的脸还要黑："是你说了有什么话想问就问呀。"所以她才问的嘛，谁知道她问了，他又黑脸，真是难伺候！

"从现在开始，你给我闭嘴就可以了。"

到了第六殿枉死城，玄遥在主审大殿的案几前坐下没多久，十殿的阎罗王和四个判官共计十四人，一行人一路跌跌撞撞连滚带爬地滚进了大殿，齐齐在玄遥面前跪下。

一个个在来时的路上不停哀号："天啊！那位不走寻常路，行事又与正常神仙不一样的紫微大帝，怎么就突然驾临我们冥界了呢？"

"不知道啊？他老人家这又是来干吗啊？不是说任性地撒手不问六界，任谁也请不动吗？怎么一出山就又跑咱们冥界来了呢？为什么每次他都挑咱们冥界下手啊？"

"谁叫咱冥界的所有鬼都归他管呢。"

中天北极紫微大帝那是什么主啊？乃万星之宗主，三界之亚君，率山川诸神，掌人间祸福善恶，生死时间，任由予夺。什么呼风唤雨，役使雷电鬼神，那都是家常便饭。这地位就仅次于当今的天帝，谁敢惹？

"可这么多年来咱们冥界平白被他掳去那么多阴魂，咱们都没一个敢去找他讨要啊？你问问判官啦，生死簿都不知道被涂改成什么样了啦。"

"停停停！别吵啦！听前线来报，说他今日还带着一个凡人小丫头，特地从忘川河一路渡过来，这一路斩杀了不少河中的孤魂野鬼。"

"什么？从忘川河渡来的？还带了个凡人小丫头？"

"哎哟喂！他这样究竟是要闹哪样啊？"

"造孽啊！这次他老人家要是再大闹一场，咱们十个都别干了，直接跳忘川河里被臭死算了啦！"

众阎王与判官们只要一想到数千年前，这位紫微大帝被上界众仙将合力押着下他们冥界强逼投胎的情形，那可是一个个汗毛孔都要跳起来了。天界的众仙合力都奈他不住，一个个眼巴巴地看着他将冥界搅得天翻地覆，即使数千年过去，此情此景如今想来那可还是历历在目，心有余悸啊。

后来，要不是有位上仙，将他误打误撞推进了六道中的人道，他们这地府怕是要平了。再后来，他又为了寻找那位上仙，将他们冥界再次掀得鸡犬不宁。奈何桥被他一掌击毁了之后，多少要投胎还阳的鬼魂因无法过桥而哭声震天，简直是三日绕梁不绝于耳啊。那三天，他们酆都城内谁也没能睡个好觉，个个每天顶着两个大大的黑眼圈办案。幸亏这冥界够黑够暗，要是在天界，他们一定会被认为是因为调戏小仙娥被揍的，唉……

这还都不算什么，最惨的是，奈何桥还是他们自掏腰包重新修缮的。

哎哟，他们冥界虽说归这位紫微大帝管，可是他老人家也不能每次这么折腾过后就留给他们来善后啊。要知道，每次冥界被他搅完之后那惨不忍睹的模样，可都是要大把银子来修缮的呀，而他们的经费是很有限很有限的呀。

近些年来，小气的上界规定，他们不得向阳间搜刮民脂民膏，规定完了之后还不肯拨款。不给搜刮民脂民膏又不给拨款，这让他们怎么办？只能自掏腰包啊，仅仅一座奈何桥就差点掏空了他们所有的棺材本啊，他们再也经不起他老人家这般任性地折腾哪。

玄遥望着地上跪着的整整两排的冥界统领们，眉峰一挑，声音冷淡地道："我只召了第六殿的毕王爷和崔判官，谁让你们都过来的？你们很闲吗？要不要我给你们一人来一盘瓜子？"

阿怜一进入大殿后就开始四处闲逛，这里摸摸那里看看。原来传说中的阎罗殿是这样的啊！虽然黑了点，但是在烛光的映照下，依旧能看得出来气势非凡，这好些地方都闪闪发光，不知道是不是金子呢？

她正好摸着一个果盘，里面装着一整盘瓜子，又恰巧听到玄遥问要不要给跪着的阎罗王们来一盘瓜子。她便好心地端到众阎王的面前，给他们一人手中发了一把。

众阎王一脸蒙地望着手中的瓜子，扔也不是，吃也不是。这凡人丫头才叫闲好吧……

尤其是六殿毕王爷，不停地在心中哀号，这个闲得没事的小丫头方才将一个烛台拿起来用牙咬了半天，惹得所有人都好奇地盯着她看了很久。他已经很低调了好吗？他可是素来以勤廉为政、两袖清风著称。这烛台是他大婚时他娘子的娘家陪嫁。娘子心疼他穷鬼一个，所以让这烛台陪着他办公。虽是用金子打造的，可他为了不引人注目，叫小鬼用黑漆刷得黑黢黢的。这丫头区区一凡人怎么还能发现烛台是金子做的呢？这下子倒好，所有人都要怀疑他是不是在修奈何桥的时候私藏了，他这一世英名都要给毁了。还有那个瓜子……那是枉死城的百姓闲着无聊来他这儿唠嗑带来的，眼下好了，纵然有一千张嘴也说不清……

轮着四位判官的时候，瓜子发完了，阿怜便道："哎哟，没有了，我去看看那边有没有？你们等一下。"

毕王爷那一刹那好想将她扔去地狱。

四位判官的脸都垮了下来，这丫头是五行缺心眼少根筋吗？没看见上面坐着的那位脸比他们还要黑吗？这是嗑瓜子的时候吗？

玄遥嘴角不停抽搐，咬着牙一字一句地道："阿怜！你给我过来！"

阿怜正准备去再找些吃的，给这些可怜跪在地上的鬼王和判官，听到这声叫唤，回头一看，哎哟！这货又莫名地黑脸了。

她乖乖地走过去，站在他身侧小声嘀咕："不是你说要给他们一人一盘瓜子的吗？"

玄遥手背上的青筋暴露，太阳穴也跟着跳鼓起来："你给我闭嘴就行了。"

一直跪在殿下的十殿阎王爷们终于能发话了。

"下……下官只是听到北……"第十殿转轮王爷受众王委托发言，谁知才结巴起了个头，就被打断不敢再说下去。

"北什么北？！各殿专司的事务都不需要处理吗？！毕王爷和崔判官留下，其他的都给我滚回去看好自己的大殿。"玄遥一声冷喝，众王们个个如获大释。

"是！是！是！下官们遵旨！下官们这就走！"

除了六殿的毕王爷和崔判官，其余九殿阎罗王和三个判官一听，真是喜出望外，比来时的速度还要快，犹若一团团气势凶猛的黑风瞬间卷离大殿。

阿怜目瞪口呆地望着他们逃离的鬼影，她不过一个眨眼的工夫，全都没了，只留下毕王爷和崔判官两个人战战兢兢地跪在殿下。

玄遥对崔判官道："生死簿呢？"

"回禀北……回禀玄先生，在此。"崔判官颤抖着双手将生死簿递给玄遥。

玄遥翻了翻，道："庄昶阳寿，五十五，郑妙姝阳寿，六十五，这上面都写得清清楚楚，黑白无常却将他们二人之魂勾回来，你们都不看的吗？"

毕王爷道："回禀玄先生，这枉死可不能怪咱们啊。咱们虽说是按生死簿办事，但是就算是枉死也得要过这枉死城啊。而且这事要怪也得怪九尾狐族的那个臭小子啊，要不是因为他爱上那个苏婉心，一怒之下杀了庄昶和郑妙姝二人，黑白无常也不会无端去勾那二人的魂啊。"

阿怜一听吃惊不小。什么？！雪团喜欢苏婉心？阿怜脑子里浮现出毓垣翩翩少年的模样，这小子倒是痴心一片啊。

玄遥道："九尾狐族乃仙界大族，你的意思是让我去青丘找他们要命吗？"

毕王爷惊慌道："下官绝对绝对不是这个意思。"

玄遥拿起判官笔，在生死簿上庄昶和郑妙姝的名字打了两个大叉："这两个人马上送他们去还阳。郑妙姝腹中的胎儿之前轮着是谁要去投胎的，就继续放去投胎。"

"是，遵旨。"

"等一下。"

"是。不知玄先生您还有何吩咐？"听毕王爷的声音快哭了。

"那个郑妙姝，还阳前先送去第三殿的黑绳大地狱，施完极刑后再放回去还阳，再去把苏婉心给我找来。"

"苏婉心的阳寿已尽，若放其还阳，这恐怕不妥吧……"

"我让你去找来就找来，你哪来那么多废话？"玄遥满脸写着"跟我讲道理是没有用的"。

"是是是。"毕王爷连忙招了小鬼进殿，去寻苏婉心的鬼魂来。

阿怜不知在何时，悄悄挪到了崔判官的身边。她瞧着这位判官跟她一样闲着，虽然脸是黑了一点，但看着比那十殿的阎王要和善多了，于是悄悄问他："判官大人，请问那个什么黑绳大地狱……是干什么的呀？"

崔判官瞅着阿怜，这丫头虽是凡人，可是能让座上的那位阴晴不定喜怒无常的紫微大帝这般护着从忘川河过来，可见地位不一般呀。于是细细解说："回姑娘的话，在凡间身为妻子的人若是言行举止不柔顺，教唆兴讼等，死后就要被罚至此狱处以铜铁刮脸、钳挤心肝、铲皮、倒吊、挖眼、刮骨等极刑。"

阿怜听闻恍然大悟，道："哎哟！听起来怪吓人的呀！不过，这个黑绳大地狱真的太适合这个女人啦。待会儿那个郑妙姝行刑的时候，你别忘了交代，让行刑的千万别手下留情啊，能有多狠就有多狠。"

崔判官倒吸了一口气，难不成今日这位难搞的北帝前来是为这凡人小丫头出气的？他不禁好奇，于是十分小声地向阿怜询问："敢问姑娘，您跟玄先生什么关系啊？"

阿怜呵呵笑道："你猜？"

"恕下官愚钝啊，还望姑娘直言告诉下官。"

"我是他家的厨娘。我跟你说啊，他只要一吃不好，心情就特别特别坏。"

崔判官目瞪口呆，偷偷瞥了一眼正在和毕王爷谈事的玄遥，实在难以想象这位北帝竟然是个吃货啊。不过这一条他得要牢牢记着，待会儿出去是不是要提醒各殿的阎王多招募一些会做菜的厨子？这样下次再碰上这位北帝前来发脾气，或许凑个十道菜就可以打发了。

"多谢姑娘提点，下官定会谨记于心。"

"您太客气了，我这哪是提点。以后你有机会来阳间，我烧菜给你吃哈。"

"不敢，不敢。"他判官要是敢跟北帝抢食吃，那是再有个几世的命也不够。

阿怜又将之前摸来的橘子递给崔判官，谄媚道："崔判官，待会儿你能不能帮我看看，生死簿上记着我的阳寿到多少岁啊？"

"这个……姑娘实在是为难下官啊，所谓天机不可泄漏。"崔判官连忙将橘子塞还给阿怜，难怪方才说要请吃饭，这是贿赂啊。

阿怜撇着嘴，可怜兮兮地道："判官大人，你就帮我看上一眼嘛，偷偷告诉我，天知地知，你知我知。我不说你不说，谁知道呢？"

崔判官连连摆手。哎妈呀！这都说天知地知了，上面下面都知道了，那他还有命不？

"阿怜姑娘啊，你这跟在玄先生的身后，还需要管什么阳寿啊，好好地跟着他老人家身后修仙就行了，一旦位列仙班，就是长生不老啊。"这天上地下生死时间，无不任由上座那位予夺。就算这阿怜姑娘的阳寿尽了，他也会跑来冥界替她讨命的，说不准还能助她修为上仙呢，哪还需要他这冥府的小小判官帮忙看什么生死簿呀。

"修仙？"阿怜眨巴着眼，"修仙"二字对她来说一直很玄妙，她想都没有想过。做乞丐的时候常常听人闲聊，谁谁谁脑子一热去了山里修仙，再也没有回来过，也不知是死了，还是真的成仙了。就连当今的皇帝老儿也都一门心思想着成仙，四处建庙炼丹，弄得百姓生活苦不堪言。

她歪着脑袋想了又想，玄遥能带着她一路闯冥界，又让这十殿的阎王判官们如此紧张，身份可不一般，他到底是什么来头呢？

"崔判官，你们之前一直叫他北……是北什么啊？"

崔判官一脸惊奇地瞪着阿怜："你……你不知道他是谁？"

"在来冥界之前，我就觉得他是个老不死的妖怪，可是到了这里，才觉得他好像比妖怪厉害一些些。"她真的越来越好奇玄遥到底什么来头。

"噗——"崔判官忍不住一口口水喷出来。老不死的妖怪！也是敢讲啊！何止是比妖怪厉害一些些，妖界的妖王见着他都得绕道呢。

阿怜手指了指上面，问："他是不是上面的神仙啊？"

崔判官点了点头。

果真是神仙啊……她还真是小看他了。阿怜将手中私留的瓜子塞给崔判官："来！嗑瓜子。"言下之意，好好聊一下。

"他是北……"崔判官的手伸向瓜子，刚要说玄遥的名号，"啪"的一声，生死簿刚好砸在了他的脸上，将他的嘴巴封住。

随即玄遥冷冷的声音传来："崔判官！"

"哎呀，你没事吧？"阿怜满脸担忧地从他的脸上拿下生死簿，可下一秒，便迅速打开生死簿翻看，"我的名字在哪儿呢？在哪儿呢？"

崔判官嘴角抽搐，伸手从阿怜的手中抢夺生死簿，可是阿怜抱在怀里就是不肯撒手，一副"你要想拿走，就得经过我的胸，有本事你就非礼我"的表情……

崔判官举着颤抖的手，上也不是，下也不是。天啊！他这是造的什么孽啊？

就在崔判官不知如何是好之时，忽地，阿怜的衣领被玄遥从后面提起："走了。"

"去哪儿？我还没翻着我的名字呢。"

"奈何桥！"生死簿被玄遥被毫不犹豫地拿下，扔还给了崔判官。

毕王爷和崔判官一听这位难搞的北帝终于要走了，内心不断在尖叫，终于要走了！终于要走了！走了就暂时别再来了！孟婆你可要挺住啊！

"告辞啦！你要是帮我找着了，记得托个梦给我。"阿怜回头同崔判官和毕王爷十分礼貌地挥手告别。

崔判官不停地挥着手告别。托梦？！他从来都只给要死的人托梦。瞧她身边北帝那脸黑的，给她托梦，他是茅坑里照灯笼——找屎吧！

毕王爷将殿中的一些杂果连同果盘通通送给了阿怜，就像是送瘟神一样终于送走了二人。从明儿起，得给这柱死城的百姓们贴个告示，以后没事禁止私自挟带糕点瓜果和麻将到他的大殿里来闲逛。

"你就不能等我看一下生死簿吗？不会花多久时间的，我就想看看我阳寿还有多久。"阿怜边走边抱怨。

"看那个做什么？那上面都是记载着凡人的阳寿。"天机镜既能照出来她非三界之物，生死簿上又怎么可能记载着她的阳寿？

"你这话听起来像是在骂我不是人啊。"阿怜抗议。

"你不也经常骂我不是人吗？"

"可你的确不是人啊。"

"……"

"还有那个郑妙姝，那么坏心眼的人居然能活到六十五，而苏婉心这样温婉贤淑的人只能活二十五？你说掌管冥界的那个神，是不是脑子进水了啊？"

"……"

玄遥深吸了一口气，双拳紧握，努力让自己平静下来，要不是念着日后的饮食得指望这丫头，他必须得忍着，不然他怕等不到把庄昶和郑妙姝送去还阳，他就会把这丫头直接按进忘川河里弄死。

走着走着，视野豁然开朗，与先前压抑的黑色完全不同，仿佛是到了人间一般，色彩绚丽。眼前一片青青草地一直延绵至河岸。河岸的柳树成荫，微风拂过，枝条随风舞荡，空气里竟然夹着淡淡花香，而不似先前忘川河水的腥臭味。再往前走，各种盛开的娇艳花朵竟然也延绵了数里，一眼望不到尽头。

但阿怜发现，这里的花开得很不寻常，似乎一年四季里所有的花都开在了这里……

唉，这冥界到底是想投胎的人看到希望呢，还是想让他们绝望呢？明明都是很美好的东西，任谁细看之后，都能体味这一切是那么地虚假。

远远望过去，河面上架着一座石拱桥，桥对岸的景色通通罩在一片迷蒙的雾气之中，看不真切。

桥岸这端，离着上桥不远的地方摆着一个茶摊，茶摊前悬挂着一面招旗，旗面上只有一个"茶"字，也不是血锈色那般瘆人。

"有茶喝！太好了，我渴死了！"阿怜刚要奔过去，衣领被玄遥一把拉住。

"你是傻子吗？知道那是什么茶？"

阿怜终于留意到石桥旁竖着的石碑，上刻着三个大字"奈何桥"。

这桥竟然就是传说中鼎鼎大名的"奈何桥"，不用说，旁边那个茶摊也就是传说中过奈何桥时喝孟婆汤的地方。

每个鬼魂在过奈何桥投胎前，都会沿着石砌的小路踏上一层层台阶，登上不远处望乡台，往家乡的地方远眺，看一眼最后记忆里家乡和亲人的模样。下了望乡台之后，即便眼眸里蕴藏着再多的痛惜，心中再有万般的不舍，只要喝一碗孟婆汤，所有前尘往事都随之烟消云散……

阿怜咂了咂嘴，要是刚才鲁莽跑去喝了那茶，那她岂不是什么都不记得了。万一要是被玄遥那家伙故意丢在这里，那她可就是得一辈子在这个暗无天日的冥界当个幽魂了。

阿怜弹开玄遥的手："我是一个经不起别人批评的人，你要是再这样批评我，我会忍不住骂你的哦！"

"你要是能忍住，母猪都会上树！"玄遥才不信她呢。

茶摊上，一位白发过膝的老婆婆正低着头弯着腰忙碌着，手中的长勺不停地在锅里搅拌着。旁边的柱子上贴着一张告示，上面只有两个黑粗的大字——自取。

"那位就是传说中的孟婆吗？"阿怜好奇，一路不停问玄遥各种问题。

"嗯。"玄遥有些后悔带她到冥府，为了证明自己不是很闲，然而事实证明，他就是很闲。

这时，孟婆刚好抬起头来，阿怜看清了她的长相，不禁惊叹："好美的孟婆……"

明眸皓齿，肤若凝脂，除了一头过膝的白发，哪里看得出来她是个老婆婆呀？明明这么年轻为何都叫她孟婆呢？

阿怜忍不住歪头看了一眼玄遥，道："你说你们俩谁比较老？"

玄遥还没回答，阿怜便兀自说道："应该你比较老一些，因为老到连头发都还没有变白，哈哈哈。"

玄遥嘴角抽搐。

阿怜索性捧着手中的果盘在一旁蹲了下来，边嗑瓜子边等苏婉心。

孟婆将煮好的茶水盛在碗里，一一摆在桌子上。

一个鬼魂顺着队伍走过来，端着碗，手不停地颤抖着，眼泪止不住哗哗往下流，一碗茶只喝了一半，便再也不肯喝。

一旁看着的牛头，走过来就给那鬼魂脑袋上一巴掌，恶狠狠地道："全部给我喝掉！"

那鬼魂哭着说："我不想投胎变成畜生。我这一世好不容易才赚了那么多钱，盖了那么多房，娶了那么多个老婆……"

牛头锁着他脖子上的铁链，喷着鼻气恐吓："那你是想下阿鼻地狱继续被揍吗？"

马面拉下牛头，温柔地说："牛兄，消气，别吓着他嘛。他不想喝也行，反正待会儿投成畜生保留那一半记忆比记不得会更悲惨，又不是没发生过这种事。"

那鬼魂一听，想了想，牙一咬，端起碗将剩下的半碗全干了。

跟在他身后的另一位鬼魂，见前面这位如此情形，没等牛头马面发话自作主张地连干了三碗。

孟婆操起汤勺就往那鬼魂的头上敲去，凶巴巴地道："你这个笨蛋！知不知道每个鬼只能喝一碗？喝那么多，你是想投成白痴吗？没看着我那上面贴着一鬼一碗！"

众鬼齐齐看着柱子上的告示，"自取"两个大大的字下面写着一排极小的字：每位限一碗！

坑人啊！这又不是阳间饭馆为了赚钱坑人宰客，字写那么小做什么？

"什么？！喝多了会变白痴？！我不要投成白痴！我不要……"那鬼魂听着，"哇"的一声哭了起来，倚着一旁的柱子拼命抠喉，但无论怎么抠，喝进肚里的茶水就是吐不出来。

"抠什么抠！孟婆汤喝下去了，还想吐出来？！这一世就没带脑子，下一世投成白痴怪谁？赶紧给我滚！"牛头等着有些不耐烦，一脚将他踹上奈何桥。那鬼魂一路哭着过了桥，渐渐消失在雾气中。

其他鬼魂得了前面两位的教训，一个个老老实实，再不敢瞎折腾，生怕投胎出了意外。

因为前面的鬼魂私自多喝了两碗，孟婆不得不再补上两碗，正舀着，视线不经意间瞄见从不远处走过来的玄遥，吓得她立马连茶带锅抱着跳了老远。

"这锅茶熬了我一天一夜，你别想再给我毁了，不然我又得要加班加点。"

每次玄遥来冥界必会砸她的汤锅，砸完了他爽了，可害得她加班加点熬了整整三天三夜，才将忘忧茶补齐。那些个来不及投胎的鬼魂堵在她这孟婆茶摊整整三天三夜不散去，吵得她差点疯掉。也不知她到底哪里得罪这位紫微大帝了？要知道她孟婆可是冥界之中最无害的那一个，从来不主动灌人喝忘忧茶。那什么传说有鬼魂不肯喝她的孟婆汤，她的鞋底会弹出钩刀绊魂，并用铜管刺穿鬼魂的喉咙，强逼鬼魂灌下孟婆汤，那些都是放屁，那都是对她孟婆赤裸裸的污蔑。

玄遥淡淡地道："你放心！这次来，我不砸你锅，只是跟你讨三碗忘记七日的忘忧茶和一场下足三天三夜忘忧雨的配料。"庄昶、苏婉心和郑妙姝既要还阳，这几日的记忆就不能存。

孟婆将信将疑，这位阴晴不定的紫微大帝在她这里的信誉可是零啊，她早就不太相信了。何况，他不问世事已久，怎么好端端地插手起人间的事来？

孟婆漂亮的眸子瞥了一眼他身旁的阿怜，柳眉轻挑。哟，这就是同僚们口中八卦的，紫微大帝陪着过忘川河的那个凡人小丫头吗？从一开始就捧着果盘蹲在一旁，嗑着瓜子围观一群鬼魂投胎，也是个奇人，跟之前那个高冷的上仙可是完全两条路啊。这紫微大帝时隔千年终于换口味了？这简直是六界中最难以置信的奇闻啊！

这时，一位鬼差领着庄昶走过来，苏婉心也正从另一边徐徐走来。

阿怜一见着苏婉心，立即舍了手中的瓜子，迎过去道："庄夫人，对不起，上次我失言了，我不是故意丢下你不管的，我被马车撞晕了……"

苏婉心眸中带笑，流转着丝丝温柔，道："我已经不是什么庄夫人了，不必再唤我庄夫人。不嫌弃的话，你可以叫我一声姐姐。"

正巧庄昶走过来听到苏婉心这么说，面色十分难看。他动情地轻唤了一声："婉心……"

苏婉心转眸看向他，嘴角噙着淡淡的笑意，目光却有些冷，这笑容让庄昶感到十分陌生。

玄遥见着二人，将毓垣犯错之事简单说了一遍，命孟婆将七日忘忧茶递给了他们两人。

苏婉心伸手轻轻推开那碗茶，道："我不会还阳的。这碗茶就不用了。"

阿怜惊道："婉心姐姐，你这是为何？"能还阳多好啊。她问过玄遥了，这次苏婉心还阳后不仅没了之前的病痛，以后想要子嗣也绝不是难事。

庄昶亦是难以置信，他难过地拉住苏婉心的双手，道："婉心，跟我一起回去吧。回去之后，我便将郑妙姝休了，就算我娘再有异议，我这次绝对不会再退让。你跟我回去，好不好？"

苏婉心浅浅笑了笑，不着痕迹地抽出手，道："你我之间，不是郑妙姝的问题，更不是你母亲的问题。"

庄昶急道："婉心，我知道是我错了，我不该怀疑你……"

苏婉心摇了摇头，笑道："也不是这个，而是我对你，已经没了初时的情意。你我少年夫妻这么多年，原本以为彼此了解，即便是中间多了一个郑妙姝，也坚信她不会成为你我之间的障碍。而事实，是我高估了我们之间的情意。"再恩爱的情意也敌不过一个孩子……

庄昶哽咽着道："我对郑妙姝没有任何感情，若不是母亲，我和她之间不可能会有孩子。如今那孩子也只是我为了完成娘的心愿……"

苏婉心一听，笑了："不，我知道，你很想要一个孩子。我之所以一度忍让，甚至期盼那个孩子能早日来到这个世上，家里多些欢乐，都是因为曾经很爱你，爱到可以让我低到尘埃里。直到那日你信了流言，我终于才彻底醒悟过来，原来那早已就不是爱，而是我用来自我麻痹欺骗自己的借口。如今尘归尘，土归土，没了那个自我欺骗的借口，任何事对我来说都不重要了。"

"婉心，不是这样的，不是这样的……"

"雪团是我救的一只狐狸，且不说他是否修炼成人，但凭他只是一个畜生，都知道念恩。如今他为了我失手杀了你和郑妙姝，犯下了不可饶恕的罪过，不论你我之间的情意是否早已不复存，我都不能因为我个人的私欲还阳回到人间过活，而让他枉送了性命。"

"你是爱上他了吗？"

苏婉心摇了摇头，失笑："看来这么多年，你并不了解我啊。雪团于我而言，只是一个少年，像弟弟一样。每看到他变幻成你的时候，令我想起当年与你初识的模样。在你选择背弃我之时，没有他，也许我也不能撑这么久，早就离你而去。"

苏婉心又对阿怜道："阿怜，还烦你代我向毓垣解释，替我谢谢他的好意，怕是我要辜负他的一片心意了。我对他的救命之恩，早在那五年里他就还清了。若是我这一命还能救他一命，请他日后一定好好珍惜，好好照顾自己。"

"可是……"阿怜怔怔地望着苏婉心，毓垣为了她可以舍了修为舍了命，什么都不要，她若不能带她还阳，这一切有什么意义呢？毓垣又怎么会听下她的劝呢？

苏婉心像是明白阿怜的难处，又道："他若不听你的劝，你便跟他说，那往后想要再见我的机会都没有。我生前最喜欢的那一支白玉孔雀簪，提醒他不要弄丢了，想我的时候，就拿出来看看吧。"

庄昶不死心，追问："你我之间真的就没有可回转的余地了吗？"

"放手吧，庄昶。"苏婉心走到茶摊的桌前，端起一碗孟婆汤，"只忘七日，于我不够。我不想再忆起任何前尘往事，欢乐也好，痛苦也罢，所有都不想再忆起。不知孟婆婆的茶摊可缺一个熬汤打杂的孤魂野鬼？"

孟婆被这一问怔住，再看着长长排着的队伍，随即点了点头。

"既不想投胎，也无处可去，那便留在我这小小的孟婆茶摊做个打杂的吧。"孟婆看了一眼玄遥，"我收个熬汤打杂的弟子，你没意见吧？"

玄遥一脸平静地道："你就是甩手不熬汤了，我能强迫你不成？"

"多谢婆婆。多谢玄先生成全。"苏婉心举起孟婆汤，便仰首灌下。

"婉心姐姐……"阿怜呆呆地望着一脸决绝的苏婉心，莫名伤感。

一个人的心只有被彻底地伤透了，才会这般无所畏惧吧……

"婉心……"庄昶追悔莫及，想要阻止却已经来不及。

汤碗从苏婉心的手中滑落，再抬眸看向庄昶，依旧温婉清澈的双眸，再也找不到熟悉的目光，形同陌路。

与婉心相识，曾经那些快乐的日子一幕幕在庄昶的脑海里涌现，而后渐渐地就变了……

原本少年夫妻，佳偶天成，恩爱有加，怎奈命运弄人。婉心身子孱弱无法生育，令母亲心生嫌弃，恰逢母亲远房侄女郑妙姝爱慕庄昶已久。母亲利用郑妙姝来京探望留宿之时，与郑妙姝合计给庄昶下了药。未久，郑妙姝便有了身孕。纵然他再反对，与母亲大吵了一架后，拖了两个月终究还是被迫娶了郑妙姝。

而他第一次发觉苏婉心与寻常不同，便是在与郑妙姝成亲的当晚。本该卧病在床的苏婉心突然出现在新房内，轻而易举单手便折断了他手中的喜秤，十分强势地命他回房，留下被打晕的郑妙姝。他满怀欣喜地回到房中，苏婉心却依旧是抱病在床，虽然满脸温情，但与之前出现在新房里的那个她截然不同。最初，他以为只是婉心不愿与别人分享丈夫。再后来每每只要是从郑妙姝那里受了气或者受了母亲的责罚，婉心都会变成另外一个人，一个他完全陌生的人。那个"她"，除了强行要他回到她的身边之外，并无他求。直至那日在媚香楼，若不是有玄先生在，他差点丧命于那个"她"的手中，回想起日前道士的劝诫，他再也掩藏不住内心深处的恐惧。他深爱的妻子何时变成了妖？

他恐惧着，不敢张扬，那一段时日他会找各种理由不归家，终日沉沦堕落于花楼里。也是在那些时日里，她的病越来越重，与他之间越来越远。

直至某日，整个庄府上下都知道婉心的房中藏着一个陌生的男人，母亲将她锁进了祠堂。而从外埠回到家的他，看见她奄奄一息，却不敢上前护着她，鬼迷心窍地信了这说辞。婉心忽然笑了，笑容凄美，看得他整个人发怵。她也不解释，自写了一封休书与他后，便一头撞死在祠堂的墙上。有那么一刹那，他是后悔的。

直到翌日夜里，婉心活过来了。第一眼，他整个人都慌了，可是当看到棺材里婉心的尸体，他很快又后悔了，是真正地后悔。他终于明白是自己错怪了婉心，他一直以为的那个妖，并不是她，而是雪团。那个藏着的陌生男人是雪团。正如婉心所说，雪团身为一个畜生一心护主，为了报恩宁可舍了自己的性命，也要换回她的命，而他身为丈夫，不仅不护她，且诸多猜疑，他根本就枉为一个男人。如今一切都为时已晚……

"苏婉心，你站着干吗？这后面排队等着还阳的这么多，快点把茶都分了。"孟婆冲着苏婉心吩咐道。

苏婉心怔了一下，看了一眼庄昶，便将孟婆递过来的七日忘忧茶递给庄昶，淡淡地笑道："你的。喝吧。"

"婉心！婉心！婉心……"庄昶"咚"地跪在地上，痛哭流涕不止。

从黑绳大地狱受完极刑的郑妙姝被鬼差带了过来，见到此形，便奔向庄昶，哭道："相公，相公……"

庄昶用力地将她挥开，厉道："你给我滚开！"手中的忘忧茶被打翻。

郑妙姝见着苏婉心便扑了过来，她像是发了疯似的叫骂："苏婉心，你这个贱人！你居然连死都还要拖着我和庄昶陪葬。你才是那个该下地狱受极刑的贱人！你还我的孩儿！还我的孩儿来！"

阿怜挡着她，强行将她的手从婉心身上拿掉，怒道："郑妙姝你够了！本就是多行不义必自毙。你再敢往前一步，我就让鬼差再把你带回去。"

一旁鬼差将铁链抖了抖，瞪着铜铃大的眼睛看着郑妙姝。

"你不是人，你一定不是人……"郑妙姝害怕了，连连退后，只敢目光恶毒地瞪着苏婉心。

阿怜冲着牛头勾了勾手，道："牛大哥，这个女人交给你了。麻烦你了。"

整个冥界传遍了这小丫头的事，牛头自然不敢怠慢，端着另一碗七日忘忧茶走过来，强行灌入郑妙姝的口中，不给她撒泼的机会，将她推过了奈何桥。

孟婆又重新做了一碗七日忘忧茶端给了庄昶，道："别浪费大家的时间了，喝了就去还阳吧。她已经不记得你了，生生世世也都不会记得你。即便以后再有轮回，你们俩也是陌路。还阳吧。"

庄昶颤着手接过那碗茶，含着泪，终于闭着眼一口仰尽。

过奈何桥时，他又忍不住回首看了一眼在孟婆茶摊里忙碌的苏婉心，然后消失在雾气之中。

终于尘埃落定，阿怜望着没有任何记忆的苏婉心，不承想她会做出这样的决定。回去之后，毓垣不知会如何？

玄遥伸手在她的眼前招了招，道："走了。回半莲池。"

"哦。"她回过神应了一声。

眨眼的瞬间，她已然回到半莲池。

"咦？为何不用过奈何桥？"她还想看看桥那边是什么呢。

"你以为你是去投胎，还是当真去游玩？"玄遥白了她一眼。

独自一人守在半莲池，看着小狐狸的奎河一见二人回来，十分激动："师父，阿怜，你们终于回来啦？你们此去整整六日。"

"我知道。"玄遥淡淡应了一声，因为他算好了时间回来。

"我以为你们只需半日来回，没想到花了六日时间。"奎河为玄遥倒了一杯茶。

玄遥看了一眼，将茶盅递给阿怜，道："你不是很渴吗？"早在地府的时候，要不是他拦着，这丫头就要鲁莽地喝了孟婆的迷魂汤。

阿怜有些意外，总觉得这次去了冥界之后，这货对她好了一些些。她接过茶水，道了一声"多谢"，然后一口干了，觉得不过瘾，索性将他面前的茶壶抱过来，全都喝了。

奎河啧啧称奇，不知这二人在冥界发生了什么事情，这一回来师父对阿怜的态度像是变了个人似的，真是越来越宠阿怜了。

"那只狐狸呢？"玄遥的话音刚落，毓垣便走了进来。

玄遥扫了他一眼，淡淡地道："你自断三尾吧。"

毓垣不解。不应该是四尾全断吗？

阿怜看着他，解释："婉心姐姐不肯回来，她喝了孟婆汤，执意要留在冥界。"

"你说什么？！"毓垣的身体微微晃了晃，满脸的难以置信。

于是，阿怜便将奈何桥下婉心与庄昶决绝的事情说了出来。

"不可能的，不可能的，你一定是在骗我！"毓垣仿佛失了神志。

玄遥冷嗤一声："为何愚蠢的人都喜欢说这一句话？"

阿怜斜睨着眼瞪着玄遥，他是在嘲讽她吗？

毓垣忽地失声笑了起来，笑声十分刺耳。

阿怜望着他狰狞的笑容，一双黝黑漂亮的眼眸泛着悲切的泪光。阿怜分不清他究竟是在哭还是在笑。

渐渐地，毓垣止了笑声，抹去眼泪，目光阴冷地看着玄遥："我只求你能救她一命，你要什么我都可以给你，我这身皮毛，我九尾狐族的灵尾，甚至我的命，我通通都可以给你，可你为何偏偏只救了那两个无耻之徒，唯独没有救她？"

阿怜见他这般，不禁想起当初，她也是这样质疑玄遥，然而事实确实是苏婉心放弃还阳："雪团，婉心姐姐的选择没有错……"

没待阿怜说完，毓垣便伸手掐住阿怜的脖子，怒道："你懂什么？！那里不是别的地方，是冥界，暗无天日、恶鬼遍横的冥界。你们明明答应了，可为何不带她回来？连你也骗我？！"

"雪团……"阿怜难以置信地望着毓垣，脖子被他掐住无法呼吸，她挣扎着想要掰开毓垣的手，无奈他的力道极大。

"孽障！执迷不悟！"玄遥被彻底惹怒了，倏然起身，手中瞬间多了一把泛着青色寒光的利剑，"本是看在你九尾狐族的面子上，且留你一条性命，没想到你竟敢不识好歹，那便怪不得我没手下留情！"

毓垣怒吼一声，甩手便将阿怜扔了出去。阿怜一下子撞在了墙上，吐了一口鲜血。

"阿怜！"奎河连忙赶过去扶住阿怜。

"奎河，带阿怜走开，我来收拾这个孽障！"玄遥盛怒至极。

话音方落，天色骤变，青天白日陡然变成了暗夜。门外，乌云聚顶，云层之中电闪雷鸣。半莲池陷入一片黑暗之中，只有玄遥手中的幽冥圣剑泛着冷冽的寒光。这寒光越来越亮，预示着玄遥的怒气燃至极点。他的手腕一转，寒光骤闪，剑气如虹，厉声划空，如雷霆万钧之势一剑直割向毓垣的尾部。

"孽障！你当真以为我好脾气到可任由你在我半莲池撒野？"玄遥的手中抓着一条沾着血迹的白色狐尾。

"啊——"顿时，鲜血从毓垣被割断的尾部狂涌而出。

尾部如火灼如冰刺，毓垣凄厉地惨叫着，顷刻间幻化成狐形，不似雪团的可爱模样，身体猛地增大了数倍，直冲破了半莲池的屋顶。通体雪白的皮毛像是钢针一般撑了开来，原本可爱讨喜的一张狐狸脸，顿时变得面目狰狞。它嘴巴一张开，尖长的獠牙便露了出来，两只前爪伸开来，长长的指甲如尖刺，像是疯了似的四处乱砸乱砍。一团炽烈绚红的狐火从它的口中喷出，所到之处必是毁灭，寸草不生。

原本奎河欲带阿怜离开，但是阿怜死活不肯离开，眼见着毓垣活脱脱地成了一只巨大的狐妖。这便是九尾狐族真正的原神模样。

毓垣四处横冲直撞，几乎将半莲池毁了，所幸半莲池身处城西偏远之地，周边并无什么人烟，遭殃的也只是房子和附近的花草树木。

毓垣一双赤红的眼睛凶煞无比地瞪着玄遥，张口便对着他怒吐出狐火。

"不自量力！"玄遥手腕骤然翻转，寒光乍现，剑气凝结出的冰霜又快又急，迅速向狐火卷去。

顷刻间，狐火便被这凛冽而来的霜气冻灭。毓垣来不及躲避，被这霜气重重震伤。只见两道破空而出的凌厉剑光疾速落下，毓垣的另两条尾巴又被割下。

尾部的剧痛几欲将毓垣撕裂，这断尾之痛比生尾之时更让他痛苦不堪，每斩一尾便是生不如死。玄遥没有一剑斩下他所有的尾巴，便是要他尝尝这生不如死的滋味。一下子断了三尾，几乎耗尽了他所有的力气。他终于再也支撑不住，极度虚弱地倒在地上喘息着。

冷冽的寒光再起，玄遥再一次挥起手中的幽冥圣剑。

阿怜见过玄遥手中那把剑的威力，只要那把剑再落下斩了毓垣的最后一尾，毓垣便是没命了。因为她，毓垣凭生多了千年的修为生出一尾，惹了事端。她已经无法带回婉心，若是亲眼见着毓垣就这么没了性命，她不仅有负于苏婉心的托付，也会良心不安。

阿怜冲过来张开双手挡在毓垣的面前，对着玄遥道："住手！你不能杀他！"

玄遥冷道："你给我让开！"

"你是神仙，你不能杀生！"

"谁跟你说神仙不杀生？！"

"……"

"我给过他机会，然而这孽障不知悔改。今日我不收拾了他，他不知天高地厚。"

阿怜道："你既与他做了交易，就应该遵守承诺。苏婉心既然不愿还阳，那便也不用断他这最后一尾。"

玄遥冷笑起来："顾影怜啊顾影怜，你是菩萨转世吗？他方才差一点就要了你的命，你这就忘了吗？还有我这半莲池，被他毁成这样，你居然叫我饶他一命？这孽障修行之中修出心魔，我若今日不除了他，日后必会祸害四方。"

毓垣喘着气，虚弱地对阿怜说道："你不用帮我，婉心不愿还阳，我也不想独活于世上，让他杀了我吧。"

玄遥又道："你听到没有？是他自己不想活了。"

"等一下！你不是愿做交易吗？若苏婉心用放弃还阳换回的这一尾还不够保他的命，那么我愿替他。如果不是我私自喂他吃了九转紫金丹，他不会变成这样。我愿用我的命，换他一命。"阿怜回头望着奄奄一息的毓垣，下定了决心。

去冥界的这一路上，她想了很多。素娘每次带着食物和衣物来看她，那温暖慈爱的眼神，假不来，她的心感受得到。不论素娘生前如何作恶多端，但素娘对她是真心的，她没有理由去怪罪或是嫌弃她。即便是命中注定，她救不了她，那是没法子。可是这小狐狸因为她才走到今日地步，说起来，罪孽深重的人是她才对。玄遥骂她无所谓，总之，她不能眼睁睁地看着这小狐狸去死。

奎河急道："阿怜，你又在犯傻？"

"你知道你在说什么吗？！"玄遥不敢相信听到的，"你别仗着在我的半莲池里待了几年，会做几道菜，便以为我会一直纵着你。你给我让开！"

"不让！除非你不杀他。"阿怜铁了心。

"师父！阿怜！"奎河急得不知如何是好。

"好！你不让，那就不要怪我不客气了。"

玄遥手中的幽冥圣剑寒光泛起，凌空而立，寒气大盛，冰霜随着他的怒气再次一点一点扩散而来。霎时间，天空乌云密布，电闪雷鸣，整个大地都变了色。

阿怜下意识抬起手臂挡住那道凌厉的剑光。

幽冥圣剑的冰寒剑气石破天惊，划空而来，千钧一发之际，忽地凭空出现万丈金光照亮了整个夜空，一朵巨大的莲花盛开在半空之中，像个坚不可摧的盾牌一样结实地挡住了幽冥圣剑的前面。

玄遥惊住，匆忙之下，当即收了剑。随着幽冥圣剑的收势，那朵莲花也逐渐消失在半空中。

天地之间，又恢复到了先前的平静，仿佛什么都没有发生过。

如上次一般，那一直藏在玄遥身上的莲花令不知在何时掉落出来，泛着温润祥和的光芒。

阿怜本以为这次真的要命丧黄泉了，可不想如同上次一样，那凭空冒出来的莲花又一次救了她的性命。

玄遥怔怔地望着掉落在地的莲花令，再看向一脸惊恐的阿怜，神情错综复杂。为什么？自从青莲不在了之后，莲花令不再受任何人的召唤，而他除了通过莲花令进入莲花境界之外，这个法器也毫无作用，平日里看起来就是一块再普通不过的玉牌。为何莲花令总是在危难之时护着阿怜的性命？这丫头到底跟莲花令有什么渊源？或者说跟青莲有什么关系？她明明看起来就是一个再普通不过的凡人……

阿怜见玄遥失神许久，连忙查看身后的毓垣，毓垣已经变回雪团的模样。原本又蓬又漂亮的尾巴眼下一片血肉模糊，看着就十分痛。她将它抱在怀里，往后退了好几步，转身就想跑。

玄遥沙哑的声音传来："你给我站住！"

阿怜顿住脚步，怔怔地回眸看向玄遥。

"你打算带着这个小孽障去哪儿？"玄遥弯身捡起如常物的莲花令。

阿怜结巴着道："去……去一个你找不着它的地方。"

玄遥淡淡地道："不用找了，没有那样的地方。看在莲花令主人的面子上，我且饶它一命。"

"你真的……不杀雪团了？"阿怜惊诧。

玄遥一字一句地道："我可以不杀它。但是你给我听好了，你既与我做了交易，从现在开始，你生是我半莲池的人，死是我半莲池的鬼，你要是胆敢私自逃走，我就是掘地三尺，都会把你抓回来。"

阿怜顿时松了口气，摆了摆手道："你放心！只要玄先生您不喊打喊杀地赶我走，我是绝对不会走的。在这里好吃好喝好住，不用当乞丐，求还求不来呢，我又不是傻子。再说了，还有奎河这么铁的好兄弟，我是绝对不会走的。你放心！"阿怜乐呵呵地笑看着奎河。

奎河伸手就往阿怜的肩头狠拍了一掌："你这个臭小子，真是吓死我了！"

阿怜指着毓垣又道："那个……我能不能收留它？"

"不能。"玄遥毫不犹豫地拒绝了她。

"可是它现在伤势这么重，若是就这样放它回去，它会没命的。"

玄遥冷道："跟我有关系吗？"他已经饶了这小狐狸一命，这丫头却还得寸进尺。

阿怜忽地跑过来，拉着他的衣袖，谄媚地道："我知道你是个很厉害很厉害的神仙啦！神仙你大人有大量，才不会那么小气，才不会跟我和这只狐狸计较呢。"

玄遥嘴角抽搐，她左一句神仙，又一句神仙，听着这"神仙"二字在她的嘴里就跟市集卖豆腐一样。

"你……你闭嘴就行了，以后别再给我提'神仙'二字。从今往后，你给我好好看着它，这小孽障日后要是再敢惹出什么事端来，就别怪我扒了它的皮，抽了它的筋，送它下冥府生煎油炸。"

"喏！玄上仙！"阿怜抱着雪团一溜烟儿地跑走，临行前不忘拉走目瞪口呆的奎河。

他不是上仙！不是上仙！不是上仙！

玄遥捏紧双拳，要不是看在这丫头能唤醒莲花令的分儿上，他一定封了她那张嘴。

阿怜拉着奎河直奔后院："你快给雪团看看。"

奎河叹了口气，可又抵不过阿怜的软磨硬泡，像上次一样替小狐狸开始治疗伤口："这次我给你治好了，你可就别再给我整幺蛾子了。"

毓垣冷哼一声，满脸的不屑。

"哟？你还瞧不上？要不是我们阿怜求我，我才懒得救你。"

阿怜拍了一下奎河的头，道："你快点救它吧，哪来那么多废话？"

"哎哟，瞧你跟师父去了趟冥界，连口气都变得跟师父一样了。"

在奎河的细心治疗下，毓垣的伤口很快包扎好。阿怜抱着它回到自己的屋子，将它放在自己的床上，可是它始终蔫蔫的，打不起精神。

阿怜对着他的狐狸脸，摸着他的脑袋，说："雪团啊雪团，你知道吗？以前收留我的老乞丐黄老爷子，一直对我说这样一句话，叫'好死不如赖活着'。我知道婉心姐姐不肯还阳，你很难过。"

毓垣没有吭声，依旧耷拉着脑袋趴着一动不动。

她摸着它的脑袋继续说："可是你有没有想过，只要你活着就有希望，你若是放弃了这条尾巴，魂飞魄散了，就永远都没可能再见到婉心姐姐。如今她跟在孟婆的身边，熬汤打杂，也算是个不错的差事。你再想想，她若还阳继续跟着庄昶，你跟她就永远都没有机会啦。"

毓垣两只黝黑的眼睛倏地燃起了希望之光，坐立起来，一脸认真地盯着阿怜。

"你好好修行，等修成了仙，可以再去找她嘛。婉心姐姐说了，她生前最喜欢的那支白玉孔雀簪，叫我提醒你不要弄丢了，想她的时候，就拿出来看看。喏！"阿怜将那支白玉孔雀簪拿出来，放在毓垣的爪子前，"方才你跟玄先生打架，幸亏我在地上捡着这簪子，不然你就去哭吧。"

毓垣伸出爪子挠了挠那簪子，乌黑的眼珠里泛起了泪光，声音如婴啼：

"对不起……谢谢你救了我，可是我不识好歹，还伤了你。你没事吧？"

"我没事，奎河给我服了金丹，药到病除，棒棒哒！"阿怜拍着胸口，"你先留在这里跟着我，等伤完全好了，你再回家去。早点休息吧，你可要好好休息，我今日也是累惨了。"

毓垣乖乖地趴下。

阿怜裹着被子很快进入梦乡。

玄遥坐在院子里石桌前，一字不漏地将阿怜与毓垣的对话听了去，不禁挑眉，同时也陷入沉思。忽地，他向奎河招了招手，道："你去把那只小狐狸抓出来。"

奎河惊道："师父，你又改变主意了吗？"

"让你去你就去，哪来那么多废话？"

奎河嘴角抽搐，这句话出现的次数可多……

"可是……阿怜那儿……"

"要我亲自动手吗？"

"我去。"奎河蹑手蹑脚地进了阿怜的房间。

毓垣倏地睁开双眼，还没来得及出声，嘴巴便被奎河捏住。他拼命挣扎着，可又敌不过奎河的力量，被强行抱出了阿怜的屋子。

毓垣一见着玄遥，全身的皮毛都张开来，又像之前一样处于备战状态。

玄遥瞟了它一眼，对奎河道："从今夜起，这小东西跟你睡一个房间。"

"啊？师父，这是为什么啊？"奎河不解。

毓垣一听，立刻明白玄遥的意思，顿时放松下来。

"那你是想让它跟我睡一个房间？"玄遥看着奎河，犀利的眼神分明就是在说：跟我睡没问题，可我不保证半夜随便翻个身就弄死这个小畜生。

"徒儿不是这个意思，我这就抱我房里去。"奎河抱着毓垣急忙回自己房里。

毓垣圆溜溜的眼珠瞟着玄遥，看来这位和他一样是知道阿怜的性别啊，生怕它这只公狐狸把阿怜怎么了，所以才大半夜的如此纠结，让奎河将他抱出来吧。它如今只是一只狐狸，能干出什么事来啊？真是好笑！

玄遥瞪着它：再笑，我就把你的眼睛挖出来喂鱼。

毓垣乖乖地缩回头。

半夜，京城开始落雨，雨越下越大，简直就是暴雨。这暴雨下了足足有三天三夜。

阿怜知道这场雨过后，全京城的人都不会记得庄府庄昶和郑妙姝死而复生的事，庄府的人也不会记得苏婉心的死因，只当她是病死的。

第四章

沉瀣（一）

　　自打从冥界回来之后，阿怜总是有意无意地追着奎河说："我已经知道你家师父是天上的神仙啦，你也不用瞒着我了。"

　　"是吗？师父跟你说的？"奎河将信将疑，因为自从离开天庭之后，师父就不太愿意别人提起他的名号。

　　"哦，那倒不是，是我在冥界听来的。他们都叫他北……"阿怜故意顿住，观察奎河的面色。

　　奎河佯装不知道，反问："北什么？"

　　"你说呢？这天上有什么神仙比较厉害，可以号令冥界诸鬼，然后名号又是'北'字开头的？"阿怜将问题又丢给了奎河，意图从奎河的口中套得一些。

　　奎河不傻，这一听，就知道阿怜这小子又在套他的话，这说的可不就是他家师父北极中天紫微大帝吗？若是师父不告之，他是不会将师父的名号随便说出去的。于是道："名号'北'字开头的那可多了去了。什么北斗阳明贪狼星君、北斗阴精巨门星君、北斗真人禄存星君、北斗玄冥文曲星君、北斗丹元廉贞星君、北斗北极武曲星君、北斗天关破军星君。"

　　奎河一口气便将北斗七元君的名号全报了出来。

"这么多？！"阿怜一听，立即蹙起眉头。嚯！这天上的神仙居然有这么多名号都是"北"字打头。

"可不只这些，还有护法神北极四圣真君……"

"噗。"阿怜可不想再听那些一连串复杂的名号了，索性厚着脸皮直接问，"等一下，那你师父是这里面的哪一个？"

"咦？你不是说你知道了吗？"奎河摸着下巴。

"告诉我嘛。好奎河，我等下给你做桂花糖藕？"

"你这么想知道，你自己去问师父呗。"奎河才不上当。

无论阿怜怎么用美食引诱奎河，奎河就是不为所动，冲着她摆摆手，打坐修行去了。

小气！

阿怜刚转身便瞧见玄遥站在她的身后："吓死我了！你怎么走路都没点儿声音？跟缕幽魂似的。"

玄遥双眉微拢，道："我以为你的耳朵跟你的嘴巴一样，没有底，可以从早听到晚。"

"……"听听，瞧这话讽刺的！

阿怜本来还想亲自问玄遥，可是看着他那副拽得跟二五八万似的态度，顿时打消了念头。她就算知道了他的名号，好像也没什么意义，反正她跟奎河不一样，完全不想修仙。

所以，她也懒得理他，擦肩而过。

玄遥忽地唤住她，道："你是打算做桂花糖藕吗？可我今日想吃桂花鸭，晚上你就做桂花鸭吧。"

阿怜回眸瞪了他一眼，这做桂花糖藕和做桂花鸭是一样的工夫吗？

吃货！最近对吃的越来越挑剔，整个京城大小酒楼的菜式都给她学遍了，她就差没跑去皇宫的御膳房偷学技艺了。

"不好意思，就算我待会儿去市集能买着鸭子，可你想吃桂花鸭最快也得等着明日午时。"

"这样……你若这会儿没什么事，就去替我把房间打扫下，桌子上都落了好几层灰。没见过你这么懒散的仆人，每个月发的银两，以你的劳动量来衡量，完全不值。"

阿怜白了他一眼，拿着抹布便往他的寝室走去。她一边用力地擦着桌子一边在心中腹诽，再也没有见过比这货更小气的男人，窝在这小小的半莲池里，成天无事可做，净找她的碴儿。

她气愤地擦着桌面，亮到可以当镜子照。

忽然案几上一个东西吸引了她的视线，是一直收藏在玄遥怀中，那块雕有莲花且两次救了她性命的神奇玉牌。

玄遥叫它莲花令，它的主人叫青莲。她两次见识到莲花令的厉害，可以不费吹灰之力挡住玄遥的攻击。玄遥将它日夜揣在怀里，莫不是这东西是能对付他的法器？

她很好奇，为何这莲花令每次都是在紧急关头救了她呢？上次玄遥醉酒，从他怀里掉了出来，她只是好奇地摸了摸，这东西就开始发光发烫。

她往门外张望了两眼，见没人，便将莲花令拿起来，仔细端详。果真，这东西一到她的手中便开始发光发亮，很快越来越烫。烫到她想将这东西扔了时，却不想这东西就跟黏了什么似的，黏在她的手心怎么甩也甩不下来。

"这究竟是什么鬼东西？"

那红光越来越刺目，光晕也越来越大，将阿怜整个人笼罩住。阿怜开始害怕，不知道这是什么妖物，正费力地想摆脱那玉牌，忽然之间一个强大的力量将她一裹，吸了进去。

茫茫的黑暗中，阿怜一直在不停地向下坠落，她吓得不停尖叫。没过多久，她的身体猛地着地。从高空坠地的感觉十分真实，屁股差点要摔开了花。她摸着摔痛的屁股，瞪着手下软软的青草，抬首被眼前的美景惊呆了。她本以为这玉牌的世界里是什么妖魔鬼怪遍横的地方，却不想竟是个世外桃源。

一望无际的莲花，一朵接一朵，有的晶莹洁白，有的粉红相间，甚至还有她从未见过的青色莲花，从碧绿如翠的莲叶中钻出来，姿态万千。沁人的香气从嫩黄的花蕊里钻出来，随风飘散开来……这大约是只有佛经中所提到的西方极乐世界才有的美景吧。

阿怜站起身走向近处的一朵含苞待放的莲朵，忍不住伸手触摸它，刹那间，那朵莲朵便怒放开来，在灿烂的阳光之下，闪着耀眼的光芒。她惊讶之余又有些兴奋，一路摸着这些莲花，每朵莲花都因她的触摸或是绽放或是摇曳。这让她开心地大笑开来。

没想到玄遥一直揣在兜里的东西竟然是这么一个宝物，能够穿越到这么神奇的地方，难怪他总是可以生出莲花，原来这里藏着这么一大片莲花海。

她在这无际的莲花前一路狂奔，不停逗弄着，引得莲叶犹如轻风吹过碧波翻滚。渐渐地，她停下脚步，心生疑惑。

这里有些不对劲……

这么一大片莲花海，好像除了她一个人之外并没有其他人。不！确切地说，是一个活物都没有，仔细看仔细听，这里静得奇可怕。

她走近岸边，想看看水中是否能见着鱼虾之类，可盯着那水面看了许久，除了自己的倒影之外，什么也没有。

忽然一个小小的声音传来，叫着她的名字："阿怜！阿怜！阿怜！"

她四处找寻声源，却是在水下。她低首一看，水底倒映出一张明艳娇美的脸蛋，竟是素娘！

"素娘？！"

"是我，阿怜，我被半莲池的老板玄遥用妖法困在这水下，你快点救我出去！"素娘慢慢从水底钻出来，水面刚好浸过她的腰身，水珠儿挂在她的发丝上、脸上、身上……闪着妖异的光芒。

"你……"阿怜犹豫了。

之前玄遥将黑莲打入她的印堂之中，她看到了素娘的生平记忆。事后她刻意去查证了那家妓院，素娘确实曾是那里的头牌。至于徐老爷的死，官府也接到了素娘自首的信件，准备着手查实时，素娘被徐光耀活活打死。不知是不是玄遥的关系，官府没有姑息包庇徐光耀，抓了徐光耀，次年徐光耀被判斩首。

若那些都是真的，为何素娘又出现在这里？还说是被玄遥困在里面？究竟谁说的是真话，谁说的是假话？

"阿怜！阿怜！阿怜！你相信我，我真的是被他困在这里。我若不是与他交易买了那朵莲花，我怎么会变成后来的样子？"

阿怜回过神，道："我怎么救你？"不管谁真谁假，她得先救了人再说。

"你把手伸过来，拉我上去。"素娘站在水中向她伸出了苍白的手。

"好。"

就在阿怜将要握住素娘手的时候，忽地一阵狂风骤起，一道剑光闪过，素娘洁白如藕的手臂被齐腕砍下，纤细的手掌顿时飞了出去，坠入碧绿的荷叶中。素娘一张娇美的脸蛋顿时变了形，那被削断的腕口正不停地冒出黑稠腥臭的液体。她惨叫着，身体不断地向水中坠落，凄厉的声音闷入水中，震得整个水面开始翻滚，变浊变黑……

"素娘——"阿怜难以置信这横空飞出来的一剑将素娘斩回了水底。她扒着水面，却再也够不着素娘。水中的素娘消失了，变成了一个她从未见过的面容丑陋而狰狞的可怕怪物。

碧蓝的天空也顿时暗了下来，云层厚而压抑得可怕。

再看那水底，黑压压的全是这种怪物，一个个张着血盆大口，龇着锋利的獠牙，挥舞着焦灼枯槁的双爪，恨不能一口将阿怜吞下。

这些怪物可真像是忘川河里的那些厉鬼啊。

阿怜吓傻了，跌坐在岸边不知如何是好。忽然之间水下又冒出一只怪物，它伸出利爪一下子抓住了阿怜的脚腕，将她整个人向水底拖去。

阿怜惊叫着。

说时迟那时快，一个黑色身影如疾电般掠过，手持着一把泛着冷冽光芒的利剑，直刺入水面，剑身翻转，狠狠地由水底削出水面。那些焦灼枯槁的残手也跟着飞了出来，化成一缕缕黑烟。水底发出一声声凄厉的惨叫声，充斥着阿怜的耳朵。

她抬眸看向来者，那人速度极快，伸手一把抓住她的胳膊，冷声道："你怎么会进来这里？"

玄遥目露凶光，他的手只要稍稍使力，阿怜的胳膊铁定要被他扭断。

"我……不知道……怎么……进来的……"阿怜吓得结结巴巴。

玄遥松开手放了她，对着那片莲花海下厉声道："都给我滚回你们该待的地方，要是再看到你们爬出来，莫怪我让你们全部魂飞魄散。"

渐渐地，水面平静下来。经方才这一战，那些洁白无瑕的莲瓣上都沾着水珠，在阳光下闪闪发光，晶莹剔透，耀眼极了。

阿怜望着眼前的美好，实难想象方才的生死一线之间。

方才，这里……分明就是一个地狱。

她颤抖着嘴唇问玄遥："这到底是什么地方？我方才看见了素娘……"

"你闭嘴！"玄遥拉着她，念动咒语，再眨眼，二人又回到了玄遥的寝室之中。

阿怜追问："那里是什么地方？我方才看到了素娘，她说她被你用妖术困在那里。可你将那朵墨莲打进我的体内，那段记忆可不是这么跟我说的。你说你与她做交易，是她不想自己所犯的罪孽祸及她死去的孩子，可是方才那里是什么地方？"

玄遥冷着一张脸，握着手中的莲花令，盯着阿怜，道："方才若不是我及时发现你进入莲花境界，你生生世世都被会困在里面，别想出来了。"

"莲花境界……"

方才那个地方，竟然真的是佛经里所提及的西方极乐世界的莲花境界……

难以想象，莲花境界的莲海之下居然是一座地狱……

"你方才看见的那个不是素娘，那只是被我收了后关在里面怨念极深的恶灵而已。它们有的会读心，你所看到的素娘都是它们制造出的幻象，一旦它们其中一个成功迷惑住你，摄了你的魂，拿你做了替身，你便会永远代替它待在那里再也出不来，而它则会取代你成为顾影怜。"

"什么？！"阿怜不禁打了个战，那么美的莲花境界，竟然跟冥界一样可怕。她结巴着道，"你说的都是真的，没有骗我？"

她凝视着玄遥，他眸底的坦然丝毫不假。

"我早就说过，我没那么闲，要编谎话来骗你。"玄遥望着手中的莲花令，微微蹙眉。

这莲花令是他故意放在这里，他本想看看这莲花令到了她的手中还会有什么反应，却没想到她竟然能进入莲花境界。能使用莲花令进入莲花境界的，除了青莲和他之外，这世上应该不会有第三者。奎河一直跟在他身边这么多年，也未曾进入过那里。何以她就这么轻易地进去了？

"你是怎么进去的？"

"我哪里知道。我在你房里打扫得好好的，刚巧看见这玩意儿放在案几上，想起来它两次救了我嘛，我就好奇，所以就拿起来看看。谁知道一碰着它，它突然就开始发光发热，越来越烫，黏在我的手上怎么甩都甩不掉，然后我两眼一黑就被吸了进去，看到了莲花海，再然后就看到了素娘。"阿怜如实说道。

玄遥望着手中如常物的莲花令，不禁陷入沉思，近千年来莲花令像是沉睡一般，除了他每次将那些怨气极深的恶灵送入莲花境界，就没见过莲花令有什么反应。而今这个丫头不仅让莲花令连连有所反应，还能进入莲花境界，她和青莲究竟有什么渊源？难道她是……

一个不敢想象的念头在玄遥的脑子里徘徊，他忽地从怀中摸出另一块玉牌，递到她的面前。

那块玉牌阿怜也见过，是雕着梅花的玉牌。

"这难道是梅花令？"阿怜想着雕着莲花的那块令牌叫莲花令，那这块雕着梅花该不是叫作梅花令吧。

"没错，正是梅花令。"玄遥道。

阿怜伸出手，指尖小心翼翼地碰了碰那块梅花令，也一如上一次一样，梅花令发出了微弱的光芒，只是不及莲花令光芒来得耀眼夺目。

她惊奇，但生怕像方才一样被吸进去，于是缩回手，问道："这两个到底是什么东西？为何我一触碰它们，它们就发光？"

玄遥见到梅花令也有了反应，心中顿时失望至极。她不是……

他凝视着她，道："听过司花之神吗？"

阿怜点头，道："那当然。每年二月十二的花朝节可热闹了，可是百花之神的生辰。"

"这两块玉牌分别是天界司十二月令花神莲花仙子和梅花仙子的花神令牌。花神令乃是认主人的灵物，除了当任的司花之神以外，谁也不认。"就连在他手中，看着也不过是两块普通的玉牌。

阿怜惊喜："那你的意思是说，除了那两位花神以外，我是可令它们有反应的第三人？"

玄遥点了点头。

阿怜兴奋又激动地道："那是不是表示，我有可能是百花之神转世呀？"

玄遥直接泼了她一盆冷水："没可能。因为百花之神在天界待得好好的，就你这姿色，别说百花之神，成为司十二月令花神都不够格。"

阿怜顿时一张俏脸垮了下来，她哪里长得丑？每回去媚香楼，那些个窑姐瞧见她，都跟苍蝇发现了烂腿一样，一个个哄哄地黏过来，这说明她长得绝对是好看。

她讥讽道："哟！原来这天界选神仙也跟皇宫选妃子一样，不是论修为而是看脸啊？"

"口不择言！"她要是敢在上界信口开河，不是被抓去遭天雷劈一劈，就是给扔下六道轮回，说不准就投个畜生道。

有一刹那，他甚至怀疑她是不是就是青莲转世，可当看到梅花令也觉醒了，心底刚燃起的一丝希望陡然间也破灭了。她怎么会是青莲？青莲生性清冷孤傲，别说在天界，在整个六界，都是一个特别的存在，又怎么会像她一样——经常满嘴浑话，不仅爱打听事还好多管闲事，有时候更是活脱脱的一个市井无赖？

"那你跟我说这两个破令牌是什么意思？该不是要告诉我，其实你是梅花仙子。你因为和莲花仙子青莲偷偷相恋，被上头发现之后贬下凡间，然后她不知被罚去何处，你流落至此，成了一个靠卖花替人算命的神棍。就像彼岸花一样花叶永不相见……"

玄遥嘴角抽搐，道："你是戏看多了吗？"

"也是，只是个花神应该没有随意进入冥界要人的本事。"何况，十殿阎罗和崔判官可是尊称他北什么大神呢，"你说这两块花神令认主人，可为何落在你的手中？你又不是花神。这天界的两位花神丢了花神令难道就一直没有发现吗？就算莲花仙子青莲不知所终，难道梅花仙子也一起失踪了吗？天界一下子丢了两位花神都不觉得奇怪吗？还是花神的职位太低，并不足以引起重视？"

玄遥陷入沉思，过了许久，他伸手在案几的腿脚处用手指一捋，指腹之上沾了厚厚的一层灰。他将手指伸在阿怜的面前："屋子全都打扫干净了吗？你要每日将打听事的时间都用在打扫卫生上，这半莲池要干净漂亮许多。"

阿怜顿时没话说了，这货总是可以开一个漂亮又勾人的话题，然后每次都有办法做一个话题终结者。她咬牙切齿，甩起抹布继续卖力地干活。谁叫她是签了卖身契的呢？

日子总是过得很快，自玄遥收了九尾狐狸毓垣之后，一年的光景一晃而过，又到了一年梅雨季节。连着下了好几日雨，天空终于放晴，城中大大小小的街道积满了水，淹没在水里的青石板又终于露出容颜，在阳光的照耀下黑得发亮。大街小巷终于恢复了往日的喧闹，小贩走街串巷的吆喝声不绝于耳。

搬来这广陵差不多有一年的时间，半莲池早已没了往日在京城的热闹光景，通往大门前的小径冷清幽深，只有那悬挂在门头上，不变的黑底金字招牌依然在阳光下绽放着光彩。

比起京城的热闹与繁华，广陵略逊一筹，但也不差，只是阿怜初来之时有些不适应，不明白在京城待得好端端的，玄遥何以要搬至广陵。然而在广陵的日子一待久了，阿怜就喜欢上了，人也更懒散了。

广陵绝对是个适合养老的地方。

尤其立夏之后，过了午时，人便开始昏昏欲睡。

阿怜一边给毓垣撸着皮毛，一边坐在厅中打盹，这一人一狐，眼见着就快要进入梦乡。忽地，一个熟悉的声音从远处传来："阿怜！阿怜！阿怜！"

半梦半醒间的阿怜被这声叫唤惊醒，一个激灵，差点从板凳上跌下去。

广陵离着京城不远。擎苍的老板在广陵也开了间酒坊的分号，和着这一有来广陵的活儿，擎苍便主动请缨。

毓垣一听到擎苍的声音便从阿怜的怀里跳了下去，可能是睡得迷糊没看着前方的路，一头撞在门槛上，刚巧被擎苍逮了个正着。

擎苍一见着它，便将它抱起来举得老高，抛上了半空，"嗷哟嗷哟"兴奋地叫唤。

毓垣被甩得头昏眼花，每次想叫也叫不出来，一开口听上去像是婴儿在啼哭。每回这个粗壮的男人总是这么变态，把它当家猫一样到处乱抛乱扔。它可是堂堂九尾狐族的皇子！真是虎落平阳被犬欺！

"你有病哪！每次都来逗我家小芋圆！你当你逗狗哪！"阿怜伸手接住毓垣，踹了擎苍一脚。毓垣窝在阿怜怀里撒娇似的哼叽两声，这半莲池里的两个男人也是个变态，跟眼前这个糙汉子一样，都不及阿怜对它好。

擎苍哈哈笑了两声，便问："阿怜，玄先生在吗？"

"干吗？你很想他吗？"阿怜不由得挑眉。

那货正在午睡，这时候若是没什么重要的事最好别去打扰他。他是她见过起床气最可怕的男人！

记得几年前，她刚进半莲池没多久，院子里也不知打哪儿飞来两只麻雀，叽叽喳喳吵个不停。忽地，天空就飘来一团雷雨云，就在这两只麻雀头顶上又是打雷，又是闪电，其他地方阳光四射，万里无云。任凭这两只麻雀怎么飞逃，那雷电就是追着它俩。她本以为那两只麻雀死定了，铁定是被雷劈死了，谁知等到那团雷雨云飘走之后，两只麻雀居然安然无恙，叽叽喳喳地飞走了。只不过，两只麻雀的头顶好像亮得有些发白。

从那之后，他们半莲池的附近再也见不着一只麻雀，不，准确地说是见不着任何一只会叫的动物。

她将这事告诉奎河，奎河看了她一眼，十分严肃地道："师父午睡，切记！切记！不可叨扰，否则下场比两只麻雀还要惨。"

直到离开京城之前某日她去市集，刚巧面前飞过几只麻雀。自从去了冥界回来之后，她好像多了一种技能，就是能听懂各种动物说话。

那几只麻雀惊恐地说："快走！快走！这丫头是半莲池的人！"

"五年前毛大和毛二在半莲池打架，扰了半莲池的主人午休，头顶上的毛被雷电劈没了。"

"快走！快走！再不走咱们也要变秃子啦！这小丫头说不准也厉害着呢。"

若不是听到这几只麻雀的对话，她还奇怪五年前那场雷雨云为何就只罩在院子里，死盯着那两只麻雀。原来那场雷雨云就是玄遥招来的呀，当时她觉得那两只麻雀的头顶亮得发白，原来是被雷劈秃的呀。你说，这男人可怕不？就因为两只麻雀扰了他的睡觉，他生生将人家两只可爱的小动物用雷电劈成了秃子。这要是换作人进去，那能想象吗？简直是太可怕了！

这擎苍不知死活地在玄遥午睡的时间跑来，一定是嫌自己头顶上的毛太多，想被雷电劈一劈。

擎苍憨厚一笑："我只是帮人领路。"

"她是谁？"阿怜望着擎苍身后一位中年妇人，看衣着打扮，不是什么大户人家，也不太像是广陵本地人。

擎苍耸耸肩道："我也不知道，就是在衙门口正巧碰着这位大娘被官差轰出来，看着她跪在衙门前哭得怪可怜的，于心不忍，所以就帮忙领路领过来了。"

阿怜嘴角抽搐，道："嗬！你什么时候一副菩萨心肠了？你不知道咱家那个怪癖老爷早就不接生意了，你还把人往这儿领？简直就是脱裤子放屁，没事找事做。"

"姑娘，求你帮帮忙，禀告一下你家老爷，我实在是走投无路，这才想着求你家老爷帮忙找找我那可怜的女儿。"这位大娘拉住阿怜的衣袖苦苦哀求。

阿怜吓了一跳，这奎河和擎苍都不知道她是女儿身，这位大娘一眼就给瞧出来了。她结巴着说："你怎么知道我们半莲池的名号？再说，我们家……那位老爷，早就不做生意了，你还是回去吧。您女儿若是丢了，应该去官府，找他没用。"

大娘一听，"扑通"一声跪了下来，眼泪顿时流了出来："若是官府管这事，我也不会抱着试一试的想法来这里求你家老爷了。姑娘，求你帮帮忙吧，通禀一声吧。"

语毕大娘便给阿怜重重磕了几个响头。

"别这样，你先起来吧，我只能去问问看。"阿怜最经不起别人给她磕头。

阿怜来到玄遥的房门口，探了个头。

玄遥正半眯着眼斜靠在贵妃榻上休息。

她蹑手蹑脚地踏了进去，走了没几步又有些后悔，想想还是决定回了那位大娘，不论什么因，反正和玄遥做交易的都没啥好下场。那位大娘看着就没有什么值钱的东西，若是为了找女儿又是拿自己的性命做交易该如何是好？

她转回身，又往外走，走了两步又顿住。

可是若是找不到女儿，大娘也不愿独活吧……

她纠结了半晌，想想又折回头，琢磨着要如何叫醒睡梦中的玄遥，却在看到他的美好睡颜后忽然噤了声。

这是她第二次近看玄遥的睡颜。第一次是他酒醉，那个时候她一心还只想着杀他，而今却立了誓，签了卖身契，生是他半莲池的人死是他半莲池的鬼，永远待在他的半莲池里不离开。也不知道从什么时候开始，她不讨厌这个嘴巴恶毒看似冷酷无情的金主，甚至对他的一切都感到好奇。

她这一看竟然失了神。

今日，他的头发没有束成冠，而是很随意地披散着，有些凌乱，一缕发丝刚巧垂落在他的脸颊上，映衬着他那张完美到无可挑剔的俊颜，竟是这般迷人。

她从来不知道一个男人的睫毛竟然可以这么纤长，又浓又密还有些微微卷翘，像个小小的羽扇。她忍不住伸手，摸了摸自己的睫毛，显然和这个她整天看不顺眼的金主比起来逊多了。再看他那挺直的鼻梁，和那双每天都会刻薄她的嘴唇，啧啧啧，可真是生得好。

那削薄的嘴唇沾着一丝头发，她下意识伸出手想替他拨开，但是指尖还没有触及，她便迅速收回手，忍不住咬上自己的手指。她这是在干什么呢？这家伙最不喜欢别人碰他了。

玄遥倏地睁开双眼，定定地望着阿怜。

而她，此时就像是所有的姑娘一样花痴盯着他看了许久。这双眼睛可真是好看，尤其是不发脾气的时候，温润如墨玉，即使闹脾气，那霸道不讲理的神态看起来也是特别迷人。

她不禁咬着唇轻笑起来，忽地发现这双好看的眼眸正与她对视，直撞进她的眼里。她回过神来，吓了一大跳，一屁股跌坐在地上。

"你你你……什么时候醒的？"她瞪大了眼，耳朵滚烫。

"你还没有踏进屋子的那一刻。"玄遥缓缓坐起身，凝视着她。

阿怜这一下连脸颊都开始发烫。也就是说从她蹲在他面前偷看他开始，他就知道，居然还装睡。真是……丢死人啦！

"你找我什么事？"

玄遥被扰了午休，竟然没有发脾气，这令阿怜不禁有些意外。她咬了咬唇，小声地道："哦，外面有个大娘找不着女儿，想请你帮忙……"

玄遥扬眉，冷漠地道："她女儿丢了，不去找官府，跑来找我做什么？"

"她去了，衙门将她轰出来了，这不是走投无路才跑到咱们半莲池吗？"

"敢情我这半莲池比官府还有用，谁有难都来求我。什么阿猫阿狗的生意我都要接，我成什么了？"

"你不是法力无边的神仙吗？"

"……"

"神仙不都是为凡人造福的嘛。"

"……"

他本就不是为了造福人间才开了这间半莲池。

玄遥也不知自己究竟是中了什么毒，阿怜如叫唤菜市场卖豆腐似的叫了他三两句"神仙"，他便到了偏厅坐下。

大娘一见玄遥出来，着实惊住。她曾听人说过，京城有个以花算命的占卜馆叫半莲池，老板如何神通广大，只可惜不再开门做生意。在衙门前走投无路时，恰遇那位叫擎苍的小哥，说这半莲池搬来了广陵，于是抱着试一试的想法前来，本以为是个和她一样上了年纪的老人家，却不承想是这样一位谪仙一般的人。

她"扑通"一声，跪在玄遥的跟前，道："求大慈大悲的玄先生，帮帮我，找找我那可怜的闺女。"

玄遥抬手，冷冰冰地道："大慈大悲的是南海观世音菩萨，我不是。起来吧，不必这样跪拜。"

大娘一听，立即将自己的包袱抖开来，里面除了几件洗得泛白的旧衣衫，还有破布缝的荷包。她从荷包里倒出几小块碎银和一些铜钱。

"我也没什么值钱的东西，就这些了。"大娘忽地想起，将手腕上戴了许久的一只并不值钱的铜制镯子褪了下来，连同那几小块碎银几个铜钱一起捧在玄遥的面前。

玄遥看也不看那些碎银，轻啜一口茶，道："我想这位大娘，你可能不知我半莲池的规矩。当年，一个牌号便是二十两，你这些碎银和这只铜镯加起来半两都没有。你凭什么让我接你这单生意？"

"我……"大娘低下了头，眼泪"唰"地一下就流了出来。若是有二十两，她和她相公也不会将女儿卖去给人家做填房，落到今日下落不明。

"打扰了……"大娘缓缓站起身，悲痛地走出门。

见此情形，阿怜气不打一处来，按以前，玄遥不乐意接单做生意，她可高兴坏了，但眼见这位大娘大老远从乡下跑来低声下气跪地相求，玄遥却视若无睹，一副恃才傲物的模样，真让人恼羞。

阿怜看向玄遥："只要二十两你就接生意对不？"

玄遥拧着眉看她，道："当年就是这么定的规矩。你想干什么？"

"不就是二十两吗？我替她付了。"阿怜跑回屋里，从她的小金库里摸了二十两银子，用力地拍在玄遥面前。

玄遥嘴角抽搐，捏了捏抽痛的太阳穴，长长地吸了一口气，瞪着阿怜，道："顾影怜，当真你名字里有个'怜'字，你就以为自己谁都能帮了吗？你知不知道你在做什么？"

他开半莲池从来就不是为了银子也不是无聊打发时间，而是为了能找到青莲。这老太婆既没有九尾狐族的灵尾，又不像柳素娘一样拥有一个怨念极深的恶灵，只是一个普通的凡人，对他来说毫无用处，他根本不必花这个心思。

阿怜双手抱胸，扬着尖细的下巴道："是你方才说的，当年就是这么定的规矩。这单生意你得接。一言既出，死马难追！"

是驷马难追！跟她说了多少次了，她总死马死马地叫。玄遥无奈地暗叹了几口气。

大娘一见阿怜替她付了二十两，立即跪地对着阿怜磕了三个响头："多谢姑娘！多谢姑娘！"

"您快起来吧，将您女儿失踪的事说说吧。"阿怜连忙扶着这位大娘起身。

擎苍低喃着："这大娘眼神不好吧，一直姑娘姑娘地叫你。"

阿怜瞟了擎苍一眼，心念：眼瞎的是你和奎河呀。

大娘的确不是广陵人，乃广陵下辖的清流县何家村人。夫家姓何，何大娘与相公共生了一子三女，一家六口靠着一亩三分田度日。原本日子凑合着过，恰逢一年多前赶上一场多年未有的大旱，地里的庄稼全都旱死了，没了收成，这日子便也过得十分拮据。夫妻二人正愁一家六口该怎么活下去，恰巧这日村子里一位王姓媒婆回来省亲，说是广陵城里有一家经营香料的童老爷，正值壮年，娶了几房都生不出儿子，想找个年轻身体好的黄花大闺女做妾，为童家开枝散叶，托她四处打听。因为都是本村人，她王婆有好处第一个自然想着本村的近邻。

何大娘的大闺女何招娣年方十六，正值花样年华，也到了适婚年纪。王媒婆一眼就相中了何招娣，凭着三寸不烂之舌三两下便说服了何大娘的相公何富贵。何富贵看着白花花的十两银子，那可是能让全家一年之内不愁吃喝呀，于是毫不犹豫便同意让王媒婆将何招娣领走。

听至此，阿怜不禁向擎苍耳语：“广陵城做香料的有姓童的吗？我怎么记得只有姓贺的一家。”

擎苍道：“我也记得姓贺。”

奎河刚好挑完水赶来凑热闹，正好听见，便道：“姓贺。我确定。”

阿怜便向何大娘提出疑问：“你们怎么就那么信任那位王媒婆呢？就不怕她将你家招娣拐卖了吗？”

这说得好听点是将女儿嫁进有钱人家当妾，说不好听了不就是为了钱将女儿卖了吗，至于卖去哪儿谁又能清楚？阿怜做乞丐的时候，在大街上见多了那种将同村的黄花大闺女拐出来，卖进青楼的丑恶男女。

玄遥眈了一眼，心念：这丫头倒是不傻，这么多年的市井摸爬滚打，一听就听出了问题来。

何大娘道：“我当初也是有这样的疑虑，所以提出让童家派人过来迎亲。”

何大娘终究是当娘亲的，心疼自家闺女，即便是给有钱人做妾，也得让女儿出嫁像个样儿，便向王媒婆提出让那位童老爷派花轿来，将女儿迎娶回去。王媒婆同意了，丢下十两银子，过了没几日，便带着花轿来迎娶何招娣。可是自始至终也没见着王媒婆说的那位有钱的童老爷，倒是来了一个模样清秀的年轻人迎亲，据说是童老爷的侄儿。迎亲队伍一路吹吹打打，何大娘将女儿送出了村口。

婚后过了一阵子，女儿终于回了门，虽然不见童老爷前来，但见女儿一脸娇羞地说这童老爷其实一点也不老，最多三十岁出头，长相那可是一表人才，风流倜傥，因为做香料营生十分忙，没法陪她回来。见女儿过得甚好，何大娘也就放心了。女儿嫁出去之后，因为路途遥远，不便回来，每月都会派人送些银两和家书回来。何大娘一家靠着女儿，日子也渐渐好过起来。可是好日子过了也就三个月，就再也没有见女儿招娣寄过任何家书回来。

没有收着家书，又不见女儿回来，她便按着女儿留下的地址一路寻着找到了童府，谁知童府的下人说，他家老爷根本就没有娶过什么姓何的小妾，将她轰了出来。

这大半年过去了，直至今日，都未曾寻着女儿。何大娘几次求着官府替她找寻女儿，却总是被赶出来。今日，她又一次敲响惊堂鼓，可是衙门的官差一见是她便将她赶走。

擎苍道："按你说的，童府的人说没娶过你女儿，那个王媒婆你找过没有？人总是经她手说的媒出的嫁吧。"

何大娘哭着道："不是我没去找王媒婆，是她已经死了。"

阿怜道："死了？"

何大娘哭着频频点头。

"怎么死的？"

"不知道。只听说是暴毙。"

玄遥听完，轻啜了口茶，倒也不意外。

阿怜推了推他，道："你倒是说句话呀？"

玄遥皱眉看着她，道："说什么？贪图十两银子，将亲生女儿亲手送到人贩子手上，如今不知被卖去哪儿了，才知着急，有用吗？"

阿怜瞪着他，道："你就不能说句好听的吗？"

玄遥冷嗤一声："更难听的我还没说呢。这人说不准已经死了，找也是白找。谁叫他们夫妻俩当初贪图那十两银子。自己种下的因，自然收这样的果。"

何大娘一听，整个人便瘫在地上哭得上气不接下气。

"你……"阿怜也是无语了，真没想到他还真敢说出来。

"让她走吧。别在这里浪费时间了。"玄遥拍了拍衣衫，起身。

忽地何大娘扑过来，抱着他的腿脚。

阿怜知道玄遥不喜欢别人触碰他，生怕他一个没忍住抬脚便将何大娘踹飞了，便飞似的扑过来，装模作样，给他擦鞋子："哎呀呀，师父，你的鞋子好脏呀，徒儿给你擦一擦。"顺势她将何大娘拉开。

果不其然，玄遥提脚便将她踹到一边去。

何大娘跪着哭道："玄先生，就算我女儿不在人世了，能不能请玄先生帮帮我，哪怕只找到她的尸身也是好的……"

玄遥刚要拒绝，阿怜便跳至他的面前道："你方才收了二十两，就代表你同意交易，找不着人，找尸体也是可以的嘛。"

"我什么时候收了二十两？"玄遥拧眉，那二十两明明还在桌子上摆着呢。

"你知道的，我要是心情不好，这待会儿烧出来的菜，多多少少都会有些难以入口。"阿怜睃了他一眼：你看着办。几年下来，她也算是摸透了他的脾性，只要吃好睡好，他就是一只无害的小绵羊。

玄遥忽地拎起她的衣襟，咬牙切齿低声道："顾影怜，你别仗着我最近很给你脸，你就得意忘形。"这臭丫头动不动拿吃来说事，越来越有恃无恐。

"不管，反正你是神！仙！"最后"神仙"两个字阿怜只是比了个口型。

玄遥拉着她的衣襟，将她往跟前又拎近几寸，两个人的脸贴得很近，鼻尖与鼻尖之间的距离仅能塞下一个手掌的厚度。

奎河和擎苍二人倒抽了一口气，目瞪口呆。这两人是闹哪样？在说什么呀？光天化日之下，这么近的暧昧举动，简直有伤风化。

"我刚还忘了说一句，二十两只是排队拿号牌的价格，正式交易得要另外收费。找人是找人的价格，找尸体是找尸体的价格。剩下的银子，你也打算替她付吗？"玄遥满眼嘲笑。他倒想看看这个平日里极其抠门的丫头，能舍得掏出多少私藏来。

阿怜一听，不乐意了："你这分明是要无赖，说话不算话！哪有人像你这样坐地起价的？"

"嫌贵？嫌贵你就让她找官府去。既然要帮人，那就帮人帮到底，送佛送到西。银子你付！"玄遥松开她的衣襟，满脸嘲讽。

何大娘抹着眼泪说："我老太婆只剩下贱命一条，若是玄先生不嫌弃，只要能找着我女儿，不管是生是死，我这辈子都愿意给您做牛做马。"

玄遥嗤笑一声，却是对着阿怜说道："不是什么人想给我做牛做马我都收的。"

何大娘脸色煞白，嘴唇不停发颤，两眼无助地望着阿怜。

阿怜咬了咬牙，瞅着玄遥，道："我有话要单独跟你讲。"

玄遥挑眉："干什么？"

"你出来。"阿怜不管，拉着他的衣袖，硬是当着三人的面将他拖出前屋，来到庭院。

"你最近很放肆！"玄遥用力地甩开她的手。

"佛语有云：众生平等。我没有放肆。"

"你到底要说什么？"

"我说你能不能善良一点？能不能正气一点？你是神仙啊！神仙啊！哪有神仙动不动就要人命的？能不能别动不动就要别人的命，行不行啊？"

"不是什么人拿命做交易，我就一定要交易的。我这里既不是官府也不是慈善堂。"

"那你缺银子吗？你缺银子吗？你一神仙要银子做什么？你没事闲着天天抱着银子啃吗？凭你的本事，你随便指一下，这满地的石头不全都变成银子了？瞧瞧这满地的石头，你说你能啃得过来吗？"

"……"

"你一个神仙，好好的天界不待着，非要跑到人间来，窝在这里。以前还卖个花替人占卜算个命，赚点儿银子，如今每天除了吃就是睡，你说说你现在这样跟那个猪圈里的猪有什么区别？简直都不知道你这样的神仙存在的意义是什么。"

"……"

"常言道，救人一命胜造七级浮屠。如今又不是要你救人一命，只是要你找个人，你说你帮忙找一个人会死吗？"

"……"

"你好好想想，我说的话有没有道理。想通了，你再给何大娘答复吧。"阿怜数落完，赶忙转身跑回前厅。

她悄悄地拍着胸口，其实她在说这些话的时候，是壮了胆，心里早已吓个半死。万一他要是不接受，她极有可能要感受一下那两只麻雀的恐惧。不过，方才那样说教他，真是痛快！他的脸色别提有多难看了。

原本一直趴在石桌上休息的毓垣，一看见玄遥和阿怜到了院子里，他便跳向一旁的草丛里趴着一动不动，听着二人的对话，被阿怜的口气吓傻了。

阿怜走了之后，玄遥就一直立在草丛跟前一动不动。

忽地，他蹲下身问："我每天真的就是除了吃和睡，看起来无所事事吗？"

毓垣看了看四周，似乎眼下玄遥的目标只有他一个，没有其他人，于是只好硬着头皮叫了两声。

玄遥道："原来你这个芋圆丸子也认为我除了吃就是睡啊。"

因为毓垣与芋圆同音，阿怜便不再叫他雪团，改叫他芋圆。

芋圆嗷呜两声，冤枉啊，他啥时候说是了？他明明说的不是。

"你把这朵莲花交给阿怜，让她给那个何大娘，就说这花能带着那个何大娘找到她的女儿，不管是生还是死。"玄遥手掌摊开，掌心之中浮现出一朵洁白晶莹的白莲花。

芋圆看着那朵莲花飘落在自己的头顶上，泛着金光，不可拒绝，只好顶着那朵莲花跑向前屋。这一年来，它在半莲池里混吃混喝，每日早晚都会跟着奎河一起修炼，玄遥偶尔会指点一番，不仅身体康复得很快，原本失去的修为也在一点一点恢复，虽然极慢，但也不至于没有希望，或许并不需要太久，他便可以再次幻化成人形。莫名习惯了这种安逸的生活，它一点也不想回青丘，索性在阿怜和奎河的怂恿下，拜了玄遥为师。玄遥并没有拒绝。

阿怜正在前厅不停地来回走动，一脸心虚，方才她那么教训玄遥，不知他会不会气炸了，然后反过来虐她啊？尤其她还骂了他是一头只知道吃和睡的猪……

正当她惴惴不安之时，她瞧见芋圆头顶着一朵白莲花跑过来。

芋圆头一甩，将那朵莲花抛向她，嘤嘤嘤地说道："啊！你胆子可真大，你知不知道你方才那样说师父，弄不好就会城门失火殃及池鱼？我的小命可是跟你捆绑在一起的。好在师父大人有大量，让我把这个给你，说是这朵白莲花能帮着这个老太婆找到她女儿，不管是生还是死。你赶紧打发人走吧。"

芋圆嘤嘤嘤了半天，在擎苍和何大娘听起来，就像是婴儿在哭一样。只有奎河和阿怜能听懂他在说什么。

"太好了！"阿怜转身将手中的莲花递给何大娘，"玄先生方才说了，这朵花能帮大娘找着女儿。拿着吧，赶紧去找你的女儿。"

何大娘将信将疑，手方触着那朵莲花，莲花便浮在半空，向半莲池的大门外飘过去。何大娘惊愕不已，连忙跟着那朵莲花出了大门。

当天晚上，阿怜做了一顿超级丰盛的晚膳。

芋圆忍不住问她为何要帮助这何大娘。

她笑了笑说，因为从小不知道自己的父母是谁，也许她的亲生父母也曾经像何大娘这样四处找寻过她，迫于种种原因，所以一直没有找着她。在她做乞丐的时候，见多了世人的冷漠无情。

一个人若是处于逆境之中，只要有一个人向他伸出手，对他而言，那便是从地狱口拉了他一把，都会令那个人燃起生存的希望。收养她的黄老爷子，一直护着她的擎苍，还有素娘，便是给了她活下去的希望。

她记得她以前问过黄老爷子，为何她会是个乞丐，为何这么贫穷，不能像别人一样过着衣食无忧的生活？黄老爷子回答她：因为你还没有学会给予别人。她说：可是我只是个乞丐啊，我什么都没有，我能给别人什么？黄老爷子说：无财也可以七施。

那是她第一次听到"无财七施"这四个字。一个人即便一无所有，也可以给予别人七种东西：眼施、颜施、身施、言施、心施、床座施、房舍施。

生于市井，她和擎苍始终改不了贪嗔痴的毛病，哪可能做到无财七施？只是偶尔想起黄老爷子曾经的训诫，若是连一施都没法给予同他们一样生活的贫苦人，那便和活在地狱的那些恶鬼有什么区别？

玄遥忽地将面前的酒壶推给她。

"真是难得能得到玄先生的赞同。"阿怜拿起酒壶往酒盅里倒满，敬向玄遥，"这五年多来，不论什么缘由，还是多谢玄先生的收留与照顾，薄酒一杯，敬你！"阿怜一口将杯中酒饮尽。

奎河十分高兴，如今这其乐融融的景象可是他一直盼望的。若是阿怜也成了师父的徒弟，一同修行，日后跟着师父一起回天界，回紫微天宫该多好。

一顿饭下来，谁也没料着阿怜根本不胜酒力，玄遥赏她的那壶酒不知何时被她全部喝完。只见她面若桃花，一双墨黑的眼眸像是缀满了星星一般。

她傻笑着起身，身子歪歪倒倒地走到玄遥的面前，忽地伸出双手捧住玄遥的脸颊，将脸凑了过去，对他傻笑道："你长得可真是好看。怎么就这么好看呢？"

奎河被她这一举动吓得差点将手中的酒杯打翻在地。他索性抓着酒壶和酒盅缩在一旁的假山后蹲着，免得师父瞧见他一脸尴尬。

"把手拿开。"玄遥凝视她，太阳穴处的青筋陡然跳动，却还保持着冷静。

阿怜用手指捏了捏他僵硬的脸颊，痴笑着道："别板着脸嘛。你应该要笑。不知道你笑起来是什么样呢？会不会就是现在这样呢？"她伸出两根食指分别戳着他的脸颊两边，挤出两个大大的酒窝，乐得她哈哈大笑。

芋圆倏地跳进奎河的怀里，嘤嘤嘤："没想到阿怜竟然对师父一直存着贼心，这借着喝醉了才敢暴出贼胆啊。

奎河也是一脸蒙："是啊，真是没想到啊。"

芋圆道："我反正是没瞧出师父有多好看，就他这颜值，搁咱们青丘九尾狐族那是一抓一大把。我三叔颜轩那可是比他好看多了。"

奎河盯着芋圆的狐狸脸鄙夷道："得了吧，就你们九尾狐族这满脸毛样，后面拖着个尾巴，能跟师父比？"

芋圆道："什么满脸毛样？！你这是赤裸裸地歧视我们九尾狐族！"

奎河道："那也是你先说师父的。咱们师父可是六界第一美男。六界不论是神妖人鬼，多少美人想委身于他，他都不屑一顾。"

"我三叔颜轩才是六界第一美男。只要他一个眼神，别说姑娘家，男的也能被迷晕。"芋圆扭过头不屑。

奎河反驳："你得了吧，你三叔使的那是狐媚之术。"

"懒得理你！"芋圆探出狐狸头偷瞄二人。

"你的酒品真差！"玄遥不禁想到午时，她花痴地蹲在他面前瞅着他熟睡的模样。真是好样的！不仅存了贼心还有了贼胆。

他拧着眉头，拽下阿怜的双手，可是很快她的双手又捧住他的脸。

阿怜将滚烫的脸颊贴着他的脸，双手勾着他的脖子，一屁股坐在他的腿上痴痴地笑着："你这是在害羞吗？"

芋圆瞧着阿怜那痴汉的模样，不禁道："完了！师父搞不好今晚要失身啊。要不要去救救师父？"

奎河嘴角抽搐道："别胡说！师父喜欢的可是女人。"

芋圆瞪着奎河，惊道："咦？你竟然不知道阿怜是……"

芋圆的话还没说完，便被阿怜忽然的举动惊住。

阿怜忍不住在玄遥的脸上亲了一下，然后又捏着他的下颌，说："小倌啊小倌，说，你要多少银子？只要你开口，姐姐我有的是银子。"

奎河直接一口水喷了出来，什么？！阿怜竟然是个小丫头？！他不禁看了一眼芋圆，难怪师父要他把小狐狸从阿怜的屋子里抱出来，原来师父早就知道阿怜是个女孩子呀。他竟然整天还跟她勾肩搭背的……师父没出手，是他命大啊。这想想，他便后脊一身冷汗。

芋圆伸出爪子遮住两眼。哎妈呀！这丫头是不想活了吗？竟然调戏师父是南院的小倌……可别害着他被扒了狐狸皮啊。

玄遥的脸顿时暗沉下来，倏地起身，阿怜挂在他的身上，依然一脸陶醉，嘴巴依旧嘟囔着："要抱抱！要亲！"他伸手便将阿怜从身上扯了下来，推向一边。

阿怜喝多了，大脑受了酒的麻痹，自是无法控制，被这么一推，站不稳，直接重重地摔在地上，闷哼两声，睡了过去。

"给我把所有酒都倒了。"这是玄遥负气离开前留下的最后一句话。

直到玄遥的身影消失在月色中，奎河和芋圆方松了口气，才敢从假山后出来。

奎河将醉死过去的阿怜抱回寝室，将她放在床上。简直不敢相信，一直当成好兄弟的阿怜，竟是个女孩子家。他一直为阿怜是个娘娘腔而感到遗憾，总是千方百计想着法子提升她的男子汉气概，所以才会在师父每个月十五前去媚香楼之时，让她去结账。可谁知道……竟是个女娇娥！难怪阿怜总是说他眼瞎。他真是眼瞎！

从阿怜的房里退出来，奎河便和芋圆去了酒窖。

"这些全都要砸了吗？"芋圆望着这满满的几十坛美酒，无比遗憾，日后想偷口美酒睡上一个好觉怕是不能了。

奎河道："必须的！这未来一段日子，可记着千万别在师父面前提一个'酒'字。"

说完，奎河便抡起小榔头，将一坛坛酒砸破。

顿时，满屋子酒香，飘散数里。

阿怜抱着被子昏沉睡去，喝了酒之后，睡得极香。

第五章 —

初见

　　缭绕的雾气迷迷蒙蒙，青莲双眼紧闭，身坐在莲花池的莲台上静静地打着坐。远远地便听见几个小宫娥叽叽喳喳的声音传来，她不禁蹙紧双眉。

　　平日里，她最烦有人打扰，这天宫比起须弥山，真的很吵。

　　她睁开双眸，只见几个身着紫衣的仙娥提着篮子从长桥上走下来，一人手中持着一根细长的玉竹竿。

　　为首的小仙娥扬着尖细的下颌，对她趾高气扬地命令道："池中坐的可是莲花仙子？我们乃奉北帝之命前来取莲藕、莲子、莲叶，回去做莲花宴。"

　　"花期未至，没有他要的东西。"青莲看都没看那小仙娥一眼，收了功起身，翩然飞至池岸，往花药宫的方向步去。

　　莲池中，碧叶一片，嫩绿的色泽犹如碧玉一般，在云雾之中若隐若现，只有少许的莲叶中冒出几朵粉嫩雪白的花骨朵。

　　那小仙娥厉声喝道："站住！你一个小小莲花仙子竟然这般无礼，你可知我们北帝乃一神之下、万神之上的中天北极紫微大帝，胆敢如此怠慢？还不快快命令这一池莲花速速开花结籽。"

　　青莲缓缓转过身，凝视这位小仙娥看了半晌，道："身为司花之神，是不会滥用职权在莲花花期未至时强行命令它们开花结籽的。"

素闻这个莲花仙子生性清冷孤傲，即使居住在花药宫内，却与百花仙子并无往来，成日独自一人守着天池里的莲花。据说整个天宫之内，她谁的账都不买，也没有神仙敢得罪她。也不知这位莲花仙子是什么来头，如此嚣张。

"你是没听明白吗？是北帝今夜要吃莲花宴，我们几位已经得天后娘娘恩准，前来采摘。"

青莲回道："得天后娘娘恩准又如何？花期未至，别说是那位北帝，即便是天帝，也不可以。"

几个小宫娥个个倒吸了一口气。这小小的莲花仙子口气好大，不仅是北帝，竟连天帝天后也都不放在眼里。如此嚣张，这还了得？今日若采不了莲藕、莲子、莲叶回去做御膳，她们紫微宫的仙使们日后还怎么在天界混？

为首的小仙娥挥着手中的玉竹竿道："姐妹们，北帝有令，今夜要吃莲花宴，即刻挖了这池下的莲藕回去做膳。"

"喏。"几个小仙娥一个个飞身纵跃，脚尖点踩在莲叶上，手中的玉竹竿瞬间化成长铲，直入池中，将池底只有巴掌的莲藕连根带叶一起刨了出来。

"放肆！"青莲眼见她的莲花被这几个无礼的小仙娥毁了，怒极，长袖挥舞，化作丝带，直卷向她们，紧紧缠着，将她们几个重重甩上池岸。

几个小仙娥纷纷跌落，还有两个挂在长桥的栏杆上，痛苦不堪。为首的那个依然牙尖嘴利："你这个小小的莲花仙子，胆敢阻止我们，与我们紫微宫作对。"

散落在地的玉竹竿忽地全部飞入青莲的手中，青莲当着她们的面，用仙力将这些玉竹竿一一震断，扔在她们的面前，怒道："滚！"

几个小仙娥决计没有想到，这个小小的莲花仙子不仅不给她们面子，竟然敢折了她们紫微宫的宝物，这无疑是在打她们紫微宫主人的脸。

"你胆敢毁了我们紫微宫的宝物？！"

"你可知得罪我们紫微宫的下场？！"

"你给我们等着！"

青莲懒得同她们啰唆，长袖一挥，浮在瑶池四周的云雾铺天盖地滚来，将整个瑶池盖住。

小仙娥们顿时看不清来时之路，一路跌跌撞撞，磕得头破血流，总算是出了瑶池仙境。她们万万没想到这个莲花仙子竟然这般无礼，不仅不让她们采摘莲藕，还将她们赶出瑶池仙境，弄得她们一个个狼狈不堪，负气回到紫微宫中。

听到传报，正在午休的玄遥从浅眠中醒来，双眉紧蹙，满脸不悦。他的脾气全宫上下都知道，只要他休息，都不敢惊扰他，除非是哪个仙官、仙娥不想要命了。

他起身步入大殿之上，望着殿下跪着的几个满脸是伤的宫娥，眉尾轻挑。

天界素来祥瑞和气，别说打架斗殴，就连口舌争执，争成面红耳赤的情况也鲜少，而今他紫微宫却突然这么多位仙娥一起受了伤，还是被打受伤，这种情况倒是头一次发生。

"方才星君来禀，说你们几位在瑶池被打了？谁来说说看，怎么回事？凌绾？"他的声音清清冷冷从殿上方飘来。

凌绾便是为首的仙娥，只见她跪叩上前，道："回禀北帝，确有其事。我等为莲花宴奉命前去瑶池采莲藕，事前已得天后娘娘恩准，可不想到了瑶池之后，看守莲池的莲花仙子极其无礼，以花期未至为由，不但不准我们几个采摘，还将我们几个打伤。"

凌绾向身后的其他仙娥递了眼色，另一位仙娥将被青莲折断的玉竹竿全部捧了过来。

"她打了我们之后，不仅将我们采摘莲藕的工具全数折断，还故意将瑶池宫四周的云雾全部招来，盖住整个宫殿，令我们找不着回宫的路……"凌绾将整件事的来龙去脉详细说出。

玄遥听完，不禁轻勾起唇角。这位莲花仙子倒是有趣，与他的脾气倒是有几分相像。

他虽统御万星，执天地经纬，掌人间祸福善恶，率山川诸神，役使雷电鬼神，却从不管这三十六重天里女仙们的杂事，尤其涉及这天庭的后宫。

不过，这莲花仙子的来头可不小，曾是西方须弥山佛祖养的一朵青莲，并非原本就是他们天界的莲花仙子。适逢一年先帝寿诞，这朵青莲便随佛祖赴宴径至，尔后留在了天宫，被先帝封了花神。因她身份特殊，先帝准许她无须事事遵从天宫里的规矩，恩准她小事可自作主张，不必上禀。

听闻这莲花仙子生性清冷，终日也只是守在瑶池，打理那一池子莲花，不与仙家来往，随心所欲却不逾矩。却不想今日仗着身份特殊及先帝的恩宠，倒是敢欺到他的头上了。

望着殿下跪着的一众仙娥，玄遥忽地脸色一沉，厉道："一群蠢东西！你们可知这莲花仙子的来历？她乃西方须弥山佛祖亲手养的青莲。别说是天后娘娘，就是天帝也要给她三分脸面。你们几个不知轻重，不经人家莲花仙子同意，擅自下莲池取藕，被打也是活该。自作孽不可活。"

凌绾等几位仙娥一听，吓得脸色煞白，连忙叩首："北帝教训得是，请北帝恕罪！"

"各自下去领罚吧。"玄遥挥了挥衣袖。

众仙娥不敢哭出声，哽咽着离开，倒是那为首的凌绾素来泼辣，走了一半，又回头跪在殿前。

"北帝，我们几个仙婢受罚，心甘情愿。可是那莲花仙子仗着有须弥山撑腰，欺辱我们几个，便是不把北帝您放在眼里。我们几个受辱不打紧，但是她不将您放在眼里，肆意羞辱我们紫微宫，这让我们紫微宫的众仙使不服。"凌绾说完跪在殿下重重磕了几个响头，额头上又是青肿一片。

玄遥沉默。

"别再添乱子了，赶紧都下去。"紫微星君见状挥了挥手，让这几个小仙娥先行下去。

大殿一下子安静下来。

玄遥忽地看向紫微星君，问道："紫微星君，这事你怎么看？"

紫微星君拱手恭敬地道："回禀北帝，那青莲仙子素来生性寡淡，不与任何仙家来往，自是有些不通人情世故。欺负了咱们紫微宫的仙婢们想来也是无心之过。"

"哦？虽然是那几个仙婢不对在先，但是好歹也是咱们紫微宫的仙婢。这要不了多久，整个天界的仙官、仙吏、仙娥、仙童都会知道，我们紫微宫的人被打了，你说咱们紫微宫的脸面往哪儿搁？"玄遥的语气听来平淡又轻巧，丝毫感觉不着任何怒气，可是他脸上的神情尽显护短，仿佛在说：纵使我家的再不是，也只能我来教训，别人欺负就不行，跟我讲道理是没用的。

紫微星君是个明白人，于是提议："那……要不下官陪着北帝您去瑶池转一转？"

玄遥挑眉看了一眼紫微星君，笑道："我也很久没去赏花了。走！去转一转。"说着他便起身，走下大殿。

每到之处，各宫的仙官仙娥无不跪地礼拜，直到那莲花池畔，雾气重重，根本看不清路。这架势，分明就是告诉来者，生人勿近，"主人"不喜。

紫微星君不由得感慨："这莲花仙子倒是真的胆子大。不想众仙接近这些莲花，干脆就封了路。"

玄遥却道："这招不错。下次谁要是跑咱们紫微宫再啰唆个没完没了，我也可以把紫微宫四周的云雾都招来封路，雷电也是不错的选择。"

紫微星君嘴角微抽，看来这莲花仙子的不懂人情世故倒是对上了北帝的霸道不讲理。

玄遥宽袖轻挥，重重雾气又降回瑶池宫四周的地平线，莲花池俨然出现在眼前。

玄遥拾阶而上，登上长桥，这一望无际青翠如玉的莲叶中只冒着几株含苞待放的花骨朵，确实花期未至。倒是雾气散了，碧翠的莲叶表面沾着点点露珠，这晶莹剔透的露珠在七彩霞光的映照下，像极了各色名贵的宝石。

　　玄遥纵身一跃，轻点于莲叶之上，徒手摘下一枝含苞待放的莲朵。回到长桥之上，花朵置于鼻前，轻轻嗅吸，沁人的莲香透过花瓣向外渗来。正是这样才好，等到全部盛开来，清淡的花香却也显得过于浓烈，他不是太喜欢。

　　"你是谁？竟胆敢偷摘我的莲花？"忽地，一个清脆好听的声音自他的身后传来。

　　玄遥缓缓转身，但见一位身着淡紫色纱衣的仙子立在长桥的另一端。鹅蛋粉脸，眸如点漆，肤若凝脂，是个不可多得的美人坯子。

　　整个天庭不认识他中天北极紫微大帝，口气又如此狂妄的仙子，估摸也就是那个传说中不与众仙家往来且敢打伤他紫微宫仙婢的莲花仙子了吧。

　　跟在玄遥身后的紫微星君不禁赞道："这莲花仙子的相貌倒是生得不错，这脾气真是……"

　　天界中仙娥众多，相貌出尘绝色的比比皆是，单凭相貌，这莲花仙子最多算是中上，但是身上那股子冷冽孤傲的气质，倒是无仙能及。

　　"一般吧。"玄遥淡淡地道。

　　"要不要下官先去……"

　　"你先在桥下等着。"

　　紫微星君本想出言调和这事，却不想玄遥抬手示意他退下，他便遵命步下长桥，远远观望。

　　青莲走近玄遥，向他伸出手："还我！"

　　玄遥对着青莲嗤笑一声："你的？就连天帝天后都不敢称这整个三十六重天里的琪花瑶草都是他们的，你一个小小的司花之神倒是口气不小。"

　　这位仙官不知又是哪个宫的，跟那几个紫微宫的仙娥一样麻烦，不论是谁，即便是天帝天后要取她的莲花，也得经过她的同意。

　　"是我亲手种的。还来！"青莲懒得争辩，手又伸了伸。

　　"我若就是不还呢？"态度比他还要强硬，这倒是玄遥活了这么多年头一次遇见。

　　青莲二话不说，缠在腕上的披帛向玄遥直直掷去，本想将他手中的莲花卷回来，可她小瞧了玄遥。

　　玄遥的手腕轻轻翻转，便轻而易举就抓住了她披帛的末端。他勾唇一笑，微微使了力，那披帛反缠住青莲的整条手臂，将她整个人拉了过来，跌入玄遥的怀中。

青莲被玄遥抱了个满怀，瞪眼看着他，气极，刚要发怒，却又被他单手搂住，双手反绑在身后。

玄遥用手中的莲朵极为轻佻地挑着她的下颌，道："你可真是一言不合就开打。之前你打了我宫中的几个小仙娥，现下又想打我，可真是厉害了。"

青莲嗤之以鼻："我道是谁，原来你就是那个一神之下万神之上的中天北极紫微大帝。"

"正是。怕了吗？"玄遥浅浅笑道。

青莲冷笑一声："也难怪会养出一帮无礼的宫婢。上行下效，臭坑出臭草。"

玄遥脸上的笑容依旧不变，道："你可知道你现在在跟谁说话？"

"一神之下万神之上的中天北极紫微大帝。"

青莲在说"一神之下万神之上"这几个字时，刻意强调，这让玄遥嘴角的笑容挂不住了。这不是敬语，这是赤裸裸的挑衅。

整个天宫都知道，原本先帝打算在元灵陨落后将天帝的位子传给他，可不知怎的，先帝元灵陨落后留下的圣旨中，天帝的位子却是传给了他的哥哥玄昊，而封他为中天北极紫微大帝，令他辅佐玄昊。渐渐地这整个天界开始有了一种谣传，说他才应该是现任天帝，而玄昊是篡改了先帝的遗旨。

他也本以为他这个为天界立下不少汗马功劳的战神会是新任天帝，可没想着却成了"一神之下万神之上"的紫微大帝。所以，这八个字从青莲的口中说出来，就像是一根尖锐的长刺直扎进他的心窝，搅得他非常不舒服。

"我还以为你不知我是谁？"玄遥的手下微微使力，将青莲胳膊束缚得更紧。

双臂疼痛，可青莲面不改色，口中依旧不依不饶，冷笑着回应："知道又如何？先帝下过旨，我只管养好这一池莲花，不受这天庭内任何规矩礼数束缚。就是现任天帝、天后来了，也不会不经我同意，乱摘我的莲花。"

言下之意，你算老几？！

"是吗？"玄遥冷笑起来，"看来你真是仗着须弥山和先帝的宠爱，不知天多高地多厚。今日我倒要看看，我若真的废了你这一池的莲花，你能奈我何？"

"你敢！"青莲怒瞪着他。什么紫微大帝？根本就是个心胸狭窄的卑鄙小人。

不是他玄遥小肚鸡肠，也不是身为紫微大帝恃强凌弱，是这个莲花仙子太自视甚高，目中无人。

"试试！"

语音落毕，玄遥的掌心便凝结了一股寒气，只见他的手腕倏地翻转，这股子寒气如同寒风呼啸，迅速席卷了整个瑶池宫上下。这股寒冰之气所到之处，表层都蒙上了一层薄薄的冰霜。

青莲全身上下被这寒冷的冰气包裹，浑身发寒发颤。她几欲挣脱玄遥的束缚，可浑身的力气也随着这股极寒的冰气一点一点殆尽，全身软了下来。

桥下的紫微星君突然见到这漫天的寒霜，一下子慌了，连忙直奔上长桥："北帝，使不得！使不得！"

"星君，你给我好好待在下面就好了。"玄遥唇角勾笑，声音平和从容，哪里像是发怒的模样。

莲花本就是酷暑之时盛开的花朵，温度骤降，突如其来附在表层的冰霜，让池中的莲花惊慌地摇摆起来，发出"沙沙"的声音，意图抖落这寒冷的冰霜。可是，这冰霜却自玄遥的周身开始不断凝结，一点一点加厚，渐渐爬满了长桥，沿着池畔一周向池中心蔓延开来，将整池的莲花都包裹住，封在了冰冻之中。

青莲瞪着他，被他锁在怀里动弹不得，冷得牙齿都开始打战："你……卑鄙……"

"卑鄙吗？我还有更卑鄙的招没使呢。"玄遥微笑着将脸微微俯下，似要吻上青莲，鼻尖之处只差了那么些许，便顿住。

青莲以为他要非礼她，慌乱之中，连忙错开脸。

玄遥肆意地笑了开来，可是眼里没有一丝暖，身体却是源源不断地散发着寒气，将她周身包裹着，她不只是手脚冰寒，舒展不开。渐渐地，她的脸颊、头发、衣衫，也全都结起了冰霜。

她感到呼吸困难，浑身僵硬，身体各个部位都渐渐没了知觉。难道她今日就要冻死在这个紫微大帝的手中吗？

玄遥嘴角微抬，望着怀中冻僵的莲花仙子，笑容讽刺，道："今日小惩大戒，便是要让你明白，日后在这三十六重天里如何做一名称职的司花之神。"

话毕，他松开手，青莲像根木头一样，僵直地摔落在长桥上……

"啊……"阿怜一声惨叫，从睡梦中惊醒过来。

她很冷，浑身都在瑟瑟发抖，如梦中一般真实，像是被寒冰冻住似的。她看着一同掉落的被子，难怪这么冷？原来是睡觉踢落了被子。她连忙拉扯着被子爬上床，将被子紧紧裹在身上，可还是很冷。她的牙齿不停地打着战，这明明已经是入夏的节气，怎么会这么冷？

她抱着被子坐在床上，久久回不过神。

方才，她做了个很奇怪的梦，梦见自己变成了那个叫青莲的莲花仙子，还有玄遥……

似乎是去年的事，不知从何时开始，她经常会做一些奇怪的梦，总是梦见自己是朵莲花，而且还是一朵青色的莲花。刚开始，她并没有太在意，因为这里是半莲池，玄遥喜欢种莲花，喜欢的人又叫青莲。许是自己莲花看多了，梦见自己变成莲花也不足为奇。可是梦到自己成了莲花仙子青莲，这倒是头一次。

尤其方才那梦十分真实，就像是她亲身经历一般。

梦中玄遥乃天界"一神之下万神之上"的中天北极紫微大帝，如现实一般，依然是那么不可一世。中天北极紫微大帝难道就是玄遥的名号？这名号中的确有个北字。

可是她怎么就成了青莲呢？那个青莲，原来是天界的莲花仙子啊，不仅跟她长得不一样，性子也完全不同。所谓强龙不压地头蛇，就算她是西方须弥山佛祖养的青莲，可这到了天界也应该懂得礼让三分啊。不就是一截莲藕吗？至于为了一截莲藕得罪天界那尊贵无比的紫微大帝吗？到头来还不是被修理了。换作是她，她铁定屁颠颠地将莲花宴需要的食材亲自送去紫微宫啊，哪还需要麻烦紫微宫的仙娥们。瞧！她就是这么没有节操。所以，她肯定不是那个什么青莲。这梦一定是哪里搞错了。

她转念又想，或许她在梦中根本就不是青莲，只是像之前看见素娘的记忆一样，见到的全是青莲的记忆。若能知道青莲完整的记忆，是不是代表就能知道玄遥的过往？

她忽地打了个冷战，双手下意识将被子拉紧，赶紧打消这个念头。俗话说得好，好奇心害死猫。她干吗要知道玄遥的过往？这跟她有什么关系？

她打了个哈欠，看向窗外，天格外亮，明媚的阳光正透过精雕细刻的窗棂照进临窗的案几上。她掀了被子，匆忙换上衣衫，走出屋子，竟然已经是晌午。

完了！昨夜一时贪杯，竟然睡过了头，早膳都没准备，依着玄遥那个吃货的性子，铁定又要黑脸了吧。

她赶至前厅，玄遥正捧着一本书，只抬眸冷淡地扫了她一眼，便将视线又落回书上。这是不屑的眼神！

她就知道，瞧他那张脸黑得，一看就是积了一早上的怨气，一双漂亮的黑眸都快要射出冰刀来，将她戳成马蜂窝。

奎河不在，她只好将趴在角落睡大觉的芋圆拖出来问个明白："你们早上吃的什么？"

芋圆嘤嘤嘤地回道："奎河一早跑市集买了烧饼、西施豆腐脑、桂花赤豆小元宵、五香茶叶蛋、油条、豆浆……差不多这些吧。"

"这么丰盛？为何他的脸还是这么黑？"虽然她起晚了，没来得及做早膳，可他们今早吃的比她平时做的都好啊。

芋圆翻了个白眼，嘤嘤嘤地将昨晚她喝醉了之后非礼玄遥的事全说了出来。

阿怜听完之后，顿时犹如晴天霹雳。什……什么？！她居然抱着玄遥叫他小倌？还问了开价……天啊！难怪他的脸那么黑。他没当场用雷劈了她，她就该磕头烧香了。她万万没想到自己的酒品那么差啊？她是觉得玄遥长得很好看，可是……她怎么也没想到喝醉了就会当众说出来非礼他啊。简直没脸了！这简直是将她一世英名都毁了。

芋圆怪笑了两声，又嘤嘤嘤地说："昨儿夜里，师父不仅命我和奎河将酒窖里的酒全砸光，今一早还命奎河去将城西的南院房舍通通买下，将南院的小倌全部赶出京城。"

"噗……"阿怜抚额，"我没去过啊！我真的没去过啊！"这回她是跳进黄河也洗不清了。

"你跟我说，我信你顶个屁用？你得让师父信你。帮不了你啦，你这阵子好自为之吧。"芋圆嘤嘤嘤地说完，继续埋头睡大觉。

阿怜不知如何是好，所以她决定躲着玄遥。

第六章

沉澄（二）

　　空气中的水汽越来越重，整个天看起来都灰蒙蒙的一片，狂风不断从东边吹来，周围的树枝被刮得左右摇摆，到了申时，直接下起了倾盆大雨。

　　厅中的几案上放着一张官府的告示，经历了风吹雨刷，那张告示上面的字迹已经模糊成一片，只要轻轻一扯，这张纸便破烂不堪。

　　这张告示的内容是提示广陵城的百姓注意，防火防盗防采花贼。最近广陵城里有采花贼出没，城中已有不少女子遭遇辣手摧花，官府提醒夜晚睡觉前注意关好门窗，以防采花贼半夜入室。

　　玄遥望着屋檐落下的雨连成了线，凝眉沉思。这张告示是他先前经过官衙前，刚巧这张告示被风吹落，从张贴榜文的告示墙下飘下来落在他的身上，他便顺手带了回来。

　　"之前让阿怜交给那位何大娘的莲花，已然没了反应，何大娘极有可能已经死了。我本以为这事是人为，没想到是妖作祟。"

　　若是有妖，这门窗关得再紧也是无用。

　　奎河道："既是有妖作祟，也难怪何大娘四处都找不着女儿。这等为祸人间的妖精，必是要将它收了。"

玄遥的神情凝重，道："嗯。不过，眼下最重要的是要先去冥界确认何大娘和她女儿何招娣的魂魄是否到了冥界，到了冥界便好办。"

奎河道："就让徒儿代您走一趟冥界吧。"

玄遥之前为了寻回庄昶和郑妙姝的魂魄，去了冥界，之后又为了惩戒芊圆，在人间动用幽冥圣剑斩了他的三尾，上界很快收到消息并派仙使下凡，希望找到玄遥之后能说服他尽快回到天界归位。所以玄遥在察觉到天界仙使的气息后，便带着他们从京城搬到了广陵。为了防止天界的仙使在人间寻找他，玄遥又用法力自封住仙气，若是这样的他去冥界，不仅会折损了他的修为，弄不好还有可能魂魄尽散。

奎河此番下界历劫，虽然投了凡人的肉身无法施展法力，但得玄遥庇护曾将法器彼岸花魂打入他的体内，可行走于阴阳两界，不受限制。

玄遥点了点头，道："速去速回。"

这躲了一整天终究还是逃不过用膳时间的阿怜刚踏入厅中，听到奎河要去冥界，便好奇地问道："奎河，你要去冥界呀？做什么呀？"

奎河道："何大娘的女儿何招娣，死得蹊跷，可能是有妖作祟。"

阿怜惊愕："什么？你的意思是说何大娘的女儿不是被人拐杀了，有可能是被妖给害了？那何大娘呢？"

玄遥淡淡地道："应该也死了。我感应不到那朵莲花的气息，所以奎河要先去冥界查看她们母女二人的魂魄在不在冥界，然后再做打算。"

奎河忽地又道："对了，师父，我还想起来一件奇怪的事，不知道与何大娘母女的事是否有关联？今日早上，我前去购买南院所在的那块地皮，无意中听见两位小倌一边收拾东西一边在感慨。"

奎河说到这南院的小倌，忍不住瞟了一眼阿怜。阿怜果真一脸心虚，目光闪躲，借着去厨房端菜的机会转身就跑。

玄遥盯着她的背影消失在门外，才收回视线，对奎河道："继续说。"

奎河接着又道："那两个小倌说一个叫敏秀的小倌近日病得厉害，从一个多月前开始，疲惫不堪，整日哈欠连天，面色极差。按他们的话说，这敏秀一看就是纵欲过度，身体被掏空。可他们奇怪的是，这敏秀自从病了之后就没有接过一个客人。而在此前，还有个年纪稍长一些的叫云平，情况也同敏秀一样，病倒之后没法子接客，就被南院的管事赶了出门。恰巧前两日，徒儿经过凝香阁，碰到两位万花楼的姑娘，正好说到红绡姑娘也是这般，而且红绡姑娘病得极为严重，怕是日子不多了。徒儿听了之后，倒觉得这三人像是被什么邪崇缠上了。或许跟何大娘的女儿何招娣失踪一事有联系。这个采花贼，什么时候不出现，偏在这个节骨眼上出现？几件事都刚巧凑到一起。"

玄遥点了点头表示认同，对奎河道："不管有没有联系，这城里出了这种神出鬼没的采花贼本就不是件寻常的事。记得提醒阿怜出门的时候，万事要小心。吃完饭你就先去冥界吧。南院就算了，万花楼我来去探。"

"徒儿不用晚膳了，这就去冥界。"奎河向玄遥行了礼匆匆告别，去了冥界。

阿怜回到前厅，见不见了奎河，便问："咦？奎河呢？"刚还想着叮嘱奎河若是见着婉心姐姐的话，替她和芋圆带个话问个好，谁知道这货跑这么快。

玄遥冷哂一声："终于有脸开口说话了吗？"

阿怜撇了撇嘴，小声地道："昨夜我喝多了，脑子根本不受控制，要是对你有什么过失的言语和举动，还请你大人有大量，别跟我计较哈。"

玄遥口气阴森森地道："南院你究竟去过多少次？"

"哎哟喂，天地良心！我可是一次都没有去过。真的一次都没有。"

"一次都没有去过，那你是怎么知道广陵城有个南院，里面有小倌的？"

"哎哟喂！还不都是因为你。"

"跟我有什么关系？"玄遥板着脸。

"因为你每个月十五要去捧媚姬姑娘的场啊。有一次，我去付银子的时候，碰巧在万花楼里撞见一个南院的小倌……"还好意思问她？自从一年前，她将他从媚香楼弄回家之后，这以后每个月去媚香楼替他付嫖资的任务就莫名落在了她头上，理由是怕奎河伤身。让她去？就不怕她伤身？！后来她才明白，原来玄遥早就知道她是女儿身，到了花楼可以坐怀不乱，只是一直不揭穿。她真的很想给他上炷高香，他怎的就不考虑她一个女孩子家长此以往进入花楼，会嫁不掉的呀。

本以为这到了广陵，每个月十五就不用再去媚香楼替他付嫖资将他领回来。谁能想到，媚姬姑娘因为烦了玄遥每个月十五去找她，为了躲玄遥，早在三个月前就从京城的媚香楼跑来了广陵的万花楼当花魁。于是她又开始重复每个月十五的花楼到此一游。

玄遥的神情终于放松下来，嘴角没再像之前一样绷得那么紧。

"我不用晚膳了，马上要出去一趟。奎河已经去了冥界。你自己一个人先吃吧。"

"什么？！你也不吃了？"阿怜嘴角抽搐，她这忙活了一两个时辰忙了一大桌子菜，是白忙了，"你是要去万花楼吗？今日不是十五啊。"之前她在厅外隐隐约约听奎河说什么万花楼。

玄遥挑眉："跟十五没关系。"他得要先找着那朵莲花消失的具体位置，看看能不能找着何大娘的尸首，至于去万花楼聊一聊，那都是次要的。

玄遥起身，准备离开。

阿怜突然又叫了起来："等一下！"

玄遥回眸疑惑地望着她："又什么事？"

"能不能带我一起去？"阿怜苦着一张俏脸。

玄遥凝视着她。

"你们都走了，我害怕……"阿怜说。

"怕什么？"

阿怜颤着声音道："有妖啊……你不是说给何大娘的莲花都没了感应吗，何大娘有可能遭了毒手，这行凶的可是妖啊。这妖有可能就在这广陵城之内，万一你们走了之后，他突然摸进咱半莲池，要了我的小命怎么办？"

玄遥嘴角抽搐："你胆子什么时候变得这么小了？"

阿怜道："我胆子本来就小呀。一起去冥界的时候，你也看到我有多害怕的啊。"

玄遥讥讽："不好意思，没看到。我只看到某个人跟崔判官一边嗑瓜子一边聊八卦聊得很欢。"

阿怜道："我这不是为了打好关系嘛。再说了，也是帮你拉拢关系呀，你瞧你那脸黑的，鬼见了都怕。我不知道广陵城有妖就算了，这眼下知道了有妖，能不害怕吗？你就发发慈悲，带着我一起去吧。就我这聪明伶俐的模样，说不准能帮上忙呢？"

玄遥冷嘲一声："你能帮什么忙？你只会帮倒忙。"

"行吧。今晚你们要是都不回来，那我就只能抱着芋圆睡了。"阿怜将芋圆抱起。

玄遥沉思，视线刚好扫到桌上那张已经破烂的告示上。眼下，他没法布结界，这城中出现的采花贼不管是不是妖，将她一人留在半莲池，终是不放心。于是道："去也可以，但是不许叫累就行了。"

"放心！我最不怕吃苦了！"阿怜可开心了。

芋圆忽地抬头脑袋，嘤嘤嘤地道："师父，我也要去万花楼。我也害怕。"

玄遥瞪了芋圆一眼，道："你去凑什么热闹？你一只狐狸，谁要弄你？"

芋圆顿时没了话语，乖乖缩回头。喊！谁说它一只狐狸不需要保护？会带阿怜一起出门，无非就是怕阿怜抱着它一起睡，它把阿怜怎么了。它现在是一只狐狸，能把阿怜怎么着？

阿怜拍了拍芋圆的脑袋，道："小芋圆，你呀还是留在半莲池吧，万一你跟着去了万花楼，叫里面的姑娘看上你这身皮毛，一个不小心扒了你的皮做围脖，那可就不划算了。"

芋圆翻了个白眼，虽然阿怜的话不中听，可是说得很有道理，叫它无法反驳。

玄遥一脸嫌弃地睨了一眼这一人一狐，转身出了半莲池。

"等等我。"阿怜连忙跟上。

玄遥的步伐极快，阿怜走走就落下了一段距离，只能小跑着步努力跟上。很快她便开始大喘气，浑身是汗。这不是去冥界，她的体内没有那朵护体莲花，走多远都没什么太大的感觉。可是答应了不能叫苦叫累，她也只能咬牙撑着。

她实在是跑不动了，停下喘口气，眼看着这距离越来越大，却又害怕夜太黑，玄遥消失在视线之内。

"等等我……"

玄遥停下，回首看着她，不禁叹了口气。

阿怜一跟上他，就紧紧地抓着他的衣袖不肯松手："你走得太快，我看不见路，天太黑了。"

"你能换个理由吗？"玄遥冷嗤一声，他竟然会脑子一热带着她这个麻烦。

"我眼睛不好，有夜盲症。"

看不见路和有夜盲症有关系吗？

玄遥白了她一眼，继续前行，只是速度较之前慢了许多。很快，玄遥领着阿怜从另一条僻静的小路出了广陵城。

阿怜颤抖着声音问道："我……我们这……这是要去哪里呀？不……不是要去万……万花楼吗？"

她本以为玄遥会去万花楼，还想着今晚是不是能在万花楼里听听小曲，欣赏欣赏歌舞呢。谁知道这越走离广陵城越远，直接到了城外。荒郊野岭，四下黑漆漆的，伸手不见五指，她一路磕磕绊绊。

玄遥手中忽地多出一个夜明珠。

夜明珠散出幽绿温润的光芒，脚下的路清晰起来，可在这茫茫黑暗中这一点儿绿光更显毛骨悚然，比在冥界还要可怕，她总是担心会不知从哪儿冒出来个怨鬼或妖怪将她吓死。

玄遥讥讽道："谁跟你说要去万花楼的？你不是说你待在半莲池里害怕吗？你这跟着我，还抖什么？"

阿怜不仅声音抖，浑身都在抖。

"弄晚膳的时候，站久了，腿麻……"她四下又望了望，什么都看不见，只听见四处虫鸣的声音夹杂着乌鸦的惨叫，心里越来越发毛。她抓着玄遥衣袖的手指更紧了，"我们到底要去哪儿？"

玄遥不禁勾起唇角。她的害怕，他都看在眼里。这丫头就是死鸭子嘴硬。不过，自从她进了半莲池以后，这么些年来，倒给半莲池带来了不少生气与欢乐。

"不知道。"玄遥只能感应到莲花最后消失的气息，是在广陵城的郊外。

"什么？你要去哪里都不知道？"

"应该快到了。快点走吧。"离着莲花消失前留下的气息越来越近了。

走了没多远，玄遥终于停下，四处张望。

阿怜拉着玄遥的衣袖，牙齿打着战道："到……到……到了？"

"嗯。"玄遥点了点头。这里便是莲花最后消失的地方。

阿怜望了望四周，四处荒凉空旷，除了满地一人多高的野草，什么都没有。

阿怜害怕地道："你到底来这里找什么啊？"这里在她看来，绝对是个杀人弃尸的好地方啊。

"不知道。"也许能找着何大娘的尸体，也许找不到。

这里，他感觉不到一丝妖气，但是四周黑气弥漫，到处都充满了死亡的气息。

"又不知道？！"阿怜无言了。

她像个睁眼瞎一样跟着玄遥四处瞎转，一不小心被脚下的石头绊倒，摔了个狗吃屎，"哎哟"一声惨叫。

"你要是真想拜师，就直说，别每次都这样五体投地。"玄遥拿着夜明珠四处查看，嘴里还不忘揶揄她。

"鬼才要拜你为师！"她苦着脸爬坐起，不停地甩着手。方才跌下去的瞬间，她的手刚巧打在一块石头上，痛死她了。

她摸着那块石头，用手在那石头上生气地敲打了两下，忽地顿住。这石头好生奇怪，怎么圆溜溜的？她用手又摸了摸，这石头圆鼓鼓的，上面还有好些个洞，手指伸进洞里又空空的什么都没有。什么怪石头？她好奇，于是拿起来凑近看了看。借着玄遥手中夜明珠散发出来的温润光芒，她终看清了那个圆鼓鼓有洞的石头，竟然是个人头骨。

"啊——"她吓得连忙将手中的人头骨扔上了天，不停尖叫，"啊——啊——妈呀——死人骨头！"

玄遥回转身，便瞧见一个人头骨飞向了半空中，在那人头骨落地之前，他纵身一跃，稳稳接住。

"冥界都去过的人，你怕什么死人骨头？冥界的阎王判官鬼吏们，要是知道他们还比不上一个骷髅来得吓人，会郁卒的。"玄遥忍不住嘲笑她。

阿怜闭着眼，不停地拍着胸口，口中一直念念有词："阿弥陀佛！阿弥陀佛！"

心终于不再猛烈跳动，她爬起身，道："你懂什么？十殿阎王，崔判官，还有牛头马面大哥他们，长得再恐怖，那在我看来都是活生生的人，就是长得丑了一点。这……这个东西，它是死的……"牛头和马面，不过就是一个长了牛头，一个长了马面，看习惯了，在她看来跟芋圆并没有什么差别。十殿阎王和崔判官就是长得黑了点，眼睛大了点而已。

"是吗？"玄遥忽然将人头骨举在阿怜的面前，两个黑洞洞的眼窝正好对着阿怜，阿怜吓得抱着头闭着眼拼命尖叫。

"啊——啊——啊——"

见她这样，玄遥的心情忽然变得很好很好，嘴角勾起一个大大的弧度。

阿怜尖叫了好一会儿才停下，半眯着眼，瞧见骷髅头不在了，才敢睁开眼，恰好见着玄遥捉弄的笑容，她知道他是故意吓她的。可恶！

她刚想要抬脚踹他，他便阴森森地道："你是不想回去了吗？打算在这里过夜？"

阿怜乖乖收回脚。早知道他要来这么个鬼地方，她就不来了。

玄遥掂着手中的骷髅头，根据这尺寸大小、重量，以及骨骼构造，这应该是一个妙龄女子的头骨。这里四处透着浓重的死亡气息，应该不止死了这一个女子。眼下，阿怜这废物的模样，他是没法静下心来查看这周围到底有几具尸首，何大娘在不在其中。只能先回去，等天亮了再来。只不过天亮之后，阳气太盛，这存在骷髅头里的一丝残魂怕是不敢出来，可以先带回半莲池再说。

"走吧。这个你拿着。"玄遥将骷髅头塞进阿怜的怀里。

阿怜吓得想再次将骷髅头扔了，可玄遥道："不许扔！这是个受害女子的头骨，说不准就是何招娣的。"

阿怜害怕地捧着骷髅头，苦着脸问："为何要我拿着？你为何不拿着？"

玄遥道："因为我是你的主人！"

"主人？！主人也得有点男人的风度吧。要是奎河或者芋圆在，肯定不是你这样的。"阿怜抗议。

玄遥嘴角抽搐，道："风度？待会儿回城我要顺道去一趟万花楼探探情况，你让我拿着这个去万花楼，是想招来官府，还是想吓着那里面的人？"

阿怜道："这都很晚了，你还要去万花楼？那我抱着这……玩意儿一个人回半莲池，不是更害怕？明天天亮再来接这姑娘的……头骨回去不行吗？"

"你明天还来？不怕了？"

"大白天的，怎么会怕？"阿怜其实说这句话时还是很心虚。

"那行吧，你就丢下，明天再来一趟吧。"玄遥见她如此作孽，也不想再刁难她。

阿怜将骷髅头放下，又将一旁的野草拔下，包裹在周围以防它半夜会冷……她双手合十，对着头骨念念有词："对不住了无名姑娘，今夜我不能带你回去，是因为我真的太害怕你的样子。明日天一亮，我就来带你走。你今晚就暂且在这里将就一晚，我保证，明天天一亮就来带你哈。"

说完，她便拔腿就跑，可是跑了没几步，忽然听到一个幽幽的女声从背后传来："阿怜姑娘……"

阿怜顿时汗毛竖起，背脊发凉，不禁打了寒战，两腿都开始发抖。她转过头，身后什么也没有。她心想，方才一定是幻听。对！一定是幻听！谁知走了没两步，她又听见那个幽幽的女声叫着她："阿怜姑娘……"

她再也忍不住了，闭上眼，不停地念着"南无阿弥陀佛"快跑向玄遥。她拉扯着玄遥的衣袖，颤着声音说："你……你方才有没有……听……听到什么声音？"

"什么声音？"玄遥挑眉，一脸狐疑地看着她。

"鬼……鬼叫的声音啊？"阿怜朝四处看了又看，这里太可怕啦。

"嗯，是有鬼叫的声音。"玄遥瞅着她，将夜明珠放在她的眼前，"而且还是个胆小鬼！"

"不是我在鬼叫，是真的有鬼在叫！"阿怜要崩溃了。

"那鬼叫什么了？"

"她在叫我的名字。她居然知道我叫阿怜。"阿怜说着，她又听到先前那幽幽的声音传来："别走！阿怜姑娘……"

玄遥微微抿唇，从他拿起那个骷髅头的一瞬间，他就感应到那头骨里面困着主人的一丝残魂。只是他没想到，阿怜居然能够通灵。之前得知她能与动物交流，已在意料之外。他一直没弄明白她区区一介凡人，未经修仙，是怎么拥有这项能力？或许她可以进入莲花境界，也是因为她拥有这个能力？

"啊……她叫我别走！怎么办？怎么办？"阿怜又拉着他的衣袖小声嘀咕。

"哦，那你今晚上睡觉可得要小心了，说不准她会来找你。毕竟方才你打她扔她的时候很用力。"玄遥仰头，伸手，比画了一下她那个很用力抛头颅的动作。

"可我那不是有意的啊。"阿怜苦着一张脸。早知道她不来了，谁知道这么倒霉邪乎啊。

"鬼知道呢！"玄遥呵呵冷笑两声。

"快点回去吧！"阿怜伸手便主动拉起玄遥的手，拖着他拼命地往来时的路上奔跑。

手被握住的一瞬间，玄遥的心似是漏跳了一拍。那又柔又软冰凉的触感，像极了曾经握住青莲的柔荑。他望着阿怜美好的侧颜，一时间失了神……

阿莲，阿怜……只是听字音，也是像极了。若只是容貌差别，他丝毫不在乎，可是这脾性相差甚远……

他忍不住紧紧握住了她的手，不想松开。

不知跑了多远，终于听不见那幽怨的声音叫唤着她的名字，阿怜总算是松了口气。

"真是吓死了！"阿怜不停地拍着胸口。真是丢人！她一个去过冥界的人，吓得尿都要飞出来。

她陡然察觉她的手正被玄遥紧紧地握着，连忙收回手，耳朵和脸颊都开始发烫："我不是有意要冒犯你的，是真的害怕。"

掌心落空的一瞬间，玄遥的心也跟着一起变得空了。他紧紧握起拳头，脸别向一旁，怕被她看出异常。

他清了清嗓子，道："我去万花楼，探一下消息。你先回半莲池吧。"

"我跟你一块儿去。我害怕！经过方才，我更害怕了。万一那个鬼跟着我一起回半莲池，你跟奎河又都不在，芋圆如今只是一只小狐狸，出了啥事，也帮不了我。万花楼里人多，那个鬼应该不敢去。"阿怜对着手指，"再说，你平日里除了媚姬姑娘，谁也不见。你要怎么打听消息？我脸皮厚，我可以帮你去探消息。"

玄遥嘴角微动，她说得很有道理，似乎无法反驳。

"行了。别说了。"玄遥算是默许了。

阿怜欢天喜地地跟着他去了万花楼。

这广陵的万花楼比起京城的媚香楼，虽说楼宇小了一些，可是楼里面丝毫不逊色，金碧辉煌自是不用多说，尤其美人儿一抱起那琵琶唱起小曲，那嗓音直酥到人的心坎里。比起京城的小曲，她更喜欢广陵姑娘唱的。

阿怜特别喜欢听这万花楼的姑娘们弹琵琶唱小曲，每月十五来接玄遥，她都会忍不住先在大厅里听上一段，再去付账，所以也就结识了万花楼的好几位姑娘。

玄遥的相貌不论是在京城，还是在广陵，上至官家千金，下至青楼窑姐儿，那可都是心甘情愿掏荷包倒贴。所以他这一踏入万花楼，这门口招呼的姑娘便将万花楼的大门围个水泄不通。

"玄爷，你怎么今儿来咱们万花楼了？"

"媚姬姑娘已经有客人了，不如今夜让海棠来服侍您吧。"

"玄爷，不如挑落雪吧。落雪保证玄爷今夜满意。"

玄遥只是冷眼扫了她们一眼，她们便自觉让出一条道。

这万花楼的姑娘都知道玄遥的脾性，虽然每月十五来找媚姬姑娘，可是不喜欢其他人碰他，但是她们就算是遇上了冷眼，依旧还是喜欢他，哪怕就是远远地看一眼，也是赏心悦目，心花怒放，梦着或许总有一天能把他拿下。

阿怜捂着嘴，暗中窃笑。明明就不是一个逛妓院的人，却每个月十五盯着媚姬姑娘，也是不懂。

刚搬来广陵，她来这万花楼替玄遥付账，还以为他转了性子，可亲眼见着媚姬姑娘，媚姬姑娘那幽怨的小眼神透着满满的怨念！谁能知道，玄遥这个瘟神也搬来了广陵。

有时候，阿怜不禁想，玄遥哪儿都不去，偏偏挑了广陵，是不是就是因为媚姬姑娘在这儿。

万花楼的李妈妈一听玄遥这位大财神来了，立即赶过来迎接："哎哟喂，玄爷，今儿不是十五啊，你怎么就大驾光临呢？"

"你不用招呼了，我就在媚姬的房里。"玄遥直接走上二楼。

"那个……媚姬今儿房中有客人。"李妈妈捏着小手绢儿紧跟着。

"那就让那个人走。"玄遥霸气地道。

"可是……这得有个先来后到，人家毕竟是付了银子的。"李妈妈为难。

玄遥叫道："阿怜！"

"在！"阿怜当然知道他的意思，从怀里抽出一沓银票，然后从中抽出一张，对李妈妈道，"你赚不着我这银票是小事，你若是将你的摇钱树弄跑了，那损失就大了。"

自从这媚姬来了她们万花楼之后，这万花楼的生意更加红火，将对门的竞争对手百花堂是硬生生挤了下去。这玄遥又是媚姬姑娘的老客，一出手，那叫个阔气。整个广陵的官绅商贾谁都比上他，所以这位财神爷她无论如何是不能得罪的，得供好了。

"是是是！我这就安排其他姑娘伺候那位客人。"李妈妈指尖捏着那银票，可是费了劲儿才从阿怜的手中抽过来。

厢房内，媚姬姑娘正坐在一位年过半百的老爷子身上喂着酒，这"砰"的一声推门，将正在调情的二人吓了一大跳。媚姬一见着玄遥，差点没从这位老爷子的身上摔下去。

阿怜好心上前扶住她："媚姬姑娘，你可得小心了。"

媚姬赌气地摔阿怜的手，盯着坐在桌前的玄遥，怒道："你怎么来了？！今儿才初一！"

媚姬姑娘脸上的表情可真是亮了！

那老头儿闹不清状况，见到李妈妈便嚷了起来："李妈妈，你们万花楼是怎么回事？怎么就让人随便闯进来？"

李妈妈赔笑着道："吴老爷，真是对不住您呀！在您之前媚姬就已经约了这位客人，只是当时这位客人还没到，我这不心疼你总是见不着媚姬姑娘，就来了个见缝插针嘛。"

"什么见缝插针？我早就约好了！"吴老爷不干。

"吴老爷，你放心！今儿我找了其他几位姑娘伺候您，包您满意。媚姬姑娘这儿就换一天再来，我免费送您佳肴酒水。海棠！落雪！春香！"李妈妈冲着门外几位姑娘使了个眼色，几个人上下其手，顾不得吴老爷抗议，便把他弄出了门。

"玄爷，你和媚姬姑娘慢慢聊，小的们先下去了。"李妈妈识相地带了门。

所有闲杂人等都离开了，这厢房内只剩下玄遥、阿怜和媚姬三人。

媚姬翻了个白眼，道："玄大爷，我叫你一声大爷可好？！老娘躲你都躲到了广陵，你还想怎么样？你能给我一条活路吗？这天底下那么多女人，我媚姬何德何能得你垂爱啊？！"

玄遥淡淡地道："你放心，今夜来我不叫你抄佛经。只是想打听些事，外面太吵，你这里安静。"

"我去！老娘我真是倒了八辈子的霉，才遇上你这么个鬼！"媚姬将罩在身上的外衫薄纱拉好，一屁股坐在桌前的凳子上。反正她就是脱光了，赤条条地站在这男人面前，各种搔首弄姿，眼前这男人也绝不会看她一眼。这些年来，每月十五被他逼着一遍又一遍地抄佛经，她对他，也没什么兴趣。

阿怜立在玄遥的身后，抿着唇偷笑。玄遥绝对有本事将人逼疯。

李妈妈派人将桌上的酒菜全部撤换。

阿怜正好肚子也饿了，厚着脸皮在桌前坐了下来："我饿死了！我先吃了。你们慢慢聊，不用管我。"

媚姬翻了个白眼，道："你们半莲池的师徒三人，简直就是神经病。说吧，今夜找我到底要打听什么事？问完赶紧给老娘滚！"

玄遥也不绕弯子，开门见山："红绡你了解吗？"

媚姬拧眉，不由得轻嗤一声，道："红绡？在我没有来万花楼之前，她是这里的头牌。不过，自从我来了之后，就没她什么事了。怎么了？突然想起她来？"

"她是不是病了？"玄遥执起筷子往阿怜的碗里夹了几片翡翠虾仁。

阿怜是饿急了，嘴巴里塞得满满的。

"哟！连红绡病了你也知道。看来这万花楼里，除了我，你玄大爷还是会对其他姑娘有意思的嘛。既然这样，我就去给你找其他姑娘来问话。"媚姬立即高兴地起身。这家伙既然能关注别的姑娘，下次应该就不会只找她的碴儿。

"坐下！如果对着我说实话很困难，那你可以继续抄佛经。"玄遥也换了个姿势。

阿怜正好喝了一口水，听到他这话，差点没喷出来，幸好及时捂住了嘴。真是造孽！这每个月十五，白花花的银子撒出去就为了欣赏人家姑娘抄佛经，这嗜好也太变态了。

媚姬没辙了，只好板起脸，道："你到底想问什么？直接开门见山吧。"

玄遥道："依你的经验，你觉着红绡病得正常吗？"

媚姬怔然，手中握着正要递往唇边的茶盅也陡然顿住了。她深深地看了一眼玄遥，想从他面无表情的脸上看出些什么情绪，然而什么发现也没有。她放下茶盅，神情严肃地道："花楼里的姑娘即使病倒也属正常，毕竟是吃五谷杂粮，何况又是做皮肉生意。别人觉得她是为了挣钱，房事过多，伤了身体，但我并不觉得。她那样子，一点也不像因为房事过多伤了身体，倒像是撞见鬼了。"

"怎么说？"玄遥挑眉。

媚姬蹙了蹙眉，神色也变得严峻起来，道："我记得一个月前，万花楼里来了两个很大方的客人，一晚上撒了不少钱，最终有个客人想包一个姑娘出场，说是三天一百两。最后是红绡跟着那客人走了。当时她拿着一百两的银票，冲着整个万花楼的姑娘们炫耀了好久才离开。三天后她回来了，可是一回来就病倒了，然后气色一天比一天差，脸色发黑，看了多少大夫，大夫都说她没病，状况倒像是撞邪。这李妈妈又找了道士来替她驱邪，那道士在万花楼里又是烧符又是念咒，折腾了一天，也没见她好转。"

阿怜急忙咽下口中的菜，奇怪地道："这两个人既然这么好色，应该会选你这样的花魁下手才对啊。再说之前你说你来了万花楼之后，就没红绡什么事。为何那个客人偏偏挑中了红绡，没有选你出场啊？还有，不是两个客人吗？不应该带两个姑娘出场吗？怎么就挑了红绡一个？"

阿怜伸出两根手指比了比。

玄遥瞪了她一眼，这前一个问题，问得还有些水准，这后一个问题就不该问。

媚姬白了一眼阿怜，道："瞧你这年纪也不小了，咋还那么单纯呢？你是不是到现在还没跟姑娘睡过呀？这一女两男，一男两女，在房中术中本就是常事，还有多人呢……"

阿怜一脸惊奇，仿佛打开了新世界大门。她偷偷珍藏的那些艳俗小抄本画册，可没有画这些啊。她满脸期待地正想继续听下去，谁知道玄遥伸手打断媚姬的话："我今夜来，不是来听你讲解房中术。请继续前面一个话题。"

媚姬翻了个白眼，正常人对这房中术的话题不要太感兴趣，此人果然是另类。她换了个姿势交叠起双腿，接着前面的话题继续道："阿怜这前一个问题搁正常男人身上是没错，但是那两个男人，其中一个虽然人长得好看一些，但好像对南院的小倌更有兴趣。"

"噗——"这一提到南院的小倌，阿怜差一点又将口中的菜喷出来，她下意识瞄了玄遥一眼。

玄遥轻轻蹙眉，若是其中一人更喜欢南院的小倌那就对上了。

媚姬又道："本来是应该我去的。说句极其自恋的话，那位客人就是冲着我来的万花楼。可偏不凑巧那几日我染了风寒，浑身没劲儿，懒得梳妆。那客人强行闯入我的厢房，见着我一脸惨白病快快的模样，便讽刺了一句'花魁不过如此'便离开了。我本就不喜欢出场，来烟花之地的男人有几个是好东西？各种变态的玩法更是多了去。在万花楼里随便怎么玩，好歹有李妈妈，有一大群姑娘在。这离开了万花楼，我就是被玩死了，谁能管得了？所以那人那般嘲讽我，我也不介意，就是不想做这生意。现在想来，我这叫有慧眼，命好逃过一劫，不然如今这躺在床上的人就是我。这花楼里的每个姑娘都想挣钱，就算是再想挣钱，可谁也不想挣成红绡那个鬼样。"

玄遥问道："那红绡现在人呢？"

媚姬道："后院的屋子里躺着呢。"

阿怜忍不住又插话："那像红绡这情况的姑娘多吗？"

阿怜毕竟在市井摸爬滚打这么多年，是个聪明人，加上在半莲池待了这么多年，玄遥只要问一个问题，她差不多就能了解他的用意，也会顺着他的话继续问下去。

媚姬道："咱们万花楼就她一个。但是听说对门的百花堂，巷尾的怡春院好像也有这种情况。干咱们这行，别说病一两个人，就是死一两个人也属正常。不过是别家的事，我也懒得打听。你们要是想知道可以去问李妈妈或者其他姑娘。"

阿怜听着觉得玄乎，虽然她知道男女床笫之欢是有那么丁点儿事，可是具体能厉害成什么样，她倒是不清楚。所以她十分好奇，小声地嘀咕着："这究竟是什么人能有这样的天赋异禀，能将人睡残？"

玄遥瞪了她一眼，目光犀利，似在警告：这种问题，是你一个姑娘家该问的事吗？

阿怜见着，耸了耸肩，端起面前的果酒，别过脸喝了一口。

玄遥道："走，去看看红绡姑娘。"

媚姬嘲道："你这又问又是要查看的，怎的跟衙门的官差附体似的？"

玄遥挑眉，道："官府过问这事了？"

媚姬娇笑："官府怎么可能管我们的死活？除非是我们被人杀了，他们只会想法子草草结案。这病死的他们怎么可能管？等一下，你这一问，我倒是想起来了，不知道跟这事件有没有关联。最近官府他们也挺愁的，来咱们这里喝花酒都是大吐苦水。今夜他们刚好也来了，就在我隔壁屋，你要想知道的话，我可以帮你去打听打听。"

媚姬走到花架跟前，推开一个隔断，露出了一个小小圆孔。透过这小小的圆孔，恰巧瞧见对面屋子里坐着几个身穿便服的男人，每个人搂着一位姑娘，乐不思蜀。这圆孔虽不大，最多也就一个茶盅杯口的大小，却可将隔壁屋子的情况一览无余。这种窗口设置通常就是用来供给一些有特殊嗜好的变态嫖客偷窥其他嫖客嫖妓时用的。

阿怜凑过去一看，道："咦？张捕快，胡捕快，黄捕头？"

媚姬冲着玄遥道："我可以去帮你问问案子的情况，不过你得答应我，以后每个月十五不准再来找我。"

玄遥眈了她一眼，默许似的轻轻咳嗽了一声。

媚姬见势，十分高兴，立即抚了抚头上的牡丹花，将身上的薄纱往肩下拉了拉，露出肩头与酥胸，扭着水蛇腰妩媚妖娆地走了出去。

阿怜透过小圆孔看过去，只见媚姬姑娘推开隔壁屋的那道门，嗲声嗲气地分别叫了三位官爷的名字。同屋伺候的三位姑娘脸顿时拉了下来，很不高兴，可谁叫人家是花魁呢，又不能当着客人的面将她赶出去。

媚姬姑娘抛着手中的丝帕滑过张捕快的脸，纤长的手指又挑着胡捕快的下颌，最后倒在黄捕头的怀中，一条腿向上一勾一挑，这纱裙流畅而自然地滑落到大腿根，露出她光洁又白皙的大长腿。她冲着小圆孔的方向抛了个媚眼。

身为女人，阿怜都开始忍不住啧啧赞叹："这媚姬姑娘的身材可真是没话说呀，前凸后翘，凹凸有致，这腰功更是了得啊。"

玄遥伸出手自然地盖在了阿怜的双眼上，挡住了媚姬风尘的一面。

阿怜望着他，不解："你干吗？我正欣赏着呢。"

"非礼勿视！"

"这种地方开这种小孔，不就是方便客人偷看的吗？"

"那也是供客人看的，不是你看的。"

"可我也是客人呀。"

"你哪门子的客人？花的是我的银子。"玄遥白了她一眼。

与三位官差调笑一番，很快媚姬姑娘便切入了正题。

从三位官差的口中总结下来，便是近日来不断有人前来报案，不是丢了女儿就是丢了老婆。这丢的还分为找回来的和找回不来的。这没几天自己找回来的，回来后就什么都不记得，只知道是被人非礼了，具体在哪儿被非礼、被什么人非礼了通通不知道，这记忆就跟被洗了似的。这丢了找不回来的，据说还有嫁出去的丢了找不回来的。这几年来，类似这嫁女儿丢失的案件已经有四五起。弄得官府只好张贴告示，提醒全城的百姓要做好火防盗防采花贼的准备。所以这几日，整个广陵城的百姓都人心惶惶，上至八十老妪下至八岁女童皆不敢出门乱晃。

阿怜一听，这出嫁了回不来的不就是何大娘的女儿何招娣发生的事吗？她与玄遥互看了眼。

玄遥将那个小孔合上，陷入沉思。

不一会儿，媚姬姑娘回来了，坐在桌前便倒了一杯茶，轻啜一口，道："你们师徒二人都听清楚了吧？"

阿怜却道："媚姬姑娘，看在我们从京城到广陵，也是老朋友的分儿上，不妨告诉你，这广陵城可不是出了个采花贼这么简单，而是有妖作祟。我们之所以今夜特地跑来，就是觉得这红绡姑娘极有可能是撞见妖了。"

"什么？！有妖？！"媚姬吃惊不小，手中的茶差一点打翻，"这是真的吗？"

阿怜用力地点了点头，道："我当然希望是假的，可是这种种迹象看来都不像是人为。红绡姑娘的情况你也都瞧见了。"

媚姬看向玄遥，这么多年来，他一直追着她抄佛经，除了十五这天以外从不来找她麻烦，今日突然前来，这当真是出了事。媚姬咬了咬嘴唇，问："要不要告诉李妈妈？或许李妈妈那边还能知道什么线索。"

玄遥淡淡地道："先别惊动了万花楼里的其他人。先去红绡那儿看看。"

媚姬害怕地点了点头，带着二人出了厢房的门，转个弯，穿过二楼一个隐蔽通道下了楼，然后到了后院的一幢小楼前。这幢小楼比起接待客人的那幢楼显得破旧寒酸。

媚姬领着玄遥和阿怜一直走到最拐角的房间，推开房门。顿时，屋子里一股子难闻的味道传来。

媚姬挥了挥手，半掩着鼻子，道："基本上，楼里的姑娘到了快要病死的时候，都会被扔到这种屋子里来等死。"

红绡躺在一张破旧的木板床上，身上盖着一床薄被，双眼紧闭，面色极为难看，印堂发黑，眼窝和双颊凹陷。

玄遥只看了一眼，便知道她这是阳气被妖吸食过多的结果，若是再不救治，她怕是真的离死不远了。

"没想到红绡姑娘会变成这个样子。一个月前她还好好的……"阿怜深深叹息一声，她见过红绡姑娘俊俏时的模样。

红绡与媚姬不一样，两个人都身为女人，媚姬是那种天生媚骨，只要一个眼神一个动作就能让男人失魂落魄，就算是柳下惠再世，也会心猿意马。而红绡会给人一种小家碧玉的感觉，一笑起来，两只漂亮的眼睛就像弯弯的月牙儿一样好看。红绡是那种聪明、嘴甜，又特别能吃苦的姑娘，从不挑客人，什么恶心下三烂的客人她都接，所以才能成为这万花楼里数一数二的头牌。如今，见着那样一个俊俏秀丽充满生气的姑娘变成眼下的模样，阿怜不禁觉得苍天弄人。她不过是为了赚钱活着罢了，不偷不抢，如今却要将命丢了。

玄遥转身问媚姬："你对那两个大方的客人可还有印象吗？长什么样？后来他们有没有再来万花楼？"

"没再来了。进我屋的那个我看见了，没进我屋的那个我就不知道了，不过听其他姐妹说，长得很好看，白面书生模样。进我屋的那个男人皮肤黑黄，眼睛睁大了都跟一条缝似的，长得一脸猥琐样，反正让人看着就不喜欢，左眼下方还有个绿豆大小的黑痣。总而言之看着就觉得不是个善茬儿。最让人讨厌的，就是那一身让人作呕的狐臭味，熏死人了。他出了我的屋子之后，我让人拿薰香薰了三天三夜，才没了那股子臭味。所以我也是打心底佩服红绡，也不知道她怎么受得了他身上那股子腺臭味，隔着老远闻起来就想吐。其他姑娘都说那天晚上鼻子底下都抹了辣椒油把鼻子椒麻了，才敢陪他。哎哟不行了，再说下去我感觉要吐了。"媚姬的脸上表情极为丰富，仿佛那天受这客人的臭味刺激不小，这说着说着就开始犯恶心了。

玄遥听完媚姬的话，心中差不多也有了个底，估摸出这究竟是个什么妖。有一种野狐，性淫，善于迷人心志，专门挑行房之时吸食人的精气，以保其长生不老。根据红绡的症状，这吸食她精气的多半就是一只野狐。

"红绡这样还有救吗？"阿怜期望玄遥能出手相救。

这一次，玄遥没有谈任何交易，伸手托出一朵白色的莲花放在红绡的印堂之上，不一会儿那朵莲花由白变黑，直到整朵莲花的颜色都像是浸了墨一般。

红绡印堂之上的黑气慢慢退了下去，面色较之前好了些许，依然煞白，但至少看上去不是一副濒死之相。

玄遥对媚姬道："这几日，你让人每天多喂她些米汤水，切莫吃大补的食物。过一段时日，她身体应该能逐渐好转，暂时不要再去前面接客。"

红绡终于缓缓睁开眼，一见玄遥立在床边，便想着撑起身子。

阿怜连忙扶住她，将枕头垫在她的背后，意图让她靠得舒服些，顺道又搬了三张凳子进来。

媚姬抚了抚垂下的发髻，道："红绡，你这次得要多谢玄先生。他在京城的时候，那可是多少人捧着银子，也未必能进得了那半莲池的大门。"

红绡一双凹陷的眼睛里一下子滚出泪水来："多谢玄先生相救，红绡定不忘玄先生的大恩大德。"

玄遥摆了摆手，道："客套的话就不必说了。将一个月前的事，从头至尾慢慢地说给我听吧。"

红绡点了点头，娓娓道来。

阿怜忽地起身。

玄遥看着她，道："你干吗？"

"人有三急。"她水喝多了，这会儿尿急。

"出门小心点。"玄遥不忘叮嘱。

"知道了！不会有事。姑娘们都熟呢，不会把我怎么样！"阿怜听了，心里忽然像是灌了蜜糖似的甜，这可是玄遥头一次这么关心她。以往对她都是冷嘲热讽，可不会在意她是不是走丢了。

阿怜这么多年女扮男装，无论是走路、说话、吃饭都大大咧咧的，最多被奎河说她像个娘娘腔，根本就不会有人将她当成女人。这里的姑娘，她也都熟了，不会乱纠缠她。

上完了茅厕，她顿时舒服了许多。

她正要往红绡的屋子走去，许是天太黑，摸不清方向，也没留神，就这么一下子撞上了一个人。

"对不起，对不起！"阿怜主动跟那人道歉，但是飘进鼻子里一股子难闻的狐臭味道，让她作呕。

那人的鼻子在空气中嗅了嗅，忽地伸出手中的扇子拦住了她，无礼地道："姑娘多少钱一晚？"

阿怜看着横在胸前的那柄扇子，心头一惊：这黑黢黢的夜晚，怎么还有人一眼就看出来她是个女的？

她毫不客气地推开那柄扇子，怒道："这位客官，你是酒喝多了吗？看清楚，老子也是万花楼的客人。要找小倌，就去南院。"

那人忽地笑了起来，道："这女人嫖女人，倒是头一次听闻。既然姑娘也是个中好手，不如今夜咱们两人凑成一对？我叫胡乱，敢问姑娘芳名？"

"胡乱放屁！"阿怜借着楼里透出来的光总算是瞧清了这胡乱的脸。非奸即盗，一脸的猥琐相，两只眼睛小得就跟在一团肉上割出来的两条缝似的。通常官府张贴缉拿那种偷鸡摸狗的犯人就长他这样，左眼下方还有一颗绿豆大的黑痣。

绿豆大的黑痣！

她忍不住又盯着那颗黑痣看了一眼，脑海里便浮现出之前媚姬姑娘说的话："进我屋的那个人皮肤黑黄，眼睛睁大了都跟一条缝似的，长得一脸猥琐样，反正让人看着就不喜欢，左眼下方还有个绿豆大小的黑痣。总而言之看着就觉得不是个善茬。最让人讨厌的，就是那一身让人作呕的狐臭味，熏死人了。"

"我有的是银子，你想要多少，尽管开口。"胡乱的扇子又向她的下颔挑来。

"你你你……想找女人就进大厅里去找。"阿怜的心神慌了。

眼睛小得跟条缝似的，左眼下方绿豆大小的黑痣，浓烈令人作呕的狐臭味……这样特别的长相，不就是将红绡姑娘睡残的那个妖吗？一个月没有出现的妖，居然给她撞见了！她该怎么办才好？这离着红绡的屋子还有一段距离。怎么办？

阿怜下意识地退后了几步，想跑，可是一眼就被胡乱看穿了。他的臭嘴一张，当即喷出一股子臭气，直冲着阿怜的面门。

阿怜被这臭气熏得根本来不及张口呼救，两眼一翻，身体便软了下去。

胡乱抱着阿怜，鼻子在她的身上嗅了又嗅，满脸的享受："是个上等货。"

他抱着阿怜化作一团银光，转眼便消失在万花楼的后院里。

"这小倌你是从哪儿弄来的？你什么时候也变了口味？"一个书生模样的男子瞅着昏睡的阿怜，声音里明显带着丝丝兴奋。

胡乱不屑地笑了起来："夏高，你这被伤了之后，不仅眼力不好，这嗅觉明显不行了，连男人和女人都分辨不出来。你仔细瞧瞧，她是个女的。"

这个叫夏高的书生在阿怜的身上从上到下又仔细嗅了一遍，然后一脸沮丧，道："还真是个女的。我说你怎么突然替我着想了，替我弄个小倌来。原来还是想着自己。"

夏高甩了袖子，负气地走到屋外。

胡乱也跟着出去，道："怎么？女的不行吗？小倌弄多了，动静太大。你可别小瞧她。这货可是上等货色，比我之前弄来的那些养在深闺里的处子有过之而无不及。待吸食了她全部的精气，你我前段时间受的伤，差不多也就痊愈了。"

"你这是从哪儿弄来的？"

"万花楼。"

"万花楼？那里的不都是些残花败柳吗，怎么有会这样的纯净处子？"

"我哪知道？她还说她是客人。看她身上的衣料，应该是个有钱人家的千金小姐。说不准这是好奇花街柳巷是什么样，故意女扮男装来这儿好玩。"

夏高冷嗤一声："居然能让你在万花楼那种遍地残花败柳的地方捉到一个处子，真是没天理！"

"哎！这你就不懂了，残花败柳有残花败柳的好。虽说处子的精气更纯，可是论这床上的功夫，还是那些残花败柳的好呀。"胡乱一双小眼朝着屋里的阿怜瞧了又瞧，想着之前手指在阿怜光洁白皙的小脸上摸着的触感，真是棒极了，"你也别生气了，等她醒过来，我与她玩耍玩耍，便与你分享。"

夏高道："咱们这一路逃至广陵，为了疗伤，如今在这广陵也闹得满城风雨。那白家老三很快就知道，说不准正在赶来的路上，所以此地不宜久留。你答应我，这是最后一票。等吸完她的精气，我们速速离开。"

"那白家老三算个屁！他不过仗着出身好，老子要是有他那个出身，铁定比他更强更厉害。"这一路被白家那个老三白颜轩追，犹如丧家之犬到处东躲西藏，胡乱一想起来就烦躁。

阿怜昏昏沉沉，隐隐约约听着有两个男人在说话。她缓缓睁开眼睛，满眼悬着白纱帐。她扭着僵硬的脖子看了看，这是一间竹屋，屋内所有摆设都是竹子制成。这竹床之上，四周挂了白纱帐。屋外的清风透过竹窗吹进来，吹动着这四周的白纱轻轻飘扬，竟如梦似幻。

阿怜坐起身，隔着纱帐，她隐约瞧见两个男子正立在屋外交谈。夜风吹来，掀起纱帐，阿怜看清那灰衣男子正是将她掳来的那个眯眯眼的妖怪。

她不敢太大动静，生怕惊动了这两只妖怪，她的小命就没了。她小心翼翼地爬下床，一步一步慢慢爬向靠墙的位置。她瞅着不远处的竹窗，决定从那里翻出去。

好容易爬到窗台下，她明明很小心地攀上窗台，谁知一只脚还未收上来，便打到一旁的竹窗。竹制的窗户打在墙壁上"啪啪"作响，一下子惊动了屋外的两只妖。

胡乱听到了动静，快步走进屋内，见阿怜正欲翻窗逃走，便大笑起来："美人，你可总算醒过来了。"

阿怜冲着胡乱吼道："死眯眯眼，你别过来！"

窗外黑漆漆的，也不知道窗下是泥地还是什么。

胡乱一听，笑容灿烂，眼睛更是眯成一条缝，兴奋地扭捏着哆道："死眯眯眼？这是给我起的爱称吗？好好听，我好喜欢。"

阿怜瞅着胡乱那张犹如飞沙走石鬼斧神工般突破凡人想象的脸，再听着他那腻得赛过肥猪油的发哆声，脚下差点没站稳滑出窗外。她双手扒紧了窗台，强忍着搓揉鸡皮疙瘩的冲动，冲着胡乱叫道："臭妖怪，你要是再走过来，我就跳了！"

胡乱听到那声"臭妖怪"一点也不生气："你居然知道我是妖？！你区区一个凡人居然能看出来我是妖，真是好眼力！"

"我真的跳了！"

"跳吧！反正也摔不死，我最多也就费点工夫把你再拖进来。"胡乱莫名跟打了鸡血一样地激动兴奋。

眼看着胡乱走过来离得越来越近，阿怜没再犹豫真的跳了下去。庆幸的是，窗外是一片泥地，除了双腿落地时被蹬得酸麻，丝毫没有受伤。她回过头将两扇竹窗猛地合上，正好夹住了胡乱伸出来的手。

"嗷——"胡乱吃痛，怪叫了一声，但很快脸上又露出笑容。竹窗被他用力地掰开。

阿怜见状，转身就跑，可是哪里抵得上胡乱的速度。阿怜似乎都没有瞧见他如何跳出窗台，只是一道光影乍亮，他的人便不见了踪影，消失在窗台前。

黑漆漆的完全找不着方向，阿怜跑了没几步，就一头撞进了胡乱的怀中。

"看不出来你还挺有些能耐的？"胡乱笑眯眯地揪着阿怜的胳膊，将她又押回了小竹屋。

夏高见胡乱还有心情玩耍，急道："你怎么还跟这个丫头玩起来了？"

阿怜啐了夏高一口口水："死妖精！"

"不知死活的东西！"夏高抬手便要给阿怜一记耳光，被胡乱拦下了。

夏高有些生气，怒道："老胡，你这样会误事的。这个丫头比之前抓来的那几个都麻烦，让我直接吸了她的精气，赶紧走人。"

阿怜一听夏高要吸她的精气，抓起一旁的小竹凳就冲着夏高扔过去："死妖精，你们这般害人，一定会遭天打雷劈的。要吸我精气就快点！告诉你们，我就是变成鬼，也不会放过你们这两只死妖精！死妖精！"

阿怜左一句右一句"死妖精"彻底激怒了夏高。

顿时，夏高的两只眼睛变得血红，一张文弱书生的脸庞也变得扭曲起来，张口就要向阿怜扑来，幸亏胡乱及时出手，又一次拦住他。

不过，这一次胡乱对阿怜施了定身咒。阿怜无法动弹，只能干瞪着眼。

"夏高，你就让我好好地玩玩吧，要不了多久，很快就好。等离开广陵，我再去给你找小倌去。"胡乱拍了夏高的肩头，哄了他几句，将他推了出去。

阿怜听到这两个奇葩的名字，讽刺道："你们俩一个叫胡乱，一个叫瞎搞，连起来就是胡乱瞎搞，简直是绝配！"听这两只妖的口气，这抓的不止她一个女的，搞不好何大娘的女儿何招娣就是他们俩给抓来的。

胡乱总算是安抚好了夏高，再一次回到竹屋里，兴奋又猥琐地走到阿怜的面前，伸手摸着阿怜软软的小脸蛋，道："没想到你这么泼辣！也不枉我坚持等到你醒过来。"

阿怜不能动弹，只能瞪着他骂他："死变态！"

"这怎么能叫变态？我胡乱从来不喜欢强迫女人，鱼水之欢，当然得要两个人互相配合才能更加欢愉啊。"

"下贱！"

"骂吧，随便骂吧！我就喜欢听你骂我！小美人，告诉我，你叫什么名字？"

"我叫你老母！"

"你们人类怎么总是喜欢骂人的母亲呢？真不是一个好习惯。"胡乱又伸手在阿怜软糯的脸蛋上猥琐地摸了又摸，"你以为我吓大的吗？只要你乖乖地听话，我保证你舒舒服服，还保证给你多留几口气活着回去。"

"你这只死妖精，害了那么多女子，早晚要被天收！你知道我师父是谁吗？说出来吓死你！他是天界一人之下万人之上的北极中天紫微大帝。你抓我来的时候，他也在万花楼。他很快就能找到这里，一定会扒了你们的皮，抽了你们的筋。"

"北极中天紫微大帝？哈哈哈哈……"胡乱笑得两只眼睛几乎成了一道缝，"你是在逗我吧？你师父要是北极中天紫微大帝，那我还是玉清元始天尊呢。六界谁不知紫微大帝消失了近千年，天界一直找寻不着他。你一介凡人，敢自称紫微大帝是你师父？真是会说笑呢。哎哎哎，时间紧迫，说笑到此结束，不然咱们俩一边"办事"一边说笑都无所谓的。咱们还是尽快办正经事吧。"

阿怜见紫微大帝的名号都吓不住这胡乱，开始着急，把自己会的脏话全部用来骂这个胡乱："你这阴沟里爬出来的老鼠屎！屎头苍蝇！屎壳郎……屎妖精！贱人！贱妖——"

"骂吧，骂吧，你尽管骂吧。待会儿你就没力气骂了，爽得只想尖叫。"

夏高在竹屋外烦躁地道："你能不能别跟她废话了？赶紧把她迷了办事！不就是睡个女人吗？真麻烦！废话那么多！真是耽误事！换作是他，直接吸了精气走人。

"这就迷了。"胡乱终于不再跟阿怜争口舌，冲着她吐了一口气，并解开她的定身咒。

这下，阿怜终于乖乖闭了嘴，整个人也渐渐神志不清，开始冲着胡乱媚笑。

阿怜一边意乱情迷地笑着，一边抱着竹制的门边用脸不停地磨蹭，嘴里口齿不清地咿咿呀呀，满面桃红，像极了喝醉酒。

胡乱将阿怜拉进内屋，推倒在竹床上，摸着阿怜的小脸，有些遗憾："我怎么就喜欢你方才那股子泼辣的劲儿呢？"

没等胡乱解开阿怜的衣衫，阿怜一边翻滚着一边自己解开了衣衫。

胡乱瞅着阿怜裹在胸前厚厚的一层白纱布，莫名地兴奋起来。他两只手停在阿怜的胸前，兴奋得都不知道要怎么办是好。

"这个好玩！好玩！你说我是直接用刀割开呢，还是帮你绕开呢？"

阿怜黝黑的双眸没了焦距，也没了平日里的光彩，只会像个花痴一样傻笑，翻了个身，开始各种磨蹭着竹床。

胡乱将阿怜又翻过来，自言自语："没时间了，还是用刀割吧……"其实他好想拉着阿怜一圈一圈地绕开。

他的手中多了一柄小刀，正当他细细割着阿怜胸前的白纱布，体会着莫名的兴奋快感，才割到第二层，这守在屋外的夏高突然一声惊叫："胡乱！别玩了！快走！那只九尾狐狸追来了！"

胡乱听到夏高的声音都变了调，心中咒骂：老子刚脱了裤子，这九尾狐狸就跑来，存心跟老子作对是不是？

阿怜忽地拉起胡乱的手，用白皙光洁的小脸蹭起他的手背。胡乱又一阵心痒，可阿怜蹭着就差点蹭在刀口上，吓得他扔了小刀。这时，夏高的惨叫声从屋外传来，胡乱心一拧，猛地推开阿怜。

胡乱慌忙提着裤子跳出竹屋，果不其然，一身白衣如雪的颜轩摇着一柄扇子优雅地立在竹屋的正前方。而他的兄弟夏高已被打伤，满口鲜血地跌坐在门前，露出了兔耳与兔爪。

胡乱虽然气极，但是不知从哪儿变出来一柄纸扇。他打开手中的扇子用力地摇了又摇，心中鄙夷：就你会摇，老子不会摇？

夏高见着也是无语，这都什么时候了？这个臭小子还想着跟这个九尾狐狸一比高下？他就眼瞎得没瞧见他兄弟都现了原形吗？再摇下去，他就要变烤兔肉了。

颜轩收了乾坤如意扇，扇柄不停地拍打着掌心，忍不住嘲笑起来："你这只野狐狸，裤子都没来得及穿好，就敢跑出来迎战，是在暗示本尊待会儿就让你光腚吗？"

胡乱扬起整张脸中唯一好看的下巴，模仿着颜轩的动作，道："我兄弟不小心着了你的道，别以为今夜你就有胜算。"

颜轩浅浅笑道："有没有胜算，待会儿不就知道吗。"

笑容渐收渐敛，颜轩的目光也在骤然间变得冷凛，手中的如意扇再打开，便横扫出一股强劲的疾风直向胡乱袭去。

胡乱连连向后退了数步，冷笑一声："你以为你有乾坤如意扇就很了不起了吗？老子的金刚炙焰鞭随时随地都可以撕了你这破扇！"说着，便抽出缠在腰间的一条无形长鞭。

一道火光骤闪，胡乱的手中多了一条十三节长鞭。这条长鞭鞭把如同剑把一样紧紧握在胡乱的手中，鞭身共有十三节，以百炼精钢炼制而成，细看鞭身尽是突起的尖刺，这一鞭下去，定是能将人钩个皮开肉绽，血肉模糊。

炙焰鞭通身泛着赤焰的火光，在这漆黑夜之中犹如一条灵活的火蛇，所到之处，瞬间将地上的枯草点燃起来。顿时，火光冲天，将这半边天的夜空都照亮了起来。

颜轩并不惧怕他，冷笑一声，手腕翻转，手中的乾坤如意扇带出的劲风卷起地上的碎石，瞬间犹如灰黑色的巨蟒直冲向那条火蛇，与火蛇相缠。

颜轩紧接着又是一扇，地面上的飞沙碎石不停地飞向天空聚集，又一条巨蟒腾空而起，身形也越来越庞大。两条巨蟒庞大的身躯将那条火蛇紧紧交织缠住，越缠越紧，直至那条火蛇完全被包裹住。

强大的劲道震得胡乱不得不松开手，炙焰鞭一下子飞了出去，周身的火焰也淹没在碎石之中失去了光华，如同一条死物，从空中掉落。

　　胡乱"哇"地一口血吐了出来，他万万没想到，九尾狐族的镇宝之物金刚炙焰鞭竟然还是落败在乾坤如意扇下。

　　颜轩收起乾坤如意扇，然而劲气凝成的两条巨蟒并没有消失，而是汇成一条更大的巨蟒，循着胡乱闪躲的身影疾驰而去，直击胡乱的胸口。胡乱来不及闪躲，被一击击中，连连退后，一大口鲜血自胡乱的口中喷出。

　　倏地，胡乱的耳朵变回毛茸茸尖细的狐狸耳朵，一条又粗又蓬的黄黑色狐狸尾巴也露了出来。

　　"这么快就现了原形，还以为你能多撑一会儿。"颜轩冷笑一声，左手手掌微微张开，先前掉落在地的金刚炙焰鞭倏地飞起，落入他的手中，"你以为你偷了我族的宝物金刚炙焰鞭，就能打赢我吗？你打着我九尾狐族的名号四处与妖为伍，奸淫掳掠，吸取凡人精气，妄想长生不老，与天齐寿。今日，我便要替天收了你，抓你回青丘问话。"

　　胡乱用手抹了嘴角的鲜血，仰天长笑："白颜轩啊白颜轩，你不过就仗着你有九尾狐族的血统罢了。我胡乱和你比，输就输在没你会投胎。"说着他又"哇"地吐了几口血。

　　"废话少说！"颜轩正要收了胡乱，孰料，突然出现的倩影打乱了他的思绪。

　　阿怜一路傻笑着从床上跳了下来，衣衫不整地走到门口，见着竹制的门立即又抱住，脸颊开始不停地蹭着光滑的竹面，口中嗯嗯啊啊，蹭着蹭着一条腿也抬了起来，意图要钩住这扇门。可无奈这竹面太滑，怎的都钩不住，险些摔倒。

　　这一兔两狐全被阿怜这妩媚到蠢的模样给震呆了，不停地嘴角抽搐。

　　寻常女子中了迷魂术，只想着抱男人，而她动不动抱竹子……

　　忽然在这广陵的荒郊野外见到阿怜，颜轩有些意外。这个丫头好好地待在京城怎么突然到了广陵，而且还落到了胡乱的手里？再看她这般意乱情迷的模样，这是中了野狐妖的迷魂术。有些麻烦！

　　胡乱见颜轩失神，倏地伸出爪子扣住阿怜的咽喉。每个指尖上的指甲犹如尖刺一般，只需要轻轻一点儿力道就能轻易刺破阿怜的咽喉。他威胁道："白颜轩，你再这么咄咄逼人，信不信我立即吸干这个凡人的精气？"

　　阿怜被卡着咽喉，一张俏脸涨得通红，却并不知痛也不难受，盯着胡乱痴痴地傻笑着，一双腿不老实地终于开始四处乱撩。

　　她的脚钩进胡乱的两腿间，胡乱被她撩得又开始心猿意马，瞅着她内心万分焦急，早知道不跟这丫头玩耍了，直接办了。如今这到嘴的鸭子是飞了。

　　夏高擦干嘴角的血丝，跌跌撞撞地站到胡乱的身侧。

颜轩深深蹙眉，道："胡乱，我劝你乖乖束手就擒，跟我回青丘。长老们会念在你母亲的恩情，饶你一命。"

"只有我娘才会信你们的鬼话！我今夜就是死在这里，也不会跟你回青丘。"胡乱啐了一口。他也是有骨气的！要他对白颜轩这个浪得虚名的家伙俯首称臣是绝不可能的。

一直很安静的夏高趁胡乱气愤之余，忽地伸出两爪捧起阿怜的脸，张开嘴便开始吸取她的精气。

"夏高！"

夏高这一举动令胡乱措手不及，却不知夏高吸阿怜的精气，是为了拖延时间。

胡乱和夏高都没看清怎么回事，颜轩已经移形换影，犹如一道疾光到了他们的跟前，一掌便将胡乱打出了数尺之外。他若是硬生生从夏高的手中将阿怜救下，阿怜有可能当场毙命。

"白颜轩，你若是再对我们穷追不舍，这丫头便会没命，你自己选吧。"夏高松开阿怜，将她用力丢向颜轩。

颜轩稳稳接住阿怜，眼见着夏高和胡乱从眼前骤然消失。

阿怜不似之前面若桃花，媚眼如丝，眼下双眸紧闭，开始昏沉，印堂发黑，一团黑气笼罩着她整个门面。

颜轩微微拢眉，前段日子，他还忽然想起这丫头，没想着今夜就见到她。看来她与他也算是有缘分。他的视线忽然落在阿怜的胸部，那里缠着厚厚的白纱布，已被割断了两层。经过她这么几番折腾，这白纱布已经开始慢慢松开，估摸着只要轻轻一扯，必定春光乍泄。

这个傻丫头，好端端的女人不做偏要做个男人。也亏得想出来用这种东西裹胸，难怪之前瞅着她的胸平得就跟棋盘一样。真不知道怎么想的。

颜轩将她的外衣轻轻合上，抱着她进了内屋。

胡乱和夏高相互扶携，一路跌跌撞撞，拼命逃命。

夏高气道："我叫你别贪色，直接吸了那死丫头的精气，你偏不听！现在好了，你瞧瞧我们俩现在的模样，就这样被打出了原形。"

胡乱一边吐着血，一边惨笑着道："人不风流枉少年！"

"少年你个大头鬼？你这把年纪都是少年他祖宗的祖宗。"

"行了，谢谢你救了我的命！"

两人跑了没多远，胡乱忽然发觉周围异样，鼻子嗅了又嗅："等等！好像哪里不对。这里阴气很重。"

夏高忽然惊喜道："老胡，有救了！有救了！你看！前面有个人，吸了他的精气，咱们就有救了！"

胡乱伸手拦住夏高，声音莫名颤抖起来："不对，他……他不是人……"

胡乱惊慌失措地瞧着前面那个人缓缓转过身来，他手中持着一把泛着寒光的长剑，那剑在这黑夜之中如此耀眼，一看就不是寻常之物。胡乱心念：完了！这回他和夏高是真的完了。本以为从颜轩手里逃出来了，眼下搞不好连小命都会丢了。

夏高也感受到玄遥身上散发出的极纯仙气。他活了千年，辛苦修成人形，还从未遇见过这等精纯的仙气，这人修为定是不低。若与他交战，他和胡乱必死无疑。

玄遥目光森冷地望着眼前这两个瑟瑟发抖的小妖，一狐一兔，似是被什么厉害的法器伤了，伤势极重。

这一狐一兔的身上，除了散发出那令人作呕的狐臭味和兔臊味，还有阿怜身上特有的清甜味。尤其是那只兔妖的身上，阿怜的味道极为浓厚。而那只狐狸，脸上虽然隐隐覆了层狐毛，但是左眼下方那个显眼的豆子大小的黑痣，却是最好的身份证明。

在万花楼里，阿怜去茅房久久不回，他找遍了整个万花楼，都不见她的身影，便预感到事情不妙。他第一反应是阿怜极有可能被那个采花妖捉走了。当下，他便冲破了封印，一路追寻，可是到了荒郊附近，浓重的死气弥漫，令阿怜的气息越来越弱。

他正准备召唤这里的土地公，却不想遇着这两个采花小妖，正是踏破铁鞋无觅处。

"是不是你们两个妖孽在万花楼里捉走了一个小丫头？她现在人在哪儿？"玄遥冰冷的语气在这漫漫黑夜里响彻，听起来十分毛骨悚然。

胡乱想着阿怜之前提及的师父，心念：难不成她说的师父北极中天紫微大帝就是眼前这位？

胡乱甩了甩头，盯着玄遥看了又看，不敢相信。他未见过紫微大帝的真身，可怎么也不敢将那个传说中骁勇善战的战神与眼前这位道骨仙风的上仙联系在一起。

"我们是捉走了她，但是她又被人劫了。就在前面不远的竹屋，有个狐妖，他将我们俩打伤，抓了那个丫头。这会儿怕是在那里面要……"夏高说得好好的便顿住。

"要什么？"玄遥蹙眉。

夏高抬眸小心翼翼地道："就是要……要做那种不可描述的事……"这样修为极高的上仙竟是寻着那个凡人小丫头来的，要是知道他吸了她的精气，他

173

必死无疑啊。

胡乱瞪着眼惊奇地看着夏高，这小兔崽子，居然比他这只狐狸的鬼点子还多！这撒谎嫁祸的本事可真是如行云流水一般。

玄遥眉心深蹙，嘴角绷直，幽冥圣剑的剑尖划出一道刺目寒光，便稳稳地停在夏高的颈前。剑尖只需再向前稍稍进一寸，夏高的头便可落地。

夏高瞪着这诡异至极的剑光，透着寒冬才有的冰气，仿佛是要冰冻住他整个人。他颤抖着声音又道："圣仙若……若是不信，可以亲自去看看。我们俩不过是两只卑微的小妖，没必要骗圣仙您。"

玄遥冷冷地道："那个竹屋在什么地方？"

夏高指着竹屋的方向："就在南面。"

玄遥命令道："带我过去。"

夏高傻了眼。胡乱也跟着丧气。两妖对看了一眼，认命吧！谁叫人家比较厉害呢！

他们俩只好一瘸一拐地领着玄遥又回到了竹屋。

还未进屋，玄遥便嗅到了阿怜的气息，与此同时，还有一抹极为精纯的仙气存在。这仙气与上次在京城客栈里的一模一样。上次，这位仙使便将阿怜困了整整一天，现在居然深夜出现在此地。

胡乱和夏高见状想要逃走。一个白颜轩他们已经招架不住，更何况这又多了一个不知底细的玄遥。

玄遥轻轻抬手，掌心像是附了磁力一般，紧紧吸住二妖，令他们动弹不得。他的手腕轻转，两道定身符咒伴着银光转瞬便打入胡乱和夏高的体内。

胡乱和夏高这才认识到玄遥的厉害，不动声色，三两下，他们俩便无力招架。

玄遥踏进竹屋，除了简单的竹制桌椅，偌大的厅堂并无异样。阿怜的气息与那股仙气便是从里屋传来。他轻撩开布帘，满屋悬着轻柔薄如蝉翼的白纱，如梦如幻，是个适合欢好的地方。

一阵夜风从窗外吹进来，白纱浮动，白纱后两个人影若隐若现。

阿怜衣衫不整，正与颜轩面对面盘坐的景象落入玄遥的眼中。他薄唇微抿，手中的幽冥圣剑抑制不住地挥向四周白纱。

颜轩虽背对着玄遥，但是在玄遥一进这屋时他就感受到他身上散发出来的精纯仙气。这突如其来的剑气，幸亏他反应快，才能及时翻身躲过。

竹床四周的白纱被剑气割断，玄遥随手用这白纱缠在阿怜的身上，将她裹了个严实，并顺势带入怀中。

"你是谁？放下阿怜！"颜轩怒瞪着玄遥。他正在帮阿怜渡气，玄遥的突然出现差点令他走火入魔。

玄遥终于发现阿怜的异样，这印堂发黑，满脸的黑气，显然是被妖精吸了精气。他怒不可遏，如狂风骤起，隔空便将一狐一妖抓进了屋内。

"你们俩谁吸了她的精气？"

两妖重重地摔在地上，苦不堪言。

不仅是胡乱和夏高惶恐，就连颜轩也被玄遥的气势震住。颜轩的目光落在玄遥手中的剑上，这剑光极寒，倒是像极了传说中的上古神器幽冥圣剑。而与这剑合二为一的便是传说中失踪了已久的北极中天紫微大帝。眼前这位上仙，拥有极为精纯的仙气，修为应是在他之上，难道就是传说中那位消失了近千年的紫微大帝？

胡乱咬着牙道："是我！"

夏高惊愕地看了一眼胡乱，道："不是他，吸她精气的人是我！"

玄遥冷冷瞪着二妖，厉道："没想到你们两个妖孽竟然还有几分敢于承担的勇气，但不管你们谁吸她的精气，都将难逃一死。"

玄遥掌心翻开，幽冥圣剑已然握在手中。剑尖上的银光划出几道弧光，带着剑气便向二妖劈来，就在千钧一发之际，颜轩移形换影至二妖的跟前，手中展开的乾坤如意扇如结实的盾牌替二妖挡去了这冰寒的剑气。

玄遥蹙眉，怔道："乾坤如意扇？你是九尾狐族？"

颜轩微微一怔，道："在下正是九尾狐族的白颜轩，敢问圣仙可是天界那位失踪已久的紫微大帝？"

两妖听到紫微大帝的名号，不由得瑟瑟发抖。阿怜那小丫头果然没有胡乱吹牛。

白颜轩，那便是九尾狐族的三皇子。玄遥与颜轩对视，冷嗤一声："我是谁与你何干？"

紫微大帝不仅身份崇高，且骁勇善战，数万年前曾将一心想一统六界的魔界挫得一蹶不振，自是有这份狂傲的资本。但他们九尾狐族乃上古神兽，在整个仙界也是极为尊贵，而他身为皇子，身份自然也是不低微，受不了这傲气。

颜轩的语气也冷了三分："既然你不愿透露名号，我便也不问。那么可否先将阿怜放下，待我先为她渡完气，否则她的小命将不保。"

"阿怜的事不劳你费心！"

颜轩讽笑一声："你不愿透露名号，又这般横空出现，我又怎知你与阿怜是什么关系？"

玄遥道："阿怜是我的侍婢，正是这野狐将她从我身边掳走。"

胡高低垂着头，算是默认。

"还有问题吗？若是没问题，我便要将这一狐一兔也带走。这两个孽障为长生不老，在广陵城为非作歹，奸淫掳掠，残害了不知多少良家女子和无辜百姓的性命，我便要将整件事的来龙去脉审清楚。"

"这野狐从我族偷了宝物，我也必须抓他回去问罪。你不能带他们走。"颜轩丝毫不妥协。

"我若偏不呢？"

"那我便奉陪。"

两人僵持不下，阿怜忽然呻吟一声，气若游丝。

颜轩微微蹙眉，终于让步，道："救阿怜的性命要紧。我与圣仙做个交易，这两妖先由我管着，明日城中来凤客栈相约，你且来审问清楚。"

玄遥思忖，若是与这九尾狐狸耗下去，阿怜的性命堪忧。他没有应声，算是默许，只眈了一眼那一狐一兔，便抱着阿怜消失在竹屋。

回到半莲池，玄遥抱着阿怜回到房中，将她放在床上。

芋圆见状，担忧地跟着进去："师父，阿怜这是怎么了？"

"阿怜被妖吸了精气。你出去守着，若是奎河回来，让他在外先候着。"

"遵命。"芋圆乖乖地退了出去。

玄遥本已用法力自封住仙气，今夜为了寻阿怜，他又耗了不少真气解了这封印，要不了多久，这天界的仙使必定能找着他们。他需要时间为阿怜渡入真气，没工夫与他们周旋。

他扶着她面对面盘座，双掌贴着她的后背，紫色的真气在掌心汇集，越来越浓郁，源源不断地注入阿怜的体内。

阿怜双眸紧闭，如弯月的细眉时不时微微蹙起。许久，黑气从阿怜面门退散，气色恢复至先前的红润。玄遥掰开她的嘴巴，喂她吃了一颗九转紫金丹，伸手替她将贴在脸颊上的发丝捋了捋，才将她轻轻放下，替她盖好被子。

终于将这丫头从鬼门关拉了回来，玄遥长长地舒了一口气。忽然之间，体内血浮气涌，一口血气涌上来直逼咽喉。他生生压住，强行将这股子瘀气压回体内。他自封了仙力又忽然强行解封，一来一回，损耗了他不少修为，看来他需要闭关一段时间。

他下了床，走了没两步，床上的阿怜忽然掀开被子呻吟开来，身体开始各种弓起扭动。他缓缓转过身，瞧见阿怜的面颊泛着异样的潮红，口中不停地呓语，细听之下，是在叫热。

他低咒了声"该死"，这分明是中了媚药的迹象。他又坐回床沿，伸手探向阿怜的脉搏，然而阿怜的体内并无中媚药的迹象。为何如此？难道是中了迷魂术？九尾狐族擅迷魂之术。

"芋圆，你进来。"玄遥放下幔帐，将阿怜挡在幔帐之后。

芋圆听见迅速跑进阿怜的寝室，问："师父，唤徒儿何事？"

玄遥道："你们九尾狐族的迷魂之术，你可知如何破解？"

芋圆瞪大了狐狸眼，惊道："什么？！师父你中了迷魂之术？看着不像啊……呃……"

芋圆的话还没说完，望着半空中忽然浮现的粉色莲花一朵朵慢慢盛开来，一下子惊呆了。他从未见过如此惊奇的景象，直到听到帐内传来一连串阿怜妩媚的痴笑呻吟声，顿时明白过来。

玄遥收在胸口衣襟里的莲花令和梅花令相继开始发光发烫。

倏然，半空中又飘落下一朵朵艳丽的红梅。满屋子交织盛开着莲花与梅花这两种节气完全相反的花朵，香气扑鼻，说不出地娇柔旖旎。

阿怜忽地从床上坐起身，从背后抱住玄遥，玄遥整个后背一下子僵直起来。他咬着牙问芋圆："到底怎么解？"

芋圆瞅着缠在玄遥腰间不停游走的一双纤纤玉手，嘤嘤嘤地道："无解啊！"

"怎么会无解？！"玄遥的双眉蹙得更紧。

"我们九尾狐族的迷魂术不像人间的催情药，可以用药解。要破解我们九尾狐族的迷魂术，唯一的方法只有那个啊……"言下之意，不论是成年的凡人还是成年的仙鬼妖，都知道那法子。若不是为了与卿欢好，他们狐族何必多此一举修炼这门秘术？

"直接说重点，别废话！"

"这六界，不论是仙还是妖，若是中了我们九尾狐族的迷魂之术，必须得行欢好之爱方可解。若是凡人中了我们的迷魂之术，我曾经听说过，好像需要三天三夜……"

"三天三夜？你在逗我吗？"玄遥的声音陡然拔高了几个音阶，一双剑眉之间蹙成一个川字。行房交欢三天三夜，也亏得这九尾狐族想得出来。

芋圆摊了摊狐爪，老一辈就是这么跟他说的。具体是不是三天三夜，他又没试过，怎么知道？其实他曾经也想过用迷魂之术迷了婉心，可是他觉得那样做很下三烂，所以放弃。他并不是在鄙视自己本族的秘术，只是他坚信让一个女人爱上自己，得需要心甘情愿，这样的交欢才是鱼水之欢。

身后，阿怜紧紧抱着玄遥，脸颊一直在他的肩颈处不停地蹭着，口中不停地呓语着"要要要"个不停。

玄遥按住她四处不停游走的双手，咬着牙又问芋圆："白颜轩到底是你什么人？"

"三叔？难道是我三叔对阿怜下的迷魂术？不太可能呀……"芋圆没闹明

白，以他三叔那般盛世美颜，哪里需要用什么迷魂之术？连小手指都不用勾一下，只需一个眼神或者一抹微笑，那姑娘的魂自己就丢了好吗？不过，阿怜怎么会和三叔扯上关系？莫不是他许久不回青丘，三叔找来了？一想到这个，芋圆不禁打了个冷战，"师父，你见着我三叔了？是不是他要抓我回去？"

"他要抓你吗？不是要抓那个野狐吗？"

芋圆一听颜轩不是来抓自己回青丘，顿时松了口气。

玄遥忽然想到，又问："那野狐会使迷魂术吗？"

"会！只要是狐族都会，只是法力次一点，这迷魂术的效力也许就差一点，说不定不需要三天三夜。"

"行了，你先出去吧。"玄遥一听到那个"三天三夜"头皮便发麻。

他回眸瞅了一眼媚态横生的阿怜，思忖之下，抬手正欲一掌打晕了她，恰逢芋圆瞧见及时叫了起来："千万不要啊！师父你要是打晕了她，她很可能会暴血而亡哦。"

"什么？！"玄遥立即收了手，捏紧了拳头，额上的青筋直跳，终于忍不住吼了起来，"你们九尾狐族到底是有多闲，才会去修炼这种无聊的迷魂之术？"

芋圆嘴角抽搐，这迷魂之术是他们九尾狐族从娘胎出来就会的，根本不需要修炼。大家都误以为他们专门修炼这门秘术，其实只是他们族人本着精益求精的态度，在不断提高欢爱的技巧而已。至于他们一族为何天生会这门秘门，这谁知道呢？也许跟所有人一样，生下来就知道要吃饭一样这么简单吧。只是眼下师父好像不太能理解这个"吃饭"的道理。

"师父你要是实在下不了嘴，你就让阿怜自己挨过去吧。虽然不知道这个方法可不可行，但可以试试。说不准挨个三天三夜也就没事了。"

"你可以滚了……"玄遥额头上尽现三道黑线。又是"三天三夜"！

"还有啊，师父，这三天三夜你可得看好阿怜了，千万别让她跑出去找其他男人啊。这种事情曾经发生过很多很多例啊。"芋圆"友情提醒"完摇着尾巴欢快地跑出了阿怜的寝室，心里念道：阿怜啊阿怜，看在你那么中意师父的分儿上，我今夜就帮你一把，后面就靠你自己啦，不谢啦！

玄遥的脸更黑了。

芋圆一离开，玄遥便将阿怜从身上拉了下来。阿怜软弱无骨地倒在他的怀中，身上的衣衫也在磨蹭中彻底敞了开来。

玄遥的视线落在她的胸前，那里缠着的一团破纱布眼下已散得差不多，只剩下最后的一两层还半挂着，隐隐约约露着半片酥胸。他下意识捏紧了拳头，生怕会抑制不住将那片乱七八糟的白纱布扯了。这丫头不知道自己正是长身体的时候吗？竟然缚着这种东西。

他伸手将她的衣衫合上，又扶她躺下，替她盖好被子。这回还没起身，阿怜便又从床上弹坐起来，双臂直接缠上他的脖子，将他整个人拉了下去，双双倒在了床上。

阿怜头发披散开来，嘴角勾着媚笑，目光却毫无焦距，滚烫的脸颊贴着他的脸不停地磨蹭，柔软温暖的触感令玄遥的心颤了一下。

她胸前的白纱彻底落下了，毫无保留地暴露在玄遥的眼前。玄遥咬紧牙根，坐起身，闭起双眼。

"嗯……嗯……热……要……"阿怜呓语着，不知道自己要什么，也不知该如何动作，像条八爪鱼一样紧紧缠着玄遥就是不松手。她开始无礼粗暴地啃咬着他的颈肩和下颌。

玄遥闭着双眼，深深叹息。打晕不可以，又不能走开，这一夜会很难熬……

他推开她，她又黏上来抱住他咬他。他再推开她，她又继续蛮不讲理地扑上来。来回推搡，最后他放弃了，任由她啃咬。只是啃得他浑身燥热，心里如同虫蚁啃噬，十分煎熬，生怕要不了多久，他便会撑不住……要了她……

他紧握成拳的手在开始慢慢发颤，拼命咬着牙隐忍着。

咬着咬着，阿怜忽然停下了，抬眸直直地盯着他削薄的双唇，一点一点将脸好奇地凑近。

感受到胡乱啃咬的动作忽然之间停下，她终于安静了，他以为这迷魂术解了，这一睁开眼，便瞧见她如蒙了雾的双眼直直地盯着自己，没待他反应，她忽然张口又咬上了他的薄唇，依旧是简单粗暴的啃咬动作，令他吃痛。

这女人，竟然丝毫不知道该如何去吻一个人……

玄遥的眼眸彻底暗沉下去，紧握成拳的双手终于松开抬起，一只手自她光洁如玉的裸背穿过紧紧揽住她的纤腰，另一只手扣住她的后脑勺将她整个人压向自己，薄唇轻启，终于不再有所顾忌地含住她红润的唇瓣，尽尝清醇甜香的味道。

他一遍一遍轻吮着她的朱唇，本只是浅尝辄止，然而情欲一旦被打开，正如同心中关住的一只猛兽骤然闯出牢笼，无法克制，难以回头。

他用牙齿轻轻叩开她的牙关，她气若幽兰，身体的轻颤连带着她的牙齿也跟着发颤，喘息也开始变得粗重起来。

她的脸颊泛着红潮，在夜明珠温润光芒的照耀下，全身泛着一层蜜色的光晕，黑色丝滑的长发铺满了床头，映衬着她如雪的肌肤，令她看起来像是一朵妖艳的罂粟花般诱人。

他是真的疯了！明明是她中了迷魂术，而眼下像是自己中了迷魂术一样情难自禁，手掌贪婪地抚摸着她每一寸丝滑的肌肤，指腹下的触感令他心颤，绵密的亲吻如影随行。明明他应该警觉克制，但是恨不能想要狠狠占有她的疯狂念头，不停地在他的脑海里盘旋。

她痛苦压抑的小脸，与脑海中青莲那张娴静脱俗的容颜交织在一起。迷蒙之中，他仿佛看到了青莲。

喉咙微动，他深深地吻着她，抑制不住地轻唤着她："青莲……青莲……"

"嗯……嗯……"阿怜一声声呻吟轻应。

"是你吗？是你回来了吗？别走。"

"嗯……嗯……"

"不许走，青莲……"

就在他要进入她的那一瞬间，"青莲"这个名字如鸣钟一般猛然间敲醒了他。他倏地睁开双眼，停下动作。神志恢复，他望着怀中一丝不挂不断痛苦呻吟的阿怜，虽然有那么一瞬间，他将她当成了青莲，但是最初他的意识是清醒的，他知道她是阿怜。数千年来，他心中除了青莲再也装不下第二个女人，可是为何这个女人却是如此轻易地撼动了他自认冰冷又坚硬的心。只要一想到青莲，深深的愧疚感充满了他整个心房。

"对不起，对不起……"这"对不起"是在向阿怜道歉，同时也是在向青莲道歉。

忽地，一口血气从胸腔内浮涌上来，血腥味顿时溢满了他的口中。他强行将这股血压了下去。

直到气息平稳正常，他抬手轻轻擦去嘴角溢出的血丝，紧紧抱着阿怜，无论她如何撒泼，各种纠缠，他只是紧紧拥着她，即便心如万蚁啃噬一般，他紧蹙着眉心依然不为所动。

"乖……阿怜，睡吧，睡着了就不会难受了，乖……"

"嗯……难受……我要……"

要什么阿怜不知道，她只知道不停地磨蹭着他的下颔，双手不停地挠着他的胸口，身体扭动，可是他将她紧紧地禁锢着，同时也一起禁锢着自己的情欲。

阿怜窝在他的怀中开始低泣，一颗颗温热的泪珠落在他的胸前，灼烫着他的心口，令他苦不堪言。

"乖……睡觉……睡一觉就好了。听话。"他俯首轻吻着她湿润的眼睫，像是哄着哭闹的婴孩一样，轻拍着她的后背，不停地安抚着。

渐渐地，阿怜闹累了，哭累了，窝在他的怀中，昏沉地睡去。

那如万蚁噬心般的麻痒难耐终于缓解，慢慢消退。他被折磨得筋疲力尽，双臂拥着阿怜却始终不敢松懈。

这一夜，漫长得好似千年……

第七章

执着

青莲一脸无助地躺在长桥上，浑身冰冷而僵硬，发丝和眉毛慢慢地覆上了一层薄薄的霜雪，先前她的嘴唇还在不停地颤抖，这会儿，她连冷到颤抖的感觉都快找不着了。

北极中天紫微大帝……那个盛气凌人不可一世的上神，她就是到死，也一定会好好记着他的名字。

细碎轻盈的脚步声由远及近传来，只听着一声叹息："这满池的莲花是怎么了？"

一袭粉色纱衣的裙摆飘落进青莲的视线范围内，紧接着便是一张绝美的容颜落入她的黑眸之中，蛾眉淡扫，唇若点樱，一身装扮格外娴静素雅。

"青莲？你怎么了？"这位仙子的声音婉转动听。

自留在天庭，青莲虽然平日里不与仙家往来，但是她认识这位气质娴静而优雅的仙子，正是梅花仙子梅氤。同为十二月令司花之神，青莲之所以只能够记得住这位梅花仙子，许是性格相近，每逢天庭各种盛宴，除了她与这位梅花仙子以外，所有仙子都会盛妆相扮。只有她们二位我行我素，直接淹没在众仙中。

莲花是酷暑生长的花，而梅花是寒冬盛开的花，一暑一寒，本是永不相见的两种花，如今两位司花之神却在长桥相遇，有种莫名的缘分。

青莲僵直着身子，无法动弹，就连嘴唇都已经变得乌紫，泛着寒气，无法出声，唯有用力地眨了眨眼。

"你这是怎么了？怎么会变成这样？"梅氲蹲下身，纤指抚摸着青莲冰冷的脸颊，这让青莲感受到一丝十分渴求的温暖。

梅氲二话不说，将她扶坐起身，双手掌心迅速集聚真气，从她的后背缓缓注入她的体内。

许久之后，青莲僵硬的身体终于软了下来，皮肤慢慢有了知觉，那压在胸腔内的心仿佛在一瞬间也活过来，委屈与不甘的眼泪在骤然之间滚落出来。

"青莲，你不要哭啊……"梅氲紧张地替她抚去眼泪，追问，"这到底是怎么回事？是谁将你伤成这样？"

青莲本不多话，个性清冷又倔强，然而这是她第一次感到这么无助与无奈，脆弱的眼泪一滴接着一滴，犹如断了线的珍珠散落了一地。梅氲安慰她许久，她终于敞开了心扉，将拒绝紫微宫的仙婢采摘莲子莲藕并将她们打伤，遭紫微大帝玄遥报复的事说了出来。

梅氲听完，难以置信地惊道："你居然敢得罪紫微宫的那位？难怪他将你和这池莲花冻成这样。你可知道，这整个天庭虽说是由天帝天后执掌，但是没有一个仙官仙吏不对这位紫微大帝臣服。你得罪他，简直是比惹怒天帝天后还要可怕。"

青莲咬着下唇，沉默不语。

梅氲望着青莲一脸倔强的神情，叹了口气又道："算了算了，瞧你平日里那性子，也是不会明白。你眼下还能站起来吗？我扶你起来。"

青莲在梅氲的搀扶下，缓缓站起身，可是才刚迈了一步，腿上的力量便支撑不住，整个人又差一点摔下去，幸亏梅氲及时又扶住她。

"眼下我是帮你退了身上的寒气，可是这一池莲花……"梅氲蹙着眉心，望着那一池冰冻的莲花，神色凝重，"我只是这三十六重天中一个小小的十二月令司花之神，仙力有限。这一池莲花，你若是不去求紫微宫的那位，怕是要废了……"

青莲垂下眼眸不说话，求他？求那个卑鄙无耻之徒，她倒宁愿跟着她的莲花一同被冰封。

"我扶你先回去休息吧。你这腿部伤得极为严重，需要好生休养，这几日就别再到处乱走动了。"梅氲扶着青莲一步一挪往花药宫缓缓步去。

"谢谢你。"青莲小声地道。

梅氤抿了抿唇角，轻柔地笑了起来，道："谢我什么呀？这换作是其他仙子受了伤，我也依旧会帮忙。不过，这倒是自你到天界这么久以来，我第一次与你说上话呢。"

青莲的脸颊微微泛红，不是她不想与那些仙子说话，而是往往不知该如何接她们的话，便选择沉默什么都不说，时间久了，也就习惯了在沉默中被误解。

梅氤又道："你可知道我叫什么？"

青莲抬眸怔怔地望着梅氤，然后摇了摇头。

梅氤浅浅笑了起来，道："我也猜着，你肯定不知道我叫什么。那你可知我与一样，同是十二月令司花之神的梅花仙子？"

青莲连忙点了点头。

"我叫梅氤。香气氤氲的氤。"

"梅氤？"青莲轻声念着，然后说出自己的名字，"我叫青莲。"

在这寂寞的三十六重天之中，她第一次交到朋友。

"我知道你叫青莲。这整个天宫的人都知道你。"梅氤轻柔地笑着，身上散发着淡淡的梅花香气，一如她的名字一般，沁人心脾，怡神心静。

两人一路相携往花药宫的方向步去，这一路遇见的仙婢仙童，都不禁窃窃私语。那个素来不与任何仙家来往的莲花仙子，竟然与梅花仙子有说有笑，这可算是天界的一大奇闻了。

一时之间，青莲被紫微大帝惩戒的事情传遍了整个天宫，这花药宫的仙子仙童一个个是如避鼠虫蛇蚁一样避着青莲，生怕接触了，莫名沾上什么麻烦，惹怒了紫微宫的那位。

青莲丝毫不在乎，本来就烦别人叨扰她，这一个个疏远了，反倒是更加清静安宁了。休息了三日，她终于可以下床，但是腿脚着地时还是隐隐感到有些痛，不过也没什么大碍。只是她一心系着那一池莲花，该要如何救活它们？

她正要出门，这时屋门被从外猛地推开来。

十二花月令司花之神的桃花仙子桃姤最先进了屋子，挑着烟眉，瞪着杏眼，尖锐着嗓音道："韶华姐姐，你不仅是掌管整个花药宫，还是统领咱们所有司花之神的百花仙子。然而，现在有人故意损害咱们花药宫的名声，您说这该怎么处置？"

百花仙子韶华跟着进屋，双眉微蹙，凝视着脸色有些苍白的青莲一时之间不知要如何开口。

青莲怔怔地望着门口莫名跑来的一群仙子，冷冷地道："下次进来之前，劳烦各位能否先敲个门？"

桃姅的丹凤眼横挑，对着身后几位仙子，道："各位都听见了吧？这位出身高贵的莲花仙子不仅不知反省，还用这种口气对着咱们说话，真是厉害啊。她冒犯了北帝，却致使其他宫的仙使仙婢当我们是蛇虫鼠蚁避着呢。如今她不仅连累了整个花药宫，更是害惨了我们其他十二月令司花之神，败坏了我们所有花神的名声。"

青莲有些不耐烦地看着桃姅，道："你到底想说什么？自说自唱戏份这么足。"

桃姅厉道："你……须弥山的青莲，你别太嚣张了！"

韶华拦住了冲动的桃姅，用眼神示意她，说话注意些。桃姅自知口没遮拦，便乖乖收了声，退居韶华身后。

韶华对青莲严肃地道："虽说先帝有令，你可不受这天宫的规矩约束，但是你此番惹恼了紫微大帝，便是将我们整个花药宫推向风口浪尖，置于口舌是非之地。"

青莲一脸茫然地看着百花仙子，道："口舌是非之地？你们不去听不就好了吗？"

众仙子听了都感到不可思议。

石榴仙子忍不住嘲讽道："莲花仙子，你究竟是怎么活了这么几千年？连话都听不明白。"

青莲一本正经地回道："不是千年，是万年。"

石榴仙子顿时噎住，脸色十分难看。一个年纪的差别便是等于告知她们，她的道行仙力要高在场的众仙子一等吗？

"不管你是活了几千年，还是几万年，你必须去紫微宫前领跪受罚，直至北帝的怒气消了，原谅你为止。"桃姅又跳了出来道。

这整个天宫中的仙子仙婢大多倾慕紫微大帝玄遥，每个仙子都想尽法子被选进紫微宫伺候，若是不能成为紫微宫的仙婢，那么也要使出浑身解数能在各种盛宴上承蒙玄遥多看一眼。这紫微宫难得有一次莲花宴，却因这位性子冷淡的莲花仙子公然拒绝而取消，不仅丧失了让她们表现的机会，更是让玄遥动怒，她们怎么能不气愤不已？

桃姅则是众仙子中表现出对玄遥的爱慕之情最为露骨的，所以她不仅是气愤，而是恨不能将青莲扔进莲花池里好好洗洗脑子。

青莲淡扫她一眼，道："有病吧！"

"你！竟然敢骂我？！"桃姅气极，伸手就要掌掴青莲。

青莲单手便捉住她手腕，道："同为十二月令司花之神，请你自重，别逼我像对待紫微宫的仙婢一样对待你。"

看似娇弱的青莲眼神中却露出一股狠绝的霸气，这令韶华都为之震惊。

青莲用力甩下桃姆的手，力道之大。桃姆的身体晃了晃，差点摔倒，幸亏得身后的杏花仙子及时扶住她。

青莲沉着一张脸，厉道："让开！"

众仙子被她强大的气场震慑，乖乖地自觉让了条道出来。

韶华抿紧着唇，挺直胸膛，为了彰显百花之首的地位，不得不大声斥道："青莲，你若不愿领罚，那我便要向天后禀明此事，到时候自由天后定夺。"

青莲淡淡地扫了她们一眼，视线落在韶华姣好的面容之上，毫不在意地道："随你。"爱怎么的怎么的，反正她无所谓。

越过她们，她便向瑶池一瘸一拐地步去。

青莲方踏上长桥，冰冷的寒气便扑面而来，让她忍不住打了个寒战。

打这里被玄遥冰封了之后，三日以来，天宫之内便没有一个仙童仙子敢跑来这里。

池中的莲花被厚重的寒冰包裹着。七彩霞光中莲叶依旧碧翠如玉，粉白的花苞艳丽天然，依然招人怜爱，可是她知道，寒冰一旦融化，这一池莲花便也就废了，什么碧盘滚珠，红荷菡萏，都将不再……

她守了这池莲花整整一万年。她本以为只要再耐心等待一些时日，便又可以看到她心中须弥山的莲花仙境。

如今，什么都没了……

抚在长桥盘龙雕栏上的手渐渐无力滑落，她跪了下来，晶莹的泪珠顺着脸颊一滴一滴滚落。

每日停歇在这长桥之上的七彩羽凤，似是感受到她心中的悲凉，啼叫着盘旋在这瑶池之上，不绝嘶鸣，为她为这一池莲花哀鸣。

青莲肆意殴打紫微宫仙婢并冒犯紫微大帝的事，经过众仙嚼舌根的努力，终于传进天帝天后的耳朵里。迫于来自天界各方的压力，天后不得不下了懿旨，罚青莲跪于紫微宫前受罚。若是玄遥能消气，这事便也就过去了。若是玄遥一时半会儿不能消气，这就要看这位莲花仙子的造化了。天后也是希望借此事，能让这莲花仙子明白一些，并不是仗着须弥山和先帝的恩宠，便可以目中无人，天庭的规矩该守的还是得守，尤其这三十六重天最能惹的便是紫微宫的那位。

青莲领了旨意，没有反抗，默默地跪在了紫微宫的正殿门前。

玄遥从通明宫回来，眉心一直锁着。近些年魔界一直蠢蠢欲动，这次天界又收到情报，魔界暗中联系妖界，意图说服妖界之王共同反叛天界。妖界之王一旦有异心，便会是一场恶战。他主张率先攻打魔界，顺带警告妖王，而他的哥哥天帝玄昊却是主张劝降。以魔王那颗想要一统六界的心，岂是能劝降的？

真是不知道先帝为何最后挑中他这个做事总是畏首畏尾的哥哥当这天帝，怕是魔界打进这南天门，他的哥哥玄昊还一心想着要以德服人，劝降魔界。

正要拾阶而上，他的视线中忽然闯进一抹紫色的倩影，正笔直地跪在他的殿门前。他紫微宫的仙婢似乎都是粉色或者黄色的衣裳，还有，即便是哪个宫婢犯了错误，也不会在此领罚。这到底是哪个不长眼的仙婢跪在这里这么碍眼？

经过青莲身侧时，他下意识地瞥了一眼，只一眼便让他顿住了步伐。眼前这位可不是他宫中的仙婢，而是前几日被他冰封住的那个一身傲骨的莲花仙子。

通明宫内争执的烦躁心情，竟然在瞧着这一抹淡紫色的瞬间一扫而空。

他不禁勾了唇角，讽道："我道是我紫微宫哪个仙婢犯了事，跪在这么显眼的地方，没想到竟然是须弥山的青莲花啊。"

青莲面无表情地跪着，对玄遥的嘲讽充耳不闻。

玄遥走近她的跟前，居高临下地凝视着她，又道："你知不知道你跪在这里不仅挡路还很碍眼？往那边跪一点。"他的下颌微挑，指向拐角的位置。

青莲准备起身，跪向他指定的角落位置。

玄遥却忽地伸出手按住她的肩头，道："不是罚跪吗？那就应该跪过去，而不是走过去。"

青莲抬眸看了他一眼，他身后祥云朵朵，霞光万丈，刺得她的双眸竟然有些微润。她低下头，一言不发，又乖乖地跪了下去，慢慢挪了过去。

玄遥唇角满意地扬起，转向身后的紫微星君问道："星君，天后可有说让这莲花仙子跪到何时？"

紫微星君恭敬回道："回禀北帝，那倒没说，只是说跪到您消气。"

"跪到我消气？天后这个懿旨下得不错。那就跪着吧，我今日心情欠佳。"玄遥嘴角轻抬，背着手拾阶向殿中步去。

紫微星君回眸看了一眼青莲，眼神里尽是惋惜。

其实之前在瑶池的事紫微大帝早已就忘了，不过天庭中仙多嘴杂，你一句我一句地传遍了，这天帝天后也就抹不开脸。玄遥今日与天帝在通明宫内起争执，恰巧这莲花仙子又被天后罚跪至此，正是撞在剑尖上，怕是一时半会儿都起不了身。

紫微星君内心表示很同情这位有性格的莲花仙子，至少不会像其他仙子一样对着玄遥犯花痴，偶尔连带着对他一起爱屋及乌，穷追不舍。一想到众仙子如饿虎扑食的眼神，他不禁一身恶寒，打了个冷战。

"其实北帝的忘性很大，他很快便会消气的。"紫微星君好意提示了一句。

青莲淡淡地瞥了他一眼，一言不发，面无表情，端正地跪着。

紫微星君算是自讨了没趣，暗自叹了口气，便转身拾阶而上离开。

"笃——笃——笃——"

一阵节奏清晰，声音清脆的木鱼轻叩声，时不时从窗外悠悠地飘进来，其间还夹着低柔的诵经声。

玄遥蹙着眉心，在床榻上翻了个身，那清晰的木鱼声一直萦绕在他的耳边挥之不去。已经三个晚上了，究竟是谁半夜不睡觉在那儿诵经敲木鱼？

他按了按微微刺痛的太阳穴起身，缓缓睁开眼。

木鱼声还在继续。

"凌绾！"他捏着太阳穴，出声叫唤。

凌绾立即进了寝殿。

"是谁在殿外诵经？"他双眸紧闭，眉心蹙成了个川字。

凌绾低首恭敬地回道："回北帝，凌绾不知。已经三晚了，每晚子时一过，便能听到这敲木鱼诵经声，可是我们跑到殿外四周查看，除了那位被罚跪在殿前的莲花仙子之外，并无其他异常。"

莲花仙子？他想起来了，那个被他冻僵又被天后罚跪的倔脾气的小小十二月令花神。她竟然还在殿外乖乖地跪着，倒是令他意外。

"下去吧。"他挥了挥手。

"喏。"凌绾欠了欠身，恭敬地退出寝殿之外。

玄遥下了床榻，走至窗前，窗外如墨的夜幕中，漫天繁星璀璨闪耀，点点星辰光芒汇集成了银河，一直沿伸向远方，看不到尽头。

离昴日星君司辰啼晓还有一两个时辰，被这木鱼声吵得他却已经无法入睡。

他索性走出殿外，走下台阶，远远地便瞧见那个莲花仙子笔直地跪在他先前指定的角落里。他可不是个会与女人计较的万星宗主，让一个仙子跪在这里三天三夜非男人所为，太不怜香惜玉了。

他正欲走过去让她起来，可是走了没几步，他忽地又顿住脚步。

正殿之下，一朵青色的莲花凌空盛开，淡金色的光华从花蕊中绽放开来，光芒四射，耀眼夺目，甚至胜过了银河的光辉，那莲花仙子正盘坐于其间，双眸紧闭，一边敲着木鱼，一边诵着经。而幻象之中，她笔直地跪在殿前的角落里，纹丝不动，而真身却坐在青色的莲花上敲着木鱼诵着经。难怪那木鱼诵经

187

声不断，难怪她们一个个都看不到这扰乱的罪魁祸首，竟然是这莲花仙子造了幻象。他倒是小瞧了这朵须弥山的青莲花啊。

他宽袖一挥，幻象顿时消失了。

青莲倏然睁开双眼，停下了手中的犍稚，那"笃笃笃"的木鱼声也在刹那间停止。她瞪着明亮清澈的双眸，望着玄遥从台阶上一步一步走下来。

玄遥走到她的跟前，勾唇冷笑："你胆子倒是不小啊。天后娘娘罚你跪在这里反省。你却用幻象迷惑我宫中的仙童仙婢，半夜在这里敲木鱼诵经，故意扰我整个紫微宫中的众仙不得安宁。"

青莲抿了抿唇，神态自若地道："我只是日常诵经，怎么能说是扰乱？"

玄遥轻嗤一声："日常诵经？这至少还有一两个时辰才破晓，你却说你日常诵经？你已经连续三个晚上在这里连夜诵经敲木鱼，扰得我整个紫微宫的无法入睡，还说不是故意捣乱？"

没错啊！她就故意捣乱的啊！换作以往，天后若是这般处罚她，她会澄清错不完全在她，不会一声不吭就跪到这紫微宫前领罚。她守了整整一万年即将要盛开的莲花全都被他毁了，她寝食难安，又怎会让他睡得这般安稳舒服？她不过才敲了三夜木鱼诵了三夜经，他便受不了，她还剩下九千九百九十七夜没敲呢。

她眨了眨眼，道："天后娘娘罚我跪至此，我若不诵经，我怕自己会支撑不住睡着。"

"这么说你还有理咯？你走吧，我这里不用你跪了，你该去哪儿去哪儿。"玄遥烦躁地挥挥手。只要别在他的殿前诵经就行了，爱上哪儿敲上哪儿敲去。本来就是件小事，他已经惩戒过她了，搞不懂天后为何还要惊动整个天庭罚她跪在他的宫前。

"我不走，天后娘娘说了，只要你一日气未消，我便要跪在这里。我看得出来，你现在很生气，所以我不能走。"青莲抬眸望着他，眨巴着眼，一本正经地回道。

玄遥不可思议地瞪着她。这个女人的脑袋也是木鱼做的吗？不知道什么叫变通吗？他是好心放过她，她居然还不领情，还就准备要在他紫微宫扎桩了？

玄遥看不清她的神情，从他的视线望下去，依然是初见时那袭淡紫色的纱衣裹身，交叠的衣襟里浅浅露出线条优美的颈项及若隐若现的细腻锁骨……

忽地，他蹲下身凝视着她如水的眼眸，他看到那里竟然闪过一丝狡黠的光芒。他伸手捏住她的下颌，道："你是不是故意的？是不是我把那池莲花全冰封了，所以你故意领罚，跪在我殿前就是为了想报复我，每天晚上敲木鱼给我听，让我日夜难寝？"

恭喜你答对了！

青莲眨巴着一双美眸，就是不回应他，伸手毫不客气地挥开他捏着她下颌的手。

"行！你这么喜欢跪，那你就慢慢跪着吧。木鱼也随便你敲，想怎么敲就怎么敲。"玄遥说完，拾阶而上，在整个紫微宫布了结界，成功阻挡了木鱼声的侵入。

直至昴日星君司晓啼鸣之后，紫微宫上下众仙开始进出，这结界才消失。这每日一到太阳沉落西方，这结界又会自动布下，直至翌日破晓。

然而三日后，这木鱼声再次响起，不过不再是夜晚，白日里，声音非常地响，"笃笃笃"的声音笼罩在整个紫微宫的上空。紫微宫的众仙一个个不能好好司职，捂着耳朵四处逃避这声音。

前来紫微宫请安的各路神仙才踏入紫微宫的大殿不久，匆匆请了安，便也开始逃避不及。

玄遥终于坐不住了，这闹得他整个紫微宫上上下下有家不能回，个个像是丧家之犬似的。他破了幻象，将青莲的真身直接从紫微宫的上空抓了下来。

而此时的青莲已经虚弱不堪，为了一池被冰冻的莲花，她不惜现出原形，耗费自己的灵气跟他拼了，玄遥真是不懂。

玄遥将她拎进他的紫微宫大殿，随手扔在殿下。

紫微星君想要上前扶起虚弱不堪的青莲，却被他一个犀利的眼神一瞪，乖乖退去一边。

玄遥狂躁地不停来回走动，过了许久，终于走到青莲的跟前，瞪着她，道："你到底想怎么样？"

青莲惨白着一张脸，扬起嘴角，扯了一抹讽刺的冷笑，道："我不想怎么样啊，是你们在罚我呢。"

"罚你？是罚你跪着，有让你现了原形耗尽灵气在我紫微宫上空敲木鱼吗？别跟我矫情说那么多废话，直接说，你到底想怎么样？"玄遥的太阳穴隐隐直跳。他从未想过自己会有这么一天，能因为一个小小的莲花仙子这么头痛，异界的骚动都未曾让他这么烦躁过呢。

青莲撑坐起身，道："无上尊贵的紫微大帝，你终于也受不了吗？你有想过我那一池莲花吗？"

玄遥微微眯了眯眼，嘴角微勾，道："所以你是承认了，你是为了那一池莲花，才故意在我这紫微宫受罚，就是为了让我紫微宫上下不得安宁？让我不得安宁？"

青莲大声地道："没错！我就是为了我那一池莲花才会在这里跪着，每天诵经念佛，便是要让你知道什么叫作寝食难安。"

玄遥有些难以置信地望着她，他觉得她是疯了。

"你是疯了吧？这天界的莲花何时成你的了？你不分青红皂白蛮不讲理地打伤我紫微宫的仙婢，还反咬一口，伺机报复，你到底是怎么想的？"

"我没有不分青红皂白打伤人，是你们紫微宫的仙婢无理在先。你，紫微大帝，身为万星宗主，只为了一顿莲花宴，满足你的口腹之欲，却将耗费了我近一万年心血才培养出的莲花全部冰封了。不分青红皂白，蛮不讲理的是你！"

"你即便是耗费你毕生的心血去培养那瑶池的莲花，也是你身为十二月令司花之神该看管好整个天界莲花的职责所在，你却把整个天界的莲花当作自己的私有物，你才是为了满足自己的私欲强词夺理。"

玄遥的这番话让青莲沉默了。她神情沮丧，身体瘫软地坐在地上，心中悲凉凄凄，那无助的酸涩从心底漫了上来，浸润了她的眼眶。

玄遥见她不说话，也软了语气，道："你别再胡闹了，回花药宫去好好养伤去吧，我这里也不需要你受罚。你走吧。"

"你根本不懂。对你们来说，那些莲花也许只是用来观赏的植物，或是餐中的食物，但对我来说，它们就是我的全部。我耗费了万年的心血，只为再见花开，再见我心中的须弥山，但是这一切都叫你给毁了……"

她本就不属于这里。她一直想不明白佛祖为何要将她留在这里？佛祖说她尘缘未尽。那是什么？她根本不懂。她想念须弥山的一切，安详宁静，这里吵吵嚷嚷，纷争不断。她根本不想待在这里。如今她一心想要重现的须弥山莲花境界被毁了，她也就没有再留在这里的必要。

她坐直身体，闭上双眼，一朵青色的莲花在殿中盛开来。她手结定印，刹那间，整个大殿华光照耀。

玄遥察觉她有些不对劲儿，这个倔强的莲花仙子竟然要自毁元神……

他急忙出手阻止她，厉道："你是不是疯了？竟然要自毁元神？你到底想怎么样？"这丫头简直就是一根筋啊。

"把我的莲花还给我……"一行清泪顺着她白皙的面颊滚落而下，浸润的双眸泪光闪耀，说不出地楚楚动人。

玄遥深深闭眼，咬着牙，道："那冰过了七七四十九天，自会消融。"

"没用的，即使寒冰消融，它们也活不下去了……"青莲眼泪犹若断了线的珍珠，一滴连着一滴地滑落，憋了数日的委屈与难过突然间爆发，"都怪你！"她反手抓住玄遥的手臂，张口便用力地咬他的手背。

始料未及，手背上的疼痛令玄遥隐忍的情绪也到了极点，抬手一掌劈向青莲的后颈。青莲顿时失去了知觉，身体软软地倒在玄遥的怀里。玄遥及时伸手托住她，几乎感受不到她身体的重量，柔弱得就像是一片轻柔的羽毛，仿佛随时会随风飘走。

玄遥忍不住垂眸凝视她，巴掌大的娇柔脸蛋，一双秀美的蛾眉淡扫，肌肤白皙细腻，但这三日的处罚加上她自损精气的举动，令她整个人看上去苍白无力，柔弱不堪。

这女人真是个不计一切后果的疯子！

玄遥很想像上次一样将她冰冻了扔出殿外，可是也不知怎么心中有所触动，他竟然放弃了这个念头，手掌用力扶住了她消瘦的肩头，将她整个人打横抱起，抱回寝宫，放至在床榻之上。

紫微星君跟在玄遥身后，惊讶地望着这一切，不知如何开口。

玄遥在寝宫内烦躁地不停来回走动。

这是紫微星君第一次瞧见他坐立不安，想来这位莲花仙子的目的还真是达到了。

紫微星君暗暗揣摩着玄遥的心思，忽然道："启禀北帝，要不下官派个仙使去南海落伽山，向观世音菩萨借三滴杨柳净瓶中的甘露回来，那一池莲花应该就没什么问题了……"

玄遥顿住脚步，眉尾轻挑，定定地望着紫微星君。

紫微星君瞅着玄遥的脸色，又道："下官前几日听说蟠桃园的桃树似乎生了虫，若是不及时医治，这不久即将举办的蟠桃大会怕是会受影响……"

玄遥依旧凝视着紫微星君不答话。

紫微星君继续道："要不就由下官去南海落伽山吧……"

玄遥终于开口道："星君一路辛苦，速去速回。"

"下官遵旨，下官这就去办。"

紫微星君的身影方消失，玄遥瞅着床榻之上的青莲竟然一时间失了神。他也许也是疯了，才会将她抱上自己的床榻。

凌绾忽地从外面走近寝殿，一眼便瞧见床榻之上昏睡的青莲，吃惊不小。

玄遥略显尴尬，道："待她醒了之后，把这床褥床单被子全都给我扔了。"

"喏。"凌绾欠了欠身。

"还有，整个紫微宫都给我洗一遍。"玄遥总觉得这寝宫之内的空气不寻常，多了一股子夏日莲花一般的脂粉味，吩咐完便急匆匆出了寝宫。

"喏。"凌绾的身体不由得抖了抖。

第八章 — 沉沦（三）

阿怜昏睡了整整三天三夜。

玄遥守了她三天三夜。

奎河去了冥界，只用了一日便回来，想要向玄遥禀告去冥界查探的情况，可是被芋圆嘤嘤嘤地拦住："师父在阿怜房中，眼下正在办要事，他老人家吩咐了，你若回来，切勿打扰，在外面等着就好。"

"咦？什么正事得要在阿怜的房中办呀？"奎河不明白地摸着脑袋。

芋圆将阿怜中了迷魂术的事简单地说了遍，奎河一听立即了然："没想到我不过去了趟冥界的时间，师父还是惨遭阿怜辣手摧花啊。"

芋圆嘤嘤嘤道："我觉得有阿怜在挺好的。至少每次师父一发毛的时候，只要有阿怜在，师父这炸开的毛顿时就顺了许多啊。到底就是不一样啊，这大概就是所谓的同性相斥，异性相吸。"

奎河用力地拍了拍芋圆的狐狸脑袋，道："你一只狐狸懂得还真多呢。"

"那是，我可是九尾狐族。"芋圆转着骨碌碌的眼睛，"师父还交代了，让你一回来就去来凤客栈找九尾狐族的白颜轩，说是一日之约无法赴约，将日期改为两日之后。"

"九尾狐族？你们老乡见老乡，两眼泪汪汪。你怎么不去呀？"这才刚从冥界回来，奎河身心疲惫，就又要被打发出门。他一眼就看穿了这小狐狸的诡计。这小狐狸跟在阿怜身后，啥没学会，尽会使坏，可真是能偷懒哟。

芋圆摇着尾巴又嘤嘤地道："都两眼泪汪汪了，我干吗要去？再说了，我这不是得守着师父吗？"

"你这是懒惰的借口！"奎河说归说，还是乖乖地去了来凤客栈报信。见到了白颜轩，立即感应到他便是之前在京城客栈困了阿怜一日的上仙。

白颜轩对玄遥的不守约本来有些恼火，正打算带着一狐一兔回青丘，奎河的到来，算是令他消了气。他便留了下来，再等两日。

奎河从来凤客栈回到半莲池，直到整整两日后，才瞧见玄遥从阿怜的房中走出来，气色苍白，似是受了极重的内伤。

奎河惊呼："师父！"

见到师父如此虚弱苍白的模样，芋圆也不禁傻了。这三天三夜，师父与阿怜在屋子里究竟做了什么呀？只是男女交欢应该更加滋润才对啊，师父怎么是一副被掏空的模样呀……

"师父，你这是怎么了？"奎河担忧地问。这千年来，他从未见过师父这般。

玄遥摆了摆手，对奎河吩咐道："去弄些清淡的蔬菜粥吧，放少许肉丝。"

那日为了找到阿怜，他不顾后果自解了封印，本就有损修为。孰料阿怜被那兔妖吸了精气，他不得不为阿怜输入真气，并动用幽冥追魂之术将阿怜从鬼门关拉了回来，他却遭到法术反噬，伤了元气，加之这三天三夜的情欲抗争，无疑是雪上加霜。

短期之内，他不可再耗真气，亦没法再动用幽冥圣剑。

阿怜昏昏沉沉地从床上醒来，这一夜似乎她又做了好几个梦。第一个梦是令人面红耳赤的春梦，梦中她一直在拼命地勾引着玄遥，甚至当面脱了自己的衣衫，不停地亲吻他……

梦中的吻，十分真实，这醒了都还能感受到玄遥那醉人的气息。

她羞涩地笑了笑，垂下眼帘，视线无意中落在胸前，然而胸前缠绕的白纱布没了，前面空荡荡的一片，不只是那白纱布没了，而是她浑身都一丝不挂。

天啊……这到底发生了什么事？

她拍了拍脑袋，依稀只记得那个野狐狸胡乱在她的眼前吐了一口气，她便昏沉过去，没了知觉……

她用被子护着胸前，在床上床下看了又看，就是没有找着那段白纱布。她缠在胸前这么多年，除非沐浴洗澡的时候才会解下，平日里是决计不会解下的。怎么突然就不见了呢？不仅那白纱布没有了，好像连她先前穿的衣服也没有了。哎？她的衣衫呢？

"在找什么？"玄遥低沉的声音忽然响起。

"在找一段白纱布和我的衣衫。"她本能地回答，但是话一出口，她便后悔得恨不能咬掉自己的舌头，看向立在门外的玄遥，立即改口道，"哦，没在找什么……"

玄遥的视线落在她正护着胸口的被子上，道："不用找了，都被我扔了。"那白纱布是决计不能再裹，还有事已至此，她是女儿身的身份芊圆和奎河都已知晓，以后也不能再穿着男装和他们随意打打闹闹。

"什么？！被你扔了？！我的衣服也都被扔了吗？"

玄遥将放在一旁的一套粉色衣裙丢给她，道："以后就穿这身衣裳，之前的衣服就别再穿了。"

"为什么？"她抱着被子一脸不明所以。

"没有为什么！赶紧换衣服！"玄遥别过脸，她这副模样让他忍不住想起那个差点失控的晚上。

阿怜开始纠结，那东西缠在她胸前好好的，怎么会被解下？该不会昨夜那个春梦都是真的吧……她立即又甩了甩头，不会的，那只是个梦而已。

她下意识感受到自己的身体有哪里不对，听花楼的姑娘们说，下半身会很酸痛，但是她好像没有这些症状。还有若是第一次，床上会有落红。她裹着被子故意挪了挪，在床上找寻印记，然而整张床上并没有所谓的落红。不过，她胸前的两团……轻轻触碰好像还是有些微微胀痛。

她背着他，悄悄撩开被子，胸前白皙的肌肤上布满了细碎的红印，有的已经淡得几乎看不出。这些都是什么？！脑海里倏然又浮现出玄遥的脸，以及那些令人面红耳赤羞耻的画面……

耳根脸颊倏然热了起来，她害臊地看向玄遥，小声地道："昨晚是不是发生了什么事……"

玄遥一脸平静地道："昨晚什么事都没有发生，你睡得很熟。"

"是吗……"阿怜满满的难以置信。那她胸前这些印记是哪里来的？难道是那个野狐留下的……

一想到野狐那张令人讨厌的脸，和浑身散发的恶心臭气，她的心便猛然沉了下去。她居然还在做春梦的时候，将那只野狐狸幻想成是玄遥，春梦果然就是春梦。一想着被野狐非礼了，难过的酸涩突然间从心底涌了上来。

玄遥转身方要离开，却被她突如其来的反应吓住，深蹙着眉心，略带尴尬地解释道："不是昨晚，是大前天的晚上。"

阿怜一听，一直盘旋在她眼眶中的泪水抑制不住滚落出来。原来是在大前天晚上她就被那个野狐非礼了啊……

"对不起……"玄遥深感无力，"你若很介意这件事，我便娶你。"

阿怜眨巴着泪眼，难以置信地望着玄遥，他的眉心紧蹙，面部紧绷的神情怎么看都像是十分为难的样子，是在为救她晚来而愧疚吗？她被那只野狐狸非礼了，却要他来娶她，算什么呀？眼泪抑制不住地"吧嗒吧嗒"往下掉落。

很快，她又迅速抹了眼泪，强颜欢笑："没关系。我没事，方才不过是眼睛进了灰尘罢了。"

这个谎言有点烂……玄遥一眼便看穿了，不过并没有揭穿，莫名感到心口之处像被什么刺了一下，隐隐作痛。

他沙哑着嗓音道："你昏睡了三天三夜，我让奎河弄了点儿清淡的稀粥，起来吃点儿吧。"

原来睡了三天三夜啊……阿怜暗暗咬着嘴唇，微微蹙眉，又问："对了，那只臭妖狐可抓到了吗？"

玄遥点了点头，道："抓到了。因为你一直昏迷，还没来得及审问他。白颜轩在来凤客栈等了三天，我等一下就过去。"

"白颜轩……"好熟悉的名字，阿怜一时想不起来，"我能不能跟你一起去来凤客栈。"

玄遥静静地望着她半晌。

"我就是想知道何大娘和何招娣母女是生是死，才会被那个叫胡乱的野狐狸抓去。如今抓到他，不弄清楚，我心有不甘。"阿怜强扯了抹笑容，"至少也得让我去揍那只害人的臭妖狐一顿吧。"

玄遥思忖片刻，点了点头，道："我在膳厅等你，你先换衣服吧。"他眉头紧锁，心思凝重地走出屋子。

玄遥的身影一离开，阿怜心中的酸涩立即又涌了上来。她咬着嘴唇，抱着被子结结实实地又哭了一把。直到哭够了，她才抹干眼泪，将玄遥为她准备的漂亮衣裙穿上身。

摸着腰间别致的流苏和衣襟上精美的刺绣，她深吸了口气。就当作身体受了伤吧，比起曾经趴在有钱人家后巷翻吃剩食，会得痢疾，会全身瘙痒，会被划伤，其实也差不多吧。她能好命地活到现在，已经是上天对她的一种恩赐了。反正她这辈子也不会嫁人了。

想明白之后，她总算是可以松了口气。

阿怜走出寝室，到了膳厅，刚踏进门，奎河和芋圆一人一狐一瞧见她，四只眼睛都看直了。

奎河小脸一红，欣喜着道："阿怜，原来你穿女孩子家的衣裳这么好看呀。比那万花楼里的姑娘好看多了。"

阿怜嘴角抽搐。

芋圆跳起来用他的小短腿一脚踹在奎河的脸上，嘤嘤嘤地骂道："会说人话吗？难怪年纪一大把了，连个姑娘家都瞧不上你，就你这笨嘴。"

奎河摸了摸头，尴尬道："好好好，我说错了，我说错了，咱阿怜比天界的仙女都漂亮。"

芋圆道："这还差不多！"

被这两人一闹腾，阿怜压在心头的阴霾顿时一扫而空，嘴角也忍不住浮起淡淡笑容。不经意抬眸间，她刚好撞进玄遥黝黑深邃的眼眸里，似有惊艳，似有不在乎，甚至还夹杂着一丝她看不懂的情绪。

玄遥很快便错开眼神，又恢复以往淡漠的神情："先坐下来吃点儿东西吧。"

奎河立即将热腾腾的青菜瘦肉粥端到她的面前："阿怜，赶紧趁热吃吧。"

芋圆道："你这一觉可是睡了整整三天三夜呢。"

睡了这么久，难怪一起来就觉得很饿很饿。阿怜捧着青菜瘦肉粥吃了起来。

芋圆转了转眼珠，嘤嘤嘤道："你这三天三夜一定是累坏了，多吃点吧。奎河熬了一大锅。"

果然，玄遥的一张俊脸顿时黑了下来，目光锐利地直射向芋圆，道："待会儿我们要来去凤客栈见你三叔，既然你这么闲，不如跟我们一块儿过去，你三叔见着你一定会十分高兴的。"

芋圆一听，顿时了然，嘤嘤嘤回道："哦，为了早日能恢复人形，我还得跟着师父多多修行。来凤客栈，还是师父自己去吧。"它才不要去见三叔，好不容易从青丘跑出来，它才不要回去，它喜欢待在这里。反正逗趣的目的已经达到，它也满足了，于是欢快地摇着尾巴跳下凳子溜走了。

阿怜望着芋圆跑走的影子，总觉得她这一觉睡得有些怪怪的。由于粥太烫，有些难以下口，她被烫得不停吐着舌头，吸着气。

玄遥忍不住道："吃慢一点，不着急。"

听到他低沉好听的嗓音，阿怜的心尖抑制不住颤了一下，抬眸看向他，然而他又迅速地错开视线，转向奎河："奎河，你去了冥界，情况如何？"

奎河道："回师父，徒儿去了冥界，证实何大娘和何招娣母女确实都已不在人世，但是她们的魂魄都没到冥界。"

玄遥深深蹙眉，看来这个妖不一般，有可能猎食人的魂魄。

"这桩死的可能不止何大娘和何招娣母女二人。冥界丢了这么多鬼魂，竟然都不去查，真不知道他们整天在干什么！"玄遥怒拍了桌子。

"师父请息怒。其实他们冥界也有难处，除了将死去的人从阳间引渡回冥界，他们并不能在阳间久待，所以这查起来也是有难度。这引不回死去之人的鬼魂，他们还要被扣罚俸禄。他们就是想去找回那些丢了的魂魄，也是心有余而力不足，所以才导致有那么多的孤魂野鬼……"奎河此次前去冥界，黑白无常一见着他就大吐苦水。

这些道理玄遥当然都知道，冥界的鬼差不能在阳界久待，但是天界的仙使总有办法，他们可以上报天界，说白了还是偷懒不作为，怕担事，怕被扣罚俸禄。

阿怜惊奇："咦？为何他们不能在阳间久待？冥界不都是很牛的吗？我们阳间对冥界的一切都十分敬畏呢。"

奎河道："冥界的鬼差在阳间若是待久了，是经不起阳间的阳气侵蚀的，一旦他们的灵体被阳气冲散，那他们的小命也就玩完了。"

"冥界的鬼也会死？"阿怜更惊讶了。

"当然会。人死为鬼，鬼死为聻。就连天界的神仙也都会死啊。"

"神仙……他们不都是万能的吗，怎么也会死呢？"阿怜下意识瞅了一眼玄遥。难道说玄遥也会死？

玄遥垂下眼睫，薄唇抿成了一条线。

奎河又道："只是相对凡人来说，他们的寿命很长罢了，长到以为他们都是不死不灭的。其实身为天界的仙者都会历劫，若是渡不过去，那么生命便会陨落，消失于这天地六界。"

"奎河，你区区一介凡人怎么会知道天地六界这么多的事呀？你该不会也是天界的神仙，被罚在人间渡劫吧？"阿怜一直很好奇。

奎河也下意识瞅了玄遥一眼，道："这个嘛……以后有机会再同你细说，你赶紧喝粥吧。"

他此番投胎转世，算是一种历劫吧。其实他本是天界一个小小的如意仙童。一千年前，在现任天帝的继位大典上，因为太过劳累犯困，打翻了整整十坛琼浆玉液，导致赴宴的各路仙家一大半改喝了仙果汁。事后，他便被罚投胎人界十世轮回。前九世他皆是投胎畜生道，他投过猪，投过狗，投过王八……

这到了第十世时，师父刚好在冥界，许是瞧见他不想再投作畜生，哭得太惨烈，故意将他手中的孟婆汤打翻，将通阴阳生死的彼岸花打入他的体内，并将他扔进了人道。在人间睁开眼的一刹那，他瞧见了师父，得知自己终于投胎成人，他的哭声特别响亮。

"小气！"阿怜一边喝着清粥，一边偷偷地瞅着玄遥。他的面色暗沉，眉心紧蹙，似是陷入往事的回忆中。本以为做神仙很逍遥呢，没想着还要历劫，这渡不过去便会魂飞魄散。那个叫青莲的莲花仙子莫不是就是没有渡劫成功，才消失的吧？这说起来，还不如做凡人。

想到这青莲，她便又想起来，除了梦见和玄遥羞羞的那个春梦以外，她还梦见了青莲。青莲为了打击报复玄遥冻伤她与那池莲花，在他的宫殿之上敲了三天三夜的木鱼，差点自毁原神。她越来越觉得玄遥就是自己梦中那个恃强凌弱的紫微大帝啊。

她越来越困惑，为何她总是梦见青莲和他？明明是梦，可是她又觉得那么真实，她已经分不清什么是虚幻什么是真实。等等！为何她做的梦都与他有关，这是怎么回事？常言道：日有所思，夜有所梦，难道是她开始对他有想法，所以全都变成在梦里去淫呢？不是吧……她也就上次喝醉了，才知道自己其实很中意他的盛世美颜啊，之前都特别特别讨厌他呢，这也只能说明她在意的是他的样貌，并不能代表其他啊。

她控制不住，视线又一次飘向玄遥。要命！他为何连锁着眉头都那么好看，那么叫人心神荡漾呢？让人忍不住想要替他抚平眉心的褶皱。想着想着，她的手伸了出去……

玄遥抬眸，便撞见阿怜痴痴的目光，她手里抓着饭勺伸在他的面前不知想干什么？于是，他便伸手在她的桌前轻敲了两下："吃完了？"

阿怜立即回过神，瞧见自己居然想用勺子抹平玄遥眉心的褶皱。她连忙收回手，对着空碗又扒拉了几下，然而碗里连一粒米饭也没有。她一脸尴尬地将碗推开："吃完了。可以去来凤客栈了。"

玄遥眉间放宽，嘴角也浮起一丝笑容，缓缓起身，柔声道："走吧。"

阿怜匆匆地擦了嘴，跟着玄遥离开。

到了来凤客栈，店小二领着二人上了楼，轻敲了敲天字一号房的门："客官，有两位客人找您。"

"进来吧。"

阿怜听着这磁性慵懒的声音有些耳熟，推开门，便瞧见颜轩坐在太师椅上，悠闲地喝着茶。

"怎么是你？！"阿怜不可思议地瞪圆了眼，转身就想跑。

这货上次困了她整整一天，这次不知又想干什么？可刚回转身，玄遥立在身后，她便抖擞了精神，立直了腰杆。她差点忘了，这一次她可不是一个人来的，她可是有靠山的，量他法术再牛，今日也不敢把她怎么样。

　　颜轩放下茶盅走过来，瞅着阿怜身上一袭做工精致的粉色衣裙，啧啧惊叹："我的小阿怜，大半年不见，你可真是越来越漂亮了。有没有想我？"

　　阿怜还没来得及说话，玄遥便将她拉向自己的身后，挡住颜轩热情似火的目光，神情不悦地道："那一狐一兔呢？"

　　那一句"我的小阿怜"，在他听起来超级不入耳。

　　颜轩倏地打开手中的扇子，笑道："我不过是想跟阿怜叙个旧，你这么心急做什么？"

　　"阿怜没空跟你闲扯。"

　　"是吗？你又不是阿怜，你怎么知道她没空？"

　　"我说她没空她就是没空。"

　　"就算你是她的主人，也要问问小阿怜本人吧。"

　　玄遥与颜轩两人面对面站立，互不相让，四目相对，视线碰撞在一起，瞬时电光石火乍起，犹如燃起一场熊熊战火。无形的交锋中，两人的目光越发犀利，气氛也一下子凝结起来。

　　阿怜见势，连忙伸出手挡在二人视线之中，生怕二人突然打起来："哎哎哎！不是要办正事吗？"

　　颜轩立即转了视线，望着阿怜笑了起来，道："小阿怜说得极是。"

　　手中的扇子即合即开，两道银光闪过，一狐一兔当下跌落在地。

　　阿怜瞅着地上半人半妖的一狐一兔，气不打一处来。

　　"你这只臭狐妖！臭狐妖！"她上前便伸手揪住胡乱的狐狸耳朵，用力地扯着，似要将积聚了三天三夜的怒气全都发泄出来。

　　胡乱两只爪子拼命地护着耳朵，痛得他不停嗷嗷直叫："嗷！痛！痛！我的姑奶奶，姑奶奶！求您别揪了！别揪了！"

　　阿怜用脚又狠狠踹了他一脚，怒道："我恨不能将你千刀万剐！"

　　"我的姑奶奶呀，我哪里得罪你了呀？我连把你打晕都舍不得啊，最多就是用刀挑了你的……衣服呀……"胡乱色眯眯地瞅着阿怜胸口看了一眼，那里比起之前膨胀了许多，看不出来这小丫头还挺真材实料的呀。她今日穿这身衣裳可真是漂亮呀。他再一次悔恨啊，悔得肠子都青了。

　　阿怜一听到他说用刀挑了自己的衣服，气极，再看他那双色眯眯的小眼睛盯着自己的胸口，更是怒火攻心，伸手便死命拉扯着他的两只狐狸耳朵："你还敢说！你还敢说！眼睛往哪儿看？信不信我用刀子挖了你这双狗眼！"

"痛啊！我是狐狸啊，不是狗！嗷嗷嗷！我不说了，不看了！不说了，不看了！嗷——"胡乱痛得眼泪都快滚出来了。

夏高挺身而出，道："你别再打胡乱了，吸你精气的是我。要打你就打我吧！"

"你这只死兔子，竟然还吸我精气哦？"阿怜伸手又揪住夏高的长兔耳朵。不一会儿夏高的两只眼睛也红了起来，眼泪抑制不住"哗哗哗"地流了出来，咬着小兔牙就是坚强地不肯哭出来。

玄遥走向太师椅轻撩衣摆坐下，身姿极其优雅。他静静地看着阿怜，任由她使着性子，惩戒这两只小妖精。

颜轩也不说话，索性在太师椅的另一边坐下，一边啜着茶，一边欣赏着。

阿怜终于发泄够了，终于松了手，道："待会儿问你们俩什么，你们俩就给我老实回答什么。要是敢说半个字谎话，我今日便揪下你们这对狐耳朵和兔耳朵，炖了做菜吃。"

胡乱两只爪子捂着痛肿的耳朵，恭敬地跪在地上，哪敢插话，这丫头太可怕了，什么招不使，专门揪耳朵，好痛啊！

"姑娘，你有什么尽管问吧。"夏高的一双眼睛别提有多红，虽说男儿有泪不轻弹，但是他真的扛不住。耳朵是他们兔子的弱点，他宁可被打几棍，也不想再受这揪耳朵的极刑。

阿怜问道："你和夏高在广陵城究竟害过多少姑娘和小倌，给我如实招来，一个都不许少。"

白颜轩使用法术十分贴心地为阿怜变出一套笔墨纸砚。

胡乱和夏高两妖开始招供，除了青楼的姑娘到南院的小倌，这广陵城里更是有不少良家女子也惨遭辣手摧花。

阿怜望着记录下的长长一串名字，气不打一处来，没想到这两只妖精竟然摧残了这么多良家女子。她抬脚便又往两妖的屁股上狠狠踹了几脚。

但是这长长的名单上没有何招娣的名字，也没有另外三个失踪姑娘的名字。她将名单递给玄遥看，玄遥示意她继续盘问。

阿怜在胡乱和夏高的脑袋上各自狠拍了一巴掌，厉道："叫你们如实招供，你们竟敢有所隐瞒？为何没有何招娣？"

胡乱和夏高互看了一眼，两妖也迷惑不解。

"何招娣是谁？"胡乱不明所以，他没有玩过这个姑娘啊。

"你看我干吗？你不知道，我怎么可能知道？"夏高更不明白了。

"还装蒜！清流县何家村的何招娣，你们俩是不是趁她回娘家的途中劫了她？然后吸了她的精气再弃尸？"阿怜将何招娣的画像拿出来放在他们俩的眼前。

胡乱瞅着那张画像看了又看，道："这小女子是谁啊？我没有劫过啊！老夏，你劫过吗？"

夏高瞅了一眼画像，啐道："劫你个大鬼头！老子从来不劫女人！"

"你们两个撒谎！除了何招娣，还有曲江镇李家村的李良秀，双沟镇刘家庄的刘细妹，东口镇望乡村的陆小梅。"阿怜报出媚姬从官府捕快口中探听到的另外几位失踪姑娘的名字。

玄遥将另三位姑娘的画像扔在二妖的面前，道："看仔细了！"

胡乱看完，坚持道："阿怜姑娘，你说的这几位姑娘，我和老夏是第一次听到名字，这画像也是第一次见啊，我们真的没有劫她们啊。"

阿怜回眸看了一眼玄遥，玄遥的眉心微微蹙起，厉道："这广陵城，自打你们两只妖来了之后，就闹得满城风雨，不是你们俩，那又会是谁？是不是知道这何招娣被害身亡，你们俩便不敢认了？"

"死了？那更不可能是我二人做的。"胡乱拼命摇摆着狐爪。

"你们俩有什么证据证明不是自己做的？"白颜轩听了这半晌，也差不多知道是怎么回事。虽然这胡乱一直跟他过不去，但是多少也知道他的本性，好色是好色了些，若不是这次他逼急了，他们这两妖真不至于伤人性命。

"我兄弟二人自来了这广陵城，犯案最多也就在这广陵城内。老夏是只劫小倌，从不劫女色。我胡乱虽好色，但这劫色也是论对象的。作为一个高品位的采花贼，这劫色自然是要有追求的。这青楼的窑姐儿可劫，论行欢好之术天下间的女子没哪个能比过青楼窑姐儿的活好，只要付了银子便好办事，不会添麻烦。这大家闺秀和小家碧玉可劫，她们不仅皮滑肉嫩，即便遇事也会为了面子不敢声张。唯独那村姑，因长期劳作不仅皮糙肉厚，还会拼命反抗，没准就能招来麻烦。阿怜姑娘说的这几位姑娘，都是家住在郊县村子里从事劳作生产的穷苦人家。我是决计不会下手的。"胡乱一再表示他是个有品位的采花贼。

颜轩摇着扇子听完，不禁哈哈大笑起来，转眼间便敛了笑容，厉声道："胡乱，这种事你都能找出规律，你若是把你这点儿心思用在正道上，你何以至今没有修炼成仙啊？"

胡乱白了他一眼，啐道："你少在那儿假惺惺的。我胡乱栽在你白颜轩手里，是我倒霉。若不是你将我兄弟二人重伤，我也不会过度吸食那万花楼的花魁精气。我胡乱再怎么，也始终是个有品位的狐妖！"

"你劫色你还骄傲了？！"这劫色还能劫出这么多花样。阿怜上去便又狠揪了胡乱的耳朵。

"说好了不揪耳朵的……"胡乱要哭了。

阿怜在他的屁股上狠踹了一脚，道："我再问你一遍，你当真没有劫过清流县何家村的何招娣和何大娘？"

胡乱哭丧着脸道："阿怜，我的姑奶奶啊，我既然承认了那些被我劫色的女子，又何差这何招娣一人？说不是我兄弟二人做的就不是。"

阿怜转问夏高："那你呢？你说你不劫女色，谁知道呢？"

夏高道："姑娘你就是今日将我这对兔子耳朵割下来，我还是说不是我们做的，没做过就是没做过。"

阿怜盯着胡乱和夏高二妖的表情看了许久，觉得这两只小妖精虽然色胆包天，但是说的话不像是假话。

她转向玄遥，蹙着眉头轻道："似乎何大娘和何招娣的死真的与他们无关。那天周捕头他们也说了，何招娣、李良秀、刘细妹、陆小梅这四个人的共同特点都是在出嫁之后失踪的，但是这名单上的女子，并没有这个情况。奎河说何大娘母女的魂魄并不在冥界，这会不会还有其他妖在作祟？"

玄遥给阿怜一个赞许的目光，这丫头天资聪慧，其实他早就知晓杀害何大娘和何招娣的不是这一狐一兔，而是另有妖在作祟。食人魂魄的妖可不会像这一狐一兔一样这般没有出息。今日前来，不过是问个清楚证实先前猜测罢了，顺便替阿怜出气。

他看向二妖，道："你们既然说没有劫过何招娣，那你们在这广陵城可曾发现有什么其他不一样的地方？或者说有其他的妖。"

胡乱想了想，突然叫道："我想起来了！就在我们住的竹屋往东几里的位置，那里好像有个乱葬岗。我们兄弟二人曾经路过那里，那里阴气极重。我记得我在那儿有感受到冤魂的气息。我们兄弟二人当时是为了逃命，不想惹事，若是被冤魂缠上很麻烦，所以不敢多逗留。说不准那里有你们要找的那个什么什么何招娣。"

"竹屋往东几里的乱葬岗？"阿怜瞪大了眼看向玄遥，那不就是发现叫着她名字的骷髅头骨所在的地方吗？

夏高连连点头，道："对对对！那里绝不寻常。圣仙若是不信，可以去查探查探。"

那个地方自是要再去查探，因为阿怜中了迷魂之术耽误了整整三天。那地方白日里去，那些冤魂自是不敢出来，就算想要找那些个冤魂问清楚，也只能等到太阳落山。

白颜轩收了扇子，对玄遥严肃地道："圣仙既然都问清楚了，这一狐一兔是否可由我带回青丘问罪？"

玄遥淡淡地眈了他一眼，道："既然是你青丘跑出来的妖孽，那便由你们青丘去问罪。"

胡乱一听要跟着白颜轩回去，立即不干了："我不要跟这只臭狐狸回去！"

"那可由不得你！"白颜轩说着，手中的乾坤如意扇子即开，整个厢房的气流顿时变了，厢房的顶梁瞬间变了形，四周的家私也跟着扭曲起来，一道金光自折扇中射出，照在胡乱和夏高的身上，不一会儿，两道精光乍现，倏地一下，二妖被吸进了扇子中。

白颜轩收了扇子，复打开，看上去依然是普通的一柄扇子，只不过扇面比先前有了少许不同。原本扇面只是一幅秀丽的水墨山水画，但自从这一狐一兔被收之后，那扇面的山水图中立即多了一狐一兔，一黄一白，细看那狐狸的左眼下方还有一颗黑痣，兔子的耳子又红又肿……

阿怜惊奇地看着那柄扇子，两只眼睛瞪得圆圆的，忍不住赞叹："你这扇子好厉害呀！倏地一下就把两妖精给装进去了。"

"这叫乾坤如意扇。喜欢吗？"颜轩笑着将扇子递给阿怜。

阿怜拼命点了点头，接过扇子左看右看。她从来没见过这么稀奇的玩意儿，那一狐一兔那么大个，这扇子就扇了两下，他们就到了这扇面的画中，真是太奇妙了。

"这柄扇子要是落在个别有心人的手中，打家劫舍的话，倏地一下，金银财宝不就全部都装走了吗？"她扇了两下，这扇子要是能借她使一使，她定将城里那些个黑心奸商的银子全部装走。

白颜轩听了忍不住哈哈大笑，这乾坤如意扇若是落入什么妖魔鬼怪的手中，少不得腥风血雨，占山为王，而他的小阿怜只想着金银财宝。他勾了勾唇角，道："小阿怜，你若是随我回青丘，那里的宝物应有尽有，随意挑选，只要你喜欢，我都可以送给你。说不准日子久了，这扇子也能送你。"

阿怜双眼立即亮了起来，道："青丘在什么地方？"

"青丘在……"

白颜轩的话尚未说完，玄遥便冷不防地嘲笑起来："你们青丘当真有那么多宝物吗？要是真有你说的那么好，这一狐一兔还会跑到人间来作恶？"

"对哦。"阿怜附和地点头。

玄遥继续讽刺："况且从你们青丘跑出来的，可不止这一狐一兔。不知是你们青丘的伙食太不尽如人意还是怎么，这仙与妖都喜欢往外跑，不肯回去。三殿下这是想拐了人去你们青丘充人头吗？"

"圣仙似乎话中有话。"白颜轩眉峰微挑，面色有些微不自然。他们青丘的小皇子私跑下山，至今没找到，除了他们青丘的众仙以外，这外界似乎没人知晓，这玄遥是怎么得知的？

"狐狸窝有什么好去的？别被只公狐狸一两句花言巧语就给哄骗了，回头你哭都来不及呢，好好想想何招娣。"玄遥从阿怜的手中夺下乾坤如意扇，丢还给白颜轩。

白颜轩嘴角抽搐，他们九尾狐好歹是上古神兽，怎么在这货口中左一个狐狸右一个狐狸地叫着，像是专门打家劫舍偷鸡摸狗的奸佞小人？就算他是那个天界赫赫有名的紫微大帝，也不带这样肆意羞辱他们青丘九尾狐族。

白颜轩依旧保持着翩翩风度，浅浅笑着道："小阿怜，很多事情得自己经历才知道，以讹传讹的谣言不能尽信。"

"可是你们青丘要是真的那么好，芊圆也不会不想回去呀。"阿怜突然想到他曾经拿着芊圆的画像问她，虽然她没有问过芊圆和他是什么关系，但是芊圆那么漂亮，应该和他的关系匪浅吧。

"毓垣？你后来又见过他？"白颜轩的神色一下子严肃起来，不再嬉皮笑脸。他回到青丘，族内的长老夜观天象，说大劫已至，只是四处都找不到他。

"他……"阿怜刚要说芊圆一直在他们半莲池待得好好的，却被玄遥打断："走了。"

玄遥牵过阿怜的手，转身就要离开

"等等。她话还没说完。"白颜轩拦住。

"不管你们青丘丢了什么，跟我们都没有关系。"玄遥没再多留一分，一道精光闪过，两人的身影便消失在厢房内。

白颜轩双拳紧握，待将这一狐一兔送回青丘，他便要来好好会一会这个傲慢无理的紫微大帝。

第
九
章

共生

　　"那位颜轩公子好像在找芋圆。芋圆长那么漂亮，说不准他们俩是亲戚呢。"阿怜对着手指，一脸纠结。

　　玄遥冷哂一声："那跟你有关系吗？"

　　"跟我是没有关系，可是芋圆可以回家了呀。"

　　"到底是什么让你产生错觉以为芋圆是找不着回家的路？以芋圆那狡猾的狐狸性子，哪里像是找不着家？明摆了就是不想回去好吗？"玄遥白了她一眼。

　　"也对。我这是白给他操心了。"小狐狸鬼点子有时候比她还多，每次跟她出门买菜，瞅着大街上漂亮的姑娘就走不动路，走着走着就跟丢了，可也从来没见着它找不着回半莲池的路。

　　"那是你傻！早晚被人卖了还跟在后面替人家数钱。"

　　阿怜抗议："我哪里傻了？"

　　"哪里不傻了？！不就是一把破扇子看把你稀奇的，还想着跟人家回狐狸窝。"一把破扇子就把她哄得，他也没见着她有多喜欢他霸气威武的幽冥圣剑。论武力攻击，他手中的上古神器幽冥圣剑要甩那把破扇子十万八千里。

"不是没去过青丘吗？去玩玩不行吗？"以前听人家说书的，说青丘那地方山美水美狐更美，都说九尾狐是上古神兽，他们幻化成人形，不论男女，那都是盛世美颜。瞧瞧白颜轩和芋圆的长相，那都是极品中的极品啊。她喜欢看美好的东西不行吗？

"不行！"

"为什么不行？"

"你跟我定过生死契约，哪儿都不许去，只准待在半莲池给我好好烧饭。"

"你还讲不讲理啊？你简直比城里那些扒皮奸商还要可恶！"阿怜心里简直是无语，就算是那些富贵人家签了卖身契的奴仆，好歹也有个探亲假啊。她无父无母，就不算这假期了吗？

玄遥呵呵冷笑两声："不要跟我讲道理，因为我就是道理！"

"呵——呵——呵——"阿怜不可置信，这货已经自大到长江发起洪水都淹没不了他的厚脸皮吧。

阿怜赌气地丢下他往前走，回过神时，赫然发现自己身在广陵城的郊外，似乎离着三天前发现骸骨的地方不远。

一想着那晚手捧着的骷髅头骨，阿怜的心底就开始发毛，结巴着道："这……这是要去哪儿啊？"

玄遥瞅着她，讽道："三天前，你不是答应了那个骷髅头吗，说好了要带她走，这么快就忘了吗？"

天哪！真是要去找那个骷髅头啊……

阿怜连忙在心底不停地念着"阿弥陀佛"，走了没几步，回头赶紧拉住玄遥的衣袖。

玄遥的嘴角轻勾，继续嘲讽："你不是很牛气的，直往前冲吗？走啊！继续往前走啊！"

阿怜咬牙切齿地道："你别小人得志。小心我往你晚膳里加鹤顶红！"

"你尽管试。"玄遥冷笑两声，径直往前走去。

阿怜赶紧跟上，拉扯着他的衣袖不肯撒手。

两人向着前方走了许久，玄遥终于停下。

阿怜扯着玄遥衣袖的手更紧了。

那晚，单凭着夜明珠的光芒，并不足以看清这周围的环境。这里到处都是近一人高的荒草，稀稀落落地长着几棵树，每棵树上都搭满了鸟窝。随着脚步踏过的草声，一下子惊起树上缩着的乌鸦，扑腾着飞起一片。

阿怜不由得想起在冥界路过鬼门关的时候，那偌大的鬼鸦俯冲而下，恨不得啄她的肉吃。这里的乌鸦该不会这么邪吧？

别说是夜晚，这里大白天的看来，也是极奇阴森恐怖。相反，那晚到处都黑漆漆的，什么都看不清也就罢了。这一下子换作白天来看，周围的一切变得清晰起来，看在眼里，阿怜竟觉着比那天晚上更加恐怖。

"你确定那天晚上来的是这个地方吗？"阿怜扯了扯玄遥的衣袖。

说了只是找着那个骷髅头回去，可是玄遥带着她一直不停向前走。走过这片荒草，便听见潺潺的水声，很快一条清澈见底的小溪在这片土地上露了出来。

两边的树也渐渐多了起来，密密地沿着小径一直伸向前方的山路之中，看不见尽头。

玄遥顿住脚步，抬眸看向不远处的山间，透着一股阴森森的黑气。

阿怜忽然摇着他的胳膊激动起来："快看！快看！那山间缠绕着一股子诡异的黑气。可是这天空晴朗，万里无云，完全不像是要下暴雨的样子。你说，那妖怪是不是就躲在那山里？"

玄遥惊愕地看向阿怜，道："你能看见那团黑气？"

"难道你看不见吗？那么一大团呀。"阿怜反倒奇怪地看向玄遥。

"没什么。先回去再说。"玄遥抿紧了嘴唇，深深蹙起眉心。

但凡有食人魂魄的妖出现的地方，这方圆百里必不会有其他小妖或者鬼魂，这就好比阴间的鬼魂都怕聻一样。这妖究竟是一个还是多个，还不得而知。如今他身受重伤，无法施用法术，也无法动用幽冥圣剑，若是贸然过去，不仅没法收了妖，还极有可能会打草惊蛇。

阿怜跟着玄遥往回走，突然又大叫起来："就是这里！"

玄遥顿住脚步。

阿怜蹲下身，扒拉着草丛，不一会儿便从一堆乱石堆里找到了那夜被她丢下的骷髅头骨。她将头骨扒拉出来捧在胸前，激动地道："我找到那个骷髅头骨了！"

午后最烈的阳光直照在那头骨之上，"吱吱"地冒出轻烟。玄遥见势当即将阿怜抱在身前，将那头骨护在两人之间。

阿怜被这突如其来的举动吓得差一点又将那头骨扔出去。

"别动！"玄遥一声呵斥，神情紧绷。

阿怜当下僵直了身体，不敢乱动。她只敢缓缓抬起头，视线之中恰巧只能瞧见玄遥的胸膛。第一次，她发现他好高，她已经算是女子当中个子很高的，所以一直以来女扮男装别人才没有觉得很奇怪，而玄遥竟然比她高了整整一个头。还有，这怀抱……好熟悉的感觉……

"这头骨里仅存了一丝残魂，不能见光。你方才那样做，无疑是叫她彻底魂飞魄散。"

"啊？！"阿怜惊住，"我不知道！我不是故意的。"

玄遥叹了口气，伸手撕了衣摆，迅速将那头骨包好，又塞给了阿怜："以防万一，塞你衣服里。"

"这么大个怎么塞进去？"阿怜瞪着手中包裹着的头骨。

玄遥眈了她一眼，道："见过孕妇吗？"

阿怜看着自己的肚子，反对："可人家还没有嫁人呢。"

玄遥瞪着她，道："跟我定了生死契约的你嫁什么人？记好了！你生生世世，生是我的人，死是我的鬼！"

"生是我的人，死是我的鬼"这一句话，莫名地撞进阿怜的心里，有一种别样的滋味。虽然她知道他只是在强调生死契，可是这听起来多像是一个男人对一个女人的生死表白啊……

她望着顾长的背影，咬着嘴唇，痴痴傻笑着将那头骨塞进衣裙里，这肚子鼓鼓的，宛若一个即将临盆的产妇。

玄遥望着不远处的黑色妖气，越来越浓。也许还没有走出这里，这太阳已经下山。等到太阳落山，凭他们眼下的状况，想离开这里怕是难了。

"捧好了！快走！"他拉着她的手，迅速往来时的路快跑。

"你跑慢点啊！没瞧见我肚里还有一个吗……"

终于赶在太阳落山之前，他们两人回到了广陵城。玄遥也终于松开了阿怜的手，神情略有些尴尬，错开视线，径直一个人向前走去。

阿怜举起一直被玄遥紧紧牵着的右手，看了又看，在夕阳的余晖下，她竟然看见了自己的右手在闪闪发光。指尖被包裹在他的大掌之内，源源不断地感受着一种不一样的温度，忽然之间，她有种回去不想洗手的冲动。

"你在傻看什么？"玄遥见她没跟上，回头看她，却见她一手捧着肚子，一手高举着傻笑，在渐渐落下的晚霞中看起来，像极了个傻子。

"我在看宝贝！你不懂！"

二人回到半莲池，天已经黑透。

奎河见二人回来，悬着的心总算落下了，忽然见着阿怜大腹便便，震惊道："阿怜！你你你……这是被谁欺负了？"

芋圆瞧着阿怜的肚子也吓了一大跳。哎妈呀！师父也太神勇了吧，战了三天三夜，只花了一天，就让阿怜的肚子大了起来。这放眼整个六界，恐怕没有哪个有这么牛的战斗力吧。

"阿怜，你这才出去一天，这就怀上了吗？"

"去去去！你们两个就是狗嘴里吐不出象牙！"这天色完全黑下来，阿怜这才敢将肚子里的包裹取出来。

布一打开，露出了一个阴气森森的骷髅头骨，又吓了奎河和芋圆一跳。芋圆直接跳进了奎河的怀里，嘤嘤嘤地大叫："阿怜！你这是要搞事啊！"

奎河紧紧地抱着芊圆，道："你这比突然怀了还可怕好吗？"

阿怜不理他，双手合十，对着骷髅头骨拜了三拜，念念有词："姑娘，对不起，本该三日前就带你回来，我突然遇着事，所以耽搁了。你有什么话想对我说，尽管出来说吧。"

可是等了好一会儿，阿怜都没有听见之前叫她名字的那个声音出现。

"姑娘！你在吗？"阿怜又对着那骷髅叫了一声。

玄遥蹙着眉心道："奎河，芊圆，将所有门窗都关上，蜡烛吹灭，全部出去。"

阿怜也要跟着离开，玄遥却让她一人留下。

"为什么就我一人留下？"她一个人在这黑漆漆的屋子里对着一个骷髅头会吓死的啊。要不要这样对她啊？

"她今日应是被烈日所伤。我们三个在这里，她会感受到旺盛的阳气，然而并不清楚情况，自是不肯出来。若只有你一人在，或许她有可能会出来。毕竟当初她只叫你……"

"或许？可能？那也就是不确定啊。"阿怜扯着他的衣袖，不肯放手。

"我看好你！"玄遥将夜明珠塞在她的手里，给了她一个激励的眼神，便退了出去，将屋门带上。

两人一狐走了，屋子里只剩下阿怜一人，偌大的厅堂四处黑漆漆的，只有她手中的夜明珠散发着幽绿的光芒，而她正对面的桌上摆放着那个骷髅头骨。在这幽绿的光芒中，那骷髅头骨看起来极为诡异，尤其那两个黑洞洞的眼窝，看上去像是有一双眼睛在黑暗中盯着她似的。

阿怜心一横，对着正前方的骷髅头骨道："姑娘，他们都出去了，你可以出来了，眼下只有我一个人了。"

语音落毕，那骷髅头骨丝毫没有动静。

阿怜咬着牙，在心里咒着，明天她一定往汤里加耗子药，药死他们这妖孽的师徒三人算了。

阿怜带着哭腔，又叫了一遍："姑娘，我知道你害怕啊，可是我也害怕啊，你要是再不出来，我……我可就走啦。我数三声哦，三声数完，你不出来，我真的就走咯。"

反正她决定了，只要数完三声，这姑娘不出来，她就走。再不走，她的心都快蹦出嗓子眼了。

"一……二……三……"阿怜颤抖着声音数完三声，那骷髅头骨依旧没有反应。

"对不起，姑娘，我走了。"

她转身就要夺门而出，然而才走了两步，她便顿住了脚步。

方才……她好像穿过了什么东西……一道影子……

"阿怜姑娘。"熟悉又陌生的声音从阿怜的身后幽幽传来。

阿怜缓缓转过身，对面若隐若现浮着半个身影，看不真切。她将夜明珠向前送了送，这才看清一个几近半透明且只有半身的魂魄浮在半空中。隐隐约约能瞧见这缕幽魂的模样，清秀的鹅蛋脸上嵌着一对杏眼，长发披散于身后，仅有的半身穿着素白的亵衣，然而这亵衣却是染满了血……

"啊啊啊 ——"阿怜吓得放声尖叫，直奔向门处，想要拉开门，却发现门被从外面闩死了。

玄遥这是怕她意志不坚定跑出来，隔着门扉激励她道："冥界都去过的人，怕什么呢？"

她挠着木门吼道："你恐高难道换个地方就不恐高了吗？"

"阿怜姑娘，你不要害怕，我不会伤害你的。"背后那缕幽魂轻轻地说道。

阿怜心惊胆战地背靠着门慢慢转了过来，那缕幽魂神情十分难过，仿佛为自己吓着了人而感到内疚。

"你……出来了？你……你叫什么名字？"阿怜仔细看了看她，发觉细看之下，她的模样也没有那么吓人了，悬在嗓子眼的心总算是落回了原处，却依旧有些结巴。

那缕幽魂轻轻地道："我叫李良秀。"

"李良秀？！"阿怜惊呼，"你可是曲江镇李家村的李良秀？"

这一回轮着那缕幽魂怔住，很快她便激动地道："阿怜姑娘，你怎知我家是住在曲江镇李家村？"

"这话说来有点长。你可撑住？若是撑住，我便叫我东家出来，你有何冤屈尽管同他说，他定能帮你。"

"可是随你一同接我回来的那位？"

"正是。"

李良秀眉头深锁："他好像不一般呢，之前还有头骨护着，我不知道待会儿见着会怎么样。试一试吧。"当时她便是感应到玄遥极纯的仙气，但是胆小不敢叫他，便叫住了与他同行的阿怜。

阿怜欢快地跑过去，隔着门便对着屋外的玄遥叫道："她出来了，你们可以进来了。"

玄遥从外推开门，方踏入厅内，李良秀的魂魄仿佛受到了他身上强烈仙气的冲击，忽明忽暗，几欲消失。玄遥见势，掌中立即现出一朵白色的莲花，他口中念念有词，那朵附了聚魂咒的莲花飞向李良秀，与李良秀的最后一丝魂魄融为一体。

李良秀的魂魄终于再次浮现在众人面前。

阿怜拍着胸口，吓了一跳，这好容易才被她召唤出来的李良秀，若这么魂飞魄散了，真是太悲催了。

然而，一口鲜血自玄遥的口中喷了出来。

"师父！"奎河和芋圆同时叫了起来。

"玄遥！"与此同时，阿怜更是脱口而出。

阿怜冲到他的跟前，扶住他。他抬眸望着阿怜，目光之中浮现出一丝诧异。方才阿怜叫他的那一声"玄遥"，何以似曾相识？

阿怜担忧地问道："你怎么了？"她一直以为玄遥是万能的，这是她第一次见到玄遥也有如此脆弱的一面，她信了奎河的话，原来再厉害的神仙也不是万能的。

"我没事。"玄遥摇了摇头，在阿怜与奎河的搀扶下，在太师椅上坐下。

奎河知道师父这一定是在人界动用了什么禁忌法术，遭遇法术反噬了，然而九转紫金丹也只能暂时护住他的心脉。

玄遥幽幽地道："阿怜，你继续问吧。"

阿怜点了点头，于是问李良秀："良秀姑娘，你为何会流落那城郊之外的荒地？你不是嫁人了吗？何以只剩下这一丝魂魄？究竟是什么人害了你，你可知晓？"

李良秀深深叹了口气，于是缓缓道来。

李良秀也是命苦之人，父母自幼双亡，便由叔父婶子养大。幼时一碗米饭好打发，这越长越大，每日需要下田劳作，饭量也自然大。渐渐地，婶子嫌她吃得多了浪费家中的粮食，便向叔父提议将她卖了换些银子，好为自家儿子将来打算，娶一房媳妇。

一日叔父去城里卖货，恰巧碰上一位媒婆替人做媒，与对方发生争执，双方吵得不可开交。叔父上前仔细听了，原来是城中一位姓童的老爷，正值壮年，不幸死了老婆，膝下无子，这想找个年轻身体好的黄花大闺女做妾，为童家开枝散叶。好容易相中一家人家的姑娘，给了礼钱，谁知那家的姑娘早与人私订终身，眼看着迎亲的日子就要到了，那姑娘的肚子一天比一天大了起来，媒婆气得当街争论。

叔父插嘴问了礼钱多少，那媒婆甩嘴就说光是定金就给了十两银子。叔父一听有十两银子，立即拉过那位媒婆说，他家有一个黄花大闺女。媒婆一听，两眼都放光，于是乐呵呵地跟着叔父回了曲江镇李家村，用十两定金将李良秀接走了。

李良秀没有一声怨言，甚至连一滴眼泪都没有，一路上安安静静。媒婆见她不说话，以为是个哑巴，后来得知卖她的是她亲叔婶，便好心安慰她，说那童老爷长得一表人才，家大业大，就算是嫁过去做妾，往后的日子定比在李家村好，只要能给那童老爷生个大胖儿子，说不准以后就是当家主母了。

从李家村到城里的路程得要走上一天一夜。途中，媒婆让李良秀在客栈里换上了新娘的嫁衣，这身嫁衣大概是李良秀活了这么久以来，穿过的最好的一身衣裳。看到镜中的自己，李良秀却并没有新嫁娘的喜悦。

到了傍晚，那童老爷便派了人来接她。

一路漆黑，李良秀根本就看不清路，约莫走了两三个时辰，终于到了童府。

李良秀下了轿子，瞧见那院门门头上高悬着两盏大红的灯笼，灯笼上贴着两个大红的喜字。她下意识看了看童府周围，一点也不像是到了城里，感觉还是荒郊野外，而且周围还散发着各种花香的味道。

媒婆催促李良秀将盖头盖上，说是新娘子自己掀了盖头不吉利。没有拜堂，李良秀在媒婆搀扶下进了院子，直接进了洞房。当那个即将成为夫君的童老爷，掀开李良秀的红盖头，她瞧见了那个男人，年纪约莫也就三十岁，却是她长这么大以来见过的最好看的男人。

第二天天亮，李良秀才瞧见童府是建在百亩花田的中心，的确不是在城里。所以那媒婆是骗了她的叔婶和她。

阿怜忍不住出声打断了李良秀，道："你家那个……童老爷也是做香料生意的吗？"

"嗯。"李良秀点了点头，"阿怜姑娘怎么知道？"

阿怜下意识地看了一眼玄遥，年纪约莫三十岁，长得一表人才，姓童，做香料营生，这跟何大娘说的那个童女婿可是一模一样啊。这个姓童的显然有问题。

"那在你之前，你可知道这位童老爷还纳过其他妾？"

李良秀摇了摇头，道："我去的时候，府中也只有我一位妾室。"

"童老爷姓什么叫什么？"

"童天佑。"

阿怜思忖这名字很普通。

"你继续说。"

新婚的日子过得还算甜蜜，童天佑待李良秀很温柔很好。童天佑的身上天生有一种奇特的香味，仔细地闻，像是许多种水果混合在一起共同散发的香味，十分诱人。

李良秀的嗅觉天生敏锐，只要是她见过的水果好像都可以在童天佑的身上闻到，她数了数，将近有百种味道，很多味道都是她从未闻过的。

童天佑同李良秀说，也是因为天生自带这种香气令他困扰万分，他不得不将祖传的药材营生改做了香料生意，这样办货的客人在与他交谈时，便不会闻到他身上的水果味，不会觉得他这个人很怪。

宅子建在花田的中心，也是方便日常与花农打交道。童天佑也因李良秀对味道的天生敏锐，常常拉着她一起讨论香料的事。

阿怜惊奇地道："居然还有人身上天生散发水果味？那岂不是天天闻了都很想吃吗？你们听过有这样的人吗？"

奎河和芋圆连连摇头。

玄遥瞧着阿怜那副快要流口水的模样，淡淡地道："不是人，是妖。"

阿怜又问芋圆和奎河："那你们见过或听过这样自带百种水果味的妖吗？"

两人皆摇了摇头。不过，奎河想了想又道："通常花妖或者树妖会自身带香气，但像是这种自带百种水果香味的妖，倒还真是闻所未闻。"

阿怜道："你的意思，这极有可能是个果树妖咯？而且还是有可能能结一百种果子的树？"

玄遥说："我曾听说过余峨山有种果树，结出的果子便有百种果香味，这果子不仅生津止渴，还能使人镇定松弛，有助安神。"

阿怜一脸崇拜地望着玄遥，道："你懂得可真多啊。"不愧是万星宗紫微大帝啊。这一句，阿怜放在心里没说出来。

玄遥道："话说……你们能不能听人家李姑娘把话说完，再插嘴？"

阿怜立即道："良秀姑娘，不好意思，我们几个在一起就是爱说话？请别介意，你继续说。"

因为敏锐的嗅觉，李良秀渐渐闻到一股子怪味，确切地说是一种她难以形容的臭气混在这百亩的花香里。她本以为是因为宅子的四周都是花田，花朵的香气太过浓郁导致闻起来奇臭。然而花香浓烈的臭，跟她闻到的臭味完全不一样。确切地说，是种腐臭，很像是她小时候在田间闻到死老鼠腐烂后的臭气。

这附近山里的动物有时候会跑下来糟蹋花田，所以花农会设置陷阱或是投放些药物什么的。她怕宅子里有什么小动物死了没被发现，于是寻着那臭气四处查探。她走着走，便发觉那腐臭的气味来源在后院。

后院是童天佑的年迈母亲住的地方，这位老夫人平日里显少出门，只到晚上偶尔会出来散步。提起这位老夫人，李良秀自进门，虽然见过不少次，但每次遇见都是在夜里。

童天佑说他的母亲得了一种奇怪的皮肤病，白天不能出来见太阳，只能晚上出来。日子久了，便喜欢清静，不喜欢别人打扰，所以叫她没事就别去后院。一直以来，她安分守己，从来不擅自去后院打扰老夫人，这次却寻着腐臭味到了后院。

李良秀站在老夫人的房前，一阵犹豫。可是离得越近，那腐臭味便越来越浓。她忍不住伸出手，正想要敲那檀香雕花木门，没想那门没锁，"嘎吱"一声，便推了开来。她缓缓走进去，腐臭的气味扑面而来，令她一阵眩晕。她深蹙起眉头，还没有看清屋内的环境，只见黑暗中露着两只血红的眼睛，随着一阵恶臭的气味向她喷来，她两眼一黑，便晕了过去。

"然后呢？"阿怜不知从哪儿摸出来盘瓜子，一边嗑着瓜子一边听李良秀说往事。

然而李良秀摇了摇头，说她再醒来的时候已经死了，肉身被啃噬殆尽，三魂七魄也只剩下那一缕残魂留在头骨之中。

后来，李良秀的头骨被扔进了一个池塘里，池塘的水一股子血腥腥臭，也不知那池塘连着什么地方，有一年发大水，顺着水流，她被一路冲到了阿怜捡着她的荒地。

"也就是说，你只看见那两只血红的眼睛，啥也没看见你就死了？"阿怜伸出食指和中指比画李良秀的眼睛，然后又指着自己的眼睛，"你连你相公你婆婆究竟是何方妖孽，怎么害死你的，你都不知道？"

李良秀委屈地点了点头。

阿怜抚额："哎哟！那你在荒郊野岭叫住我干吗？你啥都不知道这让人怎么给你申冤哪？"

玄遥道："至少能确认童天佑和他那位昼伏夜出的年迈老母有问题。"

李良秀看向玄遥，向玄遥深深鞠躬，道："圣仙，小女子知道您的法力无边，定能收了那害死我的二妖。小女子这死也得瞑目了。"

阿怜看着李良秀拱手哀求，若是她有下半身，定是会跪下。一个鬼魂连个全身都没有，也是挺惨的。

"李良秀，你不必求我，我也会想法子收了那二妖。你被困在水中的时候，可否感知到其他什么？或者说童府，除了你，还有没有其他的冤魂？"

李良秀道："回禀圣仙，其实我的骸骨在没被冲出来之前，在那个池塘里泡了差不多整整有一年的时间。那一年里，童天佑先后又娶了两名小妾。一个我听着叫作细妹，一个好像是叫小梅。"

阿怜激动地拍了手，叫道："双沟镇刘家庄的刘细妹，东口镇望乡村的陆小梅。"

李良秀也激动地道："对对对！就是这两个名字。开始的时候我以为是一个人，后来我才发现不是一个人，而是两个人。这两位姑娘也差不多在先后一年内都消失了，但是我没有在童府见过她们二人的魂魄。直到我后来被水冲走，就再也不知道童府的任何消息。"

阿怜愤愤不平："这两个万恶的妖孽竟然害了这么多人。不用说，那何招娣何大娘也一定是被他们给害死的。"

奎河摩拳擦掌，道："这次一定得要收了这两个妖孽。"

阿怜点了点头，又问："良秀姑娘，你听过何招娣这个名字吗？"

李良秀摇了摇头。

玄遥凝眉盘算着："何招娣失踪了差不多大半年，连着嫁去的三个月时间，算一算有一年时间。去年这时候，何招娣刚嫁过去，还活着，但是你没有听过她的名字，也就是说那时候你应该不在童府了。"

李良秀点了点头，道："是的。去年这时候，我已经被大水冲出来了。"

阿怜猛地一拍手，道："这样算起来，也就是每半年这俩妖怪就要吃掉一个新娘。何招娣失踪的这大半年里，应该还有个新娘子遭遇毒手。这两个妖怪得尽快除了，不然倒霉的姑娘会越来越多。"

奎河和芋圆点头附和。

玄遥赞许地望着她，这丫头真是越来越聪明。

李良秀忽然问道："今日是几月几日？"

"五月初十。"

李良秀道："我记得，我嫁去童府的时候，差不多在冬月中旬左右，那个叫细妹的姑娘是在六月左右进门，而那个叫小梅的姑娘也是在冬月里进门。"

阿怜道："你的意思是下个月是六月，童天佑眼下就应该在找人，为他和他那个昼伏夜出的娘亲物色食物了？"

李良秀点头。

"那咱们刚好借这个机会呀，跟着新娘的花轿一起混进童府，然后把那两个妖怪给收了。不过，这得找个靠谱又机灵的姑娘啊，不然送过去那可是赔命啊。"阿怜的话音方落，所有人的目光齐齐看向她。

阿怜一脸蒙："你们都看着我干吗？你们该不会是想我去嫁给那个身上有一百种水果香味的妖怪吧。"

芋圆和奎河点了点头。

"你们怎么不自己去嫁？"

"我要是还能像以前一样，能自由幻化成人，倒还是能冒充一下新娘，眼下这模样……"芋圆无奈地摊了摊手，"心有余而力不足啊。"

阿怜指着奎河："那奎河呢？"

"奎河？你开玩笑吧。你看他那五大三粗的模样，就是把他变成一个姑娘家，人家也不会看上他吧。反正我们这样是嫁不了。放眼这整个屋子里，也就你能将就凑合。"

"死芋圆！信不信我扒了你的皮做围脖。"阿怜追着芋圆便要打。

玄遥伸手拦住她，道："好了，别闹了，这个方法肯定不行。"就算阿怜愿假冒新娘，他也不会同意她嫁给那个什么身上有一百种水果香味的妖怪。她要嫁，也只能嫁他。

阿怜撇了撇嘴，道："可是，只剩下一个月的时间，那俩妖精就又要害人了，得赶紧找着他们。"

"还记得上次，你我见到的那团黑气吗？他们的老窝应该就在那个山谷里藏着，想找着那两个妖怪并不难。只是……"玄遥眸光微沉，忽然顿住。

"只是什么？"阿怜狐疑地看着他。

玄遥看向奎河，道："我需要闭关三个月。"前几日，为了救阿怜，他动用了禁咒，遭到法术反噬，元气大伤，且无法动用幽冥圣剑，他必须得闭关三个月，方可恢复元气。只是等到三个月之后，他出关，说不准又一个姑娘遇害了。

奎河自是知道这其中的厉害，道："师父，由徒弟去收了这两个妖孽吧。"

玄遥摆了摆手，道："你虽然彼岸花护体，但毕竟还是凡胎肉体。更何况，这两只妖孽的底细尚未摸清，贸然前去，必会挫败。那童母食人魂魄，必不是一般的妖。今晚就到这儿，大家都累了，先去休息吧。捉妖之事，明日再从长计议。"

李良秀又回到了头骨之中，阿怜再抱着她，没有先前那么害怕。

抱着李良秀回到寝室，阿怜躺在床上翻来覆去一直睡不着。她想着方才玄遥吐血的模样，便心生内疚。

奎河都跟她说了，通常凡人被妖吸了精气后，轻则三天或几日便可恢复，重则几个月几年，或是像红绡那样拖着病体草草过完这一世。而她，被兔妖吸走了大半精气，死后魂魄是无法到达冥界。若是不及时救她，她极有可能会像李良秀一样，三魂少了七魄，成为一个孤魂野鬼。

是玄遥动用了禁咒，耗费心力才将她从鬼门关救回来，而他则遭到了法术的反噬，元气大伤。天界的神仙是不能在人间随意动用禁咒的，施咒法术的力量有多大，遭到反噬的力量就有多大。他若不是为了救她，也不会变得如此虚弱。即便他是那个牛气哄哄的紫微大帝，这样重伤的他，若是强行去降妖，只会有弊无利。

她问奎河为何不去天界搬救兵？奎河说，天上一日，地上一年，等他到了天界，见到天帝，再派仙使下界降妖，那两只妖怪早就又害死一拨姑娘了。

"阿怜姑娘，你是不是在担心圣仙？都怪我，要不是怕我最后一缕魂魄散去，他也不会受伤。"黑暗中，骷髅头骨突然传来李良秀幽幽的声音。

"跟你没关系，他是为了救我，才受的重伤。"阿怜深深叹了口气，"可惜我是个凡人，不然我就去将那两只妖精给收了。"

李良秀也深深叹了口气，道："若只我一人被害，我便也不奢求圣仙帮我。但是，若不除去这二妖，这受害的姑娘会越来越多。可是，眼下圣仙这样……"

阿怜翻了个身，道："良秀姑娘，你不用担心。我决定了，我去假扮新娘嫁给那个水果妖，然后想法子撑上三个月，等玄遥出关。"

"阿怜姑娘……"李良秀意外。

黄老爷子的教诲一直铭记于心，无财也可以七施。她当初口口声声说要帮何大娘找回女儿，如今不仅未找到着何招娣，就连何大娘也生死未卜。做人要有诚信。她当初既然答应了要帮何大娘，就一定会坚持到底。

无财也可以七施。

阿怜自言自语地道："不过，从明天开始得要留心，下一个新娘会是哪家姑娘。"

李良秀道："阿怜姑娘，谢谢你。"

"别谢了，赶紧睡吧，睡吧。"她不知道仅剩一缕幽魂的李良秀并不需要睡觉。

翌日天一亮，阿怜早早地起了床，将思考了一夜的结果告诉玄遥。

玄遥直接反对。

阿怜不明白，道："为什么不行？这离六月还有整整一个月的时间，等到你出关，我最多在那两只妖的宅子里撑两个月，李良秀她们至少撑到半年才被那老妖婆吃掉，我总不能傻到连两个月都撑不到吧？"

玄遥冷笑一声："李姑娘可能活半年，但你，两个月真不好说。"

"你这是歧视！我有那么差劲吗？"阿怜抗议，"我若不去，总得需要一个姑娘去当诱饵啊。再说了，这事是我当初亲口答应何大娘的。不论她是生是死，我都不能做个背信弃义的小人。"

玄遥阴森森地道："这个小人我替你做，总之就是不行。"

"你？！你怎么这么不讲道理！"

"上次跟你说过了，我就是道理。"

芋圆算是看出来听出来了，故意大声说道："师父，你这不同意阿怜去冒险，其实还有一个原因吧，就是不想阿怜嫁给那个妖怪吧。"

果不其然，玄遥斜眼瞅着他，就他这只小狐狸多嘴。

如果目光可以杀人，芋圆此时此刻一定被千刀万剐了。不过，芋圆无所谓，跳到阿怜的脚下，寻求庇护。反正他看出来了，师父喜欢阿怜。

阿怜盯着玄遥，他不想她嫁给那个妖怪？不论是对她还是对那水果妖来说，都是一场假婚礼而已。

"哦，我知道了。师父一定是在担心阿怜将来二嫁不容易嫁掉，何况这第一次出嫁还是嫁给一个妖怪。"奎河自作聪明。

芋圆嘴角抽搐。真是服了这位大哥。

阿怜立即道："如果担心这个，那我便不跟那妖怪拜堂，大红嫁衣我也不穿。不就行了吗？"

玄遥凝视着阿怜，她一脸决然，若是不让她去，她也不得安分。他软了语

217

气，道："也不准喝合卺酒。"

"成！那酒我是不会喝的，免得那妖怪占我便宜。"她才不是傻子呢。

望着她，眉尾微挑，玄遥暗暗吸了口气。奎河的话虽笨，倒也是给了他一个好台阶下。

"稍后，我便要动身去山里闭关清修。这里就交给你们了，别给我拆了就行。你们行事一定要多加小心。"玄遥又嘱咐了奎河一些事方离开。

阿怜将李良秀的头骨安顿好，带着芋圆到了市集，找到这广陵城的丐帮头儿石麻子做交易。

石麻子瞧着阿怜一袭鹅黄色衣裙裹身，乌黑的发丝梳成了两个双螺髻，清新秀雅。一个平日里没事会赏他们些好吃的小子突然变成了一个亭亭玉立的大姑娘，一时之间不能适应。

阿怜瞪了他一眼，道："眼睛往哪儿看呢？"

石麻子呵呵一笑："没想到是阿怜姑娘呢。"

"说正事。这广陵城里城外，方圆几百里，但凡有谁家娶小妾一律要告知我，包括隔壁几个县城的一个也不能少。"

石麻子当然知道半莲池的厉害，也知道这是个有钱的主儿，想趁机捞一把，于是道："阿怜姑娘，你这目标也太大了。就咱广陵城，有钱的主儿娶个三妻四妾都是常事，这城里城外，再加上隔壁县城的，那得要跑多少路，问多少人啊？"

凭着她当年做乞丐的丰富经验，一眼就看穿这石麻子的心思："你到底干还是不干？你若是不干，我便找别人去做这单生意。"

"干，干，当然干啦。只要是阿怜姑娘的吩咐，多少都干。不过……要号召我这帮兄弟去打听消息，城里城外，隔壁县城，这怎么的大伙儿也要有点儿甜头，是不是？"

阿怜从荷包里摸出一锭银子，丢给石麻子，道："这是定金。一个月之内，若是你能给我找到我想要的消息，我会出一百两。找不到，就这一锭银子。"

石麻子一听有一百两，两眼立即放光，掂着手中的银子，不死心地又道："哎哟！姑奶奶，我这兄弟城里城外到处奔走，加上隔壁几个县城，你这才给二两，是不是少了点？"

"给多了怕你不干活。"

"这哪能呢？行走江湖打探消息这是咱们的饭碗，咱怎么可能砸自己的饭碗？"

"话可是你说的。别到时候拿了银子不办事，你知道后果的。"阿怜又从荷包里摸出一锭银子丢给石麻子。

"阿怜姑娘，你放一百个心，这事包我身上。不出一个月，我一定给你带到你想要的消息。"石麻子拿着两锭银子乐呵呵地走了。

玄遥走了差不多一个月的时间，阿怜每日早膳过后，必会带着芋圆到市集听石麻子汇报。石麻子每日都会带来广陵城里城外，以及隔壁几个县城大大小小的八卦消息，不只那些有钱人家娶妾，就连这广陵城内谁家办喜事谁家办丧事都给摸得一清二楚。

最让她不屑的是隔壁岭南县的前任知县，已经是个八十岁的老头子，居然还在前天纳了一房小妾。小妾进门的时候，已有三四个月的身孕。前任知县老来得子，开心不已，邀请各方亲朋好友前来喝喜酒，热闹非凡。

阿怜一听，便笑了。这岭南前任知县头顶上的乌纱帽换成了绿帽子，戴得又稳又油亮。

虽说这娶妻纳妾的消息五花八门，但是始终没有一个是阿怜想要的。阿怜又不能跟石麻子说太多，怕传出去打草惊蛇。

"阿怜姑娘，你说你怎么就好奇人家娶妾的事呢？你这等身份，玄先生怎的也会给你找户好人家做大啊。"

阿怜吐了一口瓜子壳，啐道："谁跟你说我想做人小老婆？说了你也不懂。"

"阿怜姑娘，你直说你想要什么消息吧，想知道谁家娶妾。"

"别问那么多，继续打听去。再打听不到我想要的，后面的银子别想拿了。"

"行行行。"石麻子带着手下的两个小乞丐离开继续去打听。

阿怜见三人离开，有些丧气地道："这都一个月了，那个水果妖一直没有行动，会不会已经不在广陵城的附近了？改去别处害人？"

芋圆摇了摇头，道："常言道：树挪死，人挪活。你见过树到处移动还能活的吗？再等等吧，他们早晚会出手。"

阿怜点了点头，赞许地看着芋圆，道："有道理。看不出来你这个小狐狸挺睿智的嘛。"

芋圆得意地道："什么小狐狸，好歹我也活了三千多岁，吃过的盐比你吃过的米还多。按辈分，你得叫我爷爷的爷爷的爷爷……"

阿怜白了它一眼，道："还爷爷的爷爷的爷爷……说你胖你还喘了！你这三千多岁这么牛，怎么到现在还是只狐狸。看！牛皮都在天上飞呢。"

芋圆嘴角的狐狸毛都在颤抖，憋了半天，道："唯女子与小人难养也。懒得理你！"

阿怜揉着芋圆的脸，道："别气了！带你去聚福楼吃烤鸡。"

芋圆一听有烤鸡，也就不跟她计较了。

阿怜又耐心等了半个月的消息，一日黄昏，终于等到了激动人心的消息。

石麻子报了一大串隔壁睢阳县大户人家娶妻纳妾的事，终于提到了一个李媒婆正在替一位童老爷物色黄花大闺女做妾。

一听到这个童老爷，阿怜立即来了精神："这位童老爷可是做香料生意的？"

石麻子连连点头，惊道："你怎么知道这童老爷是做香料生意的？"

阿怜道："这你就别管了。你继续说。那个李媒婆替童老爷物色的是哪家的姑娘？什么时候迎亲？"

石麻子道："好像是睢阳县祁口镇马头村一个叫什么周老六家的女儿，那姑娘具体叫什么名字我给忘了，好像就是明日出嫁。"

阿怜道："知道那周老六家的住址吗，或者那个李媒婆的住址？"

石麻子道："哟，我这得再去找我兄弟去问问。"

阿怜拿出来一袋银子，在石麻子的面前晃道："给你半炷香的时间，超过半炷香我就扣掉你半袋银子。"

石麻子二话没说，拔腿就跑，只用了三分之一炷香的时间，便将一个瘦小的乞丐带到了阿怜的面前。那个小乞丐将李媒婆和周老六的住址都说了出来。

阿怜拿纸笔记下，然后甩了一锭银子给那个小乞丐，对石麻子道："这锭银子给这孩子的，你要是敢拿回去，别怪我日后让你难看。这一半你先拿着，住址我核对确认没错，剩下的一半再给你。接着！"阿怜将那袋银子扔给了石麻子。

石麻子接过，乐呵呵地道："多谢阿怜姑娘！多谢阿怜姑娘！"

阿怜走了几步又回头，嘱咐："我找人的事，不许传出去。要是让我知道，别人从你口中得到什么消息，我不仅让你把银子全给我吐出来，而且……你懂的。"阿怜用手做了个抹脖子的动作威胁。

"小的明白，小的明白。阿怜姑娘你走好。"石麻子点头哈腰恭送阿怜离开。

阿怜一路捏着拳头一路道："幸好我机灵，让石麻子往隔壁几个县都去打听消息。这两个妖怪果然没敢从广陵附近下手。"

这在一个地方要是人死多了，必定会引起当地官府的疑心。

芋圆问道："那我们现在过去要两天两夜。这等咱们坐车赶去马头村，周老六都将女儿嫁出去了吧。"

阿怜道："这是个问题。回去找奎河，问他有没有什么能直接跑到马头村的宝物？他那里宝物最多。走！"

阿怜和芋圆一路狂奔回到半莲池，奎河正对着案几上的古董瓷瓶，用抹布细细地擦拭。自打玄遥去闭关之后，不让他跟着，让他好生照顾阿怜和芋圆。

这一个多月下来，阿怜在市集打探消息一直无果，又得不到师父的指令，他无所事事，突然觉得人生有些迷茫。

"奎河，良秀姑娘，告诉你们一个好消息，那两只妖精终于出手了。"

"有消息了？"奎河一听，激动地扔了手中的抹布，喜笑颜开，终于有事可以做了。

"上苍有眼，功夫不负有心人！"李良秀激动得差一点落泪。

阿怜道："是睢阳县祁口镇马头村周老六家的女儿。这两只妖精在广陵害够了人，现在又要跑去睢阳县害人了。"

芊圆道："咱们得赶紧把新娘子截下来。你这儿有什么宝物能送咱们立即到马头村的吗？"

"宝物没有，符咒倒是有的，不过只剩下五张瞬移符，还是上次去冥界师父给我画的，师父这次突然去闭关，我也没有想起来这事。"奎河跑去屋里拿出五张瞬移符。

阿怜道："咱们一人一张够了，先去周老六家将人截下再说。"

李良秀突然道："阿怜姑娘，能带着我一起去吗？"

阿怜望着桌上的骷髅头骨，嘴角微动，"良秀姑娘，你这让我一路捧着你的头骨……怕是会吓着人吧。"

"不，阿怜姑娘，自那晚圣仙将莲花打入我的体内，如今我可以寄托在任意物品之上，并不只是我的头骨内。"李良秀说着便化作一缕轻烟飘向阿怜的手腕上，"阿怜姑娘，我现在待在你的手镯上。"

阿怜摸了摸腕上的翠玉镯子，心喜："哎哟，灵的灵的！太好了！若是能顺利进了童府，有良秀姑娘做向导是相当不错呢。"

奎河念动了咒语，将三张符咒分别打入阿怜、芊圆和自己的体内。三道精光乍现，三人的身影立即消失在半莲池内。

转瞬间，三人便到了马头村的周老六家。

周老六正盘坐在家中的炕上，喝着小酒。忽然，偌大的屋子里凭空出现一男一女，女的怀中还抱着一只白毛狐狸，在这乌漆抹黑的夜晚，别提有多瘆人了。周老六吓得将手中的酒瓶子摔碎在地。

周老六的老婆也吓得不敢喘气，左右手各抓着自己的孩子，缩在一旁。两个黄口小儿被吓得哇哇直哭，周老六的老婆害怕得连忙哄着。

周老六惊道："你……你们是什么人？想……想干什么？"

阿怜见夫妻二人惶恐的模样，压低了声音对奎河道："这瞬移咒的定位也太准了吧，好歹出现在人家屋子门外呀，瞧把这夫妻俩卜得。"

奎河摊了摊手，道："师父画的，当然准了。"

"周老六，你们夫妻二人不用怕，我们只是听说你明日嫁女儿，想跟您做个交易。"阿怜走过去，将一锭银子放在周老六的面前。

俗话说得好，银两就是见鬼杀鬼、见神杀神的开路利器。

周老六一见那锭银子两眼放光，这刚嫁了女儿，赚了十两银子，如今又有人送钱上门，立即眉开眼笑着道："这位姑娘，你想做什么交易，但说无妨。"

阿怜环顾了这周老六的家，虽然家徒四壁，但好歹也赚了十两银子，这明日就要嫁女儿了，似乎家里一点儿红色喜气的装饰都没有。或许对他们夫妻二人来说，那不是嫁女儿，而是卖女儿吧。

"敢问，你闺女何时出嫁？我想跟你谈笔交易？"

周老六突然有些为难了："那个……就在你们来的一个时辰前，桂花已经被媒婆用花轿接走了。"

阿怜难以置信地道："哎？怎么会有人在乌漆抹黑的晚上嫁女儿？"

周老六的老婆小心翼翼地道："我们这边有个习俗，女子若是出嫁，一定要等到天黑，看不见娘家的屋檐才行。防止闺女出嫁舍不得娘家，回头看的时候，把娘家的财气带跑……"

阿怜的嘴角抽搐，这究竟是什么见鬼的习俗啊？

阿怜与奎河、芋圆互看了一眼，本以为在马头村能将周桂花顺利截下，这看来还得去追，得在周桂花进童府的门之前截下才成。

阿怜又问："周老六，你可知道，那花轿抬着你女儿往哪个方向走了？"

周老六指了东面的一条道，那也是往东面浮凉山去的唯一一条路。

阿怜、奎河和芋圆，两人一狐夺门而出。

"姑娘，不是说好了要交易的吗？"周老六不死心。

"你闺女都不在了，你拿什么交易？"阿怜生平最看不起这种卖女求财的人。

出了周老六的家，奎河便道："眼下只有两个瞬移符，怎么办？"

阿怜道："我骑马技术不好。这黑漆抹乌的让我骑马去追，铁定把我自己追丢了。"

芋圆道："我腿短。"

"哈！你终于承认你腿短。你们狐狸跑起来不是挺快的吗？"阿怜笑道。

芋圆翻了个白眼，懒得跟她计较。

奎河笑着道："还是让芋圆陪你去吧，他比较机灵，遇见什么事，你们两人都可以随机应变。我稍后骑马追你们，要不了多久就能追上你们。"

阿怜点了点头。

奎河念动咒语，将瞬移符打入阿怜和芋圆的体内。一人一狐，顿时化作两道银光消失在夜空中。

奎河没找着马，从隔壁人家买了一头牛拉车，赶着牛车离开马头村。

　　"李媒婆，你快来看，前面是什么东西在发光呀？绿幽幽的，怪吓人的？"轿夫指着正前方的一团绿光道。

　　李媒婆揉了揉眼睛，正前方的半空中的确浮着一团绿光，这绿光似乎一直在不停地向他们这边移动。以前，在坟地看到过鬼火，可是这光亮显然跟鬼火不太一样。她记得往浮凉山的这条道上没有坟地啊，怎么会出现这么团诡异的东西？

　　那团绿光越来越近，绿光的笼罩下，黑暗中出现了两个影子。

　　"好像是个女人和一只狐狸？"

　　"这深更半夜的哪个女人会独自跑到这种荒郊野外？"

　　"不会是女鬼和狐妖吧？"

　　"李媒婆，这生意我们做不了。你自己看着办吧。"

　　四个轿夫看着正前方出现的女鬼和狐妖，吓得将花轿一落，拔腿便向四处奔跑。

　　"你们回来呀！你们走了我们怎么办呀？"黑暗中，李媒婆急得发疯。

　　都怪这个破村子，什么天黑出嫁的规定。

　　"芋圆，你听到方才前面的叫声吗？是周桂花的花轿吗？"阿怜举着东海夜明珠，照着前面的路。

　　芋圆道："听到了。你举着东海夜明珠，他们以为是鬼火，说你是女鬼，说我是狐妖，然后那四个轿夫丢下花轿跑了。别周桂花没被妖怪吃了，反倒先被你这颗东海夜明珠吓死了。"

　　阿怜看了看手中的东海夜明珠，有些无辜："这也不能怪我，我跟你又不一样，黑漆漆的夜晚没有光也能看见路。赶紧去看看媒婆和周姑娘。"

　　阿怜举着东海夜明珠跑了几步，终于见到一顶花轿。

　　李媒婆刚将新娘子扶下轿子，黑暗中，二人相互搀扶，战战兢兢，瞧见阿怜和芋圆突然出现在面前，两人吓得蹲在地上，互相抱着头哭喊："鬼大神，狐大仙，不要杀我们，不要杀我们！"

　　阿怜嘴角微抽，如果真遇着女鬼和狐狸精，就凭两人哭喊着不要杀她们能有用吗？怕是没喊出口就被妖怪吃了吧。

　　她叹了口气，道："两位可是睢阳县的李媒婆和马头村的周桂花？"

　　李媒婆毕竟是摸爬滚打阅历丰富的过来人，一听这话，看着阿怜疑道："是。你是人不是鬼？"

　　阿怜点了点头，道："我当然是人了。要是鬼，你们眼下还有命吗？"

李媒婆颤着声音问："你怎么知道我们的名字？你一个姑娘家怎么会三更半夜出现在这里？"

阿怜瞅着李媒婆，无论是她的眼神还是肢体语言，都透露着深深的防备。缩在她身后的周桂花吓得只敢小声啜泣，不敢说话。

"哦，至于我是谁，为何会出现在这里，这些你都不需要知道。如果想活命的话呢，就让这位周姑娘速速回头吧。"阿怜微笑着道。

李媒婆深吸了口气，站起身，凭借着夜明珠散发出的温润光芒，她终于看清了眼前这个小丫头的相貌。面容清雅丽质，两弯烟眉之下嵌着一双乌黑晶亮的杏眸，灵动而有神。头上梳着一对双螺髻，令她整个人看起来活力十足又不失妩媚。身上的衣裙，衣料上好，做工精致，通常只有富贵人家才能买得起这样的衣裳。还有，她手中握着的……那是传说中的夜明珠吧。她老婆子活了大半辈子了从未见过这等宝物，只听过城里某富户人家有一个鸡蛋大小的夜明珠，晚上可以用来当灯照。这姑娘手中的夜明珠，足足有碗口那么大。

"姑娘，我李婆子拿人钱财，替人办事，这若是明日我那雇主派人接不着新娘子，我以后就别想再做这营生了。"李媒婆神情为难。

"我也是替人办事，不会为难你。让周姑娘回去，你不过是缺个新娘子罢了，我可以替她。童老爷纳妾，估计只会跟你要求身体好，是个黄花大闺女。"阿怜摸出一锭银子，塞在李媒婆的手里。

李媒婆大吃一惊，道："姑娘，你怎的都知道？凭姑娘的模样身段，一看就是富贵人家的大小姐，怎的……怎的这么想不开呢？这是为何非得给人做妾呢？"

阿怜摇了摇头，道："我不是什么富贵人家的小姐。你不需要知道的别问，想要保命就乖乖地听我吩咐。你只要负责将我送到童老爷的手中就行了。如果你愿意，这袋银子就是你的。"

阿怜晃了晃手中的钱袋，里面的银两相撞发出悦耳的声音。

李媒婆望着那一袋银子，目光极馋，犹豫了下便点头答应："姑娘有何需要，尽管吩咐。"

阿怜道："你知道去童宅的路吗？这没了轿夫，你准备怎么将新娘送去童府？"

李媒婆摇了摇头，道："我哪里知道去童府的路呀。这童府的管事在睢阳县找到我，付了银子，便是让我找着合适的新娘子后，送到浮凉山下的十里亭，童老爷自会派人来接周姑娘进门。"

阿怜两眼一瞪，道："李媒婆，你可知道，你这样做不是在替人说媒，而是在贩卖人口？"

李媒婆吓得连忙道："姑娘，天地良心，在周老六家，我将嫁新娘子该做的规矩都做了，这若是到了童府，那边童老爷不讲究，咱也不能强逼着他一定要怎么样。我真的知道的就这些了。"

李媒婆又将那位管事的模样说了，是个年纪约莫五十岁的老头子，右眼到额头的位置有块红色的胎记，蓄着山羊胡子，特别好认。

阿怜点了点头，道："反正四个轿夫跑了，见着童府的人，你便说途中遇了劫匪，我们拼命逃出来了。你只要将我送到童府负责接头的人手上，你就赶紧离开。离开之后，这件事就当从来没有发生过，知道吗？"

李媒婆连连点头，忽然又满脸疑惑地问道："姑娘，是不是这童府的人犯了什么事啊？"。

"别问那么多，想保命的，到时候办完事就赶紧离开。"阿怜看了一眼周桂花，这姑娘看样子最多只有十三四岁，新娘子的大红嫁衣穿在她的身上略显宽大，整个身子看起来十分单薄。只要一想着周老六在卖了女儿之后，高兴地喝着小酒，不免替她感到心酸，于是又对李媒婆说道："算了，你还是天亮之后带着周姑娘一起回去吧。你回去之后替周姑娘找个老实可靠的好人家，她那父母都靠不住。"

阿怜的话音刚落，周桂花委屈难过的泪水便又落了下来。

"今夜先在这里歇息吧，等到天亮再走。"

芋圆捡了些许柴火回来，阿怜升起了一个火堆。她让周桂花将嫁衣脱下，将自己身上的衣裙换给了她。

玄遥临行前叮嘱她不许穿新娘嫁衣，但若是不穿又怎么能唬过那两个妖怪？她摸出小刀，将嫁衣割得破烂，然后套上。这样扮成被盗匪追赶，也是有说服力。破了的嫁衣应该不作数吧，反正李良秀说过，那童老爷不会拜堂。

"奎河怎么还不来？"阿怜焦虑地来回转悠，时不时望着西面。

芋圆道："别看了，就你那扫把眼睛能看到多远？我给听着呢。"

阿怜像热锅上的蚂蚁不停转悠。

约莫过了一个多时辰，芋圆终于听到了远处的响声，便对阿怜道："应该是奎河来了，但这声音怎么都不像是马车的声音呀。"

没多久，奎河驾着牛车，终于出现在众人的视线里。

"这一路把我给折腾死了，这牛车走得可真是慢。我以为马头村都养马呢。周姑娘呢？"

阿怜指了指离着火堆不远的位置正在休息的李媒婆和周桂花："李媒婆只负责将新娘子送到浮凉山下的十里亭，然后由童府的人接回去。四个轿夫被我手中的夜明珠吓跑了，到时候你就扮演被劫匪打劫后唯一留下的轿夫好了。"

"可我一个人抬不动轿子啊。"奎河道。

芋圆抚额："这货没救了。"

阿怜嘴角抽搐，道："都遇上劫匪了，还抬什么轿子？当然是走到十里亭啊。难不成你还有瞬移符？"

奎河憨憨地笑了，也觉得自己很傻很白痴。

夜已深，几个人围着篝火渐渐睡去。

天边渐渐泛起鱼肚白。

阿怜早早便醒了，她再三叮嘱完李媒婆，这才跟着奎河一起上路。

两人一狐赶了差不多两天两夜，终于在傍晚时分到了约定的十里亭。十里亭附近，一位老人家摆了个小小的茶水摊，供往来的商客歇脚。

赶了两天两夜的路，一路上只能吃奎河和芋圆猎来的烤野味，阿怜的嘴巴都快要喷出火来。庆幸这位老伯在茶水炉旁还蒸了许多白嫩嫩的大馒头。

阿怜一边啃着馒头，一边不停地打量着附近情况。

往来的商客也都好奇地打量着她，时而窃窃私语，时而发出暧昧的低笑。

阿怜低眉瞅了一眼身上用刀割破的新娘嫁衣，算是明白这些男人轻浮的眼神里包含了什么意思。

奎河丢了手中的馒头，起身准备收拾那几个人。阿怜一把按住他，低声道："你身为一个轿夫，要是过去把人揍了，刚好给那两只妖怪派来的人瞧见，会如何？"

奎河冷哼一声，道："要不是怕惊动了那两只妖怪，我一定会把这几个猥琐的家伙，按在泥地上给你赔不是。"

阿怜递了一个馒头给奎河，笑道："好兄弟！谢啦！多吃一点儿，到了童府可是要打起十二分精神。"

不知过了多久，终于来了两个人，为首的是位老者，他身后跟着一位目光有些呆滞的年轻人。这位老者从右眼到额头有一大块胎记，阿怜一眼便认出来，这位老者应该就是李媒婆口中，那个在睢阳县与她交易的童府管事。

这老者也盯着阿怜看了许久，只是阿怜身上破了的嫁衣，令他深深皱起眉头。他走过去，冲着阿怜问道："你可是周老六的女儿周桂花？"

阿怜左手狠狠地掐了一下大腿，顿时泪水盈满了眼眶，颤着嘴唇拼命地直点头，带着哭腔道："我是周桂花，您……您可是童老爷府上的？"

那位老者点了点头，道："我姓吴，是童府的管事。你们这是……发生了什么事？"

"我们半途遇上了劫匪。"阿怜"哇"的一声哭了出来，"李媒婆说拿人钱财，就要替人把事办好。她怕失信于童老爷，便叫这位轿夫带着我先行逃走，叫我们在这里等候。可是我们走了两天两夜，在这里也等了大半天，也不见李媒婆和其他轿夫前来。我不敢走开。"

芋圆和奎河惊奇地望着阿怜，一人一狐，嘴角都忍不住微微抽搐。这丫头说哭就哭，戏份真足，广陵城戏园子里的那些名角都比不过她啊。

吴管事见阿怜哭得伤心，再瞧着她身上破破烂烂的嫁衣，便没再多问了："姑娘，别哭了，老爷派我来接你回府。"

阿怜半遮半掩地用衣袖擦着眼泪，可怜兮兮地道："我走了两天两夜的路，脚上起了好几个泡，怕是走不远了……"

原本指望花轿跟着抬进山，这花轿没了，轿夫也只剩了一个。

芋圆悄悄捅了捅奎河，奎河立即站出来道："我会赶车。只要给我一辆马车就成，牛车也可以。"

吴管事狐疑地看了一眼奎河。

奎河立即补充道："银子好说。"

吴管事瞅着奎河，上上下下仔细打量了他一番，又用鼻子不着痕迹嗅了嗅，目光突然在看到芋圆的时候变得犀利起来。

芋圆毫无预示地放了个响屁，顿时臭气熏天，不仅是阿怜和奎河闻了有想去死的冲动，就连隔壁的几桌客人都怨气满满："哪儿来的臭屁东西？！"

芋圆故意夹着尾巴，缩在阿怜的怀里装可怜。

"对不起！对不起！"阿怜立即向隔壁的客人道歉，然后又带着哭腔向吴管事道，"这只小狐狸，从小一直陪着我。希望童老爷见了不会怪罪。"

吴管事皱着眉头，挥手在鼻前扇了扇，方道："姑娘稍等片刻，老朽去去就回。"

管事一走，阿怜立即伸手拍了一下芋圆的脑袋："哇！你怎么能放出这么臭的屁？我差点被你的屁臭吐了！奎河这次可比你机灵多了。"她伸出手，给奎河一个大大的赞赏，之前他们还在讨论着奎河要以什么身份跟着去童府。没想到这家伙关键时候，还是挺机灵的。

奎河并没有骄傲，沉着一张脸，压低了声音对阿怜道："芋圆是故意放臭屁的，为的是掩盖它们九尾狐族特有的气味。那个老头儿不是人，是只老鼠精。他身边的年轻人也是。"

芋圆一脸认真地道："那老鼠精估摸着有个二三百年的道行。咱们得万事小心。那童老爷不知是个什么东西。"

阿怜听了恍然大悟，摸了摸芋圆光滑如雪的皮毛："原来这样。错怪你了。"

不一会儿，吴管事回来了，没有马车，也没有牛车，倒是弄来了一顶简易的竹轿。

"姑娘，待会儿进山牛车和马车都不行，委屈姑娘坐这顶竹轿了。"

阿怜咽了咽口水，吴管事一双阴鸷的眼睛一直盯着芋圆看，但很快便拧着眉头转身对着奎河道："你来抬轿子。"

奎河佯装惊道："我一个人怎么抬？"

吴管事指了指身后目光呆滞的"年轻人"道："他跟你一起抬。"

奎河点了点头。

阿怜与他交换了一个眼神，便上了轿子，芋圆趁机跳到她的怀里，将脸埋住，尽量不引起吴管事的注意。

奎河与那个有些痴呆的"年轻人"抬起阿怜即刻上路，一路向浮凉山走去。

从睢阳县的方向向东，与广陵城郊外寻去的路是完全不同的方向。

进山的道路一路曲折蜿蜒，清澈见底的流水从一道道天然的石板桥下潺潺流过，浸润了两旁低地，时而花草芬芳，时而荆棘丛生。零星的树木偶尔孤立在道旁，不远处的山体却满目葱绿，生机勃勃。

然而正是这样山明水秀的地方，住着两只妖。

奎河默默地跟着吴管事，抬着阿怜爬了一段山路，汗流浃背。阿怜坐在轿上，见他如此辛苦，有些不忍，但若她开口说自己登山，奎河必定不能跟到童府，唯有狠下心，视若无睹。

阿怜回眸暗暗瞥了一眼身后抬轿的"年轻人"，依旧目光呆滞，似乎感觉不到累。

芋圆悄悄地在她耳边低声道："这只小老鼠精没有灵魂，只是个傀儡。"

阿怜深吸了一口气。

渐渐地，不远处传来的轰隆水声不绝于耳。管事终于停下了，四处张望，向着左方踩着一道石阶向下。奎河抬着轿子跟上，迎面扑来一阵水汽，顿时凉爽些许。

一道宛若白练的瀑布顺着山崖峭壁垂直而下，拍打着碧绿的潭面轰隆作响。

吴管事立在潭水前，对着潭水口中念念有词，忽然那道白练连着眼前的潭水一分为二，出现一条小径，直通往瀑布后黝黑的洞中。

"走吧。"管事慢慢步入碧绿的潭水之中。

奎河回头看了一眼阿怜，低声道："坐稳了。"

阿怜点了点头，莫名有些紧张，这眼见着天就快黑了，前途还一切未知。

穿过一潭碧水到达瀑布之后，进入山洞，吴管事点燃了火折子，照亮了前路。

望着黑黢黢的一片，阿怜的心口"怦怦"跳个不停，幸好怀里还抱着芋圆，让她安心不少。

走了长长一段路，终于到了洞口，但是夜幕已经降临。清凉的夜风迎面吹来，空气中夹杂着一阵阵淡淡的花香。虽然看不清四面八方，但凭着香气，附近应该就是李良秀所说的童府四周的花田了吧。

"穿过这片花田，就到了。"吴管事手中的火折子，照亮了前方的路。

火光的照耀下，一条长长的小径直通向正前方的一个大宅。黑暗中，远远望过去，隐隐可见大宅门悬挂着的两盏大红灯笼。

阿怜的喉咙微动，终于到了妖精的老窝。她左手腕的镯子微动，沉寂了三天两夜的李良秀闻到了熟悉的花香，阿怜轻轻抚摸着手镯，低声道："就到了，就到了。别急。待会儿见了童天佑，你可千万别动啊。"

竹轿终于在大门前停下。

芋圆忽地从阿怜的身上跳下，消失在茫茫的黑夜中。阿怜本想叫唤它去哪儿，想想收了声，心念：许是它不想被妖精发现，它不是只普通的狐狸，先行找个地方躲起来吧。

阿怜抬眸望着眼前门头上高悬的两盏大红灯笼，上面各贴着一个喜字，如李良秀描述一般。门头上的匾额书写着"童宅"两个大字，黑底金漆，在红光的掩映下，看起来十分妖异。

在吴管事的带领下，阿怜终于迈进了童宅。

一位身着玄色长衫，黑发束冠的年轻男子从正厅中走了出来。阿怜瞅着他，看相貌最多三十出头，可是比起寻常三十多岁的男子，又显得年轻些许。五官棱角分明，俊美绝伦，尤其那一双狭长迷人的凤眸看起来特别地温柔多情。这位长得可真是好看，论相貌倒是一点不比玄遥逊色，只是带着少许阴柔。若不是提前知晓，谁能知道眼前这位貌若潘安的童老爷是只妖呢。

吴管事对着阿怜道："周姑娘，这位就是咱们的老爷。"

童天佑盯着阿怜身上破破烂烂的新娘，不禁莞尔，道："看来这一路是委屈了新娘子。"

童天佑拍了拍手掌，忽然两位相貌甜美的丫鬟出现。

"带新夫人去沐浴更衣。晚膳直接送去房里。"

"喏。"

童天佑吩咐完，又看向阿怜，忽地抬手将贴在她嘴角上的一缕发丝轻柔地挑下，声音柔浅如风："晚膳时分见。"

指尖从阿怜的嘴角轻柔地滑过她脸颊上的肌肤，一股子淡淡甜甜的果香味，肆意着钻进阿怜的鼻翼。童天佑身上散发的独特香气，在空气中弥漫开来与周围的花香融成一体，令人沉醉，忍不住暗暗嗅吸。

真是好闻极了！

阿怜双眸迷蒙，目光痴痴地瞅着他，不禁有些心神荡漾，跟着两个丫头走了两步，便又忍不住回头看了一眼童天佑。

童天佑唇角微抬，冲着阿怜轻挥了挥手。

阿怜一脸娇羞地跟着两个小丫头离开。

阿怜泡在满是玫瑰花瓣的浴桶里，满面绯红，嘴里哼着小曲，闭上双眼舒心地享受着两个小丫头的服侍。

上好轻柔的丝缎缝制的亵衣贴在身上，比起棉麻质地，让阿怜更爱不释手。她欢快地转了几个圈后摔倒在婚床上，大红色的床褥缎被，让她打心里高兴。她将脸埋进被褥里，蹭了又蹭，到处都是醉人的香气。

忽地，窗外飞进来一道雪白的身影，跳上了婚床。

芋圆抬起爪子狠狠给了阿怜一巴掌，阿怜一下子被打蒙了，当下便清醒过来："芋圆？！你去哪儿了？哎？我怎么在这里？谁给我换的衣服？卧槽！老娘莫不是被非礼了……"

芋圆伸出爪子用力地捂住阿怜的嘴巴，小声地嘤嘤嘤："你总算是清醒了！童天佑见你衣服破烂，方才只是吩咐两个小丫头伺候你沐浴更衣，还没进洞房呢。你从一见到他，整个人就失了心魂。"

"怎么会这样？！"阿怜心惊肉跳。

"我在进这童宅之前，就发觉这里的气味有问题，所以找个地方躲起来暗中观察。没想到，那个童天佑身上自带的香味能让人迷失心志。你一见着他，就跟个花痴一样。他不过帮你顺个头发，就让你心神荡漾，三步一回头，就怕再见不着他似的。"芋圆鄙夷地瞅了她一眼，"真没想到，世上居然还有这种妖，光是气味就可以媲美我们九尾狐族的迷魂术。"

阿怜心里一阵发怵，从进了大门看到童天佑之后，后面她所有见着的事情好像和芋圆说的不太一样。那一瞬间，她看到的是玄遥，玄遥特别温柔，伸手替她抚去黏在嘴角上的发丝，与她说话的声音如三四月的春风一样温暖柔和。温润的指尖触摸着她脸颊，就像是轻柔的羽毛抚过肌肤一般，一下子撩拨进了她的心间，痒痒的，酥酥麻麻的……

进了新房之后，满目艳红，烛光跳动，令人害臊又兴奋。她内心欣喜而又娇羞，摸着床上的缎被，满心期待着玄遥的到来。

原来这一切竟然都是幻觉……

想到方才的自己发骚的模样，她没脸地用手捂着眼睛。她竟然无时无刻不想着要扑倒玄遥，这简直是太可怕了。

真是没脸见人了……

还好芋圆及时进来给了她一巴掌，若是此时此刻进来的人是童天佑，那后果简直是不敢想象。这才是进府的第一面，她便被轻易迷了心志，控制不已，难怪李良秀到死都不知道自己是怎么死的，那些个姑娘怕是死到临头都觉得童天佑是爱她们的吧。

"喏！赶紧把这个凝神净心丸吃了。这是奎河让我给你的，你吃了之后不会再轻易被那妖精迷了神志。"芋圆的狐爪上托着一个小小的黑色药丸。

阿怜连忙服下，道："奎河怎么样？"

"你放心，他体内有彼岸花护体，一进门就发现童天佑有问题，他便偷偷服了凝神净心丸，不会轻易被童天佑身上的香气迷了神志。我嘛，你更不用担心，素来都是我们九尾狐族迷魂别人，别人休想迷魂住我们。不过，奎河也只能待今天一晚，明日天一亮，估摸就要被赶出童府。他会守在附近见机行事。待会儿童天佑可能会过来陪你用晚膳，我也不能待在这里陪你，你要多加小心。"芋圆念念叨叨一大堆。

阿怜点了点头，然后抚摸了手镯三下，这是她跟李良秀之间的约定。

不一会儿，李良秀的魂魄便出现在新房内。她环顾着四周，眼前熟悉的景象令她感慨："这里竟然和以前一模一样……"

阿怜道："良秀姑娘，你怎么没和我说，这妖精会迷人神志呢？"

李良秀深深地叹了口气，道："不是我不跟你说，因为我也分不清，究竟是自己被他迷了神志，还是他真的待人真情实意。你是不是第一眼见到他，也被他温柔的眼神迷住了？"

果然……与阿怜想得一模一样，李良秀还真是被妖艳的童天佑迷住，幸运的是她还留有一缕残魂。但她顾影怜就不一样了，才不是被童天佑迷住，她满脑子里想象的可是玄遥。这两点是有本质区别的。

李良秀接着又道："我第一眼见到他的时候，便深深陷进他温柔的眼神里。和他在一起生活的半年里，从未感受到他有半点儿虚情假意，有的只是幸福与甜蜜。阿怜姑娘，不怕你笑话，即便是只剩下这一缕残魂，我甚至还责怪过自己，若不是那天我擅自推开他母亲的房门，或许我能一直那样幸福地生活下去，甚至嫉妒后来进门的那位姑娘。可是当后来那两位姑娘也相继失踪了，我才彻底认清，他是个可怕的妖……"

阿怜听完，陷入沉思。看来这个妖是个擅于利用感情的高手啊，接下来她可是得要打起十二分精神，绝不能被这个妖迷了神志。她会很小心，怎么也得撑到玄遥出关。

芋圆忽然道："那妖来了，我先走了，你自己小心行事。"

阿怜应声轻道："你和奎河也小心点，先别去后院打草惊蛇。"

芋圆点了点头，化作一道银光飞出窗外。

李良秀凝眉想再瞧一眼童天佑，却被阿怜催促着藏进了镯子里。阿怜将镯子往衣袖里藏了藏，瞅着身上的亵衣，觉得不妥，想了想便将床上的喜被裹在身上。

这刚将喜被裹上，雕花檀木门被从外推了开来，先前伺候她沐浴更衣的两个小丫头端着晚膳走进屋内。身后跟着一个颀长的身影，正是童天佑。

两个小丫头将菜摆放好，便退了出去。

童天佑见阿怜裹着喜被端坐在床沿，不禁莞尔："你很冷吗？"

在这盛夏的夜晚，密密的细汗迅速从阿怜的额上冒出来，她先是摇了摇头，很快又点了点头，轻"嗯"了一声。她哪里是冷？是衣衫太单薄贴身，怕他瞧见了兽性大发。

童天佑走过来，抬起手背方要探一探她额头的温度，却被她下意识地躲开。

童天佑的手僵在半空，半天没有动作。

阿怜心下一慌，完了！她一下子没忍住，该不会是引起他的怀疑了吧。

童天佑缓缓垂下手，轻声笑道："你是害羞，还是在怕我？"

阿怜咬着牙，点了点头，可是想想又摇了摇头，道："我不是冷，是两个丫头替我沐浴过后，只让我穿了身贴身的亵衣。我还不是很习惯跟陌生人这样坦诚相见……"见童天佑的眉心微微蹙起，她又立即改口，"我不是说你是陌生人。"最后发现自己装不下去，只好又说，"好吧，请问有其他衣衫可以穿吗？"

童天佑听完一怔，但很快又轻笑起来。他转身走向墙边的檀木衣柜，打开柜门，从中取出一件崭新的衣裳，递给阿怜，柔声道："穿上吧。"

阿怜惊讶地抬眸凝望向他，他漂亮的瞳仁清晰地映出她的身影，目光真诚而有礼。阿怜从他的手中接过衣裳，他便转身出了门："你换好了，我再进来。"

童天佑一离开，阿怜立即松一大口气，胸口之下，心脏一直在"扑通扑通"跳个不停。难怪这个男人能将一干姑娘迷得七荤八素，除了那副绝美的皮囊，这般体贴温柔可不是所有女人心目中的良缘吗？还好她服了凝神净心丸，不然，极有可能沦陷，她素来对相貌好的男人没有什么抵抗力，何况又是这样一个温柔体贴的男人。

阿怜迅速换上衣裳，淡粉色的对襟齐腰襦裙，大小刚刚合身，袖摆和裙角均绣着姿态万千颜色各异的蝴蝶，随着身体的动作，衣袖和裙角轻轻摆动，那一只只逼真的蝴蝶似要振翅高飞。这身衣裳摸起来更是柔软舒适，一看便是用最上好的面料缝制而成。

阿怜暗念，这童天佑不仅舍得在女人身上花银子，这替女人挑衣裳的眼光也是独到啊。似乎所有完美的优点都集中在童天佑一个人的身上，阿怜不停在心中提醒自己：淡定！淡定！那是只妖。

童天佑再推开门，阿怜已经在桌前端端正正地坐好。

童天佑凝视着她，微笑着道："这身衣裳很适合你，很漂亮。"

阿怜忍不住红了耳朵，道："谢谢。"

"你饿了吧，先吃饭吧。"童天佑在桌前缓缓坐下，轻撩衣摆的动作利落潇洒。

阿怜暗忖：这货要不是只妖该多好，这两人面对面的气氛会融洽很多。

"那……我就不客气了。"这折腾了三天三夜，她都没有好好吃过一顿饭。眼前这桌饭色香味俱全，十分诱人，她早已饿得不行，夹起一个鸡腿毫不客气地啃了起来。

童天佑面带微笑，静静地望着她吃着饭菜。

阿怜啃着啃着，忽然停下了动作。她果然是个吃货，一有了吃的，都忘了防范，万一这饭菜有毒或是其他什么迷药玩意儿，她这第一晚没撑过，岂不就要挂了。

童天佑见她停下筷子，道："怎么？饭菜不合胃口？"

阿怜道："你不吃吗？"

童天佑笑道："我吃过了。"

阿怜浅浅笑道："可是你这样看着我一个人吃，我有点不好意思，吃不下去……"

"好吧，我陪你。"童天佑拿起面前的筷子，夹了一片藕片放入口中。

阿怜见他也吃了饭菜，暗暗舒了口气，他敢吃，就不怕这菜有问题。

"你叫桂花？"童天佑忽然问道。

"嗯，不过，我爹娘都叫我小名，阿怜，可怜的怜。你可以叫我阿怜。"免得这妖怪日后叫她桂花，她反应不过来。

"阿怜？"他沉思片刻，"吴管事之前同我说，新娘子的年纪约莫只有十三四岁，我看你，好像有十七八了吧。"

阿怜心头一惊，这妖精果然目光犀利。她立即狠掐了大腿，挤了两滴眼泪，道："老爷，对不起，我骗了你。其实李媒婆本来看上的是我们村里另一家的姑娘，派人去接她的时候，她哭着不肯出门。我爹便将我推给了李媒婆……"

童天佑定定地看着阿怜，目光锁在她光洁俏丽的面容上。

阿怜放下碗筷，"扑通"一下子跪在了地上，哭着说："老爷，你可是嫌弃我年纪大了？我会烧饭、洗衣、劈柴，什么粗重的活我都可以。只要老爷你别生气将我送回去就好。"说完怕这妖精不信，阿怜又重重地磕了几个响头。

童天佑终于面色松动，起身扶起她，笑着道："怎么会嫌弃你年纪大呢。刚刚好。"

阿怜重新在桌前坐下，暗暗舒了一长口气。

童天佑执起白瓷玉酒壶倒了一杯酒，然后又倒了一杯放在阿怜的面前："我已经不是第一次娶妻纳妾，对于拜堂这种繁琐的礼节也早已疲倦，每一次拜堂感觉都是一种讽刺。所以，简单一点，喝了这杯合卺酒，你从此便是我的人。我先干为尽。"

说完，童天佑便仰头将杯中的酒一口倾尽。

阿怜微微皱眉，望着面前那杯酒，想起玄遥的交代，不可以喝合卺酒，手心不由得开始冒汗。方才童天佑解释拜堂是种讽刺，这是在感慨，为自己害死了那么多人而感到内疚吗？

"老爷，你可是又想起之前的夫人了？"阿怜端起杯中的酒，"若是老爷忘不了夫人，阿怜愿意给老爷当个贴身的小丫头使唤。这酒就当我敬你和夫人吧。"阿怜举起酒杯，一口仰尽，入口辛辣之中还带着一股子与众不同的花香气，甘甜香醇。她这应该不算是喝合卺酒吧。

童天佑先是一怔，很快便又淡淡笑了开来。

"听说你来带了一只白狐？怎么不见那只白狐？"

这妖从一进门，便问了一连串的问题，警觉性很高。

"哦，进门的时候，它不知怎的就突然跳走了。不过不用担心，我养的这只狐狸可聪明了，从小一直跟着我，它一定能找回来的。"阿怜说着忽然顿住，佯装胆怯，"老爷，你不会介意我养一只狐狸吧？他吃得不多。"

童天佑又淡淡地笑了起来，道："不介意。"

得到他的首肯，阿怜算是放下心，至少芋圆可以留在这里。她偷偷瞅了他两眼，这妖笑起来可真是好看，让人有那么一瞬间的错觉，这房间里火红的烛光因他的笑容而突然变得明亮。

恰好，童天佑也在细细地打量她。

她立即垂下眉头，佯装害羞，默默地吃起饭菜来。

酒足饭饱之后，先前伺候的两位小丫头很快收拾了残羹离开。

新房之内只剩下童天佑和阿怜两个人，一下子又静了下来，只听见大红色的喜烛燃烧着不断发出"吱吱吱"的声音。

阿怜双手不断地绞着，莫名地开始有些紧张。饭吃完了，合卺酒让她推了，接下来这妖该不会是想洞房吧？

童天佑忽然站起身，走到她的跟前，牵起她的手，她心头一惊，本能地想甩开，但又怕打草惊蛇，硬生生忍了下来。

童天佑牵着她的手一直走到床前，然后将她按坐在床沿，轻笑道："你好像很紧张，手心里全都是汗。"

阿怜对着他呵呵傻笑了几声，低垂着头，脑子里一直在不停地转着，早在来之前，她就想好了，只要他提出来洞房，她便说自己来了月事，不方便。

童天佑伸出手挑起阿怜的下颌，映着烛光，她的小脸红扑扑的，不知是因为喝了酒还是因为紧张，令她看起来多了几分娇媚。

童天佑盯着她的脸半晌没有动作，乌黑清亮的双眸就这么直直地凝望着她。

阿怜本不敢看他，生怕让他会错意，见他半晌不动，忍不住抬眸偷看向他，却发现他的目光没有焦距，思绪已飘出很远，似乎在想着什么心事。

阿怜身体向后倾了倾，下颌终于离了他指尖的范围，见他依旧没有反应，她又忍不住整个身体往后挪了一下。可正是这小小的动作，惊醒了童天佑。

他忽地回过神，见她离了些距离，不禁勾唇一笑，僵持在半空中的手并没有落下反倒向后伸去，指尖触碰到她脸颊柔软的肌肤，忍不住轻轻摩挲了两下。

阿怜本能挥开他的手，她不喜欢玄遥以外的男人碰她。

童天佑眉心微蹙。

她立即跳下床，跪在地上磕起头，道："老爷，对不起，对不起，我……我……我……"

她还没来得及说她害怕，她来了月事，童天佑便又起身将她扶起来，道："别总是跪下磕头。没事了。你若是觉着不安，我不碰你便是。"他将她按坐在床沿，"你放心，今夜我什么都不会做，只是睡觉。"

说着，他便脱了鞋子上了床，和着衣裳睡在床尾，将床内侧一大半的空位都留给了她。

阿怜心口"扑通扑通"跳个不停，瞥了一眼床尾的童天佑，他已合上双眼睡下。

这妖……竟然还是个正人君子。

简直是意料之外。

阿怜往床头缩了缩，半靠半依紧挨着床头，不敢熟睡。

夜渐渐深了，田间蛙叫的声音不断从窗外传来。房内，烛火像是催眠似的舞动着，忽明忽暗。渐渐地，阿怜终于支撑不住，身体一软，"咚"地倒在了床上。

一个庞大的黑影从梁上一点一点慢慢移了过来，将火红的烛光遮住，将整张床笼罩在阴影之下。

童天佑缓缓睁开眼，望着梁上那道黑影，道："满意吗？"

那道黑影未曾回应他，一双赤红的眼睛盯着童天佑看了许久，很快如同来之时一般静悄悄地又走了。

童天佑起身，将沉睡的阿怜抱进床内侧，替她盖上薄被，凝视着她的睡颜怔了半晌，才和着外衣在外侧又躺下。

阿怜忽地从床上弹坐起身，窗外已经大亮。阳光透过窗棂泄进屋内，像金子一般铺了一地。

童天佑已经不在屋内。

她低头瞅了眼身上的衣裳，完好，但昨夜她明明半倚着睡在床头的外侧，而现在她睡到了床的内侧，腰间裹着薄被，鞋子也被脱了。是童天佑做的吗？她竟然毫无知觉，睡得跟头死猪一样。

她连忙下床穿上绣鞋，刚拉开屋门，一个小丫头捧着水盆立在门外。

"夫人，你醒了？奴婢伺候您梳洗。"

阿怜有些不能适应被人伺候："我自己来吧。"

"是奴婢伺候得不好吗？"

"哦，没有。"

"可是昨夜便是奴婢伺候夫人沐浴更衣，夫人当时还很高兴来着。"

嗯，高兴得还哼着小曲呢。阿怜嘴角抽搐，当时她哪是高兴，她那是被迷了神志。她接过棉布，懒得啰唆，兀自洗脸。

小丫头立在一旁看着，不敢再说话。

不一会儿，又来了两个小丫头端着丰盛的早膳过来。阿怜便不客气，吃了两碗小米粥，啃了两个馒头，正打算啃第三个，小丫头们忽然对着门外恭敬地行礼："老爷。"

阿怜抬眸，童天佑从门外翩然走进来，依旧是一身玄色衣裳。

"早膳可合口味？"他的笑颜就像是这清晨的阳光一般，温暖柔和。

阿怜呆呆地点了点头。

"喜欢花吗？"

阿怜又呆呆地点了点头。

"等你吃完，带你去花田转转。"

阿怜第三次呆呆地点头。

童天佑笑着指着屋内三个小丫头，道："春兰、夏竹、冬梅，还有个秋菊在别处忙着，以后有什么需要，你尽管吩咐她们便是。"

阿怜的心口又"扑通扑通"跳了起来，暗揪着大腿在心里叫唤：这男人要不是个妖该多好呀！绝世美颜，温柔体贴，简直是三生三世修来的福气，才能得已嫁给这样一个好男人啊。想想玄遥是怎么对她的？每天那都是她伺候着他起床用膳。没有对比不知道呀！眼前这人虽然是妖，那也是个世间少有的极品之妖啊。想起昨晚他那么善待她，她简直不相信他是只吃人的妖啊，明明这么无害。

童天佑伸手在她的眼前招了招，她回过神，接过小丫头递过来的湿巾抹了抹嘴，笑眯眯地冲着他道：道："谢谢，老爷。我吃完了。"

"走，去花田，带你去摘些鲜花。"

阿怜跟在童天佑的身后，出了大门，沿着一条小径，直穿向花田。

清风拂来，阵阵花香，沁入心脾。

阿怜忍不住兴奋地叫道："哇！这些兰花开得可真是漂亮！真的好香！好香！"

童天佑回眸望着她，浅浅笑道："前面还有赤玫。"

又一阵清风吹来，童天佑身上的香气更浓了，这不是水果的香气，淡淡的像是兰花的味道，混着田间兰花的香味，阿怜差一点分不清哪一段香是田里的花香，哪一段香是童天佑身上散发的味道。

阿怜忍不住赞道："你身上的味道也很好闻，清雅幽香，像这田间的兰花，可又不太一样。"

童天佑嘴角的弧度在一瞬间落了下来，抿成了一条直线，眉间也微微蹙了起来。

阿怜见他不悦，小心翼翼地道："老爷，是我……说错话了吗？"

他摇了摇头，道："没有。不关你的事。只是我希望像寻常人一样，不喜欢这一身的香气。"

阿怜从他的脸上看到了淡淡的忧伤。这香气能迷人心志，是个傍身的好技能，可他竟会讨厌？

走着走着，阿怜一个没留神，脚下一崴，就在要摔进田间之时，童天佑及时伸手勾住了她的腰，将她带入怀中。

阿怜猛地抬眸，童天佑的脸近在咫尺。仿佛一瞬间，她又看到了玄遥。她突然有些思念他，已经有大半个月没见着他了。不知他一人在山中可好？他有没有想她呢？应该不会有吧……除了那个叫青莲的女人，他是不会念着其他女人吧……可是她好像无可救药地喜欢上他了，怎么办呢？

童天佑伸手替她拂开贴在脸上的发丝，指尖顺着她的脸颊缓缓摩挲。她的眼神似是透过他，在思念情人。

他忽然叹了口气，轻轻地拍了拍她。

阿怜回过神，垂下眼眸，有些尴尬地离开童天佑的怀抱。这一次她确认她不是被他的香气迷失了神志，而是突然之间，真的好想玄遥……控制不住地想他……想到指尖连着心口都微微地刺痛。

童天佑牵起她的手，继续往前走。

到了赤玫花田，童天佑替她剪了好些赤玫。她开心得像个孩子，说是要把房间里都插满赤玫。

两人回到宅子里，芋圆正蹲在房门口，一张尖尖的狐脸写满了不悦。

阿怜一瞧见他，飞快地跑过去抱起它，激动地道："芋圆，你跑哪儿去了？可想死我了。"

阿怜死命地揉着它狐狸脸上的毛。

芋圆嘴角抽搐，好想揍她。这丫头可真会演戏。

阿怜脸贴着它的脸，轻声道："别露出这副贱贱的表情，会引起怀疑的。"

童天佑走过去，盯着芋圆的双眼看了看，道："你养的这只宠物可不多见。"

阿怜佯装惊奇地道："是吗？我在山里刚捡着它的时候，我以为是只狗。后来村子里的人说这是只白狐，能通人性，也不知道是不是真的。"

芋圆嘴角抽搐，他哪里长得像狗？

童天佑盯着芋圆乌黑晶亮的眼睛看了又看，道："养好了的确能通人性。好好看着它吧。虽说我们这里僻静，但是偶尔也会有猎人打猎路过。"

童天佑的声音柔浅悦耳，可是这字字听在芋圆的耳朵里都是警告。

阿怜点点头。

"我办完了事就回来陪你。"童天佑走了几步，忽地回转身又道，"若是觉得无聊，可以在宅子里四处逛逛，不过不要去后院。我母亲因病畏光，不喜生人打扰，若我不在，千万不要去后院打扰她老人家休息。最好能看好这只小狐狸，也别让它四处乱跑。有什么需要，你直接找春兰她们即可。"

"哦……"阿怜轻轻应声。

童天佑的身影一消失，芋圆便悄悄地对她道："去流霜亭。那里方便说话。"

"那是哪里？"昨夜刚到童宅，这一醒来又被童天佑拉去花田采花，她压根就不知道流霜亭在哪儿？

"跟我来。"

芋圆带着阿怜，穿过曲折蜿蜒的回廊，转了几个弯，似是从偏门出了童宅。视眼豁然开朗，一面碧绿的湖水骤然映入眼帘。过了晨时，阳光越来越烈，投映在湖面，金光闪烁，璀璨耀眼。

湖正中心有个凉亭，上面挂着一个牌匾，刻着"流霜亭"三个大字，字体苍劲有力，飘逸潇洒。

阿怜坐在亭中，一面用手不停地扇着热乎乎的脸，一面环顾四周，若想接近这流霜亭，只有通过来时那一木栈桥。这倒是个说悄悄话的好地方。

"看不出来童天佑选了这么一个好地方做老窝。杀人藏尸绝妙呀！"

湖的那一边，应该就是浮凉山主山脉延伸出去的支脉。

芋圆跳上石桌，蹲在阿怜面前，嘤嘤嘤地调侃她道："呵！你也是好本事呢。我和奎河这才一个晚上没盯着你，你就背着师父和妖精好上了。我都要怀疑奎河给的凝神净心丸是不是过期失效了。"

"胡说什么呢？"阿怜拍了拍芋圆的狐狸脑袋，"这都是权宜之计。"

"是吗？我瞧着你在花田里差点就跟人家亲上了。"

"胡说！我那是失足差点跌进花田里，童天佑刚巧拉了我一把。"阿怜急了，她哪里是要跟童天佑亲上，她当时满脑子想的都是玄遥，思念他思念到指尖都隐隐作痛。

"嗯，是刚巧，刚巧抱着你，还顺带摸了你的头发你的脸，而你看着他看得痴迷，显然是把师父交代的话都忘了。等师父来了，我可是一定要提醒师父，你已经被妖策反了。"

"你敢！你要是敢在玄遥面前乱说话，我就叫人扒了你的皮。"一听芋圆要去玄遥面前告状，阿怜一张小脸急得通红。

"哟！奸情被撞破，还想着杀人灭口，真是替师父感到心寒。师父是为了谁，才受的重伤呀？才去闭关的呀？。"

阿怜咬着唇，越发着急了："我跟童天佑真的什么都没有。昨夜，什么事都没发生。不信你可以问李良秀。"阿怜伸手敲了镯子三下。

然而，李良秀并没有从镯子里出来。

阿怜又用手抚摸了三下，便听镯子里传来幽幽的叹息声。这接近午时阳光太烈，阳气太重，李良秀没法出来，只能藏在镯子里隔着衣袖替阿怜证实清白。

芋圆笑道："我也就逗逗你，怕你被那妖精迷得七荤八素，把师父给忘了。好了，现在知道你心里只有师父，我就放心了。坐下来说正事。奎河一早已经离开，这会儿应该在附近某个地方守着。我昨夜想去后院探一探情况，却发现那里布了结界。你昨晚有没有什么发现？童天佑有跟你说什么吗？"

阿怜撇了撇嘴，道："昨晚，他很规矩，并承诺只要我不愿意不会强迫我做任何事。我和他也就吃了个饭，然后睡觉，我睡床头，他睡床尾。"

芋圆道："哟！还是个妖中君子。"

李良秀道："童天佑真的是个谦谦君子。若他不是只妖，该有……唉……"那句"该有多好"始终是没有说出口。

"童天佑要不是只妖，像他这样的人间男子不存在，你们女人还是醒醒吧。我看多了人间的薄情寡义。"芋圆冷不防泼了盆冷水。

"你可以闭嘴了！"阿怜强行打断芋圆，白了它一眼，"我昨晚睡得迷迷糊糊，总觉得有什么东西来过房间。良秀，你可看见？"

李良秀道："是那个害死我的妖来过，我记得它的味道，腥臭无比。童天佑还同它说了话，不过只有三个字，'满意吗'？我待在镯子里不敢出去，所以也没有看清它到底是个什么东西。"

"满意吗？这是对我这个食物的评价吗？若是这样，童天佑岂不是以色诱人，帮助这食魂妖猎食啊？"阿怜不禁忆起童天佑昨夜的恍惚，以及今晨在田间说的话，"你说，童天佑会不会有什么把柄握在这妖的手上？被迫不停娶亲？"

"极有可能。他方才似有意无意地提醒你不要去后院。这宅子可不只是后院里那一只妖，这满宅大大小小的可全都是妖呀。总之，得多加小心。师父也就还有一个多月就能出关，届时，根本不用怕这两只妖怪。也怪我自己当初太任性，若不是断了三尾，哪还容得这两只小妖兴风作浪。"

阿怜摸着芋圆光滑油亮的皮毛，陷入沉思。还有一个多月，玄遥才能出关，整整三个月，她怎么觉得就像是过了三年那么漫长，从未有过这么浓的思念……

一晃眼，阿怜在童宅待了差不多有十日。每日清晨，童天佑都会领着她去花田走一圈，摘些鲜花回来，除了午膳偶尔陪她，早膳和晚膳都会准时出现。入夜之后，他依旧和衣睡在床尾，从未逾矩。

阿怜有些看不透这个童天佑，是真的把她当成自己的妾真心诚意地来照顾呢，还是在给她下诱饵呢？

不过，童天佑的守礼倒也令阿怜安心不少，只要能熬过一个半月，等到玄遥出关，她便可功成身退。

夜幕降临，华灯初上。整座大宅寂静得有些可怕。

芋圆去找奎河，又只留阿怜一个人在屋里。童天佑说了要回来陪她，但直到过了晚膳仍不见踪影。她也乐得自在。

正打算睡下，一道黑影从铜镜中一闪而过，阿怜惊得回头。

屋子里，空荡荡的什么都没有。她起身打开屋门，屋外静悄悄的，走廊悬着大红灯笼一直延伸至尽头，也什么都没有。

她正要关上门，忽地一道黑影从对面的回廊闪过，穿向通往后院的月洞门内。这时，手腕上的玉镯微微震动起来。

阿怜按住镯子，轻声道："我知道你在担心我，我会小心的，你千万别出来。"

阿怜提着灯笼，沿着回廊走向通往后院的月洞门，穿过月洞门，便是一片茂密的竹林。竹林的右侧是一个小花园，花园正中是以太湖石垒成的一座假山，怪石嶙峋，流水潺潺。而竹林尽头，那一道宝瓶门后，才是禁地后院。

阿怜沿着小径一步一步向宝瓶门步去，忽然竹林后传来动静，是小花园的方向。她便提着灯笼，又转往小花园的方向。

池塘旁立着一道黑影，看身形应该是个女子，身披着一个黑色连帽斗篷。若不是半空中悬着明月，这女子的身影几乎与浓墨的黑夜融为一体。

阿怜的心没由地跳了起来，手腕上的镯子也跟着跳了起来。她立即按住，且不管这女子是否是那只食人的妖怪，她不能让李良秀最后一缕残魂被发现。

那道黑影缓缓转过身来，阿怜借着明亮的月光瞧见了她的脸，竟是一张明艳动人的少女面庞。月光之下，她的肌肤略显惨白，但嘴唇是艳若桃花，如墨的双眸在这月夜下看起来特别晶亮。一缕花白的长发从帽子的边缘漏了出来，随意地垂在胸前。

阿怜咽了咽口水，有些不懂，若眼前这个少女是害死李良秀的凶手，那住在后院里长年不见阳光的童母又是个什么东西？

少女盯着她，忽地向她伸出手，一道银光骤闪，阿怜的腰间被什么东西紧紧缠住，直直卷向那少女的跟前。

两人面对面，身体靠得十分近。

阿怜凝视着眼前的少女，她的脸惨白得毫无血色，只有那双嘴唇红艳得似要滴出血来，若说她是一只刚吸完血的妖也不为过。

"我知道你是阿佑新娶的小妾。"她的声音婉转动听，犹若夜莺鸣歌。

阿怜下意识地点了点头。

少女白皙的纤手忽然抚上阿怜的面庞，另一只手却扣着她的喉咙，嘴角轻轻勾出一道弧线："生得可真好。我很喜欢。"

不知为何，阿怜被她扣着喉咙无法出声，她张着嘴，一个音也发不出来，更不要说喊救命。少女的指腹顺着她的眉眼一点一点慢慢滑过脸颊，滑到她的颈间，尖细的指甲时不时刮过她娇嫩的肌肤，令她浑身泛起一阵阵鸡皮疙瘩。

忽然，这少女将自己的脸贴在阿怜的脸上，轻柔地磨蹭着，口中呢喃着道："很快，你就是我的了。很快，我们就又可以在一起了。我好喜欢你这模样，好喜欢。阿佑也一定会喜欢的……"

虽然曾在花楼里被各种窑姐儿调戏，并遭上下其手，可从没有一个女人会像眼前这个少女一样紧紧地抱着她，脸贴着脸这般亲密地磨蹭。

阿怜惊恐地瞪大着眼。

这妖是个变态吗？

"你……到底想要做什么？"阿怜终于冲破了某种束缚，用力地推开她。

"你居然可以挣脱？"少女一阵惊讶，但很快娇美的笑容又重新爬上她的眉眼和嘴角，"啊！真是让人喜欢得紧。真是迫不及待想得到你呢。呵呵呵……"

少女疯了似的笑了起来。

阿怜咬着牙，在心里咒着这个变态，连连往后退去，估算着自己能逃脱的可能。

少女伸出枯瘦的手，就在她想要将阿怜再抓过来之时，忽然一个身影闪过挡在了阿怜的跟前。

是童天佑！

"立刻回房去！"童天佑一改往日里的温柔，对着阿怜厉声道。

阿怜顾不得拾起灯笼，拔腿就跑。一直跑到竹林里，透过竹林，借着月光，她隐隐瞧见，那个少女嬉笑着抱住了童天佑。月光下两人交叠的身影，像极了相拥的情人。

阿怜回到房中，端起茶壶倒了一杯水，可是抑制不住颤抖的双手，倒往茶盅里的水不停地泼出来。好容易倒满了一杯，她端起便一口仰尽。她强迫自己镇定下来，方才有惊无险，至少没死，还好好地活着。

手腕上的镯子再一次跳动起来，阿怜按着镯子，道："我没事，别出来！"

"是她……"李良秀的声音透过衣袖幽幽传来。

"我方才看到了她的脸，是个美中带些病态的少女，并不是上了年纪的妇人。"

"可是我去的房间确实是童母的房间……"

"等天亮了，见到芋圆再说。你好好待着，不管待会儿发生什么事，都不要出来。"

阿怜低头瞅着腰间，那少女的手中不知射出来什么东西，缠在她的腰上将她卷了过去。腰间的粉色缎带上还黏着一些透明的丝状物，一根一根，又细又软，摸在指尖很快成了渣子。

这又细又软的东西怎么会有那么大的力道，能将她缠住卷过去？

阿怜找了一块干净的布，将腰上这一根根细丝慢慢取下来放在布上裹好。她正要找地方将东西藏好，便听到门外传来脚步声，她连忙将布包藏在枕头下。

童天佑推开房门，白日里柔和的神情取而代之的是一脸凝重。

阿怜望着他走过来，硬着头皮，用手遮住脸，叫道："老爷，我错了，求你别打我……"

他轻轻叹了口气，拉下她的手，道："有没有哪里伤着？"

阿怜本想着以示弱蒙混过关，可不承想他居然是关心她。她有些傻眼地望着他摇了摇头："没……没有。"

这只妖他到底在想什么呢？

童天佑并没有理会她，伸手拨开她脸上的发丝，仔细检查她脸上是否有伤痕。

突如其来亲密的举动令阿怜心中一阵发毛，她强忍着想要跳开的冲动，捏紧了双拳。

忽地，他的手直穿过她的发丝扣在她的脑后，身体向前欺近她，一股子浓郁的幽兰香气扑鼻而来。

阿怜望着近在咫尺的面庞，心头一惊，两人的鼻尖只差了些许，只要任何一个人再向前一点……她本能地错开脸，果然，下一刻，童天佑的唇如羽毛般轻柔地印在了她的耳郭上。

童天佑似是一怔，温热的嘴唇微动。

她低垂着头，紧握着拳头，道："老爷，对不起，我还没有准备好……"

童天佑眉眼松动，俯在她的耳边轻声道："没事。好好睡一觉，等醒来之后，那些不愉快的事就会忘了。"

"老爷，我的头有些晕……"说着，她便不着痕迹地挣脱他的怀抱，往床头靠过去，倚着床头闭上眼。

她并不是害羞，也非抵触，虽然她只与童天佑接触了十日，但她发现每次只要童天佑身上的香气一变得浓郁，就预示着他要用这气味迷人心神。而方才，他忽然这样对她，应该是意图通过那个吻想让她忘记方才在小花园发生的事。

童天佑静静地看了她许久，道："头晕的话，就赶紧睡吧。"

他起身替她脱了鞋子，将她抱入床内侧，替她盖好被子，然后和着衣在床尾睡下，与往常无异。

今夜，童天佑的一举一动，阿怜都记着。原来每天晚上她不知不觉睡沉了，童天佑都是这般，令她不解。不过，经过今晚，她可以确定，童天佑并不想伤害她。

翌日，阿怜一觉睡到晌午，直到芋圆用爪子拍醒她，她才从床上猛地弹坐起身。

"你今日是怎么了？叫你好久都叫不醒。"芋圆蹲在床头摇着尾巴。

"我要喝水。"阿怜跳下床，连灌了三杯水。

"昨夜没发生什么事吧？"芋圆歪着脑袋看着她。

阿怜擦了擦嘴，道："我昨夜见到那只妖了，是个白发少女，并不是个老妇人。李良秀也证实她就是杀害她的杀手，气味一模一样。"

"她没对你下手？"

"童天佑拦住了。"阿怜便将昨夜发生的情况，细细地说与芋圆听。

她之所以一直沉睡不醒，是昨夜童天佑一直在散发着迷魂的香气，想要洗去她昨夜的记忆，但他并不知道她服了凝神净心丸，而她也没想到他的香气这般厉害，虽不能洗去记忆，却能将她催眠得昏睡不醒。

"你的意思是，童天佑和那只食人妖是情人，而非母子？"

阿怜点了点头，虽然她不明白昨夜那个白发少女说的话究竟是什么意思，但是那一眼，她确信自己没有看错，只有情人间才会那般亲密，没有母子会那般依偎。

"我还确定，童天佑每天晚上和我共睡一床，却什么都不做，应该是在保护我，他并不想让那只妖伤害我。那只妖可以幻化成人形，而只能在夜里出来，白天没法出现在阳光下。"阿怜在屋中走来走去，有些混乱地说着自己的发现和想法，"奎河那边有什么发现？"

芋圆道："奎河在映月湖的下游又找到两具骸骨，其中一具应该是何大娘的，她的骸骨上残留着师父给她的莲花气息。"

"该死！"一想着当初跪在面前哀求的老人家，突然就这么没了，阿怜的心一下子揪了起来，说不出地难过。若是当初她不替她求玄遥，不帮她，至少她还活着吧……

芋圆安慰她道："你也别难过，若是没有她，还不知道要死多少无辜的女子。只要能找到何招娣的尸骨，何大娘在天之灵，会感谢你的。"

阿怜沮丧。

"今晚我留下来陪你。"

"不用。童天佑对你已有所怀疑，你还是避免被他看见吧。只要有他在，他就不会让他的同伙乱来。我暂时不会有什么危险。"昨夜，那妖是趁童天佑不在故意引她到小花园的，若不是童天佑及时赶到，她可能就成那只妖的腹中大餐，"你得帮着奎河去找其他受害姑娘的骸骨。还有得找着童天佑的真身在哪儿，这童宅里里外外，除了后院我没有去过，都没有瞧见什么奇怪的树或者花草。"

芋圆点了点头："你多加小心。"

"哦，对了，我有样东西要给你和奎河瞧瞧。"阿怜从枕头下摸出昨晚细心藏好的布包，"昨夜，那妖将我卷到她的跟前，这是从她手中射出来的东西。又细又软像丝一样，透明无味，放手上一捻，就没了。我昨夜费了好大的劲儿才将它们从腰带上取下来放在这里面。"

她小心翼翼地打开布包，然而布包里什么都没有，只有一些透明发亮的黏液："咦？怎么什么都没有了。"昨夜她可是费了好大的劲儿从腰带上取下来。

芋圆将脸凑近布包上看了又看，除了还有些透明发亮的黏液的确什么都没有。它又用鼻子闻了闻，道："一丝一丝……难道是蛛丝？"

"蛛丝？"阿怜拍了手掌，"啊！对！我昨夜就想着那是什么东西，就是没想到是蛛丝。芋圆，你可真是个百事通啊。"阿怜伸手爱怜地拍了拍芋圆的脑袋。

芋圆无比自豪地昂着头："哼！你以为三千多岁白活的吗？"

"能食人的蜘蛛精，这蜘蛛那得要有多大……"

"至少得修炼了千年。"

"千年的蜘蛛……"阿怜一想着那个娇艳的白发少女忽然变成一只长了千年的庞大蜘蛛，不由得打了个冷战，"哎哟，你们动物界实在是太可怕了，修行不好就成了妖。"

芋圆嘴角抽搐，再次强调："更正！我们九尾狐乃上古神兽，属神界。"

阿怜道："喏，你自己都说了你们一族是上古神兽。神兽神兽，你们祖先在没有修成神仙之前，那还是只狐狸。所以，还是咱们人类好啊。"

"好个屁！最废的就是你们凡人。"上古神兽居然被一个小小的凡人瞧不起。芋圆没法跟她交流，这货一定是受了师父的影响，才会这般瞧不起它们九尾狐族。

"蜘蛛精和果树精……"真是一个奇怪的搭配。

"童天佑来了。东西给我,你赶紧躺回去。"芋圆说完衔着那布包从另一侧的窗户跳了出去。

阿怜连忙跳上床,盖上被子,闭上双眼。芋圆走了之后,她想不明白,这都快晌午了,她明明可以起床啊,为何还要再躺回去?躺着就躺着吧。

这时,童天佑推开门进来,他的身后跟着春兰和冬梅。两个小丫头将梳洗水盆放下,便退了出去。

阿怜突然感觉到额头上微凉,童天佑略显冰凉的手指贴在她的额上。忽地,只听他轻笑一声,道:"明明已经醒了,还要装睡。"

阿怜缓缓睁开眼,只见童天佑坐在床头,眼神温柔地望着她。他今日换了一身绛紫的长衫,外罩了一件同色系的纱衣,令他看上去没有平日那么死气沉沉。这男人要不是只害人的妖,说不准她能打心里喜欢上他。

阿怜立即坐起身,浅浅笑道:"刚醒。"

"我听春兰她们说,你一直睡到晌午都没有醒。是不是哪里不舒服?"童天佑的声音低浅如风,富有磁性。

阿怜在心里嘀咕,这话问得……她一直睡到眼下才醒,怪谁?为了洗掉她昨夜的记忆,昨夜他那身香气散发的,就差没将人淹了。

她叹了口气,佯装头痛,娇弱地道:"好奇怪,平日里辰时就醒了,今日却睡到了午时,好像头也有些痛呢。"

童天佑忽然伸出双手替她按住太阳穴,轻轻地揉捏起来。

阿怜本能地全身僵直。每一次都毫无预示的亲昵举动,总是让她防不胜防,措手不及。

童天佑轻笑出声:"已经过了这么多天了,你好像一直都没法对我放松。是不是你心里存着一个人,因为我,而不得不分开?"

阿怜惊诧地偏过头看着他。

童天佑继续给她揉着太阳穴,道:"别紧张,我只是发觉你偶尔会盯着我发呆,然而并不是在看我,而是透过我在看另一个人。是在想你心里的那个人吗?"

阿怜的心陡然一紧,服了凝神净心丸之后,虽然他的香气不会让她迷失心魂,但是会令她忍不住想起玄遥,原来她望着他出神,思念着玄遥,都能被他看出来。这个男人……太可怕了。

"对不起,老爷。我……"

"不用对不起。还记得刚来的第一天夜里,你不是问我,是否又想起以前的夫人吗?你长得很像我曾经喜欢过的一个姑娘,相貌也许只有六七分像,但是神态举止却有八九分像。"童天佑黝黑的眼眸像黑曜石一般熠熠生辉。

阿怜怔然,她没想到童天佑会同她说起往事。

"那……那个姑娘现在人呢?"会是昨夜的白发少女吗?又或是成了那个白发少女的腹中餐?

"很久之前就已经死了……"说到"死"字,他晶亮的双眸顿时黯了下去,眉宇之间的忧伤浓得化不开。

果然是死了。阿怜很想问他同小花园那个白发少女的关系,可是他费尽心思抹去她的记忆,为的不就是不想让她发现那个白发少女的存在吗。

"怎么死的?"阿怜试探地问他。

他盯着她看了许久,却没有回答这个问题,抬眸又露着如沐春风的笑容道:"该起床了。肚子不饿吗?"

这么一说,阿怜的肚子刚好十分配合地"咕咕"叫了起来,只好下床。

他轻笑,忽地伸手扶着她下床,牵着她的手直到水盆前才松开。

阿怜整个人有些僵硬,突然之间不知要怎么面对他,尴尬地背对着他:"我自己会洗,我自己来。"

她捧着水快速地洗完脸,用棉布擦尽,低着头坐在桌前。

春兰和冬梅再次进屋伺候午膳。

许是真的饿了,阿怜的注意力完全被桌上丰盛的饭菜吸引,不再觉得与童天佑待在一个屋里有些别扭。

童天佑夹了一个酱鸭舌到阿怜的碗中:"尝尝看。"

"嗯。"

"还有这个软兜长鱼,也不错,尝尝。"他又夹了鳝丝到她的碗里。

"嗯……"

"对了,这个差点忘了给你。"童天佑从怀中取出一个小小的圆圆的木盒,约莫比鸡蛋稍小一些。

"这是什么?"阿怜接过,轻轻打开,竟是一小盒香膏。她轻轻嗅嗅,有一股子淡淡的艾草清香,还有一股子清凉醒脑的味道,"艾草?"

童天佑点了点头,道:"这个你放在身上,可以防蚊,被蚊子咬了,就直接抹在身上。"

阿怜微微抿了抿嘴角,不禁想起前几日傍晚,她被蚊子咬了两三个大包,于是蹲在门前打了半个时辰的蚊子……

"你做的?"

"嗯。"

"谢谢。"她将香膏放进怀里,高兴地扒了一口饭。

"知道怎么制香吗?"

她摇了摇头，嘴角还挂着饭粒。

童天佑轻笑着伸出手替她弄去嘴角那颗饭粒。

春兰和冬梅两人立在后方悄悄掩唇而笑。

阿怜的耳根一阵发热，羞赧地低下头。她当初是怎么想起来提议来这里做诱饵？

童天佑越是这样，她越是觉得日子难熬。这种夫妻间才会有的亲昵举止，简直太别扭，太尴尬了，内心莫名有种愧疚感。对谁愧疚呢？只有她自己心里清楚。她分不清他是将她当作诱饵喂好了供盟友吞食，还是真的将她当作新娶进门的小妾来宠爱。若是当作诱饵，可是为何昨夜又偏偏救了她？若是当作小妾宠爱，他可曾想过终有一天他要亲自将她送去给他的同伴喂食呢？

"听说，你娶过几个夫人，那你对以前的夫人也是这样好吗？"阿怜忍不住问道。

童天佑抬眸看着她，笑道："你是吃醋了？"

阿怜嘴角微动，道："我才没有吃醋。"

这是阿怜内心的实话，可是在童天佑和春兰她们听起来却并不是这样，反倒是像在撒娇。

春兰和冬梅掩唇直笑。

冬梅忍不住插嘴道："夫人在老爷心中是最特别的。老爷待夫人也是最好的。"

阿怜嘴角抽搐，她完全不是这个意思呀。她认为，如果他对李良秀、何招娣她们也是这般好，最终再将她们送去喂给那个蜘蛛精，那真是坏透了。他在她心中的好印象也将会消失殆尽，她内心深处并不希望他是这样的人，至少这么多天相处下来，她并不觉得他是那么坏的人。究竟是什么原因他要帮着那个蜘蛛精害人呢？

童天佑低眉，隔了许久才一脸认真地道："有好过，有差过，都不一样。可能对你，有一点儿特殊。"

春兰和冬梅又轻笑了起来。

有一点儿特殊？这一点儿特殊就应该是他说过的她神似他以前喜欢的姑娘吧……阿怜想说什么，却被这两个小丫头笑得无地自容，呵呵傻笑两声，在心底默念着快点吃完。

童天佑笑着说："吃完饭，带你去制香的地方瞧瞧。"

"嗯。"阿怜已经不敢看他。

好容易用完了午膳，阿怜松了一大口气，可是还没闲着，童天佑便牵着她的手去了花田西面的制香坊。

还没有走到院门前，便闻到一股子浓郁的混合木质香气，与花田里鲜花所散发的幽香又有一点不太一样。

阿怜走进院子，几个工人准备将筛盘里的艾草全部倒掉。

童天佑道："这些艾草都是之前用剩下的，其实制艾草香用的艾草，在端午那一天早上辰时之前，趁着露水都未消时采回来的是最好的。这时的艾草所蕴含的阳气是最足最中正的，也是对人体最好的。"

再往前走，阿怜又见着几个工人在筛弄着赤玫花瓣。

童天佑又道："赤玫也一样，这些花瓣都要用来提取精油。一日当中，辰时，花半开如杯状，从花瓣中提炼出来的油会是最多。"

童天佑一路走着，一路指着各类花草不停地给阿怜介绍各种花香精油提炼的方法，还教阿怜如何用水蒸馏的方法得到这些精油。两个人从午膳过后，一直在制香坊里待到傍晚。这是阿怜自离开半莲池之后，头一次觉得人生之中还有这么多有趣的东西值得学习，与童天佑待在一起的时光，她也头一次觉得不是尴尬难为情，而是十分有趣。

在整个制香坊的工人看来，童老爷对这位新娶进门的小夫人特别宠爱。

童天佑对制香很在行，阿怜看得出他是发自内心地喜欢。从他侃侃而谈当中，他的眉眼神情，说话时嘴角牵动面部肌肉纹理的动向，都足以证明他对这行的热爱，对花花草草的了解。他应该很想好好地活成一个真正的人吧。

二人回到府中，太阳完全落山，夜幕降临，吴管事一见着童天佑便迎了上来，俯在他的耳边悄声说事。童天佑的脸色瞬时变了。

"你先回房用膳。有什么需要同春兰夏竹她们说。"他对阿怜说完便匆匆随吴管事离开。

临行前，吴管事深深地看了阿怜一眼，一双阴鸷的眼睛在夜色中让人毛骨悚然。

阿怜怀着心事回到房中，春兰和夏竹两人的脸色也变得凝重起来，不似平日里活泼。她默默地吃着饭，也不多话。直到春兰和夏竹收拾了碗筷离开，她便跟着出门，打算去流霜亭召唤芋圆。

然而刚穿过月洞门，便瞧见两个小丫头提着灯笼，面色凝重地从后院的方向走过来。两人专注而沮丧地说着话，连立在假山石旁的阿怜也没有瞧见。

"阿步不见了……"

"你说阿步的失踪会不会和老夫人的病有关？"

"不知道。"

"我害怕哪一天就突然轮着咱们？阿步不是第一个，你还记得阿水吗？"

"记得。也是突然就不见的。"

"你没发觉从那个新夫人进门，这老夫人的情绪就似乎不太稳定，发病的频率也越来越高了。"

"今日午膳过后，老夫人一听说主人陪着新夫人去了制香坊，而且待了好久，就开始发脾气，还动手打了冬梅。"

"你不觉得主人对新夫人很特别吗？"

"嗯，据说一日三餐都陪在一起，每日清晨还会陪着一起去采鲜花呢。倒是与之前的那位夫人不太一样。"

"唉，我想离开这里。"

"去哪里？这整座浮凉山，方圆百里都是他们母子的势力范围。"

"可是每隔一段时间就提心吊胆，不知道什么时候就轮着自己。"

两个小丫头越行越远，身影很快消失在黑夜里。

阿怜微微蹙眉，思绪万千。

阿步？不就是那个抬着她进童府的痴呆青年吗？奎河和芋圆说他是只老鼠精，道行不到一百年，应该是刚刚能够化为人形。失踪了？所以吴管事一见着童天佑回来那般紧张，是因为这事？可是好端端的怎么就失踪了呢？难道是与昨夜见着的那个白发少女有关？可是方才两个小花妖明明说的是与老夫人的病情有关……

她有些糊涂了。她以为后院住的是那个对她行为不轨的变态白发少女，可是听完这两个小花妖的对话，忽然之间她又不能确定了，难道后院住着两个妖？

不知不觉，她提着灯笼又走到了竹林，竹林的尽头就是后院。

手中的镯子跳动了起来，阿怜轻轻地抚摸着，小声道："良秀，你想说什么？"

李良秀道："千万别过去！"

阿怜摸了摸镯子，道："放心。"

"以前，也有下人无缘无故失踪。那天，童天佑都会去后院探望他母亲，府中的下人会说是老夫人病了。他们应该和我一样，都是被那只妖害了。"

阿怜提着灯笼转身往回走，忽然李良秀又道："阿怜姑娘，童天佑对你很特别。"

阿怜顿住脚步，摸了摸镯子。

李良秀道："他以前虽然对我也很好，但是绝对没有达到像对你这般上心。我死之后来的两位姑娘，有一个曾被他狠狠骂哭过。虽然我看不见他，但是听你们俩之间的交谈，就能感觉到，他应该喜欢你，是发自内心喜欢的那种。"

阿怜微微蹙眉，道："他对我特别，是因为我与他死去的情人相像。良秀姑娘，你是不是还喜欢着童天佑？若他不是妖……"

李良秀打断了阿怜："阿怜姑娘，你误会了。若他不是只妖，我是可能还会对他有所留恋，但是自从我死了之后，知道他又娶了两位小妾，然后她们也莫名其妙地失踪了，你觉得我还可能会爱着他吗？"

"对不起……"

"不用对不起，这没什么。我只是想提醒你，可千万别把心丢在他的身上，否则会像我一样死无葬身之地。"今日在制香坊，两人在一起的情形就如同相恋了已久的情人一般，李良秀很担心阿怜会对童天佑动心。

"不会的。"她喜欢的人是玄遥。即便童天佑不是妖，是人，她心里的那个人也不会是他。只要再撑一个月，玄遥就要出关了。终于可以见着他了，她真的好想念他啊。越是每天面对童天佑，越是思念他。

这一夜，是阿怜自进了童府之后，童天佑第一次没有在房中过夜。

直到翌日早膳，阿怜也没有见到童天佑。问了春兰她们，原来童天佑一早便去了制香坊。

每日申时到酉时之间，她都会去流霜亭等芋圆，然而芋圆也有好几日没有出现，不知道他和奎何情况如何。她这心里总是不安，"咚咚"地跳个不停。

到了傍晚，夕阳渐渐躲进了云层，阿怜从流霜亭回来，意外撞见两个小厮叽叽咕咕。

"也不知这新夫人有什么房中秘术，将老爷迷得晕头转向，听说前日老爷在后院与老夫人顶撞了。老夫人气得砸了好多东西。冬子他们都不敢过去送饭。"

"这样啊，难怪之前听阿虎说昨日傍晚天没黑之前，新夫人带过来的那只狐狸在湖里游泳，被吴管事派人给捞走了。"

"这一看就是要给新来的夫人警告，搞不好那只狐狸要被扒皮了。你说会是老夫人下的命令吗？"

阿怜一听芋圆被抓了，顿时激动起来，冲到那两个小厮的面前："你们俩刚才在说什么？芋圆被谁捞走了？"

两个小厮一见阿怜，吓得一身哆嗦，低着头连连摆手："我们什么都不知道！什么都不知道！"

两人说着拔腿就跑。

难怪她这几日在流霜亭左等右等，都等不着芋圆，原来是芋圆出事了！

该死的妖精！要是芋圆出了什么事，她就是拼了这条命，也要弄死他们！

手腕上的镯子一下子跳动起来，李良秀幽幽的声音传来："阿怜，别急！小心乱了阵脚。"

"嗯。我去找童天佑。"她提起裙摆，便往前院跑去。刚踏入前院花园，她便瞧见一个熟悉的黑色身影——连帽的黑色斗篷。

她心底一拧，下意识往后退了几步，打算沿着回廊绕至另一个方向到书房去。然而还未来得及逃开，却听一旁伺候的婢女大声讽道："真是乡下来的野丫头，一点儿规矩都不懂，见着老夫人不但不知道行礼，竟敢视而不见？！"

阿怜顿住脚步，惊诧地望着正前方转过来的身影，不是那晚见到的白发少女，而是一位白发苍苍上了年纪的老妇人。

童天佑的母亲？

手腕上的镯子忽然又跳了起来，比之前激烈，阿怜本能地按住。白发少女和这个老妇人……难道是一个人？

童母向她看来，一双混浊的眼睛上下打量着她，似在训斥着她的不懂规矩。

阿怜硬着头走过去，对着童母欠了欠身，道："阿怜拜见老夫人。"

"阿佑新娶的小妾吗？抬起头来我看看。"苍老的声音从正前方响起。

阿怜抬起头，在童母审视她的同时，她也忍不住打量她。

老妇人面色灰褐，额头上的皱纹层层叠叠，一双眼睛混浊之中带着血丝，眼袋厚重而浮着点点疙瘩，一块块深褐色的老年斑布满了全脸，鼻梁塌陷，干瘪的腮帮，嘴角肌肉下垂挂着，令她整个人看起来面相凶恶。

让人实在是难以想象，眼前这个丑陋的老妇人会生出童天佑那般俊美的儿子。

她意图从童母的眉眼之间看出那个白发少女的影子。一个是娇美俏丽的少女，一个是年迈苍老的老妪，眉眼之间完全找不到丝毫相似之处。但若是两个人，为何李良秀会有如此之大的反应？

童母身旁的婢女再一次呵斥："大胆！有你这样不懂规矩目不斜视盯着老夫人看的吗？"

阿怜不吭气，连忙瞥开视线看向别处。

童母忽然走近她，枯槁的手指挑起她的下颌，仔细地审视着，苍老沙哑的声音忽地传来："模样生得真好，难怪阿佑迟迟不肯动身离开。叫什么名字？"

童天佑要出去？要去哪儿？

阿怜微微蹙眉，道："回禀老夫人，妾身姓周名桂花，小名阿怜。"

"阿莲？"

"可怜的怜。"

阿怜手腕上的镯子虽然不动了，但是开始发烫。

童母混浊的眼眸一瞬间变得清明起来，视线落在阿怜的袖口。

阿怜佯装忍不住打了个喷嚏，打断了童母探究的视线，然后哆嗦着道："对不起，老夫人，阿怜不是故意冒犯，求老夫人开恩。"说着"扑通"一声跪下，接连磕了几个响头。

终于童母神情松动，道："好了，下去吧。"

"喏。"阿怜索性爬着离开。

刚爬上回廊，身后隐隐传来童母嘱咐婢女的声音："身子有点单薄，让膳房给她调一下食谱。"

嫌弃她单薄，让膳房调食谱，这是准备将她养胖了好下嘴吗？

直到视线范围内再也见不着童母，阿怜拔腿就跑。然而就在快要到书房时，她在回廊的转角一下子撞到一个人。

"阿怜？！你怎么了？怎么这样慌张？"

听到熟悉的声音，阿怜抬眸，焦急地抓着童天佑的衣袖，道："那个，我方才听两个小厮说，吴管事派人抓走了芋圆……"

童天佑微微蹙眉，回头看了一眼跟在身后的吴管事。

吴管事挑眉问道："芋圆？那是谁？"

"随我一起来的那只小白狐。"

吴管事一脸平静地道："哦，原来芋圆是夫人带进门的那只小白狐啊。老朽近日很忙，很长时间没瞧见那只小白狐了。不知夫人说它被我抓走，这话是什么意思？"

阿怜瞅着吴管事那双犀利的眼睛，虽然他看着她，表面上看起来平常无奇，但她确定这老家伙在撒谎。他现在不承认，她拿他也没有办法。

"不好意思，我也是方才听两个小厮说的。说是昨日傍晚，芋圆在流霜亭附近的湖里游泳玩耍，吴管事派手下将芋圆捞走。不知是什么原因，吴管事要将芋圆捉走，是不是它叨扰了什么人？"

"夫人可能有所误会。我们这附近，常常会有猎户前来打猎，您的白狐长得那般好看，但凡猎户见了都会想要据为己有。老朽不知道是哪两个下人乱嚼舌根，误看成了老朽，令夫人这般误会。"

"若不是吴管事派人做的，许是那两个下人胡说的。阿怜给吴管事您赔不是。"说着，阿怜便欠了欠身。

"你先回房去。我会派人帮你去找芋圆。"童天佑安抚着她道。

阿怜虽然心有不甘，但再纠缠下去，也不会有什么结果。她深深地看了童天佑一眼，嘴角微勾，转身离开。

一定是芋圆发现了什么，所以这几只妖联合起来将它抓走。童天佑明显是知道什么，却是在包庇。

回到房中，阿怜来回走动，犹如热锅上的蚂蚁，满脑子想着要如何救芋圆。如今芋圆被他们抓了，她又联系不上奎河，该怎么办？她绞着手，不停地在心里念着：芋圆，你一定不可以有事！一定不可以有事！

不知过了多久，童天佑终于回到房中。

她凝视着童天佑不说话。

两人就这样僵持着互看了一会儿，终于童天佑率先打破了平静，道："明日一早，我要动身去临安谈笔生意，你跟我一起走吧。"

阿怜看着他，冷着脸道："我现在哪儿也不想去，我只想找回芋圆。"

童天佑道："我已经派人去找了，很快应该就能找到。"

阿怜道："是吗？等你找到芋圆，我再随你去临安。"

这是阿怜自进童府以来第一次没向童天佑示弱。她内心很愤怒，但是一直在极力地克制着自己，千万不可表露出来。

童天佑并不意外她忽然之间的变化，反倒对她的反应似是一直在等待。他凝视着她，不禁勾起唇角，道："我一直好奇，你究竟什么时候才能摘下脸上的面具同我说话？"

阿怜望着他如墨的眼眸，烛光混着她的影子在他眸中跳动，从模糊到逐渐变得清晰起来。所有人都觉得他对她特别好，其实这一切都是假象，原来他不只是怀疑芋圆，也一直在怀疑她呢。

她不禁失笑，嘴角轻抬，道："这里戴着面具的又何止我一人？老爷，你不也是吗？明明每天都过得很不开心，可是偏偏在见到我的时候，都会极力地想让我感到幸福开心。我也好奇，你究竟什么时候也能摘下面具？"

童天佑轻笑起来，她看似软弱乖巧，掩饰下的真性情果真是这般牙尖嘴利，他倒是没有看走眼。

"我若说，这些日子以来，我对你是真心实意的呢？并不是在装。"他微微抬眉。

阿怜抿了抿嘴，道："我信，当然相信。可是老爷从来没有信过我呢，否则也不会让人将我的芋圆捉走。进门的那晚，老爷可是亲口答应，同意我养着芋圆呢。"

童天佑在桌前坐下，倒了一杯水，轻啜一口，道："你口中说信我，但是你心里并没有。我不知道你究竟是什么人，或是说你受什么人指使，为何要冒充周桂花嫁给我做妾，接近我究竟有什么目的？"

阿怜凝视着童天佑，虽然一脸镇定，但是心里难免有些紧张，不停盘算着。童天佑藏得很深，这些日子一直在制造温柔假象，今夜忽然一下子毫不犹豫地戳穿她，不知下一步如何。难道今夜就要与他彻底摊牌吗？如今芋圆在他们手上，奎河不知去向，他是妖，而她是区区凡人，硬碰硬，她自是拼不过，究竟该如何是好？

"是，我承认我不是周桂花，但是我没有什么目的，只是你出的价钱高，所以我想试着改变一下命运，因为穷怕了。"

"是吗？"童天佑的目光落在她手腕上，忽地抓起她的手腕，将玉镯举在她的面前，"上好的糯种白底青飘阳绿翡翠镯子可是不多见。你说你穷怕了，穷人家哪里能戴得起这等价值连城的贵重东西？"

阿怜轻轻甩开他的手，镇定地道："我若说这镯子是我偷的呢？"

童天佑不置可否地笑了笑。

阿怜随即往他的身前轻轻依偎过去，他伸手迅速捉住了她的胳膊。她抬手，手中却多了一个刺绣精致的钱袋，在他的眼前晃动："袋中至少有十多两碎银，老爷，现在可信了吗？"

做乞丐的那些年头，为了生存，她和擎苍可是练就了不少"好手艺"。自从进了半莲池之后，退步了不少。

童天佑忍不住"扑哧"一声笑出声，下一刻便伸手揽住她的腰肢，使力将她拉近自己的眼前，道："你还真是个宝！我今夜已经把话说得这般明白，可你怎么就是不肯同我说句真话呢？"

之前有过很多次亲昵接触，可是她都假装害羞避开了，眼下这般情形，她挣扎着，却怎的也挣脱不开童天佑的怀抱，明明看起来儒雅书生气的他，力道却是如此之大。哦，她差一点忘了，他不是人，他可是只妖呢。

"老爷，我说的哪一句不是真话呢？"

从她一进门，童天佑就发觉她很奇怪，明明已被他身上的香气迷了神志，然而在沐浴更衣后反倒清醒了，不论是喝合卺酒，还是夫妻之间的亲昵举动她都在有意无意避着。他本以为她是只妖，可偏偏他在她的身上找不到一丝妖气，她只是一介凡人。然而这个凡人，身边却跟着两个不平凡的东西。

"你这镯子上究竟附着什么东西，我想你应该比我清楚。而且你带来的那只狐狸也不是寻常的狐狸吧。"

"不就是只普通的镯子吗？能附着什么东西？"阿怜索性将玉镯从衣袖里扒拉出来，看了又看，"我也不明白，芊圆怎么就不是只普通的狐狸了？怎么什么东西到了老爷的眼里看起来都不普通呢？"总之，她就抵死不承认。

童天佑冷笑一声，一把拉住她的手腕，大掌扣在镯子上，镯子忽然变得灼烫无比。她瞪着眼，想要挣扎，却怎么也挣扎不开。倏然，一道白光从镯子里弹了出来，李良秀的魂魄被逼了出来，跌落在桌旁。

阿怜见势，立即用力推开童天佑，张开双臂护在李良秀的魂魄前，道："不准你再伤害良秀姑娘！"

眼下，事已败露，她不必再伪装。

"良秀姑娘？"童天佑望着阿怜身后跌落在地的李良秀，熟悉的面容令他下意识深蹙起眉头，往事如烟云，早已消逝无迹可寻，却忽然在一瞬间一幕幕浮现在眼前。他喉咙微动，轻轻念了一声："是秀秀吗？"

听到童天佑叫了自己的小名一声，李良秀不由得瑟缩了下。

阿怜挡在童天佑的面前，生怕童天佑妖性大发，伤害李良秀。

李良秀爬起身，鼓起勇气看向童天佑，道："是我。我如今变成这样，童天佑你良心可安？"

"你怎么会变成这个样子？"童天佑满脸的难以置信。

李良秀冷道："我怎么会变成这个样子，你难道不是比我更清楚吗？"

童天佑双拳紧握，内心挣扎。是的，李良秀为何会变成这样，他比谁都清楚。他从李良秀踏入这里的第一步开始，就知道她终会难逃一死，但是他未曾想到李良秀死后，竟只剩下这一缕残魂……

"你是来复仇的吗？仅凭你这一缕残魂，你什么都做不了，更别说复仇。"他盯着李良秀，神色灰暗，指着阿怜，"而她，只是区区一个凡人，根本帮不了你。"

阿怜索性把心一横，厉道："我是个凡人没错，而且是个不自量力，喜欢路见不平拔刀相助的凡人。童天佑，你若还有一点儿良知，就不该助纣为虐。你虽然只看到了李良秀这一缕残魂，但你可想过那些因你而死的女子，刘细妹、陆小梅、何招娣她们死后会怎样？你真的可以每日高枕无忧吗？或许你根本就记不得那些因你而死的无辜女子有多少个。"

"助纣为虐？你懂什么？！知道什么？你知不知道这世上有很多事情是生来就身不由己？"童天佑双目怒瞪，一张俊朗的面庞在烛光下变得狰狞起来。

"身不由己？你苦苦修行成人，难道就是为了今日这样滥杀无辜吗？"

童天佑蹙紧眉心，紧盯着阿怜，这个凡人竟然知道他是妖。

他冷冷地道："你什么都不知道，却指责我滥杀无辜。你可曾想过你们凡人哪一天不在滥杀无辜？你杀过的每一只鸡鸭鹅，每一条鱼虾，你摘过的吃过的每一颗果子蔬菜，难道只因为它们不会像你们凡人一样会说话，就活该死吗？"

这是个弱肉强食的世道，有些物种生来活着就不易。不只是人，这世上的每一个存在的物种，都是为了活着而存在。而他一直以来也是为了活着而已。

阿怜被他说得一时之间找不到反驳的言语，憋了半晌才道："你说的这些都是歪理。"

童天佑拧紧了眉心，道："歪理也好，正理也罢，眼下都不是讨论这个的时候。待会儿，你带着秀秀立即给我离开这里，不要等到明天。"

阿怜坚定地道："我不会走的，找不到芋圆我是不会走的。童天佑，你说实话，芋圆是不是被你'母亲'抓走了？或者我不该称呼她为你'母亲'，该称她蜘蛛老妖精。"

"看不出来你一个凡人知道得挺多的。"童天佑紧抿了薄唇。

阿怜道："你不说没关系。不管芋圆被抓是否与你有关，我劝你最好叫人把芋圆放了。你若敢动芋圆一根汗毛，必遭天谴，死无葬身之地。他，你惹不起。"

死无葬身之地？他早已厌倦这样的生活，死后如何，对他来说，那根本都不重要。

"芋圆我会想办法找到它，然后送它离开。但是，你和秀秀今晚必须离开。"童天佑态度坚决。

"我凭什么信你？"

"你若不信我，只有死路一条，没有其他路可选。跟我走！"童天佑拉过她的手，对李良秀道，"你是自己进去，还是我封你进去？"

"童天佑，善恶终有报，不是不报，是时候未到。凭我李良秀是报不了仇，但老天有眼，天会收了你和那只蜘蛛精。"李良秀深深地看了他一眼，便化作一缕轻烟，又附在阿怜的镯子之上。

童天佑态度坚决，丝毫不在意阿怜和李良秀的话，拉着阿怜匆匆出了房门，径直向侧门走去。

"童天佑，我相信你一定有苦衷，你不要再执迷不悟。你若是肯回头是岸，至少还可能活着。与你相处的这么些日子，我看得出来，你本质并不坏。"阿怜被他拉着，却一路苦口婆心相劝。

童天佑冷嗤一声，道："一个月不到的日子，你对我有多少了解？知道死在我手上的人有多少吗？你说的那几个姑娘，包括李良秀，都不足我活的这么多年来死在我手上的零头数。你该感谢苍天能活至今日，换作早些年，你从一进门那天起就见不到阳光。"

望着他逐渐冷酷的眼神，嘴角勾起的那一抹无情不屑的嘲讽，阿怜沉默了。他说得没有错，一个月不到的日子，她对他能有多少了解？若是他真心不愿害人，即便是有把柄落在那蜘蛛精的手上，那蜘蛛精也威胁不了他啊。所以，这一切还是得他自愿。

阿怜的心陡然沉了。

"你区区一个凡人，一无是处，还痴心妄想地帮一个魂魄都不齐全的鬼？该考虑活不活的人，现在是你不是我。"童天佑从马厩里牵出一匹马，"上马！"

"去哪儿？"

"送你们离开这里，到安全的地方去。"他强行将阿怜推上马，踩着马鞍轻轻纵身坐在她的身后，拉着缰绳，便向花田的小径狂奔而去。

阿怜内心又燃起了希望，道："你若真的如你说的那样，为何你一心还想要救我和良秀离开这里？童天佑，若是那些女子不是你杀的，你只是因为被逼迫而有不得已的苦衷，只要你同意帮助收了那蜘蛛精，不让她再危害人间，我可以替你求情。"只要他愿诚心悔过，她会求玄遥放他一条活路。

"我不管你是谁，也不管你背后那个想要除去我们的厉害人物是谁，我是生是死都与你无关！你只要给我乖乖闭上嘴，离开就好。"

他能看出来芋圆不是普通的白狐，幽若也定能看出来。吴管事将芋圆捉走，定是受了她的指使。他知道她等不了多久，便会向阿怜下手。之前他一直摇摆不定，可是在见着李良秀这般，他再也不用犹豫了。这么多年了，他也受够了，哪怕就是至此结束生命，他也不想这般活下去。他与幽若之间，不论如何死法，都不需要任何人插手。

"童天佑……"

"你是要我吻你，还是要我打晕你，你才能乖乖闭嘴？"童天佑俯在阿怜的耳畔轻轻调笑。这是他深感罪孽了这么多年，头一次觉得没有负担，如此轻松。

温热的气息在阿怜耳侧轻柔地撩过，阿怜顿时一阵脸红。这妖……竟然还有心情同她调情？

童天佑挥鞭策马，从小径直穿花田，马蹄踏过，一路花叶四溅。

这条路与阿怜来时的路完全不一样。

童天佑忽然问："能不被我香气迷惑的，你倒是第一个。告诉我，你怎么能不受迷惑的？"

"那你敢告诉我你的原神是什么吗？你敢说，我就告诉你。"阿怜虽然知道他是棵果树，但是究竟是什么果树能散发出惑人的香气？

"是喜欢上我了吗？想知道我是什么吗？好！在离开之前满足你的愿望！"童天佑拉紧了缰绳，令马直接穿过兰花花田。

阿怜嘴角抽搐，怎么也没想着这个一直温柔儒雅有礼的童天佑也会贫嘴，而且还是在救她逃命的时候。她总觉得他像是变了一个人似的。

骑马行了差不多几里路，忽然飘来一阵浓郁的兰花香气，可是与之前花田里的兰花散发的香气味道并不相同。通常花香太过浓郁会显得臭，但是这香气，越闻越好闻，让人身心都变得愉悦起来。

阿怜深深嗅吸，闭着眼，轻声道："这香味……和你身上的味道一模一样，让人无法忘记。"

童天佑轻笑一声，道："看正前方。"

他划亮了火折子，照亮前方。

随着马儿走得越近，阿怜终于瞧见了盘在山石间爬藤似的植物，密密麻麻的枝叶，将背后的山石盖得看不到缝隙。借着火光，阿怜无论是向上看，还是向两边看，这植物的茂密枝叶绵延看不到尽头。

童天佑策马走近，将火折子靠近，让阿怜可以看得更仔细。

这植物的叶子宽大而肥厚，近似三尺长，一朵朵硕大的白紫色花朵就散在这一片片叶子之上。近三尺长的花瓣如齿轮形状排列盛开，花瓣之中生出一圈如同一条条丝带般的雪青色蕊丝，蕊丝正中又生着淡绿色如爪状的蕊头。正是这蕊头不停地散发着那令人精神振奋的幽香。

阿怜从来没有见过这种花，在火光之中透着说不出的妖艳，不知在日光下又是怎样的流光溢彩。这样美丽妖娆的花，让人忍不住触摸它。

她闻着诱人的兰花般幽香，忍不住伸出手想要触碰那朵花，却被童天佑迅速握住："别碰它！"

阿怜惊诧，不解地问他："这是……什么花？"

"听过日轮花吗？"童天佑盯着眼前娇艳芬芳的花，内心复杂。

阿怜摇了摇头，道："没有。"

童天佑幽幽地道："它叫日轮花，花香有些类似兰花的香味，但是较兰花更浓。它结出来的果实会有上百种香气，有些人叫它百香果。虽然长得相像，却并不是百香果。随便怎么叫了。"他深叹了口气，反正名字对他来说，早已不具任何意义。

难怪童天佑的身上除了一种特殊的兰花香气，还有不同的果香味。

"这个日轮花就是你的原神所在？若是毁了它，是不是就等于毁了你？"阿怜一脸认真地问道。

童天佑凝视着她，浅浅勾了勾唇角，仰望着眼前盘踞一大片的枝叶道："想要替李良秀她们报仇，只要一把火烧了这里便可以。"

阿怜又开始劝导他："童天佑，能告诉我，那个蜘蛛精的老巢在哪儿？它的原神在哪儿？只要毁了它，你也就自由了。重新来过，不好吗？"

童天佑下意识避开了她的问题："我告诉你，我是什么了，你是不是该告诉我，为何你能不被我的香气迷惑？"

阿怜叹了口气，道："我服过凝神净心丸，能抵抗住你的香气，不被迷惑。"

童天佑挑眉："凝神净心丸？难怪。我曾听说这药是太上老君所炼。没想到你竟然服了这药。"

"我不知道这药是不是太上老君所炼，但是你的香气确实很厉害。"他身上的香气勾起了她心底最深的欲望，勾起了她对玄遥一直以来的念想，这比她被他迷惑还要可怕。

"你本名叫什么？"童天佑忽然变得好奇。

"顾影怜。"

童天佑点了点头，道："伫立望故乡，顾影凄自怜。是个好听的名字。虽然没做成夫妻，却也不枉认识你这样一个妙人儿做朋友。"

阿怜再一次劝道："童天佑，既然是朋友，你真的就不能帮着灭了那个蜘蛛精吗？至少你可以活下去啊……"

"嘘！你若再提这个，我便会吻你。"童天佑伸出食指抵在阿怜嘴上，嬉笑着道。

"……我很认真地在跟你说正经事，你要不要这样？"阿怜真是败给他了。他到底怎么想的？为何宁愿死，也不愿帮着灭了那个蜘蛛精。

他深深地看了她一眼，道："谢谢你，你这个朋友我不会忘记。都别说了，走吧，再不走就来不及了。我的事，会有它的结局，你就别管了。"

他策马带着她离开。

穿过这片山谷，很快进入一片幽深茂密的树林。不知是因为夜深，还是怎的，林中的雾气有些浓重。马儿前行了一段距离，雾气越来越重，几乎什么都看不见。

马儿往前走了两步，忽然停滞不肯再往前，发出一阵嘶鸣，抬起前蹄，开始发狂。

童天佑护住阿怜，抱着她迅速跳下马。阿怜惊恐地看着马儿疯了似的四处乱撞，不一会儿，再也听不到马蹄声，听到一个重重的撞击声，前方不远处树叶哗哗作响，"轰"的一声倒了下来。

阿怜咽了咽口水，蹙紧了眉头问童天佑："是不是她来了？她发现了吗？"她口中的"她"是指那个蜘蛛精。

童天佑轻轻地道一句："终究还是迟了……"

阿怜手腕上的镯子倏然发烫，幽幽地传来李良秀的声音："是她，那个妖来了。"

一阵不疾不徐的脚步声从正前方传来，不一会儿，浓雾之中，走出一个黑色的身影。

阿怜的喉咙微动，黑色的斗篷，这熟悉的身影是童母。

"天佑，这么晚了，你带着我的食物去哪儿呢？"

清脆的少女声音在这树林中骤然响起，阿怜的心头又是一惊。竟然不是童母，不是那个苍老的声音，而且那天抱着她的白发少女。

那黑色的身影伸手轻挥，浓雾渐渐散去。阿怜终于瞧见了那夜她见到的白发少女，白皙娇美的面容上，艳丽的红唇在这黑暗之中显得那般突兀，有些瘆人。

童天佑将阿怜护在身后，直直地看着前方的少女，道："幽若，放她走。"

"天佑，你说什么傻话呢？放她走，那我和你怎么办？"白发少女掀开了头上的帽子，完全露出那一头又长又白的头发，在这黑夜里显得格外刺目。

她的表情却是一脸的无辜，仿佛阿怜身为她的食物是件理所当然的事。

童天佑冷嗤一声："没有她，你也一样可以活下去不是吗？"

"是啊，是可以活下去，可是……"那个叫作幽若的白发少女一声无辜的娇嗔，她羞涩地低下头，但是再抬起头，那张略带病态的娇颜忽然变成了一张又老又丑陋的脸，声线粗哑，"却是这样。这样的一张脸，你愿意陪着我吗？"

黑暗之中，在微弱的火光照耀下，幽若苍老丑陋的面容看起来阴森恐怖，比起地狱里那些瘆人的鬼魂有过之而无不及。

阿怜咬着牙，下意识地双手握拳，极力克制心中的愤怒。果然没猜错，那个白发少女和童母，都是眼前这个妖。

童天佑蹙紧了眉头，厉道："幽若，你知道的，你我之间从来就不是你这张脸的问题。"

"怎么不是？"幽若冷笑一声，指着阿怜道，"天佑，你是不是喜欢上这个贱人了？家中的下人们，个个都说你很喜欢这个小贱人，每天早中晚，都恋恋不舍地陪伴着她。天佑，你怎么可以喜欢别人？还是说，因为她长得很像当年的我，所以你才对她这么特别的吗？"

阿怜心头一惊，这个幽若说她长得像当年的她，那不就是说，幽若就是童天佑口中那个多年前死掉的情人吗？可是她明明活着啊？这到底是怎么一回事？

阿怜望向童天佑。

童天佑看了她一眼，继而转向幽若，道："我从来就没有爱过其他人。"

幽若忽然声嘶力竭地怒吼起来："你骗人！你根本就是嫌弃我这张脸，我知道。自从我变成这样，你就开始各种嫌弃我。你对所有人说，我是你的母亲，我是你的母亲吗？我是你的母亲吗？！"一声声粗哑的叫吼声，在这黑夜里听起来极奇瘆人。

童天佑慢慢地走过去，拉住她的手，柔声道："幽若，你冷静一点。无论你变成什么样，我都不会离开你的，我都会陪着你。"

"真的吗？你没有骗我？"

"真的。没有骗你。"童天佑抱着幽若，轻柔地哄着她，空气中慢慢地弥漫着一股浓浓的兰花香气，"我们为何会走到今日这般田地？"

"我也不想的，可是不这样，我该怎么办……"幽若慢慢依偎在他的身前，苍老的脸慢慢地又变回了那张变态少女的面容。

童天佑在用香气使幽若镇定。

望见两人深情相拥，阿怜喉咙滚动，想起第一次撞见幽若时的情形，心间有种说不出的感觉。这两只妖应是从很久很久以前就是情人的关系，似乎幽若因为日渐苍老的面容对童天佑不信任。明明深爱着童天佑，可她为何同意他一次又一次娶凡人女子做妾？

随着空气中幽兰的香气越来越浓郁，幽若在童天佑的怀中渐渐平静下来。

童天佑轻抚着幽若的后背，柔声道："幽若，别再管这张脸了。我们别再这样下去了，回到以前吧，你做那只无忧无虑的小蜘蛛，我做回我的日轮花，为你遮风挡雨，好不好？"

幽若没有应声，紧紧地抱着他，贪婪地汲取他身上散发的幽香。

隔了好一会儿，童天佑深吸了口气，又道："幽若，放她走吧。我发誓永远都不会离开你……"

童天佑的话音刚落，幽若用力地推开他，怒道："童天佑，你别再骗我了！你以为你不停地散发花香，我就会被你迷惑吗？我知道的，你早就想离开我了，从那些个贱货一个个进门，你日夜都想着如何离开我，抛弃我！你之所以至今不离开，不是因为你不想离开，而是你根本离不开我。没有我，你早就死了！"

童天佑紧握双拳，道："是，没错！没有你，我早就死了。但是我现在宁可去死，也不想再昧着良心去干那些伤天害理的事。你信我也好，不信我也罢，我都会送她离开。只要她安全离开，我会回来。我与你之间，从来都只是我们俩的事，不要再牵扯到其他无辜的生命。你让开！"

他也不会再妥协。

"我不会放你走的，也不会让你送她走。别痴心妄想了！"幽若愤怒的一张脸在瞬间又变幻成了那张老妇人的脸。

童天佑将阿怜护在身后，双手张开，似是在召唤着什么，几乎是一瞬间，他的双臂突然生出藤蔓直向幽若飞去。不停生长的藤蔓缠上了幽若的双手、双脚，还有一根紧紧缠住了她的腰身。

"天佑，你竟然为了这个贱人与我作对？"幽若苍老的面孔上，一双混浊的双眼变得赤红起来，"就凭你这些根本伤不了我。"

童天佑冲着阿怜大喊："穿过她身后的迷雾，她就没法控制你，你快走！"

阿怜望着童天佑，有些犹豫。最终她咬紧了牙根，瞪着幽若道："我会回来的。若是你敢伤了芋圆，我就是死，也会叫你永世不得超生。"

她说完拔腿便冲向幽若身后的浓雾，很快身影便消失在浓雾之中。

幽若冷嗤一声："你以为她能走得掉？不自量力！"

"这里离出口并不算太远，只要她能跑出这里，就够了。"童天佑说着，手中藤蔓越伸越长，越长越有力，其中一根从幽若的脚底慢慢一直向上缠绕，几乎将她整个身体死死地锁在原地不得动弹，而另两根藤蔓则分别顺着她的双手一直缠绕到肩颈。

幽若有些动怒，道："天佑，你快放开我！"

童天佑拒绝地摇了摇头，道："幽若，这一次听我的，放了她。"

幽若厉声道："听你的，就是要自寻死路。你可知道那个女人带来的狐狸是什么吗？那是只九尾狐。上古神兽九尾狐！那只九尾狐狸从来到浮凉山开始，就和那个轿夫四处打探，映月湖底的东西都给他们找着了，你觉得我能放了那只狐狸？！这个女人根本就是'猎人'放出来的一个诱饵，我若放了她，你我必将死无藏身之地。"

"死无藏身之地，又如何？我说了，我早已活够了。"

"天佑！你真的是太天真了！这世上没有什么能比活下去更好！"

幽若的双手虽被童天佑的藤蔓紧紧缠住，挣脱不开，但是要捉住那个凡人根本就不是难题。她冷笑着，倏地一股粗壮的蛛丝从她的腹部穿出，如疾箭一般直穿入进浓雾之中。

阿怜在只能看清不足十尺的浓雾之中拼命狂奔，她根本分不清方向，本能地向着正前方的亮光奔去。雾渐渐地淡了，远处的亮光她也终于看清了，是个村庄。不大的村子，灯光零零落落，对阿怜来说，这象征着生命之光。就只差二三十步的距离，她便可以跑出这片树林。

她内心激动，脚下的步伐加快，可是偏偏这时，腰间被后方浓雾中飞出来的蛛丝紧紧缠住。她尖叫一声，双手紧紧拉住身旁掠过的树枝，然而蛛丝的力道越收越紧，她无论怎么拼命挣扎却徒劳。伴随着树枝无情的断裂声，她整个人又被卷回了浓雾之中，跌在了幽若的脚下。

童天佑见阿怜又被捉了回来，额上的青筋暴露。地底相继生出密密的藤蔓直冲向幽若，藤条缠绕的速度不断加快，一点一点爬上幽若的双腿，紧紧缠绕，直至腰腹，眼看着很快就要缠上她的胸口将她整个人吞没，像一个巨大的藤柱。

然而幽若的冷笑透过厚厚的藤蔓枝叶传来："天佑，你奈何不了我的！"

语音落毕，藤柱内光芒四射，一股强大的力量自内而外冲出，将童天佑缠在她上的藤条全部震断。

童天佑被震飞了出去，跌落在地，口中吐了一大口鲜血。地底生出的藤蔓也停止了生长，软软地垂下，满地尽是断藤，

阿怜从怀中摸出南疆匕首开始割蛛丝，然而这蛛丝的韧劲非常，她几乎使出全身的力气，都无法将这蛛丝割断。

幽若望着她焦虑的模样，嘲讽道："你以为我这蛛丝，是你这种凡人的器具能随便割断的吗？"

阿怜停下动作，怒瞪着幽若，道："老妖怪，你得意什么？你把芋圆怎么了？"

"芋圆？是那只九尾狐吗？你区区一介凡人竟然养着一只九尾狐狸，倒是叫我小看了。你放心，等我先吃了你，容貌恢复后，我便会慢慢享用他。一个拥有千年道行的九尾狐狸，送上门的修为我又岂会浪费呢。我还要再扒了他的皮，给自己做一条美美的围脖。哈哈哈……"幽若的声音疯狂而刺耳。

"你若敢动他一根汗毛，整个九尾狐族是不会放过你的，一定会将你挫骨扬灰。"

阿怜期望搬出九尾狐族能吓住这个疯狂的妖怪，然而幽若并不受威胁。

"那也要九尾狐族能找到它，我会让它在天地间消失得什么都不剩，就像

是从来没有来过这个世上。"幽若咧开嘴恣意地笑着。

阿怜手腕上的镯子开始发烫，她感受到李良秀的深深恐惧。阿怜按着手镯冷哼一声："你以为九尾狐族找不到他的踪迹，你就可以高枕无忧了吗？知道什么叫天网恢恢，疏而不漏吗？就凭你这妖怪的脑子也是难以理解。待它的师父出关，到时候真正没有来过世上的人就是你这只死妖怪。"

"它师父？"幽若脸上的皱纹随着好奇的神情变动，丑陋无比。

"它师父就是中天无极紫微大帝，怕了吧？"

"哈，那个传说中消失了近千年的紫微大帝？从我刚出生就听说他离开了天界，如今我已有千年的道行，都没有听闻他再出现过。你以为你搬出一个早已消失的天神就能吓唬住我了吗？"

"信不信随你！过不了多久你便会知道，到时候你会连渣渣都不剩下。"阿怜瞪着她。

"愚蠢的凡人，先管好你自己吧。"幽若不耐烦地挥了挥手，蛛丝从她的身上源源不断地涌上阿怜。

蛛丝越缠越多，将阿怜生生包成了一个巨大的茧。

阿怜无法动弹，也无法开口。

童天佑身受重伤，嘴角溢着血，他一点一点向阿怜爬过去，想要帮助她撕开蛛丝，却心有余而力不足。

幽若用力地扣住他的双手，怒道："我看你就是看上这个贱人了！待会儿我就在你面前将她生吞活剥了！"

童天佑吐了一口血，道："你爱怎么说就怎么说吧。有种你也把我一起吞了。"

幽若疯了似的尖叫："你明知道我不会这么对你。你救不了她的！你救不了她的！"

童天佑刚扒开一道空隙，幽若便再一次死死将阿怜缠住，并将童天佑扔了出去。童天佑重重地摔落在地，不停地狂吐着鲜血。

幽若又后悔地跑过去，扶住他道："我不想伤害你的，是你今日让我太生气了。"

童天佑惨白着一张脸，冲着她冷笑。

她伸手替他擦去嘴角的血丝，尖长指甲划过他绝美的面庞，道："天佑，要不了多久，我就可以一直陪着你。我抓到一只九尾狐呢。这一次一定会有很长的一段时间，你不用再去娶别人，不必再为难了。你相信我！"

童天佑用力地挡开她的手，冷冷地笑了起来："你以为我在乎你是美还是丑吗？从第一眼见到你的时候，你就是一只丑陋的黑蜘蛛。你最丑的模样，我都见过，你又何须费尽心思地要变美？"

"你根本不明白！"

童天佑忍无可忍地厉声斥道："我都说了我从来没有在意过你长什么样。瞧瞧现在，因为这张脸，你把自己变成什么了？你早已经堕入地狱的深渊里，成了一个噬血的恶魔，而我也被逼着变成你手中残忍的杀人利器。夜幽若，别再拿我做借口！"

"你……"幽若气得一张老脸变得更加狰狞，抬起手，想要狠狠地抽他一记耳光，然而手僵持在半空中，却怎么也下不了手，"你被那些个贱人勾引的，已经病得不轻了，我必须要将你关起来，直到你的病好为止。我不会跟你计较的。我原谅你的无礼！"

"随你吧。"从想清楚的那一瞬间开始，他什么都不在乎了，哪怕是死，他也不会皱一下眉头，他很久很久之前就想解脱，如今一心盼望的也是解脱。

幽若不顾他的意愿，念念叨叨，蛛丝越吐越密，将童天佑也紧紧地包裹成了茧。

她爱怜地摸着蛛丝茧，混浊的双眼中流下了眼泪："你不懂，我若不这样，你要怎么活下去呢……"

树林中的浓雾慢慢消散，一切平静下来，除了满地的断藤，仿佛这里什么都没有发生似的。

不知昏迷了多久，阿怜一下子惊醒过来，浑身上下依旧被蛛丝缠绕着，但蛛丝的韧性较之前弱了许多，她的一只手总算是能伸出去张开来。她费力地从怀里取出小刀，开始一点点地割蛛丝。

皇天不负有心人！

她总算将身上的蛛丝全数割断。原来这东西随着时间流逝，韧性会减弱。还说什么凡人的器具奈何不了，呸！

阿怜四处张望，四周黑漆漆的，只听到微弱的水滴声。她在怀里又摸了摸，庆幸夜明珠还在。从锦袋里取出夜明珠，她意图站起身，却一头撞在上方什么东西上，痛得她直摸着脑袋。她四下照了照，发现自己原来被困在一个铁笼子里，只有半人高，根本直不起身。

她摸着栏杆，绕了一圈，唯一的闸口被一个硕大的铜锁锁着。

这个恶心的大蜘蛛！

她将手伸出铁笼外，将夜明珠举高，四处又照了照，她应该是被关在一个地下石室里，墙壁潮湿，不停地渗着水。

忽然，她看到旁边同样被困在笼子里的芋圆。隔着一道栏杆，她激动地叫了起来："芋圆！芋圆！"

芋圆无力抬起头，瞧见了阿怜，顿时精神抖擞了起来。

"芋圆，你还活着，太好了！太好了！"忽然之间，她的眼泪夺眶而出。

芋圆走了过来，阿怜瞧见他的头上身上全是伤口，惊道："你这身伤口是怎么弄的？那只老妖怪打你的吗？"

芋圆摇了摇头，沮丧地道："我自己撞的。"

他被抓来关在这里之后，就开始用尽全力撞铁笼子的栏杆，然而总是徒劳。吴管事那只老鼠精告诉他这铁笼乃深海玄铁所制，就算他将自己撞死了，这铁笼子也依旧坚固无比。果真，他撞了一天下来，铁栏杆一点儿弯曲的迹象都没有，反倒弄得自己浑身是伤。

自从被幽冥圣剑斩了三尾，就仿佛斩断了他所有的修为一般。虽然留下了条小命，可整个人也废了，即便每日修行，然而至今都无法变幻回他的神兽真身，若是能变回神兽真身，这区区的笼子能奈何了他？

"笨蛋！"阿怜啐骂了一声。

"说我笨蛋，你又好到哪儿去？不也被抓进来了。"芋圆白了她一眼。

阿怜道："好了，别争了！我们俩都是笨蛋！话说，你怎么好好的会被那个蜘蛛精抓了？奎河呢？"

"奎河没事，我护着他逃走了。他应该回去找师父了。阿怜你可知道，这些日子我和奎河到处查探，总想着这两只妖怪害死了这么多凡人，这人死了要有尸骨啊。尸骨呢？这尸骨得要往哪儿堆？浮凉山也就这么几座山头，要是随意找地方堆那么多的白骨，不可能没有发现。你可知道，那日天气太热，我差点被热晕，于是一头扎进了映月湖，然后我就瞧见湖底有一具尸骨。于是我和奎河潜入湖底，那湖底连着山体有一个洞。你猜我和奎河瞧见了什么？"

"什么？"

"那个洞约莫有一丈五尺高，宽约两丈七尺，深度少说也得有个几丈。洞有多大，那里面的骸骨就有多少，一个垒着一个，排列得整整齐齐，可壮观了。我索性将映月湖底游了个遍，那湖底下连着浮凉山山体有着大大小小好几个山洞。每个洞中都是白骨累累。我活了几千年，还是头一次在人间见着满眼堆得都是人骨。这只该死的蜘蛛精，千年来得吃了多少人才能堆成那样。一个恶心的蜘蛛还妄想吃了我九尾狐。等老子出去后，看老子打不死她。哼！"芋圆气愤不已，龇牙咧嘴地骂着，似是激动牵扯到伤口，痛得它嗷嗷直叫。

"你别激动！"阿怜眉心深蹙，脑子里构想着那洞里的模样。

"你跟童天佑你侬我侬，怎么好好的也被抓来了？你不是说童天佑不想伤害你吗？你这被关在这里是怎么回事？你这才被娶进门，半年的时间都没到，那妖怪就要吃了你吗？"

"我这不听到你被抓了，火急火燎地跑去找童天佑了吗。童天佑预感那蜘蛛精对我不利，非得连夜送我离开，不过还是迟了。"阿怜将童天佑与她摊牌，带着她去见他的真身以及怎么被蜘蛛精捉回来，一一详细说出来。

"日轮花？这花不多见啊。我曾听族里的长老说过，这种花只在西面遥远的余峨山才有。你知道吗？这种花是无法独活的，它必须要依靠一种叫作'黑寡妇'的蜘蛛的粪便才能存活，其他粪料是养不活的。"

阿怜听完，瞪大了双眼，脸上满满的难以置信。就连附在镯子上的李良秀也忍不住发出惊叹声。

芋圆补充说："你可千万别想歪了，我可没说童天佑食屎，反正是植物的都需要肥料的。"

阿怜嘴角抽搐，她根本就没有这样想好吗？他还非要强调。让她不禁想到童天佑曾经几番要吻她……

"你知不知道，我现在就想打死你！"

"我叫你别想歪，你偏偏要想歪！"

李良秀幽幽地插话："你们两个好了，都被囚禁着，还有心情斗嘴。"

阿怜和芋圆乖乖闭嘴。

阿怜道："所以……那个叫幽若的蜘蛛精是'黑寡妇'咯？"

"应该是。这种叫黑寡妇的蜘蛛毒性很强，通常母蜘蛛在与公蜘蛛交配完了之后都会将公的吃掉，所以才会被叫作黑寡妇。你被她缠着回来，没被毒死，也是不幸中的万幸。"

"你说她把咱们抓来关在这里，不吃咱们，是想干吗呢？"

"你很想被吃掉吗？"

"当然不想被吃啊。"

阿怜沉默了，隔了好一会儿转过身去，对着那把精致的大铜锁看了又看，然后从头上拔下珠钗，插入锁孔里，开始捣弄起来。

芋圆道："没用的，那把锁虽然是普通的锁，但是是被那蜘蛛精下过咒的。我堂堂九尾狐族都打不开，你一个凡人根本打不开的。"

阿怜翻个白眼，道："你是我见过最菜鸟最废柴的九尾狐，以后少在我面前吹嘘你们九尾狐族了。丢人！"

"你信不信，我现在就打死你！"

"你打不着。"阿怜用发钗捣弄了半晌，没有任何反应。凭她的技术，京城那些富贵人家的锁再精致，她都能搞得定，可这锁就像是被烧死了似的，根本打不开。

施了咒的锁当真不一样！她有点讨厌这些非人类，欺负他们人类不会法术咒语。

芋圆一副"都说了打不开还一脸不信"的表情鄙夷她。

这时，地牢上方忽然发出轰隆的声音。

阿怜和芋圆抬眸看上去，正对面的墙壁上打开了一道石门，透出光来。石门下端，从墙内又伸出一个机关平台。平台缓缓下降，直到落在铁笼子的正前方，上面站着一个人。

阿怜和芋圆看着那人从平台上慢慢走下来，一身灰色长衫，阴险狡诈的面相，竟是吴管事。

吴管事用火折子点着了墙上的油灯，然后径直朝芋圆走过去，一双混浊而阴鸷的双眼死盯着芋圆看了又看，莫名闪着兴奋的光芒。

阿怜试探性地问道："是童天佑派你来的吗？要放我们出去吗？"

吴管事冷笑一声，道："童天佑？呵呵！如今他都自身难保，能不能活着见到今日午时的太阳还是个问题，哪有时间来管你们两个。"

自从夜幽若将童天佑绑回来，关在房里，他就跟没了魂似的，一动不动地躺在床上。夜幽若虽然嘴硬，但是始终担心他想不开自毁了原神，所以一直守在他的身旁，寸步不离，就连地牢里关着的这只千年修为的九尾狐狸都顾不上处理。夜若幽她不来，那就便宜他吴鼠。

吴管事贪婪的目光直瞅着芋圆。九尾狐狸，这可是上古神兽，若是能得到他的内丹，便会多了上千年的修为，那他从此以后就再也不用惧怕那只黑寡妇了。

吴管事冲着芋圆道："乖乖把你的内丹交出来，我不仅可以让你少些皮肉之苦，还可以饶你一命。"

芋圆冲他吐了一口唾沫，道："我呸！你当老子跟你一样傻吗？免我一死？老子把内丹吐给你这只老鼠精，还能活吗？"要他吐内丹，还不如直接跟他说让他自毁原神，魂飞魄散来得更快一些。

吴管事削尖的老脸顿时变得黑青，怒道："敬酒不吃吃罚酒！那就别怪我不客气。"

吴管事按动墙上的机关，顿时，铁笼子下沉。就在阿怜内心惊恐时，铁笼子一下子浸入水中。毫无预示，阿怜和芋圆灌了好几口水。

黑暗之中，阿怜惊慌地四处乱抓，好容易双手抓着铁栏杆，不敢松手，死命憋着气。就在她快要撑不住的时候，吴管事又按动机关，铁笼子又向上升起。

被水呛着的滋味极其难受，阿怜趴在栏杆上痛苦地咳嗽着。而芋圆张大了嘴，贪婪地呼吸着新鲜空气。

"九尾狐狸，想清楚没有？"吴管事阴森森地笑着。

芋圆骂道："我呸你老母！"

吴管事二话不说，再一次按动机关，铁笼子又一下沉了下去。待到他见二人泡得差不多，方松了手，让铁笼子再次提上来。

阿怜咳得几乎快要断气。

"你只要把内丹给我，我就放这个丫头一条生路。"吴管事阴险地看着阿怜。

"内丹……咳咳咳……是什么？"阿怜抹了抹脸上的水珠，一脸不明地看向芋圆。

芋圆一双眼睛死瞪着老鼠精，沉默了半晌，道："好，我答应你。但是你先把笼子打开，放她出去，我就把内丹给你。"

"芋圆，你别傻。这只臭老鼠说的话不能信！"阿怜不傻，虽然她不懂什么是内丹，但是能叫芋圆露出这般为难神情的东西，她想那一定不是普通的东西。

"我吴鼠虽然是只被人瞧不起的老鼠精，但好歹也行走江湖这么些年，说话算话。"吴管事拍着胸脯保证。

阿怜嗤之以鼻："芋圆，你别听他的！"

芋圆道："你送她上去，送她离开浮凉山，我就给你。"他的命是阿怜救的。他当初杀了庄昶和郑妙姝，若是没有阿怜，他也早已死无葬身之地。

吴管事道："我立即送她上去可以，但是内丹必须先给我，拿到内丹，我保证送你们俩离开这里。"

阿怜扒着栏杆道："芋圆你别听他的。他是在骗你！"

"成交。"芋圆道。

吴管事高兴极了，从身上摸出钥匙，念动咒语，那锁便"咔嗒"一声开了。

阿怜又道："芋圆，你别傻了！玄遥很快就会来救我们。"

"你先离开再说。别管我！"芋圆咬着牙道。只要阿怜离开这个笼子，离开这个地牢，他自有办法对付这个老鼠精。

阿怜被吴管事强行推上了平台，机关启动，平台缓缓向上升去。

正下方，芋圆看着她升到了地牢的顶端，只要迈出去，就能逃脱地牢。

"好了，她已经上去了。"吴管事催促着芋圆快点吐出内丹。

"你开笼子。"

"你先吐内丹。"

芋圆只好张开嘴，一颗泛着金光的火红内丹从他的口中升了出来。

吴管事迫不及待地拿出钥匙，念动咒语，正要打开芋圆的笼子。

忽然，阿怜凌空纵身从平台上跳下来，骑在了吴管事的身上，与此同时，她手中的小刀直扎向吴管事的后心。

"啊——"吴管事惨叫一声。

阿怜迅速拔出小刀，顿时吴管事的后心血喷如注，那腥臭的血直溅得她满脸全是。阿怜没有犹豫，再一次用尽全力，狠狠地又给了他两刀。

刹那间，吴管事变幻成一只一人高的灰黑色短毛老鼠。它回过头，一双赤红的眼睛怒瞪着阿怜："你简直找死！"

老鼠精将她甩下身，正要发怒弄死阿怜。

芋圆在笼中大叫一声："老鼠精，你不是要内丹吗？冲着我来！我给你！"

老鼠精一听，转过身，走向笼子。

阿怜爬起身扑向他，用尽全身的力气将它撞下了石台，只听"扑通"一声巨响，它"轰"地坠入水底。

阿怜连忙按动墙壁上的机关，铁笼子随着平台一起往上慢慢升。阿怜用老鼠精留下的钥匙正准备要打开锁，这时一条细长的尾巴忽地从水中直伸上来卷住了铁笼子。阿怜怕它再登上来，用小刀对着那条尾巴使劲割去，锁住铁柱的尾巴顿时松开。

就在阿怜以为要安全升到水牢顶部的时候，那只老鼠精忽然从黑暗之中飞上来，锋利的爪子一把抓住了阿怜的衣摆，用力地将她一起拖入水中。

"臭丫头，我就是死，也要拉着你垫背！"老鼠精愤怒地叫着。

"轰"的一声，阿怜与老鼠精一同坠入水中。阿怜拼尽全力浮出水面，就在老鼠精张大了嘴要吃她之时，她举起小刀往老鼠精的咽喉刺去，腥臭的鲜血四处飞溅。

老鼠精吃痛地在水里惨痛地叫着，翻腾着。

阿怜冲着芋圆大叫："芋圆，告诉玄遥，一定要杀了那个蜘蛛精。我在忘川河畔等他，他不来，我绝不渡河——"

老鼠精一巴掌将阿怜打入了水里，她的声音也一同淹没在水里。

"阿怜！阿怜！阿怜——"

芋圆被困在笼子里，望着底下黑洞洞的深渊，拼命叫喊。然而黑暗之中，水牢下再无任何声音动静，顿时，他的眼泪冒了出来，扒在铁栏杆的爪子也无力地垂了下来。

这个傻丫头，他根本就没有想过要把自己的内丹交出去，他根本就是在骗那只老鼠精，目的就是要诱引他过来打开牢笼将两人先放出来，这样，他才有机会与那老鼠精一战，她才有机会逃出去……可是这一切，全让这个傻丫头抢先他一步做了。他又欠她一条命。真讨厌！为何总是他欠她。她还要他帮忙报信！真是个讨厌的丫头！

芋圆难过地捶着铁笼。

老鼠精留下的钥匙，落在平台的边上，只要一个不小心可能就会掉入底下的深水里。

芋圆伸出爪子，费力地够着那串钥匙，也不知过了多久，终于让他够着了。拿到钥匙，他立即打开笼子。

他望着铁笼下的黑暗深渊，用爪子抹了眼泪，转身跳了出去，穿过那道石门，爬上阶梯，离开这座水牢。

三个月时日未满，玄遥提前出关，只因为他感应到他那个笨徒儿跪在石门外已有整整三日。

石门开启的刹那，玄遥见着奎河一脸颓丧地跪在洞门前，便知道阿怜定是出了事。

深深自责的奎河意外见着师父提前出关，一脸惭愧地将事情原委说了一遍。

玄遥定定地看着他，深叹一口气，可不想倒不是阿怜出事，是聪明的芋圆为了保奎河竟然被捉去。

"一个个沉不住气！起来！收拾那两只妖孽去！"

"师父，三月未满，您就出关……"奎河担心师父这样强行出关，反噬更大。

"我若是真等到三个月期满，你们三个是准备让我替你们收尸去吗？"玄遥冷嗤一声。

奎河不敢再说话。

玄遥念动瞬移咒。

奎河只是眨了下眼，便与师父立在童府的大宅门前。

宅门上悬挂着两盏大红的灯笼，红灯笼上各贴着一个喜字。玄遥抬眸耽了一眼，抬手一挥，只听"刺啦"两声，灯笼上两个大红的喜字像被一只无形的手用力撕下，消失得无影无踪。

正前方紧闭的大门"哐当"一声打开，像是被一只无形的脚给用力踹开。

奎河抬眸看了一眼灯笼再看看斜前方的师父，果然师父一出马，这气场就是不一样。

院中几只小花妖正在打扫着庭院。老爷病倒了，这老太夫人满心焦虑着急，一个不顺眼就拿这院内的花花草草撒气，于是便有了这满院狼藉。

他们正专注地清扫着残花落叶以及被弄损的假山石，忽然被这有力的踹门声惊住，抬眸惊恐地看向大门外立着的人。

白衣胜雪，如沐月华。浑身散发出高贵而极纯至精的仙气，这可不是凡人，这位是她们从未见过的圣仙哪。然而，圣仙俊美非凡的一张脸却是满脸杀气，吓得他们尖叫一声，连忙扔了手中的扫帚，四处逃散。

玄遥张开手掌，掌心随即泛起一团金光，如同吸石一般，将一只正在死命逃跑的刺玫花妖吸了过来。

小花妖跌在玄遥的跟前，瑟瑟发抖："圣仙饶命！圣仙饶命！我从未害过人，只是被这里的……主人强逼在这里做事。绝对没有害过人！请圣仙饶命！"

玄遥冷冷地道："被那只蜘蛛精抓回来的凡人女子和白狐关在哪里？"

小花妖颤着声道："凡人女子？圣仙说的可是怜夫人？"

"怜夫人？"玄遥冷嗤一声，声音越发冰冷，"说！她在哪儿？"

"小的不知道。"小花妖摆摆手道。

玄遥即刻抬起手来，掌中的真气带出来的热浪似是要燃着周围。

小花妖十分难受，全身缩了起来，这热力似要将她烤干了。她颤着声道："圣……圣仙，小的……真的不知道……怜夫人被关在哪里？请……圣仙饶命……"

玄遥翻手落下，伴随着小花妖害怕的尖叫声，忽地另几只已经逃走的花妖从天而降，一个个重重地摔在了跟前，惨叫不已。

一个个惊恐地望着玄遥，口中求饶："圣仙饶命！圣仙饶命！"

玄遥隔空一把提起另一只柳树妖的衣襟，冷道："她不知道！那你来说，那个被抓回来的凡人女子和白狐关在哪里？"

"小……小的，也不知道，一直以来都是吴管事亲自过问此事。啊啊啊——"柳树妖被无形的掌力捏得嗷嗷惨叫，"我说！我说！通常吴管事抓来的人类极有可能会关在后院，因为那里平日都不让我们这些下人过去。"

"后院的方向。"玄遥的目光冰寒，吓得一众小妖们瑟瑟发抖。

柳树妖指了指正厅的位置，道："穿过正厅往左，再穿过三间厢房，然后穿过月洞，有片竹林，竹林的尽头过了宝瓶门，就是后院……"

玄遥松开了他的衣襟，身影如闪电疾驰。

小妖们还未来得及看清，他已然消失。

奎河走近，小妖们吓得直哆嗦。

望着这群无辜的小妖，奎河好心地道："既然你们也没有做什么恶事，都赶紧走吧。"

"谢谢圣仙！谢谢圣仙！"小妖们冲着奎河连磕了几个响头，虽然知道他是个凡人，可是他的师父太可怕了。

一个个爬着争相离开。

玄遥立在后院，院中假山石错落有致，绿树成荫，五六株刺枚已有两三人高，满株盛开着各色花朵，散发着浓郁的香气，枝条垂了下来，遮得小径只露出一点儿青砖。

走过这片茂密，疏于打理的花园，眼前出现并排的三间厢房。

玄遥闭上眼睛，一股子腥臭的味道从地底连续不断地散发出来，就连院中浓郁的花香都无法掩盖。

他睁开眼眸，盯着最右侧的一间厢房，正要走进去，忽地从虚掩的窗户中跳出来一个雪白的身影直扑向他。

他抬起手掌，手中金光随即化作万千光箭直向那道雪白身影射去。当看清那是芋圆之后，他当即移形换位到了跟前，将那些射出的光箭稳稳地抓在手心。

"师父！"芋圆一瞧见玄遥再也忍不住，热泪夺眶而出。

光箭从玄遥的掌心中消失。他蹙着眉头，道："怎么只有你一个？阿怜呢？"

"阿怜她……师父，都怪我不好。"芋圆耷拉着脑袋。

玄遥的心陡然一沉："好好说话。"

芋圆将阿怜为了救他，刺杀老鼠精被拖入水底的事原原本本说出来："她说，要你一定要杀了那个蜘蛛精。她会在忘川河畔等你，你不来，她绝不渡河……"

忘川河畔……

在忘川渡口，他亲口告诉她，忘川河就是将阳间和阴间隔开的河界，过了忘川河就彻底进入冥界。她被进入冥界的鬼魂吓得抓着他的衣袖紧紧不放；她指着彼岸花跟他说着不靠谱的爱情故事，怀疑他是否真有爱过青莲；她闻着忘川河水的腥臭味，晕船的模样……这一切，都历历在目，好似昨日才发生过。

玄遥额上的青筋暴露，手中骤然生出幽冥圣剑，剑身泛起的冷冽寒光似要将周围的一切都冻住。

他爆出一声怒吼，手中的幽冥圣剑直劈向眼前的厢房。"轰隆"的一声巨响，剑气将这一排厢房直劈成两半，堆砌的青色墙砖顿时坍塌。

右侧的厢房地面被砸出一个大窟窿，透过那个窟窿看出下方的石阶上布满了蛛丝。

芋圆从那个石阶爬上来，自是知道那底下是什么。他离开了那个水牢以为就可以出来，谁知道那里还有一段像是迷宫一样的地室，到处都是绵绵的蛛丝，蛛丝里不仅裹着凡人，还有不少动物，个个脸上都露着临死前惊恐的表情，甚至还有婴孩……

夜幽若守在童天佑身边一天一夜，忽然被这轰隆的声音惊醒。

她眉心深蹙，有不速之客闯入后院。毫不迟疑，她便幻化成一道黑影卷出厢房。

夜幽若立在后院，冲着前方树荫遮蔽的身影厉道："是谁？！胆敢擅闯我的地盘！"

玄遥正要步入那堆废墟之中，忽然听到这一声叫唤，回转身便是一剑。冷冽的剑气划空而来，直将这院子里密密的树木削成两截。顿时，残花败叶卷满整个空中。

夜幽若反应迅速，连连退后数步，才未被这冰寒的剑气正面击中，手臂却不小心被剑气所伤，划破了一道血口，伤口里慢慢渗出黑色的稠血。

她不停挥开眼前不断飞过的树枝花叶。直到所有都平静，她终于看清了正前方那个毁了她整个后院身着月牙色长衫的男人，不！他不是凡人，确切地说，他是一个拥有极纯至精仙气的天界之神，单凭那一剑，修为与能力绝对在她之上，无法估量。

玄遥抬起幽冥圣剑，直指向夜幽若，冷道："孽障！为苟活于世，竟不惜残害无数无辜生灵。看来你们妖界的日子过得有些太过安稳，妖王敦义才会如此放任你们在人间为非作歹。"

"你是谁？！"夜幽若没来由地感到紧张与恐慌，双拳紧紧握住。不论是方才那一剑，还是他周身散发的至纯仙气，都令她心慌了。活了近千年，当年从余峨山逃出来，她都没有这般惶恐过。

玄遥冷道："我是谁，就凭你这只妖界小小的蜘蛛精根本不配知道！受死吧！"

说完，他翻转手中的幽冥圣剑，剑身泛着的青冷寒光在刹那间变得刺目。一道凌厉的剑气划空，带着一抹凛冽的剑光直劈向夜幽若。

这一次，夜幽若闪避不急，左小臂直接被剑削断飞了出去，浓稠的黑色腥血四处飞溅。她凄厉地惨叫着，瞬间从一个身披黑色斗篷的白发少女变成一只黑色的巨型蜘蛛。

这只蜘蛛身体并不算大，但是连着它的腿约有一丈五尺高，整个身体几乎凌空将整个后院罩住。它的背腹黑亮，上面有一个鲜红色的沙漏状斑记，左边的四条腿经过方才的一剑，俨然断了两条。

"奎河，芋圆，去水下将阿怜的身体带上来。"玄遥吩咐道。

"是，师父！"奎河和芋圆得了指示，立即奔向地下水牢。

师父？

眼前这个天界之神，难道就是那个小贱人所说的，消失了近千年的紫微大帝？那个可以呼风唤雨，役使雷电鬼神，甚至可以在顷刻之间杀死三界所有妖魔鬼怪的紫微大帝……

难怪从第一眼看到玄遥，她便预感今日将必死无疑。

夜幽若一阵心慌，下意识向后退了退。她之前嘲讽那个小贱人胡说八道，不想失踪了近千年的紫微大帝，原来一直守在人间……

"我不过是为了活着而已，这天地间的凡人与妖，谁不是为了活着？你们天界的神仙不也是为了长生不老吗？"夜幽若知道必死无疑，可她心有不甘。

就算死，她也不愿死得那么窝囊。她发出狂吼，张开大口，黑色的毒液向玄遥喷去。

玄遥双臂相交，手中幽冥圣剑的剑光顿时成了一面光盾，将夜幽若喷出来的毒液全部挡住，反弹回去。

毒液所到之处，地上的花草树木在瞬间枯焦，地面的泥土也变得墨黑，如被大火灼烧之后。

夜幽若连连向后，避开被弹回的毒液，一双眼睛变得赤红，她再次挥舞起右前腿向玄遥用力踩去。然而，玄遥只是向后退了一步，便轻松避开了她的攻击。

"不自量力！"玄遥冷斥。

见玄遥避过，她恼怒地再次张开大口狂吼，腹腔六道腺口同开，六道蛛丝密密地向玄遥喷去。

玄遥手中的幽冥圣剑骤转，在半空中犹如疾电闪过，瞬间将这些蛛丝斩得七零八落。倏地，他身体腾空，凌驾在夜幽若背腹之上，幽冥圣剑高举，直落下便刺向她背腹正中鲜色的沙漏斑记。

就在幽冥圣剑要刺入夜幽若身体之时，忽地，从地底伸出来数条藤蔓，升入半空，将幽冥圣剑紧紧缠住。

玄遥看向来人，一身玄色长衫，长着一张最讨女人欢心的俊美面容。虽然面色苍白，尽显病态，却丝毫不减他儒雅的书生气质。

玄遥微微眯了眯眼，这妖精应该就是那个娶了阿怜做小妾的童天佑了吧。

童天佑拼尽全身气力，不断生出藤蔓，缠着那柄散着冰寒剑气的长剑，不让它刺入夜幽若的体内。

玄遥冷嗤一声，幽冥圣剑散发的寒光更强，迸射出的光箭将那紧紧缠绕的藤蔓斩断成一截截。

童天佑敌不过，一口鲜血顿时喷了出来，跌落在地。

"天佑——"夜若幽立即恢复人形，紧紧抱住童天佑，哭喊着，"天佑！天佑！"

童天佑口中不断吐出鲜血，望着夜幽若，道："当初离开余峨山，我便发过誓，此生绝不负你。即便你该死，我也绝不会弃你于不顾。"

夜若幽泪如雨下，双手捧着他口中不断溢出的鲜血，道："对不起，是我错了！我错了！是我太贪心。是我总怀疑你。天佑，你撑住，求你撑住……"

童天佑拉着她的手，又吐了一口鲜血，抬眸望向玄遥，然后向他伏首跪下哀求："求圣仙饶她一命！她若不为我，也不会杀害那么多人，一切都是我的错。所有一切由我一力承担，我愿一死以祭所有死去的亡灵。"

玄遥冷冷地道："你承担，你如何承担？你们俩原本生长在余峨山，本就不该来这里。如今这地下因你二妖尸骨累累，岂是你一句你一力承担就算的事？你虽未直接害过人，但你为了生存甘愿成为她害人的工具，本就助纣为虐，同罪！"

童天佑伏在地上，心中沮丧。玄遥说得没错，这一切都因他而起，他虽未直接害死过那些凡人，但是他为了生存也默认，若是没有他的默许，那些无辜受害的姑娘又如何嫁进这里？几百年来，他的灵魂也早已堕入了地狱。

夜幽若扶着他道："天佑，你起来，不用向他求情。这天下之间有谁不是为了活着而残害异类？难道那些凡人不是为了活着而食猪牛羊吗？我们只是为了活着究竟有何错？这天地间的规则都是他们天界说了算，他们说我们该死，我们就该死。反正这一生我活了千年，也活够了。要杀要剐，悉听尊便！"

童天佑冲着她直摇头，气息虚弱地道："错了便是错了……"

"死到临头，还不知悔改！"玄遥冷哼一声，再一次举起长剑直刺向夜幽若。

童天佑咬着牙，拼尽力气将夜幽若推开，替她受了这一剑。

幽冥圣剑的剑气直破入童天佑的体内，顿时鲜血如注。童天佑神情万般痛苦，却隐忍着不发出任何声音，直直地倒在了地上。

"天佑——"

童天佑望着抱住他拼命哭喊的幽若，恍然回到最初在余峨山快乐的日子。

那时候的他，只是一株小小的日轮花，没有任何依靠与支撑，瘫挂在树底，偶尔有小动物走过，都可能将他踩伤。而那时的幽若还只是无忧无虑的小蜘蛛，每天都会呆呆地爬在树枝上张望着，学习着前辈们如何吐丝织网。

余峨山的气候适宜，阳光充沛，每年入夏总会有两三个月的雨季。雨季的时候，几乎每日都会有着几场说来就来的暴雨，而暴雨总是会将她辛苦织出的丝网破坏，所以那两三个月，她根本就无法抓住食物，常常饿着肚子。她的族人总是嘲笑她是全族最笨的一只蜘蛛。

一日，她刚织好的网又被狂风暴雨吹破了，她无处可去，可怜兮兮地缩在树底。他瞧见，便好心地伸出一片叶子为她挡住不断落下的雨滴。她抬起头，望着如巨伞的树叶，兴奋地在他的枝叶上来回爬动。

她全身漆黑发亮，只有后背心那如同沙漏一样的印记鲜红如血。在阳光下，她黑色的身体泛着刺目的光芒，是只十分漂亮的蜘蛛。

从那以后，她不再每日待在树上织网捕虫，而是会从树上爬下来，在树底陪着他。久而久之，她也不再回到树上，而是在他茂密的枝叶上搭起了一个小窝，更多的蜘蛛网悬挂在他的枝头。她也终于不再饿肚子。每日看着她忙碌的小身影，他终于不那么寂寞。

日子一天一天过去，不知过了多少年，他越长越茂盛，而她也长成了一只大蜘蛛。他和她都修成了人形。她却总是遮住脸，因为他们蜘蛛一族是种极其丑陋的生物。她是只乌黑发亮的黑寡妇，即使幻化成人形，也改变不了她丑陋的模样。

而他，花朵不仅生得极美，就连花香也令人陶醉，修成人形之后，更是生了一张倾倒众生极为俊美的面孔。他长得如何，是否真的好看，他并不是很懂，只是所有的妖都是这么认为。浑身自带香气，这令他很苦恼，可别人不这么认为。方圆百里的各类女妖，总是时不时跑来与他搭讪，甚至有的还会有意无意地勾引他交欢。

她会保护他，会将这些女妖赶跑，有的被她的蛛丝吊起来几天几夜下不来，有的会被她喷出的口水麻痹，连话也说不清楚。

本以为可以这么无忧无虑地生活下去，可是一天夜里，她伤心地哭着同他说，家里的长辈要将她嫁给隔壁一只又老又丑的白额高脚蛛。她觉得那只高脚蛛长得奇丑无比，全身生着密密的黄灰茸毛，额上还有一条白色的带状印记，看着就不舒服。

他便问她，那这片山林里，她觉得谁最好看呢？

她毫不犹豫地说：我觉得你最好看啊。瞧你的花朵，颜色多么艳丽，还有你身上的香味多么舒服。每次我从蛛网摔下来的时候，一闻到你身上的香气，就再也不疼了。

他笑着说："可是我是花，你是蜘蛛啊。我们怎么能在一起？"

她撇了撇嘴，说："所以，你也是在嫌弃我长得丑，是吗？"

他还没来得及说她是他见过的蜘蛛里长得最漂亮的，她便默默地爬上树，好几天都没有再下来。

就在他以为要失去她这个朋友的时候，她又从树上爬下来了，对他说："今日高脚蛛想强迫我，我用毒液伤了他，他可能会死，要不了多久大家都会知道是我干的。我要离开这里。"

他问："去哪儿？"

她说："不知道。听说，东面的大陆很不错。"

他沉默了。

她期盼地又说："你愿意跟我一起离开吗？"

他望着她晶亮的眼睛，毫不犹豫地点了点头："好，我们一起离开。"

于是，他跟着她从余峨山逃了出来，逃到了她口中的东面大陆。然而，这一场逃亡却几乎是要他的命。后来，他和她才知道，为何他会生长在余峨山的那一片山林里，生长在黑寡妇的窝下。原来，他生为日轮花，必须要依靠他们黑寡妇一族的粪便作为养料，才能生存下去。他生长的那片山林里，四处都会有他们黑寡妇一族的粪便，他从来不必为了没有养料，无法生存而为性命担忧。

她哭着说：是我要你跟我一起逃走的，从今往后我养你。

他气若悬丝地回应：此生我定不负你。

于是，他们在浮凉山扎了根。他发现他的花香经常会引来一些小动物，甚至还有来打猎的凡人。最初，他们从未想过伤害任何凡人，为了防止他的花被凡人采摘，她会露出原形吓退这些凡人。但是后来为了生存，他渐渐开始利用香气诱引一些小动物前来，她负责将那些小东西刺晕，并食掉。虽然他活了下来，但是身子时好时坏。

就这样，安然地过了一段日子。

直到一日，她觉得成日待在山里无聊，要去凡人生活的县城里瞧瞧。他欣然同意，便幻化成人形，陪着她去了最近的县城。

因为相貌出众，身上又自带香气，他引来了许多姑娘的注目。半掩着扇面，欲语还羞。一两个胆大的姑娘偷偷地跟着他，被他发现之后，只得将刚买的麦芽糖丢给他，慌乱地跑开。这也是第一次，他因为这些娇羞的姑娘而感到雌性很有意思。这些人间的姑娘与余峨山的女妖不同。个个眉若远黛，肤若凝脂，恬静优雅，绝不会一见着他，便裸着身体要将他扑倒求欢。他很不喜欢那样。倒是觉得人间的姑娘这般煞是可爱。

而幽若，就没有他这么幸运，因为黝黑的肤色吓坏了所有路人。小孩子一见着她就哭。一路上遭人指指点点，甚至还有个老汉将污水故意泼在她的脚下，不让她靠近自家的店面，生怕影响了生意。

也是从那日开始，她习惯了穿一件黑色连帽的斗篷，将脸遮住。

她对他说：我讨厌这些以貌取人的凡人。我真的有这么丑吗？

他看着她黝黑的皮肤，细小的眼睛，扁塌的鼻梁，以及厚厚的嘴唇，一时之间不知该如何回答是好。与他在街头瞧见的凡人姑娘相比，差别甚大。在余峨山的时候，他不懂何谓美，何谓丑。但见识过了凡人姑娘娇美的容貌之后，她的长相的确给人冲击，他也终于明白为何那些凡人一见着她如遇蛇鼠虫蚁。

她见他不说话，便生气地说：我就知道，你也嫌我长得丑。我看见那两个凡人姑娘跟你说话，你笑得就像是一朵花一样。在余峨山的时候，你从来没有这样笑过。就是跟我在一起，你也没有这样笑过。

他本来就是一朵花啊。

她生气地跑走了。

这不是在余峨山，他担心她会出事，于是四处找寻着她，可是怎的也寻不着她。约莫是过了三日之后，她回来了，但是彻底变了个模样。

起初，他以为是那个送给他麦芽糖的凡人姑娘在山里迷了路，于是好心收留了她。可是，一些细小的习惯性动作出卖了她。

她很高兴他认出了她：怎么样？我这样好看吗？

他点了点头，但很快又摇了摇头。

她说：到底是好看还是不好看呢？

他问：幽若，你怎么会变成那个凡人姑娘的模样？

她说：想变就变咯。你喜欢我变成这样吗？

他沉默了。他知道她很在意自己的容貌，基于前两次错误的回答，她都生气地离开他，所以这一次他选择沉默。

她却十分高兴地抱住他，对着他的唇角轻轻印上一吻。虽然他们俩认识了这么多年，但这是第一次做这样亲密的举动。她的吻，比起余峨山的女妖令他舒服许多，没有粗暴，有的只是温柔。他环抱着她，加深了这个吻。那一夜，他们彼此之间再没有距离。

他的身体忽然之间变得好了起来，枝叶生长得极为茂盛，花朵开得特别艳丽。

可是这样的日子没过多久，她的相貌又开始发生变化。皮肤渐渐开始发黄发黑，脸上也多了许多皱纹，宛如一个中年妇人的模样。她变得特别畏光，白日里出现，总是令她疲惫不堪，越发苍老。她又回到了之前那个极度在意容貌的幽若，索性遮着脸，躲着不肯见他。

他不知要如何劝慰她，因为他也病了，枝叶枯黄，花朵残败得特别快。

就在他又一次以为自己命在旦夕的时候，她去了一趟县城，回来之后，她的容貌又变了。水汪汪的大眼睛，红扑扑的脸蛋，婀娜多姿的身段……

他开始新生枝叶，藤蔓随着山石开始一点一点向上攀爬，盛开的花朵一朵比一朵娇艳。

之后，她每去一次县城，他便不安一次。直到他亲眼看着她满嘴鲜血，口中还咀嚼着姑娘的半只手掌时，他的内心受到了极大的震荡。原来，她不仅吃了那个送他麦芽糖的姑娘，还将那个往她脚底泼污水的老汉一家也一并吃了。她变成的每一个年轻姑娘，都曾经是她的果腹之粮。

想着每日夜晚说不尽的软玉温香，旖旎缱绻，望着她变幻成那姑娘的模样，他从心底开始恶心，反胃……

他的厌恶，令她愤怒。

她疯了似的说：只吃那些虫蚁和动物，你的身体一天不如一天。我若不吃了她们，你早晚有一天会死的。

他厌恶地说：别解释了！你在意的根本只是你容貌的好坏。

她说：我变得好看，你不也喜欢吗？难道你喜欢我老态龙钟的模样，还是喜欢我那个又黑又丑的模样？

无论他厌恶也好，腻烦也罢，却也不能改变他需要依仗她才能活下去的这个事实。他变得麻木不仁，在她的默许下，他娶了一个又一个妻子，眼睁睁地看着她们一个个死去，再看着她变成她们的模样，扮成他的妻子与他共同生活。但是他知道，他与她都回不到过去，她再也不是他心中那个可爱无助的小蜘蛛。

他的枝叶越发繁茂，山崖峭壁周围，四处都是他生长的空间。他长得越好，那湖底尸骨越多，他与她之间的距离也越来越远。而她根本不在乎，也许她在乎的只是她的容貌。

也不知从什么时候开始，他渐渐地累了，厌烦了这样的生活。越长久的生命越令他想要早些结束。直到阿怜的到来，他看到了只剩下一缕残魂的良秀，才终于彻底醒悟过来，这种靠掠夺他人生命而换来的长生不老，从来都不是他想要的。他与她错得都太过了。

本以为他对她的情已绝，可当眼睁睁地看着她要被斩杀的那一刹那，他本能地又会替她去承受。

他引诱食物，她反哺他，他与她共生。

千年的情分，或许不是只一句爱或者一句恨就能说得清的。

"我本是日轮花，根本无法独活。当初的任性而为，令你我都坠入万劫不复的地步。若有来生，我希望不会再生为日轮花，而你也不再是黑寡妇……"

童天佑伸出手，想要触碰夜幽若的脸庞，生命的尽头让他再也没有办法兑现当初的承诺。

眼见着童天佑的手臂滑落，夜幽若抱着童天佑疯了似的哭喊："天佑！你不要离开我啊——不要啊——啊——"

夜若幽赤红着一双眼，身体又膨胀成了巨型蜘蛛。这一次，她几乎是拼尽了全身的力气，甩起自己的前腿向玄遥狠狠攻去。

夜幽若腹中的腺口开始疯狂地喷吐着蛛丝，在半空中织成了一张巨大的网，几乎将整个宅子罩住。

玄遥在躲避攻击之时，恰巧衣衫黏住了网上的黏液，一时间被束缚住。

夜幽若趁机张开大口，向他喷吐毒液。

"孽障！"玄遥嘴角微沉，手中的幽冥圣剑厉声划空，剑气如虹，直接刺入她的口中。

幽冥圣剑的力量在她的身体里爆裂开来，她承受不住这种痛苦，四处翻腾，口中发出怪叫，黏稠的黑色液体四处喷溅，污脏一片，空气中弥漫着腥臭无比的味道。

她挣扎着，翻腾着，终于没了气力，庞大的身躯"轰"地一下倒在了地下，口吐着腥臭黑稠的液体。

"收！"幽冥圣剑倏地一下从她的体内飞出，回到了玄遥的手中，冷冽的光芒变淡，剑在他的手中也渐渐隐去，消失。

但凡被他的幽冥圣剑重伤的妖魔鬼怪，就算没有当即断气，也只是区别于时间的长短而已。

夜幽若的身体慢慢变回人形，变成一个皮肤黑黄、面容丑陋的苍老妇人。她一点一点向童天佑的尸身爬去，摸着他还留有余暖的尸体，眼泪止不住地流了出来。她将他紧紧抱在怀中，等待着死亡的到来。

共生千年，同生同死，这也许是她与他最好的结局。

她不会有来生，但这一生足矣。她也绝不后悔这一生。

玄遥瞅了夜幽若一眼，这只垂死的蜘蛛精已经无力翻身，便转身往厢房的废墟走去。

芋圆从地牢里跳出来，道："师父，奎河从牢里一直摸到连着映月湖的地方，都没见着阿怜。"

玄遥双眉紧蹙，道："你确定阿怜是从那里掉下去的吗？"

芋圆点了点头，举着爪子发誓："我确定。那只老鼠精的尸体倒是发现了，就在牢底的水下。按理说阿怜也不会漂多远。"

玄遥一言不发，便冲下了台阶。

方走入地牢，一股子恶臭传来。这地牢宛如迷宫一般，四处结着蜘蛛网，到处裹着人和动物的尸体，这里是那夜幽若储存"食物"的地方，这里剩下的"食物"应该是她还没来得及用食的。

越过这些尸体，他沿着台阶往地下水牢步去。

到了水牢，在芋圆的指示下，他毫不犹豫地跳入了水底。

漆黑的水中，深处有一个东西在隐隐发着光。他潜下去捡起来，那是阿怜随身携带的布包，打开那个布包，露着碗口大的夜明珠。这是他送给她的夜明珠，她一定还在这片水里。

阿怜死死抱着那只老鼠精坠入水底，冰冷的水从四面八方向她涌来，将她全身密密包裹着。仿佛千斤重的石匣压在了她的胸口，令她再也无法呼吸，口里鼻里灌满了水，稀薄的空气也在一瞬间被无情夺走。

慢慢地，她的意识也越来越薄弱。整个人无力地在这片水域里漂浮着。黑漆漆的没有一丝光芒，她不知道自己漂向哪里……

"阿怜！阿怜！阿怜——"耳边传来熟悉而孱弱的声音。

她虚弱地睁开双眼，向声源寻去，茫茫的黑暗中闪着一团金光。

"阿怜，还记得我以前跟你说过什么？你生在水里，长在水里，水就像是养育你的母亲一样。"

黄老爷子的声音从那团金光的方向传来。

她呢喃地叫了一声："老爷子？"

原来黄老爷子没死，他一直在她的身边看着她呀。她挥动着手臂拼命地向老爷子的方向游过去，可是那团金光慢慢向上升去，离着她越来越远。

老爷子别走，等等我，阿怜很想你。

"还记得以前小时候，我同你说过的《佛说阿弥陀经》，时常叫你念的往生咒吗？念出来吧，用心大声地念出来吧……"

金光不断在上升，越来越淡，黄老爷子的声音也越来越缥缈。

很快，所有一切都消失了，整个水底回到先前的黑暗一片。

她惊恐地向上拼命划动，可是这黑暗就像是无边无尽一样。她不再划动，静静地回想着黄老爷子最后的话。

《佛说阿弥陀经》？往生？

那是什么？

远远地，她望着自己的身体漂浮在湖水中。她不是在这里吗？为何她却看到自己的身体在别处？

她正要游过去，忽然看到玄遥出现，带着她的身体离开。

她张开口呼喊："玄遥！我在这里……"

可是无论她怎么呼喊，玄遥什么都听不见。为何会这样？

黑暗的湖水忽然之间变得明亮起来，眼前到处都是累累白骨，残魂缕缕。阿怜望着这骇人的一幕，心房猛地收缩，受到极大颤动。

这水底究竟埋藏了多少冤死的尸骨？

她顺着这些骸骨一路看过去，如同李良秀一样残缺的魂魄，一个个露着痛苦的表情。她的心刺痛着，就像是感受到他们死亡之时的痛苦一般。被深埋在这片水底，永世无法超生。

"救救我……救救我……"微弱的求救声从四面八方传来。

要怎么救？她根本不知道怎么救他们啊？黄老爷子到底要她做什么？只是念经文吗？什么叫用心去念诵经文？

"南无阿弥多婆夜，多他伽多夜，多地夜他，阿弥利都婆毗……"轻轻远远稚嫩的诵经声音在耳边回荡，是她小时候经常念诵着黄老爷子教给她的经文。

她缓缓闭上双眼。

"……阿弥利多，悉耽婆毗，阿弥利多，毗迦兰帝……"

玄遥在湖水之中感受着阿怜的气息，终于瞧见她的身体半浮在水里。他奋力游过去，将她捞入怀里，她的身体已冰凉透顶。

"阿怜，阿怜，阿怜……"他的心莫名慌乱，伸手探向她的鼻下，已然无鼻息。他抱着她，从湖里直飞至岸边，将她的身体安放好。

芋圆和奎河匆匆赶来。

奎河道："师父，我方才去了黄泉路，一路都没有见着阿怜。本想着去忘川河渡口，可是转念想着她应该还没有那么快到那儿，所以就赶紧回来禀报。"

忘川河畔……这丫头不懂，并不是所有人死后都会去走黄泉路。

玄遥嘴角微抿，厉声道："冥界使者速速现身。"

未久，黑白无常二位使者出现在跟前。

"属下见过北帝……"黑白无常正在按部就班地做事，突然受到玄遥的召唤，二鬼差一头雾水，但见躺在地上的阿怜姑娘无丝毫生命迹象，心头一惊，"阿怜姑娘这是……"

"你二位可有见过阿怜？"玄遥道。

白无常连忙将随身带的卷书打开，从头到尾仔细看过，然后摇了摇头，道："判官列出的死者名录上没有阿怜姑娘的名字。就算是有阿怜姑娘的名字，我与无救也不敢轻易勾了她的魂啊。"

黑无常拼命地点着头附和。

没有二位无常使者指引的鬼魂，是无法到达冥界。所以忘川河畔……并不是所有死了的人都有机会渡那河的，而他最怕的就是这个。

阿怜的魂魄到底在哪儿……

他没有多想，便要念动咒语，奎河"咚"的一声跪了下去，极力阻止他道："师父，您不可再动用禁咒。请恕徒儿直言。若总是逆天而行，您这样……会死的，更何况这次您又是强行出关。"

玄遥眸色微沉，奎河说得没错。他虽为万星宗主，可以掌凡人妖鬼生死，但也绝不可任意而为，一而再再而三地逆天而行，他必遭天谴，魂飞魄散。

奎河接着又道："师父，虽然您在人间多年，对天界的事假装不闻不问，但我知道您这是为了您侄儿的帝位着想，三界所有发生的事都在您的掌控之中。魔界每隔一段时间便会想着如何进犯我天界，若是天界有难，您也绝不会袖手旁观。一千多年之前，先帝为了天界已经陨落，若您再出事，怕是这六界早晚都要落入魔界手中，届时天下苍生比这映月湖底冤死的凡人还要更惨。还请师父三思。"

"请北帝三思。"黑白无常二鬼差也跟着跪下。若是北帝也跟着陨落，那他们冥界必亡。

玄遥剑眉深深蹙起，薄唇紧抿，双拳用力地握起，陷入沉思。

忽地，芋圆叫了起来："师父，快看！镯子！"

阿怜手腕上的镯子突然开始发光发亮，不停颤动。倏地，李良秀的残魂一下飞了出来。紧接着，她破碎的零星魂魄从四面八方聚了过来，一点一点融入她的一缕残魂之中。

不只是芋圆与奎河，黑白无常二鬼差更是目瞪口呆，魂飞魄散的是见多了，这聚魂还是头一次遇到，而且凡人只有经过他们冥界轮回时才可三魂相聚。

玄遥望着李良秀聚结的魂魄也感到惊诧不已，三界之中，除了他以外，竟然还有人能使用禁咒聚魂？

"师父，快看那边！"芋圆又指着映月湖的方向叫道。

玄遥望过去，远处暗黑一片的湖水中忽然之间散发出强烈的光芒。

一朵巨大的莲花从水底生出，慢慢浮向天空，莲花所散发出的万丈金光照亮了整个天空。只见阿怜盘坐于莲台之上，双眸紧闭，口中念念有词。

怀中的莲花令骤然间开始发烫，玄遥摸出，莲花令散发着耀眼的红光，慢慢脱离他的掌心，直飞向阿怜。梅花令也开始有所反应，相继从他的胸襟飞出。两个令牌围绕着阿怜不停地旋转，最终没入她的体内。

李良秀看着自己完整的魂魄，激动的眼泪顿时流了出来，对着半空之中的阿怜谢恩："阿怜姑娘，谢谢你，谢谢你……"

不断有残缺的魂魄从水中浮出，一点一点聚结成一个个完整的魂魄。

那些聚结完整的魂魄向着阿怜伏首叩拜，然后又一点一点慢慢消失，或去往极乐世界，或前往六道轮回。

何大娘与何招娣的魂魄终于出现，母女二人向着阿怜感恩作揖，微笑着消失。

芋圆看着一个个消失的魂魄，对黑白无常道："一下子多了这么多魂魄需要指引去冥界，你们两位可是有的要忙了。"

白无常再打开卷书，上面的名单密密麻麻多了许多许多，数都数不过来。

二鬼差互看了一眼，这何止是有的要忙？他们俩短时间内都别再想有休假。二鬼差连忙向玄遥叩跪，道："请恕属下有要事先办，先行离开。"

二鬼差匆忙叩首，便追着那群魂魄匆忙离开。

"青莲……"玄遥难以置信地呢喃，完全不一样的面容，找不到丝毫的共同点，他却不禁脱口叫出青莲的名字。

他的身体忍不住颤动。除了青莲也没有谁能驱使莲花令，阿怜就是青莲的转世，这个可能在他的脑中疑惑了很久，一直以来他都不敢相信，但是今日亲眼所见，是像极了青莲。

湖里所有残魂聚结而成，所有光华全部消失，神圣的莲台也在刹那之间消失。阿怜的魂魄忽地从半空急坠而下。

玄遥迅速飞过去，稳稳托住。

【未完待续】

MEMORY HOUSE

记忆坊文化

半莲池

BAN
LIAN
CHI

下

花清晨——著

江苏凤凰文艺出版社

图书在版编目（ＣＩＰ）数据

半莲池 ：全2册 / 花清晨著. -- 南京 ：江苏凤凰
文艺出版社，2018.10
　ISBN 978-7-5594-2791-5

　Ⅰ．①半… Ⅱ．①花… Ⅲ．①长篇小说－中国－当代
Ⅳ．①I247.5

　中国版本图书馆CIP数据核字(2018)第194157号

书　　　名	半莲池	
作　　　者	花清晨	
选 题 策 划	北京记忆坊文化	
责 任 编 辑	姚　丽	
特 约 策 划	暖　暖	
特 约 编 辑	诗　杰　绪　花	
营 销 统 筹	杨　迎	
责 任 监 制	刘　巍　江伟明	
封 面 设 计	80零·小贾	
封 面 绘 图	唐　卡	
版 式 设 计	段文婷	
出 版 发 行	江苏凤凰文艺出版社	
出版社地址	南京市中央路165号，邮编：210009	
出版社网址	http://www.jswenyi.com	
印　　　刷	北京中科印刷有限公司	
开　　　本	670毫米×970毫米　1/16	
字　　　数	664千字	
印　　　张	34	
版　　　次	2018年10月第1版，2018年10月第1次印刷	
标 准 书 号	ISBN 978-7-5594-2791-5	
定　　　价	69.80元（全二册）	

影视版权抢订热线　　　010-57194853
江苏凤凰文艺版图书凡印刷、装订错误可随时向承印厂调换

目 录
CONTENTS

第十章 迷局 001

第十一章 倾心 025

第十二章 背弃 039

第十三章 宿缘 153

第十四章 遁魔 207

第十五章 终结 232

番外 平凡 242

后记 249

第十章 — 迷局

"阿莲！阿莲！阿莲——"梅氤叫了青莲好多声都没有反应，便在她的耳边大叫了一声。

青莲终于吓得回过神来："嗯？氤姐，有事？"

"在想什么想得这么出神呢？你自从从紫微宫回来之后，常常都会这样魂不守舍。在紫微宫里没有发生什么事吧？"自从在长桥救了青莲之后，梅氤成了她在这天宫里交的唯一一个朋友。

"哦，没发生什么事……"

好像……她从紫微宫回来之后，的确会常常想事情想得出神。方才也是在想事情，也确实是在想紫微宫里的那一位。她本以为闹腾了紫微宫之后，她会被处罚打下凡间什么的，可不想那个高高在上的紫微大帝不仅赦免了她的无礼之罪，还任由她躺在他的寝宫里直到睡了三天三夜后醒来。

最让她想不通的是，南海观世音菩萨带领着身边的善财童子四处弘扬佛法，恰逢路过天宫，顺道用杨枝净瓶里的甘露救活了她的一池莲花。

看到那一池莲花又活了过来，她欣喜万分。可是欣喜过后，仔细一想，又觉得哪里不对，明明不久之前菩萨刚来过天界赴宴，这隔了未久，又恰巧经过？

"话说，你真的在紫微宫里睡了三天三夜？"素来无欲无求的梅氤也忍不住开始打听。

"嗯。"青莲点了点头。

梅氤暧昧地看了一眼，道："你和北帝……就没发生点什么吗？"

青莲微微蹙眉，道："没有。能发生什么？我就睡了一觉，醒来之后，见寝宫里无人，我便回来了。"

梅氤瞅着她一脸天真，也是服气，浅浅笑道："你呀，惹了那北帝生气，还能全身而退，怕也是这天宫的第一仙。"

青莲一脸不赞同，全身而退？她可是差点原神尽毁。或许，那北帝也觉得自己理亏吧。

忽然，屋门被重重地从外推了开来，以桃花仙子桃苒为首的几个花神怒气冲冲地走进来。

桃花烟眉一挑，讽道："莲花仙子，你可真是会使手段。为了接近北帝，故意惹怒他将那一池莲花冰封，再欣然接受天后的安排去紫微宫受罚。进了紫微宫，便开始各种使手段勾引北帝。如今整个天宫都在传，你可得北帝欢心了。"

青莲微微眯眼，凝视着桃花仙子桃苒。她使了狐媚手段勾引玄遥？她究竟有多想不开才会去勾引他？何况，她只是气虚，睡了三天三夜而已，何来宠幸一说？

"上次我就已经警告过你，什么叫礼貌，进门之前记得要先敲门，显然你已经全忘了。"青莲水袖轻挥，便将桃花仙子及几位仙子轰出了门。

梅氤望着被轰出门的众仙，挑眉道："还是你比较厉害。我就做不到。"

青莲看着梅氤，道："我只是不明白，天宫为何会有她们这样的仙子存在？就算再爱慕那个北帝，可也没有必要将自己当成是紫微宫的谁。每次为了他，她们都兴师动众，可他知道吗？我觉得这样很蠢。"

梅氤望着菁莲，哑然。这不论是天界，还是人间，抑或是其他的异界，只要分男女，都会有嫉妒。只是依她的性子，她大概永远不会明白"敌人的敌人就是朋友"和"我得不到的别人也休想得到"这两个道理了。

桃苒再怎么也没有想到，青莲将她轰出了门外，气极而口不择言："什么出淤泥而不染，根本就是故作清高。欲擒故纵，手段高明啊。待到生米煮成熟饭，只要天后娘娘下了旨意，你便可以封妃。反正天后娘娘宠你呢。"

桃苒在屋门外跳了许久，青莲总算抓住了重点。她一脸疑惑看向梅氤，问道："天后娘娘要下什么旨意？"

"你竟然不知道？"梅氤惊讶，她以为青莲或多或少听到一些宫中的传言，以她的性子只是置之不理，又或许是默认了这事，等待天后娘娘下旨，没想着，这丫头压根就不知道这事啊。

青莲一头雾水。

"你非紫微宫的仙娥，却在北帝的床上睡了三天三夜才醒，放眼整个天界也只有你一个莲花仙子做到了。全天宫的神仙都以为你得到了北帝的宠幸，背地里都在传。天后娘娘当然也听到了这些传言，特地向紫微宫里的仙婢证实了这件事，估计是打算向天帝请奏，只要北帝同意，就下旨将你纳入紫微宫做个侧妃。我以为你生性淡漠，根本不在乎这些虚名，原来是你什么都不知道啊。"

"什么？纳入紫微宫为妃？我为何要做那个讨厌的北帝的妃子？"青莲有些生气。

梅氲被她这一句问话噎住了："呃……大概是因为你在紫微宫里，在北帝的床上睡了三天三夜吧……"好像也只有这个理由吧。

"我是睡了三天三夜，那是因为我斗不过他，差点自毁原神，气虚昏倒了而已。我怎知他会将我抱到他的寝宫里。我不过是睡了个觉而已，为何就要嫁他为妃？"青莲气愤。

梅氲听得目瞪口呆，简直难以置信。她也以为这丫头在紫微宫中睡了三天三夜，是这丫头终于想明白了，要用变通的方式讨得北帝的欢心。可谁知完全是她想多了好吗？原来这丫头真的是睡了三天三夜，还是用自毁原神的方式，这是有多傻啊？放眼望整个天界的仙娥，有谁不爱慕一神之下万神之上的北帝啊？别说嫁进紫微宫，就算是进紫微宫做仙婢，端茶倒水，那也是无上的荣幸。这丫头脑子里想的，似乎与整个天界的仙子都不太一样。

"你先别着急。天后也没有说一定要将你嫁给他，就算有意，你去同天后说明白了就好。"

梅氲的话音刚落，这门外突然响起熟悉的厉斥声。

"大胆桃花仙子，竟然背后妄议天后娘娘，掌嘴！"是天后娘娘身边最得宠的仙婢碧婳，整个天界的仙官们都对她礼让三分。

桃苒惊吓得一张俏脸变得煞白，碧婳身后的另一位仙婢，手中忽地生出一个玉牌，朝着桃苒的脸颊便狠狠地扇出去，顿时打得桃苒满口鲜血。

"求碧姑姑饶命。桃苒再也不敢乱嚼舌根了。"桃苒哭得梨花带雨。

青莲打开门，正巧撞见这一幕。

碧婳见到青莲，面部神情忽地一松，说明来由，原来是天后娘娘召见。

青莲眉心微皱，莫不是为了纳妃一事？她看了一眼梅氲，梅氲小声地附道："去啊。就算有什么误会，也得要向天后禀明呀。"

"劳烦碧婳姑姑了。"青莲恭敬地跟在碧婳身后离开。

桃苒妒忌，死死地盯着二仙。

碧婳忽地转头看向她，她吓得立即低下头。

"若是往后再让我听到你在宫里乱嚼舌根,可就不是我今日打你一耳光这么简单。以后长点儿记性。"碧婳算是放了桃茜一马。若她真的向天后禀告这事,桃茜也别想再做什么桃花仙子。

"谢姑姑饶恕。谢姑姑饶恕。"桃茜望着与碧婳一同离开的青莲,怨毒的视线似要射出箭来。她再看向梅氪,气愤地瞪了一眼,转身离开。

梅氪摇了摇头,突然很赞同青莲的想法,为何天宫会有像桃茜这样的仙子存在。

天后一见着青莲,仔细端详了一番,这莲花仙子的模样生得真心不错,难怪能得万般挑剔的玄遥喜欢,于是说了召她来的缘由。

青莲一听,果真是要她嫁给玄遥为妃,于是毫不犹豫地拒绝:"多谢天后娘娘美意,青莲一个人习惯了,从未想过要嫁人。"

天后怔然,以为这事两情相悦,似乎哪里不对啊。

"你可是嫌弃侧妃之位,担心日后北帝再另娶正妃,对你不利?"她向天帝禀明这事,天帝双手赞同,遂又问了玄遥的意思,玄遥也不反对,而允诺侧妃位子的也正是玄遥。

"不是。"青莲摇了摇头,"北帝娶多少位妃子都跟青莲没有关系,青莲只是喜欢一个人自由自在地生活,并不想嫁入紫微宫,仅此而已。"

"莫非你已有意中人?"

"并没有。"

"那是为何?"放眼整个天界有多少仙娥想要嫁给玄遥,怎的这莲花仙子就是一脸的不情愿呢?

"娘娘请恕青莲无礼。不想嫁就是不想嫁,没有任何理由。"

天后倒吸了一口气,这理由硬气得……看来她是吃饱了撑着,没事找事做。她捏了捏微微跳动的太阳穴,冲着青莲挥了挥衣袖:"本宫知道了,你先跪安吧。"

青莲伏地跪安,安静离开。

碧婳伸手替天后轻揉着太阳穴。天后唉声叹气:"本以为玄遥能成亲,本宫和天帝也就了却了一桩心事。没想到……唉,你说是不是本宫太多事了?"

碧婳轻轻笑道:"娘娘,你可还记得,当年莲花仙子为何会被留在咱们天界?虽说深受先帝喜爱,但最主要也因这莲花仙子尘缘未尽啊,所以,她这姻缘是早已天定。"

"唉,好容易玄遥看上一个,眼下倒好,竟然被拒绝了。本宫这都不知道要如何去解释。"

碧婳又安慰了天后一番："若是莲花仙子与北帝有缘，不用娘娘牵红线，自然也能成。所以，娘娘也就别操这心了。"

天后沉默了，心思暗藏。她之所以这么热络地忙着玄遥的婚事，也是因为这几日天帝为了攻打魔界一事而伤神，与玄遥一直争执不下。

统领天界百万天兵天将的北极四圣均乃玄遥部下，个个对玄遥忠心耿耿，当初若不是先帝留有遗诏，怕是这天帝的位置根本轮不着玄昊来做。而玄昊在位这些年来，天界之中仍有不少仙家表面臣服，内心却颇有微词。之前派去劝降的仙使被魔界杀害，引得整个天界震怒，令玄昊与玄遥兄弟二人嫌隙更大。而今魔界，已公然向天界挑衅，玄遥却冷眼旁观。若是在这时玄遥有心反叛玄昊，后果将不堪设想。

她本想着借着纳妃之事，能劝说玄遥，如今看来算盘也是打错了。不过好在今日通明宫那边传来消息，说是玄遥同意前去妖界警告妖王，断了魔界想联合妖界的后路。

莲花仙子拒婚一事，不仅轰动了整个天界，就连妖界魔界在内的各个异界也均有所耳闻。一时之间，紫微大帝被拒婚一事成了六界的一大笑柄。

天界的仙娥虽是一个个暗自窃喜，却也将青莲当成了头号眼中钉肉中刺。一些生性比较泼辣的仙娥打着为北帝抱不平的名号，想要收拾青莲，却被青莲打得落花流水，这才得知须弥山的青莲花可不是一般的花神呀，想要找她的碴儿，也得看看自己有没有这个能耐。一个个总算是安分守己了。

天后即便是知晓，也是睁一只眼，闭一只眼。

青莲依旧我行我素，偶然撞见玄遥几次，除了不必少的礼数之外，丝毫没有觉得哪里不妥。

玄遥似乎也不以为意，并未像之前一样刁难她。即便去了妖界听到有小妖对他出言不逊，他仍旧笑眯眯，一派祥和。然而在妖界住下的当晚，他属下两员大将便将那几个乱嚼舌根的小妖抓来，每妖嘴里强行塞了一坨大便。

几只小妖呕吐不止，怕是有一段时间这满嘴的粪味都去不掉。

玄遥依旧笑眯眯的，满脸无害，斥责了二员大将，将几只小妖放回。从那日之后，妖界再不敢有妖妄议这位紫微大帝被仙子甩了。

玄遥不急，这一直跟在他身后的紫微星君干着急啊。他看得出来，玄遥内心其实挺中意这位清冷傲骨的青莲仙子。至少在此之前，这整个天界没有哪个能让玄遥费心去请南海观世音菩萨，请来了还不敢说破的。先前他偷偷跑到月老宫的三生石上看了，玄遥与青莲的三生娃娃之间，红线似断非断，甚至还隐隐地打了几个结。他就好奇这红线接上了怎么还能似断非断，甚至打了结？

这究竟是哪里不对呢？为何这事就是不成呢？月老发现他之后，拼命嘱咐他别到处乱说，此乃天机，天机不可泄漏，不然他要倒大霉。紫微星君当然知道不是他要倒大霉，而是月老怕坏了月老宫的名声。玄遥此去妖界，他也愣是没机会将这红线的事禀报给玄遥。

就在玄遥前去妖界之时，魔界趁机向天界起兵。原来魔王早就知道妖王胆小怕事，不敢反叛天界，于是便设计利用妖界引开这天界最强的战神玄遥。

天帝玄昊生性仁慈，总以天下苍生为先，犹豫不决，致使这一战失了先机。

玄遥在妖界收到消息，当下便将妖王拉下王座，打个半死，随后匆忙赶回天界。

而此时天界已受重创，天兵天将折损无数。天帝玄昊更是为了这一战，带兵亲征，差一点死在魔王之手，好容易在各将士护送之下回到了天宫，一下子重病不起。

玄遥瞧见手下重将个个身受重伤，天兵死伤无数，再见自己的哥哥玄昊那窝囊的模样，气愤不已，差点没将通明宫掀了。

玄昊早知玄遥内心不满，喝退身边所有仙官及伺候的仙婢，只留了玄遥一个。

"朕知道这千万年来，你对朕心存怨念，有所不满，朕也都看在眼里。可你知道为何明明兄弟几个当中，先帝从来都是最器重你，然而最后却选了朕做天帝？"

玄昊将先帝的遗诏取出，递给玄遥："你要的答案全在这份遗诏上。"

玄遥打开那份遗诏，终于看到了先帝亲笔。他不敢相信，先帝自始至终，从来只是将他当作是守护天界的战神。在先帝的心目中，玄昊宅心仁厚，万事会以天下苍生考虑，而他多年四处征战，独断专行，满身戾气，一旦稍有不慎，易遁入魔道。所以，先帝就算再器重他，也不会选择他当天帝。原来他在先帝心目中只是这样的一个地位，如同天界的一只看门狗。

他心中冷笑，用力地将遗诏捏在掌心之中，顿时火焰燃起，遗诏化为灰烬。

"你……罢了罢了。"玄昊重重地咳了起来，许久才平静下来，"你也无须为了先帝的遗诏动怒。先帝曾说过，你乃天界之战神，若你登基成了天帝，带兵亲征，万一出事，不仅天界会动荡，整个三界都会跟着一起大乱。这话倒是应在朕的身上。"

"你以为我会跟你一样无能吗？"玄遥冷嗤一声，语气里满是不屑，甚至从头至尾都未尊称玄昊一声"天君"。

玄昊失笑，并不介意，似乎早就知道这样的结果："是！此次伤亡惨重，此乃朕的无能。如今除了你之外，天界再无能对付魔界之神。只要你能将魔界降服，朕便会立即退位，立下诏书，将天帝之位传于你。但是你必须答应朕，衡儿的太子之位不变。"

"你愿让位?"玄遥回眸看着兄长,有些不可置信。

"凡间有句古话,人之将死,其言也善。朕此次身受重伤,此乃命中一劫,怕是渡不过去了。朕若陨落,天界不能一日无主。衡儿虽为太子,但年轻气盛,为了天、人、冥三界,为了天下苍生,朕又岂能自私地将帝位传于衡儿?放眼整个天界,也唯有你可继任此位。"玄昊说完又是一阵猛咳,丝帕之上沾了好大一片鲜血。

玄遥深深地看了兄长一眼,自从兄长登基成了天帝之后,这倒是第一次与他促膝长谈。

"即日我便会带兵出征。你先好生歇息吧。"

玄昊当玄遥应允承诺,望着他利落潇洒转身的身影,便也放心,即便他失了帝位,无论如何,天界也绝不能毁在他的手里。

三日之后,玄遥便带着北极四圣一同出征。

天河之岸,魔王夜峰瞅着骑在天马之上身穿战袍的玄遥,发出不屑的冷笑。

自从那日,他令天界元气大伤,就连他们至高无上的天帝玄昊也被他打得屁滚尿流,滚回了天宫,他就再没把这个所谓的天界百战百胜的战神玄遥放在眼里。纵然这位天界的战神再厉害,就天界剩下的这么一点儿兵力不足为惧。如今魔界士气大振,将士们在他的带领之下一路打到了这天河岸边。只要越过这条天河,河对岸远处的琼楼玉宇很快就将成为他们魔界的领地。届时整个天界的美貌仙子享之不尽,各种琪花瑶草、琼浆玉液和仙丹用之不完。只要拿下天界,这整个六界都将为他魔王夜峰所有。这憋屈的数万年终于到头了,他们魔界终于能够翻身,压在天界的头上。

夜峰邪佞地狂笑一声,举剑挥令:"杀!"

魔军如洪水扫过天河。

玄遥看着魔王夜峰一脸嚣张,手中的幽冥圣剑寒光骤起。

待到他一声令下,北极四圣率先迎战。

因之前天界兵力重损,与魔界这一战一打便打了整整一百年,从天上打到地上,从地上又打到海里,又从海里打到冥地,六界一片混乱。

魔王忽略了一个事实,纵然天界兵力不如魔界,但玄遥战神的称号可不是白来的,以一顶万。最终,玄遥以手中斩杀神魔的幽冥圣剑,取下了魔王夜峰的首级,悬于天河之岸,以告诫魔界若再敢来犯,下场便是如此。

天界大胜,玄遥凯旋回到天宫。

为了迎接玄遥,庆贺这数万年终于将魔界魔王夜峰的首级拿下,玄昊拖着病体将在天宫大设盛宴,并广发请柬邀请各界神仙共同庆贺。

花药宫的众仙子仙童为了准备宴席忙得不可开交，用各种琪花瑶草精心装扮着宴会场地。相较众仙的忙碌，青莲和梅氲两位仙子就显得无比清闲。大约是青莲之前吊打众仙的威名震慑了整个天宫，没有仙子再敢惹这位须弥山的青莲花，连带梅氲也跟着一块儿被排挤了。

二仙也乐得清闲。不过近些日子，青莲却发现梅氲与往常不同，时不时从怀中拿出一面小镜子照了又照，偶尔还会对着这面镜子傻笑。

青莲总觉着哪里不对劲，便趁着她倚在梅树下没有留神，将头凑了过去。这一看，不得了，原来镜中有个男子。

这男子立在梅树下，身着五爪金色龙袍，面容俊朗非凡，口中幽幽念着诗句，垂于肩的发尾随风轻飘，丝丝交错有些凌乱，仍气势逼人，不怒自威。

忽地，他伸手轻拈了一朵梅花，叹息道："梅儿啊梅儿，若你是那善解人意的人儿该有多好。朕一定纳你为妃，此生独宠你一人，与你长相厮守，不离不弃。"

梅树面对他的深情表白毫无反应，他失落地长长叹息一声。

梅氲发出低低的一阵轻笑，衣袖轻挥。梅树的树枝伴着微风微微颤动，洋洋洒洒地落下一片花瓣雨，美不胜收。

那男子得不到回应，将梅花攥在手心，恋恋不舍地离开这片梅林。

一朵白色的梅花随着微风左右摇摆，包裹着周围嫩绿的叶儿上沾着的雨露，在阳光下折射出一道美丽的光芒。

"氲姐，你这是……"青莲终于看不下去，忍不住打断梅氲。

梅氲一惊，便将镜子收了起来。

青莲微微拧眉，道："这可是广寒宫那位的尘世镜？方才镜中的男人可是人间的皇帝？你每日对着镜子就是在看他？"

她听说广寒宫的那位仙子是从人间意外飞仙，终日以泪洗面，月神娘娘怜悯她，便赠了她一面尘世镜，透过尘世镜可看人间一切。可这镜子怎么会在梅氲的手上？

梅氲冲着她浅浅笑道："没错。这是尘世镜。不过，是我与太阴星君打赌时赢的，至于太阴星君何以有此镜，我就不得而知。"

青莲微微蹙眉，道："你还是把这镜子还给太阴星君吧。莫要再看了。"

梅氲不以为意地笑道："阿莲，我知道你在担心什么。话说身为神仙，住在这天宫里，你难道没有觉得每日其实都是在虚度光阴吗？"

"每日怎么是虚度光阴呢？你有梅林要看，我有莲花要顾，还有人间……"

梅氲打断她，道："每日除了让人间的花开花落，就是看人间的花开花落。这宫里的神仙都要清心寡欲，无欲无求。一年，两年，百年，千年，万年……天上一日，人间一年，这时间过得真是快呢。有时候，看着人间，我反而有些羡慕那些凡人，虽是短短的一生，但至少过得有滋有味。人间有句俗话，叫只羡鸳鸯不羡仙。无论是悲剧还是喜剧收场，至少也得了一场轰轰烈烈的爱情。"

青莲望着梅氲一时间说不出话来，似乎她的话有些道理。一年，两年，百年，千年，万年……比起人间，这天上的日子过得真的很慢，很长……

梅氲望着她，浅浅笑了笑，道："算了，说了你也不会明白。"

青莲隔了好半晌才不确定地道："你想私自……下凡？"

梅氲只是笑笑，不置可否。

"氲姐，你千万别再胡思乱想了。"

一旦上界发现神仙私自下凡，抓回来必要推去诛仙台，剥夺仙籍，永世不得再入仙籍，甚至还要经历十世轮回之苦。

青莲方要从梅氲的手中夺下尘世镜，梅氲忽地一把拉过她，道："是的。我是想下凡。因为我受够了这虚伪的天界。什么众生平等，不过哄哄我们这些地位卑微的小仙开心罢了；什么清心寡欲，是提醒我们阶级地位的不同，身份的悬殊；什么慈悲为怀，四下里都是尔虞我诈，钩心斗角，犯了点儿小事处罚起来比什么都狠。这天宫里装得最多的就是欺骗与谎言啊。我厌倦了这枯燥而又漫长的岁月，讨厌这里尔虞我诈，也许去人间感受一下人味，会比待在这里更好。"

青莲彻底地怔住了。

忽地，梅氲的手中凭空多了一柄锋利的小刀。

青莲望着她不解。

梅氲不说话，用小刀在青莲的食指上轻轻划下了一刀，顿时鲜血从伤口涌了出来。

青莲大惊："你想要做什么？"

梅氲依旧不说话，忽然，梅花令从她的体内浮出，她拉着青莲划破的手指，将血滴在梅花令上。梅花令受了青莲那一滴血，顿时散出耀眼的光芒。

梅氲神情激动，她本只是想试试，没想到青莲的血真的可以与自己的梅花令相融，这表示梅花令愿意接受青莲为新主人。

青莲收回手，有些微愠："氲姐，你这是做什么？"

梅氲轻轻点住她的唇，笑道："什么都不要问，也什么都不要说。"

梅氲若有意味的笑容，一直印在青莲的脑海里挥之不去。

直到翌日盛宴开始，四海八方的神仙前来祝贺，天宫一片热闹非凡。而青莲一早醒来却不见了梅氲，几案上只留下了梅花令和一张字条。

"青莲，对不起！你的血与梅花令相融，除我之外，它便也会认你为主人。若是今日黄昏我不回来，便替我值守七日。若是我七日后也不回来，勿念。"

青莲将字条看了又看，手不由得发颤。

"勿念"二字就像是做永远的告别。她万万没有想到，梅氤竟然真的私自下凡了……

梅氤之所以选择今日下凡，是因为今日乃庆功盛宴的首日，各路神仙都将相聚于天宫，各宫都忙着盛宴之事，忽然之间少了一个花神，谁也不会在意。最重要的是今日天界通往人间的路会打开。

听说这盛宴将要举行一个月。

天上一日，人间一年……

字条捏在掌心之中，瞬间化为灰烬。

青莲手握着梅花令，拇指不停地摩挲着喃喃自语："你若还能与你的主人灵气相通，请告知我，她现在何处？"

梅花令当即发出温润的光华，围着青莲转悠了三圈，忽地飞出花药宫。

青莲跟着梅花令快步出了花药宫，行了未远，正好撞见百花仙子带着众花神从远处袅袅走来。

青莲连忙收了梅花令藏好。

桃莴一见着青莲，便翻了个白眼。虽然之前被碧嬷狠狠教训过，但这内心怨气难消，见着青莲也没省事，冲着一旁的石榴仙子使了个眼色。

石榴仙子收到暗示，便向百花仙子韶华诉苦道："韶华姐姐，这几日咱们姐妹几个在宫里忙得累死累活，你不是一直嚷着人手不够吗？方才一路走来，我恰巧见着还有几个仙娥十分清闲，可以使唤。"

桃莴佯装忽然瞧着青莲，立即扯高了嗓门道："哎哟，这不是我们的准帝妃娘娘？真是清闲啊，玩什么玩得这么不亦乐乎呢？"

青莲虽然拒了婚，但是玄遥没松口，恰逢与魔界之战，便回了天后娘娘，一切等他归来再议。所以天宫的众神私下里都会讽称青莲一声"准帝妃"。

青莲眈了她一眼，冷冷地道："与你无关。"

"哎哟喂，到底是准帝妃呀。这北帝打了胜仗更是不得了，说话的语气更牛气了！不像咱，每日为了挑选上好的蟠桃，这脖子都快僵得动不了。唉，同为十二月令花神，这区别可真是大呀。"桃莴摸着脖子后方，叫苦连天。

青莲瞧见她的模样，想起梅氤临走之前说的话，这宫里四下都是尔虞我诈，钩心斗角，装得最多的就是欺骗与谎言。她觉得梅氤还少说了一个，还有嫉妒。

忽然之间，她有些理解梅氤为何执意要下凡感受人间滋味，她也有些厌恶每日这样的流言蜚语。

青莲嘴角微勾，讽道："看来碧姑姑前阵子对桃莴仙子的教诲，桃莴仙子全数都忘在了脑后。"

"你——"桃莴方要发怒，便被韶华拦住，"你少说两句不行吗？"

桃苿之所以能在众花神之中这般耀武扬威，便是仗着将那蟠桃园打理得甚好，深得各路圣仙的赞誉。就连韶华这个百花之神也要礼让她三分。然而自从青莲来了之后，韶华也知道花药宫里住着这么一位大神，更是不能轻易得罪。如今青莲不仅三番五次不守规矩，令花药宫里的众神不服，还因为与北帝之间的纠缠惹得其他宫的仙娥集体讨厌她们花药宫，这影响是极坏的。弄得她这个百花之神极为难做。

桃苿总算闭了嘴，拉了拉腕上的披帛，对身后的众花神道："姐妹们，宴会需要的蟠桃还缺不少，咱们得赶紧上蟠桃园去采摘。走——"

桃苿带着几位花神和一些小仙婢总算离开，只留下韶华。

韶华走近青莲，柔声道："虽然北帝有意纳你为妃，但你一日未嫁入紫微宫，一日还在花药宫里住着，就该守咱们花药宫的规矩。这几日，咱们花药宫的众仙负责准备各种仙果宴、花酿和果酿，忙得不可开交。你也知道天帝天后很重视这次庆功宴。之前你身子虚弱，天后娘娘恩赐你不用干活，歇着就好。眼下整个花药宫都在忙，你……"

没待韶华说完，青莲便道："需要我做什么？"

"也没什么特别重的活。你负责将你擅长的莲花清酿备好送去宴会吧。"

"好。"

韶华走了两步，忽地又顿住，问道："怎么不见梅氤？"

"这会儿她正在梅园当值，稍后我会让她准备好花酿和我一起送去宴会。"

韶华点了点头，没再多问便匆忙离开。反正只要派遣了这莲花仙子做事，平息其他花神的愤怒就好。

望着韶华离去的身影，青莲捏着梅花令松了神情。

所幸平日里梅氤和她在一起居多，她们二位的脾性同属寡淡一类，与其他仙子接触并不多。所以只要她能替梅氤撑过七日，待她回来便好。方才桃苿又来挑事，眼下是没有时间去寻梅氤，她得先将莲花清酿备好送去宴会，让自己先忙起来，免得其他仙子又来盯着她找事。

她又转回花药宫，召了两个小仙童，随她一同将之前早已做好的莲花清酿原浆送去宴会。

宴会已经开始，各界圣仙集聚在瑶池池畔，各色美酒与八珍百味香味扑鼻。瑶池上空霞光万丈，祥云飞腾，池畔白鹤鸣叫，彩凤欢啼。仙娥身着七彩盛装在飘然的仙乐声中霓裳起舞，一片热闹非凡。

青莲将自己酿好的莲花清酿原浆交予造酒仙官，本想离开，方巧见着桃苿与几位仙子捧着蟠桃走过来，为避免事端，于是留下帮忙。

玄遥坐在天帝的左侧，正在接受众神敬酒，嘴角含笑，神采飞扬，可以看得出他的心情极好。然而坐在天帝右侧的天后娘娘，脸色却有些不甚自然，时不时会锁起眉心，紧盯着玄遥看的目光含愠。

玄遥连续被数位圣仙灌了几盅琼浆玉液，面色开始微微泛红。平日里他很注重克己复礼，绝不会因为自己打赢了胜仗而得意忘形，当众失了仪态。他寻了个借口，离开宴会，想去找个安静的地方透透气，不想经过造酒台，恰巧瞧见青莲消瘦的身影。

青莲虽然两眼直盯着手中的量器，可是视线是落在别处，似是想着心事，直到原浆差一点从量器里漫出来洒了一身，才惊得回过神，一阵忙乱。

玄遥紧紧盯着她看了足足有半晌，嘴角不经意地微微勾起。天界与魔界这一战打了有一百年，他也有一百年没有见着这朵倔强的青莲花。一百年前的拒婚似乎也在一瞬间又浮上了心头。剑眉微挑，他顺手招来了跟在他身后的紫微星君，对着紫微星君吩咐了几句。

紫微星君瞪着眼，为难地道："这样不妥吧……"

"有何不妥？"玄遥挑眉。

"好吧……"紫微星君转身便向青莲走去。

"青莲仙子……"紫微星君有些气短地叫了一声。

青莲抬眸，一见是紫微宫的紫微星君，便又垂眸继续干自己手中的活。

紫微星君有些尴尬，这位准帝妃娘娘可是不好惹啊，但是他的顶头老大更是不好惹啊，于是硬着头皮道："北帝有旨，请青莲仙子前往座旁伺候。"

青莲再次抬眸，看向紫微星君的身后，玄遥正远远地立在长桥之上看着她，见到她看见他，似笑非笑地勾了勾唇，转身翩然离开。

她收回视线，瞅着紫微星君。

紫微星君摸着鼻子，满脸尴笑。

若与紫微星君争论殿前有仙婢仙童伺候，纯粹是浪费口舌。她放下手中的量器，便向宴会上席的高台方向步去。

莲花仙子突然现身，却沦为斟酒仙婢，令众神惊愕不已，一个个交头接耳，窃窃私语。莫不是北帝被拒婚，心头存着怨气，当众故意刁难？

然而青莲仙子泰然自若，静静地伺候着，毫无被强逼之意。再看北帝瞅着青莲仙子的模样，眉眼含笑，眼神极为宠溺，言语温柔，丝毫无刁难之意。

这看在所有仙子的眼里，能伺候北帝那是无上的荣幸。一个个羡慕嫉妒恨，目光直瞅着青莲，恨不能立在北帝身边伺候的是自己。

天帝见着也不多说什么，只当二位小别胜新婚，别有一番情趣。然而，天后的眉心蹙得更深。

玄遥不仅让青莲伺候他饮酒，还顺便指使她——给前来敬完酒的圣仙们再斟满一盅。整晚宴会下来，青莲端着玉瓶不断地斟酒，胳膊酸胀不已，却也咬着牙坚持着，连眉心都未曾蹙一下。

玄遥看在眼里，越发是喜欢她的倔强。

庆功宴一直持续至夜幕降临，终于结束。

星空如璀璨的宝石点缀在黑丝缎之上，不停闪耀。

众神微醺，一个个摸着圆滚滚的肚皮，相携离开回宫休息。

也不知是玄遥故意还是他真的偏爱，青莲准备的莲花清酿全部喝完。她望着喝光光的坛子，眉心打了个结，玄遥今日故意令她在座旁伺候，看来明天不一定能逃过。

天上这一日过去，人间一年，不知梅氤情况如何？

她快步离开造酒台，然后从怀里取出梅花令，喃喃低道："带我去找梅氤。"

梅花令忽地一下发出光华，腾空而起，领着她往南天门的方向飞去。这通往人间的路正是南天门外的方向，看来梅氤是从南天门离开天宫。

过了接引殿，就到了南天门。

青莲方踏上接引殿侧旁的长桥，便听到熟悉的声音从西面传来，她立即收回梅花令。

宴会之后，玄遥便领着几位圣仙一路溜达一路攀谈，不想在接引殿附近又遇见了这朵青莲花。

紫微星君远远见着青莲，不待玄遥吩咐，立即招呼几位圣仙往别处去。

长桥之上，玄遥与青莲各立于桥两端，两只五彩羽凤长啼一声，也识相地振翅飞走。

青莲望着长桥另一端慢慢走来的玄遥，心中当下一惊，本能想跑，然而方转身，玄遥便出声叫住她。

"站住！"

只是眨眼的工夫，玄遥便移形挡在她的跟前，定定地看着她："怎么？见着我就跟见着鬼一样？我很可怕吗？"

青莲不答话，也不看他，双眼直直望向远处璀璨的星河。

"这么晚了，你这是要去哪儿？"玄遥顺着接引殿的方向看过去，"南天门？你想离开天宫？"

青莲微微蹙眉，不想被玄遥看出端倪，十分镇定地道："只是随意走走。"

玄遥道："这么晚了不回宫歇息，还四处乱晃，看来今日在座旁伺候那么久并不是很累，那么明天继续座旁伺候着。"

"喏。不知北帝还有何吩咐？若没吩咐，青莲要回宫歇息了。"

"等一下。"玄遥手中忽地多出一个玉瓶，"你今日伺候了那么久，我都还没有赏你什么。这是特地留给你的。"

青莲望着他手中的玉瓶，一阵淡淡的莲花清香从玉瓶里散发出来，正是她酿的莲花清酿。

"多谢北帝美意，莲花清酿是我酿的，我知道它的味道。"言下之意就是赏她酒，不必多此一举了。

玄遥欺近她，淡淡的酒香味自他的身上传来。他今晚喝了不少酒，有些微醺，正在兴头上，可不管这酒是不是她酿的有没有喝过。他霸道地说："我让你喝，你便要喝。"

她下意识向后退了一步，就是不接那玉瓶。

玄遥见她不动，勾唇一笑，仰口喝了一口酒，毫无预示便伸手用力揽过她的腰身，俯身将唇欺上她的唇。

四唇相贴，令青莲一惊，微微启开口，莲花清酿顺势流入她的口中。她顿时反应过来，伸手用力推搡他的胸膛，想将他推开，然而双手却被他捉住反锁在身后，以单手紧紧锁住。他的右手穿过她耳后的发丝，紧扣住她的后脑勺，用力地将她压向自己，将口中的莲花清酿半吻半强迫地逼她喝下。

唇齿之间弥漫着她再熟悉不过的莲花清酿的浓郁香气，其中还夹着玄遥身上强势的雄性气息。无论她怎么费力地挣扎，却怎的也逃不开玄遥的束缚。她越是挣扎，他越是紧紧地困着她。

他口中的酒很快强逼着她全部喝完，然而他并没有放开她的意思，依旧不松口，肆意地吻着她。她也毫不客气地咬了他一口，他吃痛松开。

"卑鄙下流！"她将嘴唇蹭在他胸前的衣襟上，用力地擦了又擦，一脸嫌弃。

他舔了舔嘴唇，尝到了一股淡淡的血腥味。黑亮带醺的眼眸微眯，他单手轻而易举地又扣住她的脖颈将她拉向自己，毫不犹豫再一次强势吻住她。

她想要张口再咬他，却发觉自己的嘴巴似乎无法动弹，也无法发声。这个卑鄙无耻之徒竟然对她使用了法术，令她不能开口。他的鼻尖贴着她的，感受到彼此的呼吸。她近距离地瞪着他，只是模糊地能看见他的眉眼都在笑。

他肆意地吻着她，唇舌不停地在与她交缠，口中的酒香与血腥味丝毫不保留地与她共享。渐渐地，她的呼吸越来越急促，似是周围的空气越来越稀薄，令她快没有办法呼吸，唯有"呜呜呜"地发出求救的声音。

他轻笑一声，终于满足地松了手放开她。

终于能呼吸，她贪婪地喘息着，回过神便抬起手想要掌掴他。他反应极快，迅速扣住了她的手腕反锁在身后。她又抬起另一只手，同样被紧紧反锁在身后。

他将她紧紧揽在怀里，低首俯在她的耳侧轻道："虽说过了一百年，可是我从来都没有准你的拒婚。"

温热的气息扫过她的耳畔，有些作痒，她咬着牙颤道："嫁不嫁是我的事，不需要你的准许。"她一下子突然又能发声说话，脸羞红一片，愤恨地瞪着他。

他调笑地冲着她眨了眨眼。没错！防止她再咬他，他用法术令她不能动口，等到他吻够了，他便解除了法术。

"是吗？那就看你能不能逃得掉。你敢一而再再而三地招惹我，就该有这个心理准备。"

今夜，玄昊已经兑现了他的承诺，立下了诏书，待陨落之后，便将帝位传于他。他从来没有得不到的东西，只有自己不想要的。一百年前，他可以容许她拒婚，没有过多计较，是因为他有更重要的事要做，而今魔王夜峰的首级已被割下悬在天河之界，他有空与她慢慢周旋，看看她到底能倔强地顽抗到什么时候。他喜欢征服一切。谁叫他是万星宗主呢？跟他讲道理是没用的。

他笑着松开了手，瞧见她又肿又红的嘴唇时，却又忍不住伸手轻抚："我会尽快安排你嫁入紫微宫，让你可以有十几万年，甚至几十万年的时间，光明正大地与我对着干，到时候看看究竟谁胜谁负？"

青莲狠狠地打掉他的手，用力推开他，怒瞪着双眸，最终什么也没有说，松开紧捏的双拳，负气跑下长桥离开。

玄遥望着她离去的轻盈身姿，心情大好。不知为何，他真是越来越喜欢她身上独特的莲花沁香，不仅闻起来香，尝起来更香。或许活了漫长的近十万年，实在是太无聊了，好容易才遇到这么个有点儿意思的小莲花，怎么能轻易允许她拒绝？

接连几日宴会下来，玄遥所饮的美酒佳酿除了青莲亲手酿的莲花清酿之外再无其他。这令各界的圣仙更加肯定北帝对莲花仙子情有独钟，二位在宴会上的表现一丁点也不像之前谣传所说的不和，看来好事将近。

青莲对这些言论嗤之以鼻，若不是怕暴露了梅氤私自下凡之事，她才懒得在这里听这些圣仙尽说些溜须拍马的废话。

借着以回花药宫取莲花清酿为由，她总算是得以抽身离开宴会。

今日便是第七日，眼看着这近黄昏，却也不见梅氤回来，她心中不免有些焦急。若是过了今夜，再不见梅氤回来，该如何是好？

她一面念着心事，一面打开原浆的坛子，然而原浆一滴也不剩，只剩下一瓶她留着准备自己闲时尝尝的清酒。也罢，没有原浆勾兑，也就不用再在座旁伺候斟酒。她就当善心大发，将这瓶珍藏的清酒白送给他喝，喝完了，刚好也就不用再受他折磨。

她拿着清酒方要离开，忽地一个熟悉的声音唤住了她："青莲！"

"碧姑姑？"她望向立在前方的倩影，眉心微蹙。碧婳不是应该待在天后身边伺候着，怎的跑来花药宫？看碧婳的神情可不像是偶遇，倒像是刻意跟来这花药宫寻她。

碧婳缓缓上前，望着她手中的玉瓶，道："酒又喝完了？"

青莲点了点头。

碧婳叹了口气，道："唉，这几日可真是辛苦你了，一直在北帝的座前伺候着，这些本就是殿前其他仙婢应做的事，却苦累了你。"

"碧姑姑，你怎么会在这里？"青莲不太习惯碧婳突然与她这般亲近。

"哦，娘娘方才见你一直悄悄地揉捏着肩颈，着我前来瞧瞧你可好？娘娘可是打心眼儿里心疼你呢。"碧婳说着便顺势接过她手中的玉瓶。

"多谢娘娘体贴，青莲很好。"青莲礼貌地回道。

"这东西我先替你拿着，你的一双手呀，就先放松一下。走吧。"

"多谢碧姑姑。"

"你跟我客气什么？日后你若成了北帝妃，我还要尊你一声帝妃娘娘。"

听到这一声"北帝妃"，青莲沉默了，不想再搭理碧婳。于是这一路默默地跟在碧婳身侧，无论碧婳说什么，她只是轻应一声。

碧婳慢慢也觉得无趣，便不再说话。

青莲一回到宴会场上，玄遥便冲着她招了招手。她缓缓走过去。

玄遥好一会儿没见着她，伸手便将她拉过，她一个重心不稳便跌在他的脚旁。玄遥伸手将她按在身侧，她呈一个奇怪的姿势伏在他的腿上，脸几乎是贴在了他的大腿上，隔着衣衫她能感觉到他热烫的体温。她的双颊热了起来。

玄遥揽着她，手抚摸着她的一缕青丝，以只有彼此能够听到的声音，俯身在她的头顶上方轻道："方才，你去哪儿了？"

青莲想站起身，却被他的大掌按着动弹不得，咬着牙道："没有莲花清酿了，去给你取，刚巧原浆也都没了。我便将我珍藏的唯一一瓶清酒拿来送你，喝完了这瓶，就什么都没有了，你省着点儿喝吧。"

她将手中的玉瓶用力地放在他面前的案上。

难得听她与自己说上这么多话，还耍了小脾气，玄遥不由得轻笑，俯在她头顶上方暧昧地道："是吗？你珍藏的东西……那我可是要细细品尝。"

这一句话，听在青莲的耳里说不出地刺耳。她试图起身，身体却依然被他控制着，动弹不得。

"你要是想引起在场所有圣仙的注意，大可尽力挣扎。我很是怀念那天在接引殿前喂你喝酒的……"

玄遥的话尚未说完，青莲便咬着牙，乖乖伏在他的腿上不再乱动弹。她相信，只要她抗拒，他绝对能不要脸地当众用嘴喂她喝酒。

玄遥很享受这种当众与她调情的亲昵，她就像是一只被捋顺了毛的乖猫儿。手指不停把玩着她滑顺柔软的发丝，缠绕着再放开，再缠绕，时不时拿起放在鼻下轻轻嗅吸，她的身上总是散着一股子令他安神的淡淡香气。

玄遥往玉盅里倒上一杯她珍藏的清酒，端起送至唇边，眉心不由得微蹙。这酒的味道……怎的像极了仙人醉？

他低眉看了一眼异常乖顺的她："这酒也是你酿的？"

"嗯。"她用鼻音轻哼了个音敷衍地回应。

玄遥没有多想，便仰口将酒饮下。入口辛辣无比，果真是仙人醉。什么她珍藏的清酒，这是在他座前伺候得怨气横生，索性用仙人醉灌醉他，好省心吧。

他忽地脑中生了一个念头，将酒盅放在她的唇边："你尝尝。"

她不敢抗拒，怕他会不要脸地喂她喝酒。

她嗅了嗅酒的味道，咦？怎的味道变得这般浓烈？

她接过，轻轻呷了一口，当下便呛了起来。她连忙捂着口，不停地咳嗽。

他的眉眼飞扬，轻笑起来。他就是想看看她被仙人醉辛辣味呛住的模样，但见她咳得厉害，不由自主地伸出手轻轻拍着她的后背，然后将一旁的天山甘泉水递与她漱口。

"这酒……不是我酿的。咳咳咳……"她红着脸半掩着口抬眸看着他。

望着她俏丽的一张小脸变得红扑扑的，煞是可爱，他居然又有一种想要吻她的冲动。

"仙人醉，当然不是你酿的。你是想我醉过去，好放过你吗？好！满足你。"他端起仙人醉，仰面灌了一大口，忽地揽着她当众从瑶池的筑台之上消失。

待到青莲回过神来的时候，她已被玄遥带到了他的寝宫。他仗着自己醉酒蛮不讲理又强吻了她，吻着吻着便压着她醉倒在榻上。临闭上眼之前，他还嬉笑着命令她不许离开，必须守着他醒来。

她翻了个白眼，她会守他个大鬼头。

她用力地将他从身上掀下去，从榻上起身，离着床榻远远的。她抚摸着被吻得有些微微刺痛的嘴唇，心口莫名"扑通扑通"跳得很快。她回眸又瞪向床榻上醉死过去的玄遥，接二连三被他非礼，她却毫无招架的能力。若是再这样下去，她早晚要被逼着嫁入紫微宫。

夜幕又降临，七日已过，梅氲不见回来，定是在人间出了事。梅氲是她在这寂寞天宫里唯一的朋友，她无法再像以前一样，可以做到心平如镜，平淡如菊，放任她不管。唯一的法子，就是她得下界速速将她寻回。

仙人醉，酒如其名，但凡饮了此酒少则醉上三日，多则十天半个月。这酒够他醉几日，不会再烦她。庆幸她只是浅尝了一口，不及他饮得多，不过她的头也开始有些昏沉，若是撑不住，也极有可能会昏睡过去。她得尽快离开这里，去找梅鼠。

她从怀里取出梅花令，意欲打算号令梅花令引路，可是脑袋越发沉重，眼皮似要耷拉着黏起来。她甩了甩头，脚下的步伐开始蹒跚不稳，视线也一下子模糊起来。方要逃出玄遥的寝殿，她便身体一软"咚"地摔倒在地。

远处不断传来嘈杂的声音。

意识模糊之前，她好像看见原本守在御前的三十六天将带领着众天兵包围了整个紫微宫……原来她已经讨厌他，讨厌得好想他消失，如今都开始有幻觉……

全身被捆仙索束缚着，越是挣扎，那索越是收得紧。

玄遥赤红着一双眼，瞪着天后及她身后的一干众仙将。

众仙将被玄遥瞪得不敢抬头对视，一个个要么低垂头要么佯装看往别处，心虚不已。

玄遥冷笑一声，道："天后娘娘，你如此大费周章地将本帝君押来酆都城，就为了逼本帝君下界轮回，你不觉得可笑至极吗？本帝君若是你，定会将对手直接踹下诛仙台，从此魂飞魄散，神形俱灭，永世不得超生。"

天后从座位上缓缓起身，一脸镇定地道："玄遥，你身为先帝亲封的紫微大帝，受万神敬仰，但万万没有想到，你竟然胆敢擅自损毁先帝遗诏，加害天帝。你狼子野心，意图谋反，篡夺天帝之位，罪该当诛。天帝仁心一片，念及兄弟之情与你诛杀魔王夜峰有功，免你死罪，但活罪难逃。特命本宫代为传口谕，收去你十万年修为，贬入凡间，受十世轮回之苦。"

玄遥听完，当下疯狂地笑了起来。这笑声让在场的所有仙将与鬼官毛骨悚然。

"杨瑾瑜啊杨瑾瑜，你若担心玄昊陨落之后，他留下的诏书令衡儿登基不成，你大可直说。我应承过玄昊，衡儿的太子之位不变，就绝不会食言。"玄昊立了诏书，他是接下了。不过他也就在接下诏书的那一刻想清楚了，虽然他一直不服气玄昊，但是回过头来想想，玄昊确实比他更适合天帝的位置。或许天帝之位从来就不适合他，让他整天听着那些仙官仙将在朝堂上唠哩唠叨，倒不如直接斩杀妖魔来得痛快。他之所以接了那封诏书不过是存着对先帝的怨念罢了，似乎玄昊并不这么想。

"玄遥，你好大的胆子，竟然胆敢直呼天帝与本宫的名讳。"天后在心中冷笑一声，承诺算什么？就算是玄昊亲自立下的诏书又怎样，她绝不会允许衡儿的天帝之位被任何天神撼动，即使是玄遥这个受万神敬仰的紫微大帝。

"直呼名讳又怎样？本帝君当着玄昊的面，也是这么叫他，他也没怎么样。"

"你……还敢说不是意图谋反？你马上就要下界了，本宫也懒得与你计较。冥界使者上前听令，速将孟婆汤送上，随即送北帝上路。"

自始至终，冥界众鬼官大气不敢出，但是在听到天后下旨之后，竟一致佯装耳聋没有听到。他们地府素来都只收三界犯了事的人神妖，可谁能想到今日收来的竟然是他们的顶头老大紫微大帝玄遥。让他们亲手将他们的顶头老大推去轮回台轮回，不是他们想死想活的问题，而是这有违伦常啊。

"平日里负责轮回的冥界使者呢？都去哪儿了？"天后见冥界无鬼官应她，气愤不已，"十殿阎王呢？"

十殿阎王当即齐刷刷跪成一排，向天后娘娘行了大礼，然后跪在地上一动不动。

天后气极："你们冥界是不是也想跟着一起造反？"

"不敢！"十殿阎王齐声回道，森森阴气飘满整个殿前。

这强悍的阴间气势令天后与一众仙将倒抽了一口气。

玄遥大声道："十殿阎王退下！待会儿无论发生什么事，都与冥界无关。你们给我当没看见就行了。"

十殿阎王立即领命，带着一众鬼差迅速退开。

天后咬紧牙根，恨不能亲自送玄遥去轮回。

玄遥厉道："杨瑾瑜，是玄昊下旨让你这么做的，还是你杨瑾瑜因容不下本帝君背着他做的？"

"本宫之前就说过了，此乃天帝的旨意。"

"你撒谎！"玄遥看着杨瑾瑜闪烁的眼神，就知道他被擒这事玄昊一定被蒙在鼓里。

天后面部表情极为不自然，有些难看。

没错，是她背着玄昊干的。她就是抓着玄遥损毁先帝遗诏这一点，让他逼玄昊立下退位诏书意图谋反篡位的罪名坐实，才说服天界支持玄昊的众神，好容易设计将他擒获。但她现在后悔了，就不该听那些圣仙的话。若不是几位身份尊贵的大罗金仙有所顾忌，极力劝阻，她何须这么大费周章地将玄遥弄下冥界受罚？正如他所说，就该直接将他扔下诛仙台，魂飞魄散，一了百了。那些神虽然支持玄昊，但是又反对将玄遥推下诛仙台。虽然夜峰的首级被取下，但是夜峰的几个儿子还在，他们一个个担心的是万一哪天魔界再次卷土重来，玄遥魂飞魄散，天界就再无神能对付魔界，只将他贬入凡间，经历十世轮回，保证玄昊陨落之后能让太子衡顺利登基便成。

"水火龟蛇二将听命！速将叛贼玄遥押上轮回台，不得有误！"天后极力让自己看起来很镇定。

水火龟蛇二将煞是为难，先前北帝可是在酒醉昏迷之中，众将才将他捆了绑下冥界。如今他醒来，那捆仙索是否能困得住他还是个问题。但是天后的旨意，他们又不能违抗，该如何是好？

二将手中端着孟婆汤，犹豫之时，果不其然，玄遥一脸的不屑："竟还想洗了我的记忆？极蠢至极！知道酆都城是谁的地盘吗？本帝君能斩了夜峰的首级，你以为这些个听你使唤的御前天兵天将能奈我何？就算你护着你儿子登基了又如何？本帝君若有心将他赶下帝位，他那把龙椅又能如何坐得稳？"

天后急得指着身侧的天兵天将，大叫："你们都看着干什么？！还不给本宫全部都上，速将这个逆贼打入凡间！"

"喏！"众天兵天将硬着头皮全上。

玄遥嗤笑一声，手掌从捆仙索中伸出，忽地掌心之中生中幽冥圣剑，剑身的青蓝光芒一下子将这黝黑阴森的地府照得光亮起来，刺得众神将差点睁不开眼。

倏地，幽冥圣剑浮空而上，寒冷的剑光凌空划出一道青蓝色的弧光，如一把巨型的弯刀直横扫向众神。

幽冥圣剑的厉害，在场的众神都知道，这是一把可以斩杀人鬼神的上古神器。只是他们万万没有想到，如今这剑与玄遥合为一体，玄遥单凭意念就可以控制这把圣剑。

冲在最前方的天将天兵承受不住这剑光的气势，被劈得七零八落。水火龟蛇二将连同手中的孟婆汤直接摔飞了出去，撞在石柱上，口吐鲜血。

众神见势，意识到事态的严重。司命星君早已将北帝投胎至人间的命格都写好。此时，若是不将玄遥送下凡界投胎，怕是待到他挣脱了这捆仙索，他们一个也别想安然脱身。

众神忽看一眼，各自现出法宝，使出自己的看家本领，集体向玄遥攻去。

幽冥圣剑回到玄遥的身边，迅速围着他的周身旋转，飞起剑气将捆仙索割成数段。

玄遥没了束缚，众神不由得心惊，退后数尺。

他手握着幽冥圣剑，冷笑一声，顿时，阴风骤起，乌云密布，电闪雷鸣，数道电光倾泻而下，冥界大殿前的石柱被击得裂开，石屑飞溅，地面被击成一个个窟窿，埋陷了一众天兵天将。

躲在一旁看戏的十殿阎王和众鬼差见自家地盘被毁，一个个捂着心口叫疼。他们老大要么不发火，一发起火来，总是喜欢拆房子刨地。打架归打架，不要总是拆房子啊，到最后苦的都是他们呀。

青莲悠悠醒来，四处散发着的死亡气息令她警觉。她正倚在一张腐木的椅上，眼前光线十分昏暗，这是一个陌生的地方，她从未来过。这里的黑暗与天界的黑夜不同，不仅空气之中透着死亡的气息，就连她所听到的远处传来的微弱声音都透着死亡与黑暗。

这是哪里？

她想要站起身，却发现自己被无形的绳索束缚在这张椅子上。

"你终于醒了？"熟悉的声音从她的正前方传来。

一道倩影自黑暗中走出来，是碧姮。

"这是哪里？"

碧姮回道："这里是冥界，酆都城。"

冥界，酆都城？

难怪到处都是死亡的气息。

"你将我绑来这里，要我做什么？"青莲相信自己的直觉，在庆功宴的时候，碧姮不会无端对自己热络。

"你很聪明。所以，我也就不绕弯子。"碧姮的手中忽地多了一个汤碗，汤碗中是黑稠的汤汁，"这是孟婆汤，只要你将孟婆汤让北帝喝下，让他乖乖下界去投胎，天后娘娘便不追究梅氤私自下凡一事。"

原来他们已经知道梅氤私自下凡。

"仙人醉，是你换的对不对？"青莲双眸直直地锁着碧姮。

她在醉倒前，看到守卫在御前的三十六天将将紫微宫包围是真的，而不是她喝醉了臆想。能动用御前三十六将的，绝非是碧姮。碧姮替她身后的那位做事，不过是借她的手，让玄遥喝下仙人醉，让玄遥失去意识，好将他绑下冥界。

碧姮爽快地回道："是，整个天宫，能让北帝放下戒心，能近身接近他的，除了你青莲，再无其他神可以做到。"

青莲冷冷地道："你这样利用我，不觉得很卑鄙吗？"

碧姮抚袖一挥，眼前的屏障消失。

青莲远远地瞧见玄遥被捆仙索束缚着，与天后争执着什么。如她所料，果真是为了帝位之争。之前就有流言说玄遥擅自毁了先帝遗诏，令天帝气吐血，以攻打魔界为由，逼天帝让位，原来都不是空穴来风。

碧姮道："如今只是让北帝乖乖去轮回，并不是什么极恶之事。待天帝陨落之后，只要太子殿下安然登基就好。若是北帝登基成了天帝，太子殿下的地位将有可能不保，到时天后和太子不知会如何，整个天界也不知会变成什么样……"

"他们兄弟之间帝位之争，跟我有何干系？"青莲挑眉。这天界谁来当这天帝，对她来说根本就没有任何区别。

碧姮不可思议地望着她："怎会跟你没关系呢？你根本就不愿嫁给北帝，若是他成了天帝，你觉得你能逃得掉吗？选择让他去凡间投胎还是嫁给他，你自己选吧。"

青莲微微蹙眉，就算玄遥不是天帝，若真的想强迫她，她也绝对难逃。她厌倦了这天宫，或许离开对她来说，才是那条正确的路。

"让他喝下这碗孟婆汤可以，不过我有个条件。"

"什么条件？"碧姮着急。因为就在方才，玄遥刚好挣脱捆仙索的束缚，与众神开战，整个酆都城一片混乱。眼看着众神就要敌不过玄遥，若是这次没法将他送去凡界，怕是日后再没有机会。天后娘娘正好向她看过来，那焦虑的眼神就是在询问她为何青莲还不行动？当时将青莲顺道绑来冥界，就是以防出乱。

"准许我和梅氪离开天宫，无论我与她日后去哪儿，天界都不得再追究。"

碧姮惊诧地看了她许久，道："你们两个真是天界的两大异类。无论是下界的凡人还是妖界的妖，他们一心想着能修炼成仙，有朝一日能位列仙班。而你们俩，一个为了所谓的七情六欲私自下凡，一个不知为了什么又要离开。"

青莲一脸平静地看着碧姮："这都与你无关了。我只有这个条件。应还是不应？"

"天后娘娘说了，无论你提出什么条件，只要你能令北帝喝下孟婆汤就行。"碧姮将手中的孟婆汤递给青莲。

青莲接过那碗孟婆汤，仰口便喝了一口。

"你……"碧姮吃惊不已。

青莲看了她一眼，便飞身至玄遥的面前。

没了捆仙索束缚的玄遥，手中的幽冥圣剑所向无敌。御前三十六将和这些位高权重的众神在他的面前简直就是不堪一击。

玄遥望着这满地躺卧的众神，嘲讽地道："你们说，本帝君是不是该将你们在这里就地全部都解决了？免得你们回到天界还是一群拿着俸禄的酒囊饭袋。"

天后在数位天将的护驾下连连向后退去，脸色苍白，生怕自己就这么命丧在冥界。

冥界众阎王与鬼差远远观望着，一面心疼着自家地盘被毁得乱七八糟，一面暗自庆幸自己果然没有站错队伍啊，果然他们对自己的头儿了解透彻啊。这群天界的众神真的是一个个高高在上的日子太久了，太自以为是了，所以才这么拎不清啊。

"等下，那个仙娥是从哪里冒出来的？"有个眼尖的鬼差忽地瞧见一身雪青色纱衣的青莲不知从哪个方向直飞向玄遥。

众阎王也表示很蒙，什么时候他们冥界成了上界随便哪个神仙想来就来的地方呀？不知道有天规吗？

有个眼尖的包打听鬼差惊道："好像是准北帝妃呀……"

玄遥正准备收拾天界这群污蔑他的混账东西，却见青莲不知从哪个地方冒出来向他走来。

"你怎么会在这里？"他怕伤了她，连忙收了幽冥圣剑。

青莲轻轻地摇了摇头不说话，嘴角微微上扬，冲着他笑了笑。

这是玄遥第一次见她对着他笑。他其实一直很好奇素来清冷的她，笑起来会不会像别的仙娥一样娇媚？而眼下看起来，这笑容十分怪异，不知是不是因为她不会笑，所以才笑得这么怪。

不过眼下，不是关注这个的时候。他深蹙眉心，道："那日我让你守着我醒来，你好像忘了这个承诺。"

她依旧不答话。

"你先让开，待我收拾完了他们，我再找你问话。"

她又微笑着摇了摇头，忽地踮起脚尖，双手攀上他的肩，毫无预示地将嘴唇贴在他温热的唇上。

这一情形令在场的众神全部惊住，方才一个个以为自己的小命就快没有了，可是没想到突然出现这一幕。

完了！完了！

冥界的众阎王和鬼差预感不妙，在心中开始哀号。他们这英勇无比的头儿怕是要栽在女色上了。

青莲即便是踮着脚，也觉得有些费力，她只好改将手臂环在他的颈后，拉下他的头贴向自己。

玄遥本想推开她，可是她妩媚勾人的眼神十分坚决，似是不得到这个吻不罢休。他便在他和她的周身布下了结界，伸手环住她纤细的腰肢，然后回吻了她。

她趁机将口中的孟婆汤渡给他。

玄遥在毫无戒备的情况下尝到了孟婆汤的味道，苦涩无比。这一回换成他要将她拉扯开。而青莲依旧不放手，探出舌头学着他的模样，与他纠缠，孟婆汤顺着这个青涩的吻一点一点灌入玄遥的口中，一滴不剩。

玄遥终于用力将她拉开，他的眼神已开始变得迷离起来，周身的结界也在一瞬间消失。

轮回台的甬道在他的身后打开。

"仙人醉……是你跟杨瑾瑜设的局吗？"他在拼命地与孟婆汤的药性对抗。

"不是。与我无关。"青莲一脸漠然。

"那为何你要让我喝孟婆汤？"他用力地捏着她的手腕。没想到他千算万算，没有算到她，他这一世英名竟然要毁在女色之上。

"我想自由，离开天宫。"

玄遥失笑："自由？身为天界的司花之神竟然想要自由，简直是痴心妄想……"他的语速变慢，拼命地甩了甩头，又道，"你会后悔的！因为所有的自由都是要付出代价的……"

青莲没有应他，他的手慢慢地垂下，看着她的目光也逐渐变得陌生。

她没再犹豫，亲手将他推入轮回的甬道之中……

第十一章

倾心

　　"你会后悔的！因为所有的自由都是要付出代价的。"

　　阿怜从睡梦中惊醒过来，浑身是汗。

　　她望着周围熟悉的环境，是半莲池她的闺房。她正躺在她的床上。她用手捂着心口，那里"扑通扑通"跳得很快，整个人特别慌张。

　　她摸了摸自己的脸，许久不能回过神。这个梦是她从开始梦见青莲以来，最不喜欢的一场梦，可以说，特别地讨厌。

　　"你醒了？"玄遥正好掀了帘子从外面走进来，望着她苍白的脸色，立即紧张地走过来，伸手在她的额头探了探，"怎么流了这么多汗？有没有哪里不舒服？"

　　她凝视着玄遥，眼前浮现的却是他被推下轮回台的情景，耳朵里不停地重复着那句话：你会后悔的！因为所有的自由都是要付出代价的……

　　她的心就像是猛然之间被什么东西狠狠扎了一下。她下意识地拼命按着胸口。

　　他见她的模样，紧张地又道："你真的没有哪里不舒服吗？"

　　他看她的眼神不仅是紧张，还暗藏着从不言表的温柔，与之前完全不同。

他见她没有反应，执起她的手腕替她把脉，脉相一切正常。他抬眸看着她，她正直直地望着自己，眉心微蹙，目光中隐隐透着一丝他读不懂的情绪，有心疼，甚至还有怜悯……她为何会露出这种怜悯他的神情？

他亲眼看着她的魂魄归位，应该不会出什么差错。她这一昏睡，又是三天三夜。怎么醒来变成这样？他的心莫名地慌了起来："你到底怎么了？"

阿怜看着他，心口便会莫名地刺痛，就像是针尖一下一下扎在她的心头肉上，带着她的指尖一同隐隐作痛，明明很痛，却叫不出口，明明很难受，却可以隐忍着。他念了青莲千年，一心想要找到她，却被她亲口喂了孟婆汤，亲手推下轮回台……为何他没有绝望，还要找寻她？他真的就那么爱那个叫青莲的莲花仙子吗？

她打心底里讨厌这样的一个事实！

她想都没想便一头撞进他的怀中，双手环着他的腰身紧紧地抱着他，将脸贴在他胸膛之上。

玄遥心神一怔，脱口而出："青莲……"

阿怜听到他叫着那个讨厌的莲花仙子的名字，便咬着牙愤愤地道："我是顾影怜，不是你的青莲！"

她负气地将他推开，拉过被子蒙在头上。

玄遥先是一怔，再看着躲在被子里的小身子，不由得轻笑起来："会发小脾气，说明你已经没事了。起来吧，弄些东西吃，你这次又睡了三天三夜。"

他伸手去掀她的被子，她拉紧着被子，就是不肯起床。

真是讨厌！抱着她都能叫出别的女人的名字！她承认梦里的那个莲花仙子长得比她好看，但是那个莲花仙子的个性很令人讨厌好吗？从头到尾对他都没有好脸色，他居然对她各种调戏，还要娶她当帝妃。他是个受虐狂吗？在她面前装得可真是一本正经的，要不是梦到青莲仙子的这段记忆，她都不知道他曾经是那么放荡不羁的紫微大帝。

玄遥伸手拍了拍她，道："你不热吗？"

"不热！"其实她捂在被子里浑身是汗，快要透不过气来，但是她就是好气呀。

"那好吧，你想睡就继续睡吧。我先出去了。"玄遥起身。

看吧！这个男人对她就是这么无趣！这么久没见，她差一点还死了，就这么云淡风轻地说来就来，说走就走，都没说有没有想她。她可是天天面对那个童天佑天天都在想着他呢。真是气死她了！

她气得一把掀了被子，却见他依旧是方才的姿势坐在床沿，冲着她唇角轻勾，眉眼含笑，仿佛早就预料她会憋不住一般。

她咬着嘴唇，脸"唰"地一下子红了起来。

"是闷坏了？"他伸手替她捋了捋凌乱的发丝，神情温柔。

这温柔的眉眼又立即令她气消："谢谢你又救了我。"

一想到那天，抱着吴管事那只死老鼠一起跌入水中，无尽的黑暗，水流的压力，无法呼吸，没了知觉的前一刻她的内心是极恐惧的。还好她还活着，又见到了玄遥。

玄遥微怔，他只是让她的魂魄归位，若说救，倒是她救了那湖底成百上千的残魂才对。他试探地道："李良秀的魂魄聚齐了，可以转世投胎了。"

"真的？太好了。那刘细妹、陆小梅，还有何大娘和何招娣她们……后来也都找到了吗？"

"找到了，都在映月湖底，后来被冥界使者接去转世投胎了。"

她果真什么都记不起来了。

"唉……"阿怜深深地叹了口气，"希望她们转世投胎，都能投个好人家。那……童天佑和夜幽若呢？"

玄遥定定地看着她，没有应声。很多年前，但凡死在他幽冥圣剑下的妖魔鬼怪，都会魂飞魄散，直到她不在了之后，他才开始慢慢改变，不会令他们魂飞魄散，而是将他们的魂魄收了之后锁在莲花境界之中。而这一次，他并没有这么做，任由童天佑和夜幽若魂飞魄散。

阿怜见他不说话，便摆了摆手，道："算了。反正你解决了就好。"也不知怎的，她总觉得应该给童天佑一个机会，或许是她妇人之仁了，毕竟他是帮凶。一想着那样一个儒雅俊美又温柔体贴的男人从此自人间消失，这心里就觉得沉甸甸的，怪难受的。

"这两块花神令你好生收着。"玄遥将莲花令和梅花令放入她的手中。

自三日前，她在浮凉山令那么多残碎的魂魄重聚，他便确定她是青莲转世，这令他欣喜若狂。他一直奇怪，她区区一个凡人，为何天机镜却暗示她乃非三界之物？又为何能驱动这两块花神令？如今答案显然，因为她就是青莲。青莲生长自须弥山，本就不属于三界之物，天机镜又如何能照得出？只是当年神形俱毁的青莲何以变成了现在的阿怜，落在凡间，失了法力，成了一介凡人，他大概只有等到她彻底觉醒才能知道吧。

阿怜从梦中青莲的记忆里知道了这两块花神令是属于青莲的东西，为何会落入玄遥的手中，大概是青莲临终之前送给他的吧。如今他却将这两块珍宝似的花神令送给她，是什么意思呢？是他决定要忘记那个高冷的莲花仙子了吗？还是说因为这两块花神令对她有反应，他将她当作是青莲的替身？毕竟方才她一醒来，他口中叫的可是青莲的名字呢。

一想到这个可能，阿怜不禁感到难过，忍不住酸道："这两块花神令不是你一直贴身收着的吗？如今怎么舍得送我了？"

"或许送你，比放在我这里更有用处。"他本想说这两块莲花令本就是她的，他只不过物归原主，但看她的样子，她似乎连那日从水底救出那么多亡魂，也不记得了。她究竟什么时候才能记得起他呢？

没了青莲的东西，他就没办法睹物思人。收下这两块令牌倒也是挺不错的。

"送给我了，就不许反悔哦。"阿怜接过。

"嗯。"他忍不住轻笑，被她的傻样逗笑，"不过，莲花境界你最好不要随意进去。"

"为何？"她好奇。那里虽美，但是毫无生气，上次她已经被惊吓过，可不想再被那些妖怪制造的幻象拖下水。

"我千年来，抓到妖魔鬼怪几乎都锁在那里，我怕你贸然再进去，还会像上次一样，中了他们的道。"她的法力没有完全觉醒，还无法真正地守护莲花境界，也没有办法控制那些妖魔鬼怪。

"也不是我想随意进去，那次我就是很莫名地被吸进去，谁知道差点……你放心，下次我要是再被吸进去，我一定会离莲花海远远的，然后大叫你的名字，等你来救我。"她笑眯眯地望着他。

这次醒来，她竟然学会了向他撒娇。玄遥也弯着唇角笑了："把这个先吃了。"忽地他的手中多出一个精致的雕花漆盒，里面放着一粒金丹。

阿怜一见着那粒金丹，便道："我不要长尾巴。"

玄遥失笑："你又不是九尾狐族，长什么尾巴？"

"我不要。万一你哪天发神经像对芋圆一样对我，要把什么千年的修为收回去，那我不就惨了。我才不要吃呢。再说了，我不要做神仙，做神仙一点也不好。讲起来是神仙，其实还不是跟咱们凡人一样，整天为了争权斗势，到处都是尔虞我诈。"

看到青莲的记忆，就知道天宫里那些神仙跟凡间的人一样，只会假模假样，满嘴仁义道德，实际也虚伪得够呛，而且最重要的是不可以有七情六欲，必须清心寡欲。不可以有七情六欲，她才不要呢！常言道：只羡鸳鸯不羡仙！她还想着，怎么能拐着玄遥忘了青莲爱上她呢。

"你怎么知道天界的神仙也会为了争权斗势，尔虞我诈呢？"玄遥惊愕地望着她。难道她回忆起什么了？

阿怜一惊，怕玄遥知道她其实早已通过梦境窥探他与青莲的往事，于是胡乱说道："市集说书的先生说的，有好多故事都这样说的。再说了，要是好，你干吗待在人间不回去呢？我知道你不是普通的凡人。你是神仙。"

原本以为她记起什么，结果不是。玄遥有些失落，道："不管你要不要修仙，都给我把这颗金丹吃了。你身体还很虚弱，否则也不会昏睡三天三夜。"

能让那么多残魂重聚，定是要损耗她不少元气，只是她什么都不知道，跟个傻瓜一样。

"不要。"

"必须。"

"不要。"

"我知道，你是想我喂你。"

阿怜的身体忽然定住不动，干瞪着两眼看着他："你想干什么？"

玄遥捏着她尖细的下巴，将那颗金丹放入她的口中："咽下去，你要是不咽下去，我有法子让你咽下去的。比如……"

他忽然将脸靠近她作势要吻她，她一惊，金丹一下子滑了下去。

他的脸与她的靠得那么近，只要他向前一个动作，便可以轻易地吻住她。距离上一次亲吻她，已经隔了近三个月之久。那一夜的煎熬，记忆犹新，她当时不着寸缕窝在他怀里的美好，时不时都会在梦中出现，百般困扰着他。一想到那夜，他下意识微动了喉咙，思绪有些飘忽。

阿怜一下子有些呆，他方才是想要用嘴巴喂她吃金丹吗？原来他就是好这一口啊，喜欢用嘴巴给人喂食。一直以来他克己复礼，永远都是一副禁欲的模样，让她好气啊。她一点也不介意他向对待青莲那样对待她啊。

他暗舒了口气，收回视线，恢复神志，坐直了身体。他差一点就克制不住地要吻她了，心口之处跳动得厉害，手心都开始发汗。他不想吓着她。

"很好。"他佯装镇定，"你先穿衣服，我在外面等你。"

他起身离开。

阿怜望着他离开的背影，心底一阵失落。她一直臆想着想要吻他，可是他如今离着这么近，她却胆怯了，不敢了。他对她还是禁欲系啊。为何对着那个青莲总是那么奔放不羁？就目前的梦境，她看不出来那个叫青莲的究竟有多好啊。

阿怜从屋子里出来，芋圆一瞧见她，两只眼睛就禁不住盈满了泪水，说哭就哭："阿怜……"

"芋圆！你怎么了？"

阿怜还没走过去，芋圆便跳进她的怀中，用它的狐狸脑袋拱着阿怜的心口，声泪俱下："你幸好还活着，你要是死了，我该怎么办啊？"

"我知道我不会死啊。不是有你师父吗？他不是把我从鬼门关又领回了吗？好啦，你别哭啦！像个姑娘一样。"阿怜摸着它的脑袋安慰他。

芋圆的脑袋和爪子都扒在她的胸口，嘤嘤嘤地哭着，听到她的话又有些纳闷。咦？她怎么会以为是师父将她从鬼门关领回来的呢？明明是她救了那些水底的残魂啊。

忽地，玄遥捏着它的颈后将它提起来，直接扔在地上。

"你干什么呀？"阿怜一脸惊讶。

"知道什么叫男女授受不亲？"玄遥看着那只狐狸爪子搭在阿怜的胸前，就想剁了。

"什么男女授受不亲，它是只狐狸啊，一只可爱的小动物。"

"它是只公狐狸。"玄遥白了她一眼。一点儿防范意识都没有，还可爱的小动物？又不是没有见过它变身的模样。这只狡猾的小东西只要一变身，就是一个邻家美少年，可是会诱引姑娘犯罪的翩翩美少年啊。

阿怜忍不住笑了。难不成他是在吃醋？

玄遥轻嗤一声，目光森冷地看向芋圆。

其实，芋圆在被扔在地上时，就立即收了眼泪。它一眼就看出来，师父这不仅是认为男女授受不亲，更是觉得它在非礼未来师母啊。它缩着脑袋，赶紧远离战区，免得被师父带火的视线烧成一只烤狐狸。

奎河端着温热的清粥走过来，道："吃饭了吃饭了，阿怜可是三天没吃饭了。你们有什么话等会儿再说吧。"

阿怜望着这场面，感觉又回到三个月前。

芋圆好奇地拉着奎河到膳厅外，悄悄地问道："阿怜是不是三天之前的事情都忘了？她不知道自己会变身吗？不知道自己其实不是个凡人吗？"

奎河道："看样子是一点儿印象都没有。师父交代了，别多嘴。阿怜一直都不喜欢修仙，也不想当神仙，若是她知道自己并不是凡人，其实是个神仙，一定会很郁卒的。"

"没想到阿怜竟然是个误入凡尘的仙子，并且修为在你我之上。可是她怎么什么都不记得呢？连自己是个神仙都不知道，一直当自己是个凡人一样地活着。"芋圆用爪子摸了摸下巴。

"你知道吗？阿怜刚来咱们半莲池的时候，我拿天机镜照过她，天机镜里什么都没有，说明她非三界之物。那个时候我就应该猜到，她不是个凡人。"

"非三界之物？那她是个什么东西？"

奎河摊了摊手，道："师父都看不出来，我哪里能知道呀？"

"对了，你还没告诉我，师父为何叫阿怜'青莲'？"

"我哪里知道啊。"

"你跟在师父身后这么多年，怎么什么都不知道？你也是白活了这么多年。”

"你以为个个都跟你一样,没事这么爱瞎打听。"

"快说!青莲是谁啊?师父的老相好吗?那阿怜怎么办呀?"芋圆上蹿下跳,不停在奎河面前挥舞着爪子威胁他。

"……"

阿怜一边喝着清粥,一边瞧着厅外一直在窃窃私语的一人一狐,这两个家伙从她醒过来一直在叽叽咕咕的,也不知道背着她在说什么。

玄遥走出去,板着脸冲着他们俩道:"嚼舌根能滚一边去吗?影响他人食欲!"

这一人一狐相当识相,刺溜一下消失得无影无踪。

阿怜嘴角轻抬,好像这次她醒来,玄遥对她的态度跟以往大不相同。一举一动,一言一行,都似在宠着她,这让她心里乐得甜丝丝的。

玄遥回转身,刚好撞见她笑靥如花。

他忍不住问她:"好吃吗?"

"嗯,味道有点怪。"

"怎么怪?"

"皮蛋瘦肉粥不应该是咸的吗?这好像是甜的。"

"是吗?我尝尝。"他从阿怜的手中拿过勺子,尝了一口,果真是甜的,不能说难吃,只能说很怪。

"奎河是不是把糖当成盐放进去了?"

"别吃了。"他的耳根一阵微微发热,伸手将粥拿开。这是他活了十万年第一次下厨房亲自熬的粥,想起来都觉得不可思议。不过,没想到他竟然犯了个如此低级的错误,将糖当成盐放了。

"哎哎哎,你拿走干吗?你怎么脸都红了?"阿怜一脸奇怪。

玄遥不应声。

忽地,膳厅外的屋檐上倒挂下来一只狐狸脸:"这碗爱心粥可不是奎河熬的,是……哎哟——"

没等芋圆把话说完,只听它哀号一声,摔下屋檐重重地掉在地上。

与此同时,原本放在桌上装着小菜的瓷碟不知在何时"啪"的一声掉在台阶下,摔得四分五裂。

芋圆从地上爬起,一点都没敢耽搁,刺溜一下跑得无影无踪。

"这粥不是奎河熬的,难道……是你熬的?"阿怜的双眸突然变得晶亮起来。

"别吃了,我去倒了。"玄遥黑着一张脸,不敢直视阿怜。

"真的是你熬的？"

"等下我让奎河去冶春酒楼给你重新买些吃的。"玄遥就是打死不承认粥是自己亲手熬的。

"不要！我要吃。放心，我不会笑话你的。"阿怜从他的手中抢过那碗粥，开心地吃了起来。

他吃了她做了五年的饭菜，这可是她第一回吃他亲手为她做的皮蛋瘦肉粥，怎么能倒掉？她在心里乐开了花。他竟然会亲自下厨给她弄吃的，这是不是代表他的心里开始慢慢有她了呢？一想到这个可能，她的嘴角就抑制不住地上扬。

"你能不能别笑了？"玄遥终于忍不住出声，他就知道她会笑。

这三天来，每一顿他都会在奎河的指导下亲自为她炖粥，就等着她醒来随时能吃上热粥。他叮嘱过奎河，不许说是他做的，结果他忘了警告芊圆这只大嘴巴的狐狸，看来他这个当师父的威严还不够。

"人家没有笑啊。人家的嘴角天生就是上扬的啊。"阿怜眨巴着眼各种装无辜，用两根食指戳着嘴角上扬，最后被自己的举止逗得实在是忍不住放声大笑起来。

玄遥被她弄得也不禁跟着一起笑了起来。

阿怜望着他的笑容，一下子痴了。

"你知道吗？你笑起来十分好看，叫这满院的花朵都失了颜色。我想起来诗经里有一句'有匪君子，如金如锡，如圭如璧……'，你以后可要多笑。"她都忘了碗里的粥，感觉眼前的美色更加秀色可餐。

面对赞美，玄遥却是一本正经地回道："看来你这几年被我逼着念书，还是学了不少东西，所以还是得逼你。"

她明明是在夸赞他的盛世美颜好吗？他却扯到叫她念书上面，真是无趣。一想起同奎河一起念书的苦日子，她便忍不住翻了个白眼。她刚开始写自己名字的时候，毛笔都抓不稳，写得就跟鬼画符一样。当时正值炎炎夏日，他直接将她按跪在院子里的石板上写字，写不好名字，就别想吃饭。想想头顶上空的炎炎烈日，她没被烤成烤乳猪就不错了。他那些"暴君行为"岂是一个"逼"字就能表述的吗？逼良为娼都没他逼得狠。

"不许翻白眼！姑娘家要端庄。"

"端着装吗？我最擅长了。"她开始模仿起城中大户人家的小姐在见着玄遥之后的含羞模样。她拿着那汤匙舀了勺稀粥，放在唇边吹了又吹，然后一小点、一小点地咬着汤匙上的米粒，含进口中，细细咀嚼。

明明是个优雅端庄的举止，可是看在玄遥的眼里，她这不是优雅，而是种勾引。他的目光直落在她的红唇上，微启微合，慢慢地轻舔着汤匙边缘，将米粒啜入口中，令他的心弦一紧，脑子里又忍不住想起之前吻她的滋味，挠得他心里酥麻麻地痒。

他强迫自己将视线错开，板着脸道："好好吃饭。别阴阳怪气的。"

"你自己打脸了哦。"她轻笑出声，就知道他受不了她的装模作样，不再逗他，"对了，待会儿给我画两张瞬移符吧。"

"你要去哪儿？"

她咬着唇，道："我想去浮凉山……看看。"虽然她知道童天佑不在了，但就是想去看看。

玄遥深深地看了她两眼，没有应她。

"算了，你要是不方便的话，我自己去吧，反正离得也不是很远……"她看得出来他不高兴，乖乖地扒拉着碗里的稀粥，不再说话。

他沉默了半晌终于道："我陪你去。"

"真的？"她咬着唇，暗暗高兴。

"嗯。"他轻应。

虽然这碗糖拌的皮蛋瘦肉粥吃起来有些怪，但她仍是喝得精光，然后摸着圆滚滚的肚皮，躺在院子里的竹椅上歇息。

不过一会儿，玄遥便来唤她："走了。"

她立即激动地跳起来。

玄遥鄙夷了她一眼，走向门外。

阿怜跟着他，看到大门外一匹高壮的枣红色骏马，疑道："你不使用瞬移符吗？"

"懒得画。"玄遥一个纵身，身姿潇洒地上了马，然后向阿怜伸出了手。

阿怜将小手放在他的掌心，他的大掌倏然紧握，用力地拉了她一把，便将她整个人抱在了身前。

之前，他都是带着她用两条腿走路，这次换作骑马忽然有些不适应。坐在他的身前，后背紧贴着他的胸膛，衣衫隔着的热力让她浑身燥热。可是她真的好喜欢这样窝在他怀里的感觉。

"坐好了。驾。"

使用瞬移符虽然可以很快到达浮凉山，但是很难与她亲近，骑马虽然费时间，但是时刻可以将她揽在自己的怀中。当然，玄遥的这点儿小私心，是绝对不会跟她说的。

阿怜睡了三天三夜，出来呼吸一下新鲜空气，晒晒太阳对她的身体有好处，所以玄遥并不急着赶路，带着她一路走走停停。

许是有玄遥在的原因，阿怜竟然觉得这路两边的风景比三个月之前要美了许多。

玄遥算着时辰差不多，便念动咒语，连人带马，瞬间穿过浮凉山，直接到了山谷中心。

阿怜回眸看了一眼他，有些弄不懂他。明明可以一眨眼的工夫就到这谷底，却偏偏一路骑着马儿慢悠悠地晃荡。

一阵醉人的芳香扑面而来，阿怜望着那片熟悉的花田，指着其中一条小道，对玄遥道："走那边，一直向前往山上走，会有个突出的小山坡。"

玄遥策马，顺着阿怜指的方向，不一会儿就到了她所说的小山坡。

上一次是夜里，童天佑带着她来这里，告诉她，他原本是余峨山的一朵日轮花。

她其实很想白日里看看日轮花究竟有多美，然而，眼前的山石之间盘绕的枝藤已经枯黄，再也看不到那片茂密宽大的枝叶，一直蔓延到看不到的尽头的壮观景象。

玄遥策马走近，阿怜跳下马，向枯萎的枝藤走去。

"你知道吗？这里曾经有一大片，大概是我这辈子见过最美又最妖娆的花，只要看一眼，就会忍不住想要将它采摘回去。它有个好听的名字，叫日轮花。花瓣盛开来就像是一个很特别的巨轮，光彩夺目。它的香气不仅是迷人，还能令人心神安宁。许多一直想不清楚的事情，在闻了这花香之后，沉静下来，很快就会想明白。"

可谁能想到这样美丽的花，却是一种必须要依靠黑寡妇而存活的邪恶植物。

阳光的照耀下，朦胧之间，她似乎又看到一个儒雅的身影向她走来，冲着她温柔浅笑。朗目星眉，面如冠玉，那一抹温暖的笑容如沐春风，吹进人的心田里，叫这一片枯萎的枝叶再一次翠绿起来，娇艳的花朵一朵朵在这藤间绽放……

阿怜伸出手，想要触摸那些花儿，却化作一片片碎影，消失在半空之中。

"待在他身边的这段时间，你想明白了什么？"玄遥骑在马上，居高临下地看着她。

阿怜回过神，眼前依旧是一片枯黄的枝藤，方才的一切不过是幻影。她来这里，只是为了想知道，这满山的日轮花会怎么样。如今看到了这满山的枯藤，她便也知道童天佑是真的彻底地从这个世间消失了。或许某一天人世间再出现一朵日轮花，那也不是童天佑。

也许就这样消失了，对童天佑来说，是最好不过。凡人就算是死后可以轮回，但无法记得前世的记忆，所谓前世来世，所有一切又有什么意义呢？

她回眸望着玄遥，很想说多亏了童天佑，她才能想明白原来在半莲池的五年里，早已在不知不觉中喜欢上他，但是窥探到青莲的那段记忆，知道她与他的那段过往，令她没有勇气说出口。

"大概让我明白了生命的意义吧。有的人活着其实已经死了，有的人死了其实还活着。这世间活着的方式有很多种，可是怎样活如何活并不是每个人一生下来就知道，只有在经历了各种人生之后，才能真正弄明白什么是对什么是错。"她深深地叹了口气，"走吧。"

她走向玄遥，扶着马鞍准备上马。

他弯身，轻而易举便将她拉上了马。

他并没有急着策马离开，夹着马肚，慢悠悠地沿着山道向下前行。

"你是不是也像李良秀一样，喜欢上那个童天佑了？"蓦地，玄遥干涩的声音自耳畔传来。

阿怜回眸看了他一眼，他的目光有些微沉，夹杂着一些她看不明白的情愫。

"你怎么会认为我喜欢上他了呢？"他究竟是从哪一点分析出来她喜欢童天佑呢？

自从阿怜假扮成周桂花嫁给童天佑，这一段时间发生的所有事，芋圆都跟他汇报过了。所以，童天佑每日带着她去花田里采花，去制香坊制香，每晚和衣陪在她榻前睡着，他都知道。按芋圆的话说，它要是没有遇上苏婉心，在性别意识还不是很强，不知如何选择的时候，若是遇着童天佑，说不准能为童天佑选择成为母狐狸。

"你一醒来，第一件事便是想来这里看看童天佑的原神是否还在，难免会让人觉得，你跟李良秀他们一样，喜欢上那个日轮花。"玄遥的口气有些微酸。

阿怜盯着他，虽然他的眼神一直望着前方的路，可是总觉得这货话里有话。

一个大胆的假设在她的脑海里现出："你……是不是吃童天佑的醋了？"

"你觉得可能吗？"他不屑地冷嗤。他玄遥怎么可能会吃一朵花的醋。简直是笑话！

"那你为何不敢看我？"阿怜不放过他，直追着他问。

"因为我要看路。"

"哈？你明明就是在吃醋，所以才不敢看我。"

为了表示自己并没在吃醋，玄遥俯首凝视着她，然而这是一个错误的决定，视线一接触到她清澈的眸底就再也无法移开。

她勾着唇角轻笑："玄遥，你说你是不是偷偷喜欢上我了？"

"我玄遥喜欢一个人从来不需要去偷偷喜欢。"他忽地拉住缰绳，然后用力掰过她的身体，手托着她的脸颊，薄唇便印上她的。

阿怜怔住，脑子里一直臆想这个吻很久，却万万没有想到竟然毫无预示，说来就来。

他索性将她抱起来，横坐在他的身前，半躺在他的怀中。他亲吮着她柔嫩的嘴唇，用沙哑的声音诱惑着她："张嘴。"

他不想再禁锢自己的感情了，他等了千年，寻了千年，终于找着她，不论她现在是阿怜，还是青莲，他都不会像千年之前那样随意松手放开她。

"嗯？"她有些不明白。

他便直接用牙齿扣开她的齿关，她终于知道要微微启口，他便趁势而入，勾着她的软舌开始疯狂地吮吸纠缠。

在梦里，他每吻青莲一次，她感觉就如同是吻在她的唇上，那温润的触感极为真实，就连在梦里都能闻到那淡淡的酒香和他身上特有的气息。而今这亲吻是真实的，属于他炙热的气息完全占领了她的呼吸，竟然如同梦中一样熟悉的味道。

她禁不住微微睁开眼，想要看清他，然而彼此离得那么近，却什么也看不清。

他微微顿住，怕她坐得不舒服，又将她抱得更紧了一些。

她的双手攀上肩头，绕在他的脖子后。

他望着她的双眼似是蒙上了一层雾，哑着嗓音道："闭上眼。"

她听话地闭上眼。

很快，炙热的吻再一次绵密地落了下来。

他的吻不只是在梦里，仿佛很久之前她就是这样与他疯狂纠缠过，一直念着他。慢慢地，四周的空气变得稀薄起来，她不能畅快地呼吸，憋着难受。

"我……快要……不能呼吸了……"她几乎是拼尽全身的力气说出这句话。

他放开她，将唇抵在颈间深深叹了口气。

她贪婪地呼吸着空气，长长舒了一口气。原来亲吻都能要人命。

他轻抚着她的后背，道："你怎么这么笨呢？每次都不会呼吸。"

她的身体一僵，不解地看向他。每次？明明就是第一次。他该不会又将她当成是青莲了吧……

他捧着她的脸颊，在她的唇上亲啄了一下，然后将她紧紧地抱在身前，生怕放开了，她就会再次消失。

她羞赧地将脸埋进他的胸前，聆听着他有力的心房跳动声。

"老实交代，你是从什么时候开始偷偷喜欢我的？"

"都说了我喜欢人从来不需要偷偷。"他又忍不住在她的嘴角轻轻印上一吻，以示她乱说话的惩罚。

"那光明正大是有多久呢？"死鸭子嘴硬！也没见他光明正大对她说喜欢呀，明明就是偷偷喜欢，还偏偏不承认。算了，总之，只要他先表了态，她就表示放过他。

他长长叹息一声："很久很久之前……"久到他记不得究竟有多久，大约是数千年前，在长桥上第一次遇到她，将她和她的莲花都冰封了，他就已经将心一同落在她的身上。

她在心里偷着乐弯起嘴角，但是转念又觉得这个"很久很久之前"分明就不是在说她，一想到那个埋藏在他心底千年的青莲仙子，她心底又忍不住泛起一阵酸意。

"那你……能忘记青莲吗？"

他微微蹙眉，十分认真地看着她，似乎她很在意他心里有青莲这件事，只是她不知道，自己就是青莲。他也没法同她说她就是青莲，很怕她拒绝这个事实，认为他是找寻不到青莲而将她作为寄托。他忽然觉得这事有些棘手。

没待他回答，她便摆了摆手道："算了算了，你忘不了她就忘不了她吧。我也能理解你找了她千年都不曾忘记她，要是突然要你一下子忘记她，这就等于你是个寡情薄幸之人。我不是那么小气的人。"虽然嘴上这么说，可是她的心里就是有一个大疙瘩。

"也许有一天你会明白，我为何忘记不了她……因为我负过她。"他不知道此生她是否能想起她与他的过往。若是一直想不起来，他也不会强逼着她去忆起，前世的那一段记忆对她来说，太过痛苦。如果没有他的纠缠与执念，她也不会走到那一步。

阿怜抬眸一脸认真地望着他。他负过青莲仙子？不是青莲负了他吗？难道说他被青莲推入下界轮回之后，两个人之间还有纠葛？她以为自己梦到的青莲回忆就此结束了，可是没想到竟然还有后续。她突然很想知道那之后又发生了什么，可是梦到青莲的记忆也不是想梦就能梦到，她试过好多次，却什么也没有梦到。

她口是心非地道："你不用跟我说你和她曾经相爱的往事，我一点都不想知道。"虽然她可以不计较以前，可是她会计较以后。她早晚要将那个青莲从他的心底彻底剔除。

"你这是在吃醋吗？"

"怎么可能？可是你先亲我的，我就当你先喜欢上我的。"反正她又没有对他说过喜欢他，所以打死也不能承认她在吃醋。

他微笑着拥着她，轻轻拉动着缰绳，骑着马带她穿过之前的花田。不得不说，童天佑打理的这些花花草草，为引诱姑娘们提供了天时地利的机会。

"所以，我不来，你是不是就准备投入童天佑的怀抱了？"

"错！你不来，我就要投入夜幽若的腹中了。"

他忍不住轻笑出声。她说话总是很逗，和她在一起的欢乐也很多，心情会莫名地舒畅。

　　"你以后可得要对我负责，因为你亲了我。你这样对我，我以后是很难再嫁出去的。"她打定主意决定赖上他，亲了她，就必须得对她负责。想跑？！那可是门都没有。

　　她这一世与青莲有着太多的不同，青莲比她寡言，比她冷情，就连爱上他也不知道那是爱，该要如何去爱，更别提要嫁给他。不过，就她之前穿衣的模样，说话动作都像个假小子，要如何能嫁出去。

　　他伸手抚摸着她微微凌乱的发丝，浅浅笑道："你此生的目标，就只是要嫁人吗？"这个很简单，回去之后，随时都可以成亲。

　　她一脸认真地说道："那当然！我从小到大都十分羡慕那些成了亲的夫妻，生几个孩子，一家人幸福快乐地生活。我都不知道自己的父母是谁，家住在哪里，姓什么叫什么。唯一养过我的黄老爷子，在我很小的时候就病死了，从小到大身边只有擎苍这一个兄弟。顾影怜这个名字也是素娘给我起的，所以，当我知道你卖给她的花有问题的时候，你知道我有多恨你吗？因为你毁掉的是我一直以来渴求的亲情……我一直以来都很渴望有一个家。"

　　他将她轻轻揽在怀里。

　　"不过，我早就当奎河和芋圆是兄弟，是一家人。"

　　"那我呢？"

　　"你确定你要跟我当兄弟吗？"

　　他有些哭笑不得。

　　他慢慢地骑着马，不急着回去。一路上听她说着一个多月在童天佑身边发生的一些事。从她的言语中，他算是听出来，她在暗示他以前对她有多恶劣，要他多学学人家童天佑，温柔温柔再温柔。

　　以后决计不会让她再去接触像童天佑这样危险的男人！

第十二章 背弃

阿怜与玄遥不过是骑马出去了大半日，这一回来，整个气氛都不对了。芋圆和奎河瞧见两人相携归来，举止亲昵，突然有些不能适应。

几日下来，这两人总是旁若无人地眉目传情，你侬我侬，尤其是一日三餐用膳时分，恨不得将全桌的饭菜都互相喂予对方，这令芋圆和奎河浑身鸡皮疙瘩掉了一地，幼小的心灵受到了严重的撞击。

晚膳过后，芋圆和奎河这一狐一人，两两望着被雨水冲刷过的夜空，如宝石般晶莹剔透的星星在夜幕下闪着耀眼的光芒，不停地唉声叹气。

芋圆捅了捅奎河，道："我们这是要少一个好兄弟，多一个师娘了吗？瞧着这空气里，到处都散发着甜腻死人的蜜糖味啊，我都快窒息了。"

奎河无比认真地点了点头，又不解地问道："你说师父是怎么被阿怜给骗到手的？怎么都没有一点儿预示啊？"

芋圆两只爪子托着腮道："明明是咱们的小阿怜被师父这只大灰狼叼走的。"这说起来还得要谢谢他们青丘那只野狐狸胡乱，没有胡乱对阿怜使了迷魂之术，估计这两人也不会这么快就好上。

"咱以后和阿怜在一起可得要各种小心了，再不能像以前一样称兄道弟，勾肩搭背。尤其是你，别总是有事没事往阿怜的怀里乱跳。"

"你当我傻吗？"芋圆能不清楚吗？他们的师父，可是这天上地下都找不着的大醋桶呀。唉，以后再也享受不到阿怜给他撸毛的特殊待遇了。

"你们两个在那儿叽叽咕咕什么呢？"阿怜捧着刚切好的一盘西瓜走过来，正要拿去书房给玄遥吃。从一早吃饭到现在，一整天了，就见着芋圆和奎河这一人一狐腻在一起，不停地在那儿咬耳朵，也不知在那儿嘀咕什么，时不时地还唉声叹气。

奎河立即道："没什么。师父让我准备的贺礼都已经准备好了，在想着什么时候去跟师父汇报比较好。"

"什么贺礼？谁家办喜事？"阿怜好奇地望着两大箱子绫罗绸缎和珠宝玉器，好大的手笔。

玄遥除了收妖，如今已经不怎么接那种帮人升官发财、纳妾生儿子的狗屁倒糟烂事，这还有谁会宴请他？

"你不知道，就在我们潜伏浮凉山的这段日子里，媚姬姑娘找到了一段良缘，这要嫁去武昌啦。这摆喜宴的日子就定在后日，所以，师父吩咐我多备一些贺礼，给媚姬姑娘送去武昌，祝贺她找到一个好归宿。话说，我长这么大，从来没有喝过人间的喜酒，这次终于可以好好吃一顿喜酒咯。"奎河说的时候两眼直放光。

阿怜这刚嚼了一片西瓜，差点便将口中的西瓜全喷了出来。

她是不明白，玄遥究竟是从媚姬姑娘那里受到了什么样的伤害，才会对媚姬姑娘有这种特别的执念啊？难不成真的像媚姬姑娘所说，他那方面有隐疾？所以这货就一直怨念着，一路跟踪着，就为了每个月罚知道真相的媚姬姑娘抄写佛经？如果这样，这还真是一种很可怕的执念啊。

"等一下，媚姬姑娘给我们发请柬了吗？"

"没有啊。这去喝喜酒需要请柬吗？"奎河不懂。

以玄遥那"你躲哪儿我就是掘地三尺也要逮到你"的个性，媚姬姑娘能发请柬给他也是奇了怪了。媚姬姑娘这次突然从良嫁人，说不准玄遥也是功不可没，任谁都受不了这每个月抄一次一夜的佛经啊。

"没有请柬，你们以为主人家会允许你们去白吃白喝吗？"果然没有请柬。所以这次去送贺礼，只是玄遥的一厢情愿。这天界神仙的脑袋构造都与常人不同是吧。媚姬姑娘若是见着他带着贺礼出现，一定会觉得无语吧。

她一手端着果盘，一手提着裙子，飞奔向书房。

玄遥正在案前潜心作画，见她推门进来，便道："你来得正好，帮我看一下这幅字画如何？"

阿怜好奇玄遥究竟画了什么画了整整大半日，如此认真。她走过去，瞅着案上的画纸，竟是一幅寒梅傲雪图。

阿怜赞道："很赞！可是我不懂字画，不过我看着很有意境。"

"嗯，我方才一直在考虑是在这梅花下面，再添一个木鱼呢还是再添一串佛珠呢？"

"噗——你这画是准备要送给谁的？"阿怜有个不好的预感。

"你知道媚姬从良的事了吧，我打算将这幅画一并送给她作为嫁人的贺礼。"玄遥一脸认真的模样一点也不像是在开玩笑。

阿怜嘴角不由得抽搐，果然是要送给媚姬姑娘的。

"我一直有个疑问，你每月十五去花楼里捧媚姬姑娘的场，是不是她如今嫁人了，你心里有点儿不舒服呢？毕竟以后每月十五再没有人为你抄佛经了呢。"

玄遥放下笔，伸手拉过阿怜，将她揽在怀里，轻啄了下她的红唇，抵着她的颈间深深嗅吸她身上传来的淡淡幽香。他用牙齿在她的颈间细细轻咬，道："我每月除了让她抄佛经之外，可并没有做半点儿逾矩的事。"

阿怜塞了一片西瓜在他的口中，道："你别误会，我可没有吃醋。就是纯粹好奇你每个月就为了罚她抄佛经才去花楼，这到底是为何呢？莫不是她曾经得罪过你吗？"

玄遥挑了挑眉，道："我像是那种小肚鸡肠斤斤计较的人吗？"

"难讲哦。我可不就是个活生生的例子？"刚进半莲池的时候，那可是没少被他虐呀，她都是咬着牙挺过来的。

"好吧。我罚她，就是纯粹因为我看她不顺眼。"他说得理直气壮，然后又偷偷在她的嘴角亲吻了一下。如果她能想起来，便会知道他为何看媚姬不顺眼了。

"噗——你这个天界之神可真是随性啊。"就一句看人不顺眼，所以每个月跑去包场罚人抄佛经，如今人家从良了，他还要带着贺礼去砸场子，这真的太可怕了。还好，她是挺过了当年处处与他针对的日子。她究竟是喜欢上一个什么样的神仙呢？如今的他与梦里那个骁勇善战、霸道无礼的紫微大帝太不一样了。

"武昌是个好地方。借着这次送贺礼的机会，正好可以带着你和奎河、芋圆一路好好玩一玩。"

"我也好久没出过远门，之前去浮凉山不算。这次我们坐船去，如何？刚好可以欣赏江两岸的风景。"她双手环着他的脖子。

他亲吻着她的嘴角，道："喜宴就在后日，乘船怕是要赶不上，回程时可以坐船，玩多久都可以，只要你喜欢就好。"

人间有句俗语，只羡鸳鸯不羡仙。大概就是眼下的情景。他越来越享受与她腻在一起的时光。

阿怜十分高兴，道："好。我去收拾衣衫，准备准备。还有你送的那两箱贺礼里面得给媚姬姑娘准备几身衣服和一床被子。"

玄遥挑眉，道："交给你去张罗吧。奎河毕竟是个男儿。"

"嗯，你慢慢画。"

"嗯，我继续画。"他已经决定了，在这梅花下面，还是画个木鱼比较好。

阿怜从未到过武昌，立在武昌街头，望着人来人往的人潮，兴奋不已。

她长发束冠，身着一袭月牙色长锦衫，上好的面料上以金银丝线绣满了深浅不同的祥云图案，随着她的动作若隐若现，一根绛紫色镶玉缎带束着她的纤纤细腰，尽显着窈窕身段。她手中麻利地把玩着一把折扇，衬着她光洁白皙的俏丽脸蛋，俨然一副儒雅的贵公子模样。

玄遥的盛世美颜更是不在话下，一身绛紫色长锦衫，立在阿怜的身边实属绝配。

两人不凡的容貌与气质频频惹来众多行人注目的视线，更有胆大的姑娘经过二人身侧，暗送秋波。

这里的风土人情似乎与京城和广陵都不太一样，一切看在阿怜的眼里都显得那么新鲜与稀奇。

奎河瞅着其中一家酒楼，对阿怜道："阿怜，你知道武昌最有名的是什么菜吗？"

阿怜摇了摇头。

"清蒸武昌鱼。这武昌鱼其实也就是一种鳊鱼，奇就奇在它比其他的鳊鱼多半根刺，一共是十三根半。将鱼洗净之后，配以冬菇、冬笋，并用鸡清汤调味清蒸，起锅时撒上葱末姜末，再淋入酱油香油，那可是清香味鲜、肥腴细嫩啊。"

阿怜和芋圆被奎河引诱得这口水都快要流下了，恨不能立即冲进酒楼去品尝这武昌一绝，但是因为奎河之前施展瞬移咒的时候频频失误，致使他们移错了地，一来一回，耽误了不少时辰。

玄遥明知徒儿带错了路，却也不提醒，任由奎河来回折腾。

这不，到达武昌已是申时。所以，再不找着媚姬姑娘从良的那户人家，这贺礼也就失去了送的意义。

阿怜吞了吞口水，忍痛放弃，开始向路人打听盐商杨广德府上所在何处。路人甲一听阿怜乃外地口音，十分热心地指了方向，说杨老爷今日娶妾，大摆宴席，趁天黑前赶紧去，说不准还能吃上杨府免费派送的糕点。

顺着方向，阿怜他们很快便找到了杨府门前的巷子。

巷口一群黄口小儿手中拿着喜饼，口中含着喜糖，高兴地围着在一起又蹦又跳，又唱又闹。还有一群人也聚在巷口看热闹，兜里揣着免费派送的糕点，眼睛张望着看看是否还能讨着好处。

顺着几个小儿指的方向，入巷走了没多远便到了杨府大门前。

果真如路人甲描述的一样气派。门前种了一排茂盛的杨槐树，大门前蹲着两尊石雕的蟾蜍，左边的一尊前爪踩着一堆钱币，右边的一尊口中含着金元宝。这与官衙门前两尊石狮可是有异曲同工之妙。黑漆描金的牌匾上写着龙飞凤舞的"杨府"两个大字，门头上方悬着两盏大红灯笼各贴了一个喜字。

虽然这迎亲看热闹的人都已散得差不多，门前炸过的鞭炮屑将石板路铺得厚厚一层，一直延伸到巷口，依旧能看得出来这杨老爷很是重视媚姬姑娘，这迎亲的阵势可是一点也不输明媒正娶。

两扇丈许高的乌漆大门前各站了一名家丁。

阿怜走上前作揖道："小哥，我们乃媚……"她说了一半便顿住，且不说她并不知道媚姬姑娘入行前的名字，如今她从了良，不能还叫她的花名吧，再加上今日她一身男装扮相，突然冒昧前来找媚姬姑娘，这怎么都有些尴尬。

玄遥上前，指着身后的两箱贺礼，道："鄙姓玄。我们是广陵过来的，乃贵府杨老爷在广陵结识的朋友，得知杨老爷今日大喜，特地备了厚礼前来，贺杨老爷与梅夫人喜结良缘。"

家丁瞅着奎河身边两个红色木漆的大箱子，立即客气地道："请玄先生稍等片刻，小的这就去通报。"

"原来媚姬姑娘姓梅啊。"阿怜有些惊讶地望着玄遥，果然比她想得周到，没有贸然直接说是来找媚姬姑娘的。

玄遥道："媚姬本名叫梅雪英。"

阿怜道："没想到媚姬姑娘的本名这么好听。"

那厢媚姬与杨广德刚拜完堂，正与杨广德一同向各位宾客敬酒，一听下人来报，有个姓"玄"的客人乃杨广德在广陵结识的朋友，得知杨老爷今日大喜，带着两人一只狐狸和两大箱贺礼，特地大老远地从广陵城赶过来向杨老爷贺喜，她那美艳绝伦的俏脸顿时垮了下来。

她万万没有想到，她都被迫从良了，那个姓玄的王八羔子居然还是不肯放过她，千里迢迢地从广陵城追来武昌。什么给她送新婚贺礼？这明摆着是要来砸场子。

"广陵来的？姓玄？"杨广德想了半天，也想不起来自己在广陵城何时结交了一位姓玄的有钱朋友。

媚姬咬牙切齿地道："那三位是雪英的同乡，怕直接说给我送贺礼让老爷面子上无光，便谎称是老爷的朋友。"

"这样啊……"杨广德见媚姬垮着脸，一副不高兴的样子，便紧张地问道，"宝贝儿，你这是怎么了？同乡老友大老远地给咱们送贺礼来，是件极好的事呀，顺便招待人家吃顿喜酒呀。"

媚姬当下换成了笑脸，道："没事没事，他们只是路过，先将他们安排去偏厅，我先过去打个招呼，你在这里得招呼客人。我去去就回。"

玄遥一行人跟着家丁来到偏厅候着。一进门，阿怜便被院内两棵高大的银杏树吸引目光，沿途欣赏这座整体格局错落有致的大宅院，忍不住同玄遥咬耳说道："媚姬姑娘这回可是命好了，嫁了一个大户人家啊。"

玄遥道："待会儿你见着她，可以好好夸赞她一番。"

正说着，媚姬便穿着一身艳丽的桃红色嫁衣从宴席赶至偏厅。她一见着玄遥他们三人一狐的熟悉面孔，妆容艳丽的脸庞顿时黯了下来，嘴角下沉。

阿怜高兴地上前道："媚姬姑娘，听说你嫁来武昌，所以玄先生特地备了一份厚礼前来向你道喜。你快来看看！"

阿怜将两个箱子全部打开："这一箱全都是上好的绫罗绸缎，还有几件是织锦堂的绣衣，每一件都是仅此一件。还有一床新织的蚕丝被。老一辈的都说这姑娘要嫁人了，娘家得备一床被子，就算是与夫家怄气，晚上一个人睡觉的时候都不怕没有被子盖给冻着。衣服和被子都是我亲自给你挑的，应该是你喜欢的。这一箱是玄先生挑选的一些珠宝和古董字画。虽然不是什么价值连城的宝贝，但是充作私房小金库，也是相当不错。"

媚姬摸着织锦堂的绣衣，做工真是精致，叫人爱不释手，还有那一床蚕丝被，手感柔软舒适。阿怜姑娘真是有心了。来偏厅之前倒是没有想到玄遥能送她这么多值钱的东西，仿佛真是娘家人给出嫁的女儿备上丰厚的嫁妆。看着这些珠宝玉器、绫罗绸缎，心头的气也消了一半，但是贺礼归贺礼，她媚姬绝对不会被这点点蝇头小利所打动。

她依旧没好气地瞪了一眼玄遥，恼着地道："玄先生，常言道，君子一言，驷马难追。你一堂堂七尺男儿，竟然是说话不算话。"

玄遥挑了挑眉，佯装听不明白："媚姬姑娘似乎怨气有些大，我怎么说话不算话了？"

"玄先生，我梅雪英是个爽快之人，咱们打开天窗说亮话。上次在广陵城说好了，我只要帮你问到你想要的，你便日后不再骚扰我。这隔了才多久，你又跑来盯着我不放？如今我已如你所愿，从良了嫁人了，你究竟还想怎样？准备再搬来武昌，每月花钱请我去抄佛经吗？"她就为了防他反悔，于是下了决心嫁到武昌来，谁知道她都从良了，他还能有本事从广陵追到武昌来，这男人究竟是想干吗？不想上她还要这么费尽心思，她是上辈子刨他祖坟了还是怎么的？

"我今日不过是带着贺礼前来向你贺喜，难道这也算是骚扰吗？"玄遥表现得一脸无辜。

媚姬一时无言以对，只好认命："行行行，贺礼我今日收下了，多谢玄老爷念旧恩，雪英出嫁了还想着替雪英备上这么一份厚礼。雪英感激涕零。"言下之意，就是送完礼了吗，送完礼赶紧滚吧。再不滚，她就真的要涕零了！

阿怜忽然摸向心口，那里发烫。

玄遥见着："你怎么了？"

"没事。"阿怜蹙着眉心，摇了摇头。

这时，杨广德挺着便便大腹走了进来。

杨广德个头不高，阿怜与他站在一起，个头不相上下。他差不多到了知天命的年纪，是个发了福的老头子，立在媚姬的身旁，两人看起来像是父女。阿怜顿时觉得媚姬这是一朵鲜花插在了牛粪上。阿怜虽然这样想，但更多人认为像媚姬这样的名妓即便再花容月貌，才华洋溢，能嫁进杨府做妾是绝对的攀高枝了。其实杨广德的长相并不讨厌，圆圆的脸，圆圆的身子，反倒让人觉得面善，和蔼可亲。

杨广德见着两箱满满的贵重贺礼，也就不太在意送礼人的身份是男是女，笑眯眯地道："三位公子是小雪的同乡？"

阿怜作揖道："正是。听闻雪英姐姐嫁来武昌，便带了贺礼前来恭贺。还祝雪英姐姐与杨老爷喜结连理，早生贵子。"

阿怜这番话正如杨老爷的意："三位公子这大老远地能来看看咱们小雪，杨某身为小雪的夫君，这可是打心眼儿里高兴。人来了就好，竟然这般客气，还备了这么份大礼。"

阿怜立即又道："应该的，应该的。"心口之处越发滚烫。

"这两位是？"杨广德仔细看向玄遥，不由得为之震惊，好个面如冠玉，气宇不凡的男儿啊。

"我内子，我徒弟，我家宠。鄙姓玄。"玄遥只用了短短十二个字，将三人一狐狸的关系表述清楚。

阿怜惊诧地望向玄遥，他竟然称她为内子？真是好害羞啊。

芋圆和奎河也震惊了，师父这在家里好歹还是含蓄着呢，这出了门直接奔放不羁啦，阿怜一下子直接成了他们的师母，有点不能适应。

媚姬听玄遥这么介绍，虽然有些意外，不过也没有太多惊诧。果然这师徒二人还是搞上了！早之前她就发觉这师徒二人关系暧昧不清，那小子还一口否认师徒关系，后来才知道那小子原来是女扮男装，这再看的确怎么看都不像师徒。不过，搞上就搞上了，为何一定非要到她的面前来秀恩爱啊？神经病啊！

杨广德见玄遥将阿怜称为内子，震惊地盯着阿怜看了一会儿才领悟明白。粉雕玉琢，俏丽多姿，俨然一副姑娘家才有的容貌。原本心里头还膈应着这三个大男人突然从广陵跑来武昌贺喜，怕是小雪以前的老相好，不服他娶了小雪，过来抢婚。这一听是夫妻二人，顿时眉开眼笑："原来是个女娇娥，瞧我这老眼昏花的。幸会幸会。玄先生一家远道而来，也算是小雪的娘家人。杨某这做主人的真是招待不周，方才令下人加了三副碗筷，三位就留下吃杯喜酒。"

媚姬咬着银牙，心里硬憋着是有话说不出，只能干瞪着眼。谁承认那是自己的娘家人啦？她根本就是个无父无母的孤儿，哪来的娘家人呀？若不是今日是她的大喜日子，她真想扭着杨广德的耳朵大吼：谁准你留他们吃饭的？！要不是怕难看，她才不会让玄遥这个神经病进门呢。

玄遥淡淡笑道："那就恭敬不如从命了。"

玄遥的反应大大出乎媚姬所料，原本以为他根本就不是凑热闹的人，谁知道……她气得一跺脚先行离开。

"玄先生，玄夫人，这边请。"杨广德笑眯眯地引路。

出了偏厅门，阿怜再一次捂住滚烫的胸口，忽地，梅花令从胸前的衣襟里跳了出来，浮在半空中发着耀眼的光芒。

阿怜惊住。

奎河讶异，这花神令不是被师父当宝贝一样收藏了近千年吗，怎的就送给了阿怜？

芊圆好奇地问道："这是什么宝物？"

梅花令围着阿怜转了三圈，正要往宴会厅的方向飞去，被玄遥一下子收了回来。梅花令落在他的手掌心里，不停忽闪着光芒，慢慢地那光淡了下去，又变成了一块普通的玉牌。

"好了，没事了。"

阿怜接过。

"真是奇怪，这东西从方才就一直发烫。"她又摸出莲花令，"这块就没有反应。这是怎么回事？"以前这两块玉牌要亮一起亮，要烫也一起烫，怎的今日就只有这块梅花令发亮发烫呢？

"走吧。"

玄遥带着阿怜、奎河和芊圆跟着杨广德走向宴厅，厅内厅外，摆满了桌子，四处都是交谈喧闹之声，热闹非凡。

玄遥、阿怜和奎河被安排在了角落里的一张桌子上，整个院子里也就这张桌子上只坐了五个人，还有空位，没有坐满。纵观整个宴席，怎么看，这张桌子都像是安排不下临时加上的。

杨广德又寒暄了几句，很快就被几个客人拉走。

"看好你的男人，叫他给我安分一点，别坏我好事。"媚姬在阿怜的耳边咬牙切齿地小声说着，然后扭着妖娆的身段也离开了。

阿怜抿着嘴直乐。

玄遥挑眉问她："她跟你说了什么，你这般开心？"

"她叫我好好看着你，叫你安分点。乖！吃饭，我饿了。"阿怜瞅着桌上的美食，闻着扑鼻的香气，肚子开始饿得"咕咕"直叫。

刚拿起筷子，玄遥已经率先夹了一块鱼肉放在她的碗里："你一心惦念的清蒸武昌鱼。尝尝。"

"嗯嗯。"她夹起鱼肉放入口中，入口即化，鱼肉的鲜嫩让她身心满足，"哇！好好吃！太好吃了！怎么可以这么好吃！"

玄遥又给她夹了一块，然后还夹了其他几道名菜放在她的碗里。

奎河和芋圆四目瞪着这两人，一路腻歪就算了，这吃饭也不让人好好吃。

除了奎河和芋圆，其他几位客人见玄遥与阿怜两个大男人当众如此亲昵，不由得一阵恶寒，简直世风日下。

奎河只好低声解释："我师父，我师母。"

几位客人一下子了然，不再少见多怪，相互敬酒。

很快这桌酒席的气氛变得融洽起来。

吃了没多久，差不多半炷香的时辰，这几位客人一齐起身向主桌上座某位大人跟前去敬酒。

阿怜好奇地看向那位大人，这一看，不得了。以她平日里喜欢欣赏各种美男的喜好，这位大人可谓是人间极品，看样貌最多也就三十岁年纪。在见识了玄遥、芋圆、白颜轩和童天佑各种神与妖的美色之后，这位大人依然还能令她眼前一亮，当真是人间不可多得。虽然他蓄起了山羊胡须，略显官家威严，但丝毫不损他风华绝代的姿色。

玄遥伸出手指直接勾着她的下颌转过来脸，挑着眉，以只有两人才能听到的声音道："玄夫人，你这两只眼睛是往哪儿看呢？"

阿怜由惊转笑："小醋坛，你这总是把自己弄翻了，怎么是好？"

玄遥嘴角微微抽搐，这女人果真是不能宠，一宠就上天。

坐在对面的两位客人先敬完酒回来，先是一阵沉默，憋了半晌终于忍不住开始小声议论。

客人甲："方才你也见着了，咱们兄弟二人敬他酒，他就跟没看见咱们一样。"

客人乙："如今他的地位不同了，这进了宫，在圣上跟前伺候着，蒙圣上恩宠，哪还能把我们这些人放在眼里。别说我们两个，就这在座的有谁他能放在眼里？"

客人甲："喊！就算蒙圣上恩宠又能怎样？还不是个……"

"这话可别让其他桌的客人听见喽。"客人乙在脖子上比画了一个要被杀头的姿势。

两个人相互看了一眼，不约而同暧昧而轻浮地笑起来。

阿怜又忍不住瞅了那位大人一眼，突然对这位大人的身份有些好奇，于是向对面的两位客人开始打听："二位说的那位大人……他是谁啊？"

两位客人互相看了一眼，神色慌张，一脸的无可奉告。

阿怜拍着胸口保证："二位请放一百个心。我们是广陵来的，吃完这顿喜宴就回去了，咱们互不相识，今日能在一桌吃饭也是一个缘分，就当在街头巷尾说个闲话听听呗，听完就忘，不会招来什么是非。"

二人一听阿怜与玄遥是外地来的，加上他们这一桌离着其他桌子隔着很远，另外三位客人在其他桌上正闹着酒，一时半会儿不会回桌，也就不避讳了。

客人甲小声地道："可听过当今的乐府令季如绵大人吗？"

阿怜一听，眉头微挑，惊道："可是作了那首广为流传的《佳人无双》的那位季如绵季大人？"

"正是！正是！"两位客人连连点头，眉飞色舞的神情似是在说：知道是季如绵，就不用我们再说他的传说了吧，人人皆知啊。

"噗——"阿怜总算是听出来这二位的意思。这季大人可是一位有故事的人呀。她拍了手掌，激动地问玄遥和奎河，"听过《佳人无双》没？"

玄遥轻轻点了点头。

奎河道："当然听过，媚姬姑娘可是唱过呀。"

阿怜白了他一眼，媚姬姑娘可是今日大婚，别瞎招乱子。

"那个季大人是谁啊？"芋圆嘤嘤嘤地叫着，也只有他们三人能听懂他在说什么。

阿怜悄悄地道："这季大人可是个有故事的人，想听不？"

玄遥挑眉，他若想知道，这天下间没有他不知道的事，只是对于凡人的这些风流韵事，他并不是太感兴趣，不过他很乐意听她解说："说来听听。"

芋圆一听有八卦，刺溜一下就跳在了玄遥的身上。

奎河也伸长了耳朵，凑了过去。

阿怜开始小声解说："季大人的名号在京城可是响当当的啊，尤其是那首《佳人无双》……"

以她当年和擎苍二人在街头巷尾包打听的本事，怎能不知道这季如绵的风流韵事？季如绵恰巧就是武昌人，家中世代为伶，这季大人与其妹季如月，两人皆是当年武昌伶馆最红的伶人。兄妹二人能歌善舞，精通音律，容貌俊美，甚是喜人，自被选进宫，有幸能在皇帝面前表演，这一下子全家都跟着升官发财。

但不得不说，这季如绵对词曲的造诣确实非常了得，但凡只要是经他谱曲传唱的诗词，另成一派新风，必定大火。京城街头巷尾除了黄口小儿念叨的童谣，传唱最多的便是季如绵的那首《佳人无双》，还有近日他新作的《解语花》也是火遍了大江南北的大街小巷。无论哪一首，那词曲均是缠绵悱恻，令人浮想联翩，仿佛绝世佳人伸手可得。据说也正是因为这首《佳人无双》，季大人才从一个默默无闻每天擦拭乐器的普通伶人一跃成为今日的乐府令，其妹季如月成了当今得宠的如嫔娘娘。

不过，这些都不算什么。重要的是传闻这位季如绵季大人能有今时今日的地位，真正的原因是靠睡上去的。所以对面两位宾客在谈论之时，才会小心防范又露出那种轻蔑之色。他们是在暗示，这季如绵兄妹二人当年不过是个地位低下的伶人，靠的就是以色示人才爬到如今的位置。如今季如绵当了官，飞黄腾达，就开始鼻孔朝天，可偏偏谁都知道他的出身。

其实不用这二人嚼舌根，阿怜早在京城的时候就听闻这季如绵因一曲《佳人无双》得到当今圣上的赏识，之后便与圣上同卧同起……啧啧啧！自古以来，无论是谁，这爬龙床的传闻都是极为香艳的。

阿怜的声音不大，约莫也只有他们三人一狐能听得见，可也说得是眉飞色舞，声情并茂。

芋圆嘤嘤嘤地道："看不出这位季大人这么厉害啊。"果然这人间的世界够精彩，所以他坚决下山是绝对没错的。

玄遥替阿怜盛了一碗汤："来！润润嗓子。"

"哪有人用汤润嗓子的？"阿怜嘀咕着，依旧乖乖地将补汤喝下。

"你说得这么不亦乐乎，看来这几年每日清晨去市集买菜没少听人传闲话，怕是那茶馆的说书先生都快要赶不上你了。你要是能把这一半的劲头用在练字上，也不至于被我管教。"玄遥给自己倒了一杯清茶，这杨老爷倒是个舍得用好茶招待客人的大方主人。

又来了，又来了……如今总是提她五年前的那些糗事，明明她现在已经写得很好，模仿他的字迹没有九成像，也有七八成像，就连奎河都做不到她这样。

"你要是再这么啰唆，你很快就会失去我的。哼哼哼！"阿怜冲着他阴森森地咧开嘴。

果然，玄遥乖乖闭嘴，不再说话，默默地执起筷子，夹着她喜爱吃的菜肴，做一个忠心的小奴仆。

阿怜满意地看着他变乖，才赏了他一个甜甜的笑容，然后忍不住又向主桌的位置睬了几眼。她是早就听闻这位传奇的季如绵季大人呀，只是从未能见过，没想着今日有幸能见到这位季大人，本人竟长得是这等风度翩翩，玉树临风啊，难怪招当今圣上喜爱，可真是秀色可餐啦。

她又好奇地转向那二位客人："话说回来，这季大人怎么会出现在杨老爷的婚宴上呀？"

二位客人相视一眼，掩唇而笑，眼神极为暧昧。

"季大人是咱们武昌人，刚巧回来省亲，遇上杨老板大喜。杨老爷乃咱们武昌城首富，季大人多少都会给些面子。"客人甲说完，小心翼翼地看了看四周，又开始与客人乙咬耳朵，时不时发出轻笑。

芋圆伸着耳朵听了一会儿，转回来同阿怜继续学舌。他嘤嘤嘤地道："方才那两个人说，在敬酒的时候听到杨老爷吩咐管家去帮忙收罗能生孩子的秘方，说是为季大人准备的。这位季大人也怪可怜的，娶了几房小妾，竟然都一无所出。"

"噗——"阿怜差点一口水喷出来。若季大人真如传闻那样，以色侍人，久而久之，这方面自然是困难一些。

玄遥拍了拍芋圆脑袋，示意它别这么无聊，断了尾巴之后就像个孩子一样长不大，整日跟阿怜厮混，把阿怜都带坏了。

芋圆在心中腹诽，明明是阿怜把它带坏了。

另三位客人终于回到桌前，对面的两位客人也没再交头接耳说什么。这边，阿怜也停止了说人是非。几位客人出去敬了几轮回来，兴致一下子高涨起来，十分热情地频频向玄遥敬酒。

阿怜在这热闹的气氛下不免也偷偷尝了一些果酒，结果这酸酸甜甜的味道一尝之后便欲罢不能。杨老爷最后端着一壶酒过来敬酒时，阿怜更是高兴地将一碗果酒干下。

宴席散去，这果酒的后劲儿也便上来了。

"哎？这天上的月亮怎么就变成两个？你怎么也变成了两个？"她顺势向玄遥的身上倒去。

"你喝多了。"玄遥连忙扶住她。

"咦？你这里硬邦邦的呀，一点也不软。"她趁着夜色正浓，一双小手不停地在玄遥的胸膛前摸来摸去。

奎河和芋圆怕看多了长针眼，道了一声"师父，徒儿先行一步"，便消失在茫茫月色之中。

玄遥只得将她打横抱起，她窝在他的怀里窃笑。酒劲儿是有些，头虽然有些眩晕，四肢迟钝，说话不利索，这脑袋可是清醒着呢。自从他霸道地吻了她之后，她知道他的那点儿小心思，就忍不住想撩他，喜欢看他禁不住诱惑的样子。

他抱着她回客栈的时候，暗暗发誓，以后绝不能让她再碰酒。

她像个醉猫一样倒在了床榻上，他命店小二备了热水，然后拧了布巾替她仔细地擦着脸和手。他正要将盆放至别处，她忽地伸手拉住他的手，迷蒙着双眼："等一下，你别走，我有话问你……"

"要说什么？"他伸手将贴在她唇上的发丝顺在耳后，又将手背贴在她的脸颊上，微微发烫。于是他摊开掌心，多了一块冰凉的玉石，轻柔地在她的脸上按摩，让她舒服一些。

她抱着他的手贪恋这份凉爽，舒服地闭起了眼。

他轻笑："不是有话要说吗？"

她倏地睁开微醺的双眼，噘着小嘴道："我今年十八，过个十年我就二十八，再过个十年，我就三十八，然后四十八五十八……我很快就会很老很老，然后老得掉了牙，而你依然这般丰神俊朗，年轻貌美。你若是日后嫌弃我又老又丑，见着人家年轻又漂亮的小姑娘喜欢上了，怎么办？"

他不由得失笑。以为她会问什么问题，没想到是这么一个无敌傻的问题。这十万年来，天上地下，多少年轻漂亮的仙子妖女凡人，除了她之外，也没见着他对谁有多大的兴趣。她大概就是他的劫。

"虽然你长得一般般，但是勉强能入我的眼。这一千年来，除了你这个长相一般般的，好像也没谁能入我的眼。你很幸运。"他伸手在她小巧的鼻尖上轻轻刮过。

"呸！得了便宜还卖乖！"

"不信的话，你可以去问奎河。"

"就算你没有看上过别人，可是你这祸国殃民的长相就是招人家小姑娘喜欢怎么办？"

"那你是希望我变得丑一点吗？"他二话不说，将自己变成一个胖胖的糟老头子。

盛世美颜突然一下子变成市集猪肉摊上卖猪肉的赵阿四，她立即用手推开他的脸。

"你个死变态！敢摸我屁股，看我不打死你！"她一边尖叫着一边用枕头抽打他，最后还外带踹了他一脚。

所谓自作孽，不可活。大概就是他这样。

赵阿四因为相貌丑陋，所以一直都没有说上一门像样的亲事，打了三十年的光棍。有一次在市集见着阿怜变回女装，俏丽可爱，忍不住伸出贼手摸了她的屁股，结果被她当街暴打。当然这些，玄遥并不知道。若不是他变成赵阿四的模样，他还不知道她曾经被非礼过。

他立即恢复了原貌，抓住飞过来的枕头，一脸认真地道："被人欺负了都不知道回来说。下次谁再敢对你这般无礼，回来一定要记得跟我说。"潜台词：我去收拾他！

她点了点头，然后又痴痴地笑了起来。

"我喂你吃过九转紫金丹，你可以活很久很久，不必担忧你的容貌一下子会变老。"她的容貌不会变与九转紫金丹其实并没有多大关系，这只是一个安抚她的借口。她实在是太小看自己，她可是须弥山佛祖亲手培育出的青莲花啊，可以活很久很久。

"真的吗？"她高兴地捧着自己滚烫的脸颊，可是庆幸没一会儿，这又开始担忧起来，"那我不成了老妖精了？啊，人家不要成为一个老不死的老妖精，像夜幽若那样一活活一千年，最终长得像个干尸一样，好可怕。"

"不会的。你酒真是喝多了。"他不该带她去参加媚姬的婚宴，更不该让她将果酒当作果汁喝。

"哪里多了？人家还能喝。"她双颊绯红，"腾"地一下子坐了起来，从怀里掏出一个瓷瓶。这是她临走之前跟杨广德讨的果酒。

玄遥惊愕地望着她，道："你居然还将酒带回来了？给我。"

"不要，我还要喝。"她说着便将瓶塞打开，仰口喝了一口。

"你不能这样。乖，给我。"他高估了她的酒品，简直比他想象中的差多了，以后要坚决杜绝她饮酒。

她不理会他，又仰口喝了一口酒，然后跪坐起身体，双臂环向他的颈后，俯下脸便将嘴贴着他的唇。

他本想阻止她，可是她送过来的温软红唇令他心神荡漾，便忍不住在心中告诫自己，亲一下就好。谁知，这女人不知从哪里学来的招数，趁他启口的当下，便将酒灌入他的口中，这不禁令他忆起千年之前，曾经他最喜欢借着喂酒的机会亲吻她。

酸甜的果酒一点一点灌入他的口中，混着属于她甜香的味道。

她学习模仿的能力相当快，这些日子的亲昵，令她学会了主动攻击。她勾着小巧的软舌，不停地挑逗着他，令他禁不住诱惑，双臂穿过她纤细的腰肢将她紧紧勒在身前。他突然又改变对她禁酒的想法，也许偶尔喝一些酒也是不错的。

她还想灌酒喂他，却被他将酒瓶一把夺下，扔在了地上。

为何他不是将酒瓶夺下后喝了酒再回吻喂给她呢？她不解。

她自上而下地俯视着他，面颊绯红，即便微醉，一双漂亮的眼眸也如同黑夜中的星辰一般闪耀，贝齿轻咬了一下嘴唇，媚态横生。

这丫头竟然在勾引他。她可知道，面对她，他的自制力就是零。

他稍稍使力将她拉了下来，额头抵着她的额头，哑着嗓音道："你可知道你方才这么做代表什么？"

她摇了摇头。她只是想借着醉酒，试试梦中喂他酒的感觉是什么样。

"男人都是禁不住诱惑的，无论女人是有意还是无意，有时候只需要一个眼神就能让男人心神俱乱。懂吗？"

"你也会禁不住诱惑吗？你可是天界之神呢。"她轻笑，喜欢看他心神俱乱的样子。

"我已在凡间千年……"说完，他温润的嘴唇便覆上她的。

她不再是俯视着他，而是整个人被他抱在怀中，双膝已无法支撑住自己及他压在她身上的重量，很快便向一旁倒下，他顺势压在了她的身上。

这一切仿佛都在他的掌控之中。

绵密的吻如雨点般落了下来，唇舌之间疯狂的纠缠令她又差一点无法呼吸。

他微微顿了顿，让她呼吸能够顺畅一些，抵着她的唇粗喘着气道："再往下可就不只这些……"

"嗯？"她明显感受到他身体的变化。

"嗯了，可就不许反悔。"

她望进他蒙了雾的双眸，那里透着满满的欲望，她终于明白他话中的意思。夫妻之间才可以有肌肤之亲，却被她喂酒撩拨撩拨起来，可是她心底并不抵触，甚至有些期待。

好羞耻……

他的唇再一次落下，目标不仅是她的唇，而是沿着她的眉、眼、鼻、唇一路向下。

彼此之间的外衣不知在何时褪去，只剩下亵衣亵裤。

她咬着唇，涨红了脸。

他亲吻着她，埋首在她的颈间，轻轻啃噬吮吸着她的锁骨，一手托着她的肩颈，另一手隔着刺绣精致的素缎肚兜覆上她胸前饱满的浑圆，轻轻揉捏，引来她浑身一阵战栗，身体抑制不住地瑟缩。

"啊……"她抑制不住地轻叫出声，贝齿细咬着薄唇。

他轻笑一声，指间轻柔滑过细细的缎带，她的胸前陡然一凉，那精致的牡丹绣品顿时消失得无影无踪。她本能地想要用手遮住，他却坏笑地一把扣住她的双手置于两侧，指尖顺着她腹部可爱的肚脐眼儿慢慢向上滑过。

她真是羞死了，咬着唇，偏过头不敢看他。

那一晚萦绕在他的脑海里至少几个月都挥之不去，白皙柔软的两团浑圆再度跳入他的视线，令他浑身的血液都开始沸腾。

"你可知道，这几个月来的每晚我是怎么熬过来的吗？你这磨人的小妖精！"他的嘴唇抵着她的耳畔，半含半放地吮着她的耳垂，重重地喘息着，说话的声音都在颤抖。

"什么……几个月？"她轻喘着。他灼热的手掌一直未曾停下，顺着她腰间光滑的肌肤不停向上游移，每到一处，那里便犹如着了火似的滚烫。他灼热的手掌覆上她胸前的柔软时，她全身紧绷了起来，没有丝缎的阻隔，一切触感都变得不一样了。

地下书市里流传的那些小艳本，她虽然偷偷翻阅过，可是并没有细致地描绘这些动作。还有每个月十五，她在媚香楼里看到那些男人与姑娘们做的那档子事，几乎与小艳本里差不多，可是为何轮到她与他，这种感觉却是完完全全的不一样，相差了十万八千里呢。为何会这样？身体好像不是自己的……

腹部之内忽然之间传来随时要撕裂开来的疼痛，她本能地伸手要推开他："痛……你出去……"

望着她眼角渗出的眼泪，他竟然混账地忘了这不是千年之前，这是她的第一次。她是青莲，可又不是青莲，她是阿怜。

"我做不到……"他的声音在颤抖，额头布满的汗水不停地滴落。如果就此停下，他一定会疯的。她不明白，他想要她的欲望有多强烈。自从那一晚过后，每天夜里辗转反侧，孤枕难眠，若不是闭关修行了一段时日，他真怕自己某一天会走火入魔。眼下，箭已在弦上，不得不发，叫他如何停下？

"放轻松，很快就不痛了……"他俯身亲吻着她不断滑落的泪滴，手掌缓缓轻抚意图令她放松，一边柔声哄着她，一边身体却自私地慢慢开始动作。

"骗子……大骗子……"她开始低泣，伸手不停地捶打着他。

可是轻柔的力量像是在挠痒痒，每打一下，便刺激着他的感官。即便是她用力地咬住他胸前的肉，他也感受不到任何疼痛。他唯有自私到底，用力地封住她的红唇，将她所有声音全部吞下，任由她十指的指甲深深地嵌入他的肌肤里……

许久之后，她浑身的力气仿佛被散尽，完全使不出一丁点儿力气。她累得闭着双眼，窝在他的怀中，就连身体因为汗水湿透黏腻难受，她也无暇顾及。

他亲吻着她的额头，轻柔地问她："还痛吗？"

她摇了摇头，然后又点了点头，最后不甘地啐骂一声："色坏。"

他轻笑，轻啄了她一下，便起身。

没过多久，他将睡得迷迷糊糊的她唤醒："清洗一下，舒服一些。"

阿怜微微眯眼，瞅着房中一个硕大的木桶，腾腾地冒着热气。也不知道他从哪儿弄来这只大木桶和这么多的热水。哦，她差点又忘了，他是无所不能的天界之神。

"你若累了，只管闭着眼睡就好。我帮你洗。"

她点了点头。她真的太累了，索性就闭着眼，由他抱着坐入水中。水温刚好，他将温热的水轻柔地冲刷在她身上，黏腻的汗很快被冲尽，令她舒服不少。

两人洗净之后，他抱着她回到床榻之上，床褥棉被全已更换成新的。他在替她换上干净的衣衫之前，又不知从哪儿变出一瓶绿色的膏药，轻柔地替她涂抹在疼痛红肿的部位，令她又害臊得双颊滚烫起来。

药性很快便起了作用，冰凉而舒服。

他拥着她入睡，听到她绵长平稳的呼吸声，他心里十分踏实，她再也不会离开他了。

翌日清晨，奎河轻敲师父的房门，叫他用早膳，然而房内一点儿动静也没有。他的手轻轻一碰，那门便推了开来，屋里一个人也没有，床榻之上干净整齐得仿佛昨夜根本无人睡过。他奇怪着，转身又去了走廊最里间的天字一号房，敲了没两下，房门打开来，竟是个虬髯壮汉。

那虬髯壮汉瞪着眼凶他："干什么？"

奎河一怔，立即道歉："对不起，我敲错门了。"

只见那虬髯壮汉"砰"的一声将门合上。

奎河抬眸瞄了一眼这房间的牌号——天字二号。他挠了挠头，回转身看着走廊，又往栏杆下方看，这层明明是三楼啊，天字二号房不是应该在楼下吗？

他走回自己的厢房，芋圆正趴在窗户前的案几上，瞅着大街上的美女。

没错啊，这里是三楼啊。

他不信邪地又跑去走廊顶端，敲了敲阿怜的房门。门又开了，还是方才那个虬髯壮汉。

他怔住。

那虬髯壮汉怒道："干什么！"

"对不起！"没等那虬髯壮汉再发怒，他便使了障眼法连忙跑回自己的房中。

芋圆见他大喘着气，一脸惊魂未定，便道："你怎么了？不是去叫师父用早膳吗，怎么一大早跟撞见鬼一样？"

"是有点撞鬼了。师父不在房中。"奎河总觉得哪里不对，遂问芋圆，"话说，阿怜是住天字一号房吗？"

"是啊，最顶头的那间。"

奎河疑惑，没错啊！他并没有下楼啊，怎么一敲门就敲去了别人的厢房呢？

"走！你陪我去敲门。"他就不信邪了！他抱着芋圆第三次出门，准备再去试一试，经过玄遥的厢房时，忽地门开了，玄遥从中走了出来。

芋圆说："你方才不是说师父不在房里吗？"

玄遥微微挑眉，一脸镇定地道："怎么了？"

奎河探头往玄遥的厢房里看了看，跟方才一模一样，只是多了一个师父："没什么没什么，大概我方才眼花，没瞧见师父吧。"

玄遥道："阿怜醒了吗？"

奎河道："正要去叫她。"

玄遥走向走廊顶头的天字一号房，轻敲了敲门扉。不一会儿门开了，阿怜身着一袭紫色纱衣从中走出来，宛若仙子下凡，痴痴地凝视着玄遥。

奎河瞪大眼，奇了怪了，他明明敲了两次门都是虬髯大汉，怎么轮着师父去敲门，就是阿怜出来了？

奎河十分郁卒，跟在玄遥身后下了楼梯，谁知到了二楼，天字二号房的虬髯壮汉刚巧也出门，一瞧见奎河便嚷了起来："臭小子！方才是不是你又来敲我们门了？！"

奎河一见那虬髯壮汉，头皮发麻。

玄遥唇角微勾，身体挡住了那壮汉的去路。

"你是个……"虬髯壮汉方要发怒，却在对上他的一双黑眸之后一下子呆住了，等清醒过来，摸着脑袋傻傻地自问，"哎？我这是在哪儿？我这是要干什么去？"

奎河明白师父这是替他解难。

玄遥气定神闲地下了楼梯。阿怜跟在他的身后，掩着嘴，忍俊不禁。

一行人只有芋圆不明所以。

玄遥挑了最角落的位置，安静又隐蔽。

一顿早膳下来，奎河一双眼睛盯着师父看了又看，总是觉得哪里不对。

玄遥将一个大肉包丢在他的碗里，道："好好吃饭，别乱想。"

奎河狠拍了一下大腿，顿时想明白过来。不是他眼花，也不是房间的号牌有问题，是师父设了结界啊。所以，方才师父那句也是警告。他乖乖地啃着大肉包，只要师父高兴就好，反正他已经当阿怜是小师娘了。

忽地，玄遥以只有两人能听见的声音问阿怜："还痛吗？"

阿怜低着头喝着粥，一下子羞红了脸，摇了摇头。

昨夜他给她抹的绿色药膏真是灵丹妙药，今晨醒来完全没有丝毫的不适。他也问了她同样的一句话，她摇了摇头之后，就发现他眸底的颜色完全变了。方要起床，便被他又按了回去，只是眨眼的瞬间，两人身上的衣物全数消失。她本以为还会像昨夜初次一样疼痛，可是当彼此完全契合之后完全超乎她的想象，就在她以为自己快要瘫化成水之时，身体被刺激后的酥麻一下子遍布四肢百骸，那一瞬间脑子里完全一片空白，忘记了一切。整个人犹若大海中的一根浮木，随波逐流，沉沉浮浮……她也终于明白为何人世间有那么多的男男女女沉沦于此。

他咬着她的耳朵说，若不是昨夜心疼她太累，其实替她沐浴时就想狠狠再要了她。

这色坏子……

奎河第一次来敲门的时候，她惊慌失措，好似正在偷情的狗男女就怕被人发现，而他一派气定神闲，不疾不徐，拥着她不肯起床。她推搡了几次，才将他赶下床。他慢吞吞地穿好衣衫，不情愿地穿墙而过离开她的厢房。

胸前还有些胀痛，这痛感倒是与几个月前那次醒来好像。她在更衣的时候，刻意瞅了一眼，胸前满是昨夜和方才留下的痕迹，与那夜醒来之后发现的印迹几乎一模一样，而且他说他想了几个月，也就是说几个月前她昏沉的那三夜就差点与他……是因为胡乱将她迷晕了吗？

啊——这家伙平日里看起来一本正经的，没想到背地里竟然都在想这些……真是个色坏子。

她抬眸瞅了他一眼，他神态自若，正是印证了什么叫作道貌岸然。

他收到她睥来的视线，伸手探了探她的额头，道："脸怎么这么红？"

还问！一想到昨晚和今晨，她连耳朵根都红了起来，就差没将脸埋进碗里。

他轻勾了唇角，附在她的耳边轻道："习惯就好了。"

还说！她冲着他翻了个白眼，将手中掰下来的半个包子塞进他的嘴里。

芋圆用爪子捂住眼睛，它快要被这对男女总是肆无忌惮地当众恩爱戳瞎了眼。受不了！它要去冥界找它的婉心。

奎河则是乖乖地全程将脸埋在饭碗里。

"待会儿吃完我们就要回去了吗？"阿怜的语气里满是依依不舍。

玄遥看出来她的忧虑："多待几日也无妨。"

"好好好！"阿怜兴奋得直点头。

"待会儿可以先在城里逛一逛。你不是想要坐船回去吗？等回程的时候再去渡口坐船。"玄遥伸手将黏在她嘴角的面屑取下。

"嗯嗯嗯。"昨日初到，匆忙赶着喜宴，经过武昌城内最繁华的地段，她瞧见不少有趣的玩意儿。

离开客栈，阿怜便拉着玄遥直往最热闹的集市奔去，一路摸着各种稀奇的小玩意儿。半个时辰未到，玄遥和奎河师徒二人的手中挂满了东西，就连芋圆的脑袋上都顶着一个木雕的面具。

这女人，只要一逛起街来就刹不住。阿怜一手抓着冰糖葫芦，一手抓着棉花糖，像只紫色的蝴蝶在街头四处飘舞。

玄遥旨在只要她开心就好，丝毫不用担心东西搬不回广陵。

阿怜玩得不亦乐乎，这一待便在武昌待了好几日，甚至还花了重金向武昌最有名的天宝阁酒楼大厨学会了清蒸武昌鱼这道名菜，等着回去大显身手。

终于要启程回广陵，阿怜有些依依不舍，嚷着以后还要来武昌玩耍。

刚踏出客栈，正准备坐马车去码头，恰巧撞见杨广德带着下人前来："杨某真是孤陋寡闻，不知玄先生大名，失敬失敬。前几日招待不周，还请玄先生海涵。今日特在别院设宴，不知玄先生能否赏个脸？"

玄遥想都没想，便回了："抱歉，我们已经在武昌耽搁了不少时日，广陵还有很多事，这就准备回程。"

杨广德立即又道："只是一顿便饭，不会耽搁玄先生太久。别院就在前面的一条街，离着不远。"

玄遥依旧不客气地回绝："不必了。"

阿怜拉了拉他的衣袖，小声道："你不给媚姬姑娘一个面子吗？"

其实从杨广德开口说第一句话时，他便一眼看穿杨广德，无事献殷勤，必有所求。而有求于他的人并非是杨广德，是那个躲在远处的马车里不肯露面的人物，杨广德不过是受他所托罢了。

玄遥扬眉，道："为何要给她面子？"

阿怜耸了耸肩："好吧，估计她一点也不想你去杨府的别馆，巴不得你早点滚蛋。"

"玄先生，请留步。"杨广德急得满头大汗。

万没想到玄遥是这般难搞之人，难怪昨日向媚姬提及此事时，媚姬便嗤他一脸，说玄遥肯定不会帮忙的，别白费心机了。他当时还奇怪，不是同乡吗？而且特地携了夫人千里迢迢过来贺喜，怎的也会给三分薄面吧。媚姬更是冲他翻了一个白眼，说当她什么也没说过。没想到还真让媚姬给说中了。

玄遥对杨广德的叫唤充耳不闻，扶着阿怜上马车。

杨广德也不知如何是好，只得对下人吩咐："快去通知大人。"

那下人撒腿便跑。

玄遥登上了车子，车夫甩起马鞭，马车缓缓前行，可是未行几步，忽地，前方的人群骚动起来，一个个向两旁闪过。正前方，另一辆马车向着他们缓缓而来。两辆马车在这并不宽的道上相遇，将道路前后堵个水泄不通。

车夫回头道："这位老爷，前方有辆马车堵住了去路。"

玄遥眉心都未皱一下，也没有应声，静静地坐着不动。

阿怜好奇地掀了帘子，对面的马车上端坐的主人正是昨夜喜宴上八卦的主角季如绵季大人。这季大人怎么好端端地跑来堵他们的路？阿怜瞅着季如绵，心头一惊，难道是昨日八卦被他听着，这会儿来找碴儿？

杨广德一见季如绵前来，连忙上前叩拜："大人……"

季如绵抬手示意他噤声。

季如绵的随从走上前，对车内的玄遥道："我家大人有要事相叙，还请玄先生赏脸前往。"

杨广德也跟着过来，小心翼翼地道："玄先生，不会耽误你太久时间，若是你不想吃饭，那就喝盅茶？就当是看在媚姬的面子上，帮在下这个忙，就一盏茶的工夫。一盏茶？"

望着正前方面部毫无任何情绪波澜的季如绵，玄遥思绪微沉。这季如绵不惜当街闹出如此大的动静，看来今日是非得要亲自听他说一句拒绝的话才肯罢休。

杨广德又凑上前，还没开口说话，玄遥便道："别馆在哪儿？"

"不远不远，就在前面一条街。"杨广德欣喜万分，便将别馆地址告知车夫。车夫当即驾车退后，待季如绵的马车掉转先行。

不一会儿，马车便停在了杨府别馆的大门前，而季如绵的马车先到一步。

玄遥方踏进厅堂，便瞧见季如绵坐在上座。

杨广德迎着玄遥坐上座，玄遥摆了摆手，道："不必了，不过一盏茶的工夫。"

说毕，他便拉着阿怜在离门前最近的位置坐下，仆人立即端上沏好的新茶。

杨广德立即介绍说："这位是乐府令季大人。在下也是听闻季大人说起，才得知玄先生的大名，真是惭愧。"

季如绵看了一眼玄遥，道："在京城就听闻玄先生的大名，如雷贯耳，一直未能有幸相见，今日一见果然不同凡响。"

玄遥最不喜欢凡间这些虚伪的礼数，端着茶盅，细细抚过茶汤之上漂浮不多的细沫，冷冷地道："季大人有话直说无妨。"

季如绵微微一怔，没想到玄遥如此直白，于是拍了拍手掌。很快，一个随从端着一个承盘过来，承盘之上盖着一块黑色的丝绒布。季如绵一把揭开那丝绒布，承盘里摆满了白银，足足有一百两。

这回，连着阿怜都忍不住轻嘁出声。玄遥不论是神还是凡人，以他那桀骜不驯的性子，再多的金银珠宝也是无动于衷。就连她这个凡人跟在他身后久了，看着这一盘白花花的银子也无感。啊，她何时也变得这般视金钱如粪土了？这真是糟糕透顶。其实，她好奇的是这季如绵究竟有何所求。

"此次回乡省亲，不想内子染了风寒，全武昌的大夫都已经瞧过，说内子得的可能不是病，怕是遇见了什么不干净的东西。在京城的时候，就听闻玄先生接一单生意，一个牌号便是二十两，这里有一百两，只要玄先生能医好内子的病，这一百两便归玄先生所有。"季如绵说话不疾不徐，谦谦有礼。

玄遥轻啜一口新茶，咂了咂，味道比起婚宴那日，有过之而无不及。他放下茶盅，淡淡地道："令夫人有病，就该去找名医，而不是胡乱猜测耽误了病情。况且我离开京城许久，多年前在京城的时候便已不接生意。"

季如绵二话不说，又拍了拍手掌，还是先前那个随从，端了一个承盘上来，又是一百两。

季如绵又道："若是玄先生嫌一百两太少，玄先生只管开口，银两不是问题。"

阿怜突然好奇，那位季夫人究竟是得了什么怪病？

"季大人似乎没听清楚，玄某早在多年前就已经不接任何生意。季大人就是将全部家底拿出来，玄某依旧不会做这笔交易。"玄遥毫不犹豫地拒绝，倏然站起身。

杨广德难堪地道："玄先生，有话慢慢说……"

玄遥眈了杨广德一眼，冷道："若不是看在梅雪英与内子多年的情分上，玄某根本不会来此。现茶已品完，时间已到，就此告辞。"

玄遥这话不仅令杨广德难堪，更叫阿怜吃惊。怎的她与媚姬姑娘有多年情分？不是他与媚姬有孽缘吗？这话怎么听上去就像她与媚姬是拜过把子的好姐妹啊。她怎么一点儿印象也没有啊？

"走喽。"他牵过阿怜的手，不想多待一刻。

他厌烦了世间凡人各种贪嗔痴的需求，打算回到广陵之后，寻个日子便要带阿怜重回天界，将婚事定下。

出了别院大门，坐上马车，阿怜便问玄遥："那个你说我与媚姬多年的情分……是什么情分？专门替你这个东家送嫖资的情分吗？"

玄遥用手指弹了下她的额头："乱讲！"

阿怜摸了摸被弹痛的额头，道："明明就是嘛！你说说，哪一次不是我带着银子去赎回你和奎河？你说，那是什么情分呀？"

玄遥回眸凝视她，像摸小狗小猫一样摸着她的脑袋，道："说不准哪一天你就知道了，也许永远都不知道。不知道就不知道了，也没什么大不了的。"

他最近总是看着她说一些很奇怪的话，她完全不明白他想说什么。算了，她与媚姬究竟是什么情分，她也不必去探究了："话说，救人一命，胜造七级浮屠。那季夫人有病，你为何不去瞧一瞧呢？"

"有病就该去看大夫，找我有何用？"

"不是大夫说有可能不是病，而是撞了邪吗？万一是妖孽作祟怎么办？"

"撞了邪，就该去找能人之士去驱邪。更何况我并没有在那季大人的身上看到什么妖气。"

"我一直有个疑问，你开半莲池，以前帮那些有钱人升官发财，娶妻生子，究竟是为何呢？你一个天界神仙明明不缺银子，也不需要银子。这是为何呢？"

玄遥凝视着她，他收服那些怨念极深的魂魄，将他们镇在莲花境界之内，不过是在重复一千年前她所做的事，期望有朝一日能通过莲花境界将她唤回。

"我并没有帮那些人升官发财，至于他们能否升官发财，是否有子，这些本就是他们的命数。不论是上界的神仙，还是下界的人与妖，都自有自己的命格。天界负责此职的司命星君也只会负责引导他们，而不会擅自改他们的命格。我更不可能！命中注定有的，我就当顺势收个算命的钱，命中没有的，我是不会收钱去替他们改命格的。明白了吗？"

"哦——原来你根本就是在坑他们的钱啊。"阿怜指着他，总算知道了这其中的奥秘。难怪那些人从他那里买了花之后，回去就实现了愿望，根本就是他早就知道那些人的命格的。那些命中没有的，他根本就不会去接下生意，直接拒绝了。简直太……太邪恶了。

"怎么能说是坑钱呢？我说得有错吗？他们个个求的不过都是一个心安理得。再说，有些钱是不义之财，送来我这里，总比他们到处瞎送了好吧。"这就是他见到的凡人，有许多为了利益，无所不用其极。

"别解释了，你这就是坑钱。"

"好吧，你想说是那就是。"他捏了捏她的双颊。

"那你拒绝季大人，也是知道他的夫人命中有此劫难吗？"

"当然不是。你以为是个天界的神仙，只要看一眼就能知道这人的命数，那还要司命星君做什么？还需要安排不同职位各司其职做什么？一个神统包就好了。虽然我在天界的地位……还不错，但是我也绝统包不了。"

"我知道。一神之下万神之上的紫微大帝嘛。"

玄遥微微蹙眉，他好像从来没有同她说过他的名号："你怎么知道我的名号？"

阿怜微微一怔，完了，难道要说她是在梦中偷窥到的吗？她咬了咬唇，含糊地道："那个听人家说的……"

"听谁说的？奎河还是芋圆？"

"呃……那个……是白颜轩，白颜轩。"若是推给奎河和芋圆，这俩家伙免不了要被责难，推给九尾狐族的白颜轩好了，反正难得见到他。这锅就让他背吧。

远在青丘的白颜轩，猛然打了好几个喷嚏，望了望天，一切正常啊。

玄遥微微扬眉，这九尾狐族怎的一个个都生了个大嘴巴？叔侄二狐都一个德行。不过，令他失落的是，原来她早就知道他的名号，听到这个名号，却也什么都没有想起……

　　到了渡口，玄遥索性包了一整条船，船家十分高兴。

　　船行了没多远，忽然瞧见岸边一堆人围着江岸哭丧。

　　阿怜好奇地问道："这是怎么了？"

　　船夫说："姑娘有所不知，咱们这里每年到了五月底六月初，老天爷都会连降暴雨。今年约莫在五月初暴雨下了整整大半个月，整个举水河的水位上涨，沿河两岸好多庄子全都淹了。这一段刚好叫孟家村，一场大水死了好些人。附近几个村子的人都说是因为今年没有向河神献贡新娘子，所以河神发怒了。今年刚好轮着孟家村的人家献贡新娘，那哭丧的人家大概就是今年要献贡新娘的人家吧。"

　　"河神娶亲？我以为这只是一个传说而已。"这传说她可是从小就听说的，在京城的时候，也经常听人说离京城不远的地方，就有愚昧的村民这么做。

　　阿怜坐在船上望着对岸，忽然，一众男子将一艘纸船推入河中，船上坐着一个年纪约莫只有八九岁的童女，一边冲着岸上的母亲哭喊，一边紧紧抓着船舷，却不敢轻易动弹。河对岸的母亲早已哭得上气不接下气，在纸船被推入水中的那一刹那想要冲过去抱回孩子，却被身后的男人死死拦住，整个人一下子瘫软在地。

　　以前的听闻归听闻，可怎么都比不上亲眼见着将活人推入河水中来得震撼。

　　"居然还是个孩子！"阿怜双拳紧握，十分恼怒，眼见着那小女娃坐的纸船浸了水，便对船家喊道，"船家！快划过去！"

　　"哎哟，使不得！使不得！"船夫连声叫道。

　　"为何使不得？！"阿怜不明白。

　　"你若救了那小女娃，等于与这附近几个村子的人为敌。老夫若是将船划过去，日后便不能在这举水河上做生意。姑娘，不关你的事，你就别管了。"船夫说着手中的竹篙撑得更快了。

　　阿怜十分生气："老人家，你怎么能这么说话呢？那可是条活生生的人命啊。"

　　船夫也生气了："那小女娃是活生生的人命，难道这沿河两岸的村民都不是活生生的人命？姑娘若执意要救那小女娃，你就从这船上跳下去吧，别再乘坐老夫的船了，老夫载不了你。"

　　"你……"阿怜一口气憋得慌。这老头子怎么能说出这种没人性的话？这些村民根本就是罔顾那些无辜女子的性命，求的是个心安，都是一群自私自利的人。

"阿怜！"玄遥冲着她招了招手，示意她坐过来。

阿怜走过去，盯着玄遥、芋圆和奎河一一看过，不悦地道："你们三个怎么都无动于衷呢？这可是人命关天啊。"

玄遥一脸严肃地问她："你可想好了救了那小女娃之后，怎么办？送回去还于她的爹娘？"

阿怜蹙紧眉头，不明白他的意思。

玄遥继续说道："那你可想过，即便是送她回去之后，她还可能会再次被当成祭品送入河里，她的父母根本无力保护她，或者说，她父母或许会遭遇全村乃至几个村子的人围攻，甚至丢了性命也大有可能。"

阿怜的眉头揪得更紧，怔怔地看着他。她倒是没有想过这些……

"那怎么办？见死不救吗？我做不到。"

"之前同你说的话，你全都忘了吗？不是我们身为天界之神见死不救，而是每个人都有每个人的命数，命由天定。十万年来，我看过的生死轮回数不胜数。我虽为主宰之神，却也不能随意擅自更改凡人的命数，包括我自己，这一切都是天命。我们不可以过多插手人间的自然生死，否则便是逆天而为。"

阿怜道："逆天而为会怎样？有损修为？"

奎河和芋圆一致拼命地点头："折损修为，这对仙界的神仙或是正在修仙的凡人都是极为致命的。"

阿怜嗤道："我怎么听着，都觉得你们这些所谓的天神因为贪生怕死而找的借口呢。救一个损一次修为，所谓长生不老与天齐寿，都将不复存在。你们上界的神仙空有神力，却在眼睁睁看着凡人有难，而不顾凡人的生死，那存在的意义究竟是什么呢？那凡人又为何要用香火敬奉你们这些神仙呢？难道只是为了让你们与天齐寿吗？"

"不是不救，而是有些事是天命。"

"什么天命，什么逆天而为，这些我都不懂，我只知道这小女娃若是不救，就要死啦。"

阿怜回眸看向纸船的方向，半条船已没入水中，小姑娘的半个身子也没在水里，哭声渐弱。

玄遥一眼便看穿她的想法，伸手拦住她，严肃地道："你给我好好待着。"

"你说你们神仙不好插手，那我是个凡人，我不怕。"让一个鲜活的生命就这样在她面前死掉，还是以这种残忍的方式，她做不到眼不见为净。

奎河道："阿怜，你可不能这么没良心地说师父，方才师父命我使用避水符便已经是在做有损修为的事了。"

"什么意思？"

奎河小声道："师父从你同那船夫开始发火时，就已经让我对那小女娃使了避水符。那小女娃即便是沉入水中，也不会溺水，只会陷入昏睡。你没发现这船怎么行驶都还在这附近吗？"

阿怜看着船夫费力地撑着船，船看似在动，但始终离在那纸船不远的地方。她惊诧地看向玄遥。

玄遥不以为意地勾了勾唇角："可以心安了吗？"

"对不起……"

玄遥摸了摸她的脑袋，叹了口气道："早在船入水的时候，我就知道你会救人。"

再看那纸船，已经彻底没入水中，小女娃连最后呼喊声没能叫出口，扑腾几下，便随着那纸船彻底沉入水中。虽然知道她会没事，但是亲眼见着这凄惨的模样，阿怜的心依旧揪着。

岸边，小女娃的生母因为亲眼见着闺女沉入水中，而受不了刺激，昏了过去。

其他村民冲着沉船的位置，集体跪下，念念有词，连接磕了三个响头后，才相继离开岸边。

船夫一边撑着船，一边焦虑地道："见鬼了！见鬼了！怎么撑来撑去还在这个地方？"

"因为你见死不救，所以老天爷都看不下去了。"阿怜冷哂一声。

"方才一定是你要去救这小姑娘，惹河神不高兴了，所以怎么走都离不开这里。这生意没法做了，没法做了。"船夫一边说着，一边将船撑向岸边，"你们都下去吧。我载不了你们。"

奎河怒道："你这老头儿，怎么言而无信？"

船夫念念叨叨："你们几个触犯了河神，是要倒大霉的。"

忽然，船夫安静下来，手握着竹篙不再动作，一切都仿佛在瞬间静止。

玄遥手指轻抬，先前沉没的纸船破水而出浮出水面，纸船上睡着那个小女娃。慢慢地，那小女娃的身体浮在半空中，向他们的船一路飘来。

阿怜激动地接过那小女娃，将她平放在船舱内。她伸手探了探小女娃的鼻息，还有气，活着，她顿时欣慰不少。

未过多久，船夫清醒过来，瞧见小女娃正躺在自己的船舱内，气极，指着阿怜的鼻子骂道："你这个……这个害人精，会害了我们整个孟家村。"

阿怜这才明白："哦，原来你也是孟家村的人，难怪你各种阻挠，见死不救。害人精是你吧！"

玄遥对船夫道："撑去对岸孟家村。我付你双倍的价钱。"

船夫气得咬着牙，虽有不甘，但看在钱的分儿上，只得再将船划回去，然而回头逆流而上，有些吃力，他便一路骂骂叨叨。

终于靠了岸，奎河和芋圆率先跳上岸。

船有些晃动。

玄遥抱着女娃儿也下了船，将女娃儿交给奎河。

船忽然晃动得厉害，只是眨眼的工夫，便"轰"地一下翻了过去，正准备上岸的阿怜与船夫双双落入水中。

船夫一下子没了踪迹。

玄遥正欲回过头扶阿怜上岸，刚巧看到这一幕，便知道是那个船夫捣的鬼。他气极，掌心之中顿时燃起一团焰火。

芋圆道："师父万万不可！"

若是师父因为这事伤了凡人，那便是彻彻底底地有违天道，必遭天谴。

玄遥可管不了那么多，手中的烈焰直飞入水面，将那船翻了过来，船夫顿时被从水底炸了上来。

"妖怪啊——救命啊——救命啊——"那船夫爬起身，便疯了似的四处乱跑，不停地嚷着。

玄遥顾不得那船夫，连忙纵身跳入水中。奇怪的是，阿怜刚刚落水并没有多久，却莫名一下子失去了踪影。他在这水里四处寻找，却始终看不见她。

河水湍流至极，他又往下游的方向游去，游了很长一段，依旧不见阿怜的踪影。为何会这样？这眨眼的工夫，阿怜不可能凭空消失。

难道这水里有东西？

毫无防备，船好好的就翻了。阿怜坠入水中，被船死死地压在下面，她拼命地挣扎着，想要游上水面，但是水流忽然卷起了旋涡，无论她怎么想往上都是徒劳。她好容易游出那个旋涡，可是很快又被湍急的河水直冲向下游的方向。

她想呼救，但是身体不争气地浮不上去。她憋着气，忽然伸手抓住了河岸倾斜在水面一棵水柳的枝条。她抓着那根柳枝，想要往岸上游去。

这时，水底一个身影慢慢地靠近她。

阿怜正欲往上浮，忽然之间，隐隐约约看见水底游过来一个人，她以为是玄遥来寻她，便伸手向他摸去，一下子抓住了他的手。然而那只手毫无温度，比这河水更冰更凉。

她吓了一跳，玄遥的手怎么这么凉？她回头一看，她手中竟然抓着一个她不认识的陌生女人，根本就不是玄遥。漆黑的双眸微微上挑，极媚，鼻子小巧而秀挺，一张樱桃小口没什么血色，有些苍白……黑色的长发散在水中随波逐流，身上穿着一身男子的玄色长衫，衬着她这张苍白的小脸，显得更加楚楚动人。

楼玉中面对阿怜，心头一震，这么多年了，这落水的人不知有多少，可是只有这位姑娘对他伸出了手。他仔细地审视着她，嘴角微动，看来这是上天给他的一次机会，这副身体很适合他。

阿怜下意识地松开这女人的手，却不料被她反捉住。她终于察觉到她的不寻常，她不是人，而是一个不知什么原因被困在这水里的……孤魂野鬼吧。

在冥界有玄遥罩着她，那些鬼差对她也是和蔼可亲，如今一个人面对，这心就不受控制地瞎跳。她开始惊慌，拼命地想要往水面浮去，然而却被她死死地拉着，无法动弹。这令她想起莲花境界里，那些想引诱她的怨灵。

"我不会伤害你的，只是想请你帮我一个忙。"楼玉中近似哀求的声音透过河水传到她的耳边，脸上的神情看上去无比地忧伤。

她一阵错愕，凝望着这个俊美的公子，原来他不是一个女鬼……这可真是一张比女人还要妩媚的脸蛋，竟然生为男儿身。就连他穿着男子的衣衫，她还以为"她"是个女儿家。

什么忙？她想问，但在这水里是怎么也发不出声。

"你只要带我上岸便可，我绝不会害你。"

只是上岸？难不成他也有冤屈？为何她总是能遇到这些奇奇怪怪的事呀。

没待她回应，扑通挣扎了两下，便两眼一黑失去了知觉。

浮出水面，玄遥便开始召唤该水域的河神。

不一会儿，河中心的水流波动异常，水流围着中心不断地旋转，中心的旋涡越来越大，越来越深，忽地一下，从中升腾出身上挂满水藻的怪家伙。怪家伙手中正捧着一碗热干面，有滋有味地吃着。

"是谁如此大胆，召唤本神君？"河神尔安口中咀嚼着热干面，口齿不清地说着，抬眸一见竟是天界失踪多年的紫微大帝，吓得呛个不停，连忙扔了手中的碗，俯首跪地，"小……小神尔安参……参见北帝。"

这个吃货尔安，本是天界三十六天将之一，只因在值守时经常忍不住偷吃龙肉凤肝，各种珍馐美馔，所以被罚下界做一个河神。没想着，这都被罚下界了，他还是这般贪吃，真是死性不改。

玄遥凝眉，道："起来说话吧。"

尔安叩谢，起了身。

"莫说废话，这举水河到底是什么情况？这人落水之后怎么这么快就不见了踪影？"

"一切正常啊……"河神尔安挠了挠头，忽然想到什么，缩着脑袋就没敢再吭气。

"一切正常？一切正常能让人刚落入水里就不见了踪影？这下界了比待在上界舒服啊，新娘子娶了一个又一个。"玄遥冷森森地道。

河神尔安方起身就又立即跪了下去，战战兢兢地道："北帝请息怒！娶妻一事，纯属误会，乃村民误解，小神绝无强娶民女之意。她们落水之后，便由冥界使者引渡回枉死城，小神绝不敢强留她们。小神句句属实，可以去冥界查实。"

玄遥见他不像撒谎，但心中仍有疑虑。

尔安小心翼翼地道："不知北帝所寻何人？待小神去查探一番。"

"师父！阿怜在那儿。"岸上的奎河忽然叫了起来。

顺着奎河指的方向，玄遥瞧见不远处，阿怜正抓着岸边垂柳的枝条一点一点向河岸靠近。

玄遥飞身过去，阿怜正好艰难地爬上了岸，伏在地上不停地咳嗽。

"阿怜，你没事吧？"他伸手去扶她，却在接触她的那一瞬间顿住，随即便将她整个人定住，厉道："孽障，还不快点给我滚出来！"

"阿怜"仰起头，对上玄遥的双眸，没由地一阵惶恐瑟缩，但看到他眼中满是焦虑与担忧，不由得松弛下来，轻笑出声："她是你情人？"

玄遥太阳穴上的青筋直跳，掌心的火焰顿生，正要一掌劈向"她"的印堂，却听"她"厉道："你若一掌打下来，不仅是我，她也会跟着一起魂飞魄散。"

玄遥的手掌生生顿在了半空，离着"她"的面门最多只有寸许，掌心的火焰同时也消失隐去。

"阿怜"一边勾着唇角一边起身，将脸往他的掌下又伸了伸，道："打啊？怎么不打了？下不了手？看来你很在乎她。看来我找到了一副好皮囊！"

"妖孽！"玄遥咬牙切齿，随即念动咒语，想将阿怜体内的孤魂野鬼驱逐出来，然而眼前的"阿怜"丝毫没有变化，只是媚态横生地望着他。

"师父！"奎河赶来，见到玄遥盛怒，"阿怜，这是怎么了？"

"这不是阿怜。阿怜是被这里的水鬼附身了。"芋圆对着"她"凶狠地龇着牙。

尔安赶过来，一瞧这仗势，头皮一阵发麻。

玄遥怒瞪向尔安，指着被附了身的"阿怜"道："你不是说这河水里一切正常吗？这东西是哪里来的？你不说这落水的魂魄你从不强留，这东西又是什么？"

尔安"扑通"一声跪了下来，颤着声道："启……启禀北帝，玉中……玉中他是个枉死的可怜人，请饶恕他的鲁莽。请北帝开恩！请北帝开恩！"

"枉死？即便他是枉死，与你何干？你身为一方河神，擅自收留孤魂野鬼在此祸害人间，简直是罪该万死！"玄遥当即便要废了尔安的修为。

"阿怜"迅速挡在了尔安的面前，道："我的事与尔安没有任何关系，是我不愿去冥界的枉死城。他只是好心地收留我在此，不至让我被厉鬼伤害。你若要治尔安的罪，得先问过我！"

玄遥满脸的不可思议，他竟然会受一个孤魂野鬼的威胁？这一切不过都是基于他不愿阿怜受到任何伤害罢了。

周围的气流骤然变冷，似要凝结起来，岸边的柳树轰然一声倒下，举水河面一下子炸裂开来，水流不停地向两岸袭去，水里的鱼虾四处飞腾……

这一切都是玄遥一身的怒气无处可泄。

"是小神的错，一切都是小神的错！楼玉中原本只是一介凡人，并不知您的名讳，俗语说得好，不知者无罪，还请您大人大量，恕他直言。"尔安连忙又磕了几个响头。

"让他滚出来！"玄遥咬牙切齿地道。

尔安连忙对附在阿怜身上的楼玉中道："玉中，你快点出来！别瞎闹！快点出来。"

楼玉中转身对着尔安道："尔安，多谢你这么多年的照顾。你知道的，我等了这么多年，才好容易等到这样一个机会，我是绝不可能放手的。"

"孽障！你给我出来！"玄遥抬手，想将他的魂魄从阿怜的体内打出来，但是又生怕这一掌伤了阿怜，不得已又顿住。

楼玉中望着玄遥，刺激他道："我就是不出来，你是天神又能奈我何？"

"你——"

"玉中，你别闹了！有什么冤屈，你尽管说出来，在你面前的是咱们上界至高无上的神北……北……"尔安收到玄遥暴怒警示的眼神，连忙顿住改口道，"总之，你有什么冤屈，你就尽管跟你面前的这位圣仙开口便成，他能帮你。"

谁知楼玉中倔强地道："没什么冤不冤屈，或许这就是我的命。我自有我解决的方法。"

玄遥恼道："你的解决方法就是侵占他人的肉身吗？"

楼玉中一脸严肃地道："这位圣仙，你大可放心，我不会伤害这位姑娘。我不过是与她定了契约。只要完成我未了的心愿，我便会从她的体内出来。"

玄遥嗤道："荒谬！你怨念极深，附在她的身上，必定会有损她的身体。我劝你最好立即滚出来。你若立刻就滚出来，我尚可答应留你一条小命。"

楼玉中倔强地摇了摇头，嗤笑一声，道："我说了，我只要完成未了的心愿，我便会从这位姑娘体内出来。我已死过一次，就算魂飞魄散又如何？我根本不在乎。再说，若不是这位姑娘有心要帮我，她的身上有这两个圣物，我又如何上了她的身？"他从怀中摸出莲花令和梅花令两块令牌，"眼下，我只是令她睡着了。"

"你既然一意孤行，那便别怪我不客气。"玄遥从他的手中拿回两块令牌，随即施咒将"阿怜"定住，扶着她的肩头，双眸直直望进她的眼底，开始叫唤，"阿怜！醒过来！阿怜，醒过来！我是玄遥，你看着我，你醒过来。"

是谁在叫她？

阿怜迷迷糊糊，睁开双眼，眼前一片黑暗，只有正前方有一团光亮。她伸了伸手，十分奇怪，那光亮看着很近，似乎又离着她很远。她走了几步，又伸手向前够了够，还是没有够着。

忽然，她的肩头被人拍了一下，她回头，看到了比她还要妖媚漂亮的楼玉中："是你？你究竟……是谁？这是在哪儿？你到底要做什么？"

楼玉中道："我姓楼，名玉中。这里是你的体内，简单来说，是我占了你的身体，与你的魂魄共用一个身体。"

"我想起来了！你你你……就是那个不分青红皂白强行打晕我的人。"阿怜抱着脑袋近似崩溃，"啊——我居然被一个男人附身了！不不不，是个男鬼。啊——你到底想干什么？！你快点从我的身体里出去！"

"你冷静一下！我没有不分青红皂白，是经过你允许的。"

"怎么可能？我又不是傻子！傻子才会跟一个男人……不对，跟一个男鬼共用一个身体。你快点出去吧！你身为男儿身，占了我这女儿家的身体，你不嫌别扭，我还嫌难受呢。"阿怜一边说着一边朝着前方那团光亮走去，她不喜欢黑漆漆的地方，她恐黑。

"你答应过要帮我的！"

"我什么时候答应过你？"当时她闷在水里，根本都开不了口好吗？

"我可以上得了你的身，是得到你的允许，否则就凭你身上的那两块玉牌，我根本无法上得了你的身。只要得到你的允许，就等同是你同意与我立了契约。"

"什么？！你这根本就是胡说八道，牛不饮水强按头！"阿怜生气地扭头就走。

"已成事实，你不信也没有办法。你若就这么走了，我便再没有机会查出当年害死我的人是谁？"楼玉中站在她的身后，声音透着说不出的凄凉与悲痛欲绝。

阿怜顿住脚步，只差了一点，她就要走出这里，奔向光明了，可是听到这位美男子哀凄凄的声音，她的心顿时软了下来。

"你说你是被人害死的？"

"嗯。"

"你这么做就是为了查出当年害你的凶手？"

"嗯。但还有个心愿未了。"与其说是心愿未了，倒不如说是个心结。

"那你能上我的身，为何不去上别人的身？"

"只有你主动向我伸了手。"

"……"所以她是烂好人喽？她真是越来越觉得自己同情心泛滥啊。这一点到底像谁啊？黄老爹吗？真是要命，"说吧，你要我怎么帮你？"

"你先睡一会儿，等到了地方，我再叫你。"

"什么叫我先睡一会儿？"

"我要完全支配你的身体，你必须进入沉睡。"

"那不行，我要是睡着了，鬼知道你占着我的身体到什么地方，干了什么事。万一我被你弄得永远醒不过来怎么办？"

"不会的。你不用害怕，只要我了了这个心愿，便会离开你的身体。"

"怎么不害怕？换作是你的身体被别人占了，你说你害不害怕？我现在还不能完全相信你说的话。总之，我得醒着，我的身体我自己控制。再说了，你是个男的，万一你用我的身体去干什么坏事，你走之后，我还要不要活？你有什么难处苦衷尽管说出来，我可以帮你，但不一定非要借身体给你。你只要把你如何落水，在哪儿落水，整件事的经过说出来，我帮你去查清楚，当初是谁害死你，替你找出凶手，帮你报仇。"

楼玉中却摇了摇头。

"为何不行？"阿怜不明白了。她也是这样帮李良秀的啊。

"阿怜，你醒醒！阿怜，你听见没有？你醒醒！"玄遥的声音自亮光的地方传来。

听到玄遥的声音，阿怜一个激灵，玄遥一定知道她出了事："你赶紧从我身体里出去吧。"

说着，她便要向亮光的地方步去，楼玉中一下子挡在她的面前："你不能出去！"

"为何？你该不是就是想占着我的身体做什么坏事吧？"阿怜狐疑地望着楼玉中，他的目光一直看向黑暗中的那团光亮。难道说谁先走出那里，谁就可以醒着？她拔腿就往那团光亮的地方跑去。

但是才跑了没两步，她便被楼玉中紧紧拉住："你还不能离开这里！你必须先睡着。"

阿怜严肃地道："我可以帮你，但是不同意你占用我的身体！"

"那就没有办法了。对不起！"楼玉中露出了狰狞的面孔，狠下心一巴掌将她再次劈晕。

楼玉中将阿怜的灵魂安放在黑暗的角落里，瞅着她看了许久，低喃："对不起，阿怜姑娘，有些事情我必须得自己去做。我会信守承诺的！请你相信我，我不会伤害你。"

玄遥呼唤了很久，明明感受到阿怜已然是苏醒的状态，可是一下子她又消失了，无论怎么呼唤她，都见不到她再次苏醒过来。

忽地，"阿怜"睁开眼，却是楼玉中的灵魂凝视着他，道："我说了，我不会伤害她。你若再这样叫唤下去，我就只能在目的达到之前，让她一直沉睡了。"

"孽障！你也就仗着我怕伤害她，不敢打你罢了，才敢这么肆意妄为。"玄遥终于松了手，"说！你到底想要做什么？"

楼玉中道："我要去武昌，寻一个人。"

玄遥厉道："寻谁？"

楼玉中一阵沉默，淡淡地道："与圣仙无关。"

河神尔安立即上前，在玄遥的耳边轻声道："前几日，那人刚巧经过这举水河到了武昌，不知现下是否离开。"

玄遥挑眉，脱口而出："季如绵？"

一提到季如绵，阿怜黝黑的眼眸中闪着一丝光芒，透着一瞬即逝的爱慕，随之而来又夹杂着一抹痛苦的忧伤。

不，不是阿怜，准确地说应该是楼玉中。

玄遥微微眯眼，凝视着楼玉中，将他的反应全部看在眼中。不管是不是楼玉中，但是从阿怜的眼中看到爱慕其他男人的眼神，这令玄遥看起来极不舒服。

楼玉中恢复了神情，什么话都没有说，转身便向前方步去。

"是不是只要见到他，你就肯离开阿怜的身体？"玄遥追问。

"不知道。"楼玉中微微顿步。

"你——"玄遥指着楼玉中的鼻子，但是总觉着这是对阿怜的不尊重，只得隐忍着放下手，"你不要得寸进尺。"

"不论圣仙是否相信，我说了我不会害阿怜姑娘，便一定会信守承诺。待我解决了我的个人恩怨，便来谢罪。还请圣仙不要插手。"楼玉中说完，拾步前行。

"她"的脚步走起来有些蹒跚，午时烈日的阳光照在"阿怜"的身上，满头大汗的"她"看起来更加娇弱，然而那挺直的身子板却显露"她"坚定的决心。

玄遥深蹙着眉心，薄唇紧抿，望着"她"的身影，一时之间陷入沉思。能接受鬼契，无条件帮助别人，大概也只有阿怜这个傻瓜才能干出来。

尔安凑上前，叹了口气道："启禀北帝，这楼玉中并非是在举水河落水而亡，依水流速度，我估摸着应该是在上游宋埠附近落水。小神问过他很多次为何落水，他也不说。从他的神情举止中，小神约莫猜得出他是为情所伤。这楼玉中与其他落水的冤魂不太一样。这近十年，他从未害过一人，甚至还救了不少人。小神劝他跟无常使者回枉死城，早些去投胎，他也不听。小神见他实在是太可怜了，所以……就心软收留了他。他就这么在河底陪着我，偶尔为小神做做饭菜，闲时，会打着拍子哼唱那首什么才子佳人。"

"《佳人无双》！"玄遥睨了尔安一眼，这吃货一定是见人家会做饭菜，所以将人收留了，偏要解释得这么无可奈何，真是无语。

"对对对！《佳人无双》！《佳人无双》！其他什么情况小神也不是太清楚，这毕竟是别人的隐私嘛。"尔安憨厚一笑，不知又从哪儿变出来一盘鸭脖，"北帝您老要是饿了烦了，来一盘鸭脖，包准所有烦恼全消。"

玄遥嘴角微抽，摇头叹气，这货就知道吃吃吃，活该被贬。

尔安见玄遥一脸不悦，想来这马屁是拍在了马腿上，连忙夹着鸭脖滚一边去，待到玄遥追着楼玉中离开，他才又重新将鸭脖拿出来，开心地啃了起来。

这尘世间的烦恼，谁爱烦谁烦去，总之他只要有二三两美酒，几碟小菜，让他免去仙籍做个凡人也甘愿啊。

马蹄声"嗒嗒"由远及近，不一会儿，一辆豪华的马车停在了城中最知名的药馆门前。马车的竹帘随即掀起，一个儒雅的身影率先落车。

楼玉中远远地望着从马车上下来的季如绵，他掀开马车竹帘的那一刹那，十年光景，往事一如昨昔。

楼玉中的步伐下意识向前迈了一步，很快却又生生顿住。

季如绵回转身一手挡着竹帘，一只手伸出，等待着竹帘后之人。未久，只见一只戴着碧翠玉镯，腕节纤细的白皙素手搁在他的掌心之上。一个身着锦衣华服，身形娇弱的美妇人从帘后钻出来。

季如绵体贴温柔地扶着他的夫人何碧云落车，相携走进药馆。

楼玉中晶亮的目光随之黯淡下去，眼神之中满是无尽的失落，双拳紧紧握起。

阿怜感受到楼玉中内心起伏的情绪，忍不住道："你……爱慕那位漂亮的季夫人？"

楼玉中不屑地嗤道："哼！我怎么可能会爱慕那个虚伪卑鄙又不择手段的女人？"

"咦？难道你爱慕的是那个季大人？！"阿怜不可思议地惊道。

楼中玉沉默。

阿怜啧啧啧地叹道："原来是爱了不该爱的人，难怪你看着这么郁郁寡欢。"

"你懂什么？"楼玉中忽然反应过来，看了看四周，意识到什么，便道，"你……何时醒的？"他惊诧，本以为自己完全操控了阿怜的身体，却不想她竟然能醒着与他共用同一具身体。

"哦……就在你从大街上听到季大人要去医馆的时候，我就醒啦。"阿怜也奇怪，这一次醒来，楼玉中能看到的听到的感受到的，她也可以，不再像之前那样待在黑漆漆的地方。

离着几步开外的玄遥，也意识到阿怜醒来，便快步走来，扶着她的肩头，激动地道："阿怜，你可听到我的声音？"

阿怜道："玄遥，我能！我能！"

与此同时，楼玉中冷冷地道："请圣仙放开我！"

本听到阿怜的声音，玄遥激动不已，然而忽然之间却同时又听到楼玉中的声音蹦出来，这令他额上的青筋隐隐直跳，按着阿怜肩头的手掌被迫松了开来，紧握成拳。阿怜看着他的眼神，从爱慕也一下子变成了冷漠，这令他极不舒服。他玄遥如今却奈何不了一只鬼……说出去，怕是要笑死整个六界。

阿怜有些气愤地道："哎哎哎！楼玉中，你终于知道别扭了吗？"

楼玉中嗤道："他只要不摸我，我就不别扭。"

阿怜难以置信地道："哎哟，你凭什么认为我家大遥遥是要摸你？你少在那儿自作多情了！先说好了，我答应帮你归帮你，但是你不许乱来。不管你有多爱慕那位季如绵季大人，与他关系如何，但是如今这身体是我的，你得要尊重我，绝对不要想着你如今变成了女人，就可以拿我的身体去引诱季如绵。这是绝对不可以的。我可是个有主的人！你听清楚了没有？"

楼玉中有些恼道："我可没有你想的那么下作！"

"没有最好！"

"他要敢拿你的身体做出什么出格的事，我定劈了他！"玄遥愤愤地咬着牙。这都遇着什么事？明明可以美人在怀，却偏偏闯进一个莫名其妙的怨魂，他还不能把他怎么着，叫他如今想亲近阿怜也不可以，只能眼巴巴地看着。

"呵！"楼玉中不屑地冷嗤一声，仿佛在嘲笑玄遥，有本事你来劈啊！

"他要是舍得劈我，你还能这么嚣张。"阿怜伸手去拉玄遥的衣袖，被玄遥顺势握住。

阿怜安慰他道："好啦，救人一命胜造七级浮屠，等解决完了这事，我们赶紧回家。"

楼玉中突然插话："快放手！"

阿怜惊道："我为何要放手？"

"刚说好的。"

"刚说好的是你不可以拿我的手随便碰季如绵。"

"那你也不要随意跟你男人这般亲昵可好？"

"我跟我男人亲昵关你毛事？我是好心借你身体，你还这么挑剔，想怎样？"

"你们俩卿卿我我的，有考虑过我的感受吗？"

"你不喜欢，你出去呀。"

"我就不出去！"

"……"

这一会儿楼玉中的声音，一会儿阿怜的声音，不只是玄遥，就连奎河和芋圆听得都有些精神分裂。

玄遥按了按微微刺痛的太阳穴，接着手中多了一粒金丹，对阿怜道："好了，你们俩别吵了。先把这个服下。"

阿怜正要伸手，楼玉中却将她的手控制停在了半空中。就瞧着她的手忽上忽下，如同牵了线的木偶。

阿怜道："楼玉中，你想干吗？"

楼玉中拧着眉心说道："谁知道这是什么药。万一你们反悔了？"

阿怜道："你这叫以小人之心度君子之腹。早知道在水里碰你一下，你就赖上我，我一定离你远远的。"

玄遥耐着性子解释道："这丹药是保你魂魄不散，保阿怜元气不损，你们俩魂魄共用一体，待你离开之后，我得要保证阿怜完好无损。若不是因为你这孤魂野鬼，我根本无须浪费这粒仙丹。"

终于楼玉中不再僵持，阿怜顺利拿到丹药吞下。

经过一番讨价还价，三人终于达成一致，在了却楼玉中的心愿之前，玄遥与阿怜不得有任何亲昵的举动，甚至连暧昧的目光都不可以有，楼玉中也绝不会拿阿怜的身体做出任何出格危险之事，首要保证阿怜的人身安全。

阿怜也总算搞清楚，怎么就莫明其妙地与楼玉中立了鬼契。这人在死之前若是有什么凤愿未了或是枉死，这死后便容易形成怨气，成为怨魂，而楼玉中则是两者都占了。在举水河底待了十年，一直陪伴着被天界贬下凡当了一方河神的尔安，随其修行，救人无数，也算是有点点道行的怨魂。虽然这样，但怨气难消，一直在寻找能与他订立鬼契的宿体。而她，不巧，不仅是一个能看得见他，还是第一个向他伸出友好之手的凡人。就这样莫名其妙地与他订了鬼契。

通常与怨魂订立鬼契的凡人，多半是凡人心生贪婪存有恶念，以自身肉身作为交换条件成为宿体，即便实现了贪念歹念，自身也会落得阳气耗尽，死状凄惨的下场，而怨魂的灵力则会变强。

到了阿怜这里，反过来了，不仅成了楼玉中的宿体，还得要帮着楼玉中去了却心愿。唯一的区别就是许多遭水溺而亡成了怨魂的，更爱将凡人拉入水中溺死，好替代成为下一次投胎的替身，然而楼玉中不知为何偏偏就是不愿去投胎。所以，按楼玉中的话说，他没有将她溺死在水里，她就该谢天谢地了。

阿怜简直欲哭无泪，她当时误以为那是玄遥来寻她的好吗，谁知道遇上他这么个鬼，还被上了身……

幸亏玄遥又喂了她一颗丹药，保她心脉，可供两个魂魄共用一体。她能醒着，至少安全感足了些。自打知道楼玉中是被人害死的，老爷子对她的教诲便一直在她脑中徘徊，救人一命如造七级浮屠，或许她来不及救楼玉中一命，至少帮着找到那个害死他的凶手吧。其实，她还好奇，他与那季大人有怎样的一段过往。

先前奎河拿出天机镜照过被楼玉中附身后的阿怜，想看看楼玉中究竟是如何死的，不知是不是因为阿怜体质的缘故，天机镜里依旧是雾蒙蒙的一片，什么也照不出。

对于楼玉中的死因，玄遥却是心中有数，用不着天机镜也能猜到八九不离十，只是因为应承过不插手此事，只要楼玉中不做什么危害人间的事，他便不会插手，况且这事同童天佑和夜幽若的事不同，凡人的事，自有凡人的命数。而阿怜虽然嘴硬，却仍是心软，有心想帮楼玉中，他只要看好了她便好。

墨瓦白墙，一排大红色的灯笼高悬，在黄昏中显得特别安逸。

未过多久，墨漆的大门打开，里面的小厮走出来，将一盏盏灯笼点亮，准备迎接客人。待到暮色降临，这里红色的灯光便会将整个院落缀得透亮，在夜色中散发着刺目而魅惑的光芒。

这里是武昌最有名的伶人馆——盛乐坊，有许多红极一时的伶人都是从这里出去的。

附在阿怜体中的楼玉中，远远地望着盛乐坊，踌躇片刻，抬步向前走向那小厮，柔声道："这位小哥，听说前阵子你们盛乐坊缺人手，一直在招人，眼下还需要吗？"

前一阵子，京城传来消息，正得圣宠的季大人打算借回乡的机会，在武昌挑选几个技艺卓群的优伶一同回宫，准备殿前献艺。这不仅是武昌，就连武昌附近各个县城知名的伶馆，都在拼命训练本馆资质上乘的苗子，勤练歌舞技艺。盛乐坊还收了一批模样清秀的男女童。这人一多，衣食住行都需要人手，才不得不又招一些打杂的。

那小厮抬眸睐了一眼"阿怜"，见她的年纪轻轻，衣着打扮和气质均与寻常的伶人大不相同，更不太像是来应征扫地烧饭干杂活的那些大姐，于是上上下下仔细打量了她一番，方道："这位姑娘……较擅长什么？"

楼玉中淡淡地道："歌舞均可。"

小厮不免惊讶。这姑娘当真不是来应征打杂帮手的，倒是想做伶人？偶尔伶馆在缺人的时候，会收留一些面容姣好身段不错，又懂一些音律的散妓。可是他怎么看也看不出眼前的姑娘有这方面的资质。虽然姿色中上，但是没有过硬的技艺，别说入他们馆主的眼，怕是连他们盛乐坊教习嬷嬷的眼都入不了。

楼玉中从腰间取下钱袋，从中取了一些碎银，放在那小厮的手中，道："小哥，只需去通报一声便可，至于我能不能留下，那便是我的事。"

小厮掂了掂手中的碎银，瞧她底气十足，犹豫三分，便道："你先等着。我去禀报一声。"说完，很快便消失在暮色之中。

阿怜忍不住出声质疑楼玉中："你不会是为了要接近那个季如绵，想进这里当伶人吧？"

楼玉中淡淡地道："我本就是个舞伶。"

阿怜立即道："我不赞成。"

"之前说好的，只要我不做什么出格的事，你便不做干涉。眼下又岂能出尔反尔？"楼玉中瞪着属于阿怜的美目，望着盛乐坊的楼阁一脸忧伤，"或是，你嫌弃我曾是个身份卑贱的舞伶吗？"

不知是否是共用一个身体的原因，阿怜深深感受到来自楼玉中灵魂深处的悲凉，自责一番，才道："对不起，我不是这个意思。其实在没有遇到玄遥之前，我是个人人避之的乞丐。"

玄遥从暮色中走出来，立在"她"的跟前，冷冷地道："她并非瞧不起你曾是个舞伶。她若是嫌弃你，就不会好心地要帮你。只是你自始至终都没有说明你究竟有什么心愿未了。你口口声声说是被人推落水中致死，但就眼下看来，似乎你并不想知道谁是害死你的凶手。"

尔安应该告诉过楼玉中，以他玄遥的能耐，或许一盏茶的工夫都不需要，便可以知道谁是害死楼玉中的凶手，然而楼玉中从上了阿怜的身之后，并不急于知道这件事，偏要将事情弄得很复杂，甚至想去当一名伶人，或者他根本早就知道谁是害死他的凶手。

楼玉中的双手垂在腰身两侧，死死地紧捏着裙摆，上好的面料揪起了一道道褶皱。他望着一眼便看穿他的玄遥，沉默不语。

玄遥又道："你即便是能顺利进入这里，也只能做一个身份最下等的散伶，入不了官籍，能否见着季如绵还不一定。你若想见季如绵，大可不必用这种方式。"

楼玉中摇了摇头，道："你们不会明白的。"

玄遥道："若是你决心已定，便按你想做的去做。但是有一点，我要提醒你，我和阿怜曾与季如绵有过一面之缘，季如绵有求于我，也知晓阿怜是我夫人，假如你有幸能见到季如绵，他追问起来，你该要如何解释？"

楼玉中又是一阵沉默。

阿怜幽幽地道："不行的话，那就给我换张脸吧……"

楼玉中有些微愕，抬眸看了一眼玄遥，道："烦请圣仙将阿怜姑娘的脸换成我原来的那张脸。"

玄遥眉心微蹙，道："楼玉中，你可真的想好了？"

楼玉中坚定地道："劳烦圣仙了。"

"无须换相貌，只要你想清楚了便好。"玄遥衣袖轻轻一挥，"除了见过阿怜的季如绵能瞧见你本来的相貌，其他人见着你，就如同方才的小厮看见的阿怜一样。"

这时，一阵脚步声由远及近传来。

玄遥便道："去吧。"

"多谢圣仙。"楼玉中双手作揖，拜谢玄遥。

先前前去禀报的小厮走出来，道："这位姑娘，请随我来。"

楼玉中转身，随其进入门内。

奎河投为凡人之后，这天眼是时开时不开，以致阿怜被楼玉中附了身，竟没能第一时间看出来。待到看清了楼玉中原本的相貌，便和芋圆感叹，这楼玉中根本就是男生女相啊，就算他附的不是阿怜的身体，他若扮成女子，寻常人也恐难辨别出他的性别。

奎河走上前，不解地问玄遥："师父，你就这么放心阿怜进去当一名散……散伶吗？"谁都这知道，这散伶如同青楼女子，甚至有些时候连她们都还不如。

虽说伶馆是官府设立培养伶人的地方，但是很多时候与青楼并无异样。不只文人学士喜欢从伶人们身上找寻灵感，达官贵人们也喜欢找他们寻乐。尤其是那些相貌出众、身姿卓越的伶人，更易被恋酒贪色的达官贵人相中。往往这些达官贵人借口欣赏伶人表演才艺，却对他们做那些上青楼找窑姐儿做的龌龊事情，甚至直接养一两个伶人在府上供自己狎玩享乐那也是常有的事，等到新鲜劲头过了，这伶人就如同货品一样随手赠予他人，毫无自由可言。说白了也就是官府养的一群官妓。

所以说，纵然伶人有着追求技艺最高境界的傲骨，却也难逃地位卑贱的命运。

进了这道门，阿怜若是遇上什么意图不轨恋酒贪色的达官贵人该如何是好？

夜色降临，透过门中，玄遥看向灯笼高悬红光一片的庭院，道："如今的楼玉中可不是十年前的楼玉中，随尔安虽然只修行了短短十年，但救人无数，就凭那一点点道行，凡人想要伤害他却并没那么容易了。我反倒是担心他，若是控制不住内心集聚的怨气，伤了凡人。"

奎河更加不解，问道："我也是不明白，这楼玉中究竟有什么未了的心愿，竟然比知道谁是害死他的凶手还要重要呢？"

芋圆嘤嘤嘤地道："我看他啊，就是想借着阿怜的凡身，去会一会自己的老情人。说不准他就是因为不甘心被老情人抛弃才投河自杀而亡。"

奎河道："有道理。就算那季如绵再喜欢他，也不可能娶一个男子回家啊。"

芋圆道："可不是呗。话说，这十年前死去的老情人突然出现在眼前，这季如绵不会被吓死吗？"

玄遥眈了一眼芋圆，鄙夷道："你们青丘一族怎么会让你选择行冠礼？我看及笄更适合你。"

芋圆摊了摊两只爪子，道："因为比起男人，我更喜欢女人。我们青丘向来民风大胆奔放，可不像你们天界那么虚伪，追求什么清心寡欲，无欲无求。爱人是男是女对我们来说，根本就不是什么事儿，最重要的是两人是否相爱。"

玄遥这一回没有嘲讽，反倒是赞许地点了点头："你倒是挺敢说的。"

奎河道："师父，我们要跟进去看一看吗？

玄遥思忖片刻，点了点头，于是衣袖轻挥，将奎河变成了一个相貌清秀的书童模样，芋圆则变成了一只通身皮毛雪白发亮的漂亮猫儿，而他也摇身一变，成了一名中年商贾模样。

芋圆抗议："为何我要从一只尊贵的九尾狐变成一只猫儿？为何就不能把我变成一个人？"

"你戏很多！想变人，就自己想办法。"玄遥白了它一眼，双手相背，如同那些凡人商贾权贵一般，慢走进盛乐坊的大门。

芋圆看着自己小了一圈的爪子，心有不甘，原地不停地旋转着身子，试图变回自己原本翩翩贵公子的模样。

楼玉中随着那位小厮进入盛乐坊，沿着蜿蜒的小径，走向女部所在的丽伶阁。十年未曾踏入这里，亭台楼阁，树木山石，竟与记忆中一样，几乎没有什么变化。

随着他的目光，阿怜也好奇地看着眼前的一切，这里四处悬着红色灯笼，不远处传来丝竹声乐，时而夹杂着男女调笑的声音，仿佛就是另一种形式的花楼。

"没错，这里其实就是一个倡馆，这里的女伶就是妓女，男优就是男倡。只不过这里的优伶不必像花楼里的姑娘们一样，拼命地在烟花柳巷间去招揽生意。"楼玉中听到阿怜的心声，自嘲的语气中透着冷漠。

"你真的要去当一个散伶吗？可是我不会跳舞呢？"阿怜对音律舞技什么这种优雅的东西完全是一窍不通，虽然她很喜欢听戏欣赏歌舞。

"放心，我不会扭着你的腰。"楼玉中一直板着脸，终于轻笑出声。

此时，阿怜与楼玉中交流的声音，只限于两人的魂魄之间，也只有他们两人相互能听见。

"姑娘，你笑什么？"领路的小厮听到阿怜轻笑，忍不住回头。

楼玉中立即垂下嘴角，一本正经地道："我没有笑。小哥，你听错了。"

阿怜叹了一口气，道："希望你尽早了却你的心愿。"

楼玉中紧抿着嘴角，一脸严肃。

小厮领着楼玉中到了女部伶人们平日里练习歌舞艺的练习场，道："姑娘，请稍等，待会儿咱们这里的曲嬷嬷前来，你有何本事，尽管显出来。"

不一会儿，一个年纪看上去约莫只有二十多岁的年轻妇人走了进来。

阿怜见她身姿轻盈，步步生莲，皮肤生得细腻又光滑，不经意间抬手抚着髻间的珠花动作极为优雅，眉目明净，俨然是个花信年华的美少妇。阿怜忍不住心生赞叹。

"她可不是什么花信年华，已经徐娘半老了。" 楼玉中忍不住说。

阿怜惊讶："什么？她……已经徐娘半老？可看着一点也不像。那你有多大了？"在她看来，楼玉中也就差不多刚过了弱冠之年。

"是问我死的时候吗？过了而立之年。她是我师妹。"楼玉中第一眼就认出眼前这位曲嬷嬷，乃当年一同为盛乐坊的伶人曲小满。论辈分，曲小满还得尊他一声师哥。时别多年，她的脸上没了当年的稚气，倒是了有几分当年教导他们的教习师父的严厉模样。

阿怜忍不住又一声赞叹，原来伶人们保养得如此之好。若是自己到了这年纪还能像他们这般如花似玉该多好啊。

楼玉中不禁嗤笑："我活了这么久，倒是头一次见着有人羡慕地位卑贱的优伶。"

阿怜呵呵一笑："再卑贱贱得过乞丐吗？在没有遇见玄遥之前，我是个在人家后巷与狗相争扒拉残食而活的乞丐。"

她没有资格嘲笑任何一个身份低微的人，只能说投胎是门技术活。

"但至少你遇见了圣仙。"楼玉中的声音听起来有些滞涩。

阿怜沉默，这话楼玉中说得没错，至少她遇见了玄遥，而他，被人推落了水。

曲小满上上下下仔仔细细打量了"阿怜"，不仅伸手捏了捏她的肩骨和腰身，甚至还挑着她的下颌左右看了许久，才道："模样长得倒挺标致，但你可知我们盛乐坊是什么地方？是你这等人想来就来的地方吗？"

楼玉中乖巧地行了礼，道："回嬷嬷话，小女敢毛遂自荐来这里，当然知道盛乐坊是什么地方。"

他的声音变得轻柔婉转，阿怜听着自己的声音如此酥软，柔弱似水，这一对比，她顿时觉得自己平日里就是一个糙汉子。

曲小满媚眼如丝，唇角轻勾，道："听说你想来咱们这里当一个散伶，讨碗饭吃？"

楼玉中点头："是。还望嬷嬷赏饭吃。"

"咱们盛乐坊可不是外面那些上不了台面的野路戏园子，伺候的可都是武昌城里及来往武昌城的达官贵人们。就连当今乐府令季大人为宫中选拔优伶，也都会首选咱们盛乐坊。这几十年来，从咱们盛乐坊被选去宫中承蒙圣上恩宠的贵人那可是数不胜数。可不是什么阿猫阿狗随便想来就来的地方。"

"小女知晓。恳请嬷嬷赏饭吃。"

楼玉中的姿态极低，就差没给曲小满下跪了。这不禁让阿怜忆起做乞丐的那些日子。

"你擅长音律舞技？可我看你这身子板，怎么都不像是个擅长舞艺的优伶。"

楼玉中淡淡地道："若是曲嬷嬷给小女一个表现的机会，便可知小女有没有讨这碗饭吃的本事。"

曲小满挑眉，眼神里满是质疑："口气倒不小，挺自负的。行，给你一个机会，那是要唱一曲，还是要舞一曲？"

楼玉中道："就舞一曲吧。听闻季大人刚巧在咱们武昌，小女就以当年季大人成名之作《佳人无双》作舞。烦请嬷嬷找人为小女伴唱。"

"看不出来你这年纪，胆子倒是不小。"曲小满不以为意地冷嗤一声，随即拍了拍手，一位年纪尚幼的女童伶走进来。曲小满冲着她道："你来唱《佳人无双》替她伴唱。"

"喏。"小丫头恭敬屈礼。

"来吧。"曲小满身子往一旁的座椅斜倚坐下，手捧着小斯送上来的茶水。

楼玉中取了一旁挂在架上的水袖穿戴好，便走到练习场正中，双肩自然垂沉，胸腔挺直，手臂微抬，准备起势。

小丫头也准备好，轻咳几声，张口便来，声音虽然稚嫩，但也唱得字正腔圆。

曲小满手捧着茶盅，低头细抚着茶沫，轻啜一口，根本就没有将楼玉中的演绎放在眼里。直到小丫头唱到了高潮部分，却见楼玉中连着十几个优美而利落的旋身翻转，便不由得顿住。这身段这动作……似曾相识，就连这舞蹈编排，也令她不禁忆起一位去世多年的旧识，在当年可是盛乐坊的头牌，只要他一出场，那便是宾客满座，几乎就是一个传说。

她仔细看着，忘了喝茶。小丫头唱毕，楼玉中最后收袖，猛地半跪下腰在跟前，令她不禁怔了许久。

真到楼玉中起身叫唤，她才想起来说事："果然有两把刷子。你叫什么名字，师从何处？"

曲小满好奇，明明这丫头的身段一点都不像是一个长期习舞的伶人，却将这段舞蹈跳得出神入化。打小就在这行摸爬滚打的她，人生第一次居然看走了眼。

楼玉中淡淡地道："小女姓顾，顾影怜。曾在京城的乐坊里待过。"

"在京城待过？"

"是。但不是什么知名的乐坊。"楼玉中心中明白，以他的舞艺想要随便编个师承和乐坊糊弄曲小满，有些难。

曲小满不可思议地盯着楼玉中，就凭这丫头刚才露的这一手，别说是他们的盛乐坊，就连进入京城最大的长乐坊那也绝不成问题。说起长乐坊，那名气可是比她们盛乐坊大多了。长乐坊教出的伶人那可是常常在殿前献艺，各地达官贵人们争相抢夺。这丫头怎么看都不像是野路子出身，该不是长乐坊的人吧？

"是吗？我怎么看，你这身段像是京城长乐坊出来的。你这在京城长乐坊好好待着，竟然跑来咱们武昌盛乐坊，该不是犯了什么事被长乐坊给赶出来了吧？"曲小满犀利的目光盯着楼玉中看了又看，这若是犯了事被长乐坊给赶出来的，她们盛乐坊可不敢收。

"嬷嬷，您误会了，不是长乐坊，就是很普通的一间乐坊。去年冬天，小女不小心染了风寒，一直不见好，馆主怕小女将病传染给其他人，便让我离开。小女无处可去，只好回乡。没想到这一回来病也全好了。小女也不懂其他谋生，听闻盛乐坊在招人，所以就想着来试一试。"

曲小满冷噗一声："我们招的那可都是小娃娃，往上了，也不会超过十岁。要么就是洗衣做饭扫地的老妈子。可不是你这般年纪的。"

楼玉中低眉沉思片刻，"扑通"一声跪下，道："嬷嬷，小女除了会唱歌跳舞，也不懂其他谋生。我之前听闻盛乐坊的曲嬷嬷不仅技艺超群，心地也是最好的，还请嬷嬷赏饭吃。"

楼玉中跪着走到曲小满的脚下，"咚咚"地磕了几个响头。

"你先起来！"留不留这丫头倒叫曲小满一时间为难。

这些年，他们盛乐坊资质上乘、天分极高的优伶就没见有，自打被京城的长乐坊压下去之后，就没有再抬起过头，若不是有季大人在宫中顶着，他们盛乐坊怕是早被遗忘。就凭这丫头的舞艺，只要登台一定能成为他们盛乐坊的头牌，说不准被季大人一眼相中，挑去宫中，若是日后能承蒙圣宠，他们盛乐坊反压京城的长乐坊，那是极有可能。但是这丫头虽然话说得好听，但目光森冷，令人不寒而栗，一点都不像是这个年纪该有的眼神，这真是叫人很不舒服。

"对不起，我不能收你。你要是从其他一些什么不知名的小馆里出来也就罢了，可若是真叫京城的长乐坊给赶出来的，我就是有十个脑袋也不敢收你。你且走吧。"曲小满忍痛挥了挥手，就是这丫头舞艺再好，她也绝不能私自冒险留一个来路不明的人。

忽地，一个小厮匆匆前来禀告："嬷嬷！嬷嬷！季大人来了，乐正大人这会儿不在，几位大师小师都去前院伺候着了。"

"不是说季大人前两日才来过吗？怎么今夜又跑来了？"曲小满连忙起身，"我这就过去。"

小厮又道："前几日嬷嬷不是刚巧不在吗，季大人那是私下里悄悄来咱们这里，看了几个优伶的技艺之后，一言不发地走了。刚才来，就冲着几位大师们在发火，说是教的都是什么玩意儿，没有一个能拿出手的，说咱们盛乐坊调教出来的伶人比起京城长乐坊的那是差了不知道多少个等级，简直一个个就是烂泥……烂泥扶不上墙……"小厮的声音越说越低，头就差没点在了地上。

曲小满的脸色一下子沉了下去。这季如绵虽说起来是她的同门师兄，但一直以来她对他都有些敬畏。再说，早些年师兄小有名气时已从盛乐坊去了京城的长乐坊，后来有幸在殿前献艺，一跃成了圣上跟前的红人，如今可比不当年。当年她是小姑娘，遇事儿了还能哭两声示弱，或许师兄能软了脾气，这如今……

曲小满心头一紧，下意识眈了一眼楼玉中。

楼玉中立即又猛磕了一个响头，道："嬷嬷，可愿让小女试一试？"

曲小满踌躇了片刻，最终揪着眉头，道："你随我来。"

楼玉中即刻起身，曲小满命小厮带楼玉中去换衣裳，吩咐从后门进入前楼，她会交代乐师们，到时候就看楼玉中的。

曲小满又交代了几句盛乐坊的一些规矩，急匆匆地离开。

阿怜不禁问："其实你若是想见季大人，也不是没有其他办法，为何一定要进这里当伶人呢？"

"等见到他之后，我再同你说吧。"楼玉中深深叹了一口气。因为只有以这样的方式，他才能见到最真实的季如绵。

小厮领着楼玉中到了后台。楼玉中摸着一排舞衣，从中挑了一件纯白色的舞衣换上。一个小丫头要为他梳头上妆，他抬了抬手，拒绝了，将头发散开，利落地盘起缩成一个髻竖在头顶。

阿怜的魂魄缩在角落里歇着，方才楼玉中那一舞差不多是要了她的命。她瞥了一眼镜子里的自己，这扮相……有着男儿的刚毅却又不失女儿家的柔媚。

楼玉中又挑了一把绸扇，打开合上，复打开又合上，试了几下，便对那小厮道："烦请小哥让琴师们准备《高山流水》即可。"

小厮瞅着"阿怜"看了看，问："姑娘，真的不需要换一身其他的舞衣吗？"

楼玉中道："不用。谢谢。"

小厮叹了口气，转身出了后台。这朴素的样子怎么能吸引住台下的达官贵人们？

阿怜也在疑惑，楼玉中道："时间不多，这身装扮加舞扇是最省时省力的方法。待会儿，我跳舞的时候，你最好去休息一会儿，免得不适。"

之前楼玉中不过跳了一段《佳人无双》，那连着十多个旋转差点让她晕厥。她的不适，同时也会影响到楼玉中。

阿怜点了点头，便窝在角落里闭上了眼。

季如绵端坐在太师椅上，板着个脸，正在训话。面前跪着一排大师小师，战战兢兢，大气都不敢喘。

曲小满一出现，众人皆松了口气。

说句实在的，从小到大曲小满都挺畏惧这位师哥。即便他如今待在京城难得回来一次，也叫她头皮发麻。她扫了眼被打翻在地的茶水杯，碎瓷一地，咽了咽口水，立即上前赔着笑脸道："季大人，您今夜前来也不提前打声招呼，小的们也好准备准备……"

季如绵怒气冲天："准备什么？！你就是准备了也就这个样！曲小满，你身为乐师，盛乐坊的总教习，竟然就教出这等废物。枉我在圣上面前夸下海口，对盛乐坊赞不绝口，指望此次回乡能带回一两个出众的伶人殿前献艺。你们就准备让我带那些个上不了台面的回京城吗？"

"季大人，您莫生气！莫生气！"曲小满连忙冲着跪在地上的几位大师小师挥了挥手，示意他们离开。

几位大师小师也是明白人，立即叩首退了出去。

人全走光了，曲小满这才道："大人，那些个……的确是次了点，所以咱们也只是用来哄哄武昌这里的贵客开心，比不得京城的达官贵人。"

"你说什么？！"

曲小满见季如绵怒瞪着眼，吸了口气立即改口："师哥，请恕小满无理了。这里只有咱们两人，其实这些话，我也就当着师哥的面才敢说，平时可是绝不敢当众说出去。我知道咱们这里的优伶有些是比不上京城长乐坊，但当年你和如妃娘娘，还有楼……师哥，不也都是咱们盛乐坊出去的吗。长乐坊的人就是再厉害，也比不过师哥您和如妃娘娘厉害啊。"

季如绵斜睨了她一眼，道："你要是把你这顺溜拍马的功夫用在调教新人上，盛乐坊也不会一年不如一年。"

曲小满道："是是是！师哥教训得极是！这不，近日里一直忙着训练一位姿质极佳的女伶，也就顾不得其他了嘛。"

李如绵挑眉："你说的人在哪儿？"

"正在前楼为客人献艺呢。这会儿，应该上场了吧。您刚巧可以过去瞧一瞧。这小丫头是我这么多年见到的资质最好的，绝对不比当年的……"曲小满每次都忍不住想说楼玉中的名字，话到嘴边又收了回去，就差没抽自己的耳刮子，"绝对不比长乐坊的人差。"

"还不领路？！"

"是是是。"

楼玉中立在台上已经做好起势，四周高悬着几匹白练，将阿怜整个人遮住。

随着古琴的琴音轻轻泻落，在灯火的照耀下，阿怜映在白练上舞动的纤细身影逐渐清晰。

台下寥寥掌声。

忽地，那几匹白练腾空飞走，阿怜的身影出现在众人眼前，一身俭朴的白衫，素面朝天，令在座的客人唏嘘不已。

楼玉中暗暗环视了在座的客人，未见季如绵，不知他是否在二楼的雅室之中。

季如绵坐在二楼的雅室，曲小满为他奉上了美酒，他挥了挥手，选择了清茶，一双眼犀利地瞅台上正在表演的伶人。单凭投在白练上的身影，几个娴熟利落的动作，的确是身姿不凡。白练落下的那一刹那，女伶纤瘦的身影背对着他，倒是令他有些意外，这位女伶竟然大胆地选择了一身男性化的白衫。

楼玉中时而轻舒云手，时而踏步蹲冲，手中的绸扇随着琴声的走势，犹如一支蘸满了墨汁肆意挥洒的巨笔，在半空中忽合忽开，以空作纸，以扇作笔，以气作墨，挥洒出一幅行云流水般虚幻的水墨丹青。

忽地，琴声陡转上扬，楼玉中仰面飞起，一个紫金冠腰，手中的绸扇打开的瞬间，半空中飘洒的片片花瓣，红白相间，犹如冬日冰雪纷飞，红梅盛开……

台下的人看得个个屏声息气，似是忘了饮酒作乐。

季如绵端在手里的茶盅"叭"的一声坠地，他倏地站起身，黝黑的双眸直直地瞪着台上舞扇的女伶，惊恐与满满的难以置信布满了脸。

他的嘴唇微微发颤，喃喃地道："怎么可能？怎么可能？怎么会……"

之前熟悉的舞姿，已经恐慌得令他不由自主地想起了记忆深处里的某个人，当这女伶转过脸来时，这脸……分明就是一模一样。明明已经死了十年的人，怎么可能忽然又活着出现在台上……

琴声陡落，渐缓渐消，楼玉中的双臂犹如春蚕吐丝，绵而有力，宛如一个飘逸灵动的仙子，将扇子一点一点收回身前。整支舞蹈的动作刚柔并济，如行云流水一般酣畅淋漓。

琴声终止，楼玉中将扇子收在怀中静止。台下一片寂静，过了好一会儿，不知是谁，带头起先鼓掌，顿时掌声骤起，响彻整个厅堂。

不只是季如绵，就连曲小满也震惊不已。若是之前的《佳人无双》在她看来算是技巧不错，一曲《高山流水》配出的丹青水墨之画，全天下恐怕也无人能作，除了楼师哥……这小丫头先前她怎么看都不像是能有这等艳惊四座的本事，可偏偏跳出了只有楼师哥达到的境界，若不是看脸，甚至让她怀疑那根本就是楼师哥在世。

曲小满下意识看向季如绵，果真，他的手在微抖，嘴角微颤。他也一定是想到了楼师哥。她小心翼翼地叫了一声："师哥……"

季如绵强抑着心头的震惊，缓缓转过身，镇定地道："她叫什么名字？"

"姓许，叫许香莲。二九年华，是个姑娘家。"曲小满好歹也摸爬滚打多年，只需一眼便知道季如绵想问什么。只要季如绵相中这丫头，她便有法子叫这丫头留下来，官籍不官籍，只要她同乐正大人好好沟通定不成问题。

"许香莲……"季如绵喃喃念叨着名字，二九年华，年纪比楼玉中小了十多岁，整整小了一半，不会是他，这分明是个姑娘家，不会是他……

季如绵强作镇定，缓缓回到座椅上。

"师哥，你觉得这丫头如何？"曲小满试探地问道。

季如绵脸色依然灰暗，隔了好半天才幽幽地道："是个不可多得的好苗子。"

曲小满立即眉开眼笑，道："师哥，我们还不算太废吧。"

季如绵挥了挥手，道："那丫头眼下在何处？"

"应是在后台。"

"你不用跟着我，去好好招呼客人。"

"是。"曲小满不敢多问。

季如绵缓缓走出雅间。

楼玉中跳完了扇舞，便急匆匆地走向后台，捂着心口刚坐下，又起身从后门走出了前楼。楼玉中扶在一棵树下拼命地作呕，此时确切地来说应该是阿怜。

从未跳过舞的阿怜，因为楼玉中张弛有力、刚健挺拔的动作引来各种不适，之前那一曲《佳人无双》含蓄绵柔已经让她招架不住，这一曲又是"拧""倾"，又是"圆""曲"，尤其是那个腾飞起的紫金冠腰，一曲舞完，她整个人就废了。这不仅是心里想呕，这双腿、胳膊都感觉不是自己的，走路都有些打晃。

身体的反应过于强烈，眼下她的身体完全由她主导支配，而楼玉中不知所终。

她已无暇顾及楼玉中，手撑着树干，不停地干呕，却什么也吐不出来，倚在树上，闭上双眼，感觉整个人灵魂似要出窍。玄遥也不知去了哪儿了，宾客四座，却不见他，也瞧不见奎河和芋圆。

忽然，一阵轻微的脚步声接近，她本能警觉，回眸防备地看向来人，竟是季如绵，这令她有些意外。

长年市井生活的本能告诉她，季如绵对她很好奇，于是她忍着身体不适微微欠了欠身："小女……见过大人。"她俨然学会了楼玉中的口气。

"免礼。"季如绵顺着小厮指的方向一路寻过来，恰巧撞见她趴在树下干呕，"你不舒服？"

"许是在厅堂里闷得慌，跳了一曲舞后这会儿身子发热，心跳得快，是有些不舒服。"她又是一阵反胃，拧着眉头生生忍住。

"后面有个凉亭，去坐一会儿吧。"季如绵指着她身后不远的地方。

阿怜回眸，身后十米开外的地方确实有个凉亭，不过叫几棵树结结实实地挡住，若不是凉亭的四角上悬着四盏小小的灯笼，在这黑夜之中很难发现。

她有气无力，不太想走过去，只想待在这里，等着玄遥来找寻她，可是季如绵似乎不打算放她一人在这儿。

"你若不舒服，我扶你过去吧。"季如绵靠近她，扶住她的胳膊。

阿怜极不喜欢陌生人的触碰，季如绵这一扶令她本能排斥，毫不犹豫地推开他。

季如绵微微一怔。

"还请大人恕小女鲁莽。小女可以自己走过去。"阿怜连忙赔不是。

这楼玉中大费周章就是为了要见他的情人，此时此刻却忽然消失不见，留下她与他的情人季如绵单独相处，这该如何是好？

"是我唐突了。"

阿怜低下头，默默地走到凉亭。

季如绵紧随其后。

阿怜站着，不敢逾视。

季如绵道："不必拘礼，不舒服，就坐下来歇息吧。"

"多谢大人。"阿怜点了点头，在扶靠上坐下。

而季如绵背着手就这么立在她的跟前，一直盯着她看。

阿怜被他看得心中发毛，忍不住摸了摸脸颊，小心翼翼地道："大人，小女脸上有东西吗？"

季如绵回过神，道："你长得……很像我的一位故友。"

"故友？"阿怜当然知道他说的是谁。玄遥法术了得，这季如绵见了她，认不出她原本真面貌，当她是楼玉中。

"不仅长得像，就连你们跳舞时举手投足都很像。"

"真的吗？"阿怜故作惊讶，"没想到这世上竟然有与我相像之人，真是不可思议。"

“你……叫什么名字？”

阿怜咬了咬唇，道：“我叫阿怜。”她不能确定媚姬姑娘有没有将她的名字告知杨广德或是季如绵，早知道之前应该先与楼玉中套好说辞。

“阿莲？那是叫许香莲，不是楼香莲吗？”

“哎？”阿怜惊讶地望着季如绵，这分明是在套她的话。何以他不是叫她楼玉中，也不是叫她顾影怜？而是许香莲？许香莲又是谁？她不敢轻易答话，怕随便开口都是错。

季如绵见她的神情不似在撒谎，道：“抱歉，我那位故友姓楼，你与他长得太像了。曲嬷嬷同我说你叫许香莲的时候，我以为弄错了姓氏。”

阿怜琢磨着，这季如绵该不会以为她与楼玉中有什么血缘关系吧。

“我姓许，不姓楼，家中也没有楼姓长辈。大人若是不嫌弃，可唤小女一声阿莲。”这曲嬷嬷咋好端端地给她取了个许香莲？许香莲就许香莲吧，反正“莲”与“怜”同音，这叫起来倒是方便了。

季如绵又道：“你这一身舞技是师承的哪位师父？”

“师承？”阿怜眼珠子转了转便道，“当然是曲嬷嬷啦。”

谁知季如绵一听，不屑地冷嗤一声：“你是害怕曲嬷嬷知道了，责怪你吗？”就凭她这先前在台上表演的那段扇舞，别说是曲小满，这整个盛乐坊，甚至连京城的长乐坊都没有人有资格做她的师父，这丫头绝非是盛乐坊教出来的普通伶人。曲小满定是对他隐瞒了什么。

阿怜佯装惶恐：“大人……”

“你可识得一位叫楼玉中的人？”

“楼玉中？”阿怜佯装不认识地摇了摇头，“是你的那位故友吗？”

季如绵双眼直盯着她，紧抿着嘴角，并未答话。

“大人，请恕阿怜多嘴。”阿怜佯装连忙认错，这想从季如绵的口中套话似乎也不是什么简单的事。

季如绵的神情总算缓和了一些，又道：“你家乡在哪里？”

“宋埠。”阿怜下了一剂猛药。

“宋埠？！”季如绵倏然僵直了身体，居高临下望着她，阴沉的脸色在黑暗中瞧起来极为恐怖。

阿怜的眉头下意识微拧。

尔安说楼玉中真正落水的地方并不是在举水河，而是在举水河的上游宋埠附近。楼玉中被人推下水之后，尸体顺着水流一直漂往下游，整整漂了几天几夜，这才漂到了举水河，被人打捞起。能知道楼玉中落水淹死的地方，除了楼玉中本人以外，那应该就只有凶手。看季大人听到宋埠的表情……可真是耐人寻味。难道说这季大人就是害死楼玉中的凶手？

阿怜又小心翼翼地试探："大……大人，您怎么了？阿怜说错话了吗？"

季如绵回过神，暗吸了口气，道："没什么。"

气氛一下子凝结。

季如绵直视着阿怜不再说话，阿怜时而垂眼，时而偷偷瞄他一眼，试图从他的神情里看出一丝异样，但他意外地平静，思绪似是飘了很远。

"季大人？季大人？"黑夜中传来几声急切的叫唤声。

季如绵收回视线，背过身道："你下去好好休息吧。方才我同你说的话，勿要同他人提及，尤其是曲嬷嬷。听见了吗？"

"是，大人。"

季如绵临行前又瞅着阿怜看了一眼，然后便向前楼步去。

阿怜目送他离开，直到他的身影消失在夜色中，才深深吸了口气。

看来这楼玉中在季如绵的心中仿佛就是根刺，想拔除，倒没那么简单。两人究竟有怎样一段恩怨纠结的过去，大概也只能等楼玉中出现才能知晓。

阿怜步下亭台，正要离开，不远处的树下突然传来声响。

"是谁？"阿怜本能地叫道。

一个裹着黑色披风的黑影，听到她的声音立即往夜色更深处逃去。

阿怜追过去，一个人影也没有。难道是她的错觉？

空气中飘着一股子淡淡的桂花香，阿怜嗅了嗅，这八月金秋的季节已过，桂花也早已落完，怎么还有桂花香味儿？她动了动鼻子在空气里嗅了嗅，寻着香气走了几步，忽地，树丛里跳出来一只白色的小猫儿，吓了她一大跳。

"喵呜——是我！"芋圆"喵"的一声。

阿怜惊道："芋圆？你怎么变成了一只小猫儿？"

"师父怕我玉树临风的白狐形象惊艳四座，让我低调一些，于是将我变成了一只猫。"芋圆不爽地"喵"一声。它本来拼命努力已经变成了人形，奎河看到它的时候还惊讶来着，然而最多一炷香的工夫，欣赏完了楼玉中的扇舞，它便又无奈地变回了狐狸。师父担心它的模样惊动周围的宾客，便又将它变成了它讨厌的猫儿。

"挺漂亮的呀。对了，你师父和奎河呢？"

"后面。"

阿怜抬眸望过去，隐隐的灯火中，瞧见一个油光满面，身着锦衣华服，手中把玩着玉石，十分高壮的陌生中年男子朝着她走过来。

阿怜本能地连连向后退了几步："你你你……"

走到跟前，玄遥这才恢复了原貌，跟着他身后的小厮也变回了奎河。

阿怜无奈道："难怪我四处找不着你们，原来你们都变了样子。方才你那模样，真是将'满脑肥肠'四个字表达得无可挑剔。"

玄遥浅浅笑道："刚好撞见一位客人，就变成那样进来了。"

"你可以隐身了进来呀。"

"但是我想坐着观赏。"

"你的作风。"

"你还好吗？"

"不好！快要死了。"阿怜嘟囔着嘴，撒娇地倚在玄遥的怀里。

奎河和芋圆一人一猫立即识相地转身捂住眼睛和耳朵。

"哪里不舒服？"玄遥摸了摸她微烫的脸颊。

"全身上下都不舒服。我真是佩服楼玉中，虽然是我的身体，可是他也有知觉的呀，但他都不知道痛。他那又是连转又是拧，又是跪地又是曲，我这胃里整个就是翻江倒海，还有两条腿，眼下打着晃，怕是明儿一早起来要下不了床。这胳膊就跟折了似的。"

玄遥抬起右手，掌心泛着一团绿光，翻手将那团绿光覆在她疼痛的地方，不一会儿，肌肉酸胀的痛感消失。

"还疼吗？"

"嗯，不疼了。"阿怜伸手环抱住他的腰身，将脸贴在他的身前，"有你这样一个包治百病的神仙在身边真好。"

玄遥轻笑，她的治愈能力可是比他强多了。

"对了，说正经事。楼玉中不见了。方才扇舞一结束，他急忙冲向后台，接着我就觉得整个人天旋地转，极不舒服，等我清醒时，我正趴在树干上干呕，而他不见了。我感受不到他的存在。"

"有些魂魄占了宿体之后，可以完全操控宿体，而有的则有可能会被宿体吞噬，宿主厉害的话，还能令他们魂飞魄散。"玄遥见阿怜一脸迷茫又补充道，"不过，也有可能是他太累了，去睡了。"

即便阿怜与楼玉中做了鬼契，但阿怜毕竟是在须弥山由佛祖亲手培育出来的青莲花，受佛光恩泽数万年，与一般的神仙不可相提并论。楼玉中拼尽全力，想要在季如绵的面前跳舞，这本就耗了他自身的灵力，这会儿虚弱得藏起来，也属正常。

阿怜不可思议地惊道："我有这么厉害吗？"

"你对自己的力量一无所知。"

"我总觉着跟你待在一起待多了，我好像也不是个普通的凡人了。搞不好我也是什么神仙下凡呢。"

玄遥轻轻笑了笑道："你说是就是。"

"哦，还有，我怀疑季如绵有可能就是害死楼玉中的凶手。"

"何以？"玄遥挑眉。

"方才你们没来之前，他一直在套我的话，就是想知道我与楼玉中的关系，为何我们会长得那么像？对他来说简直就是一模一样。我故意说我的家乡在宋埠，你猜怎么着？他的神情顿时阴沉下来，好可怕，一副要吃人的样子。就是那种做了坏事，被人发现后想要杀人灭口。最妙的是，今晚的事他还不让我告诉别人，尤其是曲小满，就是这里的大乐师教习嬷嬷，季如绵和楼玉中的师妹。"

"来这里不过一个时辰不到，你就查了这么多，挺不错的。"本来他还担心她，但看楼玉中无力完全操纵她的身体，他便也放心。待到她的能力完全觉醒怕是还要有很长一段时间。

"你不是神仙吗？你是不是知道什么？凶手是不是季如绵？"

"天机不可泄漏。"

阿怜嘴角微抽，凡间的道士、和尚，还有什么张半仙李半仙这种算命的，动不动说"天机不可泄露"糊弄糊弄人也就罢了，他一个天界的天神也张口闭口来这么一句……

"想知道谁是凶手，问楼玉中不就得了，他肯定知道。"芋圆跳出来喵喵叫。

"但是他不肯说。"通常这有冤报冤，有仇报仇，可是完全不知楼玉中想干吗。

芋圆喵喵喵地道："话说，这楼玉中方才的舞技可真的是出神入化。想天界每年举办的那些盛会，仙娥的舞姿也不过如此。我反倒觉得楼玉中跳得更好，天界倒是可以封他个舞仙。"

"楼玉中这么厉害？"阿怜惊讶。凡人可是不停地吹捧天界的神仙呢，这天界仙娥的舞技竟然还不如一个凡人，着实难以想象。

"没错。我也觉得咱们天宫里的仙娥跳得确实不如楼玉中。"奎河不能再赞同。

"你们说封仙就封仙，把天界的神仙都当成什么了。"玄遥虽然赞同楼玉中的舞技上乘，但是至于楼玉中是否能入仙籍，那也得要看他的修行与造化。尔安收留他在身边，一直带着他修行，虽说只有短短的十年，但一直在努力化去他心中的冤气，怕是也有意引他入仙班。

芋圆又道："阿怜，等回京城之后，你可以考虑去学学。方才楼玉中掌控你身体跳舞的时候，你看起来比较像女人一点。"

阿怜嘴角抽搐，狠狠地在芋圆的猫头上拍了一巴掌，道："我从小就是野大的，不男不女，怎样？"

"我这是为师父着想。"

"呵呵,我最臭最脏最邋遢的时候,挖鼻孔抠脚丫子吐口水,他通通都见过。皇帝不急太监急。"

芋圆瞪着一双黑亮的猫眼瞅了一眼玄遥,喵了一声:"啊!原来师父这么重口味。"他还是喜欢柔若似水的女人,比如苏婉心。

阿怜作势要修理芋圆,无奈他一下子蹿到了树上。

"香莲!香莲!你在哪儿?"忽然,曲小满的声音从不远处传来。她身前身后各跟着一个人,提着灯笼。

玄遥立即恢复了先前客人的模样,奎河也变回了小童。

阿怜听着"香莲"这个名字有些熟悉,好像是季如绵之前询问她的名字。她从树后走出来,迎向曲小满。

曲小满一见到她,拼命地使眼色,道:"香莲啊,我总算是找着你了。你怎么跑这儿来了?"

"回嬷嬷的话,方才觉得不舒服,出来透个气。"阿怜将楼玉中先前的语气模仿得极像。

曲小满瞧见玄遥,立即换了笑脸道:"王大人,您怎么也在这儿啊?怎么不在前楼歇着?是不是我们哪里招待不周?"说着一双眼睛还不停地瞅着阿怜,似乎对她私下与客人见面攀谈甚是不满。

"里面闷得慌,出来透个气。"玄遥不疾不徐地道。

曲小满立即道:"哎哟,那就是咱们盛乐坊的不是,让大人累着了。大人若是不介意,小的让人领大人去后院的厢房歇息歇息,再找个丫头给您唱唱小曲,解解闷。"

玄遥道:"不必。这里挺好。"

曲小满总觉得王大人今晚哪里不一样,可是又说不上来,但见他的一双眼睛直盯着阿怜转悠,怕他是看上了阿怜,于是又道:"那行,大人就在院子里散散步。我这就带香莲回前楼了,季大人正在前楼等着回话呢。您也知道季大人此番回武昌……嘿嘿嘿……"

方才那一段扇舞,可是让在座的各位大人摩拳擦掌,纷纷来打听跳舞的姑娘是谁。怕王大人不让走人,曲小满就搬出了季如绵。

玄遥轻笑一声:"无妨。我回前楼坐一会儿就走。你带着香莲姑娘去忙吧。"

"多谢大人!"曲小满领着阿怜立即往回走。

阿怜频频回头看向玄遥,瞪着眼,这家伙,之前恨不能要一巴掌劈死楼玉中,这会儿反倒推着她让她去管这事。

直至看不见阿怜的身影,玄遥这才隔空说道:"出来吧。"

话音刚落，两道身影倏然出现，是紫微星君和尔安。

紫微星君单膝叩地，恭敬地道："元昭叩见北帝。"

尔安也跟着单膝叩地，恭敬地道："罪臣尔安叩见北帝。"

玄遥唇角微抿，不怒自威："都起来吧。"

"臣谢恩。"紫微星君起身，看着玄遥有些犹豫。

玄遥道："有什么话，你就直接说吧。"

"回北帝，元昭贸然来到人间，并非有意违背当年对您起的誓言，实在是……实在是迫于无奈。"紫微星君低垂着头，不敢直视玄遥。因为他曾经在北帝面前起过誓，无论天界发生什么事，哪怕就是天宫塌了，他也绝不会下界烦扰他，而今迫于天君和众神的压力，他不得不下界来烦扰他的主人。

"看来这一次天宫不只是要塌了。"玄遥冷嗤一声。

"其一，近日紫微星忽然黯淡，预示人间乱世将近，属下前来就是准备人间新君的投胎转世。其二，前几日魔界来犯，我天兵天将受损严重，魔界只差一点就越过天河……"紫微星君的声音越说越小，忽然顿住。

"然后呢？"玄遥直直地看着他。

紫微星君深吸一口气，硬着头皮咬着牙道："夜峰的首级被其三子新任的魔王夜羡夺回，并扬言这一次不仅要一举攻下整个天宫，还要将您和天君的首级一并悬于天河之上。"

玄遥听完，淡淡地道："所以，你还是心软了，借着紫微星黯淡一事，替玄衡前来求我回天宫？"

"不不不，属下对北帝忠心耿耿，赤诚一片。属下是担忧北帝在人间的安危。此前，属下收到消息，魔界已经得知您在人间，怕是要不了多时，会在人间暗杀您。还请北帝随属下回天界吧。"

"回去？你身为紫微星君，跟随我身后数万年，竟然担心我被杀？难道不是上面那一群酒囊饭袋等着我回去救命吗？"玄遥当然知道元昭对他无二心，纯粹是在担忧他的安危。

打在京城时，时不时就能瞧见天界那群没出息的家伙身影出没，他早已算到天界不安生了。其实，他本想着楼玉中这事一了，便带着阿怜回天宫完婚，可没想着又闹出这一茬，想来他若回去，这婚期必定得要延后了。

千年过去，魔界养精蓄锐，终于又一次要出击了。而他，也找着了青莲。看来，这真的是因果循环。

紫微星君一言不发，耿直地又一次跪地。

倏然，几个身影同时出现，齐刷刷地跪成一排："恳请北帝为了天下苍生，六界和平，随罪臣们一同回天界。"

玄遥看着这几个天界使者，不禁冷嗤。玄衡暗戳戳地派了几个天界使者，刚下界就被他发现甩掉。眼下，这若不是有紫微星君元昭打头阵，这几个家伙还不知道在人间哪个地方转悠呢。这会儿，倒是放开了胆子敢跟着元昭一起跪着了。

尔安忽地也跟着跪地，道："启禀北帝，若是您放心不下阿怜姑娘，小神自动请缨，在阿怜姑娘办完事后，即刻护送她回天宫。"

玄遥眈了尔安一眼，讽道："你这下界做河神做得可真是爽快，不仅水向转得快，简直就跟我肚子里长的蛔虫似的。元昭能找着我，可得好好谢谢你，全都是你的功劳呀。"

尔安乐呵呵地笑道："北帝过奖了。小神也就是嘴馋了一些，只要有一顿好酒好菜，这嘴巴有时候就收不住了。北帝您大人大量，绝不会与小神计较。"

芋圆歪着脑袋瞧着师父，忽地跳下树，冲着玄遥机灵地喵了两声。

玄遥会意，挥手道了一声："去吧。"

芋圆便追着阿怜离开。

紫微星帝再次恳求道："请北帝以大局为重！以天下苍生为重！"

"请北帝以大局为重！以天下苍生为重！"几位天界使者齐齐恳求。

"大局为重？天下苍生？原来这才是我活着的意义啊。我自己都不知道呢。呵呵——"玄遥唇角弯起嘲讽。

奎河上前，低声道："师父，有些话不该徒儿来说，但是徒儿还是忍不住。"

玄遥看着他，道："但说无妨，师父不会怪罪于你。"

"师父，自打阿怜来了半莲池之后，您一直觉得她麻烦，多管闲事，可是慢慢地也接受了她那性子，如今接二连三，您也放任了她。您若放任此事不管，魔界一旦攻打天界，到时被毁的不仅是天界，天下苍生将遭受苦难，整个六界也都将落入魔界的手中，必会毁于一旦。若是阿怜知道这事，您说以阿怜那性子会怎么做呢？"

玄遥不禁莞尔，道："奎河啊奎河，如今你倒是越来越会说话了，也不枉师父的一片苦心。"

奎河说得没错，前世的青莲虽然高冷孤傲，却也在游走凡间时，建了莲花境界，将那些为祸人间的妖魔鬼怪锁于其中。而今世的阿怜，能力并未完全觉醒，甚至都不知道自己是什么，在毫无法力的情况下，却总是路见不平，多管闲事。无论前世的她还是今世的她，这一点都未曾变过。

奎河见师父神情松动，不免松了口气。

紫微大帝在人间游荡了千年，终于愿意重返天庭，回归原位了。

一离开庭院，曲小满就开始数落阿怜："我说你是不是脑子缺根筋啊？"

阿怜不明所以地看着她。

"别跟我说你不知道季大人此次回来的目的。你既然千方百计地想留在这里，不就是为了要出人头地？！就算这里对你来说人生地不熟的，你在京城待过也该知道要避讳啊。你知不知道季大人方才也看了你的表演，说不准这会儿就在哪里暗中观察你。"

阿怜糊涂了。

旁边提着灯笼的小哥小声提醒道："那个王大人有特殊的癖好。咱们盛乐坊的优伶都避着他呢。"

曲小满道："你与那王大人黏乎什么？这人还没进来就打算自断后路，亏我还以为你是个聪明人。"

阿怜总算是明白了曲小满的意思。曲小满以为她想借着此次机会，能够引起季如绵的注意，一旦被选中随其进京，那就意味着荣华富贵从此往后享之不尽，所以其他达官贵人再是看重她喜欢她，也要避嫌。若叫季如绵瞧见了她与其他达官贵人不清不楚，会误以为她心思活跃，不易掌控，有可能就这么错失了良机。

可是曲小满并不知道，季如绵方才已经见过她。

阿怜忍着笑意，玄遥可真是挑了个"好"皮囊："嬷嬷教训得是。阿怜一定将嬷嬷的教诲铭记于心。"

"你想要出人头地，从今往后你必须忘了你之前的名字。从今儿起，你就叫许香莲，是个无父无母的孤儿。别人问起，不管是谁，就说从小在咱们盛乐坊里长大，今晚是第一次登台献艺。还有你记着，你从来没有在京城或是任何其他一家乐坊里待过。不管谁问你，就是季大人问你，你也要一口咬定。明白吗？"曲小满的意思就是想要将她当作是盛乐坊秘密悉心培养的伶人，轻易不示人，一出手便是要扬名天下。

"阿怜明白。"阿怜点了点头，心里却一直念着这楼玉中究竟去了什么地方。

"乐户我会替你想法子弄。你只要听话即可，尤其这两天安分一些，这以后的日子，保不准就是飞上枝头当凤凰。"曲小满自打从前楼看完了那段扇舞之后，整个人如同打了鸡血似的。方才季如绵回到前楼便同她说了，明天白日里还会再来考核一下这丫头，确认没有问题，便要带回京城，准备殿前献艺了。谁知道她一出来寻她，就瞧见她同那个变态的王胖子拉拉扯扯。真是气得她哦……肝疼！先前看着明明是个明白人，怎的目光这样短浅。

"喏。"阿怜口中应着，

曲小满领着阿怜到了后院一间上好的厢房。两个约莫十三四岁的小丫头已经备好了沐浴的热水，见着曲小满前来，恭敬地屈礼。

曲小满对阿怜道："你今夜好生休息，明日季大人还要过来考核，你好好想想，准备准备。你们两个待会儿好好伺候阿莲姑娘沐浴。听到没有？"

"喏。"两个小丫头应声。

阿怜目送曲小满扭着蛇腰离开。

两个小丫头便走过来要替阿怜脱衣裳，阿怜本能地拒绝："我还是自己来吧，你们俩就……先下去吧。"

"我们就在门外守着，姑娘有什么事尽管开口。"

"好。"

两个小丫头退了出去将门带上。

阿怜顿时舒了一口气，这曲小满哪里是找人伺候她，分明是怕她这个摇钱树临时又变卦跑了吧。

她在房间里不停地来回走动，右手握紧的拳头不停地敲击着左手手掌，心里一直在不停地叫着：楼玉中，你快点出来！楼玉中，你快给我出来！楼玉中，你在哪里？快出来！快出来快出来……

可是她叫唤了半晌，也不见楼玉中出现。

"喵——"芋圆从窗外跳进来。

阿怜一见着它便问："你师父就这么走了，不管我了？"

芋圆犹豫着要不要将师父即将回天界的事情告诉阿怜，叹了口气，想想还是没说出口。师父一定不舍得放任阿怜一个人在人间这么不安全，还是等师父与天界那群笨蛋商议完了，自己来告诉阿怜吧。

它喵喵喵叫道："师父这不是派我来了嘛。再说了这季如绵既不是怨魂又不是妖精，你能让师父怎么办？只要楼玉中不害人，其他凡人的事情，我们做神仙的不好过多插手呀，否则有损自己的修为，要遭天雷劈的。做神仙不易，我们得要爱惜自己的羽毛呀！"

"呸！都是懒政的借口！"

"你把楼玉中的事情搞定了，这对你来说是种修行啊，师母大人！"

"油嘴滑舌！快滚吧！本宝宝要沐浴了！"

"遵命！师母大人！那我先去与外面两个妹子玩耍玩耍。"芋圆"喵——"了一声原路从窗户中又跳了出去。

不一会儿，阿怜便听见门外两个小丫头欣喜的声音传来："呀？哪里来的小猫儿？好可爱呀！"

"它长得好漂亮呀！真可爱！"

"喵喵喵——"

在两个小丫头的耳朵里听到的是喵喵声，在阿怜听来就是"这个妹子暗藏胸器啊""这个妹子的小手真嫩滑呀"……

这小狐狸也是色坯子一个，心里明明已经装着一个苏婉心了，但是平日里就喜欢到处浪，勾三搭四，美其名曰不管它勾搭了谁，苏婉心永远是它心中的最爱。难怪玄遥总是各种鄙夷和嫌弃他们九尾狐一族，这浪荡之心就是再修个千年万年也难以改变啊。还是她的玄遥最好，对其他的女人永远是目不斜视。

阿怜哼着小调，脱了衣裳，迈入浴桶之中。

温热的水漫过了肩头，将她整个人包裹住，令她的身心放松。水面上漂浮的花瓣散发着淡淡的花香，沁人舒脾。看来曲小满是下定决心要将宝全押在她身上了。

她闭上双眼，头枕着桶边，享受着这会儿单独的宁静。那两场舞几乎是耗尽了她的力气，许是太累，不知不觉，她泡在水里睡着了。

不知过了多久，她忽然被人从桶中抱起，肌肤暴露在冰凉的空气里令她禁不住打了个哆嗦，随即柔软的衣裳盖在了她的身上。她微微睁开眼，视线模糊着，嘴唇上却已覆上柔软而熟悉的味道。

她嘤咛一声，双手本能地勾着玄遥的脖子，热情地回应他。

玄遥一路吻着她，一路抱着她走到床前，将她放在床上。直到她又要喘不过气来，他才放过她。

她调整好呼吸，勾唇轻笑一声：“你来了？没单独找个姑娘给你唱唱小曲？”

“居然还有心思揶揄我。水都凉了也不知道，不怕生病吗？”他轻捏起她尖细的下巴，巴掌大的小脸绯红一片。

她撒娇道：“不怕！就算生了病，还有你呀。你可是一个药到病除的活神仙呀。”

他在她的唇上轻啄了一下，道：“傻！”

“傻人有傻福。”

他抵着她的额头，感受着彼此的气息。她故意将脸往前又送了送，鼻尖蹭了蹭他的鼻尖，然后探出舌尖调皮地舔舐他的嘴唇，并细细地描绘着他的唇形。

玄遥可经不起她这样的勾引，原本只想浅尝辄止，可被她这样一撩，便抑制不住，将她整个人又捞过来紧紧地锁在怀里。

她娇笑着，不停地闪避，就是不让他得逞。恼得他不得不一手紧紧勒住她纤细的腰身，另一只手扣着她的后脑勺，不让她动弹，狠狠封住她的唇。他灵活的舌尖抵开她的牙关，霸道地勾着她的小舌纠缠。她的味道柔软清甜，胜过天宫里所有美味的琼浆玉液，总是令他情难自禁。

她的身体很快酥软下来，如同一摊春水似的化在他的怀中。

一双漂亮的幽眸像是蒙了雾，仿若完全被他操纵了，皮肤微烫，双颊绯红，呼吸也逐渐急促起来，口中开始慢慢发出细碎的呻吟。

他就爱看她这般蚀魂媚骨的娇柔模样。若不是身在盛乐坊，他想他一定会毫不犹豫要了她。抑制住体内的欲望，他不舍地松开她，将她凌乱的发丝一一顺平，方道："我可能要先行一步，离开一段时间，不能陪着你解决楼玉中的事。"

阿怜整个人一下子清醒过来，道："你要去哪儿？"

玄遥指了指头顶上方。

阿怜抬头看了一眼床顶，一下子明白了，心一拧，整张脸垮了下来，撇着嘴道："你果然还是要回去当你的一神之下万神之上的圣仙了。我都还没老呢，你就要抛弃我了。真是个没良心的负心汉！亏我一心一意地对你……呜呜呜……"说着说着，豆大的泪珠便从她的眼眶里滚了出来。

玄遥一下子慌了神，道："我不是要丢下你不管，是真的有事要去处理。本想着带你一同回天界，但你这不是楼玉中的事还没处理完嘛。你若不放心，我让奎河和芋圆在下界陪你。我很快就回来。"

"你就是那个传说中说尽世上所有好话的负心汉！天上一日，人间一年。等你回来，我都成老太婆了。呜呜呜……"阿怜抹着眼泪伤心地哭道。

玄遥完全没有料着，平日里看上去大大咧咧的阿怜，突然变成了一个柔弱心碎的小女人模样。他伸手替她抚去眼泪，叹着气哄道："你怎么说哭就哭呢？事情不是你想的那样。不然，等你帮完了楼玉中，让尔安护送你去天界，我在天宫等你。算了，你跟我一起回去吧。"

"才不要！我才不稀罕去天界呢。我只爱在人间。"阿怜哭声说停就停，抹着抹着眼泪，冲着他扮了个鬼脸，破涕为笑，"方才是逗你玩的。我装得像不像？你是不是真的急了？明日季如绵还要来考核，若是楼玉中还不出现，我也得练好应付他。能骗得了你，我应该能骗倒他吧？"

玄遥真是又好气又笑："唉，真不知道拿你该怎么办？"方才见她哭得梨花带雨，他是真的急了。

阿怜伸手环住他的腰身，认真地道："我顾影怜是个诚实守信之人。一般不轻易答应别人，只要答应了，必定誓死守信。所以，楼玉中这个忙我一定会帮到底。你既已在人间千年而不愿回天界，突然有要事要回去，能让你放弃之前的执念而突然回去的事，一定不是小事。你我之间小情小爱，比起你要做的事，我想一定微不足道。因为你是万神之上的紫微大帝。所以，不用管我，尽管忙你的事去吧。"

玄遥痴痴地望着她，这一世的她开朗乐观，如太阳般耀眼，将他心底的阴暗寒冷全部驱走，让他的心又重新跳动，有了温度。

他摸着她柔软的发丝，道："楼玉中的事千万别逞能，只要他不伤害凡人，便随他去。你帮他找出凶手，了却了他的心愿即可。完了事早些回去，别到处瞎晃。知道吗？我会让芋圆和奎河留下看着你。"

"干吗要他们俩看着我？我都没有找人看着你呢。"

"你找谁看着我？谁又能看得住我？芋圆和奎河都是我徒弟，你指望他们俩能看着我什么？还是说你是在担心我一去不回吗？"

"嚛——我才不担心呢。你若回到天界，被一群貌美如花的美仙娥迷住，不想回来找我，放心，我一定会勇敢而坚强地活下去，绝不会难过的。"

玄遥伸手捏着她尖细的下颌，道："怎么就不是你忘了我呢？"

"哎哟，这就可难说了。万一我要是在你走之后遇到一位貌美如花的美男子，忘了你还真不一定啊。嗯……你怎么像个小狗一样咬人哪？"阿怜的锁骨之处被玄遥狠狠地咬了一口，留下了一个浅浅的齿痕。

他还想将她拆骨入腹呢："这叫神印，凡人一旦身上被标了神印，这就代表生生世世都只能为标记神印的神所有。"

"你是神仙，你厉害！"她白了他一眼，却又忍不住心里乐着。可是过了没多久，这心里又难过起来，明明好好的，喜欢的男人莫名其妙就要回天上当神仙去了。虽然不知道发生了什么重要的大事，但是她多么希望他能是一个平凡的人，哪怕只有短暂的生命，而不是那个高高在上万神景仰各界依赖他的紫微大帝。

她扑向他的怀里，紧紧地抱住他，仿佛这一刻就是生离死别似的："我多么希望你和我一样，只是一个平凡的人。"

他叹了一口气，将她拥在怀里，道："等我把事情处理完了，我就带着你继续云游四方。你想去哪儿，想做什么，都依你，可好？"

"你说的，可不许反悔。你回天界之后，若是哪个小妖精……"她顿了顿立即改口，"哪个仙娥小妖精故意挡你路了，你一定要目不斜视。知道吗？"

玄遥不禁失笑，方才还说要找个貌美如花的美男。他将她紧紧拥在怀里，享受着短暂离别前的最后一刻温情。

阿怜抬起头，冲着他甜甜地笑着。

他俯视着她，脸向下越来越近，就在要吻上阿怜柔软的嘴唇之时，倏然，她猛地一掌推开他的脸颊，身体差点撞向床柱。

玄遥一阵错愕，在对上那一双冷漠的眼眸时，心里一股子怨气陡然而生，没待发作，奎河的声音在屋外响起："师父，你好了吗？"

门口的台阶上昏倒着两个小丫头，睡得酣甜。

门前离着十步之遥站着一排恭敬守候的神仙——紫微星君、尔安和几位天界使者。

奎河和芋圆则守在门口的台阶上，不敢上前。

之前奎河的一番话终于说动了玄遥，令紫微星君和几位天界使者大大松了一口气。这玄遥突然要来同一位伶人道别，不禁令紫微星君和几位天界使者都好奇无比，想一探究竟。

紫微星君隔着几步开外，向奎河小声地打听八卦："这屋子里面的……是谁啊？"

自打青莲仙子魂飞魄散之后，这北帝大人便一蹶不振，要么逮着谁看着都是青莲仙子，要么就是当天界的仙子都是空气，某天，忽地任性地说下凡就下凡了，毫无预示。近千年来，也未曾听说他对哪位仙子再次动心啊，怎的过了千年忽然就看上了一个凡人了呢？那个凡人明明长得一点也不像青莲仙子呀，比起青莲仙子的绝世美貌，那个凡人还是有一段小小的距离啊。

奎河摇了摇头道："回星君，待会儿等师父出来，您还是亲自问师父吧，师父一直教诲奎河，万事莫要多嘴，奎河不敢违抗师命。"

紫微星君这一听就更加好奇了，于是转向芊圆问："七世子啊，敢问您可知道这屋里的人是谁吗？"

小狐狸乃是青丘九尾狐一族，不归天界管。

芊圆喵喵叫道："知道啊。我师母啊。"

"师……师母？！"紫微星君腿一软，差一点站不住身体，"七世子可不是在说笑？"

"本世子像是乱说笑的神仙吗？"芊圆喵了他个咪，"你们天界的紫微大帝是我师父，他喜欢的人不就是我的师母喽。很奇怪吗？"

不只是紫微星君，就连乖乖站在十步之外排成一排的几位天界使者，听着一个个都震惊得差点下巴掉下来。也就是说，他们天界的北帝大人不仅看上了一个凡人，还生米煮成了熟饭。哎妈呀！这可是天界一等一的大事啊！他们天界的北帝大人原来没毛病啊，没毛病啊！

"不可描述，不可描述啊——"紫微星君更是好奇地伸长了脖子看向门缝内。

奎河一本正经地挡住了他的视线："星君，非礼勿视，非礼勿听。"

厢房内，玄遥没有多余的时间与楼玉中计较，瞪了"阿怜"一眼，道："楼玉中，阿怜是个守信之人，我希望你也是守信之人，能遵守自己的承诺。"

阿怜恼怒地叫道："楼玉中，在我没有叫你出来之前，我命你立刻马上给我滚回去待着。"

楼玉中冷哼一声，便躲向一边，不再说话。

阿怜伸手摸了玄遥被打的脸颊，关心地问道："痛不痛？都怪我。"楼玉中醒来，毫无预示。玄遥莫名挨了这一巴掌，她怒火中烧。

玄遥拉下她的手，轻拍了几下，道："我没事。你记着凡事要小心，不管事情的真相是什么，别逞能，办完了事立即回半莲池，知道吗？"

"嗯嗯。"

"我先行一步。"

"我就不出去送你了，不想看着你在我面前'嗖'地消失。"

玄遥浅浅笑了笑，在她的额上轻轻烙下一吻告别，转身拉开屋门离开。

屋外一干神仙见到玄遥出来，一个个探究的小眼神直飘向屋子里，被玄遥瞪了一眼之后，便乖乖地站立好，等候号令。

玄遥嘱咐了奎河和芋圆，小心看着阿怜，便与紫微星君和几位天界使者化作数道白光，"嗖"地一下消失在庭院中。

趴在窗前直到瞧不见玄遥，阿怜这才恼羞地紧握起双拳，对着铜镜开始爆发："楼玉中！你给我滚出来！给我滚出来——"

"干吗？"

"你竟然问我干吗？！你要么突然消失，要么突然闪现，你说走就走，想来就来，你把老娘的身体当什么啊？！老娘真的很想掐死你呀！"她跳过去，伸手就去掐住楼玉中的脖子。

方才楼玉中这个臭小子，也不知怎的突然就苏醒过来，不仅坏了她与玄遥的好事，还给了玄遥一巴掌。他可知道，他是拿她的手在打玄遥啊？那一刻，她真的恨不得将他弄死。她当初就不该答应这个没良心的冤魂，连她与玄遥道别几句都不得安生，变得这般郁卒。

楼玉中虽然死了，但是他死之前毕竟是个男人，力量自然也比阿怜大，但他又怕伤着阿怜，所以只敢防备着。

"我已经死了，你掐不死我的。你这样动怒，只会伤着你自己。有本事你就打死你自己。"

两只魂魄在阿怜的体内斗着。

奎河和芋圆在屋外听到房间里有动静，于是奎河上前轻轻敲了敲厢房的门，半晌都没有人应声，他又不敢贸然撞开门。芋圆只好又跳上一旁的窗台上，正好瞧见阿怜躺在床上，一手掐着自己的脖子，另一只手正在死命地掰开。那手刚离开脖子，这一巴掌又扇上了脸颊。

芋圆吓了一跳，"喵"的一声跳过去，一巴掌盖在阿怜的额头上。

阿怜回过神，瞅了芋圆一眼，道："你和奎河先在外面守着，我和楼玉中有事要先解决。"

"还以为你中邪了……"芋圆只好又"喵"了一声，跳出了窗外。女人心，海底针。完全不知道整天在想什么。

阿怜摸着被自己一巴掌自扇得很痛的脸颊，讽道："可真是好极了！楼玉中，我们好心帮你，而你就是这样对待你的恩人的。真是好极了！"

楼玉中冷嗤一声："你以为我想在这个时候出现吗？你跟他两个人简直……简直够了。我若不出现，你们俩还不知道要腻歪到什么时候。"

只要想到方才被玄遥亲吻的滋味，即便楼玉中没有操纵阿怜的身体，仍然感同身受，这也让他很恶心。本以为这两人话个别就完事，可偏偏久久不能结束，一会儿你抱抱我，我亲亲你，腻歪得他浑身鸡皮疙瘩都掉了一地。若是他再不出声，会被他们两个人恶心死。

"你放……"阿怜生生将那个"屁"字忍住，如今她是淑女，再不是以前那个市井里摸爬滚打的小乞丐。她才不要跟他这个在水里待了十年，内心无比阴暗的怨魂一般见识。

"别你你你的，快把衣服穿好吧。"

阿怜低头一看，之前玄遥给她裹着的衣裳经过一番自我恶斗，眼下已经敞开，胸前的肌肤不慎露了一大片春光来。她的双手连忙拉紧衣裳死死护在胸前，恼羞道："楼玉中，你这个老色鬼，赶紧给我把眼睛闭上！"

楼玉中瞪着双眼，讽刺的声音传来："呵！我老色鬼？！你就是在我面前脱光了，我也懒得看你一眼。我对你永远都不可能有兴趣，别自作多情了。"

"我管你有没有兴趣。你给我待好了，管好你的眼睛，不许偷看！"

阿怜越是要闭上双眼，楼玉中就偏偏要睁开双眼。

"你弄得我看起来像个失心疯！"阿怜索性抬手往自己的眼睛上狠狠打了一巴掌。

楼玉中吃痛，闷哼了一声，万万没想到阿怜使出这招自残的方式。

"就你这脾气，也不知那位圣仙怎的看上你？"

"哎哟，他的眼光就算再差，也差不过你，命都送没了。"

楼玉中语塞，不再吭气。

阿怜以最快的速度将衣服穿好，然后拉开门召了奎河和芊圆进来。

奎河进门前在门头上贴了一张符，等同布了结界。这样，不论是依在台阶上睡着的两个小丫头突然醒来，还是盛乐坊的其他人前来，都无法打搅他们。

阿怜将梳妆的镜子搬过来放在桌上。她对着镜子，一脸认真地望着镜中的自己，道："楼玉中，我们现在来谈谈正事。"

楼玉中默许。

"之前你去哪儿了？你口口声声说要见季如绵，结果倒好，一见着他就莫名其妙地丢下我一个人自己躲起来了。你知不知道？我和他说话都要绞尽脑汁，生怕露了馅，坏了你的事。"

"知道……"一提到季如绵，楼玉中的情绪突然变得低落。

"你究竟去哪儿了？"

"我一直在。你和他的对话我也都听见了。你说得很好，没有坏事。"楼玉中也未曾想到，分别十年再见季如绵，心会是这样地伤痛。

当他在台上挥舞着绸扇，纵身跃起时刚好瞧见季如绵站在二楼的厢房围栏前，望着成为阿怜的他，凝眉的模样却是满脸惊恐，仿佛是瞧见了鬼似的。他以为会在他的脸上看到惊喜与期盼，然而除了深深的惊恐什么都没有……

那一刻，他的心陡然开始收缩，犹如一把尖利的匕首直插入他的心口。阿怜僵硬的肢体因他的动作而受到了强烈的负重，变得极度不适。他的魂魄被迫震开后，便再无法操纵阿怜的身体。他拼尽了最大的力气，逃离了那个地方。十年过去，他依然还有着他的骄傲。他竟然不愿季如绵看到他的狼狈，即便他是阿怜的模样……

阿怜读到了楼玉中的真实想法，不禁问道："所以，你是突然无法操纵我的身体才离开的？你究竟想要做什么呢？心里有什么话，你不妨同我直说。开诚布公地说出来，我也好帮你啊。季如绵是推你落水的凶手吗？"

楼玉中沉默了。

阿怜急道："若他是推你落水的凶手，只要想办法设计让他说出当年的事，让他亲口承认他是凶手，当众伏法，你这冤气不就能消了吗？"

"我不知道……"楼玉中的声音听起来有些飘忽。

"不知道？什么叫不知道？"阿怜蒙了，"你见着他，是不知道该怎么办，还是不知道他是不是凶手？"

镜中的"阿怜"表情微沉："我不能确定他是不是凶手。"

阿怜听到这样一个答案有些意外，奎河和芋圆也是满满的不可思议。

芋圆道："也就是说，十年前，你落水的时候并没有瞧见害你的凶手？"

"嗯……"

阿怜追问："那你是被人绑着扔进了水里，还是被人装进袋子里扔进水里，还是被人直接推下水？"

"想不起来了……十年前的事，我每天都在回忆，但是唯独想不起来那天落水的事。"

阿怜望着镜子中的自己，那一双无奈且无助的眼睛告诉她，楼玉中没有撒谎，是真的想不起来。

"所以……你是失忆了？！"阿怜难以置信。

"应该是吧。"

"那你怎么能想起来曲小满是你的师妹呢？"

楼玉中深深叹了口气，道："我也不知道。曲小满，还有这里的一切，即便是过了十年，依然熟悉，这里的一砖一瓦，一草一木，我都清楚地记得。"

"难道说你只忘了落水那一瞬间的事？"

"嗯。"楼玉中点了点头。

"天哪！你这简直是比戏班子演的戏还要曲折。头一回听说失忆还可以选择，而且还是将最最最重要的部分选择忘记。"阿怜也是没话说了。

楼玉中再一次沉默。

芊圆道："其实也不奇怪，这就好比，有时候，咱们仙界想要凡人忘掉一些不该忆起的事情，会选择消除凡人的这一部分记忆。"

"可是那是你们神仙用法力消除，他这是自己想不起来。"阿怜也沉默了。

隔了好一会儿她才道："对了，方才曲小满说，明日季如绵还要过来对我进行考核，我不知道是不是通过了考核，就有机会被他挑去宫里在殿前献艺？"

"是。我还在举水河里待着的时候，便听河面来往的客人说，他借着这次回来的机会，正好替皇帝物色姿色和舞艺都上乘的伶人，实际是为了巩固他与其妹如嫔娘娘在宫中的地位。因为如嫔娘娘逐渐年老色衰，膝下只有一位小公主，所以他必须找一个更年轻貌美，技艺高超的伶人去替代如嫔娘娘，从而巩固他们兄妹的地位。"

阿怜道："不是说他比他妹更得圣宠吗？"

"可是他是个男人，不能生孩子呀。"芊圆一语道破。

镜中，"阿怜"的双眉紧蹙，面部神情变得复杂起来。楼玉中虽然早已知道这个事实，可是当提及此事，他依然如鲠在喉。

阿怜知道他难过，谁愿意见着昔日的情人为了荣华富贵而自甘堕落，做人胯下的玩物，哪怕那个人是当今的圣上。

奎河问道："那你打算怎么办？"这话既是在问楼玉中，也是在问阿怜。

阿怜清了清嗓音，道："总之，我是不会跟季如绵去宫里，给那个劳什子的好色皇帝当宠姬。所以这事，得在回京城之前解决。明日季如绵还要来再考核我的舞艺，所以再见着他，你最好想清楚，你到底要做什么？当年你究竟有什么未了的心愿？"

楼玉中又是一阵沉默。

阿怜想要窥探他的内心，却总是无法读出，他似乎在刻意抗拒着什么："你说个话，行吗？"

芊圆见势，打了个圆场，道："若是你实在不知道从何说起，不妨从你与季如绵如何相识开始说吧。说不准回忆回忆，你就能想起什么呢。我们也好帮你呀。"

楼玉中深叹了一口气，点了点头。

阿怜退居一边，将身体让给了他。他开始慢慢讲述当年那段过往。

楼玉中的父亲楼正远原本在朝为官，为人刚正不阿，因朝中派系斗争而被奸人所诬陷。老皇帝不仅年迈且昏庸无能，整日沉迷于炼丹之术，后来听信谗言，一道圣旨，便将楼正远下令处死。楼家被抄，楼玉中沦为罪臣之子，楼家上下男丁一律发配边疆为奴，女眷们皆充为官婢。年仅八岁的楼玉中因男生女相，被人误以为是个女娃，遂充作官婢，送入盛乐坊调教。一夜之间，家破人亡，楼玉中被迫沦为下三流的伶人。

盛乐坊的人以为上面的人故意弄错楼玉中的性别，意图羞辱死去的楼正远，令其死不瞑目，于是便睁只眼闭只眼地将楼玉中留下，好歹免去被发配边疆之苦。

楼玉中天姿聪慧，自幼习诗词歌赋，擅音律，懂舞蹈，是个可造之才，又因为相貌出众，被盛乐坊的大乐师一眼相中，决定悉心调教，让他成为盛乐坊的招牌。

可年仅八岁的楼玉中初到盛乐坊时，即便一身褴褛，但内在的骄傲贵公子气并未退去，说什么也不愿折损了高傲的自尊。只要盛乐坊的人一不留神，他便会想尽一切方法从盛乐坊逃走，然而每次还没有逃出多远，便又被抓回来。每次被抓回来，总免不了一顿皮肉苦吃。

身为舞伶，对身体的要求很高，若是身体被打得遍体鳞伤，会影响之后的登台献艺。所以最初一两回，大乐师手下留情，并未重罚，可不想楼玉中一而再再而三地从盛乐坊逃走。这样看来，楼玉中便是不识好歹，最终惹恼了大乐师。

"我再问你最后一次，你从还是不从？！"

"不从！不从！死也不从！"小小的楼玉中拼尽所有力气冲着大乐师吼道。

大乐师失去了耐心，着人挥起鞭子狠狠地抽了他。他挺直小身子板就是坚决不低头。那一次，他的后背被打得浑身是血，皮开肉绽，奄奄一息地被扔在了禁闭室里。大乐师命令全乐坊上下，不准给他送吃的和喝的。

通常这种手段，都是青楼妓馆用来对付那些刚卖进来不听话的姑娘和良家妇女。伶人馆里的伶人地位并不比青楼妓馆的女子高。有时候为了管教那些被贬作官婢不听话的官家女眷，通常也会使用这种手段。大乐师之所以这么做，也是为了让他屈服，乖乖听话，将来好好赚钱。

就在楼玉中以为自己快要死的时候，一个瘦小的身影偷偷拿着半个馒头和一壶水出现在了他的眼前。这个小小的身影便是季如月。

盛乐坊里与楼玉中年纪相仿的童伶有很多，其中最惹眼出色的，便是季如绵与季如月兄妹。兄妹二人不仅能歌善舞，还精通音律与诗词歌赋，才华不在楼玉中之下。季如绵天生一副好嗓音，于七岁时便扬名整个武昌。

季家世代为倡，季氏兄妹早已习惯了盛乐坊伶人的生活。

季如绵长楼玉中三岁，季如月长楼玉中一岁。

"先喝一点儿水吧。"季如月将晚膳时偷偷藏起来的水和馒头喂进他的嘴里。

楼玉中用尽仅余的力气一把将季如月手中的水和馒头打翻，一双美目瞪着季如月，不肯吃食。他想过了，他宁愿饿死，也不想在盛乐坊成为一名下九流的伶人，玷污了楼家，玷污了父亲的一世英名。

季如月也不恼，想要替他的伤口换药，但楼玉中并不领情，让她赶紧走。就在季如月不知如何是好之时，替她守在门外的哥哥季如绵也摸了进来。

"他拿你的好心当作驴肝肺，根本就是不识好歹。你管他死活？"季如绵一进门便瞧见妹妹辛苦从晚膳中偷偷藏的东西被楼玉中糟蹋了，便气不打一处来。他可没有季如月那么温柔好脾气，就冲着楼玉中劈头盖脸地一顿臭骂，"都已经家破人亡，沦为下贱的优伶，能活着就不错了，还当自己是曾经的官家小少爷。真是可笑至极！"

季如月让哥哥闭嘴。

季如绵觉得季如月就是多事，偏偏不肯闭嘴收声："他想死，你让他死好了。反正他死了，没有人会在意他楼家上上下下其余人的性命如何，也不会有人再去为他父亲沉冤得雪。反正他就是个废物，像他这种废物早死晚死都得死。"

季如月道："哥，你怎么这样说话？他还是个孩子。"

季如绵回道："搞得你和我好像都不是孩子似的。起码我知道活着比什么都好。而他，就是个废物。"

楼玉中当下眼泪"唰唰"地流了出来，身受重伤，本就虚弱的他一下子便哭晕了过去。

季如月瞪着眼责怪季如绵冷血，没人情味。

季如绵也没想着自己这么随口一说就刺激到人，明明是个男儿身，却娇滴滴的跟个娘们儿似的。若不是妹妹见他可怜，他才懒得多看一眼这个废柴。

季如绵被季如月押着守在楼玉中的身旁，直到他醒来。谁知半夜的时候，楼玉中便开始发烧，两个孩子手忙脚乱地照顾着，一个打冷水，一个不停将湿布盖在他的额头上。楼玉中不停地呓语，口中叫着爹娘。

季如绵见到楼玉中昏迷时的惨样，也终于心软，知道自己方才那一番话确实是重了些。当楼玉中再度醒过来时，季如绵一改先前的态度，向他道歉，并安慰他说："好死不如赖活着，只有活着才有希望。"

说来也怪，季如绵的一番骂话与安慰，激起了楼玉中求生的欲望，至少在没有亲手除掉害自己家破人亡的奸人之前，他是决计不可以死。

季如绵被季如月差去膳房又偷了一些吃的。

被关在禁闭室里一天一夜，又饿又渴的楼玉中接过食物后，便开始狼吞虎咽。就这样，靠着季氏兄妹的照顾，楼玉中活了下来。

季如月不仅想法子偷藏饭菜，甚至谎称自己受伤，从最宠她的教习嬷嬷那里弄来了去疤痕的药膏。据说这药膏是古法的秘方，因为她们舞伶在练舞时，时常会因为一些高难度的动作而受伤，所以这药膏只要抹了之后，就不会留下疤痕。

清凉的药膏抹在楼玉中的后背上，令他舒服不少。他开始对季如月心存感激。

世上就没有不透风的墙。

季氏兄妹偷拿饭菜的事隔了两三天就被大乐师知道了。大乐师一见是自己悉心培养的最优秀的两个童伶，便气得要将这季氏兄妹二人也一并罚去关禁闭。

楼玉中拖着病体，跪在了大乐师的面前，低声下气地哀求："请大人不要责罚他们兄妹，要罚就罚我吧，都是我的错。我愿从此听从大人的教诲，再也不犯错误了。"

大乐师一见楼玉中服软，心里别提有多高兴，当下命人去找全城最好的大夫回来给楼玉中治疗伤口，命膳房做好吃的给楼玉中养养胃。虽然大乐师也恼季氏兄妹二人不听话，但看在功过相抵的分儿上，便也只罚了季氏兄妹二人当晚跪在习舞场，不许吃晚饭。

孩子的生长能力相当好。

没过多久，楼玉中身上的伤口愈合，疤痕也逐渐消失退去。

从那以后，楼玉中真的没有再逃跑，乖乖地听从大乐师的话，接受盛乐坊教习指导。

季如绵精通音律，擅长作词曲，且天生一副好嗓音，而季如月身姿轻盈柔软，擅舞，但楼玉中在舞技上更有天赋。季如月每天都会拉着楼玉中一起习舞，而季如绵是一个最好的伴乐。只短短的三年学习，楼玉中便超越了盛乐坊所有同龄人。因为长得比女子更为娇媚，所以常常女伶扮相。

大乐师对他的表现十分满意，却也不急着让他登台献艺，依旧让他和其他舞伶在一起练习。

季如月打心眼里喜欢楼玉中，每天除了睡觉，都会黏着楼玉中，弄得楼玉中总是被盛乐坊其他同龄的童伶取笑。他问季如月当初为何会好心地救他？季如月毫不犹豫地回答是因为他长得好看，他是她见过最好看的孩子。

季如绵觉得妹妹有病，虽然心里一边鄙夷着妹妹如月，可每回见到楼玉中，也总是忍不住将视线投在他的身上，不得不承认，这个小白脸长得可真是好看，比自己的妹妹还要水灵。

楼正远去世的第二年，老皇帝因为滥服丹药，终于驾崩，未久新帝即位。

老皇帝驾崩消息传来的那一天，楼玉中哭了，当天晚上还做起了噩梦。其实自从他到了盛乐坊之后就常常做噩梦。当初那三天的禁闭更是给他心里留下了一道永远挥之不去的阴影。他常常在梦中梦见父亲含冤吊死在狱中，梦见楼家被抄，楼家上下一片哀号，兄弟姐妹的哭声一直萦绕在耳畔……但无论梦见什么，禁闭室那三天里的恐惧与黑暗都会随之而来，令他浑身冰寒发抖。

有好几次，季如绵发现他半夜噩梦，身体团成一团，不停地颤抖，满脸泪痕，口中不停地呓语叫唤着爹娘。起初，季如绵懒得理他，但是季如月每天在他耳边唠叨，让他好好照顾他，如同魔咒一样在季如绵的脑海里徘徊着。

白日里，老皇帝的死讯令他又哭又笑，到了夜里他又开始做噩梦。季如绵和其他同屋的童伶被楼玉中的哭声惊醒。大伙儿虽然习惯了楼玉中经常做噩梦，但偶尔也会觉得这人真麻烦，可是拿他也没什么办法，只能集体将他赶到拐角的位置。因为季如月喜欢楼玉中的关系，季如绵也被迫一同被赶到拐角。

季如绵瞧见他又团成了一团，便忍不住伸出手轻轻地拍着他的后背，不管同屋其他人，像哄孩子一样嘴巴里哼着儿歌。一首接着一首，不知过了多久，他终于平静下来，整个人窝在季如绵的怀里，像只受惊的小兔子，慢慢地沉睡。

也是这一夜开始，楼玉中对季如绵有了改观，看他不再那么讨厌。

楼玉中十一岁那年，季如绵十四岁，季如月十二岁。季如绵已长成一个俊俏的翩翩少年郎，有一副好嗓音，每次登台座无虚席，在武昌城内小有名气，惹得好多姑娘家喜爱。季如月如同她的名字一样，出落得闭月羞花，成了盛乐坊第一美人。而楼玉中依旧唇红齿白，肤若凝脂，若是着了女装，甚至比季如月还要美上三分。关于楼玉中的长相，一直以来，是盛乐坊伶人们茶余饭后的一个闲聊话题。所以楼玉中有段时间排斥女伶扮相。

大乐师说历来出了名的舞伶多数都是男人扮的。

季如月总是笑着安慰他，即便他是个女人，她也会喜欢他，还说将来要嫁给他。每次一说到这个话题，楼玉中都不敢接话。这一点，真是令他苦恼。

一日，一如往常一样练习，平日里负责的教习却告诉他们，过几日要去城东何大人的府上献艺，要他们打起精神来，不可怠慢。

所有童伶一听到这个消息，脸色煞白，尤其是舞伶们。

楼玉中奇怪，不过是跳舞献艺，在盛乐坊登台和出门献艺有什么区别吗？怎的大家脸色都跟死了人似的？

教习开始挑选领舞人选，他看了一眼楼玉中，视线一闪而过，当看到季如月时，便道："就你了。"

小伙伴们一听季如月被选中做了领舞，一个个暗暗舒了口气。

季如月却面如死灰，顿时眼泪如断了线的珍珠一下子滚了出来。

楼玉中不明所以，开始安慰她："能当领舞，你应该高兴呀，将来也会有机会去殿前献艺呀。"

季如月不停地摇头，眼泪不停地往下掉落，什么也不肯说。他急得没办法便去找季如绵，季如绵一听，也不吊嗓子了，拔腿就去找大乐师。没过多久，便回来安慰妹妹，让她放心，有哥哥在，会与她同行。这时，季如月才稍稍缓和了一些，不再哭鼻子。

去往何大人府上的当天，季如绵一直守在季如月的身边，楼玉中不在献艺的名单之中，和年纪稍小的童伶一起留在盛乐坊内如平日一样练习。

楼玉中一直不明白，为何小伙伴们一听到那个何大人，脸上个个面如死灰，仿佛何大人府上是炼狱，这一去就再也回不来了。

直到第二天小伙伴们都从何大人府上回来，却独独不见季如绵。季如月更是一路从何大人府上哭着回来。楼玉中问季如月怎么回事，季如月只知道哭，最后被教习嬷嬷强行拉走。

过了一天，季如绵回来了，一路趴在竹床上被人抬回来的。

当楼玉中看到季如绵的时候，季如绵趴在床上，脸色苍白，如墨的双眸紧闭着，眉心深锁，似在承受什么难耐的痛苦。他整个人像是被人用过重刑似的，嘴唇毫无血色。季如月哭着想要留下来照顾哥哥，教习嬷嬷却以男女有别为借口，强行硬拉着她离开。

因为同屋，平日里楼玉中与季氏兄妹走得最近，这照顾季如绵的担子自然落在了楼玉中的身上。其实根本都不用人指派，念着季如绵往日对他的照顾，他也会照顾他。

楼玉中掀开被子，撩起季如绵的衣衫，他的后背上伤痕累累，被弄得青一块紫一块，腰侧还延伸着几条鞭痕印子，想来这鞭子是抽在了他的胸前。楼玉中想着，这样趴着胸口的伤应该也很痛，让季如绵翻身过来。季如绵哼哼，依旧趴着。

当他为他上药的时候，褪下他的亵裤，看到他的后庭肿得老高，周围一圈的血慢慢在结痂。他终于知道他为何忍着胸前的疼痛，也不愿翻身过来。

楼玉中问同行的两个童伶怎么回事？两个人支支吾吾不肯说，说是大乐师交代了不准乱说话，其实具体什么情况，他们也不是太清楚。只知道他唱完了曲就被带下去了。

后来还是隔壁屋一位年纪稍长一些的伶人私底下悄悄地告诉他，季如绵被那位何大人的父亲折磨了整整一夜，人被抬出来的时候，全身瘀青，下身全是血，大夫清理伤口的时候，听说那里面清理出来许多不知是什么瓷质器皿的碎渣。这条小命能保住，算是季如绵命大。

楼玉中的心顿时揪了起来，一时没忍住，眼眶子又红了。难怪大伙儿一听去何大人的府上都那么害怕，难怪季如月一直在不停地哭，含糊地说着这已经不是第一次了。

季如绵似是听到他的哭声，忽然睁开眼睛，虚弱不已，却强撑着笑道："你怎么又哭了？我都没哭。你哭什么？"

"我就是难过。"楼玉中抹着眼泪，"你是不是惹何大人的父亲生气了？"

"没有……那死老头子开心得很呢。"

"你骗人！你平日里看着比我聪明比我机灵，其实脾气比我还倔。若不是惹何大人的父亲生气了，怎么会被打成这样？"楼玉中一边哭着，一边给季如绵上药。

季如绵只是苦笑着，闭上双眼，没有搭理楼玉中，因为他总有一天会明白，这些都是代表什么。

此后，季如绵经常会被邀去何府独自献唱，每次回来，都是惨不忍睹。而楼玉中每次照顾他的时候，都要哭着鼻子劝他别再惹何大人的父亲不高兴。每次季如绵什么也不说。

让楼玉中还觉得奇怪的事是，只要季如月被选中当领舞，季如绵都会跟着一起去。每一次季如月回来，都会特别难过，说自己对不起哥哥，欠哥哥的一辈子都偿还不了。楼玉中傻傻地以为，身为童伶的领舞，是件很了不起的事，却不知道"领舞"二字意味着什么。

约莫过了半年，何大人的父亲死了，据说是暴毙而亡。死的时候，房间里还藏着两个小孩子，浑身都是伤。后来那两个小孩的下落如何，没个确切的说法，有的说死了，有的说拿了笔钱走了。

楼玉中常常听盛乐坊的人骂何大人的父亲是个禽兽都不如的烂人，死了是老天爷终于看不下去收了他。那个时候，他还不明白大伙儿骂何大人父亲的真正意思，他什么都不明白。

正是十三岁那年，他的舞技一日比一日精湛，虽然只有十三岁，身形已与成年女伶无异，但大乐师始终不让他登台。他一直也不明白其他童伶早早地就登台献艺了，为何总是轮不到他？他已经很刻苦努力了，每天睡得也都是最晚的一个，为何他还是不够格？

季如绵听到他这些困惑，似笑非笑，只对他说了一句，晚一天登台，你也就能多睡一晚好觉。他还是不明白。

直到有一天，终于也轮着他了，他才知道，季如绵和季如月遭遇的一切都意味着什么。他彻底就是个白痴傻子蠢货。

这一天，盛乐坊收到一封信，说是过几天将要从京城来一位贵客。那位贵客特意指明要季如月去别馆为这位大官献艺。据说这位贵客特别喜欢季如月，每回从京城过来，都要请季如月单独去别馆献艺。季如月虽然不情愿，可也不敢违抗大乐师的命令。教习嬷嬷再三叮嘱季如月，要她打起十二分精神，切不可怠慢，好好招待这位大官。

这一次，季如绵也沉默了，没有像之前一样站出来，说是去替季如月献艺。而是眼巴巴地看着妹妹每天都会拉着楼玉中练习到很晚。不论他怎么问，这兄妹二人总是什么也不说，看着他的眼神都很茫然。被问烦了，季如绵便会说，你早晚都会知道的。

楼玉中看得出来季如月自从听到这个消息之后就再也没有开心过，虽然每天拉着他练舞，但明显心思一点都不在身上。终于，季如月累倒了。在那位贵客来的当天又不小心染了风寒，在临近去别馆的时候，一下子倒了地上。

楼玉中刚好在一旁，因为每日陪着她一起练习，他也知道她的身体状况，正担心她能不能撑得住，谁知人说倒下就倒下，急得他拔腿就要去找大夫，谁知却被拦下。

眼看着没人登台，季如月又是那位贵客指明要的，大乐师也不敢擅自换人，生怕惹恼了那位贵客，一时间拿不定主意。不知谁忽然提议，楼玉中不是在吗？让楼玉中上呀。这孩子不仅长得漂亮，身段好，虽然没有登台的经验，但就平日里练习看来，这舞技绝不在季如月之下呀。大乐师一听，立即拍手赞成。于是，这献舞的差事就落在了楼玉中的头上。

大乐师让人将楼玉中仔细打扮一番，扮作女伶的模样。若不是盛乐坊的人本就知晓楼玉中是个男儿身，就凭他这一身装扮，任谁也瞧不出来。

楼玉中有些排斥。教习告诉他，这位贵客位高权重，若是得罪了，这盛乐坊上上下下都要跟着一起倒霉。若是不想看着季如月被责罚，他就乖乖地听话。平日里，季如月待他绝对没有话说，有什么好吃的好玩的，一定先想着他。这次她病倒了，作为朋友，他理应帮这个忙，于是乖乖听话让嬷嬷在他的脸上上妆。

一路上教习不停地叮嘱他，那位贵客让他做什么就做什么，切记不可顶撞。

楼玉中心里忐忑不安，原本以为自己第一次会在盛乐坊的台上为众人献艺，却到了别馆，万一要是自己跳得不好，惹了这位贵客不高兴该怎么办？

到了别馆，楼玉中终于见到了那位贵客，年纪约莫四十多岁，浓眉大眼，身形粗犷，说话的嗓门极响亮。

他按教习的吩咐，戴着面纱，舞了一段剑舞，英姿勃发，气韵非凡。令那位贵客不禁站起身来为他拍手叫好。他不禁松了一口气，第一次献艺，生怕跳砸了。

那位贵客赏了他一杯酒，他跪着上前，正想着喝完那杯酒便可以离开了，不想那位贵客一把抱住他，淫笑一声道："我的心肝小月儿，可想死本王了。"

楼玉中惊恐万分，手中的酒杯骤然落地，杯中的酒水洒了那人一身。

那位贵客丝毫不介意，一把揭开了他的面纱，不禁一怔。

"不是小月儿。"这天下间竟然还有比他的小月儿还要美上三分的人，贵客的眼神一下子飘忽起来，脸上猥琐淫靡的笑容更浓了。

楼玉中立即跪在地上，颤着声道："如月她病了。所以小的前来代她，还请大人恕罪。"他连着磕了几个响头。

"男儿？！"贵客的脸上露出难以置信的神情。

"小的……小的……小的惶恐，请请……请大人恕罪。"楼玉中几乎是脸贴在地上不敢抬起。

那贵客犹疑了。

就在楼玉中以为这位贵客将要放过他的时候，谁知他一下子冲着他扑了过来，将他按倒在地上。

"男儿就男儿，也许别有一番滋味呢。哈哈哈——"这位贵客伸手便将他的衣襟扒开，"细皮嫩肉的，本王最喜欢了。"

这人究竟要对他做什么？他十分害怕，隐隐约约总是觉得他想的那种可怕的事情即将要发生在他的身上。可是他是个男儿身啊，是个男儿啊，为何也可以……

这位贵客力气极大。虽然身为男儿，十三岁的楼玉中根本就不是他的对手。无论他有多害怕，想尽一切办法想要逃离，力量却始终敌不过，直到后庭传来的刺痛让他痛不欲生，直接昏死过去……

他终于明白了，为何伶人会被世人所瞧不起，被与青楼妓馆的姑娘们相提并论，被骂下九流，是因为就是啊。在盛乐坊里的伶人们，便如同青楼妓馆里接客的姑娘们，且无男女之别。

大乐师不让他轻易登台，不让他出门去达官贵人的府上献艺，不是因为特别喜欢他爱护他，而是要将他的价位捧高，好大捞一笔。京城里来的那位贵客，不仅不能得罪，而且能给盛乐坊带来很多好处。

楼玉中犹如一个破布娃娃一样。醒来的时候，季如月正坐在他的床头，一双美眸哭得又红又肿，不停地自责："对不起，玉中，我不该生病的。是我害了你。我对不起你……要不是我忽然病倒了，你也不会……呜呜呜……我为何早不生病晚不生病，偏偏要在这个时候生病？对不起……玉中，我求你，我求求你，你开口跟我说一句话好吗？我求你……"

楼玉中看了她一眼，什么话也没说，便将头扭向一边，不看。在经历了那一场噩梦之后，再看到季如月，他觉得整个世界都是灰暗的。他应该在那一场劫难中随家人一同死去才对。

季如月哭得更凶了。

屋子的门忽然"砰"的一声被从外用力地撞开。季如绵冲进屋内，一把拉起季如月。季如月哭着死活不肯走："我不走！我不走！玉中他不理我，他还没有原谅我，我不能走，我不走……哥……哥……我求求你，我不能走……哥……"

季如绵强行将季如月拉出了屋子，季如月一下子瘫在了地上，哭得十分伤心。

季如绵的声音传来："这根本就不是你的错！这都是他的命！也是你和我的命！这里所有人的命！"

季如月哭着说："正是因为我自己经历了，我才知道哥哥替我承受了多少，他替我承受了多少。我之前害了你，如今又害了他，我情愿这一切由我来承受。往后，我再不会让你们替我来承受了。"

"如月，你听我说，这件事与你无关。即便你不生病，他也总有一天要被迫走上这一条路。"

"哥，你知道我为何独独喜欢他吗？不是他长得漂亮，这里的人长得都漂亮，而是他干净，特别干净。看着他，我就想起以前还干净的自己，我就觉得很快乐。而今，是我害了他。"

"干净？试问这个大院里，只要是做我们这行的哪一个能干净？"

"呜呜呜……"

楼玉中在屋内听着他们兄妹二人的对话，悲从中来，咸涩的眼泪从眼眶里一下子涌了出来。

干净？什么干净，他明明就是蠢！干净，这个词放在他的身上就好比干净的水被扔了一把黑乎乎的泥土。原本以为抛头露面已经有辱楼门，却不想某一天，他居然还要走上娼妓这一条路。他自小喜欢的音律，渐渐视为生命的舞蹈，如今却成了他为了要讨客人欢心卖身生存的手段。

就这样，他如死了一般整日躺在床上，不吃也不喝，谁也不理睬。任凭季如月如何在床前哭着唤他，他动也不动。

季如绵担忧着妹妹，白日里还要练习，晚上衣不解带地看着他，却也没能让他开口，每日里疲惫不堪。

五日后，那位贵客又差人前来盛乐坊送信，让季如月和楼玉中两个人同去别馆献舞。再得知那日之后楼玉中便病倒了，那位贵客满脸不屑，责怪盛乐坊没有好好调教人，既然当了伶人，还要寻死寻活的，简直是贻笑大方。

盛乐坊的大乐师可不敢得罪这位贵客，这可是当今皇上的亲叔梁王，位高权重，只要弹弹手指头，叫他们整个盛乐坊生，那便是生，叫他们死，那便是死。梁王是相当中意季如月，有意带着季如月一同回京。所以，大乐师再三叮嘱着季如月一定要好好伺候着，将来若是能进王府，哪怕就是做个侍寝丫头，也比留在这里好。

其实，无论盛乐坊的人说什么，对季如月来说，都毫无意义。因为她最喜欢的人在慢慢枯萎。

眼看着楼玉中一天比一天消瘦，任凭盛乐坊的人想尽了法子，都无法令他进食。他又回到了当初刚来的那个他。大乐师一气之下，让人将他扔去了柴房。爱死不死，白瞎了砸在他身上的银子。

就在楼玉中以为自己快要解脱的时候，季如绵又出现了。

他端着一碗温热的米汤来到柴房，并没有像之前一样急着喂他，而是将他抱起来，抱在怀里，双手暖着他冰凉的手。

"你知道吗？如月……她走了，去京城的长乐坊。临走的时候，我问她要不要来看你，她摇了摇头，头也不回地走了，应该以后很难能回来一次了吧……"季如绵赤红了一双眼睛，哑着嗓音，哽咽着接着说，"有好几次，我真想把你给弄死了算了。你死了，她就再也不会受你的折磨。我只有这一个妹妹，从小与她相依为命。她为了避开你，让你能够活下去，接受梁王的安排去了京城的长乐坊……

"我一直守着她，护着她，就是不希望她遭遇我遭遇的那些。可我不能每次都那么及时地挡在她前面。有时候，我想哪怕就是晚一点，再晚一点，或者能守一次就一次。只要我活着还能护着她，我就一定会做。这就是我为何在遭遇了这些事之后，还能坚持活下去的原因。因为我还有我的家人要守护。而你，这么多年来，除了享受别人吹捧你的舞技之外，你为自己的家人做过什么？即便你家破人亡，可你有想过，你为死去的他们做什么？你什么都没有，你从头到尾就是个懦夫，你口口声声说活着要为自己的父亲你的家人报仇，可你看看你现在的样子，一心等死的懦夫。

"你知道吗？我第一次遇到客人之后，这里的人是怎么对我说的？他们说，这根本就不是什么大不了的事，这盛乐坊的所有人啊，个个都要走这条路，走习惯了就好，硌脚的路也会变得平坦。习惯个鸟！都一个个放臭狗屁呢！所以，你终于明白什么是伶人了吗？想想你当初安慰我的那些话，是不是觉得很恶心？要不是当时我疼得实在没有力气跟你杠，我真恨不得将你的头一把按在地上，让你好好啃啃土。这世上怎么会有你这种把白痴当天真的蠢货？！"季如绵说着说着就笑了，然而笑声里却带着隐隐的哭腔。

"我将那些人渣畜生的背景身世全都记了下来，包括日子、时辰、次数、地点和方式，每一笔账我都记得清清楚楚。这些账，我早晚会讨回来，我流过的每一滴血每一滴泪，受过的每一丝屈辱都会叫他们千倍百倍地偿还。我对天起过誓，总有一天，我要将这些糟蹋我和如月的畜生，都踩在脚底下，让他们比狗都不如，永世不得翻身！所以，我绝对不会像你这样，说放弃自己的命就放弃自己的命。我必须要活下去！

"楼玉中，楼少爷，请你能不能有点儿男儿骨气？能不能像我一样，至少报了仇再死？行吗？！"

得不到楼玉中的回应，季如绵也慢慢泄了气，忽然软了声音，哭着说："楼玉中，算我求你，我求求你，你醒过来可好？我求你醒过来吧！如月已经离开了，如果你也走了，我不知道我一个人留在这里，究竟还有什么意义？要么你就把如月还给我，你把她还给我……"

季如绵温热的眼泪滴在了楼玉中的脸上，一滴又一滴，那轻落敲打皮肤的触感一点一点唤醒了楼玉中。他以为自己早没了知觉，很快就可以与家人团聚。可是季如绵一直在他耳边说的话，一字一句都烙进了他的心里。他其实没有怪季如月，也没有恨她。他只怪自己太软弱，太无能。回想起当初他劝慰季如绵听客人的话，别惹怒客人的话，便会觉得自己要多恶心就有多恶心。他究竟还有什么活着的意义，他根本不知道。他觉得自己是个十分肮脏的人，根本不配活在世上，活在世上一天都是污了楼家。

但季如绵最后的哀求，又直击着他的心底深处。若不是他这样，季如月也不会被迫离开这里，离开一直爱护她的哥哥。都是他的错……什么都是他的错啊……难道他一个人不想活下去，还要逼着别人跟着他一起活不下去吗？

原本已经干涸的眼泪又溢出了眼眶，胸腔中积聚的悲痛让他根本无法透过气来，胸腔不停起伏，喉咙里呜咽的声音断断续续，轻得听不真切。

季如绵看到他有了反应，眼泪落得更凶了："你醒了！你终于醒了！我大概是受你和如月两个人影响太多，竟然也像个娘们儿一样，哭成狗。"

季如绵哭了一会儿，擦了眼泪鼻涕，慢慢将他向上托了托。用干草垫在他的后背，让他躺得舒服些，然后将米汤一点一点送进他的嘴里。

"就当老子上辈子欠了你，所以这辈子要受你折磨。吃吧，吃吧。"

他嚅动着干涸的嘴唇，慢慢一点一点吮吸着米汤。

季如绵的眼睛还红着，却也忍不住笑了："你真是个……冤家！"

说到这里，阿怜的脸上早已布满了泪痕，也顾不得什么，抓着芋圆的猫脑袋就把自己的眼泪擦干净。芋圆第一次这么乖，没有跟她杠。

楼玉中在说到这些记忆的时候，阿怜听着特别难受。她感同身受，做乞丐那些年头过的日子，绝好不过他们这些表面风光的伶人。这也是为何，她总是会打扮成一副男孩子的模样，每天晚上睡觉都会提心吊胆，生怕自己是女儿身的事情被人知晓，她会和那些命运悲惨的女孩子一样。

奎河沉闷着，表情凝重，不敢说话了。就连平日里废话最多的芋圆也没有插嘴。气氛一时凝结，大伙儿你看看我，我看看你，都不知道该说什么好。

倒是楼玉中先开了口，打破了僵局。他笑着说："你们都别这样一副表情，就像季如绵说的，遇到得多了，也就习惯了。原来硌脚的路走多了，都会觉得平坦了。"

芋圆终于憋不住，道："那你和季如绵后来到底发生了什么事？你怎么会掉进河里？"

阿怜望了一眼镜子，镜子里"她"的眉心又拧了拧，似乎下面的故事让楼玉中永世难忘。

在季如绵的悉心照料下，楼玉中又一次活了过来。这一次，他似乎一下子成长了许多，脸上再没了以前那种稚气天真，取而代之的是种不属于他这个年纪的成熟沧桑。人比以前更加沉默寡言，除了季如绵谁也不交流。虽然对大乐师及整个盛乐坊的管教都恭恭敬敬，看不出来和以前有什么不同，但是季如绵知道楼玉中再不是以前那个楼玉中了。

大乐师可管不了这么多，只要他乖乖接受，愿意接受伶人皆娼这个事实，乖乖地给他赚钱就行了。

楼玉中的身体一恢复，大乐师便安排他正式登台。那一天，他扮作女伶表演的是白纻舞，作为领舞的他，相貌出众，身姿轻盈，犹如仙女下凡，一下子在武昌城引起轰动。引得武昌城内各个达官贵人争相捧着银子前来欣赏他的舞蹈，可大乐师总是故意将他掖着藏着，引得那些达官贵人心里痒痒，砸的银子翻了几番。

经历完第二次生不如死之后，楼玉中坐在沐浴桶里一直拼命地搓着身上的皮肤，直到将皮肤搓破，水变得冰凉刺骨，他还是不肯起来。最后季如绵忍无可忍破门而入将他从凉水中拉了出来。他又一次软弱地哭了，他以为他活过来了，就不会在意这些，但是再经历一次，他还是受不了，觉得对不起楼家，对不起生他养他的爹娘。

季如绵之前在他还没被扔进柴房之前，就骂过他，听他又这么自责，便又一次骂道："对不起楼家？你们楼家都已经被抄了，早就不存在了，就算是侮辱门楣了又怎么样？他们都不在了，谁能看得见？你既然认为有污楼家的门楣，你以为你真死了，就真的有脸去见你们楼家的人吗？"

所以，他楼玉中连死的权利都没有……之所以还能苟延残喘地活着，是因为他根本没脸下去见楼家的列祖列宗。

他也学习季如绵那样，将那些人渣畜生的背景身世一一记下来，也许有一天，他可以像季如绵说的那样，将这些渣渣通通踩在脚下。

在经历了屈辱的第三次、第四次……之后，他居然也渐渐习惯了，不会要死要活，不会再懦弱地哭泣。除了每次回来，都要坐在浴桶里至少泡上一两个时辰的习惯延续下来。

后来，季如绵发现了他这个习惯，索性拉着他去城中最好的汤池里泡汤。

水汽漫漫，令他整个人身心都放松下来。他闭上双眼，将自己整个人都没入水中，感受水的热力将他整个人包裹而窒息的感觉，因为只有这样他才能当自己死过了，出了水面，便是新生，抛开以前的种种，放弃季如绵所说的矫情自尊……

季如绵以为他又想不开，迅速滑过来，一把将他从水里捞起："你又干吗？是不是想死在这里面？"

楼玉中突然被从水里拉出来，一双美目因惊吓而瞪得老大，不停地咳嗽："我只是……想泡一下……而已……咳咳咳……"

"泡一下，要这样泡吗？还是你想坑人家汤池的老板吗？"季如绵双手紧紧地抓着他，脸部神情紧张，黝黑的双眸里满是担忧。

楼玉中吓得没敢说话，水珠顺着他的头发一滴滴滑落，布满了巴掌大的小脸，然后顺着削尖的下颌滴入水里，令他整个看起来无助又虚弱。

氤氲的水汽四处弥漫，两人这样面对面，四目相对。一时间，这小小汤池的气氛也一下子变了味。

不知过了多久，季如绵终于缓过神来，双手用力地推开他，恶狠狠地瞪了他一眼，头也不回地走上池岸。

楼如中听到自己的心跳加速，脸颊、耳朵都跟火烧似的，大概……方才被季如绵吓的吧……

那次泡汤之后，季如绵有很多天都没有理他，直到他醉醺醺地从外面回来，一脚踹开他屋子的门，用手指着他的鼻子，口齿不清地道："你的命……是老……老子救下的，你以后就是要死，得得得……要经过老子的同意，老子……"

他的话没说完，就压着他醉倒在床上睡着了。

大约也是从那一晚开始，笑容又重新回到了楼玉中的脸上。

他和季如绵成了盛乐坊的两个招牌，盛乐坊因他二人，每夜爆满。大乐师笑得每天都合不拢嘴巴，给他们俩一人安排了一间上好的厢房，并找了小童伶贴身伺候着。

两人经常一起喝酒喝到天亮，吟诗作对，论音律共舞，一起开怀大笑……每次被大乐师发现，季如绵都会被骂得狗血喷头。后来怕季如绵毁了嗓子，他便强迫季如绵以茶代酒，季如绵乖乖听了他的话。这大概也是他在盛乐坊多年最快乐的一段日子。

可是快乐的日子终是不长久，他又开始迷茫。

季如绵莫名染了个坏习惯，那便是和一些男优一样喜欢上青楼找窑姐儿，或是与女伶幽会，甚至偶尔还会与一些寻常人家的女儿私会……

他不停地告诉自己要能理解季如绵的变化，毕竟这是生为成年男子的正常生理需求，可是心里就跟生了刺似的。他甚至也强迫自己去尝试和其他男优一起去青楼，然而当窑姐儿光溜着身子压在他的身上时，他却吐了，吐得那窑姐儿一身……

此后，他只要闻到季如绵的身上带着胭脂水粉香气，便会心生呕意。他试过很多次，在其他男优的身上闻到这种脂粉香味，并没有什么太大的反应，最多觉得难闻，只有他自己单独面对女人，尤其是从季如绵的身上闻到属于女人的胭脂水粉香气，会吐得不成人形。

于是，他一碰女人便会吐的事一下子在武昌城里传开了。街头巷尾都在传他楼玉中其实是个不能人道的阉人。他笑而不语，好像能把女人压在身下是件多了不起的事是呢。他根本不在乎。

季如绵为了这事，和人干过很多次架。可是，却也从来不见他将身上的脂粉味洗干净后再见他，似是刻意留着香气。他每次一吐着一边苦笑着看看季如绵："我应该是投胎的时候跑太快了，所以投成了男儿身，若是跑慢一点，说不准就是个女儿家。"

季如绵像是拍小狗似的拍着他的脑袋说："是啊，你要是女儿家，我就娶你回家当婆娘。"

他的眸光陡然闪亮，却又因他的另一句话，顿时星火都灭了。

他说：可惜，你不是啊……

也不知是他二人的名气太响还是运气太好，京城里突然来了调函，将他二人调去京城的长乐坊。大乐师一下子失去了两棵摇钱树，哭倒在盛乐坊的大门边。

本以为到了京城长乐坊，就能见到季如月，谁知她招梁王喜欢，所以进了王府。虽然见不到妹妹，季如绵并没有难过，反而替季如月高兴。

也是到了长乐坊，楼玉中才知道什么是天外有天人外有人。他在盛乐坊学的那些，在长乐坊根本不算什么，任何一个姿质中等的舞伶都能轻易地超越他。他终于又有了新的目标，即便是遭遇了各种排挤与白眼，但每日更加刻苦地练习，细细琢磨那些名伶的每一个神情与动作。

季如绵来了之后，当初被引以为傲的嗓音一下子变得平平无奇，竟被这里的大乐师安排去做擦拭乐器的活儿，再遭遇了其他优伶的鄙夷排挤后，竟开始借酒消愁。

好几次被他瞧见，他强行从他的手中将酒瓶子夺下："你是想毁了你的嗓子，一辈子无法唱曲吗？"

要知道在这里可不比盛乐坊，大乐师可以任由他们俩使性子。这京城的长乐坊，人才辈出，稍有不慎，他们俩只会成为这里最底层的优伶，一辈子翻不了身，更别说将那些糟蹋他们的禽兽畜生踩在脚下，就是连盛乐坊都回不去了。

来京城究竟是对是错，眼前的路一片黑，谁也不知道会走成什么样。

"你至少还可以做你的舞伶，而我呢？一个歌伶，不能登台，每天只能被派去擦乐器！擦乐器你懂吗？！你懂我的感受吗？！"季如绵用手猛捶着自己的胸口，然后用力地推开他，"你根本不懂！"

从一个众星捧月的高度一下子摔下来，季如绵一时无法承受，这种痛苦他觉得楼玉中没有办法理解。

楼玉中不是没法理解，而是他期待的从来就不是这些虚名。季如绵追逐的名利，对他来说，根本不及一份相濡以沫的简单情感。能让他对这尘世还有些眷念的也只剩下这仅有的一丝期盼。

"只要有机会，你总会能出人头地，如今就差一个契机。若是你连等候的机会都放弃，你当初激励我说的那些话算什么？你说过你不会像我一样轻易地放弃，我都没有放弃，你为何要放弃？你这是要放弃了吗？"

"机会？你告诉我的机会在哪儿呢？我每天就靠擦那一堆死物，能有什么机会？那些达官贵人会看到我这个在台下擦乐器的伶人吗？什么殿前献艺？我连进宫的机会都没有！皇帝连乐器都不会眺一眼，难道会特地跑来看我这个连脸都不露专门负责擦乐器的伶人？"

"不能唱曲，但你还会作曲，不是吗？总有机会，能让皇帝听到你作的曲啊。"

"你是在说笑吧？"季如绵又灌了口酒，冲着他挥手，"去去去，你爱上哪儿上哪儿说教去，别来烦我就行。"

"季如绵！你清醒点行不行？"他一把夺下他手中的酒坛砸了。

季如绵急红了眼："楼玉中，你是不是离了我就不能活了！"

"你在说什么？！"

"我在说什么？你还真以为你女伶扮多了，就当自己是我的女人了？"

"你在胡言乱语说什么呢？！"

"我胡言乱语？你少在那里装了！我在说什么你心知肚明。我就是再被人糟蹋作践，至少我还分得清我是个男人，你恐怕已经被人睡得连自己还是一个男人都忘了吧。"

"季如绵！你给我闭嘴！"楼玉中双拳紧握着，不仅气得浑身在发抖，就连手背上的青筋都开始暴突，似要撑破皮肤裂开来。

"我就是不闭嘴！怎样？我有说错吗？你和我是什么样的货色，需要遮掩什么？你要是个女人，我或许还能考虑娶你，将来老了做个伴。可谁叫你是个男人呢？我跟你这辈子都没有可能。你别痴心妄想了！你要是离不了我，有那方面的需求，你尽管说啊，我可以满足你啊。"季如绵说着便一把抱住楼玉中，嘴巴就往他的脸上凑去。

"啪——"的一声，楼玉中用力的一巴掌甩在了季如绵的脸上。

"原来你就是这样看我的……"他不仅心寒，全身上下都跟泡进了冰水似的，冷得在发抖，"亏你还记得自己是个男人！遇到一点儿小事就尿了，你根本就不配当个男人。季如绵，算我错看你了！"

他以为从小到大，这相伴这么久的时间，季如绵会与他心意想通，是兄弟，是朋友，是知己。他不敢奢望那份禁忌的感情，但至少不至于被他看轻。

别人怎么恶意羞辱他中伤他，他丝毫不会介意，但是他万万没有想到，这个在他心底占满分量的人，原来有一天，也会像别人一样轻视他羞辱他。

"我尿？我不是男人？"季如绵摸着脸，冷嗤一声，"行！你楼玉中厉害！那你去拼啊！祝愿你早日拼成长乐坊最红的舞伶，从此飞黄腾达。我季如绵就是一坨屎！"

楼玉中失望地瞪着他看了一眼，转身就走。

离了很远，都能听到季如绵声嘶力竭的酒话："楼玉中，你有种！从今天起，你走你的阳关道，我过我的独木桥！我跟你老死不相往来！"

这一刻，楼玉中仿佛自己又回到了绝望的十三岁那年。与十三岁那年不同的是，他不会轻易再流泪了。

翌日，季如绵的酒醒了，意识到昨夜的酒后失言，前来与他道歉。

他冷冷地嘲讽："不是我走我的阳关道，你过你的独木桥吗？老死不相往来吗？"

季如绵忽地抬手就给了自己一个大耳刮子，一边不停地自抽一边道歉："我季如绵是个烂人！我季如绵烂嘴！都是我季如绵不好！我季如绵对天发誓，以后绝不再惹玉中弟弟生气了。"

"好了！好了！"楼玉中到底心软，一把拉下季如绵的手。

多年的情意，相携相伴走到今日，不是三言两语就能道得清说得明。从小到大，争吵无数，也不会因为一次醉酒，就真的老死不相往来。

季如绵反握住他的手，又像以往一样没心没肺地大笑："还是我们家玉中弟弟最善解人意！"

季如绵又重新振作起来，虽然不能再登台唱曲，但在楼玉中的激励下，开始潜心作词曲，并与他合作了《佳人无双》。楼玉中也特地为这首曲子编了舞蹈。只不过这首曲子始终没有机会在台上弹唱，楼玉中的舞蹈也没有机会向世人展露。

每日擦拭乐器，令季如绵对这些被他一时骂作死物的东西有了新的认识。他本就天赋很高，很快就受到了长乐坊大乐师的赏识，成了伴奏的琴师。他经常为楼玉中伴奏，楼玉中只要一跳起舞来，整个人就像是变了个人似的，令在场所有人的目光都聚在他的身上。

季如月终于找到机会来见到了季如绵与楼玉中。季如月再无了当年少女时的青涩稚嫩，多了一份女人的成熟妩媚。

三人再见，百感交集，抱头痛哭。

虽然季如月一直在梁王府里待着，但是并不如外界所传深受梁王宠幸。刚到京城时，梁王对她还有些兴致，时间一久，便索然无味，懒得多看一眼。她在梁王府与在长乐坊并无什么区别，梁王之所以留她在梁王府，不过当她是个随时能用来以美色牵制人心的舞姬。

得知季如绵与楼玉中来到京城长乐坊，她想尽一切法子想要出来见上一面，无奈梁王府戒备森严，没有梁王的令牌，她根本无法离开王府。若不是用她仅有的身体做筹码与看守的士卫做了交易，她怕是此生都别想再见到季如绵与楼玉中。

楼玉中和季如绵听闻季如月过得如此遭罪，心中万分难过。

季如绵更是咬牙切齿，对天起誓，无论用什么法子，他一定会让妹妹离开梁王府那个魔窟。

楼玉中沉默了很久，终于说了一句："你们有想过离开这里吗？离开长乐坊，离开梁王府，离开京城。"

季如绵道："离开？回盛乐坊吗？"

楼玉中摇了摇头，说："哪里都不回，再也不做伶人，找个谁也找不到我们的地方隐居起来，平平淡淡过完下半生。"

楼玉中面部神情平静，看不出一丝波澜。

季氏兄妹难以置信地望着他。

季如绵说："这根本不可能！从来没有听说过官伶能够成功逃走的。想想你小时候逃过多少次，想想从盛乐坊逃走的那些伶人的下场。我们这种人就算是死，也是官府的鬼。怎么可能逃走？要是被抓回来，那就真的只有死路一条。"

季如月紧抓着楼玉中的衣袖，道："玉中，我没事的，我在王府其实也已经习惯了。"

楼玉中道："算了，当我什么都没有说过。"

三人相聚未久，季如月便依依不舍地匆忙离开。

这一分别便又是许久未见。

日夜勤学苦练，楼玉中的舞技终于在长乐坊的舞伶中脱颖而出，有幸在殿前献艺，一下子备受皇帝皇后的赏识，封了个不大的伶官，一些喜于谄媚的官员都跟着前来送礼巴结。往往他连看都不看，将那些礼物原封不动地送回去。

季如绵总是骂他是傻子，大好的机会都白白浪费了。

他是不明白那所谓的是什么机会。如今，他唯一想做的便是想要将季如月从梁王府里弄出来，但仅凭他一个小小的徒有虚名的伶官，力量却又是微不足道。

自从在殿前献艺之后，他与季如绵之间莫名有了一道看不见的屏障。季如绵不再与他深夜促膝而谈，不再与他一起共谱词曲。见着他的时候会恭敬地尊他一声楼大人。

楼大人……

这三个字听在他的耳朵里真是刺耳。相依相伴这么多年，难道就是为了要听他叫他一声楼大人吗？

偶尔无意间听其他伶人谈论，季如绵最近与乐府令大人的养女何碧云往来密切。

何碧云曾经救过皇后娘娘的命，是皇后娘娘的救命恩人，又因琴棋书画样样精通，所以备受皇后娘娘的宠爱，常常受邀去宫中陪伴皇后娘娘左右。嫁过两任丈夫，一任丈夫身体孱弱多病，与她成亲不满一年便去了，一任丈夫身强力壮，可惜去了边疆，死在战场上……皇后娘娘念她孤家寡人的可怜，一心想替她再觅个如意良君，却因坊间传闻何碧云命带煞星，命里克夫，至今未再嫁出去。

就凭季如绵的手腕，若是想要讨一个女人欢心，让那个女人对他死心塌地，那是绝对手到擒来。更何况是孤身只影、独居闺房已久的何碧云，见到风流倜傥、丰神俊朗的季如绵自是犹如久旱逢甘霖。

楼玉中见过何碧云几次，何碧云虽嫁过两次，但正值花信年华，外表看起来柔柔弱弱，风一吹，人似要被风卷走，叫人怜惜。

明明是这样一个弱不禁风且不具任何威胁杀伤力的女人，不知为何，楼玉中每次见到她，都觉得不舒服。她望着他看似温柔如水的眼神里似乎总是暗藏着一丝莫名的敌意。他不禁失笑，不知道她那莫名的敌意从何而来。

不知是因为何碧云的关系，还是季如绵的运气真的来了，从琴师开始慢慢地又能登台唱曲了。大乐师从最初对他的鄙夷也变成了赞赏有加。

楼玉中得知这些后，心无波澜，只是人变得更加孤寂，仿佛又回到了小时候不喜与人说话的日子。也不知怎的，渐渐地，皇帝皇后也不再召见他去宫里献艺，之前巴结他的各路人马在一瞬间全部都消失了。他也乐得清闲，每日里除了练舞，想得最多的便是如何离开京城、脱离伶人这个身份。

直到有一天，他终于实现了这个愿望，不用再当伶人，而所付出的代价便是他的生命。

那一天的傍晚，季如月突然从梁王府里偷偷跑出来找他，一脸的惊慌失措，像是个丢了魂的孩子一样无助："玉中，你带我走吧，不管去哪里，只要能离开这里就好。"

他一下蒙了，问道："如月，你这是怎么了？到底发生了什么事？有话慢慢说。"

她抱着头，惊恐的模样就像是个受惊的小动物："玉中，我杀人了，我杀人了……"

"杀人？"他立即向屋外仔细张望，将门关上，"到底怎么回事？你慢慢说。"

"今夜，梁王让我去跟前伺候，我伺候梁王喝了点儿酒助兴，谁知行房到一半，他便两眼翻白，口吐白沫……马上风了……我吓得不敢伸张，将他扶上床安顿好，便趁夜逃了出来……呜呜呜……”今夜的守卫刚好平日里与她有私情，还不知道梁王出事，只当她又想念哥哥，便偷偷放她出了门，并叮嘱她天亮之前赶紧回来。

楼玉中眉心深锁，问：“你确定梁王没气了吗？”

季如月眼泪止不住地向外直流，捂着嘴巴，拼命点头。她探过鼻息了，确定没有鼻息。

“你哥他知道这事吗？”

季如月因为泪洗过的黑眸变得格外晶亮，但是听到楼玉中问她季如绵是否知晓时，她的神情微滞，眼眸里带着一逝而过的厌恶。

“他不知道。我没去找他。”季如月一边哭着一边摇头。

梁王平日里专横跋扈，甚至可以当着当今皇帝的面拍桌子，与朝中大臣结怨也不少，他这一死，倒是遂了不少人的愿。但他毕竟是梁王，这事待到天一亮，他的死讯一旦传开，追查起来，季如月将必死无疑。

“玉中，我求你带我走可好？我们找个没有人知道的地方躲起来，谁也找不着。可好？”

楼玉中一时间犹豫了。

“你是不是怕我连累你？”

“我不是怕你连累我。我们俩若是逃走了，如绵怎么办？即便要走，也得要带着如绵一起走。若是将他一个人丢在这里，他必死无疑。”

季如月瞪着眼看着他，几近绝望地道：“他不会跟我们走的……”

楼玉中眉心微蹙，虽然心中已有答案，但还是忍不住问道：“你为何就这么确定？”

“你知道为何梁王突然又要我伺候他吗？因为何碧云故意在皇帝和皇后的面前说梁王府上有个舞姬，姿色过人，舞技绝伦，超越长乐坊的楼玉中。”

他微微拧眉，道：“所以之前都在说的梁王府的舞姬，说的就是你？”

季如月点着头，道：“我哥他为了荣华富贵，攀上了何碧云，如今两人合计，一心要将我弄进宫去。我并不想入宫，被梁王知道了，他突然大发慈悲，说只要我将他伺候好了，便愿意放我走。我想着只要不用入宫，就答应了，但是没想到……”

季如绵攀上何碧云，想要从此平步青云，飞黄腾达，楼玉中一点也不意外，但是想要利用季如月进宫达到目的，他是万万没有想到。他哑然失笑，真是讽刺！那个曾经为了妹妹如月，甘愿为她承受百般屈辱的季如绵哪里去了？究竟是他从来就没有真正地了解过季如绵，还是京城的纸醉金迷彻底改变了一个人，还是什么？他一下子变得茫然了。

"我若入了宫，那这辈子便是没有可能再见到你。我季如月不怕死。我死了没有关系，我最怕的是日后再也见不到你。"季如月一双幽眸饱含着泪水深情地凝望他，突然扑进他的怀中，紧紧地抱住他，"我一直知道你喜欢的人不是我。不过，没有关系，我喜欢你就好了。我不介意你喜欢谁，不管他是谁。只要能够陪在你身边，我就是死也没有遗憾。我真的受够了！我不想入宫，一辈子都见不到你……玉中，你带我走吧。我求求你！求求你！"

季如月抱着他，哭成了泪人儿。

楼玉中抬起手，轻轻地在她的后背拍了拍，以示安慰。

"就算要走，也要想好怎么走。不然还没出城，你我都要被抓着。"

"玉中，你愿意带我走了？你愿意丢下一切带我逃走？"季如月含着泪的黑眸里闪着星光，那是燃起的希望。

这是他欠她的，当年不是她的错，他却顽固地一心求死。若不是他一心求死，也不会将她硬生生地逼走，逼到京城来，过着生不如死的生活。如今她又为了他，成了逃犯，即便他的心里从未有过她，他也不能眼睁睁地看着这个生来苦命而心地善良的女人就这么死了。

"嗯。我去简单收拾一下就走。你先别急，喝口水。"他给她倒了一杯水。

他本就不想再这样活下去，自上一次提议过，季如绵和她都没有应他，他便没再提过。季如绵与何碧云厮混的这些日子里，他早已看透，心也冷了，所以暗自联系了船家，想走随时都可以，只是他没有想到这一天来得竟然这么快。

包裹银两他早就准备好了。他打开柜子，从中取出，又见到压在角落里的皇上和皇后赏赐他的女装，便毫不犹豫地也装进了另一个包袱里。季如月来得匆忙，什么都没带，这一路她需要干净的衣物。

所有准备妥当，两人正要离开，这时有人敲门。

季如月担忧，楼玉中拍了拍她，示意她先躲一下。他拉开门，门外竟然是季如绵。季如绵一见到他，便笑着扬着手中的酒瓶，道："好久没有和你喝酒了，今夜想找你一起喝酒，所以就带着酒来了。"

楼玉中盯着季如绵的双眼看了又看，道："你是不是打算送如月入宫？"

季如绵的神情微微一怔，很快反应过来，反问："如月来过？"

楼玉中没有回答，只是静静地看着他，想从他的神情中看出什么。

"如月她在哪儿？怎么出了王府，都不来找我？"季如绵半开着玩笑，开始往屋里找寻如月的身影，视线忽然落在圆桌上的包袱上，他转身看向楼玉中，"你还是决定要逃了？"

楼玉中平静地道："如月出事了。"

"什么事？"季如绵挑眉。

"梁王死了。马上风。"楼玉中淡淡地道。

季如绵的神情突然松弛下来，道："如月人呢？"

楼玉中道："我问你一句，跟不跟我们一起走。"

季如绵深深地看了他一眼，沉默了片刻，道："好，我们一起离开这里。"

躲在屏风后的季如月听到这话，立即走了出来，激动地道："你不去巴结那个女人了吗？也不要送我进宫了？"

"傻丫头！出了这么大的事也不知道跟我说。别忘了，我只有你这么一个妹妹。"季如绵走过去拍着她的头。

季如月咬着唇，眼泪扑簌地落下。

季如绵问楼玉中："你准备怎么走？有想好去的地方吗？"

楼玉中摇了摇头，道："离天亮没几个时辰了，我们先离开这里再说吧。"

季如绵道："我们三个人现在从正门出去，会引人注意。我知道西面的门闩是坏的，还没修好。"

楼玉中看了他一眼什么也没说。后门的门闩据说经常会被人弄坏，修好了，也会被弄坏，长乐坊的人私下都知道，西门是伶人们平常幽会的秘密通道。季如绵显然已经是熟门熟路了。

三人沿着西门出了长乐坊。楼玉中领着二人一路拼命往西面跑，直到城西倒夜香的胡老头家。

胡老爷子一见到楼玉中，一切明了，见他还带着一男一女，什么也不多问，让他们静静待到天明。

天刚蒙蒙亮，城门一开，胡老爷子和闺女便推着运粪车出城。守城的官兵本揪着每个出城的人仔细盘查，见到胡老爷子推着粪车走过来，立即捂着鼻子催促他："快走！快走！"

"是是是！"胡老爷子和闺女不敢耽搁，加快步伐快步推着粪车出城，直到走了很远，看不见城门，才敢找了个僻静的地方停下。

胡老爷子揭了夜香桶盖，季如绵立即从夜香桶里钻出来，跳下车便开始呕吐。

楼玉中跳下车，然后扶着季如月下车。季如月一下车也开始呕吐。

胡老爷子说："委屈两位公子和姑娘了，三位待的夜香桶，老朽特地买的新桶，怕守城的官兵查，老朽才不得已在桶外刷满了夜香啊。"

楼玉中从袖袋里摸出三张银票递给胡老爷子，道："辛苦老人家了。"

"哎哎哎，公子，你已经给过了，这给多了。"

"不多。多谢老人家。就此别过。"

"公子一路保重。"胡老爷子收了银票，这才与闺女推着粪车返城。

季如绵望着胡老爷子和其闺女消失的身影，遥望早已看不见的城门，再回眸看向楼玉中，忽然觉得这个从小到大依赖着他，一遇上事不是哭鼻子就是要死要活的楼玉中变得陌生起来。他不仅心思缜密，甚至比他想象中要坚强勇敢得多。

楼玉中看了他一眼，道："走吧。"

楼玉中领着他们很快到了渡口，一个船家早已在那儿等候。

三人如愿坐上船离开。自上了船，季如绵便一直盯着他看。

楼玉中看了他一眼，他知道季如绵想问什么？如月当晚出事，他便可以随时出城，仿佛是事先就知晓似的。不是他事先知晓，而是他从有了打算逃走的念头开始，便一直在计划。每隔十天他便会将钱给那些负责送他离开的人，说定了只要按时间到达，他便可以随时离开。

船家问他："公子打算去哪儿？"

楼玉中还没来得及回答，季如绵便抢先道："武昌吧。"

楼玉中静静地看着他。

季如绵道："往往最危险的地方，就是最安全的地方。"

楼玉中对船家道："那就去武昌吧。"

"好咧，都坐稳了。"

……

说到这里，楼玉中便顿住，没再继续往下。

阿怜泪流满面。她虽然曾经是个无家可归人人嫌弃的小乞丐，但是能得待她如亲人一般的黄老爷子收留，如亲兄弟一样护着她的擎苍，还有遇上玄遥，比起命运坎坷魂归他乡的楼玉中，她是何其幸运啊？

阿怜抹干了眼泪问道："那后来呢？是不是到了武昌又发生了什么事？你出事的地方推测是在宋埠，发现你尸体的地方也不在武昌。你们后来到了武昌了吗？"

楼玉中摇了摇头，道："没有去武昌，因为路上收到消息，官府的人已经追查到了武昌，所以我们临时转去了其他地方。之后的事，我现在还想不起来。"

阿怜看着镜子，盯着自己红通通的双眸，道："你不觉得奇怪吗？以你和季如月对季如绵的了解，季如绵既然搭上了何碧云那条线，怎么会轻易罢手？他既然有意将季如月送去宫里，就说明他已经变了，变成一个为了达到目的不择手段，即使牺牲自己最亲的人也在所不惜，再也不是以前那个一心护着妹妹的季如绵，怎么会说跟你们走就跟你们走？而且，梁王死了，这么大的事情，他和季如月却一点儿事都没有？为何偏偏只有你死了？"

楼玉中沉默了，他若还能记得，就不需要来寻求答案。曾经儿时的生死相依，本以为那个是良人，如今却落得魂归他乡。他可是在水底整整待了十年呀……

芋圆道："听完了他和季如绵兄妹的过往，我是觉得他的死与季如绵绝对脱不了干系。奎河，你觉得呢？"

奎河点了点头，表示赞同："要不我去宫里打听一下？或许季如月知道事情的真相呢。"

芋圆问："你的瞬移术练好了？可以带着人自由进出了？"

奎河摇了摇头，道："带人不行，我自己没有问题。"

芋圆鄙夷道："你进出皇宫是没什么问题，但是你想过季如月吗？她是个凡人啦，当年进出王府都那么费事，如今进了宫，你当皇宫是自家吗？再说了，你凭什么让人家相信你？她如今可是如嫔啊，这说明什么？楼玉中落水之后，她又跟着他哥一起回京城了，在他哥的安排下进了宫。若真是季如绵害死的楼玉中，你让她现在来揭发当年她哥的罪行，可能吗？"

奎河道："说了去打听，我当然有法子，怎的也总比等他想起来快吧。"

阿怜点了点头，表示赞同："这倒是可以有，可以试试。不过你别再跑错路，耽误事。"

"去武昌那是没睡好。"奎河强行找借口。

阿怜道："得了别吹了，赶紧去吧，早去早回。"

"那我就先行一步。你们见着季如绵自己小心。"

"你放心去吧，有本世子保护阿怜，不必担忧。季如绵区区一个凡人而已，比起那个蜘蛛精，他若敢起什么歹心，本世子凭一个小手指就能弄死他。"芋圆面目凶悍地伸出一下猫爪，尖利的爪子张了张。

阿怜嘴角抽搐。

奎河摸出瞬移符，对着符咒念念有词，"嗖"地一下，化作一缕轻烟消失在厢房内。

芋圆探了一下窗外，已过子时，便道："阿怜，你早些休息吧。你和楼玉中今日也累了，明日还要打起精神对付季如绵。我会守在屋外。"

阿怜点点头，关了门，爬上床，静静地躺着，望着床顶上方的幔帐，忽然道："若是查出来季如绵是害死你的凶手，怎么办？"

楼玉中没有立即应她，透过她的眼睛望着床顶上方，眼神一片茫然。

"想过无数可能，也许只有面对了才知道该怎么办吧……"

说一千遍一万遍要杀了他，毁了他，可是当真正看到他的时候，他也退缩了。埋藏在心底的情感，令他没法给出一个确切的答案。

"兵来将挡，水来土掩。希望能够帮到你，了却心愿，早日去投胎转世。"

"你是个好人。"

阿怜听到这话，不禁哑然失笑。可是有很多人说她整日没事吃饱了撑的好个多管闲事，明明没有能力，却偏偏有颗拼命想要拯救世人的菩萨心。

常言道：不遗余力地帮助他人，便是成就自己。

她不是想要成就自己，而是像黄老爷子曾经说过的那样，与人为善，与己为善，不求来世，今生不憾。她不想让自己留有遗憾。自己曾在最苦难的时候遇到好心人不求回报地帮助过她，如今她也可以，即便无财也能七施。

　　"你也是个好人。在季如月最危难的时候，你并没有弃她不顾，不是吗？"

　　楼玉中深深叹了一口气，沉寂了片刻，才道："你没有舞蹈的功底，身体也没有经过长期的训练，今日一直是我在用意念强制操纵，所以你的身体受的伤痛很大。明日起来身体会更加地不适，早些休息吧。"

　　"嗯。你也早点休息吧。明日还要应付季如绵。"阿怜应了一声，进入睡梦中。

　　本以为季如绵会在翌日前来正式考核，然而阿怜和楼玉中，还有曲小满等了整整三天三夜，都没有等到季如绵。

　　第四日，正当曲小满捏着罗帕焦虑地在练舞场里走来走去，忽然听闻小厮来报，季大人与季夫人一同大驾光临。曲小满乐得双手一拍，就差没蹦上三尺高。她扭着蛇腰正要去迎接，忽地转身对阿怜吩咐："记得自己叫许香莲，许香莲，知道吗？千万别忘了！"

　　"记住了！嬷嬷。请您放一千二百个心吧。"

　　"赶紧再去准备准备，检查舞衣有没有哪里不妥，千万不能出差错。"曲小满显然看上去比阿怜还要紧张。

　　这许香莲是何许人也？阿怜很快便搞清楚了。原来也是位和楼中玉一样的命苦之人，家族之中大伯犯了事，连累了她的父亲，于是家中女眷全部被贬作官婢，而她因相貌出众，又擅音律，便在两日前被送来盛乐坊当官伶。许大小姐是位性子刚烈的姑娘，刚进来的头一天晚上便含恨上吊自缢了。所以，这盛乐坊见过许大小姐模样的人，也就没几个。

　　许大小姐的死还没来得及报上去，正巧阿怜就撞进来，曲小满乐得将她冒名顶了许大小姐，拉拢季如绵。提升盛乐坊的地位和名气，也就是为她曲小满打开了财路。

　　这许大小姐与楼玉中的身世如此相像，不得不说，有时候，冥冥之中老天自有安排。

　　阿怜将手中的舞衣翻来覆去仔细看了又看，小声嘀咕着："楼玉中，你又上哪儿去了？季如绵和何碧云来了。你快点出来呀。"

　　前几日，楼玉中一直正常地操纵着她的身体，压腿下腰，试图让她的身体变得软一些。可到了今日早上一睁眼，他便莫名其妙地又消失了，偏偏季如绵和何碧云就卡在这时候大驾光临。

"我说你不会是听见何碧云的名字就怕了吧？就算你看她不顺眼，你也没必要害怕地躲起来呀。当年你都敢带着季如月逃跑，如今你又怎么会怕她呢？

"你快出来！我不会跳舞，我什么都不会。待会儿季如绵让我舞一曲，我舞什么呀？"

无论阿怜怎么用言语刺激，可楼玉中就是不出现，真是急坏了她。

芋圆跳上一旁的大鼓之上，蹦得大鼓"咚咚"作响。他喵喵喵地笑着说："不行你就扭秧歌吧。上次瞧你在市集跟人家扭得可欢快了。"

"去你的！"阿怜一巴掌拍上芋圆的猫头。

芋圆"喵喵喵"叫了几声，快速地蹿至别处。

"楼玉中，你是不是又哪里不舒服？

"你好歹应我一声。起码让我知道你没事。楼玉中？楼玉中？楼玉中？"

阿怜几近崩溃。

"你不出来，那我真的扭秧歌喽？反正季如绵看到的是你的脸，不是我的脸，丢人也是丢你的人喽。"

曲小满在正厅恭敬地迎着季如绵和何碧云，一见着二位，便行了大礼："小人曲小满见过季大人，季夫人。"

"起来吧。"季如绵挥了挥手。

"谢大人！"曲小满起身，眉目一转，便瞧向季夫人。

这位季夫人看似温婉，那暗藏阴毒的犀利目光也只有身为女人，而且是漂亮的女人才能察觉得到。她立即上前，热情地给何碧云斟茶，赔着笑脸道："传闻季夫人是位国色天香的绝妙佳人。真是百闻不如一见！季夫人眉若远黛，肤若凝脂，简直是倾城之貌呀，与季大人可真是般配。"

何碧云到底是见过大世面的人，面对曲小满这副见人说人话见鬼说鬼话的阿谀奉承样，心中自是不屑。她唇角微抬，暗露鄙夷，伸手端起茶盅，揭了盖子，细细拂了拂茶面碎末，轻啜一小口。所有动作一气呵成，却是说不出地优雅细致。

曲小满是个聪明人，这见过的人犹如过江之鲫，何碧云这些细微的动作已经明摆地在告诉她：离我远一点。她立即识相地退到一边，傻呵呵地笑着道："瞧我这笨人，只顾着说话，都挡着季夫人的光了。"

何碧云放下茶盅，用上好的罗帕拭了拭薄唇，浅浅地道："无碍。"

季如绵当然一眼便能看穿何碧云的意图，一是在试探他与曲小满的关系，二是端一端她这"季夫人"的架子。

季如绵清了清嗓子，道："这京城里的歌舞稀奇玩意儿，皇上皇后也早已看腻，缺乏新鲜劲儿，于是便差了本官各地挑选技艺超群的伶人。本官此番回乡本是祭祖，不想前几日刚收到皇后娘娘的懿旨，恰逢下个月十五，正巧有使臣来访，所以挑选伶人一事也迫在眉睫。”

忽地，何碧云插话道："我听闻你们这盛乐坊有位舞伶舞技高超，所以就跟过来瞧瞧，瞧瞧是否如传言所闻。若是能让人眼前一亮，能得皇后娘娘喜欢，那便是你们盛乐坊的功德一件。"

曲小满道："这真是叫季大人和季夫人劳心劳力了！我们这儿一收到消息，早就准备好了，就等季大人您过来呢。"

外出遛鸟的大乐师听闻季如绵携夫人前来，火烧屁股地立即赶了回来。

这位大乐师不是别人，是与季如绵、楼玉中和曲小满一同长大的师哥王敏之，除了唱曲之外，没别的爱好，就喜好一个养鸟，常常与鸟儿对歌，当红之时曾有个"夜莺"的称号。

季如绵得了宠之后，一步一步爬到如今的乐府令，第一件事便是将曾经逼迫虐待他们的大乐师赶下台，将王敏之提拔上来。可惜王敏之志不在此，盛乐坊实际一直都是由曲小满在掌管负责。二人虽一直未成亲，但也如同夫妻一般生活了多年。王敏之是有意娶曲小满为妻，只可惜曲小满虽是徐娘半老，这心思还是有些活络，嫌弃他一天到晚只知道遛鸟，宁可被人背地里说三道四，就是不嫁。反正身为下九流的伶人被人说得也多了去，她压根就不在乎。

曲小满见到王敏之提着鸟笼赶回来，恨不能一脚将他踹死，冲着他横挑鼻子竖瞪眼。

季如绵每次一看到这两人，便会在心中唉声叹气，一副恨铁不成钢的模样，也难怪盛乐坊是一年不如一年。他对曲小满道："可以让伶人们开始了。有什么本事让他们都尽管展现出来。"

"还请大人与夫人移驾。"曲小满做了个请势。

曲小满早已做好万全的准备，本想将季如绵迎至魁星阁的戏台观赏，谁知季如绵嫌麻烦，说是直接在练舞场就行。于是，曲小满又赶紧让人通知大伙儿全去练舞场，随即引着季如绵和何碧云前往。

接连几场新人的表演让季如绵连连皱眉。

曲小满并不尴尬，因为她知道这些都是滥竽充数，她将宝都押在了阿伶的身上呢。

何碧云一边啜着茶，一边低声讽刺："这盛乐坊自从你离开之后，是一年不如一年，我看着再过个几年也就彻底要废了。就凭这些货色想去殿前献艺，简直是痴人说梦。"

季如绵淡淡地道："看看再说吧。"

何碧云冷嗤一声："我就等着那个压轴的，是不是像人吹嘘得那么好。"

阿怜躲在一边，远远地张望着季如绵和何碧云。这何碧云与季如绵真是般配，璧人一对。难怪当年季如绵死命地也要巴上她。就凭当年季如绵那样的身世，能找着这么个如花似玉，又有皇后娘娘撑腰的内人，那可是打着灯笼也难找着。不过，这才隔了三天，何碧云面色红润，精神饱满，怎么看都不像是传闻中病歪歪的模样。

曲小满忽然推了她一把："你还愣着干什么？轮到你了，还不赶紧上去。"

阿怜手中攥着水袖，心里嘀咕，眼看着就轮着她了，这楼玉中死活就是不出现。反正她不会什么白纻舞，待会儿她就甩着这两只袖子扭秧歌算了，反正都是甩袖子，也没差了。她心一横，咬着牙，硬着头皮上了。

她低垂着头走到正中，学着别的姑娘家娇滴滴的声音，欠了欠身道："小女许香莲见过大人，夫人。"

何碧云见她畏畏缩缩，一看就是没见过什么世面，难登大雅之堂，没待季如绵发话便有些不耐烦地道："赶紧开始吧。"

"谢夫人。"阿怜起身抬起头，脑子里开始回忆楼玉中平时起势的姿势。

突然，只听"叭"的一声，何碧云手中的茶盅掉落在地，茶水溅在了裙摆之上。

阿怜怔了怔，疑惑地看向她。

何碧云双眸瞪得老大，直直地盯着她，打翻茶盅的手竟然在微微颤抖。

曲小满连忙扑上前，惊道："夫人，您没事吧？没有哪里烫着吧？"

何碧云颤着声回道："我没事……"

曲小满道："夫人，您这裙摆都被茶水溅脏了，我让人伺候您去换身干净的衣裳。"

何碧云连忙挥了挥手，道："不用了……"

阿怜从何碧云惊恐的脸上嗅出了一丝不寻常的味道。这何碧云何以一见到她便一副见了鬼的模样？就如同前几日的晚上季如绵见到她一般。难道说她看到的也是楼玉中的长相？可玄遥不是说只有季如绵见着她，才能看到楼玉中的长相吗？不过，就算她顶着楼玉中的长相又如何？莫不是楼玉中的死与她有关，她做贼心虚了？

季如绵看向何碧云，道："你怎么了？"

"她……"何碧云方说了一个字便倏然收口，"没什么，一时不小心失手。"

季如绵看向阿怜，道："你可以开始了。"

阿怜重新摆好起势，又在心中召唤了几声楼玉中，可楼玉中还是没有出现。

何碧云暗暗瞥了季如绵两眼，心中疑惑万分。为何他一点也不吃惊？这女伶明明就与楼玉中长得一模一样。天下间竟然有如此相像之人！她仿佛看到了当年的楼玉中。

奏乐师们开始弹奏，琴声飘然如仙乐。

阿怜硬着头皮，当真学起扭秧歌的模样，左右撩摆起了水袖。

全场的人都震惊了。乐师们不知这位女伶发生了什么，虽然心中好笑，但是不敢停下，继续吹拉弹唱。

立在一旁的曲小满见她左扭右扭，一会儿前一步一会儿后一步，整个农民大丰收时集体跳的扭秧歌，这丫头到底在干吗？！故意砸场搞事吗？

曲小满急了，捏着手中的帕子，隔着老远地就开始冲着阿怜面目狰狞地挥舞，让她赶紧停下。

伴奏的乐师们互看了一眼，默契地全部停下，很快忽地乐声又响，竟然配合阿怜奏了一段丰收时节欢乐的民间小调。阿怜听着熟悉的乐曲，这扭动得更欢了。

芋圆蹲在房梁上看着阿怜那蠢模样，不禁失笑，还当真扭秧歌。他真想找个法器，将她现在的蠢样传给远在天庭的师父。

季如绵望着她，一下子失了神，思绪飘回二三十年前。那时正值青春年少，一日，他与楼玉中两人在这里切磋舞技。二人肢体不断地相离相缠，直到累得满头大汗，躺在地上相视而笑。楼玉中忽地又跳起来对他说，前些日子正巧碰见有人扭秧歌，他觉得十分有意思，于是便学来让他瞧瞧。他被楼玉中蠢笨的模样逗得哈哈大笑。楼玉中说，这舞姿是不是十分有趣，让人看着就开心？那时的楼玉中，脸上露出的也是眼下这种发自内心欢快的表情。

若仅仅是因为长得像也就罢了，可是所有都像，这一看就是蓄意安排好的。他不知道这丫头从哪儿知道这些，竟然当众故意跳了这么一段，他不知道她的用意何在。时隔十年之久，突然出现，绝不是那么简单。

他忽然用力地拍向桌子，怒道："够了！这跳的是什么东西？"

乐曲顿时停了，阿怜站在舞场正中央望着怒气冲天的季如绵，神态自若，她早就知道会这样。她根本不会跳舞，能扭段秧歌逗乐，调一下气氛算是不错了。

刹那间，整个练舞场上安静得连一根针掉在地上都能听见。所有人屏息，不敢大喘气。

曲小满立即上前求情："大人请息怒，香莲这是想在正式跳舞之前耍一下气氛。"

何碧云冷哼一声，道："简直是胡闹，看来之前的传闻都是不实，白白浪费了季大人和我的一个时辰。"

"谁说浪费了你们一个时辰？""阿怜"忽然目光森冷地看向何碧云，声音冰冷得让人不寒而栗。

何碧云心头一惊，这许香莲的眼神……与方才懒懒散散的模样完全不一样，竟然像极了当年的楼玉中。不只是这张脸，这眼神，简直就是一模一样。

有那么一瞬间，她甚至怀疑当年的楼玉中是不是没有死，但若是没有死，当年她看到的尸体又是谁的？难道真的有死而复生一说吗？

在阿怜的千呼万唤中，楼玉中终于出现了。他用力地将两截水袖撕掉，然后转向伴奏的乐师们，低语了几句："劳烦了。"

乐师们收到，开始重新伴奏。

乐曲从舒缓慢慢变得激昂跳跃，再到柔情似水，最后以急速紧张的气氛骤然收场。伴着乐曲，楼玉中的动作也从最开始的刚柔并济到后来变得妖娆妩媚。随着他动作的不断变化，在场所有人的目光全都被他成功吸引，与之前那个扭秧歌，简直是判若两人。

一曲舞毕，王敏之不惜为他拼命鼓掌。然而曲小满却用力地打下他的手。这个蠢货！这一段舞任谁都能看得出来，这是演绎了一个以谄媚而得到君主宠幸的佞臣的一生，明眼人只要有点儿眼力都能看得出来，这丫头是借舞在讽刺季如绵啊。

曲小满的脸色发黑，咬着牙，恨不得要咬了阿怜的肉下来吃。就知道白送上门的不会有好事，这丫头究竟是跟季师哥有什么仇有什么冤？仔细回想这丫头的舞姿，怎么看都像是楼师哥。她只知道楼师哥当年涉嫌梁王猝死的命案，在逃跑的途中坠河淹死。可这关季师哥什么事呢？她偷偷瞄了一眼季如绵，然而季如绵的表情并没什么太大的变化，一脸平静。如果季如绵神情愤怒，她反而还能跪着说些好话，但是他的脸上见不到一丝波澜，这就令她更加心惊肉跳了。

看完阿怜的舞，何碧云怔了半晌回不过神，心也凉了半截，这分明就是活生生的楼玉中。之前她只是怀疑，然而这段舞跳下来，她毫不怀疑，这就是活着的楼玉中。

这十年来，她阅过的伶人无数，却没有一个人能超越楼玉中。

世上再难有一个楼玉中！

若是转世投胎，仅十年，不可能是这般年纪，若是当年没有死，如今也不可能是这副模样。除非只有一个可能，那就是借尸还魂……

借尸还魂……

楼玉中双眸直直地望着何碧云。

何碧云的心没来由地一紧，下意识地颤着手抚上额头。

一旁的婢女小声问道："夫人，你没事吧？"

何碧云摇了摇头，以手半遮着眼，不敢看向阿怜。

一直沉默不语的季如绵忽然站起身，对着曲小满道："明日辰时，让她和那个会戏法的孩子在别馆门外候着，一同随行进京。"

曲小满一听，惊喜连连地道："是的大人，小的遵命！小的遵命！"

季如绵说完，便拂袖出了练舞场。

何碧云的腿已经发软，在婢女的扶持下才缓缓起身，经过"阿怜"身边时，楼玉中突然开口以只有她能听到的声音，道："夫人的身子可好？我认识一个郎中，可以帮夫人一举得子。"

何碧云的脸顿时变得煞白，颤着唇什么话也没说，紧随季如绵离开。

曲小满乐呵着要跟上前，送二人离开，何碧云冷着脸道："止步吧。"

吓得曲小满只敢立在练舞场的门前张望着。

出了练舞场，何碧云便追上季如绵，颤着声道："是他。"

季如绵昂首阔步向前走，没有理会她。

何碧云打发了婢女，追着上前，激动地又道："我说是他，你听见没有？"

季如绵顿住脚步，挑眉斜睨着她，道："不懂你在说什么。"

何碧云失笑："我在说什么你不知道？我说的是楼玉中，那个曾经与你相好的楼玉中，他回来复仇了！"

季如绵冷笑一声："你又在说什么浑话？那是个小丫头，你眼花吗？"

"我眼花？两个人分明长得一模一样。别告诉我说你看不出来，过了十年，你连他跳舞的模样都忘了。"

"你是不是今晨起来又忘了吃药？药不能停啊，夫人！"季如绵目光森冷地看着她，仿佛在说，你敢再多说一个字试试？

何碧云面色苍白，不可置信地望着他。她就不信他没看出来！

季如绵甩了衣袖，率先出了盛乐坊大门，上了马车。

何碧云对远远站着的婢女道："明日就要回京城了，陪我去市集买些东西。"

季如绵看都不看她一眼，对轿夫道："回别馆。"

季如绵与何碧云离开后，曲小满绕着"阿怜"转了一圈，然后凶巴巴地道："我就知道你心思不简单，莫名其妙跑咱们盛乐坊来，明摆着是要给我搞事。你是不是与我盛乐坊有仇？"

楼玉中道："嬷嬷，你多虑了。我看大伙儿都很紧张，秧歌舞是为了让大伙儿放松放松罢了。"

曲小满冷嗤一声："放松放松？那第二段舞呢，你是几个意思？"

王敏之走上前打断了曲小满，道："别再说了，季大人选中了就好。"

"今日若不是季大人宽宏大量，她以为她有几条小命？当真以为自己舞跳得好，就忘了自己是谁了？王敏之，你推我干吗？"

终于，曲小满在王敏之的推揉下，将注意力转去了另一个被选中的会戏法的童伶身上去说教。

王敏之忽然问道："方才你跳的那段舞的名字叫什么？那首曲子我好像没

听过。"

楼玉中望着王敏之,浅浅笑道:"还没有取名,是前两日临时编的,曲子是以前和朋友作的旧曲,乐谱我已经给了乐师们。"

"哦,这样……"王敏之点了点头,顿了顿方道,"舞,是段好舞,曲子也是好曲,只是去了京城之后,这段舞便不能再跳了,知道吗?"

楼玉中一下子明了,微笑谢过。

王敏之憨憨地笑了笑,拎着他的鸟笼继续遛鸟。

王敏之大概就是传说中被遛鸟耽误的红歌伶人吧。

楼玉中望着他的背影,时隔十年,没有变的,似乎只有真性情的师哥王敏之。

暮色降临,盛乐坊一片灯火辉煌,与白日里的热闹有些差别,多了许多放荡颓靡的味道。

阿怜与那个会变戏法的童伶不用登台,各自在屋里收拾休息,明日一早便要去别馆候着。

阿怜坐在桌前,对着镜子,自问自答:"今日季如绵和何碧云来的时候,你去哪儿了?出了什么事情?"

楼玉中出现后,她便消失了,莫名陷入了昏睡。直到天黑,她才清醒过来。

楼玉中有些虚弱地道:"我也不知道,从前日开始,便觉得自己会突然很累很累,然后就睡着了。昨日睡着之后,直到你跳起秧歌,我听到鼓声才醒来。"

楼玉中说的是事实,自从进了阿怜的身体之后,他发觉自己越来越虚弱,本以为能随心掌控她的身体,可是很多时候,他反倒会莫名地便陷入了沉睡。他一直奇怪,阿怜明明是个凡人,何以会反控他?他也曾上过其他凡人的身体,却从未出现过这样的事。

阿怜更不明白了,以为是莲花令和梅花令的法力太强,令楼玉中承受不住,然而楼玉中却说与这两块玉牌无关。

芋圆不禁想起童天佑和夜幽若死的时候,阿怜坐在莲台之上从映月湖水里浮现,光芒万丈,只是师父不让他和奎河说这事,阿怜并不知道自己乃是位修为极高的神仙,所以只有短短十年修为的水鬼楼玉中,应该是无力操控她的身体,搞不好再这样下去楼玉中会魂飞魄散。

芋圆将白日里发生的事情都告诉阿怜,楼玉中跳了一段有关佞幸的舞蹈。曲小满暴跳如雷。季如绵倒是沉得住气,当众点名让阿怜一同随行进京。最不寻常的便是何碧云,脸色煞白,差一点似要晕倒。

楼玉中胆敢这样刺激季如绵,想来是准备破釜沉舟。何碧云的反应异常,看来也是脱不了嫌疑。不过令阿怜遗憾的是,只要楼玉中一日不离开她的身体,她都没法欣赏到他出神入化的舞姿。

阿怜盯着镜子想从自己的眼神之中看到楼玉中在想什么，然而楼玉中给她的回答仍是什么也想不起来。

阿怜也没再问，静静地躺回床上。明日去京城，她无论如何，在到京城之前，也要从季如绵和何碧云的口中套出话来。

翌日一早，武昌城的父母官朱大人以及当地的达官贵人，包括杨广德，浩浩荡荡的一众人为季如绵夫妇送行。

从这排场看来，可见这季如绵受宠的程度当真不一般哪。

阿怜没想到杨广德会来，庆幸媚姬姑娘没有一同前来。在坐上马车之前，她全程将芋圆抱着挡着脸。芋圆十分配合地用爪子盖住了她的口鼻，尽量只露出她的两只眼。

车队缓缓前行，那些达官贵人将他们一路送到渡口，直到他们登上回京城的船，目送他们离开。

接连两日，阿怜一直窝在船舱最底层的下人房里，门锁处还闩了把铁锁，没有季如绵的命令，她不得外出去船上其他地方。一日三餐，饭菜自会有人给送来。说白了，她一上船，便被季如绵软禁了，然而另一名同行的童伶并没有与她关在一起。她一直在寻思着该如何能单独见季如绵或是何碧云。

阿怜虽然没有行动自由，但是芋圆有啊，他想去哪儿便可以去哪儿。芋圆已经恢复了点点法力，只是维持不了多久罢了，但帮着阿怜探听消息还是绰绰有余。

头一天夜里，芋圆便给阿怜带来了消息，季如绵和何碧云并不睡在同一个船舱的房间里，两人的房间一个在船头，一个在船尾，是隔着最远的距离。在阿怜看来，这夫妻二人可是老有意思了，在人前装得那么恩爱，原来私下里这么互相嫌弃啊。

芋圆还探到何碧云因为晕船，这两日精神不是很好。

阿怜一听，正是时候寻个机会先去会会何碧云，从何碧云那日的反应看来，应该就是那个突破口。

直到第三日的夜里，在芋圆的帮助下，阿怜终于打开船舱房间的门，偷偷溜了出去。

芋圆略施法术，将夜里守卫的仆人迷晕，喵喵地催促着阿怜："快点！我目前的法术四分之一炷香的时间都维持不了。"

阿怜暗暗召唤楼玉中，然而楼玉中又消失了。哎，这人总是在关键时候掉链子，她又不知他心里到底有什么结，只能像前两次一样，硬着头皮自己先上了。

阿怜小心翼翼地爬上楼梯，一路跟着芋圆，终于摸着了何碧云的房间，蹑手蹑脚地摸了进去。

何碧云端坐在临窗的桌旁，还没有睡下。屋内点着凝神香，她的一只手半撑着额头，双眸紧闭着，另一只手捂着胸口，看上去不是太舒服。

窗外月色朦胧，船行过河水拍打着船底的声音，在寂静的深夜里听起来格外清晰。

何碧云听见门响声，以为是婢女进来，便道："春香，东西拿来了吗？"

芋圆将一大块橘子皮递给阿怜，阿怜便将那块橘子皮递在了何碧云的鼻子下。

何碧云深深嗅吸，终于舒服了些，缓缓睁开眼。当看到来人并不是春香，而是阿怜时，她一脸惊吓，整个人向后方躲去，慌乱的两只手差一点将桌面上的茶壶茶盅打翻。

"夫人，你为何瞧见我总是这么害怕呢？"阿怜阴森森地笑着。

何碧云内心惶恐，外表却佯装保持镇定，端直坐正，道："你怎么会在这里？！"

"小的这不是过来给夫人送橘皮提神嘛。"

"春香呢？"

"春香忽然间肚子痛，上茅房去了。"

何碧云也不是傻子，看出来哪里不对，道："你不是应该待在下面的船舱里不能出来吗？怎么会遇到春香？"

"之前大人差人让小的去他的屋里谈事，完了之后，还特许小的可以四处走走，换换气。"阿怜故意挑拨道。

何碧云果然脸色变得灰暗，一双美目迸射出怨毒的目光，但毕竟不是省油的灯，话锋一转便道："我突然有点好奇，你师承的是盛乐坊的哪位师父？"

此生，除了楼玉中之外，何碧云再也没有见过比他更有天赋的舞伶，眼前这个许香莲倒是个例外。

阿怜不禁失笑，何碧云问的问题与季如绵初次见到她时，问的问题一模一样。

这次，阿怜没再掩藏，而是开门见山："夫人究竟想问什么呢？是想问阿怜是否师承一位姓楼的前辈，还是想问阿怜的亲人当中是否有一位姓楼的长辈？"

果然，何碧云在听到"楼"姓之后，整个人肢体又变得僵硬起来。

"不巧，都没有。"阿怜没待何碧云回应，兀自又道，"夫人，你的脸色怎么这么难看呀？阿怜长得有那么面目可憎吗？还是说，你做了什么亏心事，心里有鬼？俗话说得好，平生不做亏心事，半夜不怕鬼敲门。"

何碧云一听到那个"鬼"字，倏然站起身，厉道："你……究竟是谁？想做什么？！"

"我是谁？夫人您觉得我像谁呢？或是认为我是谁呢？"

"不知道你在说什么！"何碧云坐立不安，开始害怕。

"看来是时间隔得太久了，所以连夫人都不记得我了。可惜啊，可惜啊。"阿怜向何碧云逼近一步，直直地看进她的眼里。

阿怜知道，眼下她这张脸对何碧云来说有绝对的杀伤力。

何碧云一下子跌坐回原先的座椅上，满脸惊恐地道："你……是楼……楼玉中？！"

阿怜冷笑着说道："时隔十年，还能从夫人的口中听到我'楼玉中'三个字，感慨万千啊。"

"真……真的是你？"何碧云难以置信地瞪大双眼，颤着声音喊道，"快……快来……来人啊……"

芋圆突然冲过来扑向她，一巴掌拍在她的嘴巴上，她顿时"喵喵喵"地叫了起来。

"成功了！"芋圆得意地喵喵两声。

阿怜赞赏他，道："看来修行还是有用的啊，以后要随你师父多加修行。"

何碧云见自己不仅发出恐怖的猫叫声，还见阿怜同一只猫在说话，惊恐地瞪着一双大眼，拼命地张着嘴巴不敢再出声，身体不停向后缩去。

"你如今就是叫破嗓子，也不会有人应你。"

可是很快阿怜便挠了挠脑袋，好像不让何碧云说话也是不行啊。

"我可以让你说话，但是你若敢叫出声来，我会让你变得跟他一样，这辈子都生不如死。"她指着芋圆威胁何碧云。

芋圆嘴角微抽，他哪里生不如死了？他明明是为了打配合才变成一只猫的好吗？随即身体一抖，他又变回了原本通身皮毛雪白的模样。

何碧云眼见着芋圆从一只白猫忽然变成一只白狐，更加确定阿怜不是人了，吓得眼泪"嗒嗒"滚落出来，咬着唇拼命点头。

阿怜吩咐芋圆："算了，还是让她能说人话吧。"

芋圆抬起狐狸爪往何碧云的嘴巴扇去，何碧云的脸立即肿了起来。芋圆举着爪子，道："不好意思，手滑，打重了。"

阿怜翻了个白眼，这货一看就是想替楼玉中讨回公道，趁机教训人呢。不过深得她心呀。对待贱人就是不能手下留情呀。

何碧云见白狐开口说人话了，吓得更是不敢乱开口，生怕没了性命。

阿怜道："从现在开始，我问你什么，你回答什么？你若敢有半点儿隐瞒，我便让这只狐狸吃了你。"

芋圆张开嘴，做了个凶狠的表情。

何碧云哭着点了点头。

阿怜问道："我问你，十年前，我带着季如月逃命，为何会突然落水？"

何碧云望着阿怜一下子愣住，有些不可思议。

阿怜立即板着脸，发狠地道："你不需要怀疑和发问，只要给我老老实实地回答即可。"

"是为了救人……"何碧云害怕地道。

"救谁？"

"救我……呜呜呜……"

什么？为了救何碧云而落水？楼玉中逃跑的路上怎么会遇着何碧云？

阿怜将脸逼近何碧云，恶狠狠地道："我落水的那天究竟发生了什么事？给我一字不落地说清楚了。"

何碧云看到"楼玉中"的脸，害怕地用双手挡住，哭道："那天，我只是想带走如月，可是如月宁可死也不愿跟我走。与她争执之下，她奋力将我推落入水。楼玉中见到，便跳水相救，结果……就淹死了。真的不是我害死他的，我不知道他会跳下来救我，会淹死，我真的不知道……呜呜呜……"

阿怜听完愣住了。何碧云看见她如见鬼的惊恐模样，一点也不像是在撒谎。楼玉中当真是为了救何碧云而不幸淹死？但是她总觉得哪里不对，若是因为救何碧云淹死，为何楼玉中口口声声念着季如绵？宁可不投胎，也要等到季如绵，这又是为何？当真爱得那么深切吗？也不像啊。

阿怜又开始召唤楼玉中，然而楼玉中从那日消失后，就再也没有出现过。不知怎的，她有种不好的预感，总觉得楼玉中发生了什么事，因为她几近感觉不到他的魂魄存在。

"你是亲眼见到楼玉中淹死的吗？"阿怜追问。

然而何碧云已经吓得神志不清，口中只知道不停地念着："不是我害死你的！不是我害死你的！不是我，不是我，不要来找我，不要来找我……"

眼看就要接近真相，何碧云神志不清，这令阿怜十分丧气。

"还是要去会一会季如绵。"眼下再逼问何碧云，也问不出什么了。芋圆抬起爪子，便将何碧云打晕过去。

阿怜点了点头，拉开屋门走了出去。

才走了没几步，便听到芋圆嘤嘤嘤地叫了一声："有人！"

阿怜也听到身后忽然顿住的脚步声，猛然转身一看，竟是季如绵。

夜色之下，朦胧细碎的月光洒在他的周身，形成一圈淡淡的光晕。他背着光，阿怜根本看不清他的表情。

阿怜镇定抢先道："大人，深夜出来散步呢？"

"那你呢？也是出来散步吗？"黑夜之中，季如绵的声音低沉喑哑，没有一丝愤怒与不安，反而格外地平静。

"哦，夫人差春香找小的过来问话。"阿怜被关在船舱底部，没有季如绵的命令是不能出来。当然若是何碧云发话，那些看管她的下人也自是阻挡不了。但是季如绵看见她并不惊讶，也不像何碧云一样一开口就反问她为何在这里，反而与她对答自若，好像深夜突然在这里遇见她是预料中的事。

"夫人问你什么了？"季如绵的语气依旧稀松平常。

阿怜笑了笑，回道："和大人上次问阿怜的一样，问阿怜家中是不是有个姓楼的长辈。"

季如绵一阵沉默，什么话也没说，转身走向何碧云的屋子，伸手就要拉开屋门。

这时，阿怜犀利地道："大人，何以你与夫人都十分紧张你那位姓楼的故友？难不成有什么不可告人的秘密？还是说你那位故友的死与你和夫人有关呢？"

眼看着就要到京城，楼玉中一直不出现，玄遥和奎河又不在，阿怜不想再将此事拖下去，若是到了京城季如绵的地盘，仅凭她和芋圆一人一狐的力量，说不准会误事。所以，还不如趁还在这条船上，四处无援，打开天窗说亮话，把事情的真相先弄清楚了。只要有芋圆在，季如绵奈何不了她。

季如绵倏然转身，朦胧的月光映照下，他的面色看起来阴森恐怖，那种一下子被人揭穿内心阴暗面的心思尽显在他的脸上。

阿怜心道：果然就是要刺激，一刺激就要露马脚了。

季如绵冷冷地道："你到底是谁？"

"季夫人已经猜出来我是谁了。不如季大人也来猜一猜好了？我是谁呢？"阿怜一派轻松地微笑着道。

季如绵忽地冷笑起来："我对猜谜从来就没有什么兴趣。你故弄玄虚这么久，突然出现在盛乐坊，冒名顶替，目标很是明确。曲小满是看不出来你玩的花样，但是不代表我也眼瞎。说！你到底是谁？是谁派来的？别拐弯抹角，直截了当一点，究竟有何目的？"

阿怜倒是有些意外，原来季如绵早就有察觉，一直不表露，也是在等时机。难怪能从一个卑微的伶人爬到如今乐府令的位置，深得皇帝的宠爱。果真是个心思重的人！

阿怜笑着道："季大人，你这样不配合回答，游戏就不好玩了。夫人可是很配合呢。"

季如绵绷着一张脸道："我平生最讨厌别人跟我玩花样。没有我的允许，你以为你凭什么站在这里？！"

阿怜扬了扬眉，道："原来是这样啊。既然季大人都这么说了，那咱们不如开门见山，打开天窗说亮话吧。当年楼玉中带着令妹季如月，哦不，当今的如嫔娘娘从水路逃走，季大人也一路随行。我只想问，楼玉中落水之时，季大人您身在何处？"

季如绵的脸色越发阴沉，阴鸷的目光直锁着阿怜，冷森森地道："你究竟是楼玉中的什么人？"

"我？我不是他的什么人，就是一个路见不平、好管闲事的大闲人。"阿怜神情一派轻松。

"路见不平？倒是生平第一次见到长得一模一样的路人，通常多管闲事的人都没有什么好下场。"季如绵突然拍了两下手，两个身形高大的黑衣人从两边走过来将阿怜围住，"不自量力！给我把她抓住！"

阿怜挺直了胸膛，道："芋圆，让这些家伙都乖乖地站在原地别乱动，把嘴巴也都封了，免得乱吠吵着本姑娘问话。哦，季如绵的留下，本姑娘还有话要好好地问问他。"

然而，芋圆念动咒语半晌，也不见起效，那两个壮汉越来越近。原来，芋圆之前迷晕了何碧云在内的好几个人，法力就像定时使完了似的。眼下，他一丁点儿法力也使不出来，当下急得嘤嘤嘤地叫道："法力没了，搞不定啊！"

"什么？！这个时候你跟我开这种玩笑，一点也不好笑啊！"

"我没开玩笑，是真的！"

"不是吧……"阿怜傻了眼，万万没想到这么关键的时候，芋圆这里竟然出了岔子。后援不给力啊！

两个大汉迅速围过来，阿怜又打又踹，然而并没有什么用，很快两只胳膊便被控制住。

芋圆从夜空中蹿出来，飞扑向他们，一爪一个，挠向他们的脸。两个大汉吃痛，便松开了抓住阿怜的手。

季如绵怒道："哪儿来的野狐狸？！给我一并抓住！"

芋圆龇着牙，转身扑向季如绵，季如绵的身体只是微晃了晃，便躲开了。芋圆再跳起，但这一次也只是咬住了他的袖子。季如绵一个反手，便将他用力地打落在甲板之下。

两个大汉迅速围上去，一阵乱扑乱打，不一会儿便捉住了芋圆。

眼下，芋圆只是一只会说话的普通白狐，被人掐住了后颈，他丝毫没法动弹。

阿怜见状，大叫起来："季如绵，你放开它！这是我跟你之间的事，与一只狐狸无关。你放开它，冲我来就行了！你给我放开它！"

"你以为你是谁？有什么资格跟我谈判？之前我就跟你说过了，多管闲事的下场就是找死。我不管你跟楼玉中是什么关系，也不管你是个什么东西。上了这条船，就没那么容易下船。"季如绵冷笑一声，对两个手下命令道，"给我把那只狐狸扔进江里喂鱼！"

"季如绵，你敢！"阿怜怒道。

"是！"其中抓着芋圆的壮汉得令，甩了甩手，便将芋圆扔了出去。

只听"扑通"一声，重重的落水声在黑夜之中显得格外刺耳。

阿怜迅速跑过去，趴在船舷上，看向江面，黑漆漆的一片，方才溅起的水花声很大，如今什么也看不见。

"季如绵你这个王八蛋！"阿怜扑过去就要撕了季如绵，但她一个弱女子的力道如何能敌得过季如绵。

季如绵三两下就控制住了她，伸手掐住她的脖子道："说！你跟楼玉中到底是什么关系？他人现在在哪儿？"

"他已经……死了……被你这个……奸人……给害死了……"阿怜被掐着脖子，一张脸已经涨得通红，双手指甲死命地抠着季如绵的手背，脚不停地踹他。

"说！楼玉中他在哪儿？"季如绵的双眼变得赤红。

埋藏在心底十年的丑陋伤疤突然之间又被人硬生生地给揭开，这已经不是痛不痛的问题，而是直接将刀插在了他的心口，要他的命！

"我就……知道……是你……杀死他的……呵呵……"阿怜挣扎着，心中拼命地召唤楼玉中，但楼玉中就像消失了一样。难道她要死在季如绵的手上吗？玄遥……玄遥……救我……

"快说！楼玉中他在哪儿？"季如绵面目表情变得极为狰狞。

忽然之间，阿怜的手紧握成拳，一拳重重地打在季如绵的太阳穴上。

季如绵当下一阵眩晕，卡在阿怜脖子上的双手，也一下子松开了。

阿怜紧接着又是一拳头重重地打在季如绵的脸上。

季如绵的身体猛地晃了晃，嘴角顿时溢出了血丝，一脸惊恐地看着突然力大无穷的阿怜。

"季如绵，你在十年前就杀了我一次，十年后，你还要再下一次毒手吗？"楼玉中冷冷地道。

"玉……玉中……"季如绵颤着声音，满脸惊恐与难以置信。方才那两拳，一点也不像是一个娇弱女子打出来的力道。

"你一直追问我在哪里，是想找到我，继续再来杀了我吗？"楼玉中逼近他。

季如绵本能地往后退几步，不停地喃喃自语道："怎么可能？怎么可能？当年明明……"

"当年明明你亲眼看着我活活淹死，对吗？季如绵，我没死，是不是令你失望了？"楼玉中冷笑起来。

所有一切在这条船上他都记起来了，犹如当年情形一样。

"你不是楼玉中！你到底是什么人？为何要冒充他？！"季如绵沉下声厉问道。

楼玉中的双眼里满是失望，嘲讽道："我是不是楼玉中，你应该比谁都清楚。前几日在你面前舞的那首曲子，你该不是忘了是十几年前，你我还在武昌时共同谱写的。那天晚上你喝多了，跟我说得最多的一句话便是我若是个女人，你便会娶我。眼下，我是个女人，试问你敢娶我吗？"

季如绵动了动喉咙，开始慌张，厉道："十年前你明明已经死了，尸体就在武昌辖县的孟家村附近的河里被发现，怎么可能还会活过来？就算你没死，也不可能是现在的样子，更何况还变成一个女人。我相信天下间有长得一模一样的人，但是我绝不信借尸还魂一说！你少在这里装神弄鬼！你到底什么人？"

楼玉中嗤笑一声，道："还在问我是什么人？借尸还魂，呵呵，这一次算你说对了一半，但是我借的可不是尸！季如绵，你再听听，我究竟是谁？"

阿怜的声音突然变成了一个低沉的男音。

不仅是季如绵震惊不已，就连立在一旁一直等候他发号命令的两位壮汉也吓了一跳。

如此熟悉的声音，若说季如绵识不得，那是骗人。这低沉沙哑声音的主人，从年少变声之后一直陪在他左右，不论是低声密语，还是高谈阔论，他季如绵一度想从脑海里挖出去永远忘掉，但是怎么也不可能。

"你……楼玉中……不可能！不可能！这绝不可能……"季如绵一对剑眉深深锁着，墨黑的双眸明明是看阿怜，却又不是在看她，而是想透过她的双眸看到她灵魂深处藏着的那个人，当看到那熟悉的目光，他简直是难以置信，惶恐地向后连连退了几步，强作镇定地叫道，"来……来人啊！给我抓住这个丫头！"

两个壮汉相视一眼，对季如绵的命令犹豫不决。这丫头看起来有点阴森可怕，明明长得一副娇美的模样，却突然好端端地开口发出男人的声音。

"你们两个还愣着干什么？！听到没有？！把他给我抓起来！"季如绵怒吼一声，双拳紧握，额上的青筋开始跳动。

两个壮汉立即向"阿怜"走过来，就在要伸手抓她的时候。

楼玉中突然怒吼一声："不想死的都给我滚一边去！"

两个壮汉一惊，顿住脚步。

楼玉中的脸忽然之间变了，原本明艳俏丽的一张脸变成了一张破碎溃烂的恐怖死尸脸，两个眼珠其中一个掉了出来，挂在脸颊上，另一个不知是被鱼儿还是其他水里的生物啃食了一半，鼻子没了，脸部正中的位置只有一个黑漆漆的窟窿，嘴唇外翻溃烂，脸上没有一块皮肤是完好的，四处爬满了恶心的虫子……

"鬼啊——啊——"两个壮汉瞧见，吓得立即尖叫起来，撒腿就往船的另一端跑。

季如绵见到吓得腿也软了，直向后退去，不想退了没几步，脚被甲板上的缰绳绊了一跤，一屁股坐在木板之上。

楼玉中凝视着他惊恐尿包的模样，忽地悲凉地笑了起来。面部破碎溃烂的皮肉随着他的笑容不停颤动，在朦胧细碎的月光照耀下，看起来异常恐怖。

季如绵坐在地上一步一步向后退去，很快他的身体便抵在船舷之处，无处可退。他颤着声，强作镇定道："你想干什么？你是要杀了我，报仇吗？"

楼玉中冷冷地道："你说呢？"

"玉……玉中，你听我说，我知道你这么些年，受了很多委屈，但是你要报仇，你找错人了，当年害死你的人不是我，而是何碧云，你的死与我无关。你若是要报仇，你找也要去找她才对。"

楼玉中一步步走向季如绵，忽地伸手抓住他的脖子，将腐烂的脸凑近他，冷森森道："是吗？我怎么记着当初害死我的人是你，而不是她呢？"

季如绵即便是被掐着脖子快要透不过气来，却仍旧别开脸，不敢看向楼玉中。

"十……十年了，你……你都忘……了吗？当初……害你落水……的人……是她啊……你若……不是为了……跳水……去救她……你怎么……可能会淹死……"这回轮着季如绵伸出手紧紧抓着"阿怜"的手，想要掰开。

楼玉中一个恍神，季如绵这话说得也没错，若不是他当时出于好心，跳下水救何碧云，的确他后来不至于淹死，但是……

季如绵见楼玉中失神，容貌也渐渐恢复，不再像之前恐怖的模样，卡在脖子上的手微微松开，他立即使力地推开他，身体依着船舷不停地猛咳。

楼玉中回过神还想再捏住季如绵，季如绵立即伸出手阻止，道："玉中，你听我把话说完。当时在宋埠，为了防止你、我和如月三个人一起被抓到，我们三个人约定分头逃走。如月是宁死也不肯跟你分开，硬是要跟着你走。何碧云带着人去捉如月的时候，我当时并不在场。试问我怎么害死你？"

楼玉中冷笑一声："季如绵，你当真以为当时我什么都没有看见吗？你敢对天起誓你当时真的不在场吗？"

季如绵心下一慌，道："我真的不在场。等我赶到的时候，如月和何碧云都晕倒在岸边，却独独不见你的身影。直到三天后，有人在孟家村发现你的尸体，我才知道你已经不在人世。"

"季如绵，没想到到了这个时候，你还在狡辩。当时，我正在费力地往岸上爬，看到了一样东西。那日逃跑的半途中，因为你被石子狠狠绊了一跤，你右脚的鞋子前端便磕破了一个洞。而我在落水前，眼中看到的最后一样东西，便是躲在石头后方，你脚下的那只鞋。"楼玉中一把捏住季如绵的衣襟，目光

143

直瞪向他，恨不得杀死他。

"不是我！不是我！你听我说，真的不是我。那个石头是自己滑下去砸到你的，那天刚下过雨，水都漫上了河岸，河岸的泥土松动，那块石头它是自己滑下去的。对，是自己滑下去的！是自己滑下去的！"

楼玉中忽地冷笑起来："你终于不打自招了。我可没有说石头砸到了我。"

季如绵一下子怔住，惊觉自己失言，便又立即诡辩道："是！我承认！我当时是亲眼看着那块石头滑下水压在你的身上。不是我不救你，而是我想救你之时，那块石头已经压着你沉入水底。"

楼玉中不可置信地怒吼："就算是石头压着我入水底，你也可以下水来救我。"

季如绵反驳道："试问那天的水流那么急，我怎么救你？如月还躺在岸上，不省人事，我能丢下她不管吗？"

"你还好意思提如月？你勾结何碧云，设计逼她进宫，好日后飞黄腾达。她若不是一心想逃离你，梁王怎么可能会马上风？她又怎么会在梁王出事之后只找我而不去找你这个哥哥？你根本就是贪图荣华富贵，假心假意地跟我和如月一起离开。何碧云一出现，你便立即反悔！"

"是！没错！我承认！何碧云是我接近权贵，向上攀爬的跳板，如果没有她也就没有今日的季如绵。你认为我贪图荣华富贵，没有为你着想，那你有替我想过吗？当时你在殿前献艺，你已经是皇帝跟前的红人，而我呢？每天只能擦着那些冰冷的乐器，纵使有万般才华却无处可使，又有何用？当初，你若是真心对我，在皇上面前肯为我说一句话，我用得着去跪舔任何人？我只是不想我、你和如月我们三人再过以前那种被人踩在脚底下的生活，难道这样我也有错吗？你看看如今的我，放眼朝廷上下，哪个敢对我季如绵有所不从？就连当年害死你全家的那个罪魁祸首吴启山，我也都为你报了仇，让他满门抄斩。我从未忘记过当年和你一起立过的誓言，那些曾经伤害过我们、糟蹋过我们的禽兽，我都让他们付出了百倍千倍的代价。我全都做到了！我没有背弃！这十年里，我从未忘记过你！"季如绵站直了身体，双眸直直地看着楼玉中。

楼玉中望着季如绵，满满的难以置信。季如绵巧舌如簧，竟然可以将自己贪慕荣华富贵说得如此清新脱俗，什么从未忘记过他？为他报仇？谎话连篇！他不揭穿他，只是还想看看他究竟还要编出怎样恶心的谎言来糊弄他。

季如绵见楼玉中沉默不语，以为是信了自己，接着软了声音又道："玉中，我真的从来没有爱过何碧云，她知道我对你有意，要我对天起誓，跟你一刀两断，我没有答应。我可以对天发誓，从来没有，我心里只有一个人，那个人自始至终都是你。俗话说，酒后吐真言。我酒醉之后说你若是女子我便娶你为妻的话，绝对是发自肺腑的真心话。只怪我们都错生了。玉中，真正害死你的人是何碧云，不是我。如果不是因为她，你也就不会落水，不会被那块巨石砸入水底，今日也就你我契兄弟共享荣华富贵……"

"季如绵！"季如绵的话没有说完，何碧云尖锐的声音便划空传来。

被芋圆迷晕的何碧云正巧醒过来，方拉开船舱的门，便听到季如绵这番令人寒心的话。

"季如绵，枉我这么多年，对你掏心掏肺，原来在你心中，你是这般看待我！你简直是禽兽不如！"何碧云冲到楼玉中的面前，指着季如绵厉道，"楼玉中，真正害死你的凶手是他！"

"你个贱人，休得胡说！都是你，当年要不是你，玉中怎么会死？！你就是个丧门星！"季如绵甩手便给了何碧云一巴掌。

"季如绵，你居然还有脸嫌弃我？你也不看看你是什么身份地位爬上来的，没有我，哪有今日你季如绵？你根本不是人！你就是个狼心狗肺的畜生！"何碧云捂着被打得生疼的脸颊，双眸含泪，愤恨地瞪着季如绵。

"你给我闭嘴！"季如绵赤红了眼。

楼玉中冷笑一声："我觉得她说得没错！"

何碧云转向楼玉中道："楼玉中，当年我被你推上岸后，迷糊之间，我也看到了你说的那只破洞鞋子，正是穿着那只破洞鞋子的主人将河岸的巨石推入水里砸在你的身上！季如绵，凶手明明是你，你竟然还要含血喷人，污蔑我！"

季如绵面目狰狞地道："你个贱人！你再敢胡说！信不信我掐死你？！"

"让她说下去！"楼玉中厉道。

"我何碧云，是你季如绵该烧十辈子香才能修来的大恩人，而你却恩将仇报。"何碧云开始道出当年事情的所有始末。

想当初，她在父亲面前说尽好话，想尽一切法子帮助季如绵。父亲却觉得季如绵这人看面相，就不是一个良人，更多的是嫌弃他的身份地位，是个不入流的下等伶人。

只可惜何碧云是个对爱情有憧憬的女人，尚未体会成亲之后的浓情蜜意，两任前夫短命归西，她独守空房，茕茕无依，忽然出现的季如绵对她来说就是救赎她的救命稻草。季如绵对她百般示好，甜言蜜语，她就跟鬼迷了心窍似的，所有人都反对，她铁了心地要帮季如绵翻身。每回进宫，都会在皇帝皇后的面前提及他的歌喉舞艺，擅于作词曲。终于等到皇帝来了兴致，她再安排他进宫献艺。那一曲《佳人无双》成就了他，从此让他飞黄腾达。也正是那一次的伴舞是如月，所以才有了后来的一切。

皇帝先是一眼相中了如月，奈何当时如月还是梁王的人。当时朝中一派暗暗支持梁王，令皇帝的龙椅坐得极不舒坦，而皇帝又看上了季如月。于是，她便受皇后安排所托，与季如绵合计利用季如月扳倒梁王。没想到季如月的本事厉害，直接就让梁王来了个马上风死了。本想将季如月藏起，待梁王的事情过后，再将其送入宫中，不想季如月不想进宫，居然投奔楼玉中一心想逃走。是季如绵恐楼玉中坏其大事，一边假意随行逃跑，一边再传消息给她，让她报官府派兵追杀。她事先赶到宋埠，劝说季如月跟她走，可以保楼玉中不死，不想季如月奋力反抗，两人双双落水。楼玉中先是救起了如月，眼看着她要沉水身亡，于心不忍，便又返回水中将她救起。不想，他却因此而落水身亡。

曾经因为季如绵一次酒醉，误当她是楼玉中，与她欢爱。她便以为他与楼玉中乃契兄弟关系，她疯狂地嫉妒楼玉中，憎恨楼玉中在他心目中的分量，恨不得楼玉中去死。当楼玉中真的死了，也是那一刻，她才真正地认识到楼玉中的为人，完全就不是她所想的那样。

所有一切都让父亲说中，季如绵只是因为她是皇后跟前的红人，将她当作攀附权贵的跳板，她却傻得要死，爱得死去活来，甘愿为他付出一切。

皇帝因年少时便纵情酒色，膝下无子，突然病重驾崩，其弟继承了皇位。新皇帝在那一曲《佳人无双》时便对季如绵另眼相看。新皇继位，季如绵便得新皇宠爱，整个朝野上下都知道他与新皇的那档子事。不是她何碧云不能生育，而是季如绵自从得了新皇恩宠之后，将自己弄成如阉人一般。纵使她何碧云再有三头六臂，也绝不可能有孕，更别说后院里那一群姬妾，那不过是季如绵用来掩人耳目的遮羞布罢了，然而放眼朝中上下，这事无人不知无人不晓。只有他季如绵还不肯扯下那块遮羞布。

这十年来，她一直心存内疚，一直以为是她害死了楼玉中，没想到今日听到他和季如绵的对话，她才知道当年推巨石落水的人竟然是季如绵，真正的凶手是季如绵。而这个狼心狗肺的东西却指着她说她是凶手。她一直以为季如绵内心深处最爱的人是楼玉中，可是事实是，季如绵这个人渣谁都不爱，从头至尾他最爱的人根本就是他自己。她是瞎了眼才会看上他！

"我要掐死你这个贱人！"季如绵冲过去便掐住何碧云的脖子。

"季如绵，你这个阉人！你早晚要遭天打雷劈，坏事……做尽，活该……绝子绝孙……"何碧云被掐得说不出话来。

季如绵听到"阉人"二字，心中怒极，加重了手中的力道："贱人！你给我闭嘴！闭嘴！闭嘴！我要掐死你这个贱人！"

"阉……阉狗……我是……瞎了眼……才看上你……"

"贱人！你给我闭嘴——"

望着已经疯狂的季如绵，楼玉中的心彻底凉透。他本以为季如绵眼睁睁地看着他落水见死不救也就罢了，万万没想到的是，竟然真的是他将石头推落，砸在他的身上，令他沉尸河底。

他当初只是怀疑猜测，季如绵假意随他和如月逃走，否则不可能他们刚到一处便有追查的官兵，原来真的是他一直在通风报信。一同回武昌，什么最危险的地方是最安全的地方，根本就是他在谋划要将他置于死地。为了要将他置于死地，他竟然连最爱的亲妹妹如月都可以利用和伤害。梁王之所以会死，也都是在他的预料之中，难怪如月连死都不愿和他在一起。如月是早已深知她这个哥哥已经变了。

他之所以想了整整十年，都想不起来究竟当初是谁害死了他，何以执意一定要再见到季如绵，是因为他在死之时也不愿相信季如绵会害死他的这个事实，而自我选择封闭了那段痛苦的记忆。

他的心中万分悲凉，从儿时相伴一直到成年，他与他相知相依，他视他为最亲的家人，而不知在何时，这份情感早已变了质。那个曾经为了保护妹妹，甘愿奉献自我的季如绵究竟哪里去了？那个曾经害怕他死去，不断舍身相救，衣不解带照顾他保护他，抱着懦弱哭泣的他的季如绵又哪里去了？那个与他相知相惜，共谱出多少流传世间好词曲的季如绵又哪里去了？

那些美好的回忆在他的心中早已化成了一串串虚无的泡沫。

在金钱与权力的利诱下，亲情、友情、爱情……这些什么都不是，简直脆弱得不堪一击。时间改变的不单是一件事两件事，而是彻彻底底的一个人。

就在何碧云被掐得白眼直翻之时，楼玉中快步走过去，一把抓住季如绵的手臂，将他整个人扯了起来，扔向了甲板之上。

何碧云仓皇地爬起身，躲在了楼玉中的身后，不停地哭泣。

季如绵见楼玉中的脸色又变了，知道自己眼下再说什么都是徒劳，便"扑通"一声往他的跟前一跪，哭着哀求道："玉中，看在多年的情分上，你就饶我一条狗命吧。"

"事到如今，你我之间，还有什么情分可说？"此时此刻，楼玉中心无波澜，面无表情。他的心早已死。

"那就请你看在如月的面子上，饶过我吧。我若也死了，她也绝活不下去了。我季如绵对天发誓，只要你不杀我，让我活着离开这里，我便再也不回京城，我找个没有人的地方躲着，我改过自新，再也不贪恋金钱与权位，重新做人。玉中，我求求你，我求求你……"季如绵"咚咚咚"重重地不停磕着响头，眼泪鼻涕全都横飞出来，一张俊脸早已变得丑陋不堪，额头上也变得血肉模糊。

楼玉中抬起手，本想一拳了结了季如绵，可当瞧见季如绵那贪生怕死的无能怂样，忽然发觉报仇什么的对他来说，根本什么意义都没有。他即便是杀了季如绵，自己也不会活过来。要么选择投胎转世，忘却前尘往事，要么选择魂飞魄散，就当从没有来过这世上。而在选择阿怜做鬼契的时候，他便早已想好了，只要找回当年那段记忆，他便会选择魂飞魄散，如今心愿已了，谁生谁死，于他又有什么意义……

他踉跄着步伐，向后退了退，苦笑着，内心的悲凉化作无尽的湿意向上涌出。

季如绵见他退后，顿时松了口气，可是心中也不敢放松警惕。

忽然，楼玉中的身体僵住无法动弹。他一阵眩晕，双腿几欲站不稳要摔倒。他又试图走了几步，腿一软，差点撞在桅杆之上。他甩了甩头，发现自己的魂魄正在从阿怜的身体里一点一点剥离开。

季如绵暗中观察"阿怜"很久，终于发现她的身体有些不对劲。

楼玉中感到自己的魂魄如火烧一般疼痛。

季如绵见状，便冲过去将阿怜撞翻在地，然后扑在她的身上双手掐住她的脖子，面目狰狞地道："去死吧！去死吧！我管你是人是鬼，去死吧！"

不可以……

楼玉中想要掰开季如绵的手，但是阿怜的身体已经不听他的使唤。他强迫自己的魂魄回到阿怜的身体里，然而阿怜的体内有一股强大的力量在一点一点将他向外推。这几日，他无法控制阿怜的身体，便是这股力量使他虚弱无力，几欲要将他吞噬，若不是阿怜在危难之时，那股力量似有意削弱对他的控制，否则他也不能及时控制住阿怜的身体。

不可以……

他的魂魄受到的震荡越来越厉害，而阿怜的呼吸也越来越虚弱。他猛地一下子被弹出阿怜的身体。而就在此时，阿怜突然之间睁开双眼，伸手便将骑在她身上掐住她脖子的季如绵打飞出去。

季如绵的身体重重地撞在船上堆放的箱子上，将箱子撞翻了满地，吐了好大一口鲜血："你……玄……玄夫人……"

楼玉中的魂魄一离开阿怜的身体，在季如绵和何碧云的眼里看来，阿怜立即恢复原本的相貌。

阿怜看都不看季如绵一眼，转身便望着楼玉中浮在半空中的魂魄，道："楼玉中，可知道你这一世为何过得这么苦吗？"

楼玉中不得其解，何以阿怜突然生出如此惊人之力？

"因为你做事总是优柔寡断，当断不断。像季如绵这种人渣，该杀之时不杀，比妇人还妇人之心，所以才会给了恶人一次又一次害你的机会。"阿怜说完，伸手便挥向季如绵，隔空便将他举在半空，冷冷地道，"这世间怎么会有你这等无耻之徒？活着都是在糟蹋百姓辛苦种下的粮食。留你何用？！去死吧！"

话音落毕，阿怜衣袖一挥，不给季如绵开口的机会，他的身体便飞过船舷，"扑通"一声落进江里。

"救——救命啊——"季如绵拼命地挣扎着，在江水面上起起浮浮，一个浪过来，便将他卷入江水里，再也不见踪影。

阿怜再一翻手，两朵巴掌大小洁白晶莹的莲花浮现在半空中，楼玉中还没来得及看清，这两朵莲花便迅速没入江水里。再出现时，一朵莲花已经变得墨黑，与夜色几乎融为一体，凡人根本看不到。另一朵莲花变成直径约有三尺大小，托着一只全身皮毛通白的狐狸从江水里慢慢浮上来。

两朵莲花慢慢飘回甲板之上。

阿怜取出来莲花令，隔空对着那朵墨莲道了一声："收！"

一道光影迅速被吸入莲花令中。

阿怜将莲花令收好，季如绵的魂魄已被她收入莲花境界之中，压在那片莲花海下，永世不能超生。

白色的那朵莲花，全身泛着刺目的金光，一团光晕包裹着昏迷中的芋圆，在为他疗伤。慢慢地，芋圆终于有了声息，硕大的莲花也渐渐消失在夜空中。

一切都恢复了原样，仿佛什么都没有发生过。

芋圆虚弱地睁开了眼，看向阿怜，嘤嘤了两声。

阿怜道："你先闭着眼好好休息吧。"

芋圆乖乖地闭上眼。

阿怜转眸看向楼玉中。

"你是谁？"楼玉中不敢置信地望着阿怜。

眼前这个阿怜，身上散发出一种亦正亦邪的霸气，不是他熟知的那个阿怜，仿佛变了一个人似的。不，不是变了一个人，而是眼前这个阿怜本就不是个凡人。他感受到的是一股极为纯正的仙气，是一个修为极高的神仙，绝对超越尔安。也就是说，他从头至尾上的都不是一个凡人的身体，而是一个神仙的身体？难怪后来他总是虚弱无力，根本无法操控她的身体，想来阿怜这位圣仙若不是对他手下留情，他怕是早已魂飞魄散。

但是……他在河底那么多年，见过很多溺水而亡的凡人，河神尔安从来不会去救他们。尔安说，他们身为神仙，不可以插手凡人的生死，更不能杀害凡人。凡人的生死一切皆有命数，一旦他们神仙擅自改变了凡人的命数，必会遭遇天谴。那她，身为神仙这样随意杀生，真的可以吗？不怕逆天而为，遭天谴吗？楼玉中不明白了。

"有胆子强行上我的身，却搞不清楚我是谁，你的胆子也真是够大。"阿怜冷嗤一声。

何碧云目瞪口呆地望着这一切，先是楼玉中变成了舞伶，然后他又一下子变成了玄夫人，现在，季如绵又被眼前这个不知是神还是鬼的玄夫人扔入江中……今晚遇到的一切，都是她这辈子从未见过也未听过的事。

她惊恐地看见阿怜，身体一点一点向后挪去，生怕被她也给扔进江中。

阿怜淡淡地扫了她一眼，道："何碧云，你是非不分，助纣为虐，但念在你有悔过之心，我今日暂且不收你。若你日后再犯，我定不饶你。"

"多谢圣仙饶命！多谢圣仙饶命！我何碧云从此吃斋念佛，长伴青灯。"何碧云对着阿怜重重磕了三个响头。

船上其他人早在楼玉中出现的时候就已经吓得跑走，各自找地方躲起来，暗中偷偷看着他们。

阿怜扫视了船舱一眼，衣袖轻挥，空中又浮现出一朵洁白晶莹的莲花，眨眼之间，那朵莲花消失，空中传来一股子冷冽的沁香。包括何碧云在内，船上的所有人很快全部陷入昏睡。等他们再醒来，今夜在船上发生的一切都将记不起，只会记得季如绵和舞伶许香莲因突如其来的暴雨天气，被风卷入江水之中不幸身亡。

整条船上，除了休养生息的芋圆，只剩下楼玉中的魂魄与阿怜相对。

楼玉中终于问出心中疑虑，道："你不是阿怜，对吧？"

阿怜凝视着楼玉中，道："这不是你该问的问题。你既已想起当年的事，算是了却了心愿，你还有什么心愿未完的吗？"

"没有。"

"季如月已经在来的路上，是否还想再见她一面？"

"不必。于她，我是个早就在十年前死去的人，即便是见上一面，也不会改变现状。不如就这样，免得徒增她的烦恼。"他从未对如月动过心，当年救她带她逃离不过是出于恻隐之心。既对人无心，又何苦故作深情？不必让她知晓他的魂魄曾存于这个世上十年，更好。

阿怜道："好，你既心愿已了，待我为你引路，赶紧上黄泉之路，去转世投胎吧。"

楼玉中却摇了摇头。

"在与阿怜姑娘立鬼契之前，我便下过决心，只要了却心愿，甘愿魂飞魄散，从此消失世间。"楼玉中双手作揖，对着阿怜行了大礼，恭敬地道，"多谢阿怜姑娘帮玉中了却心愿，玉中此生恐难回报，就此永远别过。"

楼玉中说完便要自毁魂魄，阿怜翻手便使了法术将他定住。

楼玉中看着他，不明所以。

"尔安念你是个不可多得的人才，有心帮你，领着你修行了十年，看来这十年你是白修行了。只为了一个人渣，便要自毁，你果然还是如我说，太过感情用事。"

"我并非感情用事，而是早已看破红尘一切。我已经死了，即便要了他的命，于我又有何意义？杀了他便能解我心中冤屈怨恨？"楼玉中苦笑一声，摇了摇头，"换另一面看，杀了他反而是便宜了他，倒不如让他下半辈子都活在因害死我而恐惧的痛苦之中。"

"看来是我多事了。"

楼玉中又摇了摇头，道："事到于此，杀与不杀他，于我而言其实都一样。我心已静，怨恨全消，残魂于世，不知该何去何从。我若选择去转世投胎，不幸再经历如这一世一般的痛苦折磨，何苦？我倒宁愿从此魂飞魄散。"

阿怜望着他，陷入沉思，隔了许久才道："你让我想起天界一位仙子，当初她也如你这般决绝，凡事往坏了想，宁愿散尽数万年的修为，魂飞魄散，也不愿再存活于六界之中，尝尽为情背叛的滋味。"

楼玉中望着阿怜，她的脸上露出一种同病相怜的无奈，那种无奈也只有他能体会。想问她那位天界的仙子如今如何，可是想了想，便也没问出口。谁生谁死，这世间红尘即将与他无关，他又何必去探知别人的秘密。

他再一次闭上双眼，未久，魂魄开始慢慢变淡，一点一点化作星尘。

阿怜望着他摧毁原神，甩手便扔出一朵莲花罩在他头顶上方，将他的魂魄护住。

楼玉中不得其解，睁着眼怔怔地看着她。

"凡人有句老话，叫好死不如赖活着。"

阿怜话音落毕，楼玉中的魂魄被收进了莲花之中。

阿怜望着手中的莲花，深舒了口气。玄遥既然有意引他入仙班，便是不想他这个舞学奇才从这天地之间就这么消失。

忽然两道身影凭空落在船上，阿怜望着来迟一步的奎河，便道："你又带错路了？"

"可能我长得有点面目可憎吧，说了半天，才说动这位娘娘。"奎河望着季如月，略显无辜。他又不能使用暴力将她打晕带过来。

季如月一身华服，虽然面容苍白，却也难掩倾世绝美的容颜。

阿怜将所有事情经过简短地说了一遍。季如月在听到当年杀害楼玉中的凶手是哥哥季如绵的时候，脸色变得更加煞白，一时承受不住打击，身体一下子软了，晕厥在地。

待她再醒过来，第一句便问："楼玉中呢？"

阿怜将手中的莲花递给她，道："你来晚了，他已经走了。"

豆大的泪珠一下子从季如月清澈如星的眼眸中滚落出来，她双手颤抖着捧过那朵莲花，泣不成声："当年若不是我……他绝不会死……怪我……都怪我……该死的人是我才对……”

阿怜看着她，一脸平静地道："你不必自责，他临去投胎之前，托我给你带一句话，若是再选择一次，他还是会选择带你一起走，和你找个没有人的地方，度过余生。所以，你要好好活下去，别辜负了他的期望。"

季如月瞪大着眼看着阿怜，再看向手中的莲花，眼泪一滴一滴止不住地滴落在莲花之上。

莲花倏然散出金光。

季如月更加激动。

"别哭了！你再这样，他没法上路，投不成胎的。"阿怜拿回莲花，对奎河道，"就这天象来看，当今皇位即将易主，也别送她回去那个牢笼，替她找个安稳之地，好好过完后半生吧。"

奎河点点头，忽然发现阿怜有些不对劲，可是哪里不对劲，他又说不上来。

季如月跪地，对着阿怜深深叩首："多谢姑娘相助。"

"前尘往事的记忆，你留着也是痛苦。"阿怜伸手掠过季如月的额前。

待季如月再抬头清醒时，被泪洗过的双眸变得更加晶亮如星。

直到奎河使用了瞬移符带着季如月离开，芋圆才睁开眼望着将自己抱起的阿怜，道："楼玉中根本没有说过那些话，他并不想见她。"

阿怜轻抬嘴角，道："他有没有说过那些话，重要吗？反正季如月也不会知晓。"

芋圆道："你毫不犹豫地将季如绵扔进江里，不像是会用善意的谎言去骗季如月的人。"

阿怜拍了拍芋圆的小脑袋，道："善意的谎言是种美丽的谎言，偶尔说一两次，可以救人一命，胜造七级浮屠，何乐而不为？"

"你是说季如月会死？"

"季如月本就对楼玉中心存愧疚，一旦得知自己的哥哥亲手杀害了他，会更加自责，再加上她在深宫之内，过得极其痛苦压抑。她一旦离开这条船，便会踏上黄泉之路。我想，楼玉中即便不想见她，不想令她徒生烦扰，但也不愿意见她走上绝路吧。"阿怜手中的莲花一直绽放着金光。

芋圆抬着脑袋看着阿怜，憋了许久，方道："你知道你现在是谁吗？"

阿怜眈了一眼芋圆，没有应声，抬眸看向无尽的夜空，思绪飘远。

她究竟是谁呢？

淡淡的月晕忽然从夜空中消失，黑压压的乌云拢了过来，将月亮完全遮住，江面开始刮起了狂风，没过多久，电闪雷鸣，一场暴风雨随即而来。

前往京城的船只在江面上一路摇摇晃晃……

第十三章

宿缘

　　"什么阿猫阿狗的都跑来自称是我马义才的未来女婿。"一个看着财大气粗的中年男人板着一张脸，指着厅堂正中傻愣愣站着的年轻人，"来人！给我将这个骗子轰出去！"

　　骗子？！

　　沈君彦剑眉微蹙，手中正握着父亲大人生前留给他的信物——半块碎玉，他难以置信地望着眼前满脸鄙夷的马义才，内心受到极大的震撼。

　　竟然称他是骗子？

　　他收紧手指，将半块碎玉紧紧地握在手中捏成拳。

　　一位身穿上好丝织绣衣的妙龄女子忽然从另一厢急跑过来，拉住父亲的衣袖哀求道："爹！他不是什么阿猫阿狗，他是君彦哥哥呀，您给我从小定下的未婚夫君沈君彦，君彦哥哥呀。"

　　马义才一把甩开女儿拉扯着的衣袖，怒道："来人！给我将小姐拉回房里去，没有我的允许不准她踏出来半步！"

　　两名家丁刚准备去对付沈君彦，这又转向马沅瑶。

　　"你们放开我！放开我！爹！我求求你！君彦哥哥！君彦哥哥——"马沅

瑶被两名家丁强行拉开，只可惜凭她一个弱女子的力道，哪里能敌过两个身强力壮的家丁，很快便被拖进了后院。

"我不是骗子！若是伯父不记得当年与家父的约定，那便当这个婚约不存在吧。"沈君彦深吸了一口气，鼓起勇气再一次道，"不知伯父能否看在家父昔日帮助过马家的分儿上，借我一些盘缠，我想进京……"

"来人啊！给我把这个骗子乞丐赶出去！"

"赶考"二字，沈君彦还未说出口，马义才便大喝一声打断了他。很快他便被三四个身强力壮的家丁强行拖拉着推出了门。

屋外，正淅淅沥沥地下着小雨。

因地面湿滑，沈君彦狠狠地摔下了台阶，双膝正好撞上了路面翘起的石块上，痛得他一时间无法起身。他手中一直紧握的那半块碎玉，也顺势摔了出去。

忽然之间，雨势大了起来。豆大的雨滴，不停地拍打在他的全身，溅起的泥水不断溅在他的脸上、身上，令他狼狈不堪。

他从"骗子"变成了"骗子乞丐"……

他仰着脸，一脸平静地望着马府高悬在门头上的牌匾，心中一片悲凉。

父亲因误信生意伙伴，进了一批极其珍贵的雪域虫草，谁知这些雪域虫草全部都是假货，那位生意伙伴卷了银子跑路，沈家赔了所有家当。父亲一气之下病倒在床，撑了三个月不到便去了。娘亲一时间接受不了打击，也跟着病倒，没多久便随着父亲离开人世。偌大的沈家说没便没了。父亲临终之前，将这半块碎玉交予他，让他上广陵找当年定下婚约的马义才。却没想到，马义才早已收到消息，得知沈家败落，便反悔不承认这门亲事，甚至将他轰出了门。

若不是为了完成父亲的心愿，他何以要来马家受这等屈辱？

他爬着过去，将父亲留给他的那半块碎玉捡起。

忽然，站在门外一直看着的马义才叫道："去给我把那半块破东西拿回来。"

一个下人冒着雨冲过来，硬生生地从沈君彦的手中夺下那半块碎玉。

马义才拿到那半块碎玉之后，便用力地掷在地上，顿时，那半块碎玉又碎成几瓣。接着，只听"哐"的一声，马家高大阔气的漆黑木门用力地合上。

雨势越来越大，雨滴溅在地上起了一层蒙蒙的水雾。

不一会儿，沈君彦全身上下被雨水浇得湿透。他费力地爬起身，远远地望着那半块碎玉的碎片，失魂落魄。

这时，不远处传来一阵清晰的马蹄声。

透过蒙蒙的水雾气，沈君彦隐隐约约瞧着一位身着青衫罗裙的年轻女子牵着一匹马，撑着一把油纸伞，朝着他的方向缓缓走来，身姿摇曳，宛若立在池中的一朵莲花。

那位女子越走越近，沈君彦不禁抬眸望了她一眼，樱唇柳眉，一张明艳动人的脸蛋，不施粉黛却颜如朝霞映雪，尤其是那一双翦水双瞳，在这一片水汽下看来，竟灿若星辰……

沈君彦倒不是为眼前这个姑娘美艳脱俗的容貌吸引，而是这瓢泼大雨，他已然淋成了落汤鸡，雨水却一丁点也没有将她的衣裙溅湿，这很不合常理。

她四处张望，似在找寻着什么，路或者是人，还是什么东西，十分入神，丝毫没有留意到还躺在路上的他。

她忽然瞧见他，便顿住不再前行，一双墨黑清澈的漂亮眼眸直盯着他，毫无羞涩之意，几近要看进他的灵魂深处。

沈君彦自知自己有些失礼地盯着人家看了很久，加上眼下的模样狼狈不堪，有些卑微地垂下眼帘，爬起身往一边挪去，给这位姑娘和她的马让出了道，并礼貌地向这位貌美的姑娘微微颔首。

其实他并不用让道。

那位姑娘牵着马向前行，可是走了没几步，忽然顿住，转身叫住了他："喂！你可知这附近哪儿有梅花？"

"梅……梅花？"沈君彦微微怔神。

梅花乃寒冬时节才有的花，此时正值初夏，哪里来的梅花？即便有梅树的地方，眼下也只有叶，没有花。他想了想，便指了指马府大院，道："这里面应该有几棵。"

这位姑娘语气生硬地道："我要成片的梅树林！"

沈君彦从这位姑娘的眼里瞧见了鄙夷，本就受了气的他，眼下却又从一个不相识的姑娘眼里再一次受到羞辱，不禁咬紧牙根，捏紧拳头，想一走了之，却终究还是没忍住不争气地给她指了路："从城南方向进城，没多远的地方有一片梅树林，应该是在那个方向，你可以试着再往前走几里路看看。不过，这时候恐怕……"

"恐怕没有花，只见叶。"他的话没有说完，那位姑娘便牵着马儿向前步去。

不道谢，也不道别。

那位姑娘就这么态度傲慢又极其无礼地离开了。

沈君彦回眸望着她颀长纤瘦的身影，忽然之间，有种似曾相识的感觉。

京城最繁华的市集街道上满是熙来攘往的人潮，到处是高亢激昂的商贩叫卖声，一派和谐安定的景象。

突然，京城最有名的醉仙楼店小二扯着一个衣衫褴褛的人推搡着赶出来："没有水！没有水！你这个臭乞丐，别妨碍我们做生意。给我滚远一点！要是再敢出现在这里，我一定打断你的腿。"

"我不是乞丐，只是有些渴……"沈君彦的声音极其微弱。

"我管你渴不渴！听见没有，滚滚滚！"店小二猛地推开沈君彦。

沈君彦已经有几天没怎么吃东西，两三天没怎么喝水，被店小二这么猛地一推，一个踉跄连连向对面的包子铺跌去，一下子撞在了包子铺摆放蒸笼的桌子上，将几笼包子撞翻在地，自己也跟着跌在了地上。

包子铺的老板立即跳了起来："你这个该死的臭乞丐！你赔我的包子！赔我的包子！"

包子铺老板跳上去拎起沈君彦的衣襟，便是一拳："你赔我的包子！"

沈君彦有气无力地咧嘴一笑。这几笼包子，便是打死他，他也没有钱去赔。

包子铺的老板见他这个神情，气得便是对着他一顿拳打脚踢。

沈君彦毫无还手之力，任由包子铺的老板怒揍，三两下便鼻青脸肿，嘴角流出了血。

常常聚在市集的一群乞丐见势，纷纷抢夺掉在地上的包子，有些老油条更是无赖地直接从桌上没掉下的蒸笼里抢包子。

周围的人指指点点。忽的人群里有人发声："老板，你别打了，再打你的包子要被人抢光了。"

包子铺的老板停下手回头一看，果然桌上蒸笼里的包子全被偷光了，气得直跳脚，回头想再揍沈君彦，但是被围观的人拦住："不能再打了，再打就要打出人命了啊。"

"他跟那些臭乞丐一定是同伙。"包子铺的老板咬牙切齿。

"为了这点包子被官府抓去偿命，那就不划算了呀。"

包子铺的老板只得住手，但是想想又不甘心，便回头又踹了沈君彦两脚，将他踹到了路中间。

沈君彦"哇"地一下吐了一口鲜血。

围观的人立即都退开一圈，生怕他突然死了，跟自己沾上点儿什么关系。

这时，一个身着淡粉色罗裳，容貌美艳的年轻姑娘牵着一匹高壮的枣红色骏马走过来。

这位姑娘牵着马离沈君彦越走越近，就在众人以为这位姑娘会好心地救起沈君彦。谁知，她牵着她的马硬生生地从这位年轻乞丐的身上跨了过去，仿佛没有瞧见他似的。

在场的人全部惊住，不由得一阵唏嘘。

这马儿要是走偏一点，这乞丐可能就小命玩完了。

当四条马腿相继从沈君彦的身上迈过去，硕大的黑影笼罩在他面部正上方，他一度以为自己就要死了，认命地闭上双眼。

可是不想那位姑娘走了一段距离，忽然顿住，回过头看了一眼躺在地上奄奄一息的他。毫无预示，她莫名地折了回来，站在他的跟前，居高临下地望着他，冷冰冰地道了一句："百无一用是书生！"

沈君彦听到熟悉的声音，倏然睁开眼，正对上那位姑娘灿若星辰的双眸。

就在众人摸不清这姑娘到底想干吗的时候，她忽然伸手一把抓住沈君彦的衣襟，将他整个拉起。

众人惊呼一声，这姑娘看上去弱不禁风，想不到力量这般大。

沈君彦凝视着她，不知她想干什么，只是眨眼的工夫，她便随手一扔，将他十分精准地扔上了马背。

包子铺的老板一见有人救了沈君彦，还是位貌美的姑娘，便壮着胆走上前，拦着她，道："他方才砸了我好几笼包子，你既然救了他，得替他赔钱。"

姑娘星眸一转，直盯着包子铺的老板，忽地伸出手来，冷森森地道："你将他打得半死不活，看大夫的钱拿来。"

众人见势，不由得倒抽了一口气。

沈君彦挂在马背上，不堪方才姑娘随手一扔力道的撞击，便晕死过去。在他晕死过去之前，听到她向包子铺老板要银子，下意识地扯了扯嘴角。

他也不知道自己为何会笑……

"什么？这该死的乞丐撞翻我那么多包子，你反过来还跟我要钱？你是他什么人？姘头吗？"

包子铺老板"姘头"二字刚落音，只听"啪"的一声，脸上被人狠狠扇了一记耳光。

包子铺老板被这一下打蒙了，不只是他，就连围观好事的一堆人，谁也没看见出手打他的人。而离得最近的人，只有他跟前这位冷艳的姑娘，可谁也没有瞧见她出手。

"是你刚才打我的对不对？！"包子铺老板伸手就要去推搡那姑娘，谁知手连姑娘身上的衣裳都没沾着，便被姑娘死死扣住困在身后。

他开始发出杀猪般的号叫："哎哎哎，打人啦！打人啦——"

"你想我把你打成他那样，还是乖乖地拿银子出来？"

"你这是敲诈勒索——"

"他若死了，你便是杀人犯，这街上的人都看见了，都是证人。"姑娘松开手将他推开，然后又强势地伸出手，"钱拿来！"

包子铺的老板望着周围一双双好事的眼睛，不由得瑟缩了，连忙退回自己的包子铺，示弱道："我这些包子不用他赔了。算我倒霉，与他各不相欠。"

可这位姑娘就是不依不饶，依旧伸着手："不行！"

包子铺的老板双手拍着大腿，一屁股坐在地上就开始号啕大哭起来。大意就是他今日卖包子赚的钱，还不够那些被撞翻在地的包子本钱，自己家境一般，上有老下有下，一家子人都指着他赚钱吃饭，哪来的钱赔给那个乞丐啊？

姑娘忽然转身走到对面酒楼店小二的面前，道："他不肯给银子，那你来给喽。"

店小二不由得一惊，结巴着道："我……我……我又没有打他，凭什么我……我要给钱。"

"你若不推他，他就不会撞翻包子，不撞翻包子就不会被打，不被打也就不会受伤，不用看病。这个果皆由你这个因。拿来！"姑娘伸出手。

"你……你是谁？关……关你什么事？！"店小二虽然这么说，但是气势明显很弱。之前他见这姑娘单手就能将那个乞丐扔上马背，看样子这个姑娘是个练家子。自己虽为男人，不一定能打得过她。

姑娘皱了皱眉头，一本正经地道："的确不关我什么事，可是你们方才揍他，挡着我的路，碍了我的眼。但凡我看着不顺眼的事，都会清理一下。既然你不愿赔银子，那么你就跟他一样去看病好了。"

店小二还没有反应过来，衣襟便被这位姑娘抓住，整个人被拎在了半空中。

"就把你扔在他的脚下，给他磕头好了。"姑娘指着远处马儿站立的方向。

马儿仿佛有灵性似的，听到主人这么一说，嘶鸣一声，表示赞同。

围观的众人下意识集体向后退了两步，给这位姑娘让了一条道，生怕自己变成靶子被砸到。

店小二吓得直叫唤："姑……姑娘，有话好好说！有话好好说！"他瞧着那隔得老远的距离，若是这么被扔过去，那铁定只有半条命了，就算能活过来，少说也得在家中躺个一年半载。就算这姑娘肯赔点儿看大夫的药钱，那他这躺着不能做事的一年半载，一家老少都要去喝西北风呀。更何况看她这副霸道不讲理的模样，说不准一个铜钱都不会赔，所以不划算不划算！

姑娘将店小二放了下来，然后伸出手。

店小二苦巴着脸从身上掏出仅有的一些碎银和铜钱，全都给了她，急着说："我身上全部的家当就这么些了，你就大人有大量，饶了小的这回吧，小的下次再也不敢欺负乞丐了。"

围观的乞丐们跺着手中的打狗棒，口中发出一声声激动而兴奋的欢呼声，为这位路见不平的漂亮姑娘助威。

姑娘望着手中的碎银和铜钱，走向那位包子铺老板，看了一眼翻在地上的蒸笼，算了一下包子的数量，将手中的一把铜钱丢给他，道："这是那个乞丐赔你包子的钱，那你赔他的医药钱呢？"

包子铺老板想着方才她单手举起店小二的场面，便默不作声，乖乖收下铜钱，然后又从店里掏出一把碎银，放在这位姑娘的手中。

姑娘收好碎银便走回马儿身旁，牵过缰绳离开。

包子铺老板一把鼻涕一把眼泪地瘫在地上伤心地呜呜哭了起来，想想又窝火，指着对面那个店小二就骂："你作死的要推那个乞丐干吗？都怪你——"

店小二也很委屈，哭着说："我就推了他，谁知道他撞翻你的包子？不就几个烂包子吗，你非要把人打得半死不活，全部都是你的错！"

两个人就这样互相骂了起来，骂了许久都不敢对打，生怕把人打伤了，又要再赔银子。

围观的人群一下子又拢了起来，望着那位姑娘翩翩离去的身影议论纷纷。

一群乞丐跟在那姑娘的身后。她走着走着便顿住，回眸瞪了他们一眼，忽然之间起了一阵白雾，挡住了乞丐们的视线。

等白雾散去，那位姑娘、马儿和那位重伤的乞丐已经不知所终。

浑身上下就像是被铁锤抢过似的，只要稍稍动弹，到处都扯得生疼。

沈君彦拧着眉头缓缓睁开双眼，映入眼帘即是一片山石。他咬着牙，忍着身上的疼痛，费力地撑着身子，视线一点一点扫过眼前这个干净空旷的山洞。此时他正躺在一块巨石之上，身下垫着一床厚厚的褥子，所以并未感到石头的硬冷。他的身上还盖着一床薄被，薄被上余有一丝淡淡的花香。他忍不住将薄被放在鼻下轻嗅，沁入心脾，十分舒畅。

这个味道，同那个姑娘身上的味道一样。

脑海里不禁回想起他临晕过去之前，那位姑娘替他讨要银子的霸道模样，不由得轻笑一声。

忽地，听到一阵轻微细碎的脚步声，他连忙躺下，匆忙之间他撞到了伤口，疼得他只能双眸紧闭，暗暗咬着牙，锁着眉。

"既然醒了就别装睡了。"姑娘冷淡轻柔的声音传来。

沈君彦不好意思地睁开眼，然后又努力支撑起身体，向姑娘颔首谢道："多谢姑娘救命之恩。恕在下冒昧问一声，姑娘尊姓大名？"

姑娘冷冷地道："你不必谢我，并非我想救你。至于我叫什么，你也不必知道。既然你醒了，也死不了，就赶紧离开吧。"

沈君彦深深蹙眉，本以为这位姑娘救他，是一副热心肠，可听她的语气，似乎并不是太乐意救他。既不愿意救他，可为何又要救他？

那姑娘像是有读心术一般，眇了他一眼，便冷冰冰地道："不是我想救你，而是你命不该绝，天命而已。"

"天命？"沈君彦有些不可思议。这是什么奇怪的理由？

"你现下无须知道太多。既然没事了就赶紧走吧。"

沈君彦见这位姑娘一直催他离开，便也不好多留，慢慢下了石床，忍着身上的剧痛，再一次向这位姑娘行了大礼，然后一瘸一拐地向洞口步去。

"等一下！"姑娘忽然出声又叫住了他。

沈君彦回转身，忽然石床上的被褥向他飞了过来，若不是他眼明身快，几乎要被被褥砸中。

沈君彦的身体晃了晃，好容易站稳，但又被接着飞过来的一个东西砸中额头，顿时生疼。

他低头看了一眼掉在地下砸他的东西，是个绣着荷花图案姑娘家用的钱袋。看着钱袋鼓鼓囊囊的样子，能将他的头砸得生疼，估摸里面装着一大块银锭。

"店小二和包子铺老板赔你的看病药钱，还剩下一些。"姑娘的声音里不带任何情绪。

沈君彦抬眸望着她，虽然她的脸上看不出任何情绪，但她这扔被褥和扔钱袋的动作，明显与市集上的那些人无异，根本就是嫌弃他衣着褴褛，身上有异味，觉得他是个臭乞丐。

他咬着牙，头也不回，一瘸一拐地拼命快步走出了山洞。

姑娘望着他蹒跚的步履，喃喃自语："司命星君怎么会给他写了这样一个命格……"

沈君彦羞愤地走出山洞，心中还来不及埋怨那位姑娘，便被眼前的景象惊住。他正立在悬崖峭壁间的洞口前，不论往哪个方向走，根本就没有路。除非他跳下去，然而下面是深不见底的万丈深渊。

庆幸的是，眼下艳阳高照，若是雨后，云雾缭绕，这么一脚踩下去，那必定是粉身碎骨。他眉心一拢，心头一颤，脚步不由得向后退了一步。

这……这姑娘究竟是怎么带着他上来的？

他回眸望着黑漆漆的洞口，心一横，不得不又拉下脸转回了洞内。

正在打坐的姑娘忽然又见着他，神情不由得一怔："不是走了吗？怎么又回来了？"

这话听在沈君彦的耳朵里十分刺耳，像是在讽刺他：你走啊，不是很牛气的吗？有种你就跳下去啊。

姑娘突然悠悠地叹了口气，喃喃自语："我又忘了，你如今是个凡人。"

沈君彦并未听清她在说什么，别过脸，便在洞口坐下，依着背后的山石，一双眼茫然地望着洞外。

这一次姑娘没再出言赶沈君彦走，任凭他在洞口坐着，自顾继续自己的修行。

不知过了有多久，直到一阵"咕噜噜"的声音传来，她才睁开双眸，盯着洞口那个呆呆坐着的沈君彦。

她缓缓起身，轻轻一个纵身，便从石台上跃了下来。

她走到洞口，立在沈君彦的跟前。

沈君彦抬眸与她对视，一双清澈的黑眸里透着不明所以，腹中又传来一阵"咕噜噜"的声音。

"麻烦！"姑娘看着他的眼神略带不悦。

沈君彦不知道她说什么麻烦，是不是嫌自己给她添麻烦？但是他已经很安静地在这洞口坐了大半天，眼看着太阳已经到了半山腰，怕是再过一个时辰便要落山了。

他瞪着一双大眼，略显无辜地望着她。

姑娘衣袖轻挥，只闻着一阵沁人心脾的香气，沈君彦便随着她移出了洞外，直冲着那万丈深渊掉了下去。

"啊——啊——"身体在不停地向下急速坠落，沈君彦闭着眼，不停挥舞着双手惊恐地叫着。

"闭嘴！"姑娘约莫是嫌弃他太吵太烦，于是一巴掌拍向他，他再也叫不出声来。

不一会儿，二人着了地。

沈君彦一屁股坐在松软的泥地上，惊魂未定。

姑娘淡淡地瞟了他一眼，冷嗤一声，便向前步去。

沈君彦爬起身，拍了拍身上的泥土，再细看自己的手脚，完整无损，这悬着的一颗心总算是落回了原处。他抬眸向天上望去，方才明明还是在半山腰，这眨眼之间便已到了谷底。他皱着眉心望着正前方那个纤瘦的身影，心下疑惑。

她是人吗……寻常人根本做不到这样，难道她是传说中天上的神仙？

他快步走过去，又细细地打量了她，她周身冷漠的气息，配着世间少有的绝美容颜，这样看起来，确实不像是凡间女子。

"你……"

他刚起了个话音，便被她打断："自己爬上去摘吧。"

"摘什么？"他不明所以，抬头看着眼前高高的树木，枝头上悬着许多红红的野果。

"你不是饿了吗？"她睨了他一个看白痴的眼神，似是在说难不成还想我喂你？

沈君彦的肚子又"咕噜噜"地叫了起来，这才明白这位姑娘的用心，想来是带着他来找吃的。

他低首感激地道了一句："多谢姑娘，哦，不，多谢仙姑……"

"仙姑？我还满地蘑菇呢。"那姑娘睨了他一眼，眉尾一挑，便拂袖在一旁找了个石头坐下。

他被说得不好意思，面红耳赤，低下头直向树下走去，不想没看着路又一头撞在树上，正好撞在之前被荷包砸出个包的地方。他倒抽一口气。

"噗——"身后传来姑娘不屑的语气。

他的脸颊更燥了，不用看也能猜到那位姑娘鄙夷他的眼神。

他抬眸看了看跟前有三四人高的野果树，眉头微微蹙紧。

有个问题，他……不会爬树……

他暗暗叹了口气，然后双手抱住树干，一只脚蹬上去，另一脚想再蹬上去，果然如他所想一样，整个人抱着树干滑到了原地。他只好再试，手脚相继攀上树，可是连一只手的距离都没有攀升，便又滑回了原地。他反复几次，像个笨蛋一样，始终站在树下原地不动。

他羞赧地回头望了一眼那位姑娘，她瞪着一双明媚的大眼也正瞅着他，满脸的难以置信。

姑娘起身，走到树下，瞪着他，忍了半天，啐了一声道："百无一用是书生！"

沈君彦更加惭愧。

姑娘纤手一挥，这树上的野果子落得满地都是，然后又瞪了一眼沈君彦，这才又坐回原处。

沈君彦心下甚喜，将果子一一拾起，装在污脏的衣服里，然后跑去一旁的溪水里清洗，不一会儿便折回来，将几个果子递给姑娘，笑眯眯地道："仙姑，这几个果子给你，我都洗过了。"

姑娘看着他污脏的衣摆里还兜着一捧果子，一脸嫌弃。

"你自己慢慢吃吧，我不需要。"

沈君彦低眉看了一眼自己的衣衫，的确是脏了些许，可是他刚才刻意在溪水里洗过衣摆了。他只好将果子放入自己的口中，酸甜的味道立即在嘴巴里漫了开来。许是太饿了，他接连吃了好多，直到肚子撑得圆鼓鼓，差一点走不动路。

但是那位姑娘不给他歇息的机会，径直往山谷深处步去，不知在找寻着什么。约莫行了有数里路，找到几棵长着茂盛绿叶的梅树，她在每棵梅树下绕了一圈，从怀里摸出一个梅花形状的玉佩，看了又看，然后一脸失落。

沈君彦忍不住问她："仙姑，你是喜欢梅花吗？可是这个时节没有梅花……"

姑娘瞪了他一眼，厉道："城南进城的方向几里路内根本就没有梅花。"

"啊？"沈君彦一脸错愕，她是在指责他上次给她指错了路吗？"对不起，可能我记错了……"

姑娘白了他一眼。

太阳落山前，沈君彦随着她又回到了洞中。

至于怎么从谷底回到半山腰，沈君彦不清楚，只感觉是眨眼的瞬间，从地上飞到天上。不过，有一点他知道，这位姑娘一定不是个凡人，因为他身上的伤，本来在早上醒来的时候，还很严重，这随着她走了一圈之后，身上的伤都不疼了，行动也自如了。这位姑娘一定是个神仙，或许是个意外流落凡间的神仙。

"仙姑……"沈君彦想谢谢恩人。

"我不叫仙姑！"她瞪了他一眼，他知不知道"仙姑"这两个字真的很难听哎。

"在下沈君彦，只是想谢谢仙……谢谢姑娘，但不知该如何称呼姑娘，还请姑娘莫要怪罪。"

"青莲。"

"嗯？"沈君彦终于反应过来，"多谢青莲姑娘救命之恩，沈君彦感激不尽。"

"闭嘴！不许说话！"青莲瞪了他一眼，便轻跃上石台坐下，闭上双眼，开始打坐修行。

沈君彦自讨没趣，便将今早她丢在洞口砸他的被褥抱回，放在石床上铺好，然后对青莲又道："青莲姑娘，床我铺好了。你睡吧，我去一旁休息。"

沈君彦说完便在山洞里找了个避风的拐角倚着，半靠着石头，闭上双眼准备入眠。谁知刚闭上眼，突然被一团东西砸过来盖住全身。

他拉下被子，望着高台之上，青莲仙子依旧保持先前的姿势。想来青莲仙子是嫌弃被他睡过的被褥，太脏了。

他有些难受地道："你是嫌我脏吗？明日下山，我会好好清洗。"

"别多事！原来睡哪儿还滚去睡哪儿！"青莲冷漠的声音从上方传来。

沈君彦在心里暗暗鄙夷，原来姑娘不是嫌弃他，而是好心地将石床让给他。

他抱着被褥回到石床跟前，重新铺好，然后乖乖躺下。

视线之处，刚好可以望见双眸紧闭的青莲。

她身着一袭湖水绿的罗衫裙，及腰的乌黑青丝柔顺地披散在身后，额前垂下的一缕发丝，刚巧贴着她白皙的面颊含入樱红的双唇间，媚而不妖。不论是瞪着明眸鄙夷他，还是这般闭着双眼打坐的模样，真心好看。她是他见到的这天下间最美的女子。虽然他不知道天上的仙女究竟长什么样，但他想她一定是最美的那一个……

他凝望着她，不知不觉，倦意袭来。白日里奔波劳累，这一躺下，身心放松，很快满身的疲倦席卷而来，没多久，他便在满是花香的气息中闭上双眼，进入梦乡。

翌日，青莲又带着沈君彦跳了一次崖。

这一次，沈君彦没有再鬼哭狼嚎。青莲有意将他送出这片山谷，然而沈君彦却不愿离去，铁了心地要跟着青莲。他也不知为何就想要跟着她。他并不想成仙，也非为了生存，只是纯粹想每天能看到她。或许他对她有种说不清的感觉，所谓雏鸟情结吧。

青莲无论怎么赶他走，他都不肯离开。青莲懒得与他再纠缠，便将他一个人丢在山谷之中，从他的面前消失了。

沈君彦惊慌失措，满山谷地到处找她，第一次她带他采摘野果的地方，她站在梅树下沉思的地方，他洗野果的小溪边……所有和她一同走过的地方全都找遍了，却没有找到她。走着走着，他在山中迷失了方向，饿了摘一点儿果子，渴了掬一捧山里的溪水，找了三天三夜却始终不见青莲。

看来她是真的很嫌弃他，不想再见到他这个一无是处又穷困潦倒的穷书生。对她来说，他这个凡人就是一个拖累。

他终于体力不支，一下子栽倒在溪水里。

青莲飞回半山腰的洞中，没有沈君彦这个累赘，一下子清静了不少。可是转念一想，她这一离开便是整整三天，就他如今那个废物样，搞不好上次没被当街打死，这次便要命绝于山野之中。新任天帝即位并未多久，屁股还没坐热，若是他就这么死了，一旦回到冥界，忆起当年的事，一定会掀起一场腥风血雨。如今她还没有找着梅氤，不想再次受制于天后。虽然她讨厌霸道且蛮横无理的他，但是为了能离开天界换取自由，利用他对她的信任，亲口喂他喝下孟婆汤，将他推下凡界，这事……她做的确够阴够狠。

如今在凡间亲眼见到他沦落至此，她竟然有些于心不忍。或许下界待的时日久了，她的心也变得比在上界要软了些许。

想来想去，她伸出手，掌心之间生出一朵莲花。很快莲花之上，形成了一个虚境，可以看到山下林间。果不其然，那家伙体力不支倒在了溪边……

她深叹一口气，毫不犹豫，便又下山谷，将他带回洞中，放到石床上。

他的双颊发红，身体微微痉挛发颤。她伸出手在他的额头上探了探，烧得厉害，所以才会一直昏迷不醒。

曾经天界一神之下万神之上的战神，如今投胎成凡人的他，脆弱得简直不敢想象。

他眉心紧锁，口中一直在不停地呓语。

她有些好奇，凑近了才听清他在说："青莲……别走……别丢下我……"

她不禁身体僵住，瞪着眼看了他半晌，啐道："没用的家伙！"

她的手腕翻转，掌心之间又多了一朵晶莹洁白的莲花，反手便将那朵莲花打进他的印堂之下。不一会儿，他不再打冷战，眉宇间也舒展开来。她再次伸出手探向他的额头，烧退去，温度恢复正常。

她的手腕再次翻转，掌心之间顿时聚着一团紫气。她的手顺着他的头部一直到脚，真气所到之处，他身上的伤口全部迅速愈合。

之前他在市集被人打成重伤，她懒得管他的伤口，只是将他带到医馆，命医馆的大夫替他清理伤口敷好药，再给他灌下汤药。见他死不了，她才带着他来到她在人间临时住下无人打扰的清静地方。

谁知，她因一时慈悲为怀，竟然甩不掉这家伙，也不知道是不是前世的孽缘。

沈君彦昏睡了一天一夜，终于醒了，一见自己又回到了之前的山洞，顿时心安了。

青莲正巧从洞外走进来，见他醒了，便问道："感觉如何？"

"多谢青莲姑娘，又救了君彦一命。姑娘的大恩大德，君彦此生没齿难忘……"

青莲瞧着沈君彦那副迂腐书生的模样，一脸冷漠地嗤道："你打算以身相许吗？"

"什……什么？"沈君彦一下子结巴起来，紧接着面红耳赤，挣扎了一会儿便道，"那个……青莲姑娘若是不嫌弃的话，在下可以……"

青莲瞪着他毫不留情地嗤道："做你的春秋大梦！"

沈君彦一下子被话噎住，脸涨得通红。果然是他想太多了……青莲仙子可不是凡人，怎么可能有这种污浊的想法？

青莲忽然手中多了一袋东西，直丢在他的面前。

他打开一瞧，是袋野果。想来他昏迷的时候，她下山去替他摘野果了。

他心里乐开了花，道："多谢青……"

"闭嘴！吵死了！"青莲纵身跃上她平日里打坐修行的石台。

沈君抬头看着她，嘴角轻漾，脸上浮现一个傻傻的笑容。他从袋子里拿出一个果子开始咀嚼。牙齿咬着果子磨合出"咔嚓咔嚓"的声音，在这个安静的山洞里听起来格外清晰。

青莲闭着双眼，耳朵里尽是这个像是老鼠啃噬的声音，十分烦躁，终于忍不住冲着他大声吼道："滚出去啃！"

沈君彦被惊吓住，半个果子卡进喉咙上不下，呛得他不停咳嗽，憋红着脸，抱着那袋野果战战兢兢地滚到了洞口。

青莲收回视线，重新闭上双眼，静下心来打坐修行。

沈君彦啃完一个果子，正要啃第二个之时，忽然想到什么，便又拎着果子回到洞内，见青莲坐在石台上发呆，小心翼翼地道："你要不要吃点儿？我看你都不吃东西的，这样对身体不好……"

青莲冷冷地眈了他一眼，满脸的不悦。这家伙真是不实相，不知道看人脸色吗？

可是沈君彦的脸上写满了真诚与担忧。

她想生气，想发火，对着这张真诚的脸一时之间却怎么也发不出来。

"对不起，可能你们神仙都不需要吃东西……好吧，我出去，不打扰你。"沈君彦见她不说话，怕她又生气了，赶紧乖乖地滚出洞口，继续啃果子。啃了一半，留了一半，生怕自己没瞧见她吃东西，误以为她不需要吃，万一她会饿，没东西吃怎么办？所以得给她留一半。

青莲望着洞口那个清瘦的身影，深深吸了一口气，满脸无奈。

这大概就是她十八年前为了自由将他推下凡间的报应吧。

青莲继续在凡间四处找寻着梅氤的下落。她感到很奇怪，就算梅氤私自下凡，已经整整十八年了，可这在天界算起来并没有多少时日，但梅氤一直不曾回天界。按理说，她在人间应该很快能找着她才对，但是这十八年来，六界之中，除了魔界和妖界她没有去过之外，其他地方都已经找遍。她几乎找遍了人间都未曾找着她。只要有梅树的地方，她都去过，期望梅花令能有所反应，可是无论哪里，梅花令丝毫无反应。梅氤到底去了哪里？这一点她百思不得其解。

如今多了沈君彦这个累赘，让她想再去魔界和妖界走一趟的念头，不得不打消。

"等等……"

沈君彦跟着她翻山越岭，已有一个月，虽然体力比之前稍好一些，但是这整整一个月没有吃肉，连肉腥味都没有闻着，饿了只吃野果，渴了只饮山泉或露水。今晨在溪水里洗脸之时，他仿佛看到自己的双眼就快要暴突出来。再这样下去，他怕哪一天撑不住，能啃自己的肉。

青莲顿住脚步，疑惑地回眈看了他一眼，他正舔着嘴唇，双眼发直地瞅着她，犹如一匹正在觅食的恶狼。

青莲眉心微蹙，道："方才，不是才给你摘了果子吃吗？你怎么又饿了？"

"肉……肉……"没有肉味，令沈君彦的眼睛已经花了，突然扑向青莲抱住她的胳膊，张嘴就咬下去。

青莲吃痛，一巴掌便挥了过去，直接将他打飞出去。

待到他醒来的时候，他哭丧着脸，委屈地道："我想吃肉……"

青莲嘴角抽搐，深深地叹了口气。她为何心这么软，一定要带着这个白痴一样的累赘？她终于能明白梅氤以前会拿玄遥追着她不放的事开玩笑，果真是自己招惹的祸，跪着都要承受。

她领着沈君彦到了山间一条小溪旁，指着在溪水里活蹦乱跳的鱼儿，冷冷地道："去抓吧。待会儿烤鱼的时候，离我远一点就好。"

沈君彦冲进溪水里，弯着腰身开始抓鱼，然而狡猾的鱼儿每次总是能成功地从他的手里逃走。

青莲坐在一旁的石头上，看他的蠢样，气得七窍快要生烟，骂道："你这十八年来究竟是怎么在人间活下来的？"

沈君彦一脸无辜地道："以前只要读书就好……"

父母亲还在世的时候，家中殷实，衣食无忧。父亲主外，经营药材生意，母亲主内，所有家务琐事，母亲和下人们都会替他张罗好，他完全不需要为生计而烦扰。虽然父亲的药材生意经营得不错，但是父亲考虑得长远，一心想他入朝为官，光耀门楣。所以那些年里，他只要安心读书就好。其实今年本该进京赶考，但是家中突遭变故，父母亲相继病亡，他才会悲惨地沦落至此……

"我也知道我很废，什么用都没有，还整天拖累你。但我并不想再这样，还请青莲姑娘赐教，帮帮我，给我指条明路。至少让我不拖累你……"

青莲瞪了他一眼，便走到一旁的竹林，二话不说，一掌将一棵竹子拦腰劈断，然后将断竹扔在他的面前，手中忽然又变出来一把约一尺见长的刀，扔给他，厉道："日落之前你若抓不住一条鱼，晚上连野果都没的吃。"

青莲说完便走向一旁的树下，闭上双眼，开始打坐修行。

沈君彦欣喜地捡起刀和断竹，坐在一边认真地开始研究如何削鱼叉。他将刀横在竹子断口之处，稍稍一用力，那刀便一下子切进了竹子。他将刀拔出来仔细看了看，这刀看上去平平无奇，没想到却如此厉害。他举起刀对着竹子的断口便用力地一刀劈下，果不其然，只听"刺啦"一声，竹竿顿时裂成了两半。他将竹竿劈成了几根粗细不一的竹棍，开始回想府上仆人曾经摆弄的鱼叉，然后开始一刀一刀地削起竹棍。虽然双手掌心被竹筋划破了好几道血口子，但是功夫不负有心人，磨了半个时辰不到，他终于做出了一把鱼叉。

他激动地举着鱼叉想向青莲献宝，但看她紧闭着双眸正在打坐，知道她的脾性，手便又落下，偷乐着拿着鱼叉下水去捉鱼。

青莲再睁眼之时，太阳渐渐落山，开始一点一点收起它的光芒，眼见着夜幕就要降临，却不见了沈君彦的踪影。

青莲拧着眉心起身，走到溪水边，四处张望，沿着溪流的方向又走到前方瀑布下的潭水边，依旧不见他的身影，便开始大声地呼喊他的名字："沈君彦！沈君彦！沈君彦——你在哪儿？"

随着她的一声声呼喊，山谷里相继传来一阵阵回声，惊起一群鸟儿飞过。隔了好一会儿，回声消失，却依旧不见沈君彦的影子。

青莲有些焦急。且不说他是否能捉着鱼，这若是等到天黑，遇着什么飞禽走兽，怕是他反倒先成了那些飞禽走兽的腹中之物。

"沈君彦！沈君彦！沈——"

青莲又一次开口呼喊，一回过头，沈君彦正举着两根鱼叉立在她的跟前，每根鱼叉上分别叉着一条烤熟了的鱼。

"你找我？你是不是在担心我？"沈君彦黑漆漆的脸上闪着一丝激动。

青莲微微抿唇，皱着眉头，不悦地道："你去哪儿了？"

"你不是让我滚一边去烤鱼吗？你怕闻鱼腥味，我知道。喽，刚烤好的，尝尝！"

他抓了几个时辰的鱼，最初一条也抓不着，在他想要放弃的时候，他将几根竹叉一起用力地叉向鱼群，突然有一条鱼被他叉伤，正好又卡在石缝里游不动，被他逮着了。他一下子恍然大悟，明白要怎么叉鱼。于是他便很快捉了一条又一条。不过，那附近的鱼儿也聪明，被他那么一搅和，一时间都跑没了踪影。鱼儿虽不大，但收获丰盛，足够他和青莲两人饱餐一顿。但是，他差一点又忘了，烤鱼于他又是一项挑战。

他按照青莲的命令，乖乖地找了个离她很远，但是又可以看到她的地方生火。所有一切是慢慢摸索，好在他还不算太笨，总算将火堆生起来。

"烤鱼真是门技术活！你不知道，我好容易将火生起来，结果火势太猛，一下子烤焦了好多条。所幸抓得多，不然今晚又得饿肚子。"他嘿嘿地憨笑着。

青莲静静地望着他，他咧着嘴笑得像孩子一样天真无邪。

本就蓬头垢面，满脸胡楂，身上的衣服又破又脏，还散发着一股子酸臭味，这会儿因为烤鱼，脸上沾满了黑灰，更是污脏吓人。他完全不知道眼下自己的形象有多邋遢，哪还有当年天界战神的模样。不知道他日后重返天界，再回忆起这一段日子，是不是要去撞南天门？

一想至此，青莲的嘴角微动，但很快硬是忍住了笑意。她轻咳一声，道："还不算笨，不但能抓着鱼，还学会生火烤鱼了。"

沈君彦一听青莲赞许他，一双黑眸陡然变得晶亮。

青莲对上他的眼眸，很快错开视线，道："去把你的脸好好洗一洗吧。"

"好！我等下就去洗。"他用手肘擦了擦脸，笑着将鱼向青莲的面前伸了伸，"你先趁热吃吧，冷了就不好吃了，会腥。"

谁知，青莲瞟了一眼那条鱼，冷淡地吐了两个字："拿走！"

"怎么？是不是嫌鱼太小了会卡刺？"沈君彦瞅了瞅巴掌大的小鱼儿，他已经挑了最大的两条鱼，"没事的，我试过了，这鱼的刺又细又软，不会卡……"

"我不吃，让你拿走，听见没有？"青莲板着脸。

"你已经很多天没吃过什么东西了，你啃野果，还是两天前的事。"沈君彦忽然想起什么，"难道你们神仙不能吃荤？"

青莲白了他一眼，谁说他们天界的神仙不吃荤？莫不是那龙肝凤胆都是蔬菜呢。她只是不想在这山中，跟他一起啃着他烤煳掉没有卖相的鱼。

"你真不吃？"沈君彦在收到又一记白眼之后，只好自己吃了起来，一边吃一边还叫唤着，肉又细又嫩，好吃好吃。

"连荤都不能吃，你们神仙真可怜。作孽哦！难怪我们人间有句俗话，只羡鸳鸯不羡仙。"

青莲听见，嘴角微微抽搐。什么鬼？这句话的意思是这样理解的吗？凡人不羡慕神仙是因为不能吃荤吗？亏他还自称自己是个饱读诗书，要进京进行殿试的人，这都什么理解能力！

沈君彦还在那儿边吃边唠叨："你们这神仙做得可真是憋屈，真不如我们凡人，想吃什么就吃什么，想干什么就干什么。瞧你每天大部分的时间都用来打坐念经，就算是比我们凡人活得久，可是你这人生究竟有什么意义？哎哟——"

沈君彦吃鱼吃得好好的，突然后脑勺被一个东西击中，痛得他直叫。

他回头看向身后地上，竟是一个松果。再看，半空中陡然浮起十来个松果。他看向青莲，女神仙明明一脸平静无奇，可是漂亮的双眸里闪着一抹狡黠。

"哎哟哟——我再也不说啦——"

沈君彦带着满头包回到了洞中，那一夜，他在睡梦中都护着自己的脑袋，生怕自己再有什么惹那位女神仙不高兴，遭到不明物体攻击。

这附近的几座山头，沈君彦跟着青莲都爬遍了。虽然他不知道她到底在找什么？为何只找梅树，但是他知道梅花对她来说很重要。

这些日子，他跟在她的身后，不仅学会了抓鱼，还学会了打猎。食物变得丰富起来，什么兔子、竹鼠、山鸡……应有尽有。

她不曾教他任何东西，也不会帮助他去猎食，若是他不幸被野兽攻击受了重伤，她最多只会拖着他的身体回去疗伤，待到他的伤好后，又会毫不留情地将他扔回去重新战斗。

大约是知道她不会放任自己死在这些飞禽走兽的手里，他的胆子便大起来，无论什么样的猛兽都会去尝试挑战。而每次重伤，她替他疗伤的时候，便是他离她距离最近的时候。也只有那一刻，他才能看到她为他疗伤时的拧眉模样，温柔的眸光之中流转着暗藏的担忧。也正是这一刻，他的心中会不自觉地涌起阵阵甜蜜，说不出地愉悦欣喜，觉得受再重的伤也都值了。所以，他常常会弄得自己满身伤痕累累，任由自己虚弱无力地倒在她的面前。

其实与这些猎物比起来，更令他备感无力的是遇到各种小妖。在他生命中的前十八年里，他从未遇到过这些只存在于传说中的神鬼妖魔，似乎在遇上青莲之后，这些奇奇怪怪的事情总是接二连三地发生。

有好几次，他差一点成了这些小妖的盘中餐，就在他以为自己死定了的时候，她突然闪现，身姿利落地将那些小妖一个个降服，并收进了她一直贴身携带的一枚玉牌之中。

有妖精想吃他也便罢了，最让他无语的便是个别妖精和鬼怪见他长相不错，身材不错，于是强行掳了他回去要与他洞房。而她赶到之后见状，便毫不犹豫地转身就走。若不是他凄厉地呼唤她，以死相胁，以她的性子，她真的就这么走了。他问她为何要弃他不顾，她回复他既已找到下家，日后不用依赖她，她当然可以安然离去。他气不打一处来，她究竟是哪只眼睛看出来，他要与这些妖魔鬼怪相守终生？

更多时候，即便他和那些妖魔鬼怪没有意外碰上，她也会带着他主动去寻它们的踪迹，然后收了它们。无论他怎么看，她一点都不像是江湖之中那种以捉妖为毕生使命的半仙，感觉捉妖就是她平日里闲来无事，打发打发时间。这一想法，也在日后从她的口中得到证实，有时候的确是太无聊了，所以得找些事情来做做。没事打打怪，不仅可以替凡间除害，又可以证明自己法力无边，这是多么两全其美的一件事啊。

以至于后来不是他见到那些小妖拔腿就跑，而是那些小妖见到他拔腿就跑。有些小妖甚至用金银财宝和美人贿赂他，若是她来了，烦请他一定要提前告知，好方便他们提前跑路。这简直弄得他哭笑不得。

他说给她听，语气里带着一种"你会捉妖真了不起"的羡慕。她不屑一顾，甚至对他说，只要他想，他不仅能捉妖，还可以除魔，而且比她厉害千倍百倍。他不是很懂，他乃一介凡人，何来降妖除魔的本领？他问她，是不是有意要引渡他修仙？然而她只用了"呵呵"两声冷漠回应他。他继续追问，她便鄙夷地道，身为天界一神之下万神之上的真正战神，可不是他如今这种不堪一击的废物模样。

一神之下万神之上的天界战神？那又是谁？

与她相处的这些时日，她虽然对他极度冷淡，但是是在背后默默督促他从一个文弱书生变成一个身强力壮汉子的功臣。

他的皮肤不再是曾经那种富家公子哥，皮薄肉嫩的小白脸模样，变得粗糙黝黑，四肢的肌肉硬邦邦的够发达，浑身上下都充满了劲儿。别说飞禽走兽，随便一个凡人，也别想是他的对手。他再也不会任由那些人欺侮他。

身上破烂不堪的布衣早已扔掉，换上了用兽皮制作的皮衣皮袄。这些皮衣皮袄都是他自己将猎来的动物皮毛扒下亲手缝制的。

她从最初一开始就明确地告诉过他，所有吃的穿的用的，只要是他需要的，他都必须要想尽法子自己弄出来，她是绝对不会养他的。所以，即便是现在他就离开她，他也绝对可以一个人在这个世上生存下去。

他不再是曾经那个弱不禁风、一无是处、废柴一般的沈君彦。他如浴火凤凰，涅槃重生。但是他发现，如今的他越来越依赖她，越来越贪心，想要和她在一起生生世世，哪怕她每天只是出现在他的视线里，他便会感到十分安心。

他好奇那个莲花形状的玉牌究竟是什么宝物？她说那个宝物叫莲花令，是她回某个地方的信物。

他问她："回某个地方是指回家吗？"

她有些微愕地看了他许久，才点了点头道："算是回家吧。"但是，很快她又摇了摇头，表示否定。

他看得出来，她纠结，虽然不知道她曾经发生过什么，但即便是否认，只要是家，终究有一天还是要回去的。

他与她人仙殊途，他知道她总有一天会离他而去，去一个他永远都找不到，也不会知道是哪里的地方。一想到这里，他的心便犹如针扎，难受得厉害。但，若是回家的信物丢了，是不是就代表她永远都回不去呢？

他毫不掩饰地问她："是不是莲花令丢了，你便永远回不去了？可以永远留在人间？"

若是莲花令丢了，她便回不去，他便将莲花令偷了弄丢。

然而，很快她给出的答案显得他的想法是多么幼稚天真。

她摇了摇头，目光悠远地道："莲花令永远不会丢，除非……"

她忽地顿住。

他追问："除非什么？"

她转眸看向他，一脸认真地道："除非我死了。"

她死了……

他忽然感到自己面部的肌肉微僵，他真是问了一个十分蠢的问题。

他尴尬地笑着问道："你不是神仙吗？怎么会死呢？神仙不都是长生不老，可以活很久很久的吗？"

她仍旧是一脸认真，道："人有生老病死，会遇到各种意外身亡，神仙也会，活到一定的时候也会陨落。若是历经天劫渡不过去，便会魂飞魄散。只是相较凡人短暂的几十年寿命，神仙动辄万年数万年的生命，是挺久的。这天地间，没有什么生命是可以长生不老，不死不灭的。"

他望着她，怔了半晌才找回自己的声音："那你……历经过天劫吗？"

她摇了摇头，道："还没有。"

还没有……也就是说她也会历经天劫？

他不确定地问道："难道你们每个神仙都要历经天劫吗？"

她点了点头。

他不明白："为何你们每个神仙都会历劫呢？你们不是无所不能的神仙吗？"

她摇了摇头，道："神仙不是无所不能的。下界的凡人和动物妄图以肉身之躯修成上界神仙，这便是逆天而行，那么上天自是要降下惩罚，遭受天谴便是他们修仙的代价。而作为原本就身在天界的神仙，其实只要恪尽职守，本身便无罪，但是在漫长的岁月里，谁也不能保证会不会做逆天而行的事。天劫便是他们获得上天赐予长生和神力的一种制约。"

像他这样被众神强行扔下界，投胎转世，其实也算是种历劫。若安稳度过了这人间的几十年，重回天界，他的生命便可以更长久，甚至与天同寿。当初众神反对天后将他形神俱毁，便是怕他死了之后，从此天界之中无神能抵抗魔界。所以只是将他打下凡间，历经凡人短暂的一生，生老病死后再重返天界，那时新任天帝的帝位已稳，曾经支持他的各位圣仙也会顾全大局，只要能保天界世世安稳，自然选择站在天帝这一边。只是眼下，他并不知这一切。

妖界与魔界勾结已久，时不时派兵扰乱其他几界。因帝位之争，天界的战神被打下凡间一事，其实提起来算是天界的一大丑闻，这事过了没多久，六界便传遍了。妖魔两界自然是不会错过各种暗杀玄遥的机会。

人间十八年的时间在其他几界算来不过才过了十八日，这十八日也算是沈君彦命大，安然无恙地活了下来。那日，她若是没有在市集街头救他一命，他便会命不久矣。若是死后经由冥界重返天界倒也罢，若是遇上妖魔两界的暗杀使者，那他从此就别想着能回到天界，六界之中将再无战神玄遥的存在。

她若没有遇到他便罢，如今上天安排她和他在凡间再一次相遇，便是天定的孽缘。天意既如此，纵使她有心想躲避，那也是无论怎么躲都躲不过去的。当初为了自由是她亏欠他，所以无论如何，她都会保他在人间的这一世安然无恙，直到老死，重返天界。

也不知十八年是否为一个界限，前些日子意外得知，妖魔两界对玄遥下了追杀令，无论是谁，只要是能捉住玄遥在凡间的转世，都将重重有赏。所谓重赏之下必有勇夫，围绕在沈君彦身边的妖魔鬼怪越来越多。所以她没事收收各种因贪婪想要杀害他的妖魔鬼怪，其实是在替他保命而已，而并非他所想的，她整日里闲来无事。

沈君彦微微拧眉，道："那你……究竟有什么是不能做的事吗，或是做了什么错事才算是逆天而行呢？"

青莲想了想，道："杀人算是吧。"如今她能想到的也就是这个了。

"杀……杀人？！"他一脸的不可思议。

青莲解释道："凡人是受天神庇护的。身为天界的神仙，便是要竭尽自己的全力去保护下界的所有生灵，肆意伤害他们，便要遭天谴。"

沈君彦听完总算是松了一大口气，像她这样貌美如花心地善良的神仙，除了斩妖除魔之外，才不会去杀害凡人。因为遇到的那些小妖小怪，她也并不是全部都会赶尽杀绝，只要心存善良的，她便会手下留情。久而久之，还有一些小妖小怪会找上来寻求帮助，她便送他们一朵莲花，替他们完成心愿，或是助他们修行。

越看，沈君彦越觉得青莲在他的心目之中简直是完美无瑕。无论如何，他都要使出他的浑身解数，将她留住。

青莲正沉思着下一步该去哪里找寻梅氤，目光有些微滞着望着一旁，突然一道阴影向她压了过来，一个温软的东西在她的嘴唇上轻啄了一下。

她一下子惊醒过来，便瞧见沈君彦正扬着嘴角偷乐地眺着她笑，她本能地一巴掌扇了过去。只听"啪"的一声，一记重重的耳光打在沈君彦的脸颊上。

沈君彦的脸颊顿时肿了起来，他摸着被打之处，奇痛无比。他瞪着眼一脸委屈地看她，这女人，真是下手好狠啦……

青莲反手又给了他一巴掌，直接将他打飞了出去，挂在十米开外的树上。

沈君彦发出凄厉的惨叫声。

青莲走到树下，抬眸瞪着他道："别以为我不会伤凡人，若是你再敢这么肆意妄为，我保证你一定见不到明天的太阳。"说完，她便拂袖离开。

沈君彦见她负气离开，急着喊道："青莲，你别走！我知道错了，但是我真的情难自禁啊……哎哟——"

沈君彦的话没说完，只见托着他的树枝被忽然飞来的一片树叶拦腰削断，他从树上重重地摔在了树下，脸朝下，直接跌进了泥地里，啃了一嘴泥。

他好不容易爬起身，但是青莲早已不见了踪影。他顾不得疼痛，扯着嗓子四处开始找寻她："青莲！青莲！青莲——"

两只正在觅食的小松鼠见着，便指着东南方向对他道："圣仙往那边去啦。"

"哦哦哦，多谢多谢。"沈君彦也不知自己何时能听懂小动物们说话，总之，和青莲在一起，一切皆有可能。

其中一只小松鼠道："女人就是要哄。第一次是这样，多亲几次就没什么事了，亲习惯了就好了。"

"真的？"

"当然是真的。女人都喜欢霸道的男人，这样的男人才会让她有安全感。"小松鼠说完便遭遇妻子的鄙夷。

"快点去追吧。祝你好运！"小松鼠拉着老婆，赶紧走人，免得被发现自己其实是个老婆奴。

沈君彦不敢怠慢，拔腿就往东南方向追去，果然跑了没多远，便远远地瞧见青莲纤瘦的身影正在快步疾驰。

他一边追着她，一边扯着嗓子叫道："青莲！青莲！我错了！我错了！你别生气啦！你以后不准我亲你，我便不亲你就是。"

青莲顿住脚步，回眸恶狠狠地瞪了他一眼。

他追上她，一脸认真地又道："我知道你乃天上的仙子。你我人仙殊途，总有一天你都会离开人间回到那个属于你的地方。我没有什么特别过分的要求，我只求你同意让我……在我这短暂的一生里跟着你就好了。我是真心喜欢你……"

青莲凝视着他，虽然他的脸上满脸胡楂，头发乱蓬，皮肤黝黑，看起来无比邋遢脏污，但是那一双被额前碎发掩盖住的漂亮眼眸，却透着灿若星辰的真挚光芒。这样的目光，说不出地熟悉。回想起来，曾经还是一神之下万神之上的他，虽然总是对她强势蛮横的态度，但每回看她的眼神似乎也都是透着这样的光。那个时候，她只当他是一时兴起的戏谑……

她的嘴角微微嚅动，什么话都没再说，转身就走。

沈君彦心慌了，快步追上她，道："我说的都是真心话。不是因为你救了我，我才说这些话的。我对你绝对不是感激之情。不！有感激。不！不关感激的事。我喜欢你，就是单纯喜欢你，跟感激你是两回事。"他有些语无伦次，见青莲并未停下脚步，又扯着嗓子，"我不会给你添麻烦。真的！我可以对天起誓，我若日后再这么对你，我便……"

"你闭嘴！吵死了！"青莲回眸瞪了他一眼。

沈君彦见她终于有反应了，而且还是骂了他最多的一句话，欣喜万分，知道她不生气了，心里美滋滋地跟在她的身后，脑海里回味着方才那个偷吻，香甜软糯，心中说不出地激动和美好。

青莲忽然顿住，他差一点撞上去。他又开始紧张："怎……怎么了？"

青莲道："你有什么东西要收拾的吗？等下我们要离开这里，去京城。"

"我没什么东西可收拾。"沈君彦一脸不解，"你不是要找梅花吗？再过些日子，这附近山头的梅花就要开了。你不等了吗？"

"这里的梅花都不是我要找的。不管它们开不开，都没有什么用。"青莲微微抿唇，不仅声音，就连眼神也变得温柔了些许，"你跟着我在山中待了这么些日子，都快要变成野人了，待会儿去京城，好好修个面泡个澡吧，再换身干净的衣服。"

沈君彦低头看着自己身上亲手缝制的兽皮，谈不上什么美观好看，仅能蔽体而已。他又伸手摸了摸脸颊，两腮和下巴上的胡须又长长了好些，有些扎手。在这山中，他每天的注意力都会放在如何捕猎上，许久没有留意过仪表问题。方才他偷亲她的时候，一定扎得她不舒服了吧。他在心中暗暗下定决心，以后一定记得每天刮胡子。

"既然你没有什么东西收拾，那我们便走吧。"青莲说完，念动咒语，只是眨眼的工夫，二人便到了京城。

青莲领着他先到了京城最有名的绸庄，替他置办了一身上好的衣物。

沈君彦摸着手中许久都未曾触碰过的华贵衣衫，笑着道："其实你可以变一套给我嘛，哪还要特地跑来陪我买这么麻烦。"

青莲扯了扯嘴角，轻嗤一声道："你是说，你喜欢法术时效一过，光着身子满大街跑？"

沈君彦抬眉。啊，原来法术并不是万能，而是有时效。难怪在山里的时候，他就奇怪她怎么不给自己变一身衣服，非得变一套针线工具出来，让他自己缝制衣衫。当时他表示自己不会缝衣服，她便厉道那就光身子吧。所以，他才硬着头皮，冒着手指被针扎得满是血点的痛，给自己做了一身不怎么平整又难看的兽皮衣。

青莲又丢给他一个荷包，道："喏，里面有些银两。你找个汤池，好好泡把澡，然后将这身衣衫换上，午时我在太白楼等你。"

沈君彦点了点头，接过新买的衣衫和钱袋，转身刚走了两三步，便又立即回头，拧着眉问青莲："你不会丢下我自己偷偷离开吧？"

他很怕他收拾干净赶到太白楼的时候，根本见不到她，怕她就这么丢下他离开了，从此再也找不到她。

青莲微怔，望着他一脸害怕被抛弃的神情，心底深处最软弱的部分像是被什么东西轻轻戳刺了一下。她淡淡回道："不会。我若要丢下你一个人离开，还需要跟你说吗？"

沈君彦笑了起来，道："说得也是。那我去泡澡换衣衫，你等我。午时太白楼见。"沈君彦抱着包裹欢天喜地地离开。

青莲望着他身着兽皮的高大身影消失在巷口，心中有种莫名的情愫涌动。她竟然不知道有一天，自己会这般有耐心，会被他所依赖，而不再讨厌见到他。

沈君彦到了汤泉池馆，身上的异味和邋遢模样，立即遭遇店老板的炮轰，直到他将一锭银子铮铮有声地拍在柜台上，老板一脸惊奇地拿起银锭咬了咬，接着便眉开眼笑，将他迎进了汤池内。

每日在山泉里泡澡，虽然也很舒服，但比不得这汤泉热水。全身漫过，所有疲惫全消。修面师父给他好好修剪头发和修了面，待他换上一身崭新华贵的衣衫从汤池馆里出来，整个人像是换了一个人似的，又回到当初那个风度翩翩的儒雅公子。

重新站在京城的街头，沈君彦百感交集，如今他再也不是那个百无一用的书生沈君彦。俊美出众的相貌，挺拔健硕的身姿，立即引来了无数姑娘家掩面偷看，甚至还有些胆大的姑娘家冲到他的面前故意绕那么一圈，或是扮作扭伤了脚半蹲在他的面前。因为赶着去太白楼，他一律视而不见，只是心里嘀咕着，不过离开京城大半年而已，这些姑娘怎么一个个都不好好地看着路走路。

这时，迎面驶过了一辆马车，马儿不知为何发了狂，拉着马车四处冲撞，将街边的店铺撞翻了好几处，行人也接二连三地受了伤。

沈君彦听到车轿里不停传来女子害怕的尖叫声，见状，便一个纵身，身姿矫健地飞跃上马，将马儿驯服。他跳下马，掀起车帘，问道："你没事吧？"

车中坐着一位美貌如花、娇滴滴的大小姐，眨巴着秋水剪瞳，傻痴痴地盯着俊美非凡的沈君彦，早已忘了回话。

"你没事吧？"沈君彦又问了一声。

大小姐才回过神，娇羞地摇了摇头。

"没事就好。"沈君彦放下车帘转身就走。

大小姐心下一急，连忙起身，掀开轿帘追问："小女赵寒烟，敢问恩公尊姓大名？"

沈君彦回眸淡淡一笑："小事一桩，不足挂齿。"

娇滴滴的大小姐一脸失落，又道："多谢恩公救命之恩，寒烟定当涌泉相报。"

"哦，再说。"沈君彦一心念着与青莲的约定，眼见着就要到午时，怕青莲等不及，顾不上与这位娇滴滴的大小姐废话，便拔腿向太白楼奔去。

赵寒烟望着沈君彦消失的身影，心中又是欢喜又是悲伤。她一定会知道恩公的名字！

赶到太白楼，沈君彦楼上楼下找了个遍，却不见青莲的身影，心里陡然凉了一大截，难道她就这么丢下他自己离开了？他不停地在心中自我安慰：不，青莲是绝对不会骗他的。

他抓住店小二盘问，可有见过青莲？

店小二回忆说："的确是有这么个漂亮的姑娘，之前还坐在二楼的雅座，后来听到街上传来押送犯人去刑场的叫唤声，便追出去看热闹了。"

"犯人？"沈君彦拧眉，青莲绝不是那种喜欢随便看热闹的人，一定是出什么事了，"什么犯人？犯了何事？"

"倚笑楼的红牌，梅香姑娘啊。因为杀了当朝尹贵妃的堂弟，今日午时要斩首。这么大的事，你居然不知道？"店小二一边摇着头，一边表示惋惜，要不是他要在店里顾店，真想去看一看。梅香姑娘不仅脸蛋好，身材好，简直就是个人间尤物，这么死了真是可惜啊。

尹贵妃的堂弟尹世祖那是全京城所有妓院都讨厌的嫖客，据说有各种变态癖好，常常将妓院的姑娘们折磨得死去活来，死在他手中的妓女就有不少。这梅香姑娘显然是受不了，才错手杀了他。若他不是尹贵妃的堂弟，哪家妓院愿意接他的客呀。尹世祖就像他的名字一样，死有余辜啊。

梅香？莫不是这姑娘的名字里带着一个"梅"字，才吸引了青莲的注意？

"多谢小哥。"沈君彦没再多想，便直奔法场。

待他赶到法场之时，前方黑压压的人群里不知是谁忽然发出一声尖叫："有妖怪啊——"

其他人也跟着一齐惊叫："妖怪啊——快跑啊——"

悬在天上的太阳忽然隐去，乌云从四面八方积聚过来，将整个天空黑压压地笼住。

围观的人群开始四处逃散，沈君彦抬眼看了一眼天空，方才明明还是艳阳高照，这会儿就变了天，心感不妙，便随手抓住了一位正从前方逃出来的大爷："大爷，请问发生了什么事？"

"你自己看吧。那个姑娘就是个妖怪啊，一掌挥出去，刽子手和所有官兵都倒在地上。她抱着梅香的人头，梅香的人头会笑，会说话啊。"老大爷说完连忙跑走，生怕连累了自己。

沈君彦终于看到法场正中，青莲跪在血泊之中，捧着一个被砍落掉地的人头，眼泪止不住往外流，自言自语地不知道在说着什么。

官兵们和提刀执刑的刽子手七零八落地躺在地上哼哼着，身体不停地抽搐着，应该受了重伤。

"来……来人！把这妖女给……给我拿……拿下！"躲在一旁的监刑官其实早已经吓得不轻，将整个签令筒都慌乱地扔在了地上。

青莲倏然站起身，目怒凶光地瞪着那个监刑官，抬起手，掌心之中便集聚着一团寒光。

沈君彦见势便立即高呼阻止："青莲！不要啊——"

她说过她不可以杀凡人的，她若是下了手，这便是要遭天劫，会魂飞魄散的。他不要看着她那样。

然而，他还是慢了，青莲那一掌已经出去，监刑官直接被打飞出去，撞在后面的墙壁上，口吐鲜血地落下。

沈君彦冲过去，一把拉住青莲，急道："你在干什么？你知不知道，你杀了人？他们是凡人，是凡人！"

青莲浑身上下沾满了血，双目赤红，手中抱着梅香的人头。梅香的头发披散着，脸上满是血迹，一双眼睁得大大的，嘴角呈现出一种奇怪的诡笑。

"死有余辜！"青莲赤红着眼怒道。

"你疯啦？！"沈君彦万分焦急，"你跟我说过什么你都忘了吗？你杀他们，你会遭天谴的。"

青莲却说了一句他听不懂的话："她竟然敢骗我！"

她在人间找寻了整整十八年，却没有想到梅氤竟然投胎成了凡人，难怪她寻遍千山，只要有梅花的地方，她几乎都走过，都没能找着她。

"谁骗你？这个叫梅香的是你什么人？"沈君彦不明白。

青莲推开沈君彦，将梅香的人头放回她的身体上，伸手将她的眼睛盖上，并使了法术替她将头接上。

顿时，天空的阴云密布，刺目的闪电似要将天空撕裂开来，轰隆的雷声一声声传来，眼见着很快就会有一场可怕的暴雨落下。

法场上围观的人已经散去不少，但是仍有不少胆大的人躲在一旁悄悄地看着。

"青莲……"沈君彦十分担忧，"走吧，再不走，会引来更多的官兵。"

"没事，我已经布了结界，待会儿一场雨一下，他们全都会忘记。"青莲的声音里，透着浓重的哀伤。

果不其然，没多久暴雨来临，如线的雨水直冲洗着法场，满地的鲜血与泥水混成一片。

围观剩下的三三两两的人在雨中一下子变得痴痴呆呆起来，在雨中又是跳又是笑，疯了似的。重伤倒地的官兵们也一个个从泥地里爬起来，惊恐地边喊边叫着跑开。刽子手、监刑官和几具爬不起的官兵的尸体横躺在地上，任由暴雨冲刷。

沈君彦难以置信地望着眼前的一切，活着的这些人根本就不像青莲说的是忘记，而是全部都疯了。

纵使这雨下得再大，他和青莲的身上始终没有沾染任何雨水和泥水印迹。他看向青莲，她一脸平静，看不出来丝毫情绪，异常地冷漠，似乎这些人的死活，疯否，都与她无关，她所有注意力都集中在梅香的尸体上。

青莲用丝绢细细地替梅香擦着脸上的血迹，替她整理凌乱不堪的发丝。过了没一会儿，梅香终于露出了本来的面目，苍白无血的小脸依旧可以看出是个不可多得的美人儿。

沈君彦道："这位梅香姑娘就是你一直在找的人吗？"他不明白，明明她一直在找寻梅花，为何忽然到头来，找到的却是一个人？

青莲站起身，一言不发，目光直直地望着正前方。

沈君顺着她的视线看过去，雨中走来一黑一白两道身影。待两道身影走近，他看清了模样，心惊了一跳。

这……这……这难道就是传说中地狱之中负责勾魂的黑白无常吗？

两位使者一见青莲，便行了礼，道："谢必安、范无救见过青莲仙子。"

"你们来了。"青莲平心静气地道。

两位使者忽然瞧见青莲身边的沈君彦，"扑通"一下便跪地，颤着声音道："属……属下见过北帝大人。"

沈君彦一脸惊恐，连连向后退了两步，不明所以地看向青莲。

青莲道："你们两位起来吧，他什么都不知道，也不记得，如今还只是一介凡人。你们这样只会吓着他，待他回去了，你们俩再慢慢跪吧。"

黑白无常二位使者互看一眼，将信将疑，但见沈君彦惧怕他们二位的惊恐神情不像是假，这才敢起身。

"没想到仙子会与北……北帝大人一起。"白无常在说到"北帝大人"四个字的时候，声音极小，生怕这个名号刺激了沈君彦。

青莲道："我若不在凡间看着他，他若是回到你们冥界，你们觉得你们冥界还有好日子可过吗？"

"是是是，仙子说得极是。"黑白无常长长舒了一口气。

这时，监刑官、剑子手和几位官兵的魂魄相继离开尸身。黑白无常二位使者看着多出来的几具魂魄，互看了一眼，什么都没说，默默地给几位魂魄戴了镣铐。

但黑无常还是没忍住，深深叹了一口气，道："青莲仙子，恕无救多嘴，今日你因梅花仙子的死而动怒，不论是不是因为失手杀死凡人，这都是逆天而行，必遭天谴啊。"

青莲淡淡地道："我的事，不劳二位使者操心。我只想问，梅花仙子为何会投胎成为凡人？"

黑白无常又对看了一眼。

白无常道："仙子难道不知道？你上次离开咱们冥界没多久，梅花仙子便被天界的使者抓了回去，押至咱们冥界受罚。要十世沦为娼妓，世世不得好死。"

十世沦为娼妓，世世不得好死？

青莲双拳紧握，怒道："是谁的旨意？"

黑无常看了一眼白无常道："必安，你说吧……"

白无常道："还是你说吧。"

两位使者互相推辞。

"是杨瑾瑜，对吧。"青莲冷哼一声。

黑白无常惊讶地瞪大了眼，哎哟，这位青莲仙子当真是有须弥山和北帝做靠山，果然气势上就是不一样啊，连天后的闺名都敢直呼。

"我们俩可什么都没说啊，是仙子您自己猜的，不关咱们的事啊。"

青莲道："梅氲我要带走。"

黑无常惊道："青莲仙子，你这么做，是叫我和必安为难啊。我兄弟二差若是不能将她带回去，我们整个冥界都会受到牵连，受到责罚啊，这可是万万使不得呀。"

白无常苦着脸道："说实在的，到凡界来拘梅花仙子，根本不是我们所愿，那都是上界的旨意，谁叫咱们整个冥界归上界管呢？你可千万不能这么做啊。"

自从北帝被天界一行圣仙强逼着下凡投胎之后，他们冥界的日子可是不好过啊，稍有点儿差池，上界便会罚他们俸禄，整个冥界的鬼差们可是哀号遍野，可又能怎样？就连十殿阎王宁可回去被老婆罚跪搓衣板，也绝不敢跟上面呕气呀。其实，他们挺怀念北帝的，每日都在掰着手指头盼着，这北帝啥时阳寿才能得尽，重返天庭。

这时，梅氲的魂魄从梅香的尸身上浮出："阿莲，你不该为了我这么冲动。"

"阿氲……"青莲听到熟悉的声音，立即回眸看向梅氲。

梅氲看了一眼沈君彦，淡然一笑，道："你为了我，已经辜负了北帝。如今又为了我而不惜错手杀死凡人。我不希望你为了我而遭受天劫，这样我会良心不安。我罔顾天规，罔顾身为花神的职责，而只顾儿女私情，私自下凡，本就是我的错，这是我应受的惩罚。我甘愿受这十世的惩罚。"

"阿氲，杨瑾瑜当初答应过我，不会追究你擅自离开天宫的失职，否则我也不会帮她。"青莲看了一眼身侧满脸不知所以然的沈君彦，然后咬牙切齿地道，"但是她骗了我。你可知道，我在人间找了你整整十八年。我万万没有想到，她竟然后来偷偷又将你抓回去，罚你十世沦为娼妓……"

梅氲浅浅笑道："阿莲，我并不觉得被贬下凡，便是不好，就算生为娼妓，世世不得好死，我也觉得至少我真实地活过。我宁愿有血有肉地活着，也不要在上面像具行尸走肉一样长生不老。"

青莲万分难过，道："阿氲，她既然答应过我，就该遵守承诺。我知道你想要的是什么，是自由。我已经自由了，只要你跟我一起离开，便可以重新获得自由，做你自己想做的事。六界之大，你想去哪里都可以，根本不用去受轮回之苦。你跟我走吧，你不用害怕，她若是敢再要罚你，我便也不会让她好过。"

梅氤摇了摇头，道："阿莲，我知道你是为了我好。我也知道，你这么做，是因为我曾经救过你一命，你想着要对我报恩。你可知道，朋友之间，是不谈报恩的？我活了九千年近万年，最幸运的事便是交了你这个好朋友。但如今你为了我，心中的执念已深，再这样下去，你终会遁入魔道。你好不容易获得自由，千万别再为了我而失去自我。我真的没事。"

梅氤看得出来，自从她偷偷下凡之后，青莲变了好多，终于像凡人一样渐渐有了七情六欲，而不再是天界时那个冷若冰霜什么都不懂的莲花仙子。

这一切应该都是被逼投胎成为凡人后的北帝的功劳啊。

青莲虽有须弥山撑腰，但是若为了她与天后、与整个天庭为敌，终是会吃亏的。再加上之前为了她，对北帝的背叛，待到北帝清醒之后，重回天界，还不知要如何。所以，她再不能为了她，与天后为敌。十世的轮回之苦，她梅氤还是受得了。

梅氤抬手想要为青莲拂去眼泪，手指触到青莲的脸颊，便穿了过去，她不禁失笑。如今她只是个冥界待判的魂魄，而不再是天界的花神。

梅氤转向黑白无常二位使者，道："二位使者，又相见了，以后梅氤会常常麻烦二位。这次，还是劳烦二位带路了。"

黑白无常二位使者相视一眼，只能将心中的惋惜化成一声叹息，对着沈君彦和青莲行了大礼告别。

青莲不甘心，哽咽着道："阿氤……我求你，跟我走吧……"

梅氤顿住脚步，没有回头，道："阿莲，你只要好好地活着，做你想做的事，永远都不要再回去，便是还我最大的恩情。千年之后，若是有缘，你我一定还会再见。"

梅氤说完，便头也不回，随着黑白无常二位使者离开。

沈君彦望着消失在雨幕下的一行身影，脑中已经混乱一片。

青莲闭上双眼，双手掌心各自积聚了一团紫气，周遭的气流和水流似乎都变了样。

地面积水形成的水潭开始打着旋涡，一点一点聚积，形成了一道水柱。空中的雨水不再往地面落下，雨线飞入那道水柱，越来越大，直往天上升去，犹如一条巨龙，直冲云霄。

顿时，天空的积云越来越厚，整个天空宛如黑夜，电闪雷鸣，一道道闪电直冲空中劈下，所到之地，地面皲裂开了一道道裂口。

"青莲……"沈君彦惊慌地叫道。

然而青莲却像是听不到叫唤声，全力将那道水柱直逼上天空。

只听"刺啦"一声，一道闪电骤然劈下，直劈在青莲身侧的地面上，地面顿时裂开一道深沟。

沈君彦不顾一切，扑向青莲，将她紧紧地抱在怀里，连翻了几个滚，滚向一边。他抱着她躲到了一堆已经坍塌的墙砖下，紧紧地护着她，不敢松懈。

不知过了多久，电闪雷鸣终于消失，天空恢复之前的晴朗。

沈君彦瞧见阳光重现，这才敢松开手，看向怀中的青莲，然而，青莲不知在何时已经晕厥过去，软软地倒在他的怀里。

"青莲！青莲！青莲！"沈君彦轻拍着她的脸颊，却怎么也不见她醒来。

他抬眸，看着周围的一切，除了他身后坍塌的一堵墙之外，其他地方的房屋都与往常一样，地面也并未裂出深沟裂缝，丝毫看不出，方才这里发生过什么奇怪的异象。

梅香的尸体横在法场正中，刽子手和几位官员的尸体变得焦黑，像是被雷电击中后身亡，而监刑官的尸体则被压在他身后坍塌的砖石下……这一切看起来都像是突然遭遇的天灾人祸那样正常。

他抬头又看了看天空，生怕上天再降下雷电，于是抱起青莲匆忙离开。

沈君彦找了一家客栈，将青莲安顿好，便一直静静地守在她的床前。这一守便是整整三天三夜，总算等到她苏醒过来。

"你醒了！"沈君彦又惊又喜，"你可知道你睡了整整三天三夜，真是快吓死我了。"

大夫他也找过了，都说青莲没有病，查不出来问题，只有一个大夫模棱两可地说她可能是太累了，所以睡着了，等睡醒了就好。他将信将疑。后来想想，觉得自己也是蠢，她不是凡人，找凡间的大夫医治有什么用？

青莲睁开双眼，一言不发，只是急着下了床。

沈君彦见过她太多次使用法术离开的招式，瞧着那熟悉的动作，便知道她要动用法术离开。

他一把抓住她的手腕，急道："你要去哪儿？"

他不是白痴，虽然他不知道她与那个叫梅氤的有什么过往，但从她们的对话里，他知道梅氤就是青莲四处找寻的梅花。黑白无常称梅氤是梅花仙子，所以并不是每棵梅树都是青莲要找的，而必须是蕴藏梅花仙子原神的梅树才是。

梅氤因私自下凡，被天界惩罚十世轮回，青莲似乎并不知情。而那个在天界拥有崇高地位，叫什么杨瑾瑜的神仙好像承诺过青莲，然后却出尔反尔，还是惩罚了梅氤。青莲这番急着离开，莫不是要回去天界找那个叫杨瑾瑜的神仙算账？

"你要回天界？"

"不关你的事，"青莲蹙着眉心看他，"你放手。"

"不放。"别的他不知道，只知道她若是回去了，极有可能没命，就算能活着，他也难再见到她一面。

青莲不想与他争执，便念动咒语，忽然惊觉自己全身经脉真气全无，毫无反应。

"为何会这样？我的法力呢？"她难以置信地看着自己的双手，然后看向沈君彦，"你方才对我做了什么？"

沈君彦一脸错愕，立即松开了手，道："我什么都没做，只是给你找了大夫来看看，大夫们也只是把了把你的脉象，并没有怎么样。你的法力没了？"

沈君彦小心翼翼地试探。

"怎么会这样？"青莲再试，全身上下依旧使不出一丝法力。

沈君彦突然想起，便道："会不会是那一场雷电？刚好有一道就劈在你的身侧……"他也是见着那突然从天而降的雷电不同寻常，才拼死一直将她死死地护在身前。

青莲浑身一软，若不是沈君彦及时扶助她，她差一点便摔倒在地。

沈君彦将她抱在怀里，安慰道："没了法力，就没了法力。你这应该只是暂时没了，所以别着急，你还可以继续修行，说不准哪一天忽然就回来了。"

"你不懂……"

那天，她动用了禁咒，降下那场大雨，并将那场雨水化为腾龙升天便是要向杨瑾瑜警告，她不会就此善罢甘休。谁知反遭法术反噬，引来了天雷。她身为天界之神，却因为私念而在凡间动了杀机，那几道天雷没有将她劈死，便算是她命大，但她所拥有的神力因法术的反噬而被剥夺了。杨瑾瑜能费尽心思施计对玄遥下手，将玄遥活捉，可不是玄昊那么心慈仁厚，若是知道她没了法力，便是绝不会放过她与梅氤。那到时，她不但没有救出梅氤，还有可能会害了梅氤。

沈君彦双手扶着她的肩头，迫她看向他，发自肺腑地道："我虽然不知道梅氤于你有怎样的恩情，但是她已经说了，她不想你再为了她受到伤害，甚至遁入魔道。她希望你好好地活着，活成你自己想活的样子。你如今没了法力，还一心想着回天界找那个什么姓杨的报仇，若是出了什么意外，那便是辜负了她的一番心意。"

青莲眉心紧蹙，紧抿着红唇，憋了许久，才道："正是因为我法力全无，若是让杨瑾瑜知道，梅氤和我便会难逃死劫。"

沈君彦道："我们找个地方隐居，不问世事，难道她还要赶尽杀绝不成吗？我是个凡人，他们身为天神若是杀了我，他们也必会遭天谴。青莲，你听我说。我会竭尽我的全力，我会用我全部的生命来保护你，绝不让你受到一丁点儿伤害。我会一直守在你的身旁，直到我死。青莲，跟我一起走好不好？"

青莲望着他，想到曾经为了离开天界，为了逃脱那个牢笼，而将他置于这样一个境地，可他什么也不知道，还这般傻地要对她好。若是当初，她不那么自私，没有那么做，他成了天界之主，一切都会有所不同吧。至少他与梅氤都不用受轮回之苦……愧疚的眼泪顺着她的脸颊，禁不住滚落出来。

"对不起，对不起……"隔了这么久，她终于向他道歉。

"你傻了吗？你和我说什么对不起呢？"

她拼命地摇着头，什么话也不说，眼泪一滴一滴像是断了线的珍珠一样不停地滚落。这些往事卡在她的喉咙里，却无法告诉他，只能独自默默承受。希望这一世过完，他重返天界，不会怨她。

沈君彦算是慢慢理清了一点儿头绪，她应该是向那位北帝道歉吧。只是他有一点没搞明白，为何黑白无常使者要尊称他为北帝？他和青莲之前究竟有什么纠葛，还是说他长得很像天界的那位神仙？

"不论你对我的前世做过什么，我都不会怪你。反正那都是前世的事，我也记不得了，只要今世我们俩能好好地活着就够了。别哭了！"沈君彦轻柔地替她抹去泪水，将她揽入怀中紧紧地抱住。

她什么话都没说，只是小声地低泣。不再像以前一样，满身是刺地对着他。

他将下颌抵着她的发丝，内心说不出地激动。她这算是默许了吧。她没了法力，终于可以留在人间陪着他，哪里也不用去了，他再也不用担忧了……

青莲不喜欢繁华的京城，讨厌人流聚集嘈杂的地方，所以沈君彦便陪着她一起，在城外十里的一座山谷里找了块空地，搭了个竹屋住下。恰巧那片山头有一片梅林，虽然不能够见着梅氤，但至少青莲也能看着梅树盛开，睹物思人。

二人如今需要糊口生存，而不得不凭借以前结余的银两，在山里安顿下来，买完一些日常生活用品之后，钱也所剩无几。

沈君彦十分后悔，当日还在山里，青莲问他有什么可收拾的时候，他说不用。要知道在那洞中，可是藏着不少金银珠宝。当时他只想着有青莲这个法力无边的神仙在，那些金银珠宝便是粪土，可谁也没想着眼下两个人也有为米发愁的一天。

没了法力的青莲便是一个手无缚鸡之力的平凡女子。曾经五谷不进，肉腥不沾，隔三岔五饮些泉水，食些野果，便可以维持精力一个月，然而如今这才一两天没怎么吃东西，她便饿得头昏眼花，四肢乏力，娇弱不已。

沈君彦见状，便去山中猎了只山鸡回来，架在火上烤烤，顿时芳香四溢，勾得青莲想无视都不行。

沈君彦掰下一只鸡腿，撒了作料，递给她："来，吃吧。看你口水都流了半天了。"

青莲瞪了他一眼，便傲娇地扭过头，不接鸡腿。

"你不吃，那我待会儿可是把两只鸡腿都吃了，连骨头都不留给你哦。"

她咬着唇，瞪着他。

沈君彦笑着将鸡腿伸在她的鼻下，引诱着她。她的腹部恰巧传来"咕咕咕"的叫声。沈君彦乐得大笑起来。她羞红了脸，抬起手便要揍他。

他一把拉下她的小手握在掌心里，一边细心地替她吹了吹鸡腿，道："快拿着，小心烫。佛祖那么慈悲为怀，一定不会忍心看着你饿死，不会怪罪你的。快拿着吃吧，凉了可就不香了。"

她接过鸡腿便啃了起来，肉汁的香味立即溢满了她的口中，将她体内的馋虫全部勾引出来。不得不说，这货烤的野味真的很不错。

她偷偷瞥了他几眼，突然发觉他笑起来十分好看，难怪当初天界那些仙娥整天都为他争风吃醋。真是应了人间那句"红颜祸水"。

沈君彦掰下一只鸡翅吃了起来，吃着吃着忽然想到什么，便道："对了，我们回去原先的山洞里，将那些金银珠宝都拿出来过日子，如何？"

生怕被他发觉她在偷看他，她连忙错开视线，假装不经意间，清了清嗓音道："你觉得凭现在的你我，能爬到那个半山腰吗？"

"对哦。"沈君彦拍着脑袋，他怎么那么异想天开？原来进出那个山洞是因为青莲有法力，飞上飞下当然没有问题啊，"可是那些金银珠宝是什么人留在里面的呢？他们能放进去，我们就肯定能取出来呀。"

"那也得要做好万全准备呀。就我们眼下这模样，至少也得准备个一年半载。"青莲对人间凡人偷藏的这些财宝兴趣不是太大。当初若不是带着他，她根本用不到银两。即便是到了眼前这般地步，她也并不认为需要那些财宝。

"算了算了，我还是打猎吧。"

所幸，多谢那时她对他的"悉心"调教，沈君彦生存的能力相当强。每隔几日，他便会去山里打些野味回来，翌日再赶去京城卖给酒馆，换些银两，买些日常用品。

而十指不沾阳春水的青莲，不仅连饭不会做，就连生火也不会，以前这些在她看来不过只需法术一点便可以的小事，如今却成了她最发愁的事。若不是沈君彦凭着野味换回的银两，执意给她买了好几身漂亮的衣裳，怕是她得穿上他亲手缝制的粗布衫了。

如今什么都不会的她，就跟个废人似的，他对她百般呵护照顾，对比之下，她之前那般不近人情严苛地磨砺他，实在是太过分，令她不由得心生惭愧。

沈君彦不以为意，对她说着女人最爱听的甜言蜜语："我不介意你以前怎么对我，如今只要你在我身边就好。人世间最幸福的事，莫过于我每天能看见你便好。"

每次听他贫嘴，她都会忍不住送他一记白眼，然后找个借口去山中灵气最旺盛的瀑布之下修行。其实从没了法力，在这里住下开始，她便没有放弃过修行，每日都会在瀑布之下打坐。而今轰隆的水声已无法令她平静，她已经意识到心境不再似以往，因为目光总会不经意地跟着他走。

这日，沈君彦从城里交易回来，带回来一条十分漂亮的白狐狸毛围脖："前几日，我猎着这白狐，就琢磨着给你做什么好，拿到京城后，人家老板说这么好的皮毛整做一条围脖最好。今日做好了正好拿回来，路上我就想着你围着一定好看。"他一边说着一边将围脖围在她的颈间，"你围着果然好看。"

凡间的新年刚过，这天气依旧十分寒冷，山里这两日还下了雪。这条狐狸围脖围在颈间，顿时让青莲备感温暖。望着他被冻得发红的脸颊，她轻声地道："谢谢。"

沈君彦越看越觉得青莲围着好看，忽然想到什么，高兴地对她道："后天便是上元节，你跟我一起去城里转转吧，晚上有灯会，会很热闹的。"

青莲很想说不去，但见他一脸兴奋，热情高涨，不想扫了他的兴致，便点了点头。

"太好了！"沈君彦激动地将她抱起来，连转了好几个圈。

青莲一阵惊慌，被他抱着转得有些眩晕，待到两脚沾地好容易站稳，便伸手用力地推开他，有些恼地道："你离我远一些。"然后僵着脸便转身离开。

被青莲这般嫌弃，沈君彦一点也不沮丧，看着自己方才抱过她的双手，乐得嘴角漾起了花儿，在心中暗暗下了个决定：到明天他都不洗手了。

青莲回到房中，捧着白狐皮毛，轻柔地蹭着面颊，又软又舒服，脑海里浮现起他之前的幼稚举动，便忍不住嘴角轻抬。

很快到了上元节这天，沈君彦一早便带着青莲骑着马到了京城。这一天，京城的市集热闹非凡，沈君彦又替青莲买了好些珠花香粉之类，只可惜身上的银两有限，不然他恨不能将整个市集上有趣的东西都买给青莲。

青莲看着他两只手提满了东西的傻样，表面上故作不以为意，心里却抑制不住像灌满蜜糖一样甜。

到了晚上，这出来赏灯的人比白天多了一倍，街头挤满了人。

花灯的铺子前围的人最多，无非是玩猜灯谜的游戏，赢家不用给钱便将花灯带走。

沈君彦瞅着那里三层外三屋的人，便问青莲："要不要去猜一把？我猜灯谜很拿手，无论你看上什么灯，我都能给你赢回来。"

青莲斜睨了他一眼，一脸不屑地道："不要！幼稚！"

"幼稚就幼稚呗，就是无聊打发时间呀。来嘛来嘛。"沈君彦向她拼命地招着手。

原来在天界无聊的时候，各殿的仙娥也喜欢聚在一起猜这些人间的字谜。她偶尔眈那么两眼，一眼便看到了她们隐藏在谜面背后的谜底。几番下来，她替梅氤赢的花灯堆满了桌。大伙儿输了个底朝天，不得不联手将她轰走，说她作弊，一定偷偷去人间玩过。她也是很无辜，不过是她的修为高，法力更胜一筹罢了，她们无论怎么用法术掩藏谜底，但都逃不过她的一双法眼。她根本就无心偷看啊，真的是那些谜底自己大剌剌地就摊在她的眼前啊。梅氤说她就是无趣，明明是个打发时间的无聊游戏，何必那么认真。瞧瞧这小没良心的，那些花灯，她都是帮谁赢的呀。

打发时间的无聊游戏……梅氤若是在，一定也会拉着她来凑这个热闹吧。

想着梅氤也许已经投胎到了某户人家，她便没再抗拒，任由沈君彦推着她挤进了人群。果真如沈君彦所说，随便挑盏灯，那谜题的答案他都答了出来。不一会儿，便将花灯铺上最好的花灯全赢到手。那老板的脸色就跟晒干了的猪肝一样难看。

她瞧着那老板不乐意，便将花灯全都放了回去，转身就走。最后，也不知沈君彦怎么说的，只拎了一盏别致的荷花灯出来，其余都还给了老板。

"送给你。"他将荷花灯递在她的手中。

青莲接过，望着蜡烛制成的花芯闪闪亮着光，突然明白，梅氤为何宁愿冒着被天界处罚的危险也要偷偷下凡，而不愿回那个冰冷的地方。

因为，人间更暖。

"谢谢！"她轻柔地笑道。

沈君彦望着她，双眸熠熠生辉，道："你以后得要多笑啊，你笑起来能让这漫天的星辰都失了光华。"

青莲抬眸，羞赧回道："就知道贫嘴。"

说完，她便转身拎着荷花灯向前步去，一直走到前方的河畔，学着其他人将荷花灯放入水中。她望着花灯顺着水流慢慢漂走，又学着身旁的两个女孩子双手合十双眼紧闭许起了愿望。

第一个愿望：愿这一世，梅氤的苦难受得会少一些。

第二个愿望：愿玄遥永远对她……

永远对她如何？她心头一惊，睁开双眼，及时扼制住了心底深处的那份喜欢，没有许下这个心愿。

她双眉微蹙，薄唇微抿，回眸在人群中寻找沈君彦的身影，却远远瞧见他与一个漂亮的姑娘正在笑逐颜开地攀谈着。那位姑娘从衣着装扮上看，便知是出身富贵的人家。

她犹豫着要不要走过去，脚却忍不住向前方迈去，直到听到那位姑娘叫他"恩公"并邀请他有空去家中做客，方顿住脚步。

因为，他竟欣然答应……

姑娘看他的眼神令她想起桃花仙子桃苒。

她可以肯定，那位自称为"寒烟"的姑娘是非常中意沈君彦的，她看着他的举止神情，可不仅仅是叫一声"恩公"可以形容的，而是一种女人对男人喜欢的占有欲。

青莲忽然感到心底涌起一股微微的酸涩感，虽然她不是太懂凡人复杂的情感，但脑海里不由自主地想起了"嫉妒"二字。

难道这就是梅氤所说的七情六欲吗……

她低下眼眉，一言不发默默地转身离开了。

沈君彦找到她的时候，她正被几个登徒子围着调戏。沈君彦气愤地刚想着上前收拾那几个人渣，忽然，见那几个人"咚"地一下相继跪在地上，然后四处一边乱爬着一边"汪汪汪"地叫着。

沈君彦的眉心微蹙，道："你的法力恢复了？"

青莲凝视着掌心，浑身经脉里游走的真气似乎又回来了，但又与之前的感觉不太一样，她说不上来有什么区别。她兴奋地想要分享这份喜悦，却不想见到沈君彦蹙着眉头看她，一脸的不悦。方才他面对那位千金大小姐可是笑脸相迎，一见着她就换了一张脸，内心的喜悦生生压住，她板着脸道："你与那位大小姐聊完了？"

沈君彦微微一怔，道："嗯，就是之前救过她……"

"你不需要跟我解释那么多。"青莲说完便转身离开。

"你去哪儿？待会儿烟花就要放了，你不看了？"

"我想回去了。"

"你是不是累了？"沈君彦指着前方道，"最佳的观赏地离这儿不远，走不了多远……"

但是沈君彦没有说完，青莲便粗暴地打断他，道："说了不想看就是不想看，你想看便自己留下慢慢看吧。"心中还补了一句，爱跟谁看跟谁看去。她说完，便向另一个方向步去，身影慢慢在街头消失。

沈君彦一头雾水，不知她怎的就生气了，是在怪他没有及时赶到替她赶走那些登徒子吗？若是她的法力没有及时恢复，而他又没有找着她，后果不堪设想。换作是他，他也会生气啊。

不过，他这一想着她的法力回来，这心里便不是滋味，一旦她又回到以前那个无所不能的圣仙，她也就再也不需要他了……他没敢多想，赶紧寻回马儿，驾着马儿快速回到山中竹屋，果然，青莲已经回到竹屋里。

"你怎么了？是不是哪里不舒服？"他伸手探向她的额头。

孰料，却被她无情地打下。

"别碰我！"之前他正用同样的手，替那个叫寒烟的大小姐挡人流。

"你怎么了？能跟我说说为何生我的气？是因为我没有及时赶到救你吗？我向你赔不是，我错了！你别生气了，好吗？"沈君彦的语气近似哀求。

青莲不理他，想绕过他去别的地方。可他就是硬挡在她的面前不让她走，她伸出手便去推他，却发觉怎么使力都推不开。她想一巴掌将他挥远一点，可是那一掌打在他的胸前，倒显得自己的手疼。

体力的法力，忽然又全没了，毫无预示。

他一把抓住她的手，道："你是不是吃醋了？"

她纠结着法力怎么又没了，忽然听到他这一声质疑，本能地瞪大了双眼，结巴着道："你……你……你在胡说什么？"

"你吃醋了。因为我和人家赵小姐说话，所以你不高兴，对不对？"

"你这……这样看着我干吗？不知道你在说什么！"她心里一阵慌乱，本能地眨了眨眼。

他的声音陡然变得激动起来："青莲，你心里是有我的，对不对？只是不好意思承认，对不对？"

"荒谬！"怕被看穿，她用力地收回手，推开他的身体便向屋外跑去。

她望着窗外黑漆漆的夜空，心口的位置"咚咚咚"地跳个不停。心事被说中，她的耳朵、脸颊都变得滚烫，幸好这夜晚黑漆漆的啥也看不见，她才不至于那么尴尬。

她立在屋外，深深吸了几口气，好容易缓过来。可是这过了半晌，都听不见沈君彦的声音，她不禁疑惑地转身，却不见他站在堂屋内。

她走了回去，屋子里也不见他的人影。

"沈君彦？"她蹙了蹙眉，这家伙又跑去哪里？

她叫了好多声，却仍旧不见他的人影，难道是被妖怪捉走了？之前，她的威名令一些小妖闻风丧胆，但她没了法力有一段时日，被心细的小妖发现也极有可能。一想到这山中的妖怪可能向沈君彦下手，她便开始急了。

"沈君彦！沈君彦！沈君——"

忽然猛地一转身，沈君彦的脸就凑在她的跟前。她结巴着道："你上……上……上哪儿去了？"

"还说心里没我？上次我不见了，和这一次，你的反应完全不同。"沈君彦微笑着看着她。

她错开脸，就是不肯承认。

他忽然将她紧紧抱住，她惊慌地看着他，他的眼神有些不对，毫无预示，他的唇便压了下来，直印在她的唇上。

说什么以后不经过她的同意，绝不乱亲她，这又是什么？她也毫不客气地推开他，给了他一记耳光。可是打完之后，看着他面颊上的五指手印，她的眼神里又透着一丝愧疚与不舍。

他笑着，毫不介意，不顾她的意愿，又捧着她的唇重重地吻下去。

她羞得给了他第二记耳光。

他依旧还是笑，第三次紧紧地抱住她，吻向她。这一次他没有给她出手的机会，单手便将她的双手束缚住，困在她的身后，另一只手横过她的腰身，紧紧地将她环住，肆意地吻着她，直到她不再逃避，任由他索取。

她屈服了，身体终于软在了他的怀里，他也渐渐松开了束缚着她的手。

就在两人吻得忘情之时，沈君彦的脑海里忽然闪过一个个似曾相识的画面，接着头痛得似要炸裂开来，不得不放开青莲，痛苦地抱住头部。

"你怎么了？"青莲从未见过他这样，只是忽然之间。

沈君彦抬眸看她，脑海里那张面孔，与之交叠。

第一次相见在长桥，他因为她的大不敬，将她与她的那池莲花一同冰封。

第二次相见，她被罚在他的宫殿之前，甚至以自毁原神的方式，向他表达对他强权的不满。他出手救她。

接着她抗婚，令他受到整个六界嘲讽，他在长桥上强吻她，并宣誓主权。打败魔界，凯旋的庆功宴上，他喝了她亲手酿制的"莲花清酿"后昏睡，被天后捉住强行押往冥界投胎轮回。当天界无神能降伏他之时，她又出现了，第一次主动吻了他，却是将忘却前尘的孟婆汤亲口喂给他，并亲手将他推入轮回道……

所有前世的记忆他全部都想起来了，他不是沈君彦，他是天界一神之下万神之上的紫微大帝玄遥。"沈君彦"这个凡人的肉身，只是他在凡间历劫难时的宿体。原本该是一碗量的孟婆汤，她只喂了他那一小口，不足以让他的记忆一直沉睡。这大概也是天界所有想要加害于他的圣仙未曾想到的事吧。

"你到底怎么了？"青莲见他疼痛得厉害，便伸出手不停地替他按着太阳穴，见他不再痛苦地抱着头，询问，"好一些了吗？"

她眉心紧蹙，目光里满是担忧。

他拉下她的手握在手心里，目光直直地盯着她。

她感受到他的异样，想收回手，却发现他握得很紧。

"那天在市集，明明你已经牵着马从我的身体上走过去了，可为何还要回头救我？"

"嗯？"

"为什么？"他看她的眼神极为认真。

"错不在你。"

"只是因为我无辜吗？和我说实话，好吗？"

她沉默了一阵，才道："错不在你，因为是我错了。"

玄遥有些意外她的这个答案，她没有用"看他可怜"之类的答案糊弄他。

他抚着她的脸颊，又问："那你又做错了什么呢？"

"为了能和梅鼠一起离开天界那个满是虚伪满是尔虞我诈的牢笼，我答应了天后，将一个原本我……我讨厌的家伙推下了轮回道。"她看着他的目光里满是内疚。

"轮回道听起来似乎不怎么好。我与那个'讨厌的家伙'长得看起来是不是很像？"

她盯着他看了许久，然后轻"嗯"了一声。

"所以救我，是为了向那个'讨厌的家伙'赎罪吗？"他的指腹轻抚着她的脸颊。

她又沉默了，算是默认。

他忽然将脸凑近她，唇几近贴上她的唇，又压着嗓音道："那么现在，是为了向那个'讨厌'的家伙赎罪，还是真心喜欢我呢？"

他温热的呼吸喷洒在她的脸上，撩拨着她面部的每一根神经，想开口却发不出任何声音，仿佛失去了说话的能力一般，心跳得厉害。

"若是你羞于回答我，你可以眨一下眼。你眨一下，我当你心里没我，你若眨两三下，我便当你是真的爱上我，而不是内疚赎罪。"他的声音变得极为魅惑，像是催眠了她一样。

她莫名地眨了几下眼，眨完之后惊觉哪里不对，羞赧地低下头，错开眼，不敢看他。

他轻笑起来。

他知道，她有个坏毛病，只要一紧张，便会不停地眨眼睛，控制不住。

他捧住她的脸，将唇轻柔地印在她的额上、眼睑、鼻尖，最后落在她的唇上，深深地吻住她……

"阿莲，不论日后发生什么事，好好地待在我的身边，不要轻易丢下我一个人离开，好吗？"他将她紧紧抱在怀里。

她想了许久，歪着头看他，道："你与别的姑娘交谈甚欢的时候，我也要在一旁看着吗？"凡人所有的七情六欲于她，真的有些无所适从。她很不喜欢凡人嫉妒的情感。

他笑着道："当然得看着了！得要提醒人家姑娘，别想向你的人下手呀。"

她"扑哧"一声笑了起来，望着他的黑眸，像是缀在夜幕下的繁星一般晶亮闪耀。

这一夜过后，身为"沈君彦"的玄遥除了依旧打猎去城中换银两，每日也会陪着青莲一起去山中修行。青莲的法力时有时无，不过，他不再担忧她突然有了法力后会离开自己，因为即便她离开了，他也一定能够找到她。

如今，他已经记起所有的事，便不能整日像个山野樵夫一样碌碌无为。杨瑾瑜陷害他，逼他下凡投胎的事，他不会就这么算了，他会拿回属于他的所有一切。青莲并不知道他恢复记忆的事，他也不打算让她知道，不想让她知道他决定复仇后而为他担忧。

某日，他见着青莲捉了一个四处食人的蛇妖，收进了莲花令中，于是将那个莲花令拿在手里仔细端详。天界的每一个神仙都有这样一块玉牌，是不同等级神仙的身份象征，只不过花神的令牌与其他神仙的不同，比较奇特，以各自司令花的形状制作而成。

他好奇这东西于他们天界的神仙而言，不过就是凡人进自己家大门的钥匙，偶尔也会有个别神仙将它作为法器，但到了她的手上，似乎成了一个与众不同的法器。

"我有点好奇，你这个里面怎么能装得了那么多的妖怪？"

青莲笑了笑，道："想进去看看吗？"

他点了点头。

于是，青莲念动了咒语，便带着他一起进入了莲花令之中。

本以为会看到一个囚禁妖魔鬼怪的炼狱，却没想到是她在这里建了一个莲花境界。

一望无际的莲花海，美得不可言喻。

"莲花境界？"

"你知道莲花境界？"青莲惊讶地看着玄遥。

"西方的极乐世界，当然听说过。"玄遥也终于明白，何以她一直讨厌他，想着要离开天庭。

比起真正的莲花境界，那里的确如她所说充满了尔虞我诈。她乃须弥山的青莲，生于清净的极乐世界，不染世事烦恼，又怎能会喜欢天庭里复杂的钩心斗角？很难想象，她这样的性子，在天庭的数万年，是怎么熬过来的，一定是孤独寂寞而又压抑的。所以，才会为了自由而背叛他吧。莫名地，他竟有些心疼她。

"我在天界的时候，不像其他圣仙一样喜欢炼制各种厉害的法器，所以直接就将这块莲花令当作法器。"

"我可以认为，其实你是在偷懒吗？"

青莲被他逗笑了，道："就当我是偷懒吧。"

他牵着她的手，跟随着她一路沿着莲花海向前，无意之中却瞧见那莲花之下，竟然伸出一只枯槁恶心的鬼手。

她立即施了法，将那只鬼怪打回水底，接着便道："莲花境界虽美，可是谁也不知道，在那些神圣洁净的莲花之下，其实是通往地狱的一条路。每天都会有不同罪人的魂魄或是妖魔鬼怪，试图通过那条路爬上莲花的根底，然后到达莲花境界，还好从未成功过。这里其实并不是真正的莲花境界，只是我建的类似莲花境界的结界，暂时将收回来的那些妖魔鬼怪关在这里，炼化它们。"

玄遥忽然顿住脚步，佯装不懂地问她，道："炼化了它们，是不是就代表你可以号令它们？"

青莲轻抿着嘴角，点了点头，道："嗯，不过目前还没有想好，让它们做什么。"

玄遥望着她，一本正经地又道："若是某一天，你控制不住这里怎么办？这里关了这么多的怨魂鬼怪，万一哪天它们集体破了结界，反伤了你怎么办？"

青莲的嘴角勾起浅浅笑意，望着眼前壮观的莲花海，一脸平静地道："不会。它们若想要集体破结界，我一定会预先感知。只要毁了这里，它们也就从此彻底消失了。"不过，她却没说，若想要毁了这里，便是要自毁。只有她死了，莲花境界才能消失，那么它们也就不会存活。

玄遥挑着眉，对她的话将信将疑，道："没骗我？真的能提前预知，然后只要毁了这里？"

"骗你做什么？"

"你知道吗？你有个坏毛病。"

"什么？"

"你一撒谎就会眼睛看着别处，不敢看我。"

"哪有？"青莲立即睁大眼睛看向他，以示证明自己没有撒谎。

"明明有。不然你看着我说话。"玄遥趁势伸手勾住她的腰身，将脸凑近她。

强大的压迫感瞬间向她笼罩过来，惊愕之下，她一抬眸便撞进他深邃而浓郁的黑眸里，那里深得犹若她每日修行的潭水，不可见底，直要将她的魂魄吸了进去。

他的嘴唇只差几许便是要亲上来，她下意识眨了眨眼，心也跟着漏掉了一拍。就在她尚未反应过来时，他的唇毫无预示便压了下来。

她呢喃一声："这里，不行……"

"那你说哪里？"他轻笑，用嘴唇轻轻摩挲着她的唇瓣，亲昵地挑逗着。

她连忙念动咒语，二人立即从莲花境界里出来，不巧一下子跌落在她卧房的床榻上。

玄遥顺势半压在她的身上，轻笑一声："原来你喜欢在这里呀……"

青莲一惊，连忙想要推开他起身，却无奈他的力道之大，整个人压在她的身上，令她动弹不得。如今的法力时有时无，而且控制起来也不像以前一样得心应手，总是会出差错，谁知这一次施法施得这么尴尬……

"这东西，暂时先放我这儿。以后，你别再抓那些东西关进来了。少一只，便少一只的危险。"莲花令不知在何时到了他的手中。

见他态度坚决，青莲便也没有反对。这块莲花令对凡人的他来说，就是一块普通的玉牌。

玄遥手握着莲花令，心里却另有打算。

"东西都收走了，你可以起来了吧？"她推搡着他，让他起身，可是他的眉眼一挑，却又不知羞地压向她，痞痞地对着她的脸颊喷洒着灼热的气息。

"不起。"

"快起来……"她羞赧地别过头，相处了这么久的日子，他从来没有像现在这样对她。

"不起。要么你用法术将我打晕。"玄遥有些无赖地锁着她的身体。

就在她瞪着眼看他之时，他又毫无预示地吻上她的唇，不让她退让。

青莲被他吻得浑身发软，别说法术，就连推开他的力气都快没有，浑身软绵绵的，反倒像是她被他施了法似的，全身又软又烫，心口跳得极快。

玄遥特别喜欢看她娇羞的模样，本也是想逗着她玩一玩，孰料却是引火自焚，这一吻便是难以收手。不一会儿，两人的衣衫全部落地。

他的手细细地抚摸着她的脸颊，指腹顺着她的眼眉、脸颊、嘴唇一点一点向下，细腻柔滑的肌肤令他喘息的声音都在颤抖。当彼此结合的那一刻，他恨不得将她糅进自己的体内，生生世世都不愿放开她。

原来人类的情欲是这样，一旦打开，便一发不可收拾。

青莲一直以为亲吻便是情人间彼此最亲密的动作，谁知道还有更叫人害羞的事儿……

她窝在他的怀里，感觉浑身烫得像只煮熟的虾子，恨不得挖个地洞将自己埋了。可是他不让她躲避，挑着她的下颌迫她看向他，唇舌不时地纠缠着她，黏腻着。

"听说凡人夫妻结发吗？"

她摇了摇头。

他将他的头发与她的束在一起，打上结，然后用小刀割下，放入原先贴身携带的香囊里，最后放在她的手心里，道："人间的凡人会在洞房花烛之夜，各自剪下自己的一缕头发缠绕结起，作为永结同心的信物。你我便是结发夫妻，生生世世，即便我死，也不会负你。"

青莲看着手中的香囊，又看看他，若是当初她没有坑害他，或许她已被迫成为他的妃子，但是一定不会像现在这样，会动了七情六欲爱上他。这也是第一次对他心生愧疚的同时，她庆幸自己做错了。可是这样的日子也许只有人间短暂的几十年，待到他这一生走完，回归天庭的时候，是否还能记得今日的誓言呢？

事实证明，她的这份担忧是对的，她与他连人间的几十年都没有走完，很快所有一切便成云烟。

她放弃修行，不再想着能重新拥有法力的那一刻，一心只想做一个像凡人一样的平凡妻子，开始学习曾经她讨厌的织补下厨等，待到她终于学会的时候，她才发觉很多都变了。

沈君彦不再是那个她熟知的沈君彦。

他每日依旧会往城里奔波，有时候会两三日不回来，渐渐地，会接连十日，甚至更久。她从来不过问，他到底做些什么。因为她能明白，曾经身为一神之下万神之上的战神，即便是投胎做了凡人，也绝对不会像个山野樵夫一样平凡无奇。

早已习惯寂寞孤独的她，竟然也会像凡人的妻子一样，每日守着门外盼望着他回来。虽然每次回来，他一如既往地黏腻着她，带回来许多稀奇的小玩意儿，说着许多哄她开心的话，可是她毕竟是个女人，心思何等细腻敏感。

是不是自己的味道，还是别的女人的味道，她岂会不知？

当她利用法术追寻到那个女人的时候，她甚至不敢相信自己的眼睛，竟然是那个激起她凡人嫉妒之心的千金大小姐赵寒烟。

玄遥正坐在案前看着行军图，赵大小姐端着茶盘向他走去，甜美地笑着，并亲昵地叫道："夫君，夜深了，该休息了。"。

"夫君"意味着什么，青莲就算再天真再白痴，也能明白。

一阵冰凉的夜风将屋门吹开，檀木雕花的门扉撞在墙壁上发出重重的响声，惊住屋内的二人。

青莲直立在门外。

赵寒烟忽然见到青莲，惊道："你……你怎么会在这里？"

相反，玄遥见到她的时候，一脸平静，仿佛一切都是在预料之中。

青莲缓缓踏入屋内，双眸直锁着玄遥，冰冷的眸光之中透着几分难以置信。她双拳紧握，指甲深深嵌入掌心之中，隐隐的痛感随即传来，恰好掩饰住她因愤怒而颤颤发抖的身心。

赵寒烟看了一眼玄遥，本能地挡在他的面前，急道："你……你是怎么进来的？"

上元节的时候，赵寒烟见过青莲，对她印象极为深刻。在如潮的人群之中，一眼便能看到她。她浑身散发着清冷孤傲的气质，仿佛像是不沾人间一丝烟火的仙子，与周围的世俗景象对照起来显得那么地格格不入。沈君彦对青莲的在乎，赵寒烟是看在眼里，无论她如何挽留他，他的眼中也只有眼前这个女人，会毫不犹豫地追着她离开。

"让开！"青莲连看都没有看她一眼，冰冷的声音仿佛来自地狱。

赵寒烟不敢置信地看着青莲，怒道："你这个莫名其妙的女人！这里是我家，该离开的人是你！"

"出去！"玄遥忽地冷冷地道。

赵寒烟厉着声道："听到没有？叫你出去！"

"赵寒烟，我是叫你出去！"玄遥深深拧着眉心。

赵寒烟难以置信地回眸看着玄遥，玄遥再一次冰冷地重复："出去！"

赵寒烟难过地掩面直奔出门外。

门扉又一次重重地合上，屋内只剩下玄遥和青莲。两个人面对面相视，谁也没有先说话，气氛在一时之间凝结成冰。

过了半晌，玄遥终于出声，道："我知道你一定会找过来，所以也一直在等你。有什么话你尽管直接问吧。"

"她为何会叫你夫君？"青莲直视他。

他抬眸与她对视，面无表情地道："拜过堂成过亲的妻子自然这般称呼丈夫。"

青莲的双拳再一次紧握，几近是咬着牙，道："那我呢？"

玄遥站起身，走近她的跟前，发现她的下巴变得尖细了，比起几个月前见到她的那一次，她似乎又瘦了些许。他抑制住想要将她拥入怀中的冲动，冷笑一声，违心地道："你觉得呢？"

青莲摘下一直随身带着的香囊，对着玄遥颤着声道："你说过，你我是结发夫妻，生生世世，即便你死，也绝不负我。如今如何？"

望着青莲几近幽怨的目光，玄遥的心口宛如被人狠狠重捶了一拳。他既决定重返天界向杨瑾瑜复仇，夺回所有属于他的东西，便是不能将青莲置于生死之地。如今她是他的软肋，以杨瑾瑜那个奸诈的个性，为了保住玄衡的天帝之位，必会与他决一死战。一旦知道她是他誓死用生命来爱的人，宁可得罪须弥山，杨瑾瑜也绝不会放过她。所以，他必须在人间就立即斩断与青莲的情缘。待到重返天界，拿下杨瑾瑜，他自会再向她请罪，重新赢回她的心。他与她的未来会很久很久，但儿女情长决计不是在此时。

他暗暗握手成拳，狠下心，冷笑一声，无情地道："你还真是天真无邪得可以，怎么会将男人在床上说过的话当真呢？须弥山的青莲仙子！"

青莲凝眉，望进玄遥的黑眸，惊愕地道："玄遥？！"

玄遥挑着唇，冷笑着道："还能记得我的名字，不错，我以为你已经忘了，只知道沈君彦。"

"你……怎么会觉醒？"青莲不敢相信地看着他，但凡喝了孟婆汤的，不论是神还是人，都会忘记前一世的记忆直到再一次轮回，没道理他还能记得。

他伸出食指，指腹落在她的红唇上摩挲着，戏谑地道："那可是要谢谢你……的吻呢。"

青莲瞪着眼，脑子里开始回忆与他的吻。第一次是他偷亲她，被她痛打，第二次还是他毫无预示地偷亲她，被她狠狠打了两记耳光，然而他却毫不退缩，抱着她强势地继续吻她……

原来那么早，他便已觉醒，她却什么都不知道。那些与她恩爱缠绵的日子里，从来都是玄遥，而不是沈君彦。

"想起来了？"他伸手顺势勾住她的腰身，怀中熟悉的触感令他的心头又是一震，是有多久没有这般亲昵地拥抱她了？可是眼下不能肆意地与她缠绵，偏偏要违心地说那些让她伤痛的话。

她目光颤颤地望着他。

"若是想不起来，我可以帮你回忆。"他发觉自己仍是抑制不住对她的思念，便勾着她的下颌重重地吻了下去。熟悉的气息勾着内心深处的情愫一发不可收拾，相思成灾。

然而，这个吻并未持续很久，他的脸颊上便迎来结结实实重重的一巴掌。

这一巴掌在他看来，并不重，因为和接下来要伤她的话相比，不及伤她的一分一毫。他佯装抬起手，要回敬她一记耳光，可是看到她那张楚楚可怜的脸蛋，无论如何也下不了手。

他只好收回手握紧成拳，强忍着内心的难过，冷笑着道："都想起来了？"

"所以，你一直在骗我，就是为了报复我当初背叛你，喂你喝孟婆汤，将你推下轮回道？是吗？"泪水一下子涌上来溢满了眼眶，打着旋儿，倔强地不肯落下来。她一直害怕这一天的到来，害怕他觉醒，一切甜蜜的都将会化为碎末被打散，却没有想到这一天来得竟然这么快。

他将内心无奈的苦笑全部化作冷笑，厉声喝道："你还记得背叛我？杨瑾瑜当初承诺给你和梅氤自由，你便愚蠢地相信她，和她联手，不仅用仙人醉将我灌醉，还喂我喝下孟婆汤，更是绝情地将我推入轮回道。你内心究竟是有多讨厌我多憎恨我，才能这么狠下心绝情地对我？"

她连忙拉住他的衣袖，颤着声说道："仙人醉不是我换的，是杨瑾瑜命碧婳偷换了仙人醉，为了活捉你，然后利用我将你灌醉。当时我也醉了，这些我也是事后醒来才知道的。我知道我出于私心，喂你喝下孟婆汤，推你入轮回道，是我的错。对不起……真的对不起……"

原来当初的仙人醉不是她换的，她也是被杨瑾瑜利用，这不仅让他内心安慰了些许，还叫他心疼她，却不得不用力地甩开她的手，冷酷地道："对不起？你觉得整件事只是一句简单的'对不起'就能了结的吗？杨瑾瑜最初的目的可不是要活捉我，而是要我的命！若不是天界有那么一群胆小怕事又怕死的圣仙反对，我不是被她扔下凡界投胎，而是根本早就被她给杀了。他们觉得我死了，万一哪一天魔界侵犯，他们对抗不了，才不得已留了我这一条命。你所做的一切，可不是让我轮回这么简单，而是在要我的命！"

她咬着唇，含着泪，不停地摇着头。她本意并非如此，她并不想要他的命，只是想他吃些苦头罢了，别来纠缠她。

他狠下心伸手捏住她的下颌，目光含怒，道："我当初一心想要纳你为妃，我若成了天帝，你便是天后。届时，别说你想要自由，你想要做什么都可以，天上地下，三界之中，没有你去不了的地方，可是你都干了些什么？！当全部记忆恢复觉醒的时候，我恨不能当场掐死你。"

这些话虽然此时此刻说出口，令他痛苦万分，但在他觉醒的那一刻，内心的愤怒绝对不亚于此。当时他真的恨不能掐死她，可是与她相处的那些日子，却是他活了近十万来最快乐的时光。或许在天界的时候，他会为她孤傲清冷的个性所吸引，因为她是唯一一个明明知道他是谁，却还敢正面与他对抗的神。这是自他出生以来在三界之中从未有过的事。

那时的他，心中对她并没有爱，只是他至高无上的权威受到了抗拒令他不悦罢了，他绝不容许这样的事存在，所以他要征服她，不论如何。然而他成为沈君彦后，没了尊贵的地位与身份，只是一个一无是处的书生，甚至后来沦为卑微低贱的乞丐，她却开始对他不离不弃，苛刻冷酷，督促他成长。虽然他知道，这些都只是因为她怕他会死，一旦他重返天界，一切便会前功尽弃。即便是这样，他却无法自拔地爱上她。这或许是天意，是上天给他和她再一次相遇的机会，若是没有人间这一段，他与她怕是生生世世也无法相爱吧。

青莲的身体开始微微发颤，一双烟眉紧拢，她不知要怎么解释当年的事，无论她怎么解释辩解，都是她的错啊。

泪水止不住地向外滚落，她也终于忍不住将憋了数万年的委屈全部宣泄出来，道："那你当初为何不掐死我？！你一心想要纳我为帝妃，你有想过我要的是什么吗？你知道我有多讨厌那个像牢笼一样的天庭吗？数万年来，我每一天看着天边的太阳升起落下，七彩云霞变幻着不同的颜色，都觉得是种煎熬。你习惯了争权夺势，而我只想过清静无干扰的日子，可你偏偏一而再再而三地逼迫我。你仗着你至高无上的身份与地位，使尽一切手段逼迫我一个小小的司花之神。那时候的你，就是让我讨厌，非常地讨厌，讨厌到永远都不想再看见你……"

他的手用力推开她的脸，怒道："不想看见我？所以你就疯了和杨瑾瑜达成契约？结果呢？你都看到了！杨瑾瑜她是怎么兑现她的承诺的？梅氤的下场是什么？我的下场是什么？即便我被她赶下界投胎，她也要让我生不如死。家破人亡，沦为乞丐，受人侮辱，这都是她让司命星君给我写的凡人命格！"

一想到他在街头任人羞辱殴打的场面，她的心便刺痛起来。她伸手拉住玄遥的衣袖，声音哽咽，几近泣不成声地在哀求："对不起……对不起……都是我的错……求你……忘了那些吧……原谅我……好吗……以后再也不会这样了……"

他伸手勾住她的腰身，将她揽在胸前，禁不住放柔了声音，道："我也想忘记，但究竟要怎么样做才能忘记那些原谅你呢？"

她咬着唇，垂泪凝望着他。

她向来不懂如何表达自己的情绪。因为他，她才有了凡人才会有的七情六欲，才明白什么是爱。和他在山里度过的那些甜蜜而美好的日子，是她寂寞孤独而压抑地活了数万年中最快乐的时光。她不想失去他，也不能失去他，如今的她再也不是以前那个什么都淡然无所谓的青莲仙子。当看到赵寒烟亲昵地叫着他"夫君"的时候，她的内心不只是愤怒，更多的是惶恐。她害怕的心像是被利刃深深划开了一道血口，疼痛不已。她甚至不敢想象从此之后没有他，又回到曾经漫长而孤独寂寞的岁月里，她会变得如何？

原来爱情会让人变得卑微而懦弱。

她伸出双臂，颤抖地环住他的腰身："对不起……"

望着她满目含泪楚楚可怜的模样，他再也禁不住，俯下脸毫不犹豫吻住她的红唇。几个月的相思让他情难自禁，他将她紧紧抱在怀里，恨不能将她糅进自己的体内。然而口中咸涩的眼泪提醒他，他绝不能在这时候心软放弃，为了安稳的将来，他必须现在绝了她的念头。

他横下心，将她抱起放在了屏风之后小憩的榻上，粗暴地撕了她的衣裳。望着她若雪的肌肤，他浑身的血液一下子直往上涌，脑袋仿佛要炸裂一般。

他暗咬了牙，将脸埋在她的身前。

她完全不知道他的打算，只当这一切都是他原谅她的举动，而欣然接受。

他将唇埋在她的颈窝，有些狂躁而焦虑地啃咬吮吸着她的锁骨，手掌用力地掠过她身上的每一寸肌肤。

即将一别，不知要待到何时才能再见她。没有她的日子，他是否会因思念成狂？他要她记住他，生生世世都绝不能忘了他。

"现在，你还讨厌我吗？"他哑着嗓音，嘴唇抵着她的唇。

她摇了摇头。

"那爱我吗？"

她点了点头，面颊通红，眸光迷蒙，全身软绵的没有一丝气力，在他手掌大力的抚摸之下，全身泛着媚惑诱人的绯红，口中抑制不住溢出一声羞涩的低吟。

他轻笑一声："说，你爱我。"

"我爱你……"

"叫我的名字。"

"君彦……"

"不对。"他轻轻含住她的耳垂，略带惩罚地用舌尖轻舔撩过。这里是她全身最敏感的地方，每一次只要他将脸埋在她的发间轻轻向她喷吐着热气，她都会忍不住轻叫。

"嗯……"身体一阵战栗，她忍不住轻叫出声，"玄……玄遥……"

"再说你爱我。"

"我爱你，玄遥……"她声音大了一些，向他弓起了身子。

他抽回手，改扶住她的胯骨，让彼此的姿势更加贴合。

望着她娇媚动人的模样，他的心便开始痛起来。待会儿，他要残忍地对她，她是否能承受得住？他不该贪恋这最后一丝的温存。

虽然脑子里这般自责着，但身体无法控制住，禽兽般地将自己用力推入她的体内。温暖随即包裹住他的身心，令他疯狂，俯身含住她的唇深深纠缠，内心不断地在说：青莲，对不起，对不起，等着我，我很快就会带你去你想去的任何一个地方……

"我爱你，玄遥……"

她温柔动情的声音一直在他的耳畔萦绕，"我爱你"三个字如同符咒一般将他的心紧紧锁住，再也无法容下别的。动作由慢而快，他如同着了魔似的，不想停下来，不想放开手……

身心犹若在海上颠簸漂浮的小船一般，沉沉浮浮，没有气力，寻不着方向。比起以往的亲昵，她从未感受过他今日这般如此地疯狂，每一次用力的撞击都仿佛将她抛入云端，说不出的酥麻感传遍全身，身心的欢愉也在颤动中达到了极致……

她明白他的愤怒，她甘愿承受，愿将身心全部毫无保留地都给予他，甘之如饴。

当彼此粗重的喘息声渐渐平息下来，冰冷的空气中还夹杂着彼此迷情的味道，玄遥按在青莲纤细腰肢的大掌最后一次使力，将她按向自己，未久便横下心毫不留情用力地将她推开，下了榻。

经过一番激烈的欢爱之后，青莲感觉全身都散了架似的，没了丝毫气力，被玄遥这么用力一推，直撞在榻上的横木上。冷硬的横木硌着她的肌肤，有些疼痛。

她抬眸，一脸错愕地望着他，然后轻轻地叫着他的名字："玄遥……"

玄遥深吸一口气，回转身，伸手捏住她的下颌，冷道："是不是觉得经过方才一场卖力的欢爱，我便会原谅你？"

"你……你到底想说什么？"

还是不原谅她吗？怎么会……

她不明白，方才的他明明与在山里时一模一样，望着她的眼神里，满满都是那种想要将她融入骨血里的爱意，为何突然之间变成了这样？

"就凭上一次床就能将整件事抹杀，你是不是太天真了？我身为紫微大帝，乃万星宗主，却让你一朵小小的青莲花踩在脚底如此糟践，落入如此境地，岂会就此善罢甘休？从我觉醒的那一刻开始，我便要看看，你这个让我蒙受六界羞辱的须弥山青莲花，到底有多贞洁，是不是绝对不会对我动心。六界之中，只要我玄遥看上的仙人妖，只有我不想要的，没有我得不到的，而你也不过如此。"他的手指挑着她汗湿的发丝顺在她的耳后，咬着她的耳朵冷酷无情地道，"尝到了什么是背叛的滋味了吗？是不是刻骨铭心，终生难忘？此生此世我都不会原谅你！"

她的神情茫然，好容易费力挤了个笑容，摇着头道："这不是你，你方才不是这样的……到底发生了什么事？你为何突然变成这样？我不相信你说的这些话都是你的真心话。你不会为了报复我这样处心积虑地对我，不会的……绝对不会的……"重复的声音却莫名地变弱，她开始惶恐而不确定。

他扯着唇角嗤笑一声："为何不会？！从我记忆恢复的那日天始，我等的便是今天。我便是要羞辱你，让你也尝尝被背叛被抛弃的滋味。"

她的小脸倏然变得煞白，嘴唇禁不住开始颤抖起来："这不是你，不是你。你不会这样对我，你明明是爱我的。"以往即便她生气了，他也只会将她捧在手心里宠爱着，而绝不会这么无情，这不是他，不是他。

"爱你？我何时说过爱你？从来没有。我玄遥可以拥有无数的仙娥仙婢，凭什么会看上你？你以为你是谁？当真是圣洁的救世莲花吗？我知道紫微星辰的命格是什么？无论司命星君给我写成什么样，就算当初你没有救我，我也会一统江山成为天下君主。深宫六院妃子众多，赵寒烟也将不过是后宫众多的女人之一。你若是愿意当个暖床的，我倒是不介意将你留在身边。回到天界之后，我也可以让你继续留在身边。"他的指尖顺着她的下颌、锁骨，滑至她胸前的柔软之上，轻佻地弹弄，"你在床上的热情，令我相当满意。"

是啊，他从来没有说过爱她。

她捂起耳朵不愿听他再说下去，悲愤地尖叫一声，将他猛地推开。

触到她无助而绝望的眼神，他便后悔莫及。他开始懊恼，明明只要将她赶走就好，为何要用这种残忍的方式对待她？可是绝情伤害的话已出口，覆水难收。他伸出手，想将她拉入怀中安慰，告诉她方才的话都是他违心所说，然而理智告诉他，若这样做的结果便是前功尽弃。只要她不在他的身边，便是安全。抬起的手臂终是僵在半空中没再动作。

十指指尖传来阵阵刺痛，心口之处，宛若被生生剜去了一大块肉，疼痛难忍。视线刚好触及那个装着两人结发的香囊上，她握在手心，紧紧地握住，眼泪一滴一滴洒落在香囊上，忽地她又莫名地笑了起来，她分不清自己究竟是在笑还是在哭。

玄遥看在眼里，拳头紧握，十指深深嵌入掌心之内。

青莲披上被撕坏的衣裳起身下了榻，立在他的面前，目光冰冷决然。

"如你所愿。我欠你的，今日便一次还清。"她的手中不知何时多了一把晶莹通透的匕首。眨眼之间，那把匕首便没入她的心口。

玄遥来不及反应，她便又迅速拔出那柄匕首，鲜血一下子从心口中涌了出来，沾满了她胸前白皙的肌肤。

"你疯了？！你知道你在做什么？！"玄遥不敢置信，一下子慌了神，冲上前便扣住了她的手腕。

匕首应声落地，原本晶莹通透的刀身浸满了鲜血，泛着妖冶的红光。

玄遥一眼便认出这把匕首，颤着声道："你怎么会有这把匕首？"

这柄匕首名叫"血灵"，乃东海龙族特有的千年灵石所铸。六界之中无论是谁，但凡只要被它扎伤，伤口都难以愈合。即便伤好，每逢月圆之夜，伤口便又会重新裂开始流血，周而复始，直至心血流干为止。除非东海龙族王室的血液做药引，配上昆仑山的灵芝草才能治愈。传闻龙族的族长曾为了惩罚不忠背叛的妃子，命她的情人用这把匕首亲手杀死她。之后这把匕首便随着那位妃子的尸身不知所终，却没想到这把匕首竟落在青莲的手中。

她没有应答玄遥的问题。这柄匕首只是她偶然一次降妖时，从一位小妖的手中缴获。那位小妖为了保命，特地将"血灵"的来龙去脉告诉，要她小心慎用这把匕首。当时只是觉得这把匕首晶莹剔透，合她的喜好，便留下了，却没想到今日会用以绝情。

玄遥慌乱地伸出手想替她止血，却被她冷着脸用力地推开。她随手使了法术将他定住。如今他只是一介凡人，根本无力，身体不能动，嘴巴不能说话，唯有眼睁睁地看着鲜血不断从她的心口流出来。

"从今往后，你我之间便如同这两缕头发，日后再见，便是陌路。"她打开香囊，将那两缕发丝握在掌心之中，顷刻之间，两缕发丝在一团火光之中化为灰烬。

她用力地将香囊丢弃在他的脚边，连鞋子都顾不上穿，光着脚转身便消失在书斋之中。

胸前刀口的疼痛早已变得麻木，青莲已经分不清是肉体伤口的疼痛，还是内心的痛。她像是一个没有灵魂的木偶一样，拖着沉重的步伐，漫无目的地走在街上。

忽然，前方聚来了几个畏畏缩缩的人影。

这些人有的手中提着刀，有的手中握着剑，将她团团围住，挡住了她的去路。几个人瞧见她的模样，不由得一惊，不是说好了出来找姑爷吗，怎的变成要抓眼前这个弱女子？眼前的女人面色苍白，披头散发，玲珑有致的身躯在破烂的衣裳下若隐若现，令人浮想联翩，一个个都忍不住舔了舔嘴唇。只不过她的心口不停地流着鲜血，正常人应该早就要死了才对，可是这个女人还能一直站着，行了这么远的路，实在是诡异，怎么看都像是从地狱里爬出来的鬼啊。

几个人犹豫着，谁也不敢上前。

青莲不知道这些是什么人，从哪里冒出来，此时此刻她不想看见任何令她烦心的人或事。她连正眼都不想看这些凡人，声音冰冷得仿佛来自地狱："不想死的，都给我滚！"

赵寒烟披着黑斗篷从拐角走出来，厉道："一群废物！不过是个手无寸铁的女人罢了，你们怕什么？！"

沈君彦将赵寒烟赶出书房的时候，她便一直立在门外偷听，没有走开。谁知她伸长了脖子，将窗户纸也挑破了，书房里却一个人影也没有。明明她才出来，怎么里面就没了人。她又推开门跑进去，四周看了又看，果真一个人影都没有。她匆忙出了书房，在府中四处找寻沈君彦，然而都不见他的人影，也不见那个女人。这时，她开始慌了，于是派了人手出府四处寻找沈君彦，却没想到竟让她瞧见披头散发的青莲。

赵寒烟本以为凭自己的真心终能打动沈君彦，可是青莲突然出现，从沈君彦看青莲的眼神，赵寒烟才清楚地意识到，原来她做的一切始终都是徒劳。如果没有父亲的兵力及影响力，沈君彦是绝对不会多看她一眼，更不可能会娶她。虽然她不知道他和这个叫青莲的女人之间究竟发生过什么，才能令沈君彦弃了这女人而娶她。然而成亲快一个月了，沈君彦连碰都没有碰过她。而今见到这个女人，沈君彦不论是神情还是肢体，整个人都变了。她看得出来，沈君彦依旧深爱这个女人。虽然她好奇眼前这个女人如何弄成这副人不人鬼不鬼的模样，但是与其让她再出现在她与沈君彦两人之间，倒不如今晚就解决了她。

神不知，鬼不觉。

然而，赵寒烟想得天真了，丝毫不知自己面前站的究竟是何方神圣。

青莲的双眸赤红，望着眼前愚蠢的凡人，目光冰冷的似要将周围的空气全部凝结住。

她也从未想过有一天，她还会再杀人。

"给我抓住她！"赵寒烟再一次发号施令。

手下得令便冲向青莲，其中一个人离着青莲还有两三步距离，忽然脖子被一只无形的手掐住，提起，悬在了半空中。很快，那人便被那无形的手狠狠地甩在了地上。

其他人一看惊呆了，有两三个胆大的试着再次冲向青莲，半空中忽然浮现出几朵洁白的莲花，他们还没看清怎么回事，那些莲花便化作一把把冰箭直向他们飞来射入体内。

剩下的人吓住了，再也不敢上前，一边尖叫着一边转身就跑。

"妖怪啊——"

可是无论他们往哪里逃，浮在半空中的莲花变得越来越多，花瓣在刹那间幻化成了一片片利薄的刀片，直飞向他们，将他们削得体无完肤，只剩下一个个血肉模糊的躯体痛苦地挣扎着，然后慢慢地倒下，血流成河……

赵寒烟害怕了，瞪着眼看着青莲，声音颤抖着道："你……你不是人，你……你是妖？"

"我不是人，我是妖？"青莲蹙着眉心，一脸茫然地重复着她的话。

赵寒烟吓得尖叫着转身就跑。

青莲回过神来，向赵寒烟的方向伸出一只手，如同一张网似的将赵寒烟死死罩着，无论她怎么挣扎也挣脱不开，逃不掉。

青莲的双眸变得赤红，慢慢走到她的跟前，十分认真地道："我不是妖，我是神。"

赵寒烟瑟瑟发抖，"扑通"一声跪在地上，拼命地磕着头，哭着哀求她说："我错了，我错了，我不该爱上沈君彦，我不该用卑鄙的手段和你抢他。你要什么，我都可以给你。求你放了我，求求你！"

青莲冷漠地看着她，一双眼直盯着她的发丝，喃喃自语："成过亲的才是结发夫妻吗？"

赵寒烟连连摇了摇头，惊恐地道："不是的，不是的。"

可是青莲仿佛什么也听不见了，冰冷的手伸向赵寒烟的头发，只是眨眼的瞬间便听到赵寒烟发出凄厉的惨叫声。

赵寒烟的满头青丝连着她的头皮一同被从头骨的肉上剥离开来，血肉模糊。她举着双手痛不欲生，鲜血流满了脸，不停地惨叫声："杀了我吧！杀了我吧——"

青莲手握着那一团血淋淋的长发，喃喃自语："结发夫妻，没了头发，便什么也不是了……"

掌心之中倏然升起了一团妖冶的火，很快便将那团头发燃烧殆尽。

赵寒烟忍受不了非人的疼痛，捡起地上的刀，直抹向自己的脖子。

天空传来滚滚雷鸣的声音。

青莲抬眸看向夜空，厚厚的云层越积越多，一道道闪电相继亮出狰狞的光芒，撕裂了整个夜空。

她又杀了人。

很快，又要下雨了。

梅氤说得没错，男人没有一个好东西，不论他是神还是人，都会欺骗。所以梅氤宁可放纵自我，在情欲之中尽情享受身心的愉悦便好，决计不会再爱上六界之中任何一个雄性。

可她不是梅氤，她没有梅氤那么洒脱，她只是一朵轻易就能被别人折断的青莲花。梅氤不需要她，天界她也回不去，在人间丢了心，如今她该要去什么地方，还能去什么地方呢……

她漫无目的地走着，大雨不知在何时降落，肢体已经麻木，就连胸前的伤口也感受不到疼痛，仿佛失去了感知，任凭冰凉的雨水浇落在身上。脚下的步伐越来越悬浮，眼前的一切也在雨幕中变得模糊了。

走着走着，忽然雨中出现一个人影挡住了她的去路。

她有气无力地道："走开，不想死的话，就快点滚开。"

"不是我不请自来，是你一直在召唤我。"夜羡饶有兴致地看着眼前这个如行尸走肉般的天界之神。

她抬眸仔细地看了他一眼，黑夜里看起来极为惹眼的银白色头发在风雨中飞舞着，妖娆魅惑，一张俊美绝伦的脸上嵌着一双暗紫色的眼眸，厚薄适中的嘴唇正勾勒出一抹似有似无的笑意，像是在嘲讽她的狼狈不堪。那双暗紫色的眼眸像是有魔力一般，凡人只要看一眼，便为之疯狂。

可惜她不是凡人。

"你是谁？我为何要召唤你？"

"因为你需要我。"夜羡笑着走向前，并向她伸出手，"如今只有我才能救赎你脱离苦海。"

"我不需要脱离苦海。"

"你杀了凡人，身为天神你却杀了凡人。"

青莲抬起手，掌心之中再一次浮出一朵晶莹的莲花，可是莲花还没有出手，她便失去知觉，身体一软，直落入夜羡的怀抱之中。

夜羡伸出手指，指腹顺着她苍白的脸颊抚上她的嘴唇，轻轻摩挲，然后轻勾唇角，道："欢迎遁入魔道！"

第十四章

遁魔

　　船顺利抵达京城的码头，原本安排好接待的官员却一个也没有出现，倒是只有一排冰冷的长矛利箭对着船只。原来前几日，皇帝在自个儿寝宫里突然暴毙驾崩，因平日里纵情声色犬马，未能留下子嗣，这皇后家族与梁王后人两派势力相争不下，加之各地本就相继兴起不少农民起义军，整个朝野动荡得更加厉害。而就在昨晚梁王次子带兵包围了皇宫，逼迫前皇后服毒自尽，并对其家族及其羽翼进行绞杀。

　　如今江山易主，梁王次子本就痛恨父亲因荒淫无度而丢了性命，像季如绵这样的佞臣自是不会放过。

　　阿怜眼睁睁地看着何碧云和全船的人被抓走，而无动于衷。她不杀何碧云，不代表会救何碧云，至于何碧云命中注定是生是死，她管不着。

　　她冷眼看着眼前的一切，似曾相识。

　　她和芋圆漫无目的地行走在街头，没有人留意她和芋圆，到处一片狼藉。如今天下易主，朝廷四处在捉拿叛党，城内一派混乱，街上的店铺全都紧紧地关闭着。待到京城再恢复往日的繁华，至少还需一段时日。

　　一人一狐回到了城西，半莲池的旧宅还在，但门头上黑漆金字的牌匾已经摘去了广陵。屋子久了，没有人居住，挂满了蛛丝灰尘。

芋圆跳进门内："才一两年没回来，这里都成这样了。"

阿怜立在大门外，抬眸看着门楣，脑海里浮现出她与玄遥在这里相遇的情形，那时候，她还是一个泼皮无赖的小乞丐。

可是眼下，一切都变了。

芋圆见阿怜一直站在门外并不进来，便问："你不进来吗？"

阿怜摇了摇头，转身离开。

"阿怜，你要去哪儿？"芋圆连忙追着她出门。

随着尘封了千年的记忆一点一点慢慢打开，阿怜开始迷茫，可是她分不清自己究竟是谁，到底是青莲还是阿怜？也不知自己该何去何从。如今的京城已没有她的家，擎苍有自己的生活，而广陵的半莲池她也不知是否该回去。

她不再是那个无忧无虑没心没肺的小乞丐，也不再是与玄遥相爱的贪财小管家，而是那个将自己封印了千年的司花之神青莲仙子。从小不断地做梦，梦中总是梦见自己是一朵青莲花，直到遇上玄遥后，才开始梦见青莲。本以为她能在梦中偷窥到玄遥与青莲的过往，却没想到那从来就不是别人的过往，而是她自己的。

她竟然是青莲，那个叫她看不惯的冷傲莲花仙子青莲。

她不禁自嘲地笑了。青莲就是她，她就是青莲。虽然不知自己何以从那个青莲仙子变成了平凡的阿怜，但再次爱上玄遥，不论她是青莲还是阿怜，突然之间就感觉自己像是一个笑话一样。

忽地，她下意识捂住自己的心口，那里隐隐传来一阵刺痛，仿佛真有一把刀扎在了心窝里。她低眉仿佛看到"血灵"正插在心口上，那撕裂般的疼痛传遍了全身，内心深处埋藏了千年的绝望，令她疼得快要喘不过气来。

她眉心紧蹙，捏紧了拳头，指甲深深地陷入掌心的肉间。

芋圆见她异样，便道："你怎么了？"

"没事。"她蹲下身，摸了摸芋圆的脑袋，挤了抹笑容道，"你回青丘吧，别跟着我了。"

芋圆看着她半晌，不解地道："那你一个人要去哪里？"

"……不知道啊。"

三界之中，她该去哪里，她突然真的不知道。

曾经离开天界下凡，她是为了寻找梅氤，梅氤找到了，但是不需要她。她又遇到了被她伤害下界投胎的玄遥，然而爱上了他，他却抛弃了她，她从此失去了自我。凡间是她自我堕落而毁灭的地方，天界从来也不是她想待的地方，即便玄遥让尔安护送她去天界，可是她该追随他回去吗？是以阿怜还是以青莲的身份呢？

如今记忆全部恢复，许多的事情她需要好好地再想一想，再想一想……

芋圆看了她许久，突然问道："你真的是阿怜吗？你到底是谁？"

她到底是谁？是青莲还是阿怜，她自己都迷茫了。

她很想做阿怜，可是她是青莲啊。

"你不是阿怜，对吗？"芋圆认真地道。

阿怜望着芋圆，沉默了，她不知该要怎么告诉他。

"阿怜去了哪里？你把她……怎么样了？"芋圆似乎很艰难地问了这个问题。

"你不用担心，她没事，她很好，很好……"

忽然，芋圆警觉起来，对阿怜紧张地道："阿怜，你到我身后去！"

阿怜也立即感受到空气中气流的变化，强大的黑暗力量中却透着一股陌生又熟悉的气息。她蹙紧眉心，站到芋圆的身前，严肃道："芋圆，你到我身后去，你不是他的对手。"

掌心翻转，煞时，一朵巨型莲花浮现在半空中，将她和芋圆托起，花蕊之中散发出的金光在她和芋圆的周身构筑成一张密实的网。

伴随着一声邪佞的怪笑传来，只见一道疾风般的黑影由远及近，眨眼之间便来到两人的跟前，一只手从黑影之中穿出来，穿过她布下的结界，直伸了过来扣住芋圆的咽喉，将它拎了出去。

阿怜指着眼前这团黑影，厉道："何方妖孽？！放开它！"

那道黑影终于化作一阵轻烟消散，现了身。

芋圆看清了他的真面目，一头银白色的头发随性地披散在身后，随着风中的气流而狂动飞舞着。他有一双异于常人的暗紫色眼眸，冷峻深邃如宝石一般透亮，看久了却也叫人不寒而栗。这俊美的相貌绝不输它们九尾狐一族。

"本王可不是什么妖孽。"夜羡挑眉看了一眼阿怜，再看向手中的九尾狐，嘴角噙着一抹邪魅的笑容，"本王正缺一件围脖，这只九尾狐的皮毛手感光滑柔软，正好很配本王。"

阿怜急道："你敢杀了它，青丘整个九尾狐族都不会放过你。"

"哦？是吗？本王连整个天界都不放在眼里，又怎么会怕他们区区青丘九尾狐一族？"夜羡笑道。

"你？！"阿怜不可置信地看着他，"你到底是什么人？"

能这么张狂地将天界都不放在眼里，那便只有魔界。难道他是魔界的人？若是魔界的人，那她和芋圆便麻烦了。这莫名其妙的家伙自称是本王，难道是魔王？可是魔界正与天界交战，魔王怎么可能会出现在人间？

浮在夜羡嘴角的笑容渐渐隐了去，他紧盯着阿怜的一双暗紫色眼眸，微微眯了眯，颜色变得更加深沉，隔了许久方道："爱妃是在跟本王开玩笑吗？"

这一声"爱妃"不仅让阿怜惊愕，倒叫芋圆激动地蹬动着四条腿，拼尽力气叫道："你这个莫名其妙的家伙，瞎说什么？"

阿怜厉道："你我素未谋面，我有什么玩笑好同你开的？放开他！否则休怪我不客气！"

夜羡眯着紫眸，又仔细看了看阿怜，尤其她掌心还浮着一朵晶莹透亮的白莲花，不禁笑道："爱妃既有本事躲了本王近千年，这想法子自我洗去记忆也不是不可能。爱妃若是忘了，本王自有法子令爱妃想起。毕竟血灵的伤口可不是随随便便就能医好愈合。"

他的目光当即落在阿怜的胸前。

阿怜一听到"血灵"二字，身体不由得一颤。当初知道她用"血灵"自残受伤的，除了玄遥之外，不可能有第二个人。这人怎么可能知道？难道他与她真的有什么瓜葛？

她下意识地拧紧眉心，她这般担忧，是因为她脑海里的确没有她受重伤之后的记忆，她只忆起自己因绝望而断情自残，然后从赵府离开，在街上刚巧碰到了想要杀害她的赵寒烟，于是她杀了赵寒烟，杀了许多凡人……此后她去了哪里，她一点儿印象也没有。她的记忆并未完全恢复。

难道她后来遇到了他，才活了下来？

她的心口又微微地刺痛了一下，本能地排斥这个想法。她深吸一口气，平静心境，便问："你到底是谁？"

夜羡不可思议地苦笑一声："你竟然问本王是谁？看来你是真的不打算再见本王，所以才会将本王从你的记忆里剔除。倒也没错，是你的作风。想知道本王是谁，那就跟本王走。"

阿怜嗤道："你以为我是三岁小孩吗？废话莫要多说，你到底想怎么样才肯放了他？"

夜羡见她紧张芋圆，好奇地问："你跟这九尾狐是什么关系？"

阿怜白了他一眼道："关你什么事？！"

夜羡笑道："不说？可以。那本王就直接扒了它的皮。"

"你？！"阿怜气愤，但又不得不回答他，"它是我养的宠物。"

"宠物？"听到答案，夜羡不经意流露出一抹淡淡的笑容，不同于先前邪佞邪魅的笑容，"以前你可讨厌养宠物了，没想到千年未见，你这喜好倒是变了。能收一个九尾狐狸做宠物，果然是你的作风。既是你的宠物，那更是要一并带走。"

"不行！它既是我的宠物，与你何干？你给我放了它！"阿怜厉声道。这家伙的目标是她，她被这家伙捉住也就罢了，但若将芋圆卷进来，是万万不可。

"放了它可以，那你跟我走！"夜羑眸色变得深沉，神情坚决。这一次他没有自称"本王"，而是用了"我"。

"阿怜，你不能跟他走！你跟他走了，师父怎么办？师父还等着你回去呢？"芋圆急得叫道。

"师父？"夜羑的紫眸眯了眯，神情变得危险，扣着芋圆喉咙的大掌用力地一收，"你师父是谁？"

芋圆被狠掐住脖子，四条短腿不停地蹬动着，快要透不过气来。

"放了它，我跟你走！"阿怜大声厉道。

她手中的莲花倏然之间变成了一把利剑，只要夜羑敢说一个"不"字，她今日便是拼了命也会将芋圆救下。

夜羑看向她，神情缓和，道："好！我不管你这千年里招惹了多少个奸夫，反正只要你跟我走，那些奸夫都是浮云。过来！"

阿怜嘴角抽搐，他左一个奸夫右一个奸夫，令她无语。她走至他的跟前，瞪着他再次道："你先放了它！"

"我夜羑说话向来算话，可比不得天界那些虚伪的家伙！"夜羑不屑地冷嗤。

阿怜面色惨白。夜羑？好熟悉的名字，可是她怎么也想不起来。

夜羑随手便将芋圆扔得老远。

芋圆一个挺身变回人形，落回地面，叫道："阿怜！他是魔界的魔王夜羑，你不能跟他去魔界！"

他居然真的是魔界的魔王。

阿怜立即伸手阻止芋圆过来，冷道："你别再跟过来！之前我就跟你说过，叫你别再跟着我。要么回青丘，要么去找你师父，总之别再跟着我！"

虽然她已经觉醒，但她还不能确定自己的法力是否全部回来，是否足以对付夜羑这个魔王。还有更重要的一方面，她想要找回还缺失的那部分回忆，为何她会从青莲变成阿怜？为何玄遥认定她魂飞魄散了，而夜羑却说她躲了他千年？

她下意识地看向夜羑，夜羑挑着唇，向她伸出手。

"阿怜……"芋圆不可置信地看着阿怜。

阿怜甩手便向芋圆扔出了一朵莲花，那朵莲花瞬间绽放开来，浮在半空中散出万道金光直射向芋圆。

芋圆本能地用手挡住那万丈金光，未久，金光消失，那朵莲花随即在空中渐隐渐淡直至最后消散。

"阿怜——"任凭芋圆怎么叫唤，而阿怜和夜羡早已消失在眼前。

"你没改名？还叫青莲？"

阿怜对夜羡的问话爱理不理，径直往前走，至于往哪儿走，她丝毫不关心。

"不想理我？那我回头将那只狐狸捉回来陪聊如何？"

阿怜顿住脚步，回头看向夜羡，冷冷地道："你现在的行为幼稚得就像是三岁小孩儿。"

夜羡轻挑着唇角，很满意她的反应，道："躲了我千年，却没有隐姓埋名，倒是让我有些意外。"

阿怜看着他，道："我想你想多了，此怜非彼莲。"

夜羡来了兴致，道："此'莲'是何莲？"

阿怜冲着他翻了个白眼，转身往前走，可才走了没几步，却听他又道："要小狐狸来陪聊吗？它应该还没有走远。"

"姓夜的，你够了！"

阿怜回转身，夜羡像个鬼影一样紧贴在她的跟前，她本能地往后退了一步。

"你这么紧张那只小狐狸，它真的是你的宠物，而不是你背着我养的奸夫？我瞧它的模样长得不错。"夜羡突然伸手捉住阿怜一缕长发放在鼻下轻嗅。

阿怜毫不客气伸手打落他的手，道："我好像和你没有熟到这个地步。"

"怎么会不熟？！也就千年未见，真的全都忘了？要我帮你回忆回忆吗？"夜羡挑眉，伸手勾住她的纤腰将她拉了过来，贴向自己。

然而不过下一刻，阿怜便抬起膝盖狠狠地顶了他一下。他咬着牙，闷哼一声，当即松开手，痛得弯下腰来。

"你这个女人……过了千年了，还这么不解风情。居然想谋害亲夫！"

"不解风情？要是你走在半路上，突然有个陌生女人跑过来抱住你骚扰你，你会喜欢吗？"

"求之不得！"

"呵呵……"阿怜回给他一个超级不屑的笑容。

夜羡不以为意地笑了起来，道："你给自己改了个什么名字？说来听听。"

"顾影怜。"

"哪三个字？"

"兼顾的顾，身影的影，可怜的怜。"这一次她懒得用诗句解释。

"顾影怜？"夜羡回味着这个名字，还不错。

阿怜转眸看向他，这家伙，不与他的手下商讨如何攻打天界的大计，为何有闲情逸致在这里与她闲扯？

"你要带我去哪儿？"她终于忍不住问道。

"回家。"

回家？

阿怜不由得一怔，一直想拥有的地方，却不想从这个讨厌的家伙口中说出。

夜羡勾了勾唇角，挥手之间，只见从远处疾驰而来一匹全身黝黑的骏马，与一般马儿不同的是，它的头顶上方生出一个尖长的角。若是换一身白色的皮毛，再生一对翅膀，那无疑是天界的天马了。

夜羡轻松一跃，坐上了马背，然后向阿怜伸出了手。

阿怜扬眉，道："就没有第二匹马吗？"她可不想和他挤在一匹马上，被他一路趁机揩油。

夜羡笑道："本王的战马仅此一匹。若是爱妃不想跟本王共骑一匹，可得要跟着一路走回去，这路途可是相当地遥远啊。本王可舍不得爱妃如此劳累。来吧，爱妃以前可没有这么矫情呢。"

夜羡又向她伸出了手。

阿怜嗤笑一声，道："不必了。既然贵界上雨旁风，那就省省吧，区区一匹宝马还难不倒我。"说罢，她随手取出一朵莲花，念动咒语，对着半空扔去，一匹通体雪白的马儿踏风而来。

"有意思。"夜羡大笑出声。

阿怜骑着马一路跟随着夜羡，渐渐地，一路的风景变了，再不是人间多姿多彩的绚烂，而是一望无际的火海。四处遍地横躺着被烈火烧断裂的樵木，不停地发出"吱吱"的火烧声。

阿怜望着那些被烧之后仍旧十分粗壮的樵枯炭木，不难猜出这里的大地曾经一定是生机勃勃、无限绿意，而今一片荒芜，处处透着一股毁灭后的绝望气息。

走过这片火海，渐渐步入一片幽暗的森林，到处是坑坑洼洼散发着恶心臭气的沼泽。时不时可以看到一些长相丑陋又恶心的怪物从某个隐蔽的地方探出头来，有的瞪着赤红突起的眼睛，有的吐着细长的芯子……一个个都想将她吞入腹中饱餐一顿，然而在见到紧随其后的夜羡之后，吓得落荒而逃。

前方有三两只胆大莽撞的巨鼠正在腥臭的水坑里跳来跳去，听到马蹄声竟也不避让，突然有一只站立起身体，鼻子不停地嗅动着，确定了空气里传来不一般的危险讯息，速度极快地蹿到路旁的树下，躲了起来。其他巨鼠终于也嗅出了异样，望着即将踏来的马蹄，身体不禁开始瑟瑟发抖。

"吁——"阿怜及时勒住马缰。

夜羡也跟着停下，威严地厉道："还不快走？！"

那两只巨鼠抱着头抖了好久，听到魔王的声音，见马蹄并未落下，连忙跳蹿到一旁，连连磕了几个响头，流下感激的眼泪："多谢王上不杀之恩！多谢王上不杀之恩！"

熟悉的情景不停地从脑海里翻过，阿怜确定自己从未来过这里，但是脑海深处的记忆告诉她，她不仅来过这里，而且对这里的一切都很熟悉。她甚至知道走完这一片充满了各种危险的原始荒林，便要到达目的地。

夜羡见她拧着眉心，不禁笑了起来，道："怎么？不舒服？千年之前你可没有这么不喜欢啊。比起天界四处可见的七彩祥云，琼花瑶草，以及人间的安稳祥和，欣欣向荣，我们魔界就是不讨人喜欢的人间炼狱。"

原来这里就是魔界……

她来过这里，并且熟知这里的一切。看来她跟着夜羡一起回来是对的。

夜羡领着她未行多久，只见不远处来了一行人。走近了，五位清一色身穿黑色铠甲的魔界将士对着夜羡恭敬地单膝跪地。

"恭迎王上回宫！"

五位将士在瞧见阿怜之后，皆露出难以置信的神情，甚至有两位脱口而出："王……王妃？！"

除了为首的那一位表情冷硬，其余四位将士回过神之后便恭敬地冲着阿怜叩首道："恭迎王妃回宫！"

阿怜下意识地蹙眉，这一声"王妃"叫得让她的心不免一沉。真是剪不断，理还乱。与玄遥之间的爱恨纠葛还没有理清，却又莫名多了魔界魔王这一笔说不清道不明的烂账，于是便冷冷地道："我不是你们的王妃，用不着向我行如此大礼。"

几位将士疑惑地看向夜羡。

夜羡无视他们好奇探究的眼神，道："都起来吧。"

"谢王上。"

"墨岩留下，你们几个护送王妃回寝宫先歇着。"夜羡不着痕迹地亲口证实阿怜的身份。

"是。"

阿怜翻了个白眼，懒得跟这群魔界的人解释。

墨岩便是为首那位唯一没有向她下跪行礼的将士。

阿怜轻夹了马肚，直向魔宫的方向去，经过墨岩的身边，她不禁多看了他一眼，方好对上他阴鸷而充满杀机的双眼。

阿怜的脑海里忽然浮现出一个情景：一个长相妖娆衣着暴露的女人手持着利剑疯了似的向她挥来，口中不停地骂着她贱人，要杀了她，然而却被她以迅雷不及掩耳之速夺了剑，一刀直割向咽喉，鲜血还没有喷溅出来，她便一脚将那女人踹飞了出去。那女人当即断了气。未久，墨岩匆忙赶到。她正用丝布擦拭着双手，冷血地让他带着尸体赶紧滚。墨岩愤怒地向她举剑袭来，若不是夜羡及时赶到，以墨岩当时的情绪绝不会轻易放过她。最终，墨岩满脸忧伤地抱着那个女人的尸体离开……

阿怜骑在马上，脑海里点滴破碎的记忆，也随着眼前熟悉的场景而一点一点拼凑起来。

前后护送她的四位将士，似乎特别惧怕她，与她保持着一定的距离，不敢过于接近她，一路上，也不敢与她攀谈。

进入魔宫的大门，阿怜下了马，抬眸望着眼前建在猩红世界中的黑色宫殿，莫名闪着紫水晶的光芒，细看之下，原来宫墙之上拼贴着许多细碎的紫水晶。

夜羡好像特别钟爱紫水晶。

熟悉的感觉越来越近。

忙碌中的仆人忽然见到她，惊愕不已，在见到夜羡贴身守卫的四个将士护送她之后，便一个个吓得全部跪倒，齐齐恭敬地道："恭迎王妃回宫。"

阿怜总结得出，这里的人，除了夜羡之外，所有人都很惧怕她。

四位将士护送她进入寝宫后，恭敬地行了大礼便离开。

阿怜四处张望，摸着殿中各种来自东海龙宫的珍稀摆设和宝贝，差一点以为这里是东海龙宫，脑子里不停地有些片段记忆跳出来：

"青莲仙子，您的伤口又流血了，王上吩咐过您不可以乱跑……"

"青莲仙子，王上吩咐让您过去，小的们只是前来传话，你千万不能不去啊……"

"王妃娘娘，对不起，奴婢决计没有将您的莲花和梅花弄死，实在是咱们魔界无法养人间的花花草草啊，求娘娘饶命……"

偌大的寝宫里，最后除了每日打扫的宫人和每日送餐的宫人，没有人敢在她的面前晃动。只要她在宫殿里，殿里决计见不到一个人影，如死一般的沉寂。

阿怜的倏然一阵眩晕，差一点身体站不稳，她抚着刺痛的额头，脑海里那些画面中的青莲真的是她吗？为何她像是遁入魔道一般？

门口传来细碎的脚步声，她抬眸看去，道："谁？！"

随即两个年纪很小的婢女出现在眼前，"扑通"一声跪下，战战兢兢地道："请王妃息怒，奴婢们是来伺候王妃沐浴的。"

"哦……好。"

其实夜羡可以直接用法术带她回到宫中，丝毫不用经过那一片火海和荒林，不知他为何那般折腾，一想到被那片沼泽弥漫的腥臭气味熏了很久，她觉得很有必要好好沐浴一番。

"王妃是想要去浮梦池，还是就在寝宫内沐浴？"

"我不是你们的王妃。"

两位小侍婢顿时面如死灰，连连磕头，道："请王妃恕罪！请王妃恕罪！"

阿怜凝眉望着战战兢兢的两个小侍婢，不禁深叹了口气，她到底是有多可怕才会让所有人见到她这般惊恐。想了想，她便摆了摆手道："算了，随便吧。那什么……浮梦池在什么地方？"

两个小侍婢相互对望一眼，王妃是忘了吗？浮梦池可是王上依着这寝宫特地给王妃建造的呢？

"奴婢这就给王妃领路。"

阿怜跟随着她们出了寝宫，来到一个离着不远的偏殿。进入殿门，温暖湿润的热气扑面而来。宫殿正中有一方池子，池边立着一个紫晶雕刻的龙形喷水头，汩汩地冒着温泉水。殿中的石柱以各色宝石装饰，在雾气缭绕之中有种说不出的神秘感。最奇特的是在这方温泉池的对面，还有一个小小的池子，里面养着一池茂盛的莲花……荷叶色泽碧绿，花朵粉白相间，说不出地淡雅迷人。

魔界除了那片密林沼泽有长着许多丑陋恶心的植物之外，其他地方万物皆枯，实在很难相信，竟能有着如此美好的一方小小莲池。

她走过去，忍不住伸手触摸那些漂亮的莲花，那些莲花的花蕊顿时散发出五彩的光芒。

啊！这与她曾经养在天界瑶池中的莲花一模一样啊。脑海里又有一些记忆跳了出来，寂寞之余，她在魔界种植天界的莲花，尝试过很多次都失败了，直到夜羡命人挖了这一池温泉水，突发奇想，将莲花种在了泉水里，没想到竟然活了。

时隔千年，这些莲花竟然还在魔界活着。夜羡究竟是费了多大的心血呢……

两个小侍婢见阿怜不像传言中那般可怕，便斗胆道："王妃离开之后，王上命人日夜照看这池莲花，一片叶子都不许枯黄，可宝贝这池莲花了。"

"有一次，一位宠姬仗着王上宠幸，便跑来摘一朵莲花，王上知道后便命人将她的手砍下，若不是墨将军求情，那位宠姬的手怕是要保不住了。后来那位宠姬被狠狠杖责，从此打入冷宫。可见王妃在王上心目中的地位呢。如今王妃回来了就好了。"

阿怜听闻，一阵沉默，暗吐了一口气，道："你们俩不用伺候我沐浴，我不习惯人伺候，将衣裳放下即可，带上殿门出去吧。"

猝不及防，两位小侍婢被阿怜的冷若冰霜吓住，连忙道："是，遵命。"

"等一下！"阿怜突然又唤住两位小侍婢。

两位小侍婢惊吓地回头。

阿怜道："若是夜羡找我，让他在殿外候着，不许他进来。"

果然是王妃，整个魔界大概也只有王妃敢直接称呼王上的名讳，敢叫他在殿外候着了。

两位小侍婢面露难色，她们哪敢这样对王上说。但是和王上比起来，王妃冷血得杀魔不眨眼，更令她们畏惧。两位只好应了声，放下衣裳，乖乖退了出去，带上殿门。

莲池对面，有一面轻纱遮挡，后面置了衣架，还有一张舒适床榻。

雾气缭绕，空气中弥漫着一股淡淡的莲香，阿怜不禁闭眼，深深嗅吸。不一会儿，她便褪了衣裳，走下温泉池，将身体全数没入温热的泉水中。

温泉水瞬间包裹着她全身的肌肤，令她身心放松下来。从记忆恢复的那一刻起，阿怜和青莲不停在她的脑海中进行着斗争，她该如何选择，令她疲惫不堪，不论是阿怜还是青莲，都是她无法抛弃的身份。

她倚在池边，闭上双眼，享受这份久违的安宁。

雾气弥漫，不知不觉，她竟沉睡过去，或许她是真的累了。

忽然，嘴唇传来一个硬物的触碰，接着一股极为苦涩混着血腥气味的液体灌入她的口中。她倏然睁开双眸，一个身着黑色衣裳的女子正端着一个水晶碗，将勺子中黑乎乎的液体喂进她的口中。

她反手便将那个水晶碗打翻，伸手掐住那个黑衣女子，目露凶光地瞪着她。

她不是泡在浮梦池的温泉水里，而是身处一个陌生的寝宫里。

她又成了青莲。

那名黑衣女子痛苦地挣扎着，原本黝黑的肌肤变得黑紫，白眼直翻，嘴巴嚅动着，似在求饶。可青莲的双眸充满了血丝，手指的力道越来越大。

这时，一个身影如同疾电一般闪现在她的面前，一把扣住她的手腕。她手指的力气在一点一点消逝，未久，便松开了掐住黑衣女子的十指。

那名黑衣女子如获大赦，对着来人连番"咚咚"地直磕着响头："多谢王上救命之恩！多谢王上救命之恩！"

青莲瞪直着眼，看着眼前身穿一绛紫色长衫的夜羡，用力地要抽回手，奈何却怎么也动弹不得。

夜羡勾着唇角饶有意味地看着她。

她与他僵持不下，直到耗尽体内最后一丝力气，身体一软，便倒在了他的怀里。

夜羡打横将她抱起，抱回床榻之上。

她反抗地坐起身，然而，胸口之处传来钻心的疼痛令她深深蹙起眉心。她低眉，身上轻薄的纱衣里，胸前缠绕着厚厚的纱布，隐约可见渗出的斑斑血迹。她本能地伸手护在胸前。

"你终于醒了？"夜羡坐在榻沿，伸手挑起她凌乱的发丝，"方才的婢女只是在喂你喝药，并不是要谋害你，你不用紧张。"

她伸手打开他的魔爪，一双含怒的眼眸防备地瞪着他，厉道："你是谁？这里是什么地方？我怎么会在这里？"

夜羡不由得笑了，道："你一下子连问了本王三个问题，本王该先回你哪个问题呢？"

"你是谁？"她死死地瞪着他，一脸防备。

夜羡挑唇笑道："我是魔王夜羡。这里是我的魔宫。你为何会在这里……因为……"

夜羡的话未说完，青莲双眉深蹙，掌心生出的莲花随即幻化成一柄利刃，便向他刺去。

夜羡眼明手快，轻而易举便躲过了青莲的袭击，反手将她的手腕扣住，将小刀夺下。

"还有气力？一醒来便是要杀人，还如此对待你的救命恩人，比本王想象中还要噬血疯狂。不过，本王喜欢！"夜羡不怒反笑。

青莲唇角紧抿，怒瞪着他。这个几番攻打天界，四处为祸，扰得六界不得安宁的魔王夜羡竟成了她的救命恩人。

"谁要你救我？我宁可去死，也不稀罕你救！"她冷冷地说完，便抬手要自毁原神。

夜羡眸色一沉，当即死死扣住她的双腕，厉道："本王千辛万苦将你救回来，可不会任你就这么轻易地死了。"

青莲死死地瞪着他，冷道："我既不想活，谁也拦不住。"

夜羡忽然冷嗤一声，暗色的紫眸里尽是不屑与嘲讽："不过是被个负心汉抛弃罢了，却要寻死觅活，你们天界这些娇惯的神仙也太脆弱了吧。"

心口的伤疤被无情地揭开，血流不止，青莲愤怒不已，若是眸光可以幻化成利箭，她一定会将他千刀万剐。她低首张口便用力地咬住他的手背，恨不能将他的肉撕下。

意外的是，这一次夜羡没有阻止她，任由她将满腔的愤怒宣泄出来。

她死死地咬了很久很久，才松开口。

夜羡的手背上两排深深的牙齿印正在渗出血丝，他却不以为意，道："想杀本王，那你也得要有那个能耐。为情所伤，动不动便自毁原神的行为是最蠢的。杨瑾瑜欺骗你，利用你，你不去找她算账。你的挚友梅氤在人间受尽耻辱与痛苦，你却不去相救，而为了那个根本就不可能会付出真心的冷血天神，一心求死，简直可笑至极。"

还未愈合的伤口被猛地又插了一刀，晶莹的泪珠随即从清明黝黑的大眼里滚落出来，青莲不可思议地看着夜羡，不只身体，整个嘴唇都在发颤。

"是不是好奇，为何我会知道你这么多的事？不是我想知道，而是你让我知道的。六界之中，不论是神、人、妖、鬼，只要有了心魔，我都会知道。是你召唤我去的，也是你要我救你的，好好想想你杀那些凡人的时候，内心在想些什么。"

青莲双拳紧握，闭上双眼，脑海里便是她屠杀那些凡人的场景。那一刻的她早已失去理智，双目赤红，心中唯一的念头便是要杀光那些凡人。面对赵寒烟的时候，她甚至丝毫的犹豫都没有，手段极其残忍，曾经即便是冷若冰霜，不可亲近，但也绝不会肆意杀人，那一刻的她，心中就像是驻了一个恶魔，摧毁所有。佛祖的教诲全都抛到了九霄云外。

"不要怀疑，那就是你。因为心魔早已在你心中生根。"

"不要再说了……"青莲咬着牙。

"从你得知杨瑾瑜欺骗你开始，你在刑场杀的第一个人开始，心魔就已经在你的心里生根了。你若心中没有杀人的欲念，我也不会出现。此时此刻，你最想杀的是玄遥，因为你恨他欺骗你，玩弄你的感情……"

青莲的双眸渐渐变了颜色，在夜羡的刺激下，她紧握起双拳，怒吼一声："我说了叫你不要再说了！"

随着她爆出的这一声嘶吼，霎时，周围的气流逆转，四周的轻纱帐幔飞起绷直，在眨眼间撕裂成碎片。寝宫内所有精美的摆设，也在瞬间碎裂满地。

夜羡满意地看着她失控，拍了拍她的肩头，道："好好休息。你一定会想明白你到底要什么。想明白了，随时可以来找我。"

夜羡等着青莲想明白了去找他，然而青莲一直没有出现，倒是宫中的婢女或是侍卫时不时前来禀报。

"启禀王上，青莲仙子又将送去的晚膳砸了，说咱们魔界吃的都是……"

"都是什么？"

"人间猪都不会食的烂渣食……"

夜羡瞅了一眼食盒里已经是他们魔界最好最上乘的食物——凡人鲜活的心脏和鲜血，余峨山的犰狳肉，东海的鲸鳍……至于什么油炸蜘蛛蝎子都不过是小菜一碟，只是外表看起来恶心罢了，但是经过御厨烹饪过之后，味道还是相当不错的。一个长期生在天界，吃惯了天界那些珍馐美馔的人，又怎么会喜欢他们魔界这些看了就没有食欲的料理。

夜羡笑了笑，道："那便去摘些果子送去吧。等攻下天界后，龙肝凤髓，任她食用。"

可是没多久，又见侍婢来报："启禀王上，送去的果子也被青莲仙子砸了……"

夜羡又瞅了一眼魔界最常见的蛇鳞果和刺角果，一个果皮外表像是毒蛇的外表，一个果皮外表满满的疙瘩……依照仙界蟠桃的标准来看，他们魔界的果子可真是长得巨丑无比啊。

"那就派人去人间摘些鲜果回来。"

"遵旨。"

然而，即便夜羡命人从人间摘得最鲜美的果子送给青莲，却也不见她食用。魔界的人都觉得这位上界的青莲仙子实在是难伺候，早晚得饿死。

食物风波刚过没多久，侍卫又来禀报。

"启禀王上，前几日妖界进贡的几位美人……全都被那个青莲仙子打回了原形……"侍卫叹息。好端端的美人啊，如今一个个丑陋不已，多看一眼都叫人倒胃口，这青莲仙子一定是故意的。

夜羡挑了挑眉，语气依旧平淡："哦？怎么回事？那几位美人可是说了什么话刺激了她呢？"

"那几位美人见王上对她如此特别相待，她还不识好歹，便去她宫里找事，说她不过是个被人玩弄过后抛弃的弃妇，却仗着王上的喜欢在咱们魔界作威作福，等到哪日王上厌倦了她，一定会将她丢去军营，任将士们享用……"前来禀报的侍卫越说声音越小。他们私下也讨论过这个话题，有的直摇头表示，纵然这天界的仙子再美，这泼皮蛮横的性子，可是消受不起，而有的则是摩拳擦掌，一副迫不及待就要上了她的急色模样。

夜羡不怒反笑了："被打回原形也是活该啊。怨不得她。"

侍卫嘴角抽搐，完了！王上被天界那位仙子已经迷得失了神志。

再后来，侍卫来报："启禀王上，青莲仙子她打伤我们好多守卫……逃走了……"

夜羡正对着刚从东海弄回来的紫水晶原石琢磨着，丝毫不在意，仿佛早就知道她会逃走一般。

一旁，全身着黑色斗篷身形佝偻的巫师，双手正对着一个巨大的水晶球施法。水晶球越来越明亮，绽放出耀眼的光华，一段段影像浮现：青莲正骑着她的马儿一路披荆斩棘，杀出了他们魔界，密林沼泽里横尸一片……

原来青莲仙子在魔界里所做的每一件事都逃不过夜羡的一双眼。侍卫看着水晶球，咽着口水道："王上，要派人将青莲仙子捉回来吗？"

夜羡头都没抬，讽道："你们能捉得住她吗？"

侍卫不敢应声。

夜羡继续道："不用捉她回来，派人跟着就好，随时汇报。"

于是……后来……

"青莲仙子去了冥界……"

"青莲仙子大闹了冥界……"

"青莲仙子去了凡间……"

"青莲仙子在凡间收了许多妖精，妖王下旨派兵要捉拿青莲仙子……"

"青莲仙子伤了龙族的公主。天界已经下旨，正在四处捉拿叛徒青莲仙子……"

……

每每听到这些消息，夜羡脸上的笑容就越来越多。所有魔界的将士都想不明白他们的王上到底在想些什么，这眼看着就要与天界开战了，还有心思整天陪被天界遗弃的司花女神玩宠溺游戏。这一点都不像他们英明冷静的魔王啊。

这日，夜羡正和众魔将士商议下一轮继续攻打天界的计策，只见一位侍卫匆匆来报："启禀王上，青莲仙子回来了……"

夜羡勾唇轻笑。

而众魔将士的脸上一个个都浮现出"这祸害怎么就回来了"的惊恐神情。

只有墨岩显得十分冷静，道："她真的靠谱吗？就算她曾经是须弥山佛祖亲自培养的青莲花，但这段时日以来，有关她的消息，她都很疯狂，就像一个失去理智毫无道理的弃妇一样。"

"她若不失去理智，又怎会心甘情愿地最终回来我们魔界这里？放心！她会是一个很好的助攻。至少她对天界的一切，比你、我和在座的所有魔将士都熟悉，不是吗？"夜羡不以为意，看向前来禀报的侍卫，"她现在身在何处？"

侍卫刚想说青莲仙子正在来这里的路上，话还没出口，殿门外便起了一阵骚动。守卫的几名侍从还没来得及拔出刀剑，却已然被青莲打出殿外。

青莲满身是伤地出现在殿中，众魔将士全部戒备，一副待战的模样。

她毫无畏惧，走入殿中，目光灼灼地直视着夜羡。

夜羡笑道："哟，我们魔界的女斗士终于回来了。欢迎回来！"

青莲无视他的热情，冷着脸直言道："若要战胜天界，必要先毁了龙族。"

众魔将士目瞪口呆地看向青莲，不可思议。忽地，有位将士斗胆出声："如今我们魔界的兵力不足以分散对抗，如分一部分兵力出去对付龙族，到时候攻打天界会很吃力，搞不好吃败仗。"

"天界和龙族已决定联姻，若是有龙族支持，龙族锻造的兵器一旦落入天界的手中，除非你们魔界能扩出几倍的军力，否则必败。"青莲冷冷地道。

众魔将士面面相觑，青莲的话不无道理，这也是他们正为难的地方，所以众将士才会聚在殿中商议此事。

夜羡冲着众魔将士挥了挥手，示意他们全部退下。众魔将士领命，行了大礼之后便全部退下。

夜羡摸着一旁的水晶球，抿唇一笑："看来你这一趟溜出门想通了许多事。让本王来猜猜究竟是什么事情刺激了你？听闻天界的紫微大帝要迎娶美貌的龙四公主，婚期已定，喜帖也已广发至四海八荒，但是又听闻近日龙四公主被什么人给伤了，所以婚期不得不推迟……"

"是我伤的。"青莲直截了当地承认。

"哦？你伤的？意料之外啊。想来青莲仙子是决心加入咱们魔界了。"夜羡当然知道她为何会好端端地伤了龙族的公主，可是话语里揶揄的味道十分浓厚。

紫微大帝重归天界，并要迎娶龙族的四公主，如今整个六界都传遍了。青莲又是当年玄遥亲口允诺的帝妃，也是六界皆知。她在人妖冥三界四处游荡，想不知道这件事也难。而天界之所以会与龙族联姻，正如她所说，目的就是要对付他们魔界。龙族不仅统领整个海域，最重要的是他们龙族所打造的兵器，在六界之中是首屈一指。天界若是得了龙族打造的兵器，他们魔界届时攻打天界会费力不少。所以，他才会没事喜欢去龙宫"逛一逛"，看看有没有好的兵器或者锻造材料之类可以"挑选挑选"。

青莲握紧了拳头，指甲深深地陷入了掌心的肉里。

她自伤被夜羡带回魔界之后，人间经历了战乱，百姓苦不堪言，玄遥也不知为何并没有如同对她所说的那般，成为人间的皇帝，而是辅佐了一位新皇登基。人间在他的辅佐之下，终于进入太平盛世，然而他却暴毙，只有四十岁便离开人世。从她离开到他离世，这短短的人间十几二十年，以神魔界的时间算来，不过十几二十日。玄遥的真身回到冥界之后，集合了被杨瑾瑜贬入冥界的旧部下一同回到天界，与杨瑾瑜率领的天兵天将一番激战，就在要大获全胜之时他却突然收手，放弃争夺天帝之位，而甘心奉其侄玄衡为新任天帝。与此同时，魔界进犯，他重新统领天兵天将对抗魔界大军，并要迎娶龙族的公主……

从头至尾只有她爱上，而他根本没有，正如他所说，六界之中，他想娶谁都可以，他是至高无上的紫微大帝，万星宗主，想要什么得不到？而她不过是个茶余饭后供他消遣的玩物罢了。

她暗吸了一口气，她的心早已死，如今不会再被任何的事情所影响，谁也伤不了她。

"你不必用言语刺激我。你救我的目的，不过是想借我的力量帮你反天界而已。"

夜羑挑了挑眉，不以为意地道："青莲啊青莲，你说这话可就是没有良心了，要知道当初为了救你，为了让你的伤口愈合，本王可是用了自己的心头血给你做了药引呢。"

青莲凝眉，"血灵"的厉害她是知晓的，所以当初她用"血灵"自伤的时候也就没有想过要活下来，然而被夜羑救了之后，心口的刀伤的确已经愈合，她还奇怪夜羑到底用了什么法子给她疗伤。只不过她不敢相信，他堂堂魔界的魔王会用他的心头血做药引。

她微微抿唇，道："想要治疗被'血灵'所伤的伤口可是只有龙族王室的血才有用。你身为魔界的魔王，却告诉我用你的血做药引，说出来有些可笑。"

夜羑走近她，一双紫眸渐渐变深，道："本王的生母并非魔界之人，而是被龙族遗弃的前废公主，所以本王的血才可以保住你的命。"

他的生母曾是龙族龙王最宠爱的公主，名唤紫仪，拥有一双很特别的紫色眼眸，如宝石般璀璨夺目。他的母亲因绝色容貌而名扬四海八荒。他的父王夜峰对其垂涎很久。一日，他的母亲在海边嬉戏，恰巧被他的父王经过瞧见，于是他的父王将他的母亲捉住并绑回了魔界。龙族视她为龙族的耻辱，不仅没有出兵营救她，反而宣称龙族无紫仪公主，不许龙族任何人再提起紫仪的名字。他的母亲在生下他之后未久，便郁郁寡欢而去。所以，他也算是与龙族有一段恩怨了。

这一段往事他从不对外人提及，却不想今日能同青莲说起这事，就连他们魔界的人知道的也不多。当年知晓此事的都被他的父王除去了，如今留下还知道的，都是随夜羑出生入死的心腹。

青莲微愕，他竟然还有这样一段身世。

"有没有很感动？"夜羑说得一派轻松，但他一个血统不纯正的魔王之子为了要在魔界生存，只能成为新任魔王，这其中经历的艰辛困苦只有他自己明白。

青莲冷嗤一声，不屑一顾，道："你既救我一命，虽然多此一举，我还是要还你这个情。天界刚经历过帝位之争，元气尚未恢复，趁他们与龙族还未联姻之前，我先去帮你解决龙族。"

夜羑饶有意味地盯着青莲，道："听说你捉了鲛族的太子。"

"我若不捉了鲛族的太子，他们又怎么能心甘情愿帮着攻打龙族？再说鲛族与龙族一直争斗不休，他们早就想占领整个海域为王。我不过是帮他们下定了攻打龙族的决心，仅此而已。你若觉得为难，你们魔界可以不出一兵一卒。"青莲淡淡地道。

夜羡抬手，道："这是小事。只不过，本王好奇，你伤了龙族的公主，当真只是为了还本王的情，还是其实你心里根本就放不下那个负心汉？毕竟他将要迎娶人家龙族四公主，这可是六界皆知啊。"

青莲的面色微沉，道："我之所以会伤了龙族的公主，便是要扰得天界与龙族不得安宁，叫他们没法子立即联姻。天界暂时得不到龙族的相助，拿不到兵器，你们才有机可乘。"

嫉妒使人疯狂，嫉妒使人丑陋，但她还不至于疯狂到失去理智像对付赵寒烟一样对付龙四公主，完全没那个必要。她若真的想这么做，就不会留活口，而是直接杀了龙四公主。

夜羡望着青莲清冷脱俗的容貌，忽然发觉自己有点欣赏她："突然发觉你很与众不同，杨瑾瑜当初准你离开天界，是个最错误的决定。你与天界的仙子仙娥是有着本质的区别啊。你放心，本王不会小气到一兵一卒都不出，让你只身冒险。"

"我无所谓。"她既有本事搅得妖界不得安宁，妖王也奈何不了她，自然也可以从龙族全身而退。杀一人与杀一百人如今在她看来已没有什么区别，她再也不是曾经那个青莲，她已成魔。

"作为你助本王一臂之力的奖赏，本王会待攻下天界之后，将玄遥交由你亲自处置。"夜羡说着，忽地欺近青莲的身体，伸手勾住她的腰身，将她拉入自己的怀中，一张俊脸离着她的脸庞只有寸许，只要稍稍一个用力，他的唇便可以亲到她。

青莲没有应声，眨着眼睛微微抵抗了一下，却并没能将夜羡推开。

只见夜羡勾唇一笑，紫眸渐沉，唇便落了下来。

青莲没有逃避，也没有反抗，任由夜羡各种花样挑逗地吻着她。

过了许久，夜羡终于放开了她，一双紫眸深若旋涡。他从未见过哪个女人在他的怀中被他吻了这么久居然一丝反应也没有。青莲是第一个，她的神志极度清醒。他忍不住问她："你在想什么？"

青莲凝视着他，道："想着你和他的吻究竟有什么区别。"

"有什么区别？"

"要我说实话，还是说假话？"

"实话。"

青莲毫无掩饰地回道："脸不红，心不跳，血也不会热，没有要断气的感觉……"

夜羡的神情微僵，暗暗咬了牙，但很快勾唇笑道："看来这'血灵'直往心口上扎一刀，落下了病根啊。"这一句不仅极力掩饰了他心中的一丝挫败，同时也讽刺了青莲一把。

青莲没有应声，握着双拳转身离开。

出了殿门，她抬手用力地擦了擦嘴唇。她本以为像夜羡这样一个霸道蛮横的魔王，强吻她的感觉会和玄遥当初强吻她一样，然而她错了，一点都不一样……

未久，龙族与鲛族为争夺海域开战，死伤无数。整个东海海域四处漂浮着龙族与鲛族兵将的尸首，原本碧蓝的海水被血水染红，浓烈的血腥气和腐臭味弥漫在海边许久不散。这令居住在人间海边的百姓们恐慌不已，好不容易太平盛世，这才多久，天出异相，必有妖祸。百姓们只好四处逃命。

龙族拼尽了全力，终于保住了东海海域，可元气大伤，一个个缩回龙宫养伤。

鲛族之王悲愤万分，这一战令整个鲛族几近灭族，舍了大部分族人的性命才总算是换回了太子一命。鲛王带着剩下的残兵败将不得不退居更远的海域。

东海海域终于恢复了往日的平静。

正如青莲所说，不费魔界一兵一卒，便叫龙族元气大伤，无暇顾及与天界联合抵抗魔界，唯有躲在龙宫自舔伤口方能保命。

天帝震怒，下了圣旨，命天界众神无论如何都要捉拿住天界的叛徒青莲仙子，若有违抗，可先斩后奏。

青莲对此不以为意。

魔界将士顿时士气大增，为了庆贺此事，夜羡做了个决定，宣称将迎娶青莲为妃。不仅整个魔界上下的将士们皆反对，夜羡的后宫也乱成了一片。

墨岩的姐姐墨娇是夜羡最宠幸的妃子，也是最有希望登上王后宝座的人选。墨娇最初从一名侍寝的宠姬好不容易才爬上如今的妃子之位，自打青莲这个天界叛徒来到他们魔宫，夜羡便是各种有违常理地宠溺，不仅为青莲刻意盖了一座温泉宫取名"浮梦池"，甚至常常留宿青莲的寝宫，这让整个魔宫的嫔妃们嫉妒不已。

最令墨娇咬牙切齿的是青莲见了她从来不行礼，甚至冲她直言让她滚开别挡着路，直叫她在后宫中颜面扫地。为整顿后宫，墨娇带着诸多妃嫔前去青莲的寝宫，意图给青莲一个下马威，将夜羡命人从人间采摘回来的莲花和梅花毁掉，没想到此举彻底地激怒了青莲。那一日，青莲出手便心狠手辣地直接杀了好几个嫔妃、美人和侍婢，甚至将她打伤，若不是她跑得快，命也难保。

墨娇带伤向夜羡告状，夜羡不但没有责怪青莲，反倒训斥墨娇不识大体，故意滋事扰乱后宫安宁，罚她好好待在寝宫里闭门思过，没有他的准许不准踏出寝宫半步。明明是那个叫青莲的天界叛徒以下犯上，却成了她的错……

　　也是从那次之后夜羡再没有去过墨娇的寝宫。夜羡每晚都会在青莲的寝宫留宿，整个魔界都道夜羡独宠青莲，却并不知除了那个吻以外，他再也没有碰过青莲一根汗毛。每晚也只是受虐地挤在小小的贵妃榻上，将床榻留给青莲一人。

　　备受冷落的墨娇积怨成恨，一听到夜羡对外昭告要封青莲为正妃的消息便情绪失控。若是让青莲登上正妃之位，日后再成为王后，那她在魔宫将永无翻身之日，于是举剑冲向了青莲的寝宫，不想却反死在了青莲的剑下。

　　墨娇的死令墨岩愤怒不已，誓要杀青莲，为墨娇报仇。此事同时也激起了魔军各将士的抵触情绪。虽然青莲替他们魔界解决了龙族这个难题，立了大功，但她不能仗着王上的宠爱在宫内恣意妄为，滥杀无辜。有的魔将士提出杀了青莲，却反遭夜羡下旨斩杀。

　　夜羡不顾整个魔界的反对，执意立青莲为妃，违抗者一律杀无赦。墨岩只得将这段血仇记下。

　　最终整个魔界被迫接受了这个事实。

　　青莲对此事从头至尾淡定自若，毫不在意，仿佛一切与她无关。

　　夜羡好奇地问她："你为何不反对这段婚事？"

　　青莲不由得嗤笑："为何要反对？你若战死了，他们全都得听我的。"

　　夜羡大笑："你天生就适合魔界，天界那些个繁缛的教条，当初你是怎么忍受下来的？"

　　青莲在心底冷嗤，六界于她而言，哪里都一样。

　　夜羡为青莲举行了十分隆重的册妃典礼，整整热闹了一个月。

　　一个月后，夜羡便率兵攻打天界，青莲随行。

　　青莲终于见到了玄遥，隔着天河遥遥相望，那张刻在她心间难以磨去的俊逸脸庞，忽然之间又变得清晰起来。

　　那一战打了很久很久，天界和魔界死伤无数，天地之间陷入了惨绝人寰的无尽黑暗。被神魔流下的血染尽的每一寸土地，从最初的黑褐色变成刺目的猩红色。泥土与鲜血相融合，凝固干涸，最终又回到无尽绝望的黑色，四处飘散着令人作呕的浓重死亡腥臭。

　　玄遥带领着天兵天将拼尽所有，终是将魔界的大军逼退至天河数万里之外。

　　当天界的将士将青莲押在玄遥的面前，望着那张令他朝思暮想的绝美面容，玄遥握着幽冥圣剑的手不由自主地微微发颤："我怎么也没有想到会是你在帮魔界……"

青莲被俘，一点也不惊慌，一切都在意料之中。她冷笑一声："庆幸我没有死，否则就看不到天界即将毁灭，你也将永远消失的样子。"

玄遥咬着牙，道："你当真嫁给了魔王夜羡？！"

青莲讥道："只允许你迎娶龙四公主，就不准许我嫁魔王夜羡吗？"

玄遥不可思议地道："就因为这个，所以你就要伤了龙四公主，甚至要灭了整个龙族吗？"根本就不是他要娶龙四，而是玄衡。最初龙族要联姻的对象是他没错，但他拒绝了，玄衡权衡利弊之后决定娶龙四为后，然而这桩婚事不知为何最终误传为他要娶龙四。

青莲冷笑道："我青莲得不到的东西，六界之中谁也别想得到。得不到，便毁掉！"

玄遥痛苦地道："你为何会遁入魔道？！我怎么也没有想到你竟然会变成这样！当初赶你走，我是有苦衷的，迫不得已。在人间我虽提前觉醒，但神力并没有恢复，你若一直跟着我，杨瑾瑜会对你不利……"

玄遥的话还没说完，青莲便怒不可遏地打断他："你够了！不要再找诸多借口！我会落入今时今日的地步，一切都拜你玄遥所赐。你回到天界若是杀了杨瑾瑜，夺了天帝之位，我或许会认为你真的很介意当初被陷害打下凡间，也会减少当初我对你做的事的内疚。可是你并没有这么做，而是轻易就放弃了天帝之位，甚至与她言和。你心中的仇恨既然可以这么轻易就放下，当初为何要那般对我？捅了对方一刀后再给一颗糖道歉说：'对不起，我是迫不得已，其实我是在保护你。'那你有没有想过对方早已被你杀死了？！"

玄遥深深地闭上眼，他以为她会懂他。

从冥界集结了以前的旧部下重返天界时，他最初的目的是要手刃杨瑾瑜，夺得天帝之位。可当看到玄衡亲切而毫无防备地叫他二叔的时候，他的脑子里浮现出小时候手把手教着他射箭，修炼法术的情景。再看看，天界因他而受伤忠诚护主的天兵天将们，他开始问自己，如此自相残杀，是否那个至高无上的位置一定就是他想要的？然而他疑惑了。

他若为登上帝位，必须要手刃玄衡，断义绝情，必须要在天界进行一场屠杀，将支持玄衡的天神们全部斩除，而这时魔界趁虚而入，不仅天界众神会死伤未知，三界也会大乱，天下苍生将面临一场巨大的浩劫。杨瑾瑜忌惮他，一心想要除去他，不过是私心为了玄衡。若是天界真到了面临浩劫之时，任何一位天神绝不会因为个人的私欲而让天下苍生遭遇不幸。

他不明白，身为天神的青莲何以不明白这个道理。

"我不杀杨瑾瑜，是不想天界大乱。难道为了那个位子，我要弃天下苍生于不顾吗？你看看下界凡间，因为你逼迫鲛族与龙族相战，多少无辜百姓受累。如今神魔相战，更是令天下苍生死伤无数。守护天下苍生是我们身为天神的职责。这个道理你难道不明白吗？”

“天下苍生？你们连自己的天神都可以迫害，何来守护天下苍生？从头至尾，你连梅氲的命运都没有想过去改变。我到了冥界，看到的是梅氲在地狱之中被用极刑，然后再投入凡间，继续沦为娼妓。在你和杨瑾瑜眼里，梅氲不过就是一个地位卑微的仙娥，我青莲不过是个可笑的玩物而已……”

“我不管梅氲，是因她触犯天条在先，令人间皇帝枉死。所有触犯天条的天神都必须受到惩罚。我若因你而开恩，便是徇私，天规何在？那么天界之神都可以不用遵循天规，肆意违反天规。青莲，我求你回头，别一错再错，回头是岸。”

“回头是岸？岸在哪里？你将我推入苦海的深渊，抽断上岸的桥，叫我怎么回头？”青莲冷笑着，她早就想过了，哪怕就下地狱，也要他跟着一起下地狱。不，她早已身在地狱。

众神在玄遥的背后不停地叫嚣着。

“别跟她废话！她已经遁入魔道，是个魔女！”

“杀了这个魔女！”

“杀了这个叛徒！杀了她！”

“杀了她！”

在出征之前，众天将跪在玄遥的面前，恳求他绝不能手软，必须手刃青莲这个叛徒。当初他为了保护她，却不想反倒伤了她，而令她误入歧徒，遁入魔道。如今天下苍生因她经历痛苦浩劫，她却还不认错！

“你为何到现在还不认错？！”

“认错如何，不认错又如何？认错你们便会放过我吗？我是错，我最大的错就是爱上你！”她用力地咬着唇，企图希望这微弱的刺痛能盖过她内心难以填补的巨大伤痛。不愿承认，却是事实。

“你硬是要这样执迷不悟下去吗？”

“我选择的路从不后悔！就算是魂飞魄散也绝不后悔！你以为就凭你们这些天兵天将真的能抓得住我吗？若不是我自动送上门，再来十万大军也奈何不了我。夜羑可不是平白退兵。”

“什么意思？！”玄遥眉心深蹙，预感不妙。

“你们都受死吧！”青莲说完，便开始念动咒语。

一道光华忽然从玄遥的身上绽放而出，莲花令从玄遥的铠甲里飞出，直飞向半空。

青莲的心倏然一怔，原来他一直随身带着她的莲花令。那又如何？这也不代表着他的心中还有她。她已经没有回头路可走，或许只有他死了，天界诸神全都毁灭了，心中的怨恨才能消逝……

她的双眸赤红，莲花令散出万道金光，一朵巨大的莲花盛开浮在半空。随着咒语的解封，莲花的花蕊出现了一个缺口，像是一道门被从外用力打开。莲花境界打开，被困多年的妖魔鬼怪一涌而出，天地之间顿时陷入一片混乱。

天界一下子侵入这么多的妖魔鬼怪，众神从未想过，顿时慌乱一片。

随着玄遥四处征战的将士们见势，纷纷再次投入战斗。

天河之岸，再一次响起了魔界进攻的号角声。

若这一战输了，天界被毁，三界都将落入魔界手中，从此暗无天日。

青莲双手之中浮出的莲花也在顷刻之间幻化成无数的刀箭，直飞向众神将。

"你简直不可理喻！"望着蜂拥而出的妖魔鬼怪，玄遥震怒不已。

他曾经因为担忧她控制不住这些妖魔而将莲花令收走，可万万没有想到最终打开莲花境界放出这些妖魔鬼怪的竟然是她自己。

见她如此丧心病狂，玄遥终于狠下心，手中的幽冥圣剑寒光乍起，剑气带起的冰霜随着他的怒气不断向外扩散，直向青莲袭去。

青莲闭上双眼，没有闪避，幽冥圣剑的剑气直破入她的体内，她整个人被那股强劲的剑气打飞了出去。鲜血从伤口中直涌而出，染红了她身上的衣衫。

她的手费力地半支撑着身子，随即一股浓重的血腥气直往上喉间涌，一下子喷了出来。难以忍受的冰寒气瞬间扩散到四肢百骸，她不禁浑身打着冷战。原来这就是被幽冥圣剑重伤之后的滋味，如同置身冥界地狱，好冷……好冷……

玄遥不由得怔住，她竟然没有闪躲，紧握着幽冥圣剑的手也变得犹豫了，没有再挥出第二剑。

青莲见他迟疑，便扯了一抹冷笑，狠狠地刺激他道："玄遥，你今日若不能将我打得魂飞魄散，便是对不起你的天下苍生……哈哈哈……"

只要她魂飞魄散，这些妖魔鬼怪便可以通通消失了。从决定帮助夜羡攻打天界开始，她就没有打算会活下来。终是要死，那她也只想死在他的手中。只有死在他的手里，她才能减轻她所造的孽。

玄遥望着凡间被妖魔鬼怪肆虐的无辜凡人，再看向她，一双眼眸变得赤红，握着幽冥圣剑的五指紧收。

他下定决心，闭起双眼，念动禁语。

顿时，天地之间混沌一片，黑压压的云层迅速堆积起来，狂风乍起，地上的沙石随风卷起，如同锋利的暗器四处肆虐。上天露出了它最恐怖狰狞的面容，一道道刺目的光电从云层中穿出，如同蜿蜒游走的电蛇，将黑厚的云层撕裂，轰隆雷鸣震耳欲聋。紧随着，万道天雷轰然从天而降，整个夜空被照亮，如同白昼。

被从莲花境界里释放出来的妖魔鬼怪和魔界的将士们一个个发出凄厉的惨叫声，霎时间，腥臭混着焦煳的浓重气味弥漫开来，焦煳的碎尸散落在大地四处，一片狼藉。

青莲惊恐地望着玄遥的举动，颤抖地嚅动着嘴唇，直摇着头："不……不……不要……"

眼见着一道天雷即将要落在玄遥的身上，她拼尽全力飞身扑了过去，化作一朵巨型的莲花悬空盛开，如坚实的伞盾将玄遥护在身下，接连数十道天雷直劈在了她的身上。

"啊——"她难以承受地痛苦惨叫起来。

比起幽冥圣剑的寒气，这接连劈下的天雷是要将她四肢百骸和魂魄全部撕裂成碎片。

虽然她替他挡住了这数十道天雷，但是终究还是抵不住天雷的威力，莲花绽放出的光华由强变弱，而裂成了无数的碎片飞溅开来。

"青莲——"玄遥发出嘶吼。

青莲像一个破碎的布偶一样沉落，玄遥飞身接住她的身躯。

她依偎在他的怀中，细细地看着他的面容，他的眼眉、他的嘴角……泪水从她的眼眶中滑落，很快她就再也见不到了。

五官之中，她最喜欢他深情的双眸。有很多时候她不敢直视他黝黑的双眸，那里就像是幽深不见底的潭水，总是带着温情的笑意，仿佛是要将她的灵魂吸了进去，叫她沉迷，无法自拔。

"之前你问我，我没有跟你说，只要我死了，魂飞魄散，莲花境界里的所有妖魔鬼怪便能一起消失。其实你只要杀了我，令我魂飞魄散便可以。可你为何要动用禁咒，以身招来天雷，这样做，你会魂飞魄散的……"她拼尽力气费力地说着，顿下不停地喘息着。

她可以承受被他摧毁，被他杀死，却无法眼睁睁地看着他死去。无论她被伤得有多深，灵魂堕落得有多腐朽，内心深处，她依然还是深爱着他。天雷将至，她的本能便是要护住他。庆幸，她护住他了。天界没有因她而被毁，天下苍生也得救了，魔界受到重创，暂时无力再骚扰攻打天界。他依旧是天界最伟大的战神。

"知道会魂飞魄散，你为何还要飞过来？你是不是傻啊？！"他就知道，她不避开便是一心寻死，所以他才会收手，没有挥出第二剑。

"我就是傻啊……不然怎么就那么轻易地被你骗了呢？若是我死皮赖脸地跟着你，肯定会知道你是骗我的……"她笑着，晶莹的泪珠却抑制不住从眼眶里滚落出来。

当初她若没有那么偏执，相信他绝不是那种为了打击报复而伤害她的人渣，她和他也不至落到今时今日的地步。一切都是命数！这便是她的劫数，注定渡不过去了……

"你为何这么傻，这么傻？我死了，就算魂飞魄散，至少可以保住一切，包括你，你知不知道？"玄遥赤红的双眸里闪着泪光，声音哽咽。

那一剑出去，见她没有避闪，他便已经后悔莫及。要他亲手令她魂飞魄散，他做不到。为救天下苍生，唯一可以的，他只有舍了自己的性命。他想保住她啊，她为何还要飞过来……

"你说得没错，是我错了。一切都是我咎由自取，是我自甘堕落，才会遁入魔道。其实心魔早就在我心中生根，从我为了救梅氤在刑场杀凡人开始，那时候我就该遭受天谴。我枉为司花之神，辜负佛祖的辛勤培育，为了一己私欲，竟令天下苍生遭此劫难。一切都是我的错，不该由你来承受，该魂飞魄散的是我……"

玄遥将她紧紧抱在怀中，哭着道："不要再说了，我求你不要再说了……"

"不……再不说就没机会了……此生最幸运的是在人间能够遇到转世的你，否则就真的错过了……庆幸没有错过……我从不后悔爱上你……多么希望能够回到那时候……"

"可以的，可以的。青莲，你坚持住，我一定会想办法救你。你撑住！"他抱着她直飞向南海落伽山。

"来不及了……"因为时间不允许。

嘴角努力扯了一抹笑意，她想要伸手替他抚去脸上的泪水，可是她没有多余的气力，她的意识越来越模糊，天地之间再也看不见一丝光亮，他的容颜也变得越来越淡。

玄遥心开始慌乱了，俯下脸吻住她，泪水一点点浸润唇角，苦涩噬心的味道在口中化开，那种无形的疼痛胜过任何一场战争中留下的伤口。

"我爱你，我爱你，青莲……求你，别走……别走……"

玄遥眼睁睁地看着她在怀里化作一点一点星尘，魂飞魄散，悲怆地嘶吼："青莲！青莲！青莲——"

第十五章 —

终结

阿怜在梦中直拧着眉头，挣扎着抵抗着梦中的一切，浑身瑟缩着。

忽地，有人在轻拍着她的脸颊，熟悉的声音在她的耳边低吟："阿怜，阿怜，醒醒……阿怜，快醒醒……"

这声音好熟悉……好像她日思夜想的玄遥啊……

阿怜睁开双眼，那张在梦中萦绕千百回的脸庞正出现在眼前。

"玄遥……"她终于清醒过来，本能地扑向他的怀里，伸手紧紧地抱住他。脸上挂满了泪痕，口中全是泪水的咸涩之味。

玄遥感受到她的不安，伸手替她抚去泪水，安慰地轻拍了拍她的后背："没事了。不用害怕，我在这里。快把衣服先穿起来，我带你离开。"

玄遥将她从温泉池水中抱起放在榻上，拿着干净的布细细地替她擦拭着身上的水珠，然后抓起一旁摆放整齐的衣衫开始替她穿戴。

方才那一场梦境，她所有的记忆全都回来了。她凝视着玄遥，只要一想到千年之前她最后的结局，心口之处就像是压了一块大石一样，悲怆得直透不过气来。

她伸手按在他的手背上。

"怎么了？"玄遥的手微顿，但很快又麻利地替她系好胸前的丝带。

两行清泪直接从阿怜的眼眶里涌了出来，她哽咽着道："千年之前，你为何要那样对我？你为何没有像现在一样来找我？"

玄遥不由得怔住，道："你……全部都想起来了？"

"你知道我是谁？你一直都知道我是谁？"阿怜不可置信地看着玄遥，原来他早就知道她是青莲，"你既然知道我是谁，为何从来不对我说？"

玄遥垂下眼眸，深吸了口气，道："阿怜，我们先离开这里，然后我再慢慢跟你解释，可好？"

阿怜追问："你是在害怕，千年之前的那场战争会重复吗？"

玄遥凝视着她，手指抚摸着她的发丝，沉默了片刻，道："是，但我更害怕失去你。对不起，当初错的那个是我。对不起……"他的声音低沉沙哑，甚至有些哽咽。

"你是何时知道我就是青莲的？"

"从你可以轻易地进入莲花境界开始，我就在怀疑，但是最终确认你就是青莲，是你从映月湖底出来的时候。"

原来从那么早开始他就已经在怀疑，知道她是谁，也就是说从那个时候开始，他便当她是青莲了吗？

玄遥深深吸了口气，既然她纠结，那他便陪着她弄清楚："当初是我太自以为是，自以为那么做就是可以保护你，可我没有想到，真正伤害你最深的其实就是我。对不起，青莲……"

那日的局面是他一手造成，若不是他自以为是地选择保护她，其实是伤害了她，她不至于堕入魔道。真正错的那个是他，而当初他却一味将所有过错都归咎于她的头上，这才是令他最悔恨的。直到眼睁睁地看着她在他的怀中魂飞魄散，他都没能和她道歉，没有承认最错的那个是他。他欠她一个道歉。所以千年之前的那个错误不可以再重复，也绝不会再重复。

青莲？他竟然叫她青莲？明明她已经不再是青莲的模样。

"你竟然叫我青莲？那你爱的那个人究竟是现在的顾影怜还是曾经那个青莲？是因为青莲替你挡下天雷，你内心愧疚，所以才会拼命找寻她千年，然后知道我其实就是她，才爱上我的，是吗？"眼泪不停地从阿怜的眼眶中滑落。

"不是这样的。千年之前，是我错了，不是你的错。我欠你一句道歉。若是你介意'青莲'这个名字，我可以从此不提。"玄遥也不知道该如何说清这件事，何况现在不是说这些问题的时候，"阿怜，夜羡很快就会发现我偷入魔界，我们必须赶紧离开这里。离开之后，你想骂我打我，甚至杀了我都可以。"

"为何我要想起过去那些？为何会有那样的过去？平凡的生活为何不可以有？我为何是青莲？我宁愿我只是阿怜。你自己先走吧，让我好好静一静。我自己会想法子离开这里的。"她不想骂他打他，更不想杀他。她只是知道事情的真相后，脑子里一片混乱，有很多事情她一时接受不了。她真的好讨厌那一段过往。泪水顺着眼眶不断地一滴一滴向下滑落，她闭上双眼，泣不成声。

玄遥捧着她的脸颊，替她细细地擦着眼泪，哽咽着道："不管你是谁，是青莲也好是阿怜也好，我都不会放手。因为我爱你。离开这里，你想去哪里都好，我陪着你。我求你，跟我离开可好？"

阿怜吸了吸鼻子，抹去眼泪，终于克制自己的情绪，冷静了好一会儿，道："好。我跟你走。"他和她之间，不完全都是他的错，怪她自己意志不够坚定，明明可以走出来的，可偏偏要自甘堕落，遁入魔道。

"走。"

玄遥喜极，拉着她方要离开，倏然，整个浮梦池宫殿中的气流变了，四周悬挂的轻纱凌乱地四处飘舞，一股纯厚的魔气在瞬间侵入，包围了整个浮梦池宫殿。

玄遥整个人戒备起来，将阿怜拉至身后护住。

一阵强劲的阴风带着魔气冲撞着门扉用力弹开，地面的砖石发出巨响，一只黑色枯槁的巨手猛然从碎石砖里伸出，抓着床榻一角用力地一扯，伴随着床角木头发出的碎裂声响，床榻"轰"的一声坍塌了。

玄遥早已感知，抱着阿怜迅速躲开，手中的幽冥圣剑骤现，只见冷冽的寒光闪现，凌空画出几道刺目的弧线，只见那只黑色的巨爪被剑气直劈成几段，乌浊腥臭的液体从里面喷出在空中肆意飞溅。

与此同时，迷蒙的雾气中一个黑色的身影现出。

夜羡冷着一张脸看向玄遥，怒道："没想到堂堂天界紫微大帝为了美人，竟然敢独闯我魔界。本王还没有下旨攻打你们天界，你这倒是自己直接送上门来了。你就不怕有来无回吗？"

玄遥不屑地冷嗤一声："夜羡，你父亲与本帝君纠缠了数万年，都败在本帝君手下，本帝君怎么可能会怕你。再说了，千年前的那一战，若不是你要了卑鄙的手段，你以为你能有胜算？就算今日你千万魔军都在这殿外，本帝君也绝不会退缩半步。"

夜羡的紫眸顿时变得暗沉，回想起千年前的那一战，天雷突降，他们魔界大军损兵折将，死伤无数，就连他也差一点死在雷霆之下。他万万没有想到玄遥会以身犯险，招来天雷就为了剿灭他们魔界。不愧是守卫天界近十万年的战神，这等气魄，他敬佩，但是今日他绝不会手下留情。

他看向玄遥身后的阿怜，道："阿怜，知道我为何千年之后又能找到你？只要你杀了凡人，你的心魔便会找上你。你杀了凡人季如绵，你注定此生都逃不掉，这里才适合你！阿怜，你过来！"

阿怜本能地摇了摇头拒绝，将手指插入玄遥的五指间，紧紧握住道："我根本就不属于这里。这一次我不会再帮你，也不会任由你操控。你若是不想再经历千年之前那一场浩劫，让整个魔宫都跟着一起陪葬，便放我们走。"

殿外传来一阵骚动，魔界的将士已将浮梦宫重重包围，为首的是金木水火土五大长老和墨岩。

魔界将士们的呼声也一阵高过一阵地传来："杀了他！杀了他！杀了他！"

夜羡伸手示意，众将士立即安静。

夜羡不可置信地道："我真是没有想到，千年之后，你居然还傻得再次相信他，还要跟他走？你是不是又傻回头了？你忘了千年之前他是如何伤你的吗？从头至尾你不过是他和杨瑾瑜相互争斗之间利用的一枚棋子罢了，你是生是死，他有管过你吗？你的朋友梅氤下场如何，你也忘了吗？从来都是他们说了算。虚伪、欺骗、假仁假义，这些才是他们天界之神的真面目。"

玄遥怒道："我们天界的事轮不到你们魔界来评判。莫要再说废话，本帝君既然敢独身前来，早就预料会有此一战。想抓住本帝君，就尽管放马过来吧！"话音落毕，他手中的幽冥圣剑寒光四射，殿内的热气因为幽冥圣剑的寒气消散不少，视野变得清明。

阿怜忽然挡在玄遥的身前，对着夜羡大声地吼道："那都是千年之前的事，与我无关。我是顾影怜，不是青莲！"

玄遥与夜羡全部怔住。

夜羡锁着眉心，厉道："你就是青莲，青莲就是你！顾影怜不过是你在凡间挑中的一个宿体罢了。你若想不起来之前的事，那我便全都告诉你。千年之前，他见你遁入魔道，为了所谓的狗屁天下苍生而向你举剑，根本就不顾及昔日的情分。他若真的爱你，根本不会伤你分毫！是我夜羡，将你从那个深渊里拉出来的，给了你全部的宠爱！"

玄遥方要发怒，阿怜拦住他："我和他之间有些话，终是要说清楚明白，我来吧。"

玄遥点了点头。

阿怜深吸了一口气，道："不用你告诉我一切，我已经全部都想起了。夜羡，我很感激你当初救我一命，所以为了还你的救命之恩，当年我才决定会帮你攻打天界。他是亲手刺伤我没错，但是他并没有杀我。他为了保住我的性命，为了保住天下苍生，甘愿自己魂飞魄散而引来天雷。这就是神与魔，他和你之间的区别。"

夜羡冷嗤一声："神与魔的区别？！神魔自古原本都是神，一些自命清高的神认为自己是'正义之神'，而我们则是'邪恶之神'，我们不过崇尚自由，不受拘束，随心所欲罢了，他们却认为我们是魔。根本就是他们受的约束过多而变得虚伪。什么普度众生，他们能为众生考虑的又有多少？当年，你会遁入魔道，不也正是因为你认清了他们这些神的本质吗？"

玄遥忍不住道："远古神祖若不是因为心慈好善，便不会只是驱逐你们的魔祖至此，而是应该将你们全部赶尽杀绝，那样你们今日也不会存在。自始至终，你们魔的心里永远都只有魔自己。"

夜羡不由得冷嗤一声，道："凡人有句古话，叫作人不为己，天诛地灭。"

阿怜道："所以你永远都不会明白，你们永远只配待在这个阴暗荒芜的地方，这都是上天对你们自私的惩罚。"

夜羡俊挺的面容变得狰狞起来，怒吼一声："为何千年之前，你会爱他，千年之后你还爱着他？！你难道感受不到我对你的爱吗？"

他夜羡身为一代魔王，从来没有轻易爱上过谁，当初救她回来，的确是因为她来自须弥山的特殊身份，想利用她攻打天界，然而与她相处之后，却发现她与自己莫名地契合，是王后的好人选。直到眼见着她为了保护玄遥而受雷劫魂飞魄散，才意识到自己的心原来早已落在这个倔强的司花之神身上。然而一切都为时已晚，他甚至都没有来得及告诉她他的心意，她便从此消失了。

阿怜的心猛然一震，脑海里浮现出曾经与夜羡相处的点点滴滴。每天夜晚，他放着魔宫那么多美人不好好享受，却总是留在她的寝宫里过夜，哪怕他高大的身躯只能挤在一张小小的贵妇榻上，却也丝毫无怨言。

夜羡曾经试探地问过她，若是先遇见的人是他，她会不会爱上他？

她看了他很久，坚定地回了他两个字"不会"。也许在那个时候，她就已经感受到他的心意，所以她才会那样坚定地给那个答案。以夜羡对她放纵宠爱的程度，换作任何一个女人都会为之心动，只是她当时已伤痕累累，无力再去承受这样的爱意。

玄遥见她失神，紧紧握住她的手，将她的神志拉了回来。

她哑着嗓音道："我记得千年之前，我就回答过你这个问题。"

夜羡双拳紧握，紧紧凝视着她，极力地克制着。终于他平缓了心境，并放柔了声音，对她再次招手，道："阿怜，你过来。我答应你，你留在这里想怎么样都可以。你应该知道，我给你的承诺从来都不是用嘴说的，而是实际就是这么做的。他玄遥可以为你做到的，我夜羡也可以。你想要什么都可以，只要我夜羡能做到的，我都可以给你。"

阿怜微微蹙眉，道："是吗？你若当真对青莲有那份心意，那你就放我们离开这里。"

"不行！他可以走，但你必须留下！阿怜，你过来！只要你留下，我今日便放他一马！只要你过来！"夜羡的声音十分坚定，隐隐却也透着一丝哀求。

"……真的？"阿怜目光闪动，听见夜羡同意放玄遥离开，便有些动摇。

"阿怜，你不要听信他，他们根本言而无信。"玄遥生怕阿怜就这么轻易地相信夜羡，傻傻地答应了夜羡的要求。

夜羡不怒反笑，道："本王就算再卑鄙无耻，也绝不会像你们天界出尔反尔。梅花仙子可是一个活生生的例子！"

玄遥道："夜羡，神魔之争已经斗了近百万年，不如今日做个了断。今日你我决一死战，若是本帝君赢了，本帝君带阿怜走，你并承诺在你有生之年都不会出兵攻打天界。若是本帝君输了，本帝君便自毁原神，你放阿怜走。"

夜羡听完，冷笑一声："啧啧啧，不愧是诡计多端的天界战神，这脑子就是动得灵活。你输了，本王还要让阿怜离开？简直就是个笑话！你今日孤身在我魔界地盘，根本就是插翅难逃，凭什么本王要答应你这个多出来的条件？！"

魔界的众将士又开始骚动，不停地呼喊："杀了他！魔界必胜！"

"杀了他！魔界必胜！"

阿怜拉住玄遥的衣袖，道："我不要一个人离开，不管你是输是赢，我都不会一个人离开。"

玄遥伸手阻止她继续说话，看向夜羡，激将道："夜羡，一句话，敢不敢接受挑战，还是你根本就没有胆量敢跟本帝君一对一决？是怕输给本帝君吧。你父王夜峰可没有你这么胆小懦弱！"

夜羡紫眸微眯，他没有胆量？笑话！倏然飞身出了殿外，冷冷地道："玄遥，本王今日就跟你一对一决，看看究竟是你的幽冥圣剑厉害，还是我的噬魂血剑厉害！"

"好！"玄遥一个位移，便也出了殿外。

所有魔将士见他出来，不免有些胆怯。千年之前，这位紫微大帝可是不惧魂飞魄散，以身引来了天雷，那个场面至今回想起来令众魔将士可都是心有余悸。

夜羡对着众魔将士大喝一声："你们都给本王退下，本王今日便是要与他一对一生死决战，你们谁也不许插手，若是谁胆敢插手，一律格杀勿论！"

众魔士面面相觑，纷纷退后。

"玄遥……"阿怜担忧地追出殿外。

玄遥以只有两个人才能听见的声音道："待会儿我和夜羡打起来，你便寻着机会赶紧离开。"

"不要……"

"你觉得我会输吗？"

"……不会。"阿怜坚定地道。

"嗯，我是怕就算我赢了，他也会出尔反尔。所以，乖，你先走。"

阿怜咬着唇，决心已下。哪怕是死也要死在一起，绝不会丢下他孤身离开。

玄遥手中的幽冥圣剑泛着冰冷的寒光，倏然转身，一道冰寒的剑气划空而过，所到之处，周围的空气似要凝结成冰。

夜羡身姿矫健，毫不费力气便轻而易举地躲过这一剑。他冷笑一声，倏地手中多了一把通身细黑的长剑，剑宽寸许不到，只有手柄之处镶着一颗硕大耀眼的紫水晶。他的手腕翻转，剑身迎着光折射出五彩的光芒。

阿怜细看那柄细长的剑，原来细黑的剑身外包裹着一层透明的物质，只有迎着光，才能看清它的整体模样，透明的剑刃锋利无比。

阿怜立即惊道："小心他的剑！乃东海玄晶所制。"这剑就等同于是另一把"血灵"，被割伤之后，伤口若是没有龙族王室的血做药引，恐难愈合。

夜羡不由得看向阿怜，轻嗤一声："我的王妃，你这样当着本王的面提醒你的奸夫可是有违妇道啊。你可别忘了这把血剑，可是你从东海拿回来的战利品送予本王的定情之物呀。"

阿怜咬着牙，什么她送他的定情之物，那剑是鲛王向她进献的礼物，本意是想讨好她，换回鲛族太子，她不过是随手丢在一旁被他瞧见，自己拿去，当作她送的信物罢了。

"别逞口舌之快，想想待会儿如何应战吧。"玄遥冷嗤一声，身化虚影，手中的幽冥圣剑再一次挥出，长空之中一道冰蓝剑光犀利地划空而过，直袭夜羡。

夜羡弯唇冷笑一声，噬魂血剑即出，两剑相交，不断生出火花。

这一仗，玄遥和夜羡打了许久，胜负难分。

眼见玄遥又一剑破空而出，力道又狠又快又准，本以为就要伤着夜羡。夜羡背后的肩胛处倏然生出一对泛着金光的黑翼，黑翼迅速上下拍动，他的身体向后空腾飞了数十米之远，躲过了这一击。漂亮巨大的黑翼令他如同一只在天空翱翔的巨鹰，高高在上，但只是眨眼的工夫，他一个迅猛的俯冲，手中的噬魂血剑直劈下来，血红的剑气如同俯冲的飞鹰捕食猎物直冲向玄遥。

玄遥凌空一跃，幽冥圣剑凌厉地横扫出去，剑尖带出的冰寒剑光直对上夜羡的噬魂血剑。

只见一红一蓝两团剑气猛烈地撞击在一起，形成一个耀眼刺目的硕大光球，魔界长年暗沉的天空在一瞬间变得明亮起来，黑压压的云朵好似被火烧着了似的。周遭的空气随着光球的扩散越来越热，一下子爆裂开来，发出震耳欲聋的轰响。灼热的气流如排山倒海一般疾速地向四周涌动，所到之处，所有植物、低等恶心的魔界动物及山石都被熊熊的火焰包裹住，猛烈地燃烧着。周围原本暗黑的魔界土地表层如同覆了一层熔岩，四处流淌。

退后数十米开外的众魔将士，被这一股气流震得人仰马翻。身上沾着火星的魔将士，疯了似的惨叫，还没来得及将身上的火扑灭，便已经被炙烈的熔炎吞噬，成了一堆枯骨。

之前魔界的将士们一直在不停地给夜羡呐喊助威，阿怜一双眼除了放在他们俩身上之外，时不时留意着魔将士们的动向，以防他们背后使诈。当这一股强大的力量突然向她涌来时，她一时闪避不及，直接被震飞了出去，撞在身后宫殿的石柱上。

"阿怜——"玄遥从爆裂的火光之源中冲了出来，衣袂飞扬地飘落至她的身前，将她扶起，"有没有伤着？"

一口血气直向上涌，她生生忍住，摇了摇头，轻扯唇角，冲着他浅浅一笑，视线落在他破裂的衣袖上，那里有几道明显的伤口，正在不停地向外渗血。

阿怜担忧道："你受伤了！"

玄遥道："这点小伤不碍事。"

夜羡锁着眉心，连连退了数十步，两臂和胸前被幽冥圣剑的剑气割出了十多道血口，身后巨大的黑翼不停地扑动着。伤口的疼痛令他不由得紧咬牙根："幽冥圣剑果然名不虚传！"

阿怜知道被幽冥圣剑伤的痛，那种冰冷的寒气很快便会顺着全身的血液一丝丝漫延，直到将全身的血液全部冻住。

玄遥道："认输吗？"

"没将本王手中的噬魂血剑夺下，你怎么能算赢？！"夜羡念动咒语，掌心之中生出一团红光，滑过伤口，暂时封住伤口的血流，再一次举剑挥向玄遥。

玄遥放开阿怜继续迎战，又与夜羡打了几个回合，正当一神一魔打得难分难舍，在一旁围观了许久的魔界五大长老和墨岩点头相视，倏然加入战斗。

"卑鄙！"阿怜斥道。

说好了一对一决战，魔界果真如玄遥所料言而无信。

"谁让你们过来的？！都给本王退下！"夜羡顿时颜面无存，呵斥五大长老退下。

然而五大长老回道："王上，眼下天界的紫微大帝已受伤，正是好时机，若是再不将其擒住，日后恐难再有此等机会，这关系到咱们魔界的命运，属下们恕难从命。"

玄遥冷笑一声，他早就算到了会有眼下的局面："有多少就尽管上吧。"

话音落毕，他左手隔空蓄力，魔界的上空顿时被厚厚的云层压住，紧接着电闪雷鸣。一团电光在他左手掌心之中积聚，右手持着的幽冥圣剑翻转，左手中的那团电光顺着剑身直抚上剑尖，原本散着冰寒剑气的剑身在刹那间电光闪烁。

墨岩和五大长老望着眼前的场景，不禁回想起千年之前那一场雷霆浩劫，脚下的步伐有些虚浮。

"怕了吗？"玄遥冷笑一声，幽冥圣剑的剑尖直指向众魔。

他们都知道玄遥之所以被封为天界战神，正是因为他那可怕的御雷之力。千年之前，他引来的雷电足以毁天灭地，但同样，他也受到了天雷的反噬。

墨岩举着手中的战斧，声嘶力竭地吼道："魔界必胜！杀了他们！"

身后的魔将士齐齐呐喊："魔界必胜！魔界必胜！魔界必胜！杀了他们！杀了他们！杀了他们！"

夜羡眼见玄遥动用了雷霆之力，这一场战斗再不是他们二者之间的较量，而是事关魔界的生死存亡。他的眸光变得暗沉，再不是之前不以为意的态度，严肃地道："原本本王是真的当这是你我之间一对一的较量，但是本王也没有想到……罢了，既然又回到原点，本王也只能顺从军心。"

阿怜斥责夜羡："夜羡，你言而无信！卑鄙！"

夜羡道："那就当本王失信吧。为了你，本王愿当这个言而无信的卑鄙小人。这一次，本王不仅要生擒他玄遥，还要你心甘情愿地留下。"

"做你的春秋大梦！"阿怜咬牙切齿地道。

夜羡手中的血剑高举，众魔将士们呼声震天："杀！杀！杀！"

"你乖乖地待在这里别动。"玄遥将阿怜挡在身后，连同她身后的宫殿一同布下结界。

夜羡的手势一落，墨岩便举着战斧直冲向玄遥："杀——"

墨岩身后的魔将士们举着兵器跟着冲过来。

玄遥手中的幽冥圣剑剑气已化作雷电之力，横扫出去，直劈向魔军。

墨岩被这股强大的力量直接冲撞出去，飞出百米之外，跌落在先前燃烧的火光之中。冲锋的众魔将士相继被雷电击中，惨叫连连。

五大长老各自亮了法宝，纷纷袭向玄遥。

被困在结界中的阿怜只能眼睁睁地看着玄遥一人应战，焦虑万分。五彩的云雾中，隐约见着玄遥被众魔军围攻，她却无能为力。她冷静下来，集中意念，终于找到了五彩云雾变幻时最薄弱的结点，灵力全力向外，一点一点破开，只听"砰"的一声，那五彩云雾在瞬间破裂。她终于冲破了结界，一个旋身，飞至玄遥的身侧。

"你……怎么破了结界？"玄遥深深蹙眉。

"叫我眼睁睁地看着你被这群恶心的臭虫围攻，我做不到。"阿怜说着，双手掌心中各生出一朵莲花。

眨眼间，两朵莲花的花瓣脱落，一片片宛若薄如蝉翼的刀片，在阿怜的灵力操控下，花瓣旋转的速度越旋越快，越变越多，渐渐形成一个庞大的莲花阵直升入半空，将众魔将士笼罩住。无数的剑光从莲花阵中脱离飞出倾泻而下，犹如一阵强劲的疾雨直袭向众魔。顿时，围攻的众魔将士被硬挺如刀的花瓣穿透，如同庞大的猛象被成千上万的食人蚁啃噬，在瞬间被割得体无完肤。

夜羡和五大长老被迫连连退出阵外。

这时，墨岩突然从一团火光之中冲了出来，手持着战斧直向玄遥劈来。

阿怜眼见这一斧就要正中玄遥的后背，便飞身过去，替他结结实实挡下这一战斧。

"阿怜——"

"阿怜——"

玄遥和夜羡同时惊呼。

战斧只在阿怜的后背心凿出一个血洞，她的身体就像是一个断了线的风筝一般坠落。玄遥顾不得应战，飞身过去将她紧紧抱住。

她一口鲜血直喷了出来。

"妖女！还我姐姐命来……"墨岩想要举斧再次砍向阿怜。

愤怒无比的玄遥赤红着一双眼，一剑直劈向他的头盔，只见电光闪烁间，幽冥圣剑直穿过他坚硬的头盔将他整个人一劈两半，雷电穿透他残缺的身体发出"吱吱"的声音，被灼烧的两半焦骨顿时化为灰烬。

"阿怜……你忍着……"玄遥当下便运了真气，使用灵力开始为阿怜疗伤，然而自己身上的伤口却在不断地流着血。

夜羡一双眼睛怒红，想要上前救助阿怜，但是晚了玄遥一步。他咬着牙，手中的噬魂血剑带着剑气，直指向玄遥的下颌，失望而嫉妒地道："为什么？千年之前你已经为他重伤过一次，如今你为何还是这般护着他？你难道就没有想过你自己？你的命是我给的！你当真看不到本王的心吗？你信不信我现在就杀了他？！"

阿怜忍着后背的伤痛，虚弱地道："夜羡，你爱的那个人根本就不是我，是已经消失的青莲。我是顾影怜，我不是她。你爱的自始至终是青莲甘愿堕落的那一面，可那并不是她的本来面目。你从来不知道她要的是什么，她最悔恨的是什么。当她醒悟过来，她最悔恨的便是心魔生根，而遁入魔道犯下弥天大错。千年之前，她身为天界之神，却枉顾天下苍生，助纣为虐，所以才会落得那样的下场。上天既给了她重生悔过的机会，她便不会再成为千年之前那个青莲。我顾影怜，只做我自己。你今日若敢伤玄遥一分一毫，强留我，哪怕再落得千年之前魂飞魄散的下场，我也一定会杀出这里……"

说完，她又吐了一大口鲜血，背后伤口直涌出的鲜血染红了她身上的纱衣。她拼尽自己的全力，召唤出了莲花令，千年之前情景再现，莲花境界再次打开。

从莲花境界涌出的妖魔鬼怪，纷纷涌向魔界各处……

番外一 平凡

初夏时光，骄阳正好，熙熙攘攘的临安市集，小贩们的叫卖声一声高过一声，来往的行人时不时讨价还价，四处充满了人间烟火的气息，叫人舒心安宁。

一位童颜鹤发的老者撑着一个幌子在市集中到处游荡，幌子上写着"算命"两个大字。可是无论他怎么四处游说，无一人照顾他的生意，小商贩们见着他都不停地赶他走，让他上别处去讨饭。

老者不停地解释："老朽真的不是来讨饭的……"

正当他一筹莫展之时，恰好迎面走来一位穿着粗布衣衫的小娘子，提着菜篮子，低垂着头，一副失魂落魄的样子。

"这位小娘子，瞧你印堂发黑，目光无神，唇裂舌焦，元神涣散，不出三日，必有血光之灾。"老者捋着花白胡须，一本正经地说道。

那位小娘子连忙用手遮住红肿的半边脸，道："老人家，您是缺钱吃饭吗？我这里只剩下一个铜钱，您拿去吧。"

老者低眉看了看身上干净的青布长衫，略显尴尬，嘴角微抽，又一次解释："小娘子，老朽不是来讨饭的，你是真的有血光之灾，我有破解之法……"

242

"不用了，谢谢。"小娘子将铜钱塞在老者的手上，便遮着脸快步离开。

老者捋着胡须，沉思片刻决定还是追上那位小娘子："这位小娘子，你若不愿听我老人家念叨，没关系。但我看你这脸上手上的伤，伤得挺重的，出来行走，遇着街坊邻居定是多有不便。我这儿有个祖传秘方，可以根治你这脸上身上的陈年旧伤。"

小娘子的脸一下子涨得通红，用衣袖将受伤的手背遮住，别过脸，道："我没有钱……"

"我这祖传的秘方，不要钱。"老者连忙从衣袖中抽出一张药方递给小娘子，并将先前她给的一枚铜钱还给她，"这是药方。"

小娘子瞪着明亮的大眼，看看老者，看看药方，一脸的不可置信。

"药方上的药材，家中都有，你就按着这药方上的方法好好疗伤就可以了。"老者捋了捋胡须。

小娘子指着其中一味药，不解地问："这磨刀水是何意思？"

老者挑了挑眉，笑道："哦，这磨刀水就是磨刀水，家中有菜刀吧？"

"嗯。"小娘子点点头。

"这一日三次，便是鸡鸣、午时、黄昏，早中晚你各磨刀三次，然后将磨刀水沉淀之后，取清水涂在你的陈年旧伤上，再配上内服的药，包准去除疤痕。磨刀的时候，最好精神集中一些，谁跟你说话都别搭理，这磨出来的水才有效。"

"真的？"

"真的。赶紧回去试试吧。"

小娘子将信将疑，道了谢，拿着药方离开。

忽地，一个颀长的身影从老者的身后走过来，骨节分明的修长手指轻弹了那老者的脑门。

老者"哎哟"一声轻叫，宛若少女轻吟，捂着额头转向来人，立即喜笑颜开："咦？你怎么来了？"

"你这是什么扮相？"玄遥伸手便撕了老者脸上的胡须和假发，一张少女的娇俏面容露了出来。

"哎哟哟，轻点轻点，扯着我的皮啦。"阿怜捂着下巴叫嚷着。

"还知道痛？又打着幌子到处招摇撞骗？骗了几两银子？"玄遥已经习惯了阿怜整日无所事事，三天两头不是在赌场门前就是在妓院门前晃悠，专门坑骗那些游手好闲、不思进取的凡人，每日都有银两进出，家中的小金库都堆满了宝贝。

"谁说我招摇撞骗了？我可是在帮那位小娘子呢。"阿怜扬着下颌。

惩治好逸恶劳的凡人，拿他们赚取的不义之财救济穷苦百姓，是她在尽天神之职，顺便捞些私下欣赏，也无伤大雅。谁叫他不让她动用藏在山洞里的那些金银财宝。她想将里面的金银财宝全部带出来，然而却被他阻止，害得她只能隔一段时日便偷偷溜去那山洞，将里面的金银珠宝都摸个遍，才能满足内心需求。

"治疗伤疤用磨刀水？你这是哪门子的祖传秘方？本帝君上天入地，纵横六界，都没有听说过你的祖传秘方。"

阿怜得意地道："你要是知道了，那哪能叫我的独门秘方？"

玄遥挑眉，伸手勾住阿怜的纤腰，将她整个人锁在怀中，俯下脸，抵着她的唇，低声道："夫人何时自立门户了？为夫怎的不知？"

阿怜伸出小舌沿着他的唇线引诱地描绘："想知道？那可是至少得等一个月哟。"

"一个月？可是为夫眼下有些等不及。"眨眼之间，他抱着阿怜双双倒在了自家的床榻之上。

阿怜一阵娇笑。清晨正欲缠绵之时，芋圆和奎河在院子里为了谁去叫她和玄遥起床用膳一事而争执起来。自从玄遥和她在凡间拜堂成亲之后，这早上请安一事，令两位徒儿头疼不已，谁都不愿在老虎头上拔毛。这眼看着辰时已过，早膳都快凉了，然而她和玄遥都还没起床，芋圆和奎河很是为难。

败了兴致，玄遥不得不起床对两位徒儿进行一番教训。她便趁机打着她的幌子出门赚小钱钱，可没想着她一分钱没赚着，他这教训徒儿已经完事。

"堂堂一神之下万神之上的天界战神，原来整天满脑子里都想着这事？羞不羞？"话虽如此，可她的小手早已探进他的衣襟里，肆意地摸着他胸前结实的肌肉。她最喜欢摸他胸前的突起，每次手指轻轻撩拨那地方，他便恨不能将她生吞活剥了。

玄遥趁着她双手游走之时，便已经飞快地解开了她身上的腰带。即便是说好了不许使用法术，但是比脱衣衫这种小事，她显然不是他的对手。很快，她光洁细腻的肌肤毫无保留地展露出来。他微微眯眼，在她的唇上轻啄一下，道："夫人难道忘了，为夫现在可不是什么天界的战神，只是开着一家快要倒闭的算命占卜馆，还要倚仗夫人出门打着幌子赚钱养家的平凡人。"

当年魔界那一战，阿怜打开莲花境界之后，他千年收服的各路妖魔鬼怪在魔界横行，令魔界陷入一片混乱。阿怜拼尽全力将那些妖魔鬼怪控制在了魔界，没有为祸人间。他带着重伤的阿怜历经千辛杀出了魔界。待到天界的将士们赶到之时，并没有瞧见他与阿怜，只看到魔界火光四起，尸横遍野，魔宫被毁，而魔王夜羡也莫名其妙地消失了。

于是后来各界传闻，天界的紫微大帝为了个帝妃转世的凡人死在了与魔界交战的那场战争中，尸骨无存，就连重生后的凡人帝妃也不知所终。但是玄衡并不信他就这么死了，一直派人四处找寻他，然而一直没有着落。

事实上，他带着阿怜躲进了当年两人修行的深山之中，动用了禁咒，几乎散尽了大半的修为才将她救回。他因为被噬魂血剑刺伤的伤口，反反复复，难以愈合，直到阿怜为了救他跑去东海龙族偷龙血，这才暴露了行踪，让天界发现他与阿怜还尚在人间。于是，这上百年来，他们二神东躲西藏，其乐无穷。

"这么说，你很想像以前一样天天面对外面的那些小妖精吗？"

以前她满脑子里想着从"半莲池"里捞银子，不理解他为何总是懒散得不好好经营半莲池，可如今不一样了，这是她的男人。外面那些小妖精整日不是借着自己撞邪就是家中闹鬼跑来求他上门驱邪，各种花样地勾引。她的男人如花似玉，怎的也不能被那些小妖精占了便宜去，就是连看都不许看！想着，她便用牙齿在他的嘴唇、下颌、颈间锁骨通通咬了个遍，烙下属于自己的印记。

"为夫只喜欢娘子这样的小妖精。"玄遥勾唇笑着，一个翻身便将她压在了身下……

一室春光，旖旎无限。

一个月之后，小娘子在市集的街头四处找寻那位打着"算命"幌子的老者，却怎么也寻不着。

阿怜坐在酒楼二楼临窗的位置，看着小娘子摸着自己光洁的皮肤一脸失落地离开，笑眯眯地将一粒花生米抛入口。

坐在她对面的玄遥，不禁勾着唇失笑："也就你能想出这个鬼点子来。"

平日里，他除了像以前一样偶尔接一两单驱邪的生意之外，便是教导芋圆和奎河继续修行，或是打理庭院里的花花草草，充一下"半莲池"的门面。然而就在一个月前，自打见着她赠送了奇怪的磨刀水祖传秘方后，这每日鸡鸣、午时、傍晚时分，她都会消失不见人影，不禁对她的行踪感到好奇。

一日傍晚，在她出门之后，他便跟着她出了门。

他跟着她一路到了城北一间民宅，只见她半托着腮、盘着腿坐在人家的墙头上嗑着瓜子。

他更加好奇了，一个移形便飘至她的身侧，将手伸过去，从她手中的袋子里抓了几颗瓜子跟着嗑了起来，顺便打了声招呼："娘子何时多了偷看别人家墙角的乐趣了？"

谁知，他这一声招呼吓着她了。她一个重心不稳，差点从人家的墙头掉下去，幸亏他眼明手快，将她捞了回来。

她拍着胸口定魂："吓我一跳！你怎么来了一点儿声息都没有？"

他嘴角抽搐，不由得叹了口气。他以为他特有的精纯仙气只此一家，别无分号，他家娘子一定可以在任何时候任何地点都能轻易识别出，看来他每日的努力还不够啊。

"娘子……"

他刚要拉着她回家"努力奋斗"，她却毫不留情地打断他："快闭嘴！别说话！"

这时，一个满身酒气的男人从不远处摇摇晃晃地走回家中。之前见过的小娘子唯唯诺诺地迎上来，这男人一看见小娘子便对她一顿拳打脚踢。

阿怜一边骂着渣男一边将手中的瓜子壳扔了出去，正中那个男人的脑袋，男人"咚"地一下晕倒在地。小娘子一番惊吓，从地上爬起来，见自家男人醉得不省人事，便费力地将他拖上床。

小娘子一边抹着眼泪，一边走向厨房拿了把菜刀。

玄遥微微蹙眉，就在他以为小娘子要亲手屠夫酿惨祸之时，谁知这小娘子拿着菜刀跑出门外，打了一桶井水，将菜刀在青石砖上用力地磨起来。

玄遥看了一眼阿怜，想起前几日的"磨刀水"秘方，不解。

阿怜淡定地继续嗑着瓜子，示意他慢慢看。于是，他伸手抓了几颗瓜子，跟着阿怜一起悬坐在人家院墙上慢慢观察。

小娘子好容易磨了一碗水，等了许久，直到混浊的水沉淀至清后，才用那水擦洗脸上和身上的伤口。

其实早在磨刀水沉淀的时候，阿怜已将那碗水变成了治疗伤口的药水。

第二日一早，男人一醒来，见到小娘子坐在门前磨刀，于是哼着小曲，头也不回便出了家门。到了傍晚时分，男人下了工回来，又见到小娘子坐在门前磨刀，他便道："你早上不是刚磨过吗？"

小娘子不搭理他，举着菜刀对着夕阳的余光照了又照，刀口又亮又锋利。然而磨刀水不够，小娘子不得不接着又"嚯嚯嚯"地磨了起来。

接连大半个月，男人早中晚都见着小娘子坐在门前磨刀，每次询问，小娘子都不搭理她，僵硬着脸"嚯嚯嚯"地磨刀。男人什么话也没说，乖乖出门上工。

日复一日，玄遥陪着阿怜在人家墙头蹲了大半个月，一个月未到，就再没见着那男人喝醉过酒打过小娘子。

阿怜端起面前的桂花酿，道："还记得素娘吗？第一次在街头见着这小娘子，瞧着她脸上和手背上的伤，我不禁想起了当年的素娘。可我又不能帮她将她那个渣男丈夫暴打一顿。如今我这一出手，弄不好便是要人命。好容易劫后重生，定不能再犯错。"

玄遥凝视着她，道："你越来越像一个心系天下苍生的上神了。"

这些年，无论搬到哪里，她依旧会像以前一样"多管闲事"。

"哪敢妄称什么心系天下苍生，是佛祖的教诲永世不敢再忘。行于正轨，修清净心，趋善避恶。"

随着记忆封印的打开，她终于想起为何千年之前明明在雷劫之下魂飞魄散，何以重生成了阿怜？当初佛祖将她留在天界，便是算出她与玄遥之间会有一场艰难的情劫要渡。那一场天劫之后，她魂飞魄散，佛祖慈悲为怀，不忍她从此灰飞烟灭，花了千年的时间替她聚魂结魄，才令她神形重聚。凡胎"阿怜"本是人间一个生命垂危的小婴儿，当时人间恰巧历经了一场可怕的干旱，"她"的母亲饿死在逃难的途中，而"她"在生死一线之间还趴在母亲的怀里努力地吸着母亲早已干瘪无奶水的乳房。佛祖将她重聚的魂魄放在了婴儿"阿怜"的身上，封印了她全部的记忆与神力，并化作老乞丐黄老爷子一直养育到她成了能够自食其力的小乞丐阿怜方离开。佛祖并未因她心迷入魔，便对她放弃，而是不离不弃，将她重新引回正轨。

她与玄遥重逢并不是偶然，而是一切冥冥之中自有定数。那一场艰难的情劫，他们总算是渡过去了。如今相依相伴，再也不分离。

她将脸颊依在他的掌心，亲昵地磨蹭，享受着这份安心的温情。

忽地，一只通身雪白的狐狸跳上阿怜身旁的凳上，气喘吁吁地道："师父，上头又找来了。奎河已经打包好所有的衣物和银两，时刻准备撤。"

阿怜翻了个白眼，抬头看着玄遥，啐道："你侄儿就不能消停一点？杨瑾瑜就没说替他讨个窝心的媳妇儿，省得整天这么空虚寂寞。他这样总是打扰长辈恩爱，总有一天会遭雷劈的。"

如今天下太平，夜羡下落不明，魔界元气大伤，根本无力再兴风作浪。她和玄遥只想待在人间享受太平安稳，可偏偏玄衡就是不让他们俩称心，总是追着玄遥回去镇守紫微宫。搞不懂一个破宫殿大把的仙娥仙童天天看着，为何一定要他们回去？

玄遥挑了挑眉，看了一眼芋圆，道："看来这凡间是不能待了，要不咱们上青丘去躲一阵子吧？"

"咳咳咳——"芋圆强烈抗议，"师父，你不带这样坑徒弟的啊？"

它也是逃出来的好吗……阿怜被抓去魔界之后，它不得不去天界找玄遥，然而就这样暴露了自己，被父王捉回青丘。这好容易又溜出来跟随阿怜四处玩耍，哪能再自动送回门啊？

阿怜点头："也好，我还没有去过青丘呢。据说你们青丘美男甚多，颜值都不输你三叔白颜轩啊。"

玄遥一听，立即拉下脸道："青丘不能去。"他不过是一时兴起提议，谁知给自己挖了个坑，绝不能这么跳进去。

阿怜不解："为什么？"

芋圆一眼就看穿师父的小心思，立即道："我们青丘与天界来往甚密，你忘了我去天界禀告师父你被抓去魔界的事吗？我前脚才上天界，后脚我父王就到了，然后将我捉了回去。"

"对哦。那是不能去。"阿怜连连点头，摸着下巴，忽然拍了巴掌惊道，"有个好地方可以去呀。你们知道不？梅氲到了妖界后占山为王，在妖界养了不少男宠。要不咱们去妖界吧？"

梅氲终于脱离了十世轮回的苦海，但被免去仙籍。时隔千年，阿怜终于将梅花令还给了梅氲，然而这块令牌已不再是通往天界的通行钥匙，只是一块外表看起来比较特别的玉牌。

梅氲乐得清闲，四处游荡。戏称自己没了仙籍，不再是梅花仙子，算是个半梅花妖吧，于是跑去了妖界，没想着一下子就喜欢上了妖界。

芋圆举双手双脚赞成："好提议！"

于是，阿怜抱着芋圆投奔了好闺密梅氲。

玄遥黑煞着脸，虽然十万个不乐意，但也不得不跟去。

当梅氲正享受着众美男围绕在身边喂着佳肴美酒之时，突然见到这一家四口出现在她的山头，内心简直是苦不堪言。

【全文终】

后记

又到了后记时间，每次敲下"后记"二字的时候，是我心情最愉悦的时候，意味着我终于可以放松一下下了。而今天敲下这两个字，意味着《半莲池》终于可以出版了。

其实有很多机会能出版，但是由于我坚持不肯修改其中《狐真》单元的人物及情节，所以……因为改掉，那便不是我想写的《半莲池》，所以今天能看到《半莲池》顺利出版，要非常感谢我的编辑大大暖暖及记忆坊的所有编辑（献花花），如果没有他们的努力付出，也许我也不能实现我的坚持。

其实《半莲池》早在2010年初的时候，我就已经写好了故事开头的几万字，这一晃眼，算算居然有八年的时间。故事的整体架构以及前几个小故事的内容早在那时已经列好，近几年出版要求十分严格，穿越重生玄幻奇幻鬼怪等一系列题材出版较难，以我这个手速加上又难出版，所以……其实更大的原因，还是懒惰，所以……但我每年都会将《半莲池》的那几万字重新梳理一遍，心中一直念着这个特别想写的稿子，直到2016年底遇上咪咕阅读，承蒙不嫌弃，又激起了我继续创作《半莲池》的信心。

单纯地去说两个神仙谈恋爱的故事，大抵都是前生今世几生几世，神妖魔各界各族为了"老子才是天下第一"这个中心思想开始了各种斗争，各种虐恋情深，套路各种深入人心，于是我就想换换模式。我个人的阅读爱好偏向于悬疑推理类的小说，小时候特别喜欢《聊斋》这类题材故事，所以就想着以单元故事形式去写《半莲池》。事实也证明，在我放弃《半莲池》的这么多年里，以这种单元故事为架构的各类小说越来越多，越来越受欢迎。

《半莲池》的每个单元故事，我都在努力去表达如今社会的一种现实。

《素友》，对应现实的家暴，是承受还是反击，度如何掌握？

《狐真》，有关传宗接代的问题，是因为身边朋友遭遇了这种事情之后，激起了我心中创作的怒火。"重男轻女""不孝有三，无后为大"这样迂腐的传统观念在我们的身边一直存活至今。女人为了爱情究竟能容忍到什么地步呢？男人在爱情与传宗接代上究竟会如何选择？所以《狐真》里我花了很多笔墨着重塑造苏婉心、芋圆、庄昶这三个人物，也是借着芋圆这个狐狸讽刺庄昶，连一个畜生都可以懂的道理可以做到的事，他作为一个男人却不自知。

【呃，作者，人家芋圆可是个神仙哪，居然被说是畜生……】

【呃，不好意思，作者一下子只想到了它丑陋的狐狸真身……】

我对芋圆是真爱啊，不然也不会让他从头到尾跟着阿怜。

《沉滏》，金钱到最后也许买的是你的命。

《共生》，重男轻女以及人性的自私。这个单元故事，是我最喜欢的一个故事，来自我多年前做的一个噩梦。我梦自己到了一个荒山（怎么去的？为什么要去？这在梦里是无法解释的）。在那里我听到骷髅在召唤我，于是我发现了好多个骷髅（忽然发现在梦里的自己真的挺强大的）。这些骷髅其实都是被为获长生不老以吸食人类灵魂为生的妖怪残害而死去的无辜女子。我头脑一时发热就答应帮那个骷髅去救她的魂出来去转世（别问我哪来的谜之自信能打败妖怪的，在梦里就是可以这么任性啊），于是，我就跟我老公去商量，我去改嫁给妖怪救人（哎嘛，突然发现我的心真是好大啊……），结果被妖怪发现了，将我关起来了。接着老公出现了，带着一只猫来救我（到现在我也不明白他为什么要带着一只傻猫来救我？逗我？？？黑人问号脸.jpg）。这货不但没救出我，还害我和那只傻猫一起都被关在笼子里，然后被扔进了一个血池里……那种游不上来，快要窒息的感觉特别真实。别问我结局是什么，我有没有打败那只妖怪？一切都是浮云！！！因为我醒了！！！我醒了！！！我醒了……

想想都觉得这个梦有点奇葩哈，不过我很多文里都有我奇葩的梦。

【因为作者本人最奇葩。】

《背弃》，生死患难的兄弟情，最终敌不过钱权利益的背叛。

哇，突然发现这次后记写得有点多呢，终于把我想讲的都讲了，其实还有很多想讲的，可是一下子又不知道还要说什么，文字已经没法表达出我无比澎湃放荡不羁的内心了。

【其实是作者你懒了不想写了吧……】

【知道什么叫人艰不拆吗？通常蒂花之秀同学都是要被孤立的！】

最后，我要再次感谢编辑大大暖暖及记忆坊的所有编辑，因为你们，我才可以撒了腿奔放地敲下这一段后记，谢谢你们！！！

比心心！！！

花清晨

二零一八年五月二十四日于宁